소설

격암비결

소설

격암비결

남훈 지음

전원문화사

| 읽은 순서 |

녹록치 않은 현세에 갈 길을 찾지 못하고 헤매는 국가의 운명과 국민이 살아갈 장래와 희망을 이 책에서 찾아 복지국가를 건설하여 평화롭고 행복한 삶을 살기 바란다.

16세기 조선 중엽 때 천문, 지리, 역학, 주역, 복서, 사주, 관상 등에 도통하여 인류의 미래는 천지가 개벽하여 후천세계의 하늘이 위대한 도를 내려주는 시대가 온다고 예언하여 프랑스의 〈노스트라다무스〉와 중국의 소강절(邵康節)과 같아 동양의 〈해동강절(海東康節)〉이라는 별칭을 받은 격암(格庵) 남사고(南師古) 선생이 편찬한 〈남사고비결(南師古秘決)〉 즉, 소설 격암비결(格庵秘決)이다.

남사고비결을 후세에 〈격암유록(格菴遺錄)〉으로 일부가 위작되어 이를 편찬되고 있는 도서는 약40종이나 난무하여 원본비결이 왜곡이 되고 있다. 그러나 격암일고(格菴逸稿)와 후학인 학자 만휴 임유휴가 편찬한 〈남격암유전(南格菴遺傳)〉과 밀암 이재가 편찬한 〈남격암유적(南格菴遺跡)〉과 이율곡이 지은 석담일기(石潭日記)와 지봉유설 및 연려실기술 등의 기록이 30종이나 되어, 이를 기본으로 격암예언서를 재정립하고자 〈격암비결〉을 쓰게 되었다.

이 책은 많은 독자가 살기 좋은 땅, 소 우는 십승지에서 인간다운 삶을 살기 바라는 격암선생의 일대기의 비결이다.

〈토정비결〉은 개인의 운세에 대한 비결이라면 〈격암비결〉은 천문지리와 국가운명과 국민의 삶의 갈 길을 예언한 비결이다.

1. 비월의 북두칠성

1

울진(蔚珍) 왕피천 하류 비월(飛月)지역의 누금마을은 유난히도 긴 장마가 끝나고 하늘은 높고 날씨는 청명하다.

오늘 밤 비월지역을 흐르는 왕피천에 달빛이 맑은 물에 비치어 흡사 달이 날아가는 듯 풍경이 찬란하고, 신봉산 고개 마루에 걸쳐 있는 북두칠성은 눈부시게 반짝인다.

비월지역 사람들은 이러한 현상은 참 좋은 길조인 듯 한데, 수일 내에 큰 인물이 이 마을에서 태어날 징조라고 입을 모아 이야기 하였다.

누금마을(현 수곡1리)의 유래는 마을 앞에 넓은 들이 있고 곡식이 풍성하게 잘되어 곡식 즉, 돈, 황금이 쌓인 마을이라 붙여진 이름이다.

이곳은 격암선생 문중 집성촌으로 마을 원로와 어른들이 저녁을 먹고, 예나 마찬가지로 영해댁 구경(九經) 할배집에 모여서 야사 이야기를 듣기 위하여 한 사람 한 사람 모이기 시작하였다.

역시 제일 나이가 낮은 삼척댁 국노(國老)가 강릉댁 철성(哲成) 아재 집에 먼저 들려서 제일 좌장인 영해 할배 집으로 오시라고 전하고 희익(希益) 평해 아재와 희윤(希允) 온정 아재네 집에도 차례로 들려서 모임을 전갈하고 영해 할배 집에 가니 마침 저녁 식사를 마치고 밥상을 치우고 있었다.

"영해 할배 계시지요! 국노가 여쭈었다."

사립대문을 열고 인사를 하고 사랑방으로 들어가니 영해 할배는 연로하셔서 약간 피곤하시는지 목침을 비고 비스듬히 누워 계시다가 일어나서!

"저녁은 먹었나! 혼자 오는 가!"

"아닙니다. 오다가 강릉 아재와 평해 아재, 온정 아재도 오시라고 했어요!"

영해 할배는 일어나 앉아서 대설대에 담배를 채우고, 나 보고 불을 붙이라고 해서 부싯돌에다 불을 붙여 드리고!

"오늘 밤은 달빛과 북두칠성이 유난히도 빛나고 있어 근래에 마을에 큰 경사가 있을 것 같습니다." 하고 국노 아재가 말씀을 드렸다.

'강릉 아재가 방으로 들어오면서 한마디 거들고 있었다. 조금 후 평해 아재와 온정 아재도 합석을 하고 나니 영해 이씨에서 이곳 누금마을로 시집와서 울진 지역 풍습으로 "영해댁"으로 호칭하는 영해 할매께서 야참과 감주(식혜)를 들고 들어왔다.

"영해 할매는 이야기 하다가 배가 출출하면 입을 다시고 놀게" 하고는 안방으로 돌아갔다.

제일 연로하고 좌장인 영해 할배가 평소와 같이 이야기를 시작하고 주도 하였다.

대체로 왕피천 물줄기를 중심으로 그 주변에 있는 성유굴, 주천대, 불영계곡 및 불영사에 대한 야사 등을 하셨고, 특히 누금마을에 대하여 옛날부터 내려오는 마을 유래와 야사에 대한 이야기를 하셨다.

영해 할배는!

"먼저 울진(蔚珍)의 옛 이름은 선사(仙槎)인데, 이는 신선이 춤추는 곳이란 뜻이다. 울진은 태조 이성계가 조선 건국에 반기를 들고 고려 복벽운동을 벌임으로써 과거 등용문이 막힌 일이 있었고, 세조가 왕위 찬탈 시 울진 젊은 선비들이 단종 복위운동이 일어나게 되니 이에 관련되어 일부해제 되었던 과거 등용문이 다시 봉쇄되고 말았다. 울진 선비와 젊은이 들은 글 배우기를 포기하고 농사나 지으면서 술 한 잔으로 울분을 달래던 시절이 있었다."

울진의 비월지역과 누금마을에 대한 야사를 시작하였다. 비월지역은 천상비처(天上比處)에 해당하는 곳으로 많은 길지가 있으며, 그중 누금마을은 더욱 명지이다.

'옛날에 태풍과 폭우가 쏟아지고 바다해일이 심하여 왕피천이 범람하여 비월 전 지역이 물에 잠겨 물바다가 되었는데, 누금마을의 성황당 자리와 앞산은 신발 한 켤레 정도 자리만 물에 잠기지 않아서 신봉산(심봉산)이란 유래가 지금까지 내려오고 있다.'

이어서 왕피천(王避川)에 대한 이야기 주머니를 풀기 시작하였다.

"울진의 젖줄인 왕피천 줄기에는 천상비처가 많은 곳이다. 한문으로 해석하고 어휘를 들어보면 어느 왕이 피난한 곳의 내(川)라는 뜻이다.

왕피천은 길이 67.75㎞, 유역면적은 514㎢이며 강원도 남쪽 해안지역을 통과하는 울진의 젖줄이다. 발원지는 영양군 수비 신원과 오기 금장산(849m) 서쪽 계곡에서 발원해 서쪽으로 흐르다가 신원에서 유로를 북동쪽으로 바뀌며 장수포천이라 불리다가 울진 서면 왕피를 지나면서 왕피천이라 불린다. 근남 일대까지 북 동류해 금장산 북쪽 계곡에서 발원하여 북류한 매화천과 불영계곡을 따라 동류하는 광천(빛내)과 합쳐진 뒤 유로를 동쪽으로 바뀌어 흐르다가 망양에서 북쪽 동해로 흘러든다."

영해 할배는!

"다시 말하면 왕피천은 왕이 피신한 곳이라 하여 왕피(王避)라 부르게 되었는데, 어느 왕인지는 확실하지 않지만 세 가지 전설과 야사가 이 비월지역에 전해내려 오고 있다.

하나의 설은 아주 옛날 삼국시대 삼척지역에 실직국, 울진지역의 파조국 또는 파안국이란 군장국가가 있었는데, 이들 세 국가들을 통칭하여 창해삼국이라 했다. 실직국(悉直國)이 울진 봉평신라비에 '실지(悉支)'라는 기명이 새겨진 그 유래가 있는 나라이다.

울진 파조국(波朝國)은 강릉지역 예국(穢國)은 삼국의 세력다툼으로 실직국이 파조국을 합병하고 그 후 실직국 안일왕 때 예국이 침략을 받아 봉화 석포 승부를 지나 옥방 남회룡을 거쳐 영양수비, 신양, 애미령재를 넘어 수하계곡을 지나 왕피천으로 피난한 후 울진지역에 〈안일왕〉이 산성을 축성하였다.

실직국의 왕이 이곳으로 피난해 숨어 살았다고 하여 마을 이름을 왕피라 하였고, 마을 앞에 흐르는 냇물은 왕피천이라 부르게 되었다고 한다.

안일왕이 유일하게 기록에 남아 〈에밀왕〉이라 불러 울진지역에서는 아기가 울면 '에, 나온다, 에 처 들어온다.'하여 울던 에들 울음을 그치라는 유래가 있고, 삼척 뒷산에 실직군 왕릉이 있는데, 〈경순왕〉 여덟째 왕자 일선군 김추의 아들 김위옹의 묘소가 있다.

두 번째 설은 935년경에 신라 경순왕(56대)의 왕자 마의태자(김일)가 모후 손씨와 피신 왔다가 모후가 세상을 떠나고 금강산으로 갔다는 설이다.

세 번째 설은 1361년 원(元)나라 말엽 한산동(韓山童)두목이 이끌고 온 홍건적이 고려 31대 공민왕 10년경에 남침하여 왕이 이곳으로 피신하였다는 설이다."

영해할배는 다시 감주로 목을 축이고 이야기는 계속 되었다.

"어느 설이던 왕이 피신한 왕피천은 강원도 남쪽 해안지역인 비월

지역과 불영계곡 등은 지세가 기이하고 물과 자원이 풍부한 이곳으로 피신하였다는 증거가 된다고 할 수 있다.

특히 옛 부터 내려오는 성황당이 있는 마을인 누금은 언젠가는 우주를 다루는 철학자 및 도학자 기인이 태어날 것이라는 옛 선조들로부터 구전으로 내려오는 전설이 있다"고 영해 할아버지께서 이야기를 계속이어 나갔다.

"왕피천의 상류나 중류는 산간협곡을 이루어 평지가 거의 없으나 광천과 매화천이 합류하는 하류에는 비교적 넓은 충적평야가 펼쳐져 있다. 왕피천과 매화천이 합류되는 근남 구산에는 울진의 성류굴이 있으며, 그밖에 불영계곡과 구룡폭포 · 불영사 등이 있다.

광천은 백병산(白柄山)과 오미산(梧味山) 남쪽 사면에서 발원하여 비월지역을 거쳐 흐른다. 왕피천 본류 주변에는 평지가 거의 없으나, 세 하천이 합하는 하류지점에서는 비교적 넓은 곡간평야가 펼쳐진다.

지질은 주로 화강편마암, 수평편마암으로 이루어져 있으며, 왕피천 하구에 매화에 이르는 지역과 후포에서 하곡에 이르는 지역에 석회암이 대상으로 분포해 있고, 특히 매화천과 왕피천이 합류하는 선유산(仙遊山)을 끼고 2억 5천만년의 석회동굴인 성류굴(聖留窟)이 있으며, 협곡으로 내려온 왕피천은 이곳에 이르러 대 하천을 이루고 다시 물결에 힘을 합하여 동해 망양해로 달린다."

영해 할배는 다시 이야기를 시작하였다.

"울진의 젖줄인 왕피천의 비월지역에 비월전동, 누금, 막금, 두전의 마을이 있다.

비월(飛月) 전동은 이 비월지역을 둘러싼 야산과 누금마을의 앞산인 신봉산(심방산)이 비단으로 둘려 놓은 것처럼 아름답고, 또한 달이 떠있는 밤이면 왕피천에 달이 잠겨서 물결을 타고 날아가듯이 흘려가는 형상이라서 부르는 이름이다."

국노가 여쭈었다. "그러면 우리가 사는 누금마을에 대하여 할배께서 자세하게 이야기해 주세요!"

"우리가 사는 누금마을에는 성황할매가 있다.

누금마을의 그 유래는 누꾸미, 설두, 중수곡이라고 하는데, 이는 넓은 들이 있고 곡식이 풍성하게 잘 되어 곡식 즉 돈, 황금이 쌓인 마을이라 하여 붙여진 곳에 조상이 이곳에 문중의 터를 잡고 집성촌을 이룬 곳이다.

비월지역의 두전마을과 누금마을에 앞산위로 바라보이는 북두칠성이 언제나 마을을 비추고 지켜준다는 유래가 있으며, 특히 누금마을은 이 비월지역 중 중앙에 있는 마을로 옛 부터 이지역과 마을을 지켜주는 성황당이 있다. 성황이란 마을의 수호신을 뜻하며, 우리말 표현으로 서낭당이라고 말하기도 하는 것이다.

성황당 앞에는 금사줄이 있고 제 올리는 사람인 유사 이외에는 아무도 들어가지 못하도록 해 놓은 곳이다.

또한 이 누금마을 성황당 지역은 강원도 관찰사가 말을 타고 지나가려는데, 그 길목에서 멈춰서 가지 않아 내려서 성황당에 절을 했더니 그제 서야 말이 움직였다는 말이 전해내려 오고 있어 이곳 성황당에 정성을 다하여 제를 지내야 한다. 제를 잘못 드리면 호랑이가 내려와서 자꾸 괴롭혀 다시 제를 드리고, 마을 사람들은 그 곳에 모시는 신의 이름을 〈성황할매〉라고 부른다.

이후 격암선생이 천상비처인 누금마을에서 태어나기 위하여 한양 천리 길을 좌랑댁 마님이 고생을 하면서 내려와서 해산을 한곳인 이 왕피천 줄기 하류주변에 있는 성유굴과 주천대와 불영계곡의 불영사와 남수산에서 수도생활을 하여 조선의 〈해동강절(海東康節)〉이라 하였고, 같은 15세기 프랑스의 대철학자 〈노스트라다무스/1503~1566〉와 같이 조선의 대철학자이고 수많은 예언을 했다."

강릉 철성 아재는 영해 아재에게 우리 선조가 이 길지인 누금마을에 터를 잡은 유래에 대하여 여쭈었다.

영해 할배는 잠시 담배를 한 대 피우고 야참으로 허기를 달래고 밤이 늦었지만 "왕피천 주변의 누금마을 길지에 터를 잡고 마을과 문중을 개기(開基)한 선조 중 터를 잡은 지 얼마 안 되어 별서 발복하였다"고 말을 이어갔다.

"나의 조부 남영번(南永蕃)은 정5품 중량장 관직에 있다가 고려 말 유신(遺臣)으로 나라가 장차 기울어짐을 예측하고 왕에게 나라를 바로 잡을 것을 상소하고 벼슬을 버리고 남쪽 울진(蔚珍) 화방(花坊/꽃방)으로 낙향하여 고려조에 망복자정(罔僕自靖)한 불사이군(不事二君)이시다.

또한 나의 선친(先親/아버지)께서는 중랑장 장자로서 조선 세종조에 울릉도를 토벌하고 평정하여 종4품인 장군만호(將軍萬戶) 벼슬을 받았으며, 문장과 덕행이 뛰어났다.

내가 생원(生員)에 급제하였고 내 동생인 구주(九疇)가 의정부 정4품인 사인(舍人) 관직으로 하위직인 정5품인 검상(檢詳)과 8품인 사록(司錄)을 지휘하면서 실무를 총괄하셨고, 또한 내 조카 희백(希伯/격암아버지)이가 정6품인 조선시대에 인사를 총괄하는 이조좌랑(吏曹佐郎)의 벼슬로 이 마을에서 대대로 대감댁으로 불리는 집안이다.

영해 할배 아버지 장군만호 윗 선조들은 무관(武官) 가문이였지만 내가 문관(文官)인 생원(生員)으로 나부터 3대에 걸쳐 문관이 나온 문신의 가문이 되었다."

2. 대철학자 격암 남사고

1

이조좌랑(吏曹佐郎) 좌랑댁 의인(宜人)부인이!

"천덕아, 뜬금아!

날씨가 좋으니 빨리 짐을 챙기고 울진 누금마을로 갈 준비가 다되었으면 일찍 떠나자. 천덕아 어서 사인 대감댁에 가서 일용 아범과 순금이를 빨리 오라고 해라."

한양에서 누금마을은 천리 길이고 가는 도중 높은 산과 큰 재가 많으며, 특히 산짐승과 산적소굴이 있는 곳이고, 내가 임산부이기 때문에 사인 대감댁 하인 일용 아범과 몸종 순금이와 다섯 사람이 같이 가기로 했다.

의인 부인은 임신 6개월 된 임산부로 몸도 무겁고 태아를 위하여 조심하여야 하는 시기인데도 왜 천리 길을 자청하여 울진 누금으로 가는 것인가?

좌랑 대감이 사인 대감 아버지에게 이번 아이는 태몽이 왕피천에
서 용을 타고 북두칠성으로 날아가는 꿈을 꾸어 예사롭지 않으니,
천상비처(天上比處)이고 길지(吉地)로 꼽히는 비월지역 왕피천 줄기에
성황당이 있는 누금마을에 가서 아기를 출산하는 것이 좋겠고, 또한
가는 도중 장차 태어날 아기가 좋은 정기를 받기 위하여 백두대간의
소백산 줄기인 죽령과 불영계곡과 불영사와 왕피천 등을 지나서 멀
고 먼 길을 가서 해산(解産)을 하겠다고, 자세한 이야기를 말씀드리고
승낙을 받아 머나먼 고향 누금으로 출발하는 것이다.

한양에서 고향 울진 누금마을로 가는 길은 뱃길과 육로 길 두 가지
방법이 있는데, 빠른 뱃길은 한양 마포 포구에서 배를 타고 서해안
으로 후포항 또는 죽변항까지 가는 길인데, 날씨도 좋아야 하고 의
인 부인이 임산부이기 때문에 배 멀미가 우려되어 뱃길로 못가고 육
로 길을 택했다.

육로는 우리나라 대재(큰재) 여섯 곳 중 중원 죽령대재와 경상도 영
해부 험한 한티재 옆길과 비경인 불영계곡을 지나서 울진 비월지역
대재를 넘어야 누금마을에 도착한다.

육로로 가는 길은 남자들은 말을 타던가. 아니면 걸어서 가는 길
이고, 여자들은 가마나 마차를 타고 가야 하나 가마는 가까운 거리
이동 수단이나 먼 길은 마차를 타고 가야 편하고 안전하다.

울진 누금 마을은 한양에서 천리 길이라서 대대로 한양에서 관직
을 한 가문으로 호화스러운 생활은 못하지만 마차를 타고 갈수 있는

형편은 되어서 육로로 누금마을까지 마차를 타고 가기로 했다.

조선시대에는 한양에서 전국 각 지방으로 가는 10대 대로가 있었다.

이중 한양에서 울진까지 갈려면 평해대로인 일명 관동로로 가는 길인데, 한양과 동해의 평해를 연결하는 이 길은 세종실록지리지 등 옛 문헌에 자주 등장한다.

주요 경유지는 한양(서울) → 망우리 → 평구역(양주) → 양근/지평(양평) → 원주 → 안흥역(횡성) → 방림역(윤교역,평창) → 진부역 → 횡계역 → 대관령 → 강릉 → 삼척 → 울진 → 평해의 길이다.

관동로에서 갈라지는 또 한길은 봉화대로로 가는 길인데, 울진 지역 일반인들과 선비들이 많이 이용하는 길로 관동로로 가다가 양근(현 양평)에서 죽령고개를 넘어서 순흥과 봉화와 영양 수비로 가서 불영계곡으로 가는 길이다.

이 길 중 죽령이나 영해 한티재 부근에 고려 왕조가 망하고 왕씨들과 고려 관직자들이 이곳에 숨어서 다시 나라를 되찾겠다고 은둔 생활을 하면서 먹을 양식은 화전(火田)을 개간하여 충당하나 그래도 부족한 생활비는 지나가는 길손에게 노자나 가지고 가는 물건들을 강탈하여 생활하는 산적의 소굴이 많은 곳이며, 산세와 계곡이 험하여 호랑이 등 산짐승이 많이 출몰하여 사람을 해치는 일이 간혹 있어 산과 계곡 입구 주막집에서 동행자를 수십 명씩 모아서 고개를 넘어가는데, 특히 부녀자는 위험하기 짝이 없었다.

또한 갈라지는 한 길은 서민들의 애환이 서려 있고 보부상이 다니는 울진 십이령 길이 있는데, 이 길은 보부상 또는 바지게꾼 일명 선질꾼이라 하여 봉화 내성장에서 농산물중 특산물과 잡화 등을 지고 가다가 봉화 춘양장을 거쳐 울진 응봉산 십이령을 넘어서 울진 흥부 장(현 부구)까지 가는 150리 길이다. 대체로 일반 서민이 애환이 서려 있는 고개 산길이다.

임산부인 의인 마님은 죽령과 순흥과 봉화로 가서 봉화 춘양에서 영양수비를 거쳐 불영계곡과 불영사에 가서 숙박하면서 불공을 드리고 누금마을 가기로 하고 길 떠날 준비를 하인들에게 시켰다.

2

의인 마님은 "계절이 길 떠나기에 좋은 가을 철이지만 그래도 일 주일 입을 옷과 중간에서 식사 대용으로 할 수 있는 미숫가루와 엿을 만들고 약식과 약밥 등을 준비하고, 길 떠난지 1일차에 식사를 할 수 있게 콩가루 주먹밥을 준비하고, 가다가 길 쉼터에서 식사를 손수 지어 먹을 수 있게 쌀과 된장 등 장류와 반찬 등과 간단한 조리 도구인 냄비와 밥그릇과 수저도 준비하라!"고 하인들에게 지시했다.

"순금아!"

"네, 마님! 옷가지와 길 가다가 식사할 수 있는 양식과 장류는 준비해서 마차에 다 실어 놓았어요!"

"일용 아범!"

"네! 마차도 수리를 다 하였고 마차 끄는 소도 제일 튼튼한 놈으로 선택하였으며, 소가 먹을 수 있는 여물을 다소 싣고 갑니다."

의인 마님은 '준비된 물건을 마차에 실었으면 좌랑 대감이 입궐하기 전에 인사를 드리고 가자.'

의인 마님은 남편인 좌랑 대감과 인사를 나누고 "조심해서 고향 누금으로 갈 터이니 염려 말고 정사에 전념하시고 가는 도중 무슨 일이 있으면 서찰로 연락하겠으며 누금에 도착해서도 즉시 인편이나 일용 아범을 보내서 안부를 전하겠습니다."라고 작별 인사를 마치자!

좌랑 대감은 "전부다 준비가 되었으나! 내가 별도로 노자를 준비했어요. 이 노자는 산적에게 잘 빼앗기는 예가 허다하니 노자와 산적에게 줄 돈을 따로 준비하였으니, 임자와 일용 아범과 순금이, 뜬금이 천덕이 5사람이 나누어서 따로 보관하고 싣고 가는 짐 속에도 눈에 보이지 않게 잘 보관해서 누금까지 무사히 갈 수 있게 철저하게 조치를 하세요!"

의인 마님은 "네, 알겠습니다. 너무 염려하지 마시고 마음 편하게 계시고 옥체 건강하세요!"

의인 마님은 좌랑 대감에게 인사를 하자 대감은 입궐하는 관복을 입고 집 대문 앞까지 나와서 배웅을 하였다.

누금 마을로 가는 먼 천리 길은 사람이나 소가 지쳐서 쉬어가야 하기 때문에 이틀은 가고 하루는 숙소를 잡아 푹 쉬어야하며 특히 임산부인 의인 마님은 피로와 태아에 지장이 가지 않게 건강에 유의하면서 길을 가야한다.

해가 돋기 전에 울진 누금 마을로 출발하여 오늘은 늦어도 양근(현 양평)까지 가서 먼 친척인 예천댁에서 자고 가기로 미리 인편으로 기별을 해두었다.

한양을 출발한지 몇 시간이 지나서 오시(午時, 정오)가 가까워오니 망우리를 지나서 평구역(현 양주) 주막집에 다 달았다. 첫날은 걸음을 재촉하여 빨리 온 것 같다. 그러나 임산부인 의인 마님 때문에 무리하게 강행을 하지 않고 천천히 여유롭게 길을 가기로 하였다. 이러한 속도이면 양근까지는 유시(酉時, 저녁 무렵)에 도착할 것 같다.

중간에서 다식으로 간식을 하였지만 배가 출출하여 조금 일찍 점심 식사를 하기로 하고 가지고 온 주먹밥은 두고 주막집 해장국을 시켜 먹었다. 이곳의 해장국과 지평막걸리는 지나가는 나그네들이 별미로 꼽는 음식 중에 하나이다.

점심을 먹고 나니 의인 마님은 약간 식곤증 피로가 있는지 방안 벽에 기대어 졸고 있었다. 일용 아범과 천덕이는 마님이 편안히 쪽잠을 잘 수 있도록 밖으로 나와서 소여물을 먹이고 짐들을 다시 손 보고 살핀 다음 동구 입구 나무 그늘에서 쉬었다.

한 시간이 지난 뒤 순금이가 주막으로 가니 마님이 벌써 길을 떠나려고 밖으로 나와서 주변 경치를 구경하고 있었다.

마님은 아무리 가을이지만 오늘따라 공기도 좋고 하늘도 높은게 말이 살찌는 천고마비의 계절이 틀림 없다고 하시면서 마차에 올라타고 다시 길을 재촉하였다. 마님은 임산부와 아기의 안전을 위하여 평지와 죽령 등의 고개를 올라갈 때는 마차를 타고, 고갯길을 내려갈 때는 위험하여 마차에 내려 걸어서 고개를 넘어가기로 하였다.

양근으로 가는 길은 평야가 많아 논에는 벼가 고개를 숙이고 추수하기를 기다리는 것 같았다. 밭에도 오곡이 익어가고 각종 과실 나무에는 과일이 익어서 약간 단풍이 물들어 조화를 이루어 한 폭의 산수화와 같았다.

해가 서산으로 기울 무렵 일행은 양근에 사는 이종인 예천댁으로 찾아가니 벌써 동구에서 마중 나와서 기다리고 있다가 우리 일행을 반갑게 맞이하였다. 이종과는 수년 만에 보는 것 같았다. 의인 마님이 한양에서 생활할 때 이종 남편이 과거를 보러 한 달 포간 우리 집에 있어서 정이 많이 가는 친척이다.

저녁이 되니 햇쌀로 밥을 짓고 각종 나물과 반찬이 진수성찬이었다. 마님은 점심 때 먹은 것이 소화가 덜 되어 조금만 먹었으나, 일용 아범이나 순금이는 아주 맛있게 잘 먹고 있다. 일용 아범 아들인 천덕이는 현재 열다섯 살인데 체구가 일용 아범보다 좋고 힘도 어른보다 더 세어 일도 잘하고 활동이 활발해서 식사도 어른보다 많이 먹는다.

식사를 마치고 마님은 이종과 그 동안 가족 안부와 지나간 이야기를 하고 순금이와 뜬금이는 피곤한지 방구석에서 자고 있었고, 일용 아범과 천덕이도 사랑채로 잠을 자러 갔다.

하룻밤을 자고 아침에 일어나니 벌써 이종과 남편은 들에 갔다가 집으로 돌아 와서 아침 식사 준비를 하고 우리는 다시 길 떠날 준비를 챙기고 있었다. 아침을 먹고 다시 죽령고개 밑 주막까지 가기 위해 길을 재촉하였다. 중원을 지나서 죽령고개 밑 다자구 할머니 주막집에 도착하였다.

3

다자구 할머니는 이곳 죽령 고개 입구에서 주막집을 하고 있으나 사연이 좀 있다. 산적에게 두 아들을 잃은 노파이다. 노파는 죽령 산적을 잡는데 실패를 거듭하는 관군과 미리 짜고 산적굴에 들어갔다.

'들자구야!'는 기다리라는 신호이고 '자자구야!'는 공격신호였다. 산적에게는 들자구야 자자구야 이름인 두 아들을 찾는다고 둘러댄 터였다.

마침내 산적이 모두 술에 취해 잠든 사이 노파는 "자자구야" 소리를 신호로 관군이 들이 닥쳐 산적을 섬멸하고 여기에서 지나가는 길손의 숙박과 식사를 팔고 죽령을 넘어가는 길손이 십여 명이 될 때까지 통제를 하면서 길손의 신변과 안전을 보호하는 임무도 맡고 있었다.

나중에 안 일이지만 이 할머니는 죽어서도 산신령이 되어 고개를 넘는 길손 신변을 보호하게 되어 나라에서는 죽령사(竹嶺祠)를 세워 산신당에 모셔져 할머니를 기려 해마다 제사를 지낸다고 한다.

우리 일행은 이 주막에서 따로 한 칸 방을 얻어 마님을 아랫목에 자리를 하고 순금이와 뜬금이는 윗목에 자고, 일용 아범과 천덕이는 행랑채에 하인들과 합숙을 하기로 하고, 죽령산에서 나온 각종 나물을 반찬으로 저녁과 아침을 먹고 죽령을 넘어갈 준비를 하였으나, 추수철이라서 넘어가는 길손이 많이 모이지 않아 하루를 더 쉬고 이튿날 15명이 길손이 있어 같이 죽령을 넘어가기로 하였다.

죽령(竹嶺)은 옛 기록에 의하면 신라 〈아달아왕〉 5년(158)에 죽죽(竹竹)이라는 사람이 고갯길을 처음 닦았다고 하여 대나무 한 그루 없는 이 길이 죽령이란 이름을 가지게 되었다.

죽령은 한 때 고구려 땅이었다가 신라 땅이 되었고 후백제를 세운 견훤의 고향으로 후백제가 탐을 내던 곳이다. 순흥 지방을 거점으로 소백산에 기대어 사는 사람들은 줄곧 죽령으로 한양 길을 열어 왔었다. 길은 사람이 지니고 사는 사람의 언어다. 언어는 소통이고 길도 소통이다. 소통은 나눔의 길이고 나눔은 누구를 부르는 일이다. 그래서 길은 사람을 부른다.

옛 사람들이 과거를, 미래를, 등에 지고 희망을 따라 걸으며 기다리는 그리움을 향해 가는 길을 따라 걷는다.

낯모르는 사람도 같이 길을 걷다보면 낯익고 정이 든다.

길은 마을과 마을을 이어주고 사람과 사람의 일상과 그 일상 속에 필요한 물건과 물건을 이어준다. 길은 사람에게 생각과 의지와 느낌을 만나는 이웃에게 가는 언어이다.

그래서 길은 발이 걷는 것이 아니라 마음이 걷는 것이다. 죽령 고개 길을 이런저런 사색으로 걷다보니 길은 가파르다 싶더니 고갯마루 7부 능선에 이른다.

대재(큰재)는 다 험준하고 짐승과 산적 소굴이 있는 곳으로 길손을 괴롭힌다.

그러나 이쪽과 저쪽 마을에 가기 위해서는 고갯길 대재를 넘어야 거리가 짧아 시간이 단축 되고 빨리 갈 수 있는 길이기 때문에 사람들은 이 험하고 위험한 고개를 넘고 있다.

오늘 죽령을 넘어가는 길손 열다섯 명 중 우리 일행 다섯 명을 제외하고 나머지 열 명은 신혼부부가 신행 가는 일행이 다섯 명, 봉화에 살고 있는 과거 치려 한양에 갔다가 낙방하고 돌아가는 권씨 성의 선비 한 명, 풍기에 산다는 보부상의 행상 두 명, 순흥에 간다는 농부 두 명이다.

신혼부부 신랑은 순흥에 사는 순흥 우씨 양반집 도령이고 신부는 중원에 사는 김해 김씨 규수로 봄에 신부집 중원에서 혼례를 올리고, 날씨 좋은 가을에 신행을 위하여 순흥으로 상객인 백부와 짐꾼 두 명이다.

농사꾼 두 명은 기골이 장대한 삼십대 후반 남정들로 중원 친척집에 품앗이로 일을 도와주고 중원 아재와 같이 순흥에 추수를 도우러 가는 길이다.

보부상은 중원과 순흥에 물물교환을 하는 행상으로 이 지역과 특히 죽령에 대하여 너무나 자세하게 잘 알고 있다.

산적이 나타나는 장소와 시기를 대체로 알고 있고 산짐승이 출현하는 장소대별로 알고 있으며 죽령을 넘어가는 도중 쉼터 장소 등을 꿰차고 있었다.

그러나 길에 도통한 보부상도 처음에는 일행이 네 명이었으나 산적에게 납치되고 지금은 두 명인데, 몇 번이고 행상을 그만 두려고 해도 마땅히 할 일도 없고 가장으로서 식구들을 먹어 살려야 하는 책임 때문에 먹고 사는 게 포도청이라 죽음을 무릅쓰고 지금까지 계속하고 있는 형편이다.

일행 중 권씨 선비는 40대 후반으로 봉화에서 양반인 안동 권씨로 5차에 걸쳐 과거에 낙방하고 이제는 나이도 있고 해서 과거 길은 그만 둘 생각이나 조상에 대한 도리가 아니라서 지금까지 한양으로 과거 길을 오가고 있다.

선비는 지식이 많아서 학문은 물론이지만 여러 분야에 많은 식견을 갖고 있다.

오늘 죽령을 넘어가는 열다섯 명의 일행을 보부상이 길잡이를 하고 농부 두 명이 호위무사 격으로 일행을 보호하고 선비는 필요한 야사와 예절에 많은 도움이 되는 이야기를 하다 보니 죽령 7부 능선 쯤에 왔을 때!

'의인마님께서 일용 아범과 순금이에게 지시하여 나무 그늘 쉼터에서 잠시 쉬었다가 가자고 일행에게 동의를 얻어 자리를 잡고 가지고 온 약밥과 엿과 간식을 나누어 먹고 짐을 챙기고 다시 출발을 하려고 하는데!

고개 쪽에서 장정 두 명이 헐래 벌떡 쫓아오는 것을 일용 아범이 보고 일행에게 알리니 대다수가 산적이라고 혼비백산되어 피신하자고 하여 모두 자기 나름대로 피신 준비를 하는데, 장정은 우리 일행을 보고 손짓을 하면서 무슨 말을 계속하면서 점점 가까이 다가오니 말소리가 상세히 들렸다.

"우리는 길손인데 네 명이 순흥에서 넘어 오다가 산적을 만나 두 명은 잡혀 가고 우리는 탈출하여 걸음아 날 살려라 하고 달려오는 것이다"라고 하였다.

의인 마님은 순금이를 시켜 물과 간식을 주고 산적에 대해 자세한 정보를 나누고, 장정은 고개를 넘지 말고 우리와 같이 되돌아서 중원 쪽으로 가자고 하였다.

"마님은 나는 어차피 어떠한 일이 있어도 아이를 울진 누금에서 해산해야 하기 때문에 고개를 넘어서 누금으로 가야한다. 다시 되돌아간다고 산적이 없어진다는 법도 없으니 일단 낙향 길을 왔으니 목적지대로 가야한다"하면서 불응하니 신행부부와 선비도 같은 생각이라면서 마님의 의견에 동참을 하였다. 우리 일행은 장정과 헤어지고 다시 죽령 고개 길을 재촉하였다.

4

산적 출현 때문에 일행들이 분위기가 다소 침체되고 날씨는 쾌청한데 마음은 흐리고 가슴은 답답하던 차에 권씨 선비가 분위기를 전환하고자, 죽령에 대하여 자세하게 야사이야기를 하면서 고개 길을 걸었다.

이 죽령고개를 넘어가면 조선의 십승지 중 2곳인 풍기의 금계촌과 봉화의 춘양이 있다.

마침 오늘 길손 일행 중에도 봉화에 사는 내가 있으나 춘양에 사는 길손은 없는 것이 아쉽습니다.

길손들의 애환이 담긴 영남대로 상에 위치해 있는 죽령(竹嶺)은 옛부터 교통의 요지였다.

그래서 그 옛날 과거 길에 오르는 예비 선비들의 짚신 자국들 만큼이나 이 고개에는 많은 사연이 담겨 있다. 이 고개는 특히 울진, 영해와 안동이나 봉화나 순흥 쪽의 길손들의 발길이 잦았다.

경상도 하고도 인물 많이 나기로 유명했던 소백산 남쪽의 선비들이 이 고개를 넘으며 얼마나 많은 생각들을 했고, 얼마나 많은 애환들을 흘려 놓았을까?

조선조 연산군에서 중종 때의 명신인 이현보(李賢輔)나 학자로서 널리 이름난 이퇴계(李退溪) 등도 한양 길을 오고갈 때는 이 고개를 자주 넘어 다녔다.

이현보는 벼슬을 사직하고 돌아올 때 풍기군수 주세봉(周世鵬)이 술과 안주를 장만하여 이 고갯마루에서 마주하여 함께 회포를 풀었다고 한다.

퇴계도 풍기군수로 있으면서 충청감사로 있는 그 중형 온계(溫溪)
가 고향인 예안(현 안동)에 왕래할 때 이 고개 허리에 있는 촉령대(矗
嶺臺)에서 마주하고 배웅하며 시와 술로 즐기기도 했다고 한다. 〈온
계일고연보(溫溪逸稿年譜)〉에는 촉령대 항목에 다음과 같은 내용이 있
다. 〈대재죽령요원지하(臺在竹嶺腰院之下) 호령분계처야(湖嶺分界處也)〉
즉, 죽령의 한 허리에 촉령대가 있고, 여기가 호남과 영남의 경계가
된다'는 내용이다.

소백산 허리, 구름도 쉬어 간다는 아흔아홉 굽이. 죽령은 영남과
기호를 넘나드는 길목 가운데서도 가장 유서 깊고 이름난 중요한 관
문이다.

이 고개는 신라사람 죽죽(竹竹)이 길을 개설하였다 하여 '죽령'이라
불리어 왔으며 한때는 고구려와 국경이 되기도 하였다고 한다.

고려와 조선시대에는 청운의 꿈을 안은 선비들의 과거 길이었고
온갖 문물을 나르던 보부상들과 길손의 발길이 끊이지 않아 숱한 애
환이 서려 있는 곳이다.

또한 설은 옛날 어느 도승이 이 고개를 넘는데 하도 힘들어서 짚고
가던 대지팡이를 꽂은 것이 살았다고 해서 부근에 죽령사(竹嶺寺)가
있다.

죽령은 "대재"였다. 즉, 〈죽령〉이라는 이름은 〈대재〉의 한자식의
해역이다.

대재라는 이름은 전국에 6곳이 있는데, 한티나 큰재 또는 머리재

28

등이란 이름과 함께 쓰는 곳이 많은 것을 보면 여기서의 대가 크다는 의미가 더 적합하다할 수 있다. 강원도 울진 비월지역의 대재(한티재, 현 경상북도)!

경상도 영해의 한티재.

경상도 영천 채신의 대재, 전라도 곡성 구원의 대재, 경상도 의령 다사의 대재(한티재, 대티, 머리재), 경상도 고성 척정의 대재(대티, 큰재) 등이다.

일찍이 영남좌도의 크고 작은 고을들은 모두 소백산 언저리에 기대어 죽령으로 한양 길을 열었다.

죽령은 삼국 결사쟁패(決死爭覇)의 접경이었다. 한때 백제의 손길이 닿기도 했고, 고구려 광개토대왕의 땅이었다가 나중에는 진흥왕 때 신라의 영토가 되기도 했다. 고구려가 죽령을 차지한 것은 장수왕 때인 서기 470년경으로, 그 후 신라 진흥왕 12년(551년)에 신라에 복속되자, 영양왕 1년(590년) 고구려 명장 온달(溫達) 장군이 왕께 자청하여 "죽령 이북의 잃은 땅을 회복하지 못하면 돌아오지 않겠다"라는 말을 했다는 기록이 〈삼국사기〉에 있으며, 이와 연관되는 온달산성이 소백산 북쪽 자락에 자리하고 있다.

누군가는 재미있는 말로 후백제의 견훤 이야기도 했다. "죽령과 조령 이남은 후백제를 세운 견훤의 고향이었으니 거기 가서 견훤의 흉을 보다가는 물 한 모금도 못 얻어 마신다"라고 야사가 전해온다.

경상도 동북지방(영남 내륙)의 고을 사람들은 과거보러 한양으로 올라가기 위해서는 이곳을 거치지 않으면 안 되었다. 과거길 선비와 공무를 띤 관원들은 물론, 온갖 물산이 보부상들의 등에 업혀 이 고 갯길을 넘나들었다. 고갯길 양쪽의 단양과 청풍, 순흥과 풍기 등지 에는 길손들의 숙식을 위한 객점, 마방(馬房)들이 들어섰고, 이들 장 터는 늘 성시를 이루곤 했다.

특히, 이 길은 추풍령, 문경새재와 더불어 삼국시대 군사적 요충 지이자, 영남권과 기호지방(畿湖地方)을 연결하는 3대 관문의 하나로 여겨져 사람들의 왕래가 많았던 길이다.

선인들의 발자취를 느껴볼 수 있는 유서 깊은 곳이 많다. 삼국시 대 이래 사신들로부터, 망국의 한을 품은 마의태자, 남정(南征)길의 고려 태조 왕건, 안향, 정몽주, 정도전, 옛 임금을 복위코자 목숨 바 친 금성대군 등이 다 이 죽령을 넘었고 애환이 있는 곳이다. 죽령대 재에 오르면 지금도 우리의 역사를 이끌어 간 많은 선인들의 숨결을 만날 수 있다. 죽령은 그 이름처럼 큰 이야기들을 가득 안은 큰 고개 이다.

선비의 이야기가 끝나기도 전에 정오 무렵, 길손 일행은 고개 마 루에 도착하였다.

5

의인 마님이, "순금아!"
"네 마님!"

"여기서 우리가 준비해온 식사 재료 등으로 점심을 해 먹자. 그리고 뜬금이도 같이 식사를 도와서 빨리해 먹고 떠나자!"

"네, 알았어요 마님!"

"일용 아범은 천덕이와 같이 가서 불을 피울 나무를 주워오너라!"

"네!"

"그리고 소도 여물을 먹여야 하니 소풀 있는데 가서 소 먹이를 먹여라!"

다른 길손 일행은 나무 그늘 밑에 삼삼오오 앉아서 휴식을 취하고 있었다.

일용 아범과 천덕이는 나무를 주어 와서 불을 피우고 순금이와 뜬금이는 쌀로 밥을 짓고 가지고 온 반찬으로 점심 식사 준비를 한참 하는 도중에 불을 피우는 연기를 보고 왔는지 진짜 산적 다섯 명이 나타났다. 우리 길손 일행은 사색이 되어 숨이 막힐 정도가 되었다.

"의인 마님이 우리는 중원에서 순흥과 봉화와 울진 쪽으로 가는 길손이고, 특히 나는 아이를 해산하기 위하여 한양에서 삼일전 길을 떠나서 지금은 피로하고 배가 고파서 여기서 점심 식사를 하려던 참인데, 밥이 다 되면 같이 식사를 하고 내가 얼마 안 되지만 노자에서 필요한 돈을 주겠다.

우리는 같은 백성들로 사이좋게 지내지는 못할 망정 사람을 해치거나 괴롭히는 것은 인간의 도리가 아니다."라고 말하자!

산적 한 명이!

"도리어 화를 내면서 우리가 어디 거지요! 밥이나 얻어 먹고 지내게!"

"의인 마님은 우리 일단은 점심 식사나 하고 당신들이 요구하는 것이 무엇인지 들어나 보고 그때 가서 이야기하고 죽이던가! 살리던가! 마음대로 해요!"

다시 산적 1명이!

"무슨 말이 그렇게 많아요! 우리는 이곳에서 이번 겨울에 먹고 살아야 하기 때문에 양식과 돈이 필요한 것 뿐이요!"

그러자 대장인 것 같은 한 산적이!

"우리 두령님이 사람은 될 수 있는 한 해치지 말고 겨울 살이 양식과 돈을 모아 오라고하니, 저 마님이 일단 점심밥을 먹여주고 돈을 준다니 그렇게 하고 저 마차에 실려 있는 양식을 가져가자!"

그때!

순금이가 "마님, 밥이 다 되었으니 식사준비를 할까요!"

"그래! 우선 여기 오신 손님부터 차려 드리고 우리 일행은 차차 먹기로 하자!"

일단 산적에게 식사를 차려주고 나머지 밥과 반찬으로 길손 일행이 식사를 다 마칠 무렵!

산적 대장이

"밥은 오랜만에 배부르게 잘 먹었으니 노자 돈을 전부 내어 놓고 저기 마차에 실은 양식 중 쌀은 우리가 가지고 갈 테니 준비를 해주세요!"

의인 마님이 "산 속에서 별로 할 일도 없는데, 뭐가 그렇게 급해요! 우리가 가지고 온 약식이나 엿 등으로 후식을 하면서 조금 있다가 가세요!"

"……."

"순금아! 간식을 먹게 여기 조금 가지고 오고 일부는 이분들이 가지고 가서 두령님께 드릴 수 있도록 보자기에 싸거라."

"그리고 대장님!"

내가 아이를 해산하기 위하여 울진 누금까지 가는데 쌀은 임산부인 내가 밥을 지어 먹어야 하고, 또한 누금에 가서 아기가 태어나면 아기 미음과 죽을 쑤어 아기에게 먹여야 하니 간식과 노자 돈만 가지고 가면 안 될까요!"

"……."

대장이 나머지 산적들과 이야기를 나누더니!

"그렇게 합시다. 노자돈은 얼마나 있는 거요!"

마님은 내가 가지고 온 돈과 순금이한테 맡긴 돈을 전부 드리자 하고 차고 있던 주머니를 치마 밖으로 꺼내서 주머니를 열고 가진 돈 전부와 사월이가 좌랑 대감이 시킨대로 미리 준비한 돈을 내어 놓자!

산적 대장이!

'돈이 너무 적어서 쌀은 가지고 가야 한다.'하면서 신경질적인 말을 하였다.

길손 일행은 불안하여 마침 신혼부부가 가진 노자 돈 일부를 내어 놓고, 보부상도 가지고 있는 돈을 일부를 내어 놓았으나 역시 만족하지 않는 모양이다.

"이봐요! 선비 양반 가지고 있는 돈 없소!"

권씨 선비는 "내가 다섯 번이나 과거에 낙방하고 이제 면목 없이 낙향하는 몸이 가진 게 무엇이 있겠소!"

"그러면 그 뒤에 있는 농부 장정은!"

"시골에서 품팔이 일을 해주고 하루살이로 먹고사는 사람이 돈은 무슨 돈이요!"

산적 대장이 "알았슈!" 하면서 일행을 데리고 산 속으로 사라졌다.

산적과 무사히 해결하고 나니 시간이 너무 많이 가서 빨리 길을 재촉하여야 하는데, 지금부터 내리막 길이라서 마님이 마차에 탈 수가 없고 걸어서 가야하니 해가 떨어지기 전에 풍기나 순흥 마을에 도착할 수 있을지 걱정이 태산이다.

순흥 마을 동구에 도착하니 해가 서산으로 넘어가고 있었다. 원래는 여기서도 먼 친척집에 숙박하기로 하였으나, 마침 같이 온 신혼부부가 내일 신행 잔치 날이라면서 협소하고 혼잡하지만 하룻 밤 자고 가라고 해서 굳이 친척집에 가지 않아도 되었다.

이튿날!

잔치 집이라서 새벽부터 난리가 난 집 같아서 우리는 일찍 차려준 아침밥을 먹고 봉화로 가서 춘양이나 영양 수비에서 자고 또 다시 험한 영해 울티재 옆 계곡을 지나서 불영계곡과 불영사로 가기로 하였다.

34

6

순흥을 떠나서 봉화로 가는 길에 일행인 선비 길손이 우리 집에 가서 점심 식사나 하고 가라고 하여 할 수 없이 선비 집에 도착하니 안동 권씨 양반집인 기와집이 대궐 같았다.

솟은 대문 앞에 도착하니 하인 할범이 나와서 선비를 맞이하였다.

솟은 대문으로 들어가니 아직 선비의 부친이 살아 계셨다. 일찍이 높은 관직에서 사직하고 낙향하여 후진들을 양성하고 인품이 대단한 대감이며 선비 중에 선비 같았다.

의인 마님은 안채로 들어가서 안방 마님과 서로 통성명하고 마루에 걸터앉았다.

선비가 마당에 나와 "이 분은 임산부라서 방에 들어가서 잠시라도 누워서 쉬다가 점심 식사를 하고 가셔도 영양 수비나 춘양으로 가실 수 있습니다."라고 하였다.

안방마님이 안방으로 안내를 해서 방에 들어가 잠시 누워서 휴식을 취하고 있으니, 어느새 점심 식사 상이 나와서 밥을 먹으려고 해도 길 떠난 지 며칠이 되어서 인지 입맛이 없어 한 숟갈 먹고 수저를 놓았다.

안방마님이!

"춘삼아!"

"네!"

"이 분이 임산부라서 식사를 못하니 누룽밥을 만들어 갔다 드려라!"

조금 있으니 그 집 몸종 춘삼이가 누룽밥을 가지고 와서 반 그릇 정도 먹고 상을 물리니 안방마님이 걱정을 하면서 "오늘 하루 밤을 자고 내일 가면 안 되겠냐"고 하였다.

우리 일행은 다시 길을 재촉하여 해가 떨어지기 전에 다음 숙박지인 춘양으로 가기로 했다.

서둘러 마차를 타고 춘양에 도착하니 가을 날씨에 소나기가 여름 장마처럼 오고 있었다.

일행은 길 옆 초가집 추녀에서 억수 같이 쏟아지는 비를 잠시 피하고 동네를 살펴보니, 이곳도 반촌으로 마을이 제법 크고 양반인 대감 집인 듯한 기와집이 몇 채 있었다.

일행은 주막집으로 숙소를 정하려고 일용아범을 시켜서 수소문을 하였지만 워낙 산골이라 마땅한 주막이 없어 고심을 하고 있었다.

마침 지나가던 노모가!

"길손인 모양인데, 날씨가 좋으면 춘양장 근처에 가면 주막집이 두 곳 있지만 오늘은 비가 너무 오니 그곳 까지는 갈수 없으니 불편하지만 우리 집에 가서 자고가요!"

우리 일행은 하는 수 없이 노모 집으로 가서 여장을 풀고 하루 신세를 지기로 했다. 얼마 있으니 노모가 가을에 나온 나물과 봄에 준비한 나물 반찬과 된장국으로 저녁 식사를 하고 나서 마님과 노모는 안방에서 자고 순금이와 뜬금이는 건너방에서 자리를 잡고 일용 아범과 천덕이는 사랑채로 가서 잤다.

안방에서 자는 마님은 피로하지만 노모와 이야기를 나누고있었다.

"나는 한양에서 울진 누금 마을에 해산을 하기 위하여 가는 길입니다."라고 마님이 말을 하였다.

노모도 "원래 울진 정명이 고향인데, 장씨로 이곳 권씨 가문으로 시집와서 사남매를 낳아서 모두 출가를 시키고 남편은 일찍 죽고 이 집은 큰 아들과 같이 살고 있는데, 오늘 울진 홍부장에 가고 집에 없어 적적하던 차에 마침 길손 일행을 만나서 잘 되었다고 했다."

"……."

"만약 오늘 밤에라도 우리 아들이 오면 모레 또다시 울진 홍부장에 가니 같이 십이령을 넘어가면 되겠다"고 하였다.

마님은 "고마운 말씀이나 내가 임산부로써 마차가 이동수단이라 십이령은 마차가 갈수도 없을 뿐만 아니라 불영계곡으로 가서 아기 출산을 위하여 불영사에서 불공을 꼭 드리고 불영계곡을 거쳐 누금 마을로 가야한다"고 설명하자!

노모가 "불영계곡은 험하여 마차가 갈수 있을지 모르겠다"고 하였다.

7

일행은 춘양에서 노모에게 대접을 잘 받고 아침 일찍 불영계곡으로 가기로 하고 길을 나셨다.

조금 가다가 마침 빈승(貧僧)이 우리와 같은 길을 가고 있었다.

의인 마님이 "어디서 오신 스님이며, 어디로 가시는 길입니까?"

"소생은 영주에 있는 부석사에서 수도를 하다가 울진 불영사로 가는 길입니다."

의인 마님은 "그러면 우리도 불영사로 가는 길인데 말동무나 하고 같이 가기로 합시다!"

빈승이 "네!"하고 대답을 했다.

가는 길이 산악이라 계곡마다 단풍이 들기 시작하였는데, 불영계곡 고개에 올라가니 과연 산수화 한 폭 같은 단풍이 물들어 절경을 이루고 있었다.

빈승은 "이왕 같이 길을 가는 동안 소생이 알고 있는 불영계곡과 불영사에 대하여 유래나 야사에 대하여 이야기를 해 보겠습니다."

불영사가 있는 불영계곡은 왕피천 발원지인 영양 수비 본신의 금장산(849m) 서쪽 계곡에서 발원해 서쪽으로 흐르다가 북동류 해서 하원 불영사에서 비월 지역 내앞(川前)까지 15km의 불영계곡으로 유로를 동쪽으로 바꾸어 흐르다가 동해로 흐른다.

계곡 자락에서 이어지는 왕피천을 비롯해, 불영사와 자연휴양림이 계곡 깊은 곳에 자리 잡고 있어 구비마다 절경을 제공하는 유명한 계곡이다.

수억 년 동안 바위틈을 흘러내리면서 만들어낸 물길과 물에 닳아 반들반들해진 넓은 암석들. 마치 물항아리처럼 패여진 청석들. 크고 이름난 폭포도 하나 없지만 기암절벽 사이를 뚫고 바위틈을 흘러내리는 청류는 그 시원함이나 깨끗함에서 최고라 할만하다. 계곡미는 태고의 모습 그대로다.

불영계곡의 자랑거리는 맑은 청류와 계곡 주위를 장식하고 있는 기암절벽, 길에서 내려다 보노라면 절로 감탄에 빠진다. 과장된 표현임을 인정하고서도 그 장엄함이나 긴 골짜기의 위용이 〈천하일경〉이란 별명이 무색치 않음을 느끼게 된다. 불영계곡은 울진의 젖줄인 왕피천으로 이어진다.

불영계곡은 왕피천을 왼쪽으로 끼고, 18km 구간으로 이 중에서도 진잠에서부터 불영사 입구까지의 이십리가 진짜 불영계곡의 묘미를 느낄 수 있는 곳이다. 중간에 가장 아름다운 계곡은 선유로 가기 전 약 200여 미터 전 지점에서 내려다보는 계곡미. 계곡 주위로 휘감은 기암들이 저마다의 품새를 뽐내고, 기암의 흰 화강암과 푸른 물길이 절묘한 조화를 이룬다. 깊고 넓게 퍼지는 물줄기는 이끼 한 점 없는 바닥을 티끌하나 남김없이 다 내비친다.

장마 끝이나 비온 후 물이 많아지면 더욱 절경이며, 오늘과 같은 가을 단풍은 1년 중 가장 아름답다.

어느 한 폭의 수채화도 이를 비교할 수가 없다.

불영사는 불영계곡의 중심 천축산에 있다. 신라 진덕여왕 5년(651)에 의상(義湘) 대사가 창건하였다.

1370년(공민왕19) 유백유(柳伯儒)가 지은 〈천축산불영사〉에 그 기록이 나온다.

의상 대사가 경주로부터 해안을 따라 울진 온정 백암산 기슭에 백암사(白巖寺)를 창건하고 고개를 들어 서쪽을 보니 〈석가모니〉가 수도하던 인도의 천축산을 닮은 산을 보고 부처님을 뫼시는 사찰을 짓기 위하여 그곳을 향해 지팡이를 던졌다. 지팡이가 꽂혀있는 곳에 당도하여 단하동천(丹霞洞天)에 들어가서 해운봉(海運峰)에 올라 북쪽을 바라보니 서역의 천축산을 옮겨온 듯한 지세임을 확인하였다.

또 맑은 냇물 위에서 다섯 부처님 영상이 떠오르는 모습을 보고 기이하게 여겨 내려가서 살펴보니 독룡(毒龍) 아홉 마리가 살고 있는 큰 연지와 폭포가 있었다.

의상은 독룡에게 법(法)을 설파하며 그곳에다 절을 지으려 하였으나, 독룡이 말을 듣지 않고 길을 가로 막았다.

의상 대사는 혼신의 힘을 다하여 여덟 마리 용을 퇴치하고 마지막 한 마리 용과 일진일퇴의 사투를 석 달 열흘(100일)을 두고 벌인 끝에 수천대(현 주천대)에서 용을 물리쳤다. 의상대사는 아홉 마리의 용과 인연을 빌어 사찰을 창건하고 구룡사(九龍寺)라 이름을 지었다가, 676년(문무왕 16)에 의상이 다시 불영사를 향해서 가다가 선사촌(仙槎村)에 이르렀을때!

한 노인이 '우리 부처님이 돌아오셨구나'. 하면서 기뻐하였다.

그 뒤부터 마을 사람들은 불영사를 부처님이 돌아오신 곳이라 하여 불귀사(佛歸寺)라고 불리다가 이후 다시 용이 살던 못에 부처의 설법형상이 비치자 불영사(佛影寺)로 개칭하였다.

의상은 이 절에서 9년을 살았으며, 뒤에 원효대사도 성류굴과 주천대를 거쳐 이곳에 와서 의상과 함께 수행하였다고 한다.

1408년(태종 8) 이문명(李文命)이 지은 〈환생전〉에 의하면 옛날에 백극재(白克齋)가 울진 현령으로 부임한 지 3개월 만에 급병을 얻어 횡사하니 그 부인이 비통함을 이기지 못하여 불영사로 와서 남편의 관을 탑전(塔前)에 옮겨 지극한 정성으로 기도를 올렸다. 3일 만에 남편이 되살아나 관을 뚫고 나오자 기쁨을 이기지 못하여 탑료(塔寮)를 환희료, 불전(佛殿)을 환생전이라 하고, 〈법화경〉 7권을 금자(金字)로 사경하여 불은에 보답하였다고 한다.

이 절의 동쪽에는 삼각봉(三角峰), 아래에는 좌망대(坐望臺)와 오룡대(五龍臺), 남쪽에는 향로봉(香爐峰)·청라봉(靑螺峰)·종암봉(鐘岩峰), 서쪽에는 부용성(芙蓉城)·학소대(鶴巢臺), 북쪽에는 금탑봉(金塔峰)·의상대(義湘臺)·원효굴(元曉窟)·용혈(龍穴)이 있어 모두 빼어난 경관을 이루고 있다.

절은 대체로 산을 등지고 강이나 계곡을 앞에 두고 있는 반면에 불영사는 계곡을 등지고 산을 바라보고 있다. 그럼에도 막상 절 앞에 서면 뒤의 계곡은 보이지 않고 또 하나의 산이 뒤를 받치고 있는 형국이어서 아늑하기가 그지 없고, 주위 경관이 퍽이나 아름답다.

그리고 대웅전 앞에서 오른쪽의 산 위를 바라보면 칼바위 3개가 나란히 서 있다. 그런데 대웅전 앞의 연못 끝에서 칼바위를 바라보면 어느새 3개의 칼바위가 하나의 관음상이 되어 있음을 보게 된다.

퍽이나 이채롭고 신비롭다. 불영사라는 이름도 바로 거기에서 유래했음을 알게 된다. 그 모양이 연못에 비치면 정말 영락없는 관음상의 모습으로 보여진다고 하고, 이를 계기로 천축산 불영사로 개명되었다.

8

"의인 마님은 이 고개에서 점심을 먹고 조금 쉬었다가 불영계곡 중간 지점에 위치한 불영사(佛影寺)에 가서 운학(雲鶴) 스님을 만나 인사를 올리고 1박 하면서 태어날 아이를 위하여 불공을 드리고 내일은 누금까지 단축해서 가는 대현산 한티재는 마차가 다니지 못하기 때문에 구산 쪽으로 돌아서 가기로 하자."

일용 아범이 "마님께서는 안전을 위하여 지금부터 내리막길이기 때문에 마차를 타지 마시고 천천히 순금이와 뜬금의 부축을 받으면서 내려오세요! 저는 천덕이와 마차를 끌고 조심해서 불영사 입구에서 기다리겠습니다."

일행은 길을 나선지 여섯째 되는 날이라서 여독이 심하여 걸어 갈 수가 없을 정도이다.

그러나 임산부인 마님은 평지에는 마차를 탔기 때문에 다리가 아픈 것이 조금 덜 하는 것 같다. 경치를 구경하면서 좋은 공기를 마시고 느린 걸음으로 천천히 계곡을 내려가기 시작하였다. 공기가 좋고 내리막길이라서 인지 별로 힘은 들지 않았다.

산 계곡이라 산그늘이 길고 해가 벌서 산마루에 걸려 있다. 일행은 서둘러 불영사 입구에 도착하니 일용 아범은 소에게 풀을 먹이면서 쉬고 있었다.

입구라 하지만 아직 불영사까지는 계곡 옆 평지 길로 족히 1시간 정도는 걸어가야 한다. 마님을 다시 마차에 태우고 일행 5명은 불영사 계곡을 건너서 가니 불영사 절에는 저녁 준비를 하느라 굴뚝에서 연기가 피어오르고 있다.

불영사에 도착하니 누금 마을에서 삼척댁 국노(國老) 조카가 기별을 받고 마중 나와 있었다. 서로가 간단한 인사를 나누고 나서, 운학(雲鶴) 스님을 찾으니 안 계셨다.

마침 동자(童子)가 다가와서 우리 일행을 보면서!

"큰 스님은 의상대 쪽 원효굴에 불공을 드리러 가고 안 계십니다. 저녁 공양 염불(念佛)을 드리는 시간이 되었으니 잠시만 기다리면 오실 겁니다"라고 말했다.

9

조금 후 운학 스님이 돌아오셨다.

"스님은 국노 조카로부터 이야기를 듣고 기다리고 있었다고 했다. 스님은 한 성인을 탄생시키기 위하여 부모와 누금 마을에서 정성을 다하는 모습을 보아 반드시 귀한 아이가 태어날 것이라고 말씀하시면서 빨리 저녁을 먹고 임산부가 힘이 들지만 태어나는 아이의 축복을 위하여 밤새도록 불공을 드리자고 했다."

마님은 저녁식사 후 몸단장을 하고 가지고 온 쌀과 돈으로 시주를 준비하여 법당을 가니 벌써 운학 스님은 불공을 시작하고 계셨다.

운학 스님은 마님을 보고 임산부인 만큼 편하게 앉아서 합장을 하고 불공을 드리라고 했다.

운학 스님과 밤새도록 불공을 드리니 어느덧 날이 밝아 오고 동쪽 하늘에서 햇살이 비치기 시작하였다. 마님은 아침 염불까지 스님과 같이 참배하고 나서 아침식사를 간단히 마치고 운학 스님의 절 입구까지 배웅을 받으며 누금으로 가는 길을 재촉하였다.

운학 스님이 "사내 아기가 태어날 것이며, 어느 정도 자라면 한양에 가지 말고 누금 마을에서 성장하도록 하고 이 불영사에 내가 있을 때까지 와서 글공부와 남들이 하지 않는 우주를 다루는 천문과 땅의 지리와 철학 등을 배우도록 하라"고 의인 마님에게 신신당부를 하였다.

국노 조카와 일행 6명이 누금으로 출발하려고 하자!

국노 조카가 "뜬금이와 천덕이를 데리고 마차와 같이 돌아가지 않고 한티재로 빨리 가서 형수님이 불영사에 도착해서 마차를 타고 누금으로 오니 집 청소와 형수님이 거처할 방을 치우고 이부자리를 보기 위해서 미리 누금에 도착 할 생각입니다."하고 말하니!

의인 마님이 "이제 다 왔으니 그렇게 하는 게 좋겠다"고 해서 한양에서 같이 출발한 5명 중 일용 아범과 순금이와 3명은 마차를 따라 돌아가는 길을 택하여 누금에 도착하니 정오가 약간 지난 시간이었다.

동구 밖 성황당 근처에는 친척과 마을 사람들이 마중을 나와 있었다.

그렇게 천상비처 길지인 누금 마을에서 아이의 출산을 위하여 천리 길 한양에서 출발한지 7일 만에 누금에 도착하여 집에 가니 청소와 이부자리가 준비 되어 있었고, 온정댁 손위 동서가 와서 점심식사 준비를 해놓아서 대충 손을 씻고 마을에서 오신 친척 분들과 같이 식사를 하였다.

길지인 누금 마을 좋은 곳에서 아이 출산을 위하여 천리 길을 마다하지 아니하고 특히 험한 고갯길과 산적과 짐승 등에게 무슨 변을 당할지 모르는 길을 오직 왕피천 주변 성황당 길지에서 아이 탄생을 위하여 가문은 물론 임산부 의인 마님의 결단이 없었으면 도저히 오늘과 같은 날이 오지 않았을 것이다.

좌랑댁 마님은 한양에서 가져온 여장을 순금이에게는 옷가지와 아기가 탄생하면 필요한 물건들은 방에 잘 챙겨서 정돈하고 뜬금이에게는 여기서 먹을 양식과 반찬 등을 부엌과 창고에 잘 정돈하여 보관하도록 하였다.

누금에 도착한지 며칠이 지나서 집안이 잘 정돈되었고 장시간 길을 걸은 여독도 풀리고 해서 일용 아범과 뜬금이를 다시 한양으로 가라고 하였다.

누금 앞뜰에는 곡식이 황금 물결을 이루고 하늘이 높은 천고마비 계절은 서서히 지나가고 왕피천 달빛만 물결을 타고 날아가듯이 청명한 오늘밤은 산자락에 걸린 북두칠성이 유난히도 빛나고 있었다.

엄동설한 겨울을 맞이하여 울진 지역은 유난히도 폭설이 자주 와서 길은 막히고 마을 출입왕래를 하지 못한 날이 허다하였다.

10

이제 춘삼월이 오면 우리 아기가 탄생하는 계절인데, 어느덧 경칩이 지나고 먼 산과 들판에는 아지랑이가 아롱거리는 춘삼월이 왔다.

삼월 중순 경이면 아이가 태어날 날이 서서히 다가오고 있어 좌랑댁 마님은 출산 준비에 공을 드리고 있었다. 오늘 밤도 달은 밝고 북두칠성은 누금마을 바로 앞산 신봉산에 걸려서 광채를 빛내고 있다.

동네 좌장인 구경 영해 할배는 마당 밖에 나와서 예나 다름없이 북두칠성이 빛을 내 품고 자리를 이동하는 것을 관찰하다가 내일은 이 마을에 경사가 있을 것이라 하고 방에 들어가서 잠을 청하였다.

이튿날 새벽녘에 온 동네가 시끄럽게 법석이 났다. 좌랑댁 마님이 해산을 하기 위하여 몸을 풀고 있어 마을에서 나이 많은 할머니들이 하나 둘씩 좌랑댁으로 모이기 시작하여 첫 닭이 울 무렵 사내 아기가 탄생하였고 산모가 미역국을 먹고 나니 닭이 회를 치고 마당으로 뛰어 내렸다.

한양으로 천덕이를 인편으로 서찰을 좌랑 대감과 사인 대감에게 아기 탄생 기별을 보냈다.

이렇게 태어난 아기는 15세기 프랑스의 노스트라다무스와 중국의 소강절을 버금가는 조선의 해동강절이란 별칭을 받은 유학자이고 대철학자이며 예언가인 격암 남사고(格庵 南師古) 선생이 태어난 것이다.

11

격암 남사고는 1509년(중종 4)에 강원도(현 경상도) 울진현 비월 지역 누금(현 수곡1리)마을에서 출산예정일 보다 2개월 늦은 12개월 만인 춘삼월에 태어났다.

본관은 영양 남씨(英陽 南氏) 자(字)는 경원(景元)인데, 자를 짓는 기준은 남자 사내가 15세부터 20세 사이에 머리를 상투하고 갓을 쓰는 관례(冠禮, 현 성인식)를 마치고 집안이나 마을 어른이 지어준 이름인데, 사고의 자는 조부 사인 대감이 지어주었고, 자는 친구나 웃어른만 부를 수 있고 손아래 사람은 부르지 못하는 이름이다.

호(號)을 짓는 자격은 시대에 따라 약간 차이는 있지만, 관직이 있던가, 사대부는 61세 환갑이 된 자와 평민은 70세 이상으로 수직을 받아야 지을 수 있고, 기준은 태어난 마을과 관련된 산과 강 이름과 명승지 등을 인용하고 아니면 한문의 뜻을 이용하여 짓는 경우이다.

격암은 첫 벼슬인 사직참봉을 제수 받고 직접 대학(大學)의 팔조목

중 제일 첫머리인 격물치지(格物致知)에서 모든 사물의 이치를 끝까지 파고들어 앎에 이르고, 마음을 바로 잡으면 양지(良知)에 이름을 깨달은 바가 있어 격암(格菴)이라 지었다.

호는 어린 아이와 후손들까지도 누구나 부를 수 있는 이름이다.

격암은 유년(幼年) 시절에 책 읽기를 좋아해 평소 소학(小學)을 옆에 놓고 풍모(風貌)를 유지하는 지침서로 삼은 것은 대인으로서 길을 가는 모범을 보이고 항상 간결하면서 온후하고 의젓하여, 학문이나 재물 등을 구차하게 생각하지 않아 격식에 얽매이지 않고 즐기려는 것을 자신의 처지를 답답해 하였고, 그러한 연유로 중년 이후부터는 가세가 기울어 설두에서 남수산 밑에 달팽이집 같은 작은 집에서 빈곤한 생활을 하였다.

그러나 고결(高潔)한 인품과 낙천(樂天)적인 삶을 살았으며, 시를 지어 읊고 자연에 순응하는 삶을 살았다.

격암은 일생 동안 내면적 수신(修身)과 도덕성의 함양에 매진하여 자연에 순응하며 자유분방한 삶을 추구하는 인격을 형성하였다.

격암이 활동하던 16세기에는 기득권을 배경으로 독점한 세력과 중종 이후 명종 때 문정왕후(文定王后)와 그 외척인 윤원형과 요승인 보우(普雨)가 정치에 참견하여 백성들의 과중한 조세와 국역(國役, 부역)과 군역(軍役)은 물론 토지 횡탈 현상이 전국 각지에 일어났다.

그러나 혼란의 시기에도 효렴(孝廉)으로 종9품인 사직참봉(社稷參奉)과 종6품인 관상감(觀象監)의 천문교수(天文敎授)를 제수 받아 잠시 벼슬길에 나갔다.

한양에서 하늘의 도(道)를 궁구(窮究)하고 이 무렵에 어려서부터 스스로 익힌 철학과 역학(易學)의 지식과 소양을 마음껏 궁리하며 자연의 이치를 연구하였다.

그가 저작한 〈완역도(玩易圖)〉는 천문 교수로 재직하면서 편찬한 것으로 여겨진다. 격암은 주역을 추상적 이해가 아닌, 우주 원리를 합리적으로 해석하는데 전력을 다 하였다.

이는 당시 세계의 모순을 스스로 피하여 명상에 빠지는 것이 아니라 모순을 극복하기 위한 실천적 개혁 의지를 담고 있는 것으로 해석된다.

이러한 시각은 그가 지은 〈해옥첨주부(海屋添籌賦)〉에서도 여실히 드러나 있다. 그러나 그의 실제 삶은 강한 현실 참여와 개혁 의지에도 그 뜻을 제대로 펼치지 못 하였다.

격암은 잠시 벼슬길에 나간 시기를 제외하고는 평생을 울진 왕피천의 주변인 수천대(水穿臺)와 불영계곡의 불영사와 남수산(嵐岫山) 기슭에 달팽이집 같은 작은집을 짓고 수도(修道)를 수행하면서 살았다.

"강물 남쪽에 경치가 좋은데 너무 늦기 전에 그곳에서 살아보리라(水南山色好 歸計莫樓遲)"라며 자신의 뜻을 펴지 못한 심정을 표현했다.

이곳에서 수도 생활과 후학을 양성하는 한편 집필 활동에 전념했다. 또한 천리(天理)를 가늠하여 세상일을 예견하고, 술과 풍광을 벗 삼아 당대로부터 탁월한 천문과 지리와 주역에 능한 대철학가 또는 예언가라는 평가를 받은 기인(奇人)이 탄생하신 것이다.

3. 주유천하

1

사고는 책 읽고 공부하기를 게을리 하고 마음이 허전하여 도저희 마음이 잡히지 않고 천문지리에 더욱 매진하기 위하여 우선 자연과 접하여 벗하는 길은 오직 세상을 주유천하 하는 것으로 생각했다.

사고는 어려서부터 책 읽기를 좋아하고 구차하게 얻는 것보다 노력하여 이루는 대인적인 품성을 보였다.

소년시절부터 청장년까지 친한 친구는 전복용(田伏龍), 독송 주세창(獨松 朱世昌)과 또는 십 여살 이상 연하인 제자뻘 되는 학문의 벗인 대해 황응청(大海 黃應淸)과는 항상 함께 지내는 경우가 많았다.

'오늘은 날씨도 맑고 좋은데, 친구가 왜 연락이 없고 오지 않는지? 궁금하고 안달이 나서 왕피천 뚝방길에 나가서 기다리고 있는데, 주세창과 전복용이와 황응청이가 왔다.'

사고가 "오늘 날씨도 좋은데 뭘 하고 놀지!"

주세창은 "오늘은 왕피천에서 고기를 잡고 놀자!"

"그렇게 할까!" 하고 사고가 말하자

전복용이는 "날씨는 좋지만 몇 일전까지 고기를 잡았으니 오늘은 불영계곡 쪽으로 바람을 쐬러가자!"

세창의 의견과 복용의 의견이 나누어 졌다.

사고는 둘 다 친한 친구로서 어느 한쪽 의견을 들어주면 편을 가르는 형상이 되는 것이라고 생각했다.

사고는 수정해서 "주천대쪽으로 가서 산보나 하자!" 황응청이도 수정안에 찬성하여 네 사람은 주천쪽으로 길을 가다가 붉은 띠로 장식된 패도(佩刀, 남자가 차는 노리개 칼)를 보고도 그냥 지나친 일화를 남긴 것에서도 그의 곧은 성품을 엿볼 수 있다.

사고는 주천대에서 간혹 머리를 식혔지만 그런다고 마땅히 공부가 잘 되는 것도 아니고, 오직 자연의 이치를 더 알고자 어디론가 떠나서 세상의 주유천하 방랑을 하고 싶은 마음이 하루에도 열두 번씩 뇌를 복잡하고 혼란스럽게 하고 있었다.

왕피천 주변으로 산보와 유람을 하다 보니 자연과 벗 삼고 자연의 이치에 눈을 돌리기 시작하였다. 소년시절부터 자주 가는 곳이 왕피천 주변의 성유굴과 수천대와 불영계곡 및 불영사이고 누금마을과 조금 먼 동해바다의 망양대와 서민의 애환이 서려 있는 십이령이며, 삼척의 벽서루 등지이다.

사고는 낮이면 산수와 자연이치와 만물의 풍경을 보고 깨달음을 찾아 마음의 위안과 머리를 식이고, 밤이면 왕피천의 달빛과 앞산에 걸려 있는 북두칠성 별자리를 관찰하는 것이 생활의 전부이었다.

오늘도 친구와 같이 주천대로 가서 허무한 마음을 달래고 정신수양을 하였으나, 마음이 잡히지 않아 불영사로 가서 운학스님을 만나 뵙고 오기로 하였다.

2

사고는!

"어머님!"

오늘은 주세창과 전복용과 같이 불영계곡과 불영사에 가서 운학(雲鶴)스님을 뵙고 불공을 드리고 오겠습니다.

어머님은 "그렇게 하려 무나!"

"점심은 친구들과 절에서 먹고 오겠습니다!"

어머님께 인사를 하고 마당에 나오니 날씨가 쾌청한 탓인지 두 친구가 벌써 우리 집에 왔다.

불영사는 어머니가 나를 출산하기 위하여 누금으로 올 때 1박하고 불공을 드리고 운학스님에게 앞으로 태어날 아기에 대하여 자세한 이야기와 아이가 태어나면 이곳에 와서 불공도 드리고 정신수양을 꼭 하기를 바란다고 한 곳이다.

그래서 내가 생활하다가 정신적으로나 공부에 방황할 때와 정기적으로 한 달에 초하루와 보름날에 2번가고 평상시도 마음이 울적할 때는 수시로 가는 곳이다.

　불영사가 있는 불영계곡은 선인들은 자연이 빚은 절경을 그에 걸 맞는 이름을 붙이고, 자연풍광을 훼손치 않으면서도 루(樓)와 정(亭)과 대(臺)를 앉힌 곳이다. 사고는 불영사에 도착해서 운학스님을 만났다.

　"안녕하세요!"라고 인사를 드렸다.

　운학스님은 "그래! 너도 잘 있었나, 오늘은 친구들과 같이 왔구나!"

　"네! 오늘은 공부와 수도는 안하고 그저 친구들과 자연경관을 보고 정신수양을 하고자 합니다."

　"그래! 사람이 어찌 매일 공부만 하고 살 수 있겠는가! 무엇보다도 정신 수양이 으뜸이지! 그러면 놀다가 가라 나는 불공을 드리고 있을 터이니 그때 너도 같이 불공을 드렸으면 좋겠다마는 갈 때는 나를 꼭보고 가라, 특별히 줄 것이 있다. 있지 말고 꼭 알았지!"

　"네! 알겠습니다." 대답하였다.

　불영사에서 불공을 드리고 자연경관을 벗 삼고 절에서 점심을 먹고 집으로 돌아가기 전에 운학스님을 만나니 비책(秘冊) 3권을 주셨다.

　책의 표지를 보니 천편(天編)과 지편(地編)과 인편(人編)이다. 대충 보니 천문과 풍수지리와 역학의 사주와 관상에 관한 철학서이다.

　운학스님이 "이 책은 세상에 함부로 나가서는 아니 되는 비책인데, 천편은 우주와 별자리가 움직이는 것을 관찰해서 사람에게 접목하여 운수와 현재 및 미래 등을 알아보는 천문인 것이고, 지편은 우리가 살고 있는 땅에 대하여 산사람이 살고 있는 집터와 죽은 자가 묻히는 묘터 등을 알아보는 비책이고, 나머지 인편은 즉, 사람에 대한 사주팔자와 관상 등을 알 수 있는 중요한 비책이니 잘 보관하고 열심히 공부하거라!"

"네! 알겠습니다." 대답하고 운학스님과 작별하고 집으로 3권의 비책을 가지고 와서 어머님에게 운학스님이 주셨다고 이야기하자!

"운학스님이 주신 것이니 잘 읽고 공부를 열심히 하거라!"

"네! 열심히 잘 읽고 공부하겠습니다."

그런데 책이 한문과 내용이 너무 어려워 혼자 위기지학(爲己之學)으로 독학하기 에는 너무 벅찬 책이었다. 그렇다고 수시로 가서 운학스님에게 일일이 물어 볼 수가 없었다.

사고가 어린 시절 서당에 다닐 때 이유 없이 자꾸 야위어 갔다.

훈장선생님이 이를 수상히 여겨 까닭을 물어보니!

사고가 대답하기를!

"서당에 올 때 마다 어여쁜 묘령의 여자가 입맞춤을 하자면서 자신을 희롱하고 괴롭힌 다고 하였다. 그런데 그 묘령의 여자가 입맞춤을 할 때마다 항상 입속에 구슬을 물고 있었다. 고 말씀을 드렸다."

훈장선생님은 그 묘령의 여자는 여우가 둔갑한 것임을 알고 다시는 입맞춤을 하지 말고 도망을 치라고 일러 주었다.

다음날 사고가 서당에 오는데 또 묘령의 여자가 입맞춤을 하자고 해서 사고는 입맞춤을 하는 척 하면서 여자의 입속에 있는 구슬을 삼키고 도망치기 시작하였다.

그러나 여자가 뒤 쫓아 오자 너무 당황한 나머지 땅에 넘어지고 말았다. 그러자 여자는 늙은 여우로 변하면서 슬피 울다가 되돌아갔다. 허겁지겁 서당에 온 사고를 본 훈장성생님이 물어 봤다.

"너가 넘어질 때 어디를 먼저 보았냐고 하자!"

"예! 땅을 먼저 보았다고 대답하였다."

훈장선생님은 탄식을 하면서!

"아깝도다! 넘어질 때 하늘을 먼저 보았으면 대 천문학자가 될 터인데 땅을 먼저 봤으니, 풍수지리에 능한 지관에 머물겠구나! 하면서 또 한번 탄식을 하면서 그러나 천문과 사람에 대한 사주나 관상은 너가 독학으로 열심히 하거라!"

"네 알겠습니다!"하고 대답을 하였다.

이러한 어린 시절에 있었던 사연 때문인지 운학스님이 준 비책 3권 중 두 권 책은 읽기를 소홀하고 지편(地編)이 마음에도 들고 이해하기가 쉬워 지편만 열심히 공부하기 시작하였다.

그러던 중 하루는 사고가 집에 없을 때 스님 한분이 와서 비책을 열심히 공부하지 않고 개인적인 사욕에 의한 활용만 한다고 비책을 가지고 가버렸다.

사고는 혼자서 철학을 공부할 수밖에 없어 정신수양과 직접 자연이치를 알기위하여 세상의 주유천하를 하였다.

특히 자연이치와 도의 요람인 절과 사람의 애환이 있는 곳이면 어디 던지 세상을 돌아다니면서 천문을 관찰하고 땅을 둘러보고 사람과 가까이하고 친하여 후세가 살아갈 길과 방법을 찾기에 몰두하였다.

3

사고는 불영사 운학스님이 준 비책3권을 잃어버리고 이제는 나 혼자 세상 밖으로 나가서 천문과 풍수지리와 주역을 공부하기 위하여 하늘과 땅과 자연 및 사람을 직접 만나보고 연구하고 공부하여 반드시 인간이 살기 좋은 세상을 찾는데 노력하고 더 넓은 세상을 관찰하기 위하여 친구 주세창과 금강산으로 가기로 했다.

사고는 "세창아!"

"왜!"

'자연과 사물을 직접 대하고 관찰하기 위하여 주천대와 불영계곡과 불영사는 수십 번 갔지만, 더 넓은 세상 밖인 금강산 등 유명 명산과 자연이치와 땅의 길지를 찾아보기 위해서 금강산으로 갈 예정인데!'

"너도 같이 갔으면 좋겠다."

"그래! 나도 어른들에게 수없이 들어본 곳이라서 꼭 한번 가고 싶었는데 잘되었다."

사고는 "금강산은 4계절 다 좋다고 하지만 이왕이면 가을 단풍이 들어 있는 올 가을에 가는데 좋겠다."

주세창은 "그래 알았다. 금강산은 먼 길이니 지금부터 옷가지와 식사할 음식을 준비를 해야 되겠다."하고 사고가 주세창에게 부탁하는 식으로 말을 했다.

"……."

사고는 "우리는 아직 젊어 노자가 넉넉하지 못하여 될 수 있는 한 음식은 직접 조달해야 될 것 같다." 주세창을 보고 "너는 구만에 살고 있어 가급적이면 준비를 다하여 출발 하루 전에 누금 우리 집에서 자고 같이 출발하기로 하자!"

"그래! 내일 점심 먹고 오후에 너희 집에 오겠다."

두 사람은 금강산 출발 준비를 하고 하루가 여삼추 같이 지루한 시간을 보냈다.

사고는 막상 먼 길을 떠날려 하니 막막하기도 했다. 위낙 소문난 곳이기는 하지만 젊은 우리에게는 너무 생소한 곳이라서 약간 겁도 났다. 그래서 어머니에게 자세히 보고하니!

"그래 사내대장부가 큰 꿈을 가지고 하는 일이니 나는 적극 찬성하고 네가 오래 먹을 수 있는 음식을 다소 준비해서 줄 터이니 염려 말 그라!"

어머니는 엿과 다식과 당일에 먹을 수 있는 주먹밥과 가면서 해 먹을 수 있는 마른 밑반찬 다수를 준비 하였다.

저녁때쯤에 구만에 사는 주세창이가 길 떠날 준비를 챙겨서 우리 집에 도착했다.

주세창은 "내가 길 떠날 준비를 하니 어머니께서 옷가지와 약간의 음식을 준비해 주셨고, 아버지께서는 노자 돈을 주셨다." 고 사고에게 준비내용을 대충 말하고 자랑했다.

나도 "어머니께서 옷가지와 여려가지를 준비 해주셨고 백부와 숙부와 국노 형님이 노자 돈을 주셨다."

"우리는 오늘 밤에 푹 자고 내일 새벽 일찍 길을 떠나자!" 하고 사고도 준비한 것을 친구 주세창에게 말했다.

드디어 금강산 길을 떠나는 날이 왔다.

사고는 새벽 일찍 일어나서 백부와 숙부 및 마을 어른들에게 인사를 하고 마지막으로 안방으로 가서 어머니에게 인사를 올렸다. 아버지는 한양에 계셨기 때문에 이야기도 못하고 인사도 못했다.

사고와 주세창이 누금마을 동구 밖으로 나가니 동네 사람들이 배웅을 하려 삼삼오오 나와 있었다.

"너희들 몸 건강히 잘 다녀오고 많은 것을 보고 배우고 오거라!"

사고는 "네! 금강산을 차근차근 면밀히 보고 관찰하고 돌아와서 이야기를 상세히 올리겠습니다."

주세창도 "어르신들께서도 다시 뵈올 때 까지 그동안 건강히 계십시요!" 하고 인사를 드렸다.

사고와 주세창은 누금마을 사람들과 이별을 나누고 길을 떠났다.

드디어 금강산 입구에 도착하니 경향 각지에서 자연경관 유람과 정신적 심신단련을 위하여 수많은 사람들이 삼삼오오 짝을 지어 골짜기를 올라가고 있었다.

한참 계곡을 가다가 점심때가 되어서 넓은 바위가 있는 물가에 앉아서 어머니가 해준 주먹밥을 먹고 쉬고 있는데, 노승 한분이 젊은 우리를 보고 말을 걸어와서 나는 범상치 않은 스님이라 생각하고 일어나서 정중히 인사를 올리고 우리가 앉아 있던 자리로 모셨다.

노승은 "젊은 너희들도 이곳에 유람 왔느냐?"

사고는 "네!" 하고 대답을 하였다.

노승은 "어디서 온 젊은이냐?"

"예! 저는 울진 구만에서 온 주세창이고, 옆에 있는 친구는 울진 누금에 사는 남사고입니다."

노승은 "나는 원래 경주 불국사에 승적을 둔 빈승(貧僧)인데, 경상도와 강원도 명찰을 순회하고 있으며, 봉화 청량산에 있는 청량사(淸涼寺)에서 2년 있다가 다시 울진 불영사(佛影寺)에 가서 운학스님과 불도에 대하여 서로 강론과 문답을 하다가 다시 월정사(月淨寺)에 가서 1년 수도를 마치고 지금은 금강산에 있는 유점사(榆岾寺)로 가는 길인데, 금강산은 이번이 세 번째 길이다.

이번에는 표훈사(表訓寺)와 묘향산 보현사(普賢寺)까지 들려보고 나의 불도의 길을 정리하고 마치고자 왔네!"

"……."

"나의 법명은 해인(海印)이라고 하네!"

사고는 "네! 해인도사님이라고 하셨습니까!"

"그래! 조금 전 친구가 너희 이름이 남사고라 했지?" 하고 물었다.

"제 이름이 남사고입니다."

그러자 해인도사는 혼자말로 '참 사람의 인연이 이렇게도 만나는 것이 부처님이 자비인가?'

"내가 도인으로 받은 비책3권을 향시 소지하고 다녔는데, 도인이 나에게 비책을 줄 때 이 세상을 바로잡을 기인을 만나면 이 비책을 전해주라고 했다.

그동안 기인이 될 인물을 만나보지 못해서 불영사까지 가지고 다니다가 비책을 운학스님에게 맡기면서 당부를 하였다.

이 비책을 이해하고 실천하고 사리사욕에 사용하지 않고 절대로 세상에 노출하지 말고 잘 보관하면서 공부하여 비결에 있는 말씀대로 이 세상 인간을 구할 기인을 보게 되면 이 비책을 전해 주라고 했다.”

“…….”

“비책을 운학스님에게 주고 내가 영주 부석사에서 수도를 하고 돌아와 보니 운학스님이 그 비책을 울진 누금에 사는 〈남사고〉란 청년에게 주었다고 했지!

어떤 청년인지 비책을 이해하고 해석하고 실천할 수 있는 청년인가 의심을 오늘날까지 하고 있었다.

그런데 오늘 그 비책을 받은 남사고가 내 앞에서 직접만나니 아직 청년이라 또 한 번 놀랐다.”

사고는 “세상에 이러한 일도 있네요!

저도 운학스님에게 도사님에 대하여 말씀을 많이 들었습니다. 진작 찾아뵈옵고 인사드리고 싶었으나, 만날 길이 없어 오늘에 뵈옵게 된 것을 용서하여 주십시요! 다시 정중하게 큰절을 올리겠습니다.”

“무슨 절을 두 번씩이나! 그래 그 비책3권으로 열심히 공부나 하지 왜 금강산 유람을 왔느냐?”

사고는 한참 망설이다가 그 비책을 잃어버린 사연에 대하여 자초지정을 말씀드렸다.

해인도사는 "그랬구나! 공부를 열심히 하지 않고 그 비책을 엉뚱한 사리사욕으로 활용한 모양이지!"

사고는 '예! 하고 답변은 했으나, 스님 앞에 몸 둘 바를 몰랐다.'

이 비책은 3권으로 되어 있었다.

천편(天編)과 지편(地編)과 인편(人編)으로 천문과 지리와 주역에 대한 책이다.

사고는 운학스님으로부터 책을 받을 때 처음 책을 맡긴 해인스님의 당부 말씀을 전해 주셨다.

"아무쪼록 덕을 쌓고 공부를 열심히 하고 이 책의 비기를 사사롭게 사용하지 말라고 당부 했다고 말씀을 들었습니다.

그러나 3권중 천편과 인편은 도무지 이해가 되지 않아 실증이 나고 지편의 풍수지리에만 관심이 있었습니다. 그래서 묘터를 봐주고 찾아다니기도 하고 타인에게 알려주기도 하였습니다."

해인도사는 "이제 대략 짐작이 간다. 전우치가 가져간 짓이 틀림이 없다. 그래서 금강산 이곳으로 유람을 온 것이구나!"

사고는 "아니요! 유람을 온 것이 아니고 비책을 잃었으니 이제는 제가 직접 천문과 자연의 이치와 인간을 직접 대하여 보고 사람이 살기 좋은 세상이 무엇인지 찾아보기 위하여 우주의 별자리 움직임과 전국명산과 사람의 살아가는 애환의 무엇인가를 알고 얻기 위하여 세상을 주유천하 하고 있습니다."

주세창이가 "네, 맞습니다. 사고는 저와 전복용 친구와 성류굴과 주천대와 불영사에 수시로 같이 갔습니다.

오늘 금강산으로 와보고 앞으로 관동팔경과 서민의 애환이 담겨있는 울진 십이령 등을 차례로 찾아가 보기로 하고 시간과 여건이 되면 명승지인 계룡산과 전국을 돌아보고 십승지를 찾아보기로 했습니다."

해인도사는 "역시 운학스님이 말하던 대로 비책을 이해하고 비결을 실행 할 수 있는 훌륭한 청년인 것 같다. 그러나 그 힘든 천문지리나 철학과 주역 등의 분야를 어찌 비책과 스승이 없이 혼자서 독학할 수 있을지 의문이다."

"힘든 일인 줄 충분히 알고 있습니다. 그러나 운학스님이 전해준 비책을 잃은 죄책감과 책임감으로 최선을 다하여 그 힘든 천문과 철학에 노력해 보겠습니다."

"그래! 그러한 정신적 각오가 되어 있으면 되었다.

내가 만나 본 시간이 얼마 안 되었지만 충분히 할 수 있을 것 같다."

사고는 "감사합니다. 앞으로 언제 또다시 뵈올 수 있을지 모르지만 많은 가르침을 받고 싶습니다. 여기서 유점사를 가는 길에서라도 이 금강산에 대하여 자세하게 이야기를 하여 주십시요!"

"그래! 가면서 내가 아는 데로 이야기 하마!

그리고 너희들은 청년이라 마땅한 숙소가 없을 터이고 식사도 해결하기가 곤란 할 것 같으니, 내가 잘 아는 유점사 주지에게 이야기해서 너희들도 나와 같이 절에 있으면서 금강산 구석구석을 잘 구경하도록 하자!"

주세창은 "안 그래도 숙박과 식사가 사실은 걱정과 염려가 되었는데 스님 정말로 감사합니다."

해인도사가 "이제 일어나서 유점사로 길을 떠나기로 하고 가면서 금강산에 대하여 이야기 해주고 유점사까지 다 못하면 절에서나 다음날 남은 이야기를 더해주마!"

그러면 금강산 유래를 먼저 이야기를 하기 시작하였다.

금강산은 강원도 북부의 회양과 고성과 통천에 걸쳐 백두대간에 있는 명산이다. 둘레가 약 80km에 이르고, 면적은 약 160㎢이다.

가장 높은 봉우리인 비로봉의 높이는 1,638m이다. 금강산은 거의 편마암과 화강암으로 이루어져 있다. 1만 2천봉이라 일컬어질 만큼 많은 봉우리가 깎아지른 모습으로 웅장하게 서 있다.

금강산은 계절의 변화에 따라 여러 가지 이름을 갖고 있다. 봄에는 매우 아름답고 화강암으로 된 산을 둘러싼 아침 이슬이 떠오르는 태양에 빛나는 마치 7대 보석중 하나인 금강석 같아 〈금강산(金剛山)〉이라 한다.

사고는 "저희들은 일부러 단풍이 찬란한 가을의 계절에 왔는데 다른 계절과 봄에도 그렇게 아름답습니까?"

해인도사는 이야기를 계속 이어 나갔다!

여름에는 계곡과 봉우리에 짙은 녹음이 깔러 신록의 경치를 볼 수 있다고 해서 〈봉래산(蓬萊山)〉이다.

주세창이가 반문했다.

"그렇게 계절마다 이름을 따로 하고 있는 명산이네요!

그러면 지금 우리가 온 가을 계절의 이름은 무엇입니까?"

해인스님은 다시 걷기 시작한지 얼마 안 되었는데, 목이 마르는지 가지고 온 물을 조금 달라고 하셨다.

"네!

연세가 많으셔서 말씀하기가 힘이 드신 모양인데, 저희들이 너무 많은 것을 여쭈어 본 것 같아 죄송합니다.

물! 여기에 있습니다."

물을 마신 해인도사는!

"가을의 이름은 붉게 타는 단풍이 바위와 소나무가 조화롭게 어울러 아름다워서 〈풍악산(楓嶽山)〉이라고 한다.

그리고 겨울은 나뭇잎 들이 다 떨어져서 금강산 바위를 구석구석 다보여주는 것이 마치 봉우리들이 뼈를 드러낸 것 같다는 이름인 〈개골산(皆骨山)〉이다."

해인도사는 계속해서 이야기를 이어간다!

"금강산은 1만 2000개에 이르는 봉우리, 깎아지른 듯한 절벽, 변화무쌍한 계곡, 기암괴석 등이 굽이마다 모습을 달리한다. 비로봉(1,638m)을 경계로 서쪽을 내금강, 동쪽을 외금강이라 하고, 외금강의 남쪽 계곡을 신용금고 강, 동쪽 끝의 해안을 해금강이라 부른다."

풍악(楓嶽)이라는 속칭이 있으나, 승려들이 〈화엄경〉에 근거하여 금강산이라 불렀기 때문에 이 이름이 고정되었다.

사고는 "경치가 좋은 곳이기도 하지만 봉우리 숫자만큼 이름도 복잡하네요!"

"그래! 금강산은 그 봉우리가 일만이천봉으로 태백산맥의 분수령을 이루며 남북으로 길게 뻗었는데, 그 동쪽과 서쪽으로는 주봉에서 갈라진 산줄기와 수많은 산봉우리가 잇달아 솟아 있다."

주봉인 비로봉(毗盧峯, 1,638m) 북쪽으로는 영랑봉(永郞峰, 1,601m)·옥녀봉(玉女峰, 1,424m)·상등봉(上登峰, 1,227m), 오봉산(五峰山, 1,264m) 등이 있고, 남쪽으로는 월출봉(1,580m)·일출봉(1,552m)·차일봉(遮日峰, 1,529m)·미륵봉(1,538m)·백마봉(白馬峰, 1,510m)·호룡봉(虎龍峰, 1,403m)·국사봉(國士峰, 1,385m) 등이 뻗어 있다.

흔히 내금강은 온자우아(蘊藉優雅)하여 여성적이고, 외금강은 웅건수특(雄健秀特)하여 남성적이라고 비교한다.

금강산의 동쪽 해안에는 수원단(水源端)으로부터 구선봉(九仙峰)에 이르기까지 아름다운 석호(潟湖)와 기암이 어울린 해금강이 있다.

"조금 있으면 서리가 오고 이어서 추운 겨울 산 이름하야 개골산이 되겠네요! 하고 주세창이가 질문하자."

해인도사는 "가는 세월 어느 누가 어찌 막겠는가? 이것이 자연의 이치이고 우리가 살아가는 과정일 뿐이다."

사고는 "머리가 복잡 해 지기도 했지만! '금강산은 그저 경치구경이나 하는 산이 아니고 자연의 이치를 배우고 지편의 땅에 대한 좋은 공부를 할 수 있는 곳인 듯합니다." 하고 말하였다.

"그래! 역시 똑똑하고 사물의 관찰에 영특 하구만!

얼마 안 된 시간이지만 벌써 자연과 만물에 많이 통달한 것 같다. 그래서 운학스님이 남사고라 하는구나!"

주세창은 "사실 도사님께서 정확히 보셨습니다!

저는 친구로서 경치를 구경만하고 따라 다니는 수준이지만, 사고는 남다른 관찰이 저를 수시로 놀라게 할 때가 아주 많습니다."

"……."

사고는 주세창을 보고 "스님 앞에서 말도 안 되게 나를 추겨 세우는 거냐!"

해인도사는 "내가 보기에는 세창이도 예사 청년이 아닌 것 같다."

"하여간 친구를 잘 두어서 두 사람은 앞으로 나라와 사회와 인간을 위하여 많은 것을 남기고 좋은 일을 할 것이며, 걸출한 인물이 될 것으로 믿는다."

금강산에는 마의태자(麻衣太子)의 고사가 전한다.

사고는 해인도사에게 "마의태자의 금강산 행록에 대하여 말씀해 주세요! 마의태자는 신라가 망하고 어머니와 함께 저가 사는 왕피천으로 피신을 왔다가 금강산으로 들어갔다는 일화가 있는데, 금강산에 간 사연을 듣고 싶습니다."

"내가 경주 불국사에 있을 때 읽은 〈삼국유사〉에 따르면, 신라 최후의 왕인 경순왕이 고려에 귀속하려 하자 태자가 나라의 존망에는 반드시 천명이 있으니 마땅히 충신과 의논하고 더불어 민심을 수습하여 스스로 나라를 굳게 하다가 힘이 다할 때에야 마지막으로 결정할 것이지, 어찌 천년 사직을 하루아침에 남에게 쉽게 넘겨줄 수 있겠느냐!"고 반대하였다 한다.

부왕인 경순왕이 이에 응하지 아니하자 통곡을 하며 부왕과 작별을 하고, 겨울 개골산에 들어가 바위에 의지하여 집을 짓고 베옷과 초식으로 일생을 마쳤다고 기록되어 있다. 과연 마의태자가 금강산에서 일생을 마쳤는지 확인할 근거는 없지마는 태자의 묘라고 무덤이 전해지고 있다.

주세창은 "마의태자는 비운의 태자이군요!

신라도읍지 경주에서 강원도로 와서 태자와 관련된 야사가 많이 있어 더 애환을 느끼는 일입니다."

해인도사는 "더 기록을 찾아보면!"

〈삼국사기〉와 같은 내용이 다른 책에도 기록되어 있으나, 그저 왕자 한 사람이라 하고 그 이름을 알 수가 없다고 하였다.

또한 다른 문집에는 장안사(長安寺)에서 옥경대(玉鏡臺)로 들어가면 왼쪽에 절벽이 있는데, 이 절벽을 명경대(明鏡臺)라 한다고 하고, 이어 대 밑에는 황천강(黃泉江)이 있고, 그 물 위쪽에 돌로 쌓아올린 옛 성이 있어 성문은 겨우 사람이 출입할 만한데 이 문을 지옥문이라 부른다고 하였다.

신라가 망할 때 마의태자는 수행자와 같이 이 안에서 살았고 지옥문 안에 있는 영원암(靈源庵)에서 일생을 마쳤다고 좀더 구체적으로 기록되어 있다.

금강산은 조선조에도 깊은 이야기가 많다.

〈조선태종실록〉에 의하면 태종이 신하에게 묻되 중국 사신이 올 때마다 반드시 금강산을 보고자 하니 그 까닭이 무엇이냐. 하니 하륜(河崙) 등이 아뢰기를 "대장경 속에 금강산 내용이 실려 있어 널리 세상에 알려진 탓이다." 라고 하였다.

1372년(태조 5)에는 왕명으로 강릉의 쌀 6백석을 금강산 안의 절에 나누어준 일이 있고, 1374년에는 천재지괴를 막기 위하여 금강산 표훈사에 법석을 개설한 일이 있었다.

세종 때 산수의 승지가 아닌 곳의 사찰은 없애는 한편, 금강산 장안사를 선종에, 정양사를 교종에 속하게 하고, 장안사는 큰 절이기 때문에 흥룡사(興龍寺)의 토지 150결(結)로는 공양에 부족할 것이므로 150결을 더 준다고 하였다.

역대 왕 중에서 금강산을 탐승한 왕이 드문데 세조는 금강산을 다녀갔다. 곧, 세조 12년 2월에 금강산 온정리(溫井里)의 행궁(行宮)을 수축시키고 금강산 순행 길에 올라, 3월 21일에 장안사에 들렀다가 정양사를 거쳐 표훈사로 가서 간경도감(刊經都監)에 명하여 수륙회(水陸會)를 설하게 하고 호조에 명하여 쌀 3백 석, 찹쌀 10석, 깨 20석을 금강산 내에 있는 여러 절에 나누어주었다.

조선조에는 외국인의 금강산 유람이 쉽지 아니하였다. 성종 때 일본의 중이 외교사절로 우리나라에 왔다가 금강산을 꼭 한번 보고 싶다고 간청하자, 조정에서는 여러 번의 중신회의까지 열었으나 찬반이 양립하였다.

이 때 반대 의견은 외국인에게 국토를 깊숙이 보이는 것은 군사상으로 불리한 일이고, 외국인의 탐승에는 많은 사람이 동행하여야 하므로 각 고을에 민폐가 크며, 이것이 뒷날 관례화할 우려가 있다는 것이었다.

그러나 찬성하는 편에서는 국제간의 친선에 도움이 된다고 주장했다. 그 결과야 어찌 되었든 간에 외국 사람들조차도 이렇게 금강산을 보기를 소원했다는 것을 알 수 있다.

사고는 "해인도사께서는 무슨 사연이 있어 금강산을 3번씩이나 찾고 있습니까? 더욱이 불국사가 있는 경주와는 천리 길인데 어떠한 연유인지요! 그리고 우리가 가고 있는 유점사와 다른 사찰에 대하여 자세히 알고 싶습니다."

해인도사는 "금강산은 자연의 이치를 깨달음에 좋은 곳이며 특히 불교 유물·유적은 거의 전부가 사찰들이고, 간혹 경치 좋은 곳에 옛 사람들의 필적이 남아 있기 때문이다. 사찰 가운데에서도 역사가 오래되고 일반에게 널리 알려진 것만을 골라 그 내력을 살펴보면 다음과 같다."

유점사는 금강산에 있는 모든 사찰의 본산이다. 1466년에 세조가 유점사에 왔다가 승 학열(學悅)에게 중건을 명하여 거찰이 되었다. 법당을 능인전(能仁殿)이라 하고, 절 앞 계곡을 가로질러 세워진 산영루(山映樓)도 이 때 지어진 것이다. 정인지(鄭麟趾)가 짓고 정난종(鄭蘭宗)이 쓴 대종기(大鐘記)가 있다.

전각 안에는 53금불과 각향목(刻香木) 상천축산(象天竺山)이 있고, 마당에는 13층석탑이 있는데 돌 빛이 푸르고 솜씨가 정교하다. 이 밖에 패엽서(貝葉書)가 소장되어 있다.

표훈사는 670년에 표훈(表訓)이 창건하였으나, 1457년에 세조가 보수하여 그 규모가 일신되었다.

내금강 만폭동(萬瀑洞) 동구에 있다. 이곳에 원나라 영종(英宗)이 세운 비가 있는데, 영종이 그의 태후·태자와 함께 보시(布施)를 하였던 곳이다.

장안사는 표훈사 아래에 있는 내금강의 거찰로 514년에 진표(眞表)가 창건했다는 절이다. 그 뒤 990년(성종 1)에 회정선사(懷正禪師)가 대웅보전·삼여래사보살사성전·석가모니불십육나한존상·명부전·지장보살십육왕존상 등을 중건 또는 조성하였다. 고려 충혜왕 때 원나라 기황후가 관원을 고려에 파견하여 장안사를 중건하게 하였다.

이 때 중건된 건물은 대웅보전·사성전(四聖殿)·명부전·신선루·수정각(水亭閣) 등과 여러 요사들이다. 1459년(세조 5)에 대장경을 인출하여 이 절에 봉안한 것이 계기가 되어 중수하였다. 그 뒤에 보우(普雨)가 왕의 하사금을 받아 절을 보수하고 서적들을 보관하였다.

정양사에는 헐성루(歇惺樓)가 있어 여기에 올라가면 뭇 산봉우리를 한눈에 내려다볼 수가 있다. 이 절의 육면전(六面殿) 안에는 석구약사상(石軀藥師像)이 안치되어 있고 사면 벽에는 천왕신의 그림이 그려져 있다

그 외 보덕굴, 도솔암 등의 암자가 있다.

주세창은 "금강산에 들어오니 암벽에 글씨가 많은데 누구의 글씨입니까?"

"금강산은 암석 산인데, 경관이 좋아 암석에 글씨를 써서 각자한

것이 많다. 그 중 내금강에는 만폭동에 있는 봉래 양사언(楊士彦)의 봉래풍악원화동천(蓬萊楓嶽元化洞天)이라고 쓴 초서가 가장 널리 알려져 있다.

속설에 만폭동 경관의 값이 천냥이라면, 그 중의 오백 냥은 양사언의 이 글씨 값이라는 말이 전할 정도로 유명하다.

글씨의 크기로는 외금강 구룡폭(九龍瀑) 절벽에 새겨져 있는 '미륵불(彌勒佛)'이라는 글씨가 으뜸이다."

사고는 "이러한 경치 좋은 곳에 시상이 자연적으로 떠오를 것 같은데 어떤 시와 문장들이 있습니까?"

"금강산은 세상에 널리 알려진 명산으로 경관이 뛰어나 예로부터 시와 가사 및 문장으로 많이 표현되었다. 고려 시대 이전까지 금강산을 표현한 시문은 전하는 것이 거의 없고, 고려 시대에 들어와서 지어진 한시들이 약간 전한다.

그 중에서도 가장 대표적인 것은 이곡(李穀)의 〈동유기(東遊記)〉이다. 이 글은 1349년 가을에 개성을 출발하여 천마령(天磨嶺)을 넘어 금강산 배점(拜岾)을 거쳐 내금강에서 시작하여 외금강에까지 탐승한 기행문이다."

금강산 기행문에 나타난 탐승 길은 두 가지가 있다. 하나는 장안사를 기점으로 내금강에서 들어가 외금강으로 빠지는 길이요, 다른 하나는 반대로 유점사를 기점으로 외금강에서 시작하여 내금강으로 빠지는 길이다.

이곡의 〈동유기〉는 전자에 해당한다. 조선 시대에는 성현(成俔)

의 〈동행기(東行記)〉와 남효온(南孝溫)의 〈금강산기(金剛山記)〉가 있다.
1485년 4월 15일 서울을 떠나서 만경대(萬景臺) · 보덕굴 · 금강대 등
금강산의 승경을 살피고 그 경관과 느낌을 기록하였다.

이이(李珥)의 금강산 관유기로 〈풍악행(楓嶽行)〉이 있다. 이 관유기
는 금강산을 관유하면서 지은 오언삼천구의 장시이다. 이이는 금강
산에서 1년 동안 머물면서 사람의 발길이 잘 미치지 않는 곳까지 속
속들이 답파한 끝에 이 시를 지었으므로 그 내용이 상세하다.

사고는 금강산에 구경 온 사람은 누구나 할 것 없이 그저 경치 좋
은 자연이라기보다 조물주가 어떠한 의식을 가지고 창조한 예술 작
품인 것으로 느끼게 된다. 고 생각하였다.

금강산의 경치는 상상 이상의 것으로, 화가의 머리로는 도저히 구
상할 수 없는 그림인 것 같다고 느끼고 생각했다.

오른쪽을 보아도 그림, 왼쪽을 보아도 그림, 앞도 뒤도 그림이며,
또 한 걸음을 옮길 때마다 변하는 데 있어서 그만 붓을 던질 수밖에
없다. 동양 산수화는 화가가 상상할 수 있는 이상적인 산수를 그리
는 것인데, 화가들이 도저히 상상해낼 수 없는 산수가 금강산이다.

시로써 읊을 수 없는 시경이 금강산인 것 같고, 붓으로 그릴 수 없
는 그림이 금강산이지만, 금강산을 읊은 시를 다 한자리에 모을 수
있다면 박물관을 하나 채울 수 있을 분량인 것 같다.

해인도사가 그림에 대하여 더 자세하게 설명해 주셨다.

"금강산의 그림으로는 금강산도 · 금강전도 · 금강팔경도 · 금강십

경도 · 금강십이경도 등의 큰 규모의 병풍 화체로도 나타나고, 선면화(扇面畵) · 편화 · 판화 · 족자 · 화첩 등 소규모의 작품도 많이 전해지고 있다."

금강전도란 두말할 것 없이 금강산 일만이천봉을 한 폭의 그림 속에 담은 전경도를 뜻한다. 연결식 병풍으로 꾸며지는 것이 상례이지만, 선면화나 족자화로 축소, 집약된 소품으로도 그려졌다. 이에 비하여 금강팔경도는 금강산 중에서도 이름난 명소풍경을 선택하여 각 폭 병풍체로 꾸며졌다.

사고는 "사람이 죽어서 지옥에 가지 않으려면 금강산을 죽기 전에 한번은 올라야 한다는 민간신앙과도 결부되어, 금강산도가 발전된 것이라고 어른들께서 말씀하신 것을 들었습니다."하였다.

해인도사는 "금강산 민화 자료를 전체적으로 살펴보면, 그 정신적인 배경은 다름 아닌 만물정령관(萬物精靈觀)의 원시신앙이라는 점을 알 수 있다. 산신 숭배나 암석 숭배 같은 원시신앙이 바탕이 되어 환상적인 금강산도의 민화를 창조해낸 것이다."

따라서, 금강산 민화의 미술적 특색은!

첫째, 신앙사상의 반영이 뚜렷하게 나타나 있다는 점이다. 금강산 일만이천봉의 모습을 부처 · 보살 · 승려 · 나한 · 인왕 같은 형상으로 그렸는가 하면, 신선 · 선녀 · 도사 같은 도교계의 신상으로도 나타내었고, 효자 · 아기 어머니 · 군자상으로도 표현하였다. 또한 호랑이 · 용 · 사자 · 무당 같은 형상으로도 표현하였다. 조물주의 우주 창조를 위한 모델의 집합소라 하여 불리게 된 만물초라는 별명을 그대로 조형적으로 나타낸 것이다.

둘째, 추상적이고 환상적으로 그려졌다는 점이다. 때로는 현대 추상화를 앞지를 기상천외의 명작도 많이 나타난다.

사실적인 노력의 흔적은 나타나지 않고, 실지경치와는 다른 공상적인 미술적 창작이 뚜렷하게 결실된 것이다.

셋째, 정통화의 골선체 기법을 추종하고는 있지만, 완필법(緩筆法)을 구사하여 무늬그림[文樣畫]을 창조했다.

넷째, 지도화(地圖畫)로 일관되고 있어서, 산봉·계곡·폭포·건물 등의 명칭이 빨간색으로 기입되는 것을 원칙으로 삼고 있는 점이다. 이것은 민화가 실용을 목적으로 그려졌다는 점을 나타내준다.

사고는 집에 내려가서 앞으로 이러한 민화에 관심을 가지고 인간의 신앙과 생활상 등에 접목하여 철학적으로 연구해 보기로 마음을 가다듬었습니다.

주세창은 "이렇게 아름다운 산이지만 웅장하기 그지없는 산이므로 자원이 풍부할 것으로 판단됩니다!"

해인도사는 "금강산은 우리와 같이 유람과 자연경관의 이치를 만나기 위하여 오는 사람이 많아 자원으로 으뜸가는 것은 관광자원인 자연의 걸작인 만물상을 비롯하여 구룡폭포·무봉폭포(舞鳳瀑布)·비봉폭포(飛鳳瀑布)·수렴폭포(水簾瀑布)·옥류동·만폭동 등의 수많은 폭포와 담수, 그리고 망군대(望軍臺)·명경대·귀면암(鬼面巖)·삼선암(三仙巖)·마석암(磨石巖)·육선암·칠보대·은선대 등의 기암망대(

奇巖望臺)가 발길 닿는 곳마다 훌륭한 경관을 이루고 있는 것이다."

사고는 "제가 오다가 보니 가을철이라 금강산 일대의 주요 산물로는 머루·다래 등의 산과일이 눈에 보이고 봄에는 고비·도라지·족두리풀 등의 산나물과 약초가 많이 있을 것 같습니다."

"그래! 사고가 관찰력이 대단하구나!

금강산에는 사람들이 먹을 수 있는 과일과 산나물이 많아 흉년이 들어도 금강산에 거주하는 사람들은 굶어 죽을 일을 없다고 하지!"

사고는 "이러한 명산에 수양과 수도를 하면 정신이 집중되어 철학 공부에 좋은 결과를 가져 올 것 같습니다. 저도 앞으로 이곳에 와서 몇 년 수양과 수도를 하였으면 할까 합니다."

해인도사는 "그래서 예로부터 삼신산의 하나로 꼽던 성산(聖山)인 금강산은 신라 시대에 화랑도들이 심신을 수련하였던 곳이며, 불교도들의 순례지로도 유명하였다."

크고 작은 사찰이 100여개가 있었다고 하며, 불교와 관련된 산봉우리도 많아 지장봉(1,381m)·석가봉(946m)·세존봉(世尊峰, 1,122m)·관음봉(453m)·천불산(654m)·대자봉(大慈峰, 362m)·미륵봉·칠보대 등이 대표적인 예이다.

구룡폭포는 금강산의 큰 폭포일 뿐 아니라 개성의 박연폭포, 설악산의 대승폭포와 함께 우리나라 3대 폭포의 하나로, 높이 74m, 너비 4m이다. 그 가운데 십이폭포는 높은 벼랑을 열두 번이나 꺾어서 떨어지는 너비 4m, 높이 289m의 놀라운 폭포로 금강산에서 가장 높은 폭포이다.

주세창은 "명산인 금강산은 조선백성만 유람하고 구경합니까? 아니면 중국이나 외국에서도 오는 사람이 있습니까?"

"이 좋은 명산을 중국사람도 탐을 내고 있지! 하고 해인스님이 설명했다. 금강산이 천하의 명산이라고 한 것은 우리 국토를 자랑하기 위하여 과장된 것만은 아니다. 중국사람 중에도 바라건대 조선에 가서 한번 금강산을 보고 싶다. 고 한 이가 있었다. 그 명성은 일찍이 외국에까지 널리 알려졌던 것 같다."

사고는 "제가 어른들에게서 들은 이야기는!

산이 많은 국토에서 살아온 우리 민족은 산을 범연한 하나의 자연으로 보지 않고 산을 신성시했으며, 그 신성의 정도는 산세가 웅장하거나 빼어날수록 더하였다.

단군신화도 그 배경이 산으로 되어 있어 환웅(桓雄)이 하강할 때 평지 아닌 태백산정으로 내려왔으며, 단군이 왕이 되어 옮겨간 서울도 백악산(白岳山)이고, 단군이 죽은 뒤에도 아사달(阿斯達)의 산신이 되었다."

뿐만 아니라 국내의 이름 있는 산 다섯을 택하여 그 산에 오악산신(五岳山神)을 두고 이것에 제향을 받들게 하였다. 이렇게 산은 우리나라 사람들의 의식 속에 신성한 것으로 자리 잡고 있다고 했다.

우리 민족은 산에 대한 경심을 가지고 있었으므로 금강산은 본 사람은 본 대로 보지 못한 사람은 보지 못한 대로, 심경과 경건한 마음을 품는 산이 금강산인 것 같다.

우리 민족에게 있어서 산은 경제적 효용성으로 그 값을 따질 것이 아니라 정신적 가치를 앞세워야 하고, 이러한 의미에서 금강산은 우리 민족의식의 산이다.

금강산은 수려하기 때문에 풍겨 주는 영기(靈氣)가 있고, 그 영기로서 그치는 것이 아니라 민족의 영기로서 자리매김 하고 있다.

해인도사는 "이제 유점사에 다 왔으니, 다 못한 금강산 이야기는 내일과 이곳에 있는 동안 수시로 시간 나는 대로 나누기로 하고 앞으로는 나와 같이 생활 하면서 절의 일을 조금 도와주고 숙식을 해결 하면서 이왕 이곳에 왔으니 내일부터는 직접 계곡과 산봉우리를 다니면서 이곳에 온 목적을 달성하고 돌아가기 바란다."

사고는 "네!

도사님! 너무나 감사하고 이곳에 저희들의 머물 때까지 많은 가르침을 주시고 다른 학문도 배우겠습니다."

주세창은 "이번 금강산 길은 해인도사님을 만나서 너무나 유익한 이야기와 자료를 머리에 듬뿍 담고 가겠습니다."

사고와 주세창은 7일간 유점사에 머물면서 해인스님과 유점사 스님들과 각 계곡과 봉우리를 답사하면서 집을 떠날 때 보다 많은 공부를 배우고 더 많은 것을 얻어 알찬 수학이 있었고, 이번 금강산 주유천하가 내가 살아오면서 철학 및 도학공부에 기반이 되었다.

유점사 주지스님이 전한 말은 해인도사는 조선에서 유명한 고승으로 불도와 도량이 넓고 불경과 철학에 도통한 스님 중에 큰 스님이라고 말씀해 주셨다. 해인도사 덕분에 생활비로 가지고간 노자는 한 푼도 쓰지 않았다.

사고는 금강산에서 돌아와서 당분간 주천대와 불영사에 가지 않고 잠시 집에서 쉬고 집안일을 도우면서 다시 세상의 주유천하 계획으로 이번에는 강원도에 있는 관동팔경부터 하고 다음에는 십이령으로 가기로 하였다.

이번 관동팔경 주유천하는 구만에 사는 주세창은 지난번 금강산에 같이 가서 아직 여독도 풀리지 않아, 가까운 구미에 살고 있는 전복용과 같이 떠날 생각을 하였다.

관동팔경이란 강원도를 중심으로 한 동해의 여덟 명승지. 강원도 통천의 총석정, 고성의 청간정과 삼일포, 양양의 낙산사, 강릉의 경포대, 삼척의 죽서루, 울진의 망양정과 월송정을 일컫는다.

흰 모래사장과 우거진 소나무 숲, 끝없이 펼쳐진 동해의 조망, 해돋이 풍경 등 바다와 호수 및 산의 경관이 잘 어우러진 빼어난 경승지들로 이곳에 얽힌 전설 · 노래 · 시 등이 많다. 특히 고려 말 안축이 지은 〈관동별곡〉에서는 총석정 · 삼일포 · 낙산사 등의 절경을 노래하였다.

또한 수많은 선인들이 이곳에 와서 시를 짓고 심신을 단련한 곳이며 대체로 바닷가에 위치하여 내륙에 붙어 있는 금강산과는 다른 자연경관과 이치를 알아볼 수 있는 곳이다.

먼저 제1경인 울진 망양정(望洋亭)으로 가기로 하고 전복용이와 약속을 했다.

망양정은 관동팔경 중 우리 마을 누금에서 제일 가까운 곳으로 내일 아침을 먹고 가도 당일에 충분히 갔다 올 수 있는 곳이며, 별 다른 준비 없이 갔다 올수 있는 명승지 이다.

복용이가 아침 일찍이 우리 집에 왔다!

"아침은 먹고 왔나! 안 먹었으면 우리 집에서 간단히 식사하고 가자!"

전복용은 "아니다 집에서 먼 길 떠난다고 어머니가 해물 고기국을 해주셔서 든든히 먹고 왔다.

또한 어머니께서 주먹밥까지 준비해 주셔서 가지고 왔으니 가다가 배가 고프면 같이 점심을 먹자!"

우리가 정오쯤에 망양정에 도착하니 이름 모르는 낯선 선비들이 많이 와서 풍류를 즐기고 시를 읊고 있었다.

선비1,

"너희들은 어디서 왔느냐? 아직 이곳에 와서 풍류와 시상을 읊을 나이도 안 되는 것 같구나!"

사고는 "예! 저희들은 이 근처 울진 누금마을과 구미에서 친구하고 같이 왔습니다.

그저 구경하려 왔습니다. 선비님께서는 어디서 오신 길손입니까?"

선비1,

"나는 영해에 사는 이가라는 사람일세!

과거 준비를 하다가 마음이 잡히지 않아 바람이나 쐬고 심신을 달래기 위하여 훌쩍 떠나서 관동팔경을 구경을 하는 중인데, 오다가 먼저 평해 월송정부터 갔다가 두 번째로 이곳에 온 것일세!"

사고는 "저희들은 아직 청년이라서 망양정에 대하여 집안 어른들에게 수차 듣기는 하였지만, 직접 와서 보는 것은 오늘이 처음이며 자세한 유래도 잘 모릅니다.

그러니 선비님께서 이곳에 대하여 이야기를 해 주시기를 부탁 드려도 되겠습니까?"

"그래! 나도 오늘 처음 왔지만 문헌과 전해오는 이야기를 들은바가 있으니 내가 알고 있는데 까지 이야기 해 봄세!"

망양정(望洋亭)은 강원도 울진 동해안에 망양해변 근처 언덕에 있는 누정(樓亭)이다. 정자는 무성한 송림에 둘러 싸여 있으며, 언덕 아래로는 동해안의 망망대해가 한눈에 들어온다. 예로부터 해돋이와 달구경 명소로 알려져 있다. 망양정이 관동팔경 중 가장 아름답다 여겨 관동제일루라 하였다.

선비2

"젊은이 들이 세상의 자연이치에 대하여 너무 관심이 많은 것 같구나!

나는 평해사는 황가인데!

과거 시험을 준비 할 때면 꼭 이곳에 와서 심신을 달래고 시험을 보면 합격이 잘되지!

지난번 이곳에 와서 마음을 다듬고 가서 향시에 합격했다.

오늘이 세 번째 인데!

이번에는 대과(文科) 시험 준비를 위해서 큰마음을 먹고 심신을 단련하고 정신을 정리하고자왔다."

사고는 '과연 들은 대로 경치가 빼어나고 바로 앞에 바다풍광이 정말 형형할 수 없을 정도로 장관이구나!'

나는 풍류와 경관 구경보다는 자연이치와 만물의 조화에 대하여 더 관심이 많았다.

여기서는 하늘과 우주의 천문을 연구할 수도 있고, 바다와 땅을 보고 풍수지리도 알 수 있을 것 같고, 또한 풍류를 즐기는 사람들의 모습과 관상 및 인상과 행의에 대하여 각기 관찰할 수 있는 것이 너무나 좋고 잘 왔다고 생각했다.

전복용은!

"사고야! 이제는 대충 구경을 하였으니 점심을 먹고 조금 쉬었다가 해가 지기 전에 집으로 가자!"

"그래 알았다!"

사고는 '오늘 망양정에 온 것은 금강산과 또 다른 의미가 있어 더 좋은 철학공부가 된 것 같다.'

그래서 나는 점점 천문과 자연의 이치를 보는 습관과 능력이 쌓이고 철학적 분야에 더욱 깊이 빠져 들어가고 있었다.

5

사고가! "복용아 모레는 너는 쉬고 나는 주세창과 같이 평해에 가서 황응징과 황응청 형제를 만나서 월송정에 갔다 올 예정이다."하고 말했다.

"나도 갈수 있는데! 알았다. 그렇게 하고 나머지 팔경은 집이 가까운 나하고 같이 다니자!"

사고는 "그래! 알았다."

나는 친구 복용과 헤어지고 집으로 돌아와서 어머니에게 귀가 보고를 드리고 방에 들어가서 오늘에 본 것과 느낀 것을 머릿속에 정리하고 모래 월송정을 출발하기 위하여 잠을 청하였다.

하루를 지나고 이튿 날!

사고는 새벽에 일찍 일어나 평해에 있는 월송정으로 가기 위하여 지난번 망양정 갈 때 보다 짚신이며 약간의 짐을 더 꾸리고 일찍 아침을 먹고 길을 떠났다.

주세창이가 있는 구만으로 가다가 울진읍내에서 만났다.

"관동팔경은 내년 봄에 갈 줄 알았는데, 늦가을에 꼭 가야할 이유가 있는가!"

"지난번 금강산 갔을 때 다음은 관동팔경을 간다고 했잖아!"하고 사고가 말하니!

"……."

"옛말에 쇠뿔도 단숨에 빼라고 한다는 속담대로 이왕 계획한 세상의 주유천하를 겨울이 오기 전에 풍경이 좋은 가을에 다 마칠 생각이네!

빨리 준비하고 월송정으로 가서 또 다른 세상을 구경하고 오기로 하자!

그리고 세창이는 관동팔경 중 월송정만 같이 가고 나머지 팔경은 전복용이 하고 가기로 했다."

젊은 사람이고 두 사람이 같이 가는 길이라인지 매우 빠른 시간인 사시(巳時, 오전10시경)가 못되어 평해 기성에 있는 황응징 집에 도착했다.

황응징이가 "기별도 없이 오셨습니까! 무슨 일이요? 하면서 반갑게 맞이하였다."

사고는 "여기 주세창과 같이 월송정에 가기로 해서 왔는데, 이왕이면 같이 갈까 해서 찾아왔네!"

"잘 왔습니다." 대충 옷 등을 준비하고 동생 황응청과 같이 집을 나서서 네 사람은 길을 재촉하여 월송정에 도착하니 오시(정오)가 좀 덜 되었다.

황응징이는 집과 가까워서 내가 주천대에 자주 가는 것과 같이 수시로 와봐서 월송정에 대하여 자세하게 그 유래를 많이 알고 있었다.

월송정(越松亭)은 강원도 평해에 있는 누정이다. 신라시대에 이곳에서 화랑들이 심신단련과 훈련을 한 곳이라고 하고 확실한 것은 누정(樓亭)은 고려시대에 창건되었다가, 세월의 흐름에 따라 낡고 무너진 것을 후대에 다시 세웠다고 한다.

월송정이라는 이름은 신라 때 네 명의 화랑이 울창한 소나무 숲에서 달을 즐겼다는 이야기와 월국에서 소나무 묘목을 가져와서 심었다는 이야기에서 유래되었다 하는데, 이곳 해변을 끼고 소나무가 울창하게 병풍을 친 것과 같이 군립을 이루고 있다. 망양정과 함께 동해안의 손꼽히는 일출 명소로 알려져 있으며, 평해지역의 내로라하는 선비들이 자주 와서 시를 읊고 풍류를 즐기는 곳이다.

사고는 "이곳도 역시 바다와 접한 곳이지만 망양정과는 또 다른 풍경을 그리고 있다. 망양정은 바닷가의 조그만 언덕 같은 산에 누정이 있지만 월송정은 바다가 해변 평지에 누정이 세워져 있어 또 다른 풍수지리를 연구하게 된 동기가 될 것 같았다.

'앞으로 이곳에 수시로 와서 심신단련과 자연의 이치를 깨닫고자 하는 마음을 굳게 다졌다.'

6

가을 추수로 누금마을은 일손이 부족한 때였다.

올해는 풍년으로 오곡백과가 잘 익고 과실들이 나무에 주렁주렁 매달려 농촌 어느 마을 할 것 없이 풍요롭고 풍성한 시절을 맞이하고 있었다.

사고는 집에 추수 일을 도와주어야 하는데!

다시 길을 떠날려 하니 마음이 착잡하고 발걸음이 떨어지지 않았으나, 그러나 이왕 계획을 세운 일이라 어머니에게 사실을 말씀드리고 계획대로 길을 떠나기로 마음먹고!

"어머님!

저가 추수 일을 도우지 못하고 관동팔경 중 아직 가보지 못한 곳 중, 오늘은 삼척에 있는 죽서루를 갔다 올까 합니다."

"그래! 너가 마음먹은 것은 계획대로 하여야 사나이 대장부지, 마침 오늘은 밭에 나 혼자 나가서 넘어져 있는 곡식을 일부는 더 익게 세우고 완전히 누운 것은 낫으로 베어서 마르게 밭에 늘어놓으면 된다."

죽서루를 몇 일전 같이 가기로 한 구미에 사는 전복용이 집에 가니 벌써 준비를 하고 기다리고 있었다.

이곳 역시 나는 처음 가지만 전복용이는 삼촌들과 여러 번 가봤다고 하면서 가는 도중에 죽서루에 대하여 입담 좋게 이야기를 하였다.

"죽서루(竹西樓)는 삼척 서쪽 대나무가 무성하게 있는 곳의 정자라는 뜻이며, 오십천 냇가 옆 절벽위에 있는 누정이다.

고려시대 이전에 창건된 것으로 추정된다고 한다. 절벽 위에 있는 자연 암반을 반석으로 삼아 서로 다른 길이의 13개 기둥을 세워 지어졌다. 관동팔경의 정자들 중 가장 크며, 바다 근처에 있는 다른 정자들과는 달리 유일하게 강을 끼고 있다. 누각 내에는 옛 삼척부사들이 적은 여러 현판들이 걸려있으며, 율곡 이이가 지은 시도 남아 있다."

이야기를 하다 보니 어느 덧 우리는 죽서루에 도착 했다.

사고는 감탄 했다!

바닷가에 누정이 있는 월송정과 망양정은 그 풍경이 다른 맛은 있었지만 그래도 비슷한 느낌을 받았는데, 지금 내가 보고 있는 죽서루는 강 암반위에 세운 누정으로 과히 그 풍경과 맛은 별다르다.

여기는 강과 산과 암반이 이루어져 있는 또 다른 풍수지리를 연구하게 되었다.

사고는 '집으로 돌아와서 곰곰이 생각해보니 같은 땅인데 금강산은 수많은 봉우리와 기암괴석과 수목으로 그 풍경을 달리하고, 바다가의 누정인 망양정과 월송정은 바다와 해변과 산 또는 평지에 세워진 풍경은 다른 지리의 풍경을 그리고 있으며, 또한 죽서루는 별 천지를 그려 놓은 한 폭의 산수화 같은 의미는 무엇인가?'

내가 제일 좋아하는 풍수지리의 참 맛을 보고 느끼고 있다.

관동팔경 중 아직 남아 있는 곳이 다섯 곳이며, 위치가 강원도 북쪽 해변에 있어 이번에는 4일 일정으로 전복용과 길을 떠나야 할 계획을 세웠다.

7

죽서루에 갔다 온 이튼 날 복용이가 우리 집으로 왔다.

사고가 반갑게 맞이하면서 위로의 말을 했다.

"그래 피로하지도 않는가?"

"나는 여러 번 간 곳이라서 피로 하지도 않고 그저 평상시 생활을 한 것 같은 기분일세!"

사고가 "그러면 모레 추위가 오기 전에 북쪽에 있는 경포대·낙산사·청강정·삼일포·총석정으로 갈 준비를 해서 새벽 일찍 길을 떠나자!"

전복용과 약속한 그날 새벽 일찍 아침밥을 먹고 이번에도 어머니가 만들어준 주먹밥과 간식을 준비하고 구미 복용이집으로 가서 강릉 경포대를 향해서 길을 재촉하였다.

강릉 경포대(鏡浦臺)에 도착하니 저녁때가 가까웠다.

우리는 일단 경포대를 찾아 가니 이는 말로는 형용 할 수 없는 장관이다.

이곳은 바다와 연지(蓮池)와 이어져 있는 호수를 배경으로 그 규모가 가히 표현하기가 힘든 크기이다.

그 옆에 호수를 담장처럼 막고 있는 북쪽 산위에 올라가면 호수를 내려다 볼 수 있는 경포대 누정이 있다. 그 규모는 앞면 5칸, 옆면 5칸 규모로, 지붕은 팔작지붕 형태이며 48개의 기둥을 갖추고 있다.

고려시대에 강원도의 한 관리가 인월사 옛 터에 지은 것을 여러 차례 중수하여 지금의 모습을 갖추게 되었다고 한다.

이곳은 너무나 유명해서 경향각지 선비들이 풍류를 즐기고 시를 짓기 위하여 찾아오는 곳이다.

사고는 명상에 잠겼다.

같은 땅덩어리에 이러한 곳은 무엇으로 누가 만들어 놓은 것인가!

앞에 본 바닷가에 누정인 월송정과 망양정, 그리고 강과 암벽을 배경으로 한 죽서루 지금 내가 취하고 있는 이 장관은 조물주가 만든 바다와 연지인 호수와의 걸작이다.

이곳은 이렇게 대충 봐서는 안 되는 곳이나, 갈 길이 멀어 나중에 다시 시간을 내어서 자세하게 볼 기회가 오기를 고대하고 약간 늦었지만 낙산사로 길을 재촉하였다.

이때 밤중인데, 한송정(寒松亭)이 불타고 있어 밤이 대낮과 같았다. 사고는 깜짝 놀라며 탄식하기를 지금부터 30년 동안에는 강릉에서 과거오라는 선비가 없을 거라고 예언하였다.

8

"여보게 사고! 이렇게 강행군해도 낙산사는 밤중에 도착할 것 같으니, 이왕 늦은 것 가다가 민가가 있으면 쉬고 가는 게 어떠한가?" 하고 전복용이가 말을 했다.

"자네가 힘이 드면 그렇게 함세!"하고 사고가 대답했다.

"내가 힘 드는 것이 아니고 너무 무리하면 다음 일정에 차질이 생길 가봐 걱정이 되어서 말하는 걸세!"

"그러면 계획대로 낙산사까지 가기로 하자!"

하고 사고는 원 계획대로 있는 힘을 다하여 낙산사에 도착하니 해시(亥時 밤9시경)가 되었다.

낙산사(洛山寺)는 강원도 양양 오봉산 기슭에 지어진 절이다. 신라 시대 의상대사가 창건했다고 전해지며, 강화도 보문사, 남해 보리암, 통천 금란굴과 함께 바다가의 4대 관음성지 중 한 곳으로 알려진 곳이다. 경내에 의상대와 홍련암, 칠층석탑 등의 보존되어 있다.

지금까지 내가 본 것은 누정인데 이 낙산사는 사찰이다. 이곳은 해변을 끼고 있어 역시 불자들의 수도의 장이다.

사고는 "지금은 밤이 늦어 그대로 절에서 자고 내일 새벽 일찍 일어나서 불공을 드리자!"

"그게 좋을 것 같다." 하고 복용이가 대답했다.

새벽 일찍 일어나서 불공을 드리고 아침에 절에서 주는 간단한 공양을 마치고 다시 청간정으로 길을 재촉하였다.

"오늘은 청강정과 삼일포와 총석정을 다 돌아보고 내일은 집으로 돌아가야 한다." 하고 사고가 말하자!

복용이가 "내일은 새벽 일찍 집으로 가다가 못가면 삼척에 게시는 우리 이모님 집에서 하루 쉬어 가도 된다."

"그렇게 해도 되지만 추수철인데 4일간이나 집을 비우고 추수를 도우지 못해서 마음이 걸리는 것이 많다. 사고는 하여간 무리하게 하지 말고 우리가 힘 되는 대로 하자!"

낮전(오전)에 우리는 청강정(淸江亭)에 도착했다.

청강정은 강원도 고성 토성에 있는 동해안 기암절벽 위에 세워진 정자이다. 정확한 창건 연대는 알려진 바 없으나, 조선시대에 간성 군수가 중수한 기록이 남아있어 그 이전 고려시대에 건축된 것으로 추정된다.

정자를 둘러싼 울창한 소나무 숲, 절벽에서 바라보는 동해의 만경 창파와 주변의 풍경, 월출의 장엄함은 관동팔경 중에서도 손꼽힐 정도이다.

일정상으로 대충보고 삼일포와 총석정으로 길을 떠났다.

이곳은 지난번에 금강산을 갔을 때 볼 수도 있었는데, 일정상 뒤로 미룬 곳으로 오늘 가보기로 했다.

삼일포(三日浦)는 강원도 고성에 있는 큰 호수이다. 신라 때 네 명의 화랑이 하루만 놀다 가려 했으나 아름다운 경치에 흠뻑 취해 3일을 놀다 갔다 하여 삼일포라 이름 붙여졌다. 호수 위에는 소나무가 우거진 와우도, 화랑들이 노닐던 정자라는 뜻의 사선정, 신선들이 춤을 추다 간 무선대, 매향비가 있는 단서암 등 4개의 섬이 있다.

이어서 간 곳인 총석정(叢石亭)은 강원도 통천 동해안에는 예로부터 바닷가의 풍화작용과 해식작용을 거친 수백여 육각, 팔각 돌기둥이 무리 지어 있는 곳이다.

총석은 빽빽이 발달한 주상절리 군집을 일컫는다. 총석 사이사이에는 기이한 모양의 바위들이 있고, 사철 푸른 소나무가 함께 어우러져 빼어난 자연 경관을 자랑한다.

총석정이라는 명칭은 돌기둥 고개에 세워진 정자의 이름에서 유래했으나, 정자뿐만 아니라 기암절경도 함께 아울러 불려진다.

총석정에 도착하니 해질 무렵 유시(酉時, 오후5시)가 되었다. 우리는 빠른 걸음으로 총석정 구석구석 살펴보니 과히 걸음을 멈추게 한다. 어떻게 조물주가 저 수많은 돌기둥을 즐비하게 세웠을까?

중요한 절경 등을 구경하고 다시 집으로 돌아가기 위하여 발길을 돌려 최대한 울진 쪽으로 방향을 잡아 집으로 가다가 민가에서 하루 밤을 지내고, 그 이튿날 밤늦게 누금 집에 도착 했다.

사고는 3년 동안 천문과 자연이치를 깨달기 위하여 조선의 전국을 주유천하 길을 다녀온 후 몇일 동안 방에서 일어나지 못하고 쉬면서 이번 주유천하 경험을 바탕으로 마음을 잡고, 이제는 나 혼자 천문과 지리와 역학과 주역에 대하여 열심히 연구하고 공부하였다.

또한 그 후 시간이 나는 대로 국풍 박상의와 함께 다시 울진 누금과 거리가 먼 백두대간인 태백산, 소백산, 계룡산, 지리산 등의 30여 곳의 길지에 가서 자연의 경관과 만물의 이치를 체험하여 수많은 서책과 예언서를 남겼다.

특히 풍수지리에 통달한 경험을 바탕으로 후세 인간들의 변란, 기근, 괴질시 삶을 행복하게 살 수 있는 열 곳을 정리하여 십승지(十勝地)를 선정하여 기록에 남겨 놓기로 결심하였다.

4. 수도의 길

1

우리나라의 철학은 일찍이 신라시대에 대선배격인 원효대사(元曉大師)와 고려 초 도선국사(道詵國師)와 고려 말 나옹대사(懶翁大師), 조선 초기에 무학대사(無學大師), 화담 서경덕(花潭 徐敬德), 이후 매월 김시습(梅月 金時習)이 있었다.

이 분들의 철학자가 된 동기는 철학 공부는 물론 수도 의 길을 택하여 심신단련과 정신을 통일한 인물들이다.

격암 남사고가 활동한 15세기경에는 세계적으로 그 유명한 대철학자 프랑스에서 노스트라다무스(1503~1566)가 같은 시기에 활동한 대철학자가 있었다.

또한 격암과 같은 시기에 퇴계 이황(退溪 李滉) 선생과 학문을 교류한 토정 이지함(土亭 李之菡)과 제자인 봉래 양사언(奉來 梁士彦), 후학인

92

만휴 임유후(萬休 任有後), 해월 황여일(海月 黃汝一), 밀암 이재(密庵 李栽) 향호 최운우(香湖 崔雲遇) 등과 한 세대와 후대에 철학에 금자탑을 이루었다.

특히 이시기에 사주와 주역에 도통한 토정 이지함과 역학에 능한 봉래 양사언, 풍수에 달인 국풍 박상의도 있었지만 천편(天編)인 천문(天文)과 지편(地編)인 풍수지리와 역학과 주역 등의 철학(哲學)과 도학(道學)에 다 통달한 기인은 격암선생이 유일하다.

사고는 해인도사의 비책을 받을 때 운학스님으로부터 아무쪼록 덕을 쌓는 것이 최우선임을 신신당부하고 강조했다.

그 뒤 해인도사는 제자 스님을 사고의 집으로 보내 공부를 점검했다. 당연히 1권인 천편(天編)부터 차례로 공부하고 있으리라 짐작했다.

그러나 지편(地編)에 실린 풍수지리 비술에 빠져 천편과 인편(人編)은 아직 시작도 못하고 오직 지편의 비결을 사리사욕을 채우는데 쓰는 것 같다고 해인도사에게 보고하니, 화를 내면서 빨리 가서 사고가 모르게 비책을 가지고 오라고 해서 비책을 돌려받은 후 불영사를 떠나 어디론가 사라졌다.

그 후 독학으로 우선 자연의 이치를 알기 위하여 세상의 주유천하를 1차로 마친 후 어느 정도 만물과 자연의 이치에 눈을 뜨기 시작했다.

사고는 수도의 길은 먼저 정신세계인 영혼부터 깨달아야 하겠다고
생각했다. 나름대로 영혼을 깨달을 수 있는 수도방법이 따로 있었
다.

남사고비결 말중운에서 "수승화강(水昇火降) 불각자(不覺者)는 수도
자(修道者)가 아니다."라고 하면서 다통진경(多通眞經) 염불(念佛)하여
수승화강 알아보라 하였고, "무소불통 수승화강 병흉질에 다 통 한
다."라고 그 정신에 대하여 기록하고 있다.

그럼 수승화강의 원리가 과연 무엇인가? 동서양을 막론하고 우리
사람의 인체는 머리는 시원하게하고 배는 따뜻하게 유지하는 것을
무병장수의 비결로 전해오고 있다.

우리의 몸에는 두 종류의 에너지 즉, 양기(陽氣)와 음기(陰氣)가 있
다. 따뜻한 불의 기운인 화기(火氣) 양기와 물의 기운인 수기(水氣)음
기가 그 것이다.

우리의 몸이 최적의 건강상태를 유지하면 수기(水氣)는 이성적인
기운으로 위로 올라가 머리에 머물고 화기(火氣)는 감성적인 기운으
로 아래로 내려가 복부 하단전에 모인다.

이것을 선도에서는 수승화강의 원리라고 한다고 전했다.

수승화강은 수 기운은 올라가고 화 기운은 내려오는 것은 자연의
이치요. 우주의 원리라는 것이다. 이렇게 매 순간 순간이 수승화강
의 상태인 것이 물의 순환이 그 좋은 예이다.

태양열에 의하여 물은 증발하여 수증기가 되고 이수증기는 하늘로 올라가 구름이 된다. 그런 뒤에는 비가 되어 다시 지상으로 내려오는 이치이다.

하강하는 불의 기운과 상승하는 물의 기운의 체계로 인해 끊임없이 순환하고 있음을 우리는 알아야 한다. 이렇게 수승화강의 원리는 자연과 사람모두에게 적용되는 보편적인 원리인 것이다.

음 · 양 오행에서도 사람 인체에서는 수기는 신장이고 화기는 심장이다.

사고의 수도방식은 알고 나면 정말 간단하다. 조용히 자신의 내면을 다스리라 는 것이다.

심장의 화기가 흉곽 가운데에 위치한 임맥(任脈)을 따라 단전으로 내려가게 하면 장이 따듯해지고 수기는 등줄기 부분에 위치한 독맥(督脈)을 따라 위로 올라가게 하면 머리가 맑아진다는 것이라고 주창했다.

수련을 통해 신체의 건강과 균형을 회복하면 자연스럽게 수승화강의 상태가 유지 된다. 그러게 되면 냉철한 판단력과 지혜가 샘솟듯하고 마음이 안정 되어 편안해진다는 것이다.

또 입 안에서는 향기롭고 달콤한 침이 고인다는 것이다. 이침이 질병에 대한 면역력을 높여주고 우리 몸에 늘 새로운 기운과 활력이 솟아나게 한다.

사고는 이것을 화 · 우 · 로(火 · 雨 · 露)라 칭하고 있는 것이다. 수승화강이 잘 이루어지지 않는 이유는 하단전에 화기를 잡아둘 만큼 단전을 강하게 단련 되여 있지 않는 이유 때문인 것이다.

사고는 이렇게 수행을 하다보면 몸에서 수승화강이 이루어져 모든 질환을 물리치는 이치를 깨닫게 되고 정신과 인체의 변화까지 있다고 생각한 것이다

수승화강을 깨닫지 못하는 사람은 수도인(修道人)이라고 할 수 없으며 참된 도인이라고 할 수 없다고 단정했다.

그리고 말중운(末中運)에서 이 수승화강을 알아야 만이 완전한 선인(仙人)을 이룰 수 있다고 했다.

이렇게 수승화강이 꼭 이루어 져야하고 수련하여야만 구원의 대상이 된다는 것을 강조했다.

수도의 궁극적 목적은 신선과 도인이 되기 위한 것이다. 그러기 위하여서는 수련을 하여야 하는데 우선은 그 수련법을 알아야한다.

첫째 조식(助息)은 호흡을 고르는 것이다.

호흡을 고르는 목적은 마음을 차분히 가라앉히기 위한 것이며, 호흡은 우리가 의식하지 않아도 숨은 저절로 쉬고 있기 때문에 그것에 대하여 깊이 생각하지 않지만, 호흡을 고르고 마음이 호흡을 들여다보는 훈련을 하다보면 마음이 편안해지며 하나의 일심(一心) 된 마음으로 모아지게 된다.

생명의 에너지인 즉, 기(氣)는 호흡을 통해 우리 몸을 드나들기 때문에 우리는 호흡을 조절함으로써 기운의 흐름과 강약을 조절할 수 있는 것이다.

이렇게 조식은 의식적으로 호흡을 하는 것이 아니라 숨이 저절로

쉬어지는 것을 인식하는 것이다.

들숨은 흠(吟)이고 날숨은 치(哆)로 하여 나를 깊이 들여다보면 이루고 있는 모든 것들의 가장 중심 되는 곳에 생명의 본질이 있음을 깨닫게 되는 것이다.

흠치(吟哆)는 태어나면서부터 따로 배우지 않았어도 누구나 다 하고 있는 것 이지만 그 참의미를 알고 나면 이처럼 단순 하면서도 깊이 있는 수련의 경지와 맞닿아 있다는 것을 모르고 살아왔던 것이다.

수련의 경지가 깊어지면 마음의 힘으로 기를 유동시킴으로써 몸과 마음의 진정한 주인으로 거듭나 자유자제한 사람으로 신선의 경지를 이루어 유체이탈 이라는 경지를 이루는 것이다.

이것이 사고가 손수 실천하고 후세에게 전하고자 하는 선도의 기본 수행하는 수도법이다.

이렇게 능력을 활용 할 수 있게 되기까지 생각과 감정을 고요히 하기 위해 호흡을 통해 기운을 조절하여 즉, 조식을 하여 마음의 작용을 다스리는 수도 과정들을 거쳐야만 후손들에게 전하고자 하는 바른도(正道) 즉, 음 · 양 궁을도(弓乙道)를 전하고자 하는 내용을 이해하게 되는 것이다.

이러한 내용을 가지고 〈남사고비결〉이 미래를 예언한 것이 신비롭게도 너무나 정확히 예언을 할 수 있었다.

사고는 한양에 갔을 때 같은 시대의 친구인 단학(丹學)의 거두 북창(北窓) 정염(鄭磏)이 저작한 용호비결(龍虎秘訣) 에 기록된 내용을 보고 더욱 열심히 하여 비슷한 경지에 도달하였다.

이렇듯 단(丹)을 수련한다는 것은 몸을 건강하게 하는 것 은 물론이요. 정신을 하나로 하여 즉 마음을 일심(一心)으로 하여 도(道)를 이루면 우주 만물의 근원으로 돌아가는 것이라는 것을 알 수가 있다고 생각하였고 이것이 진리(眞理) 그 자체라고 믿었다.

성인(聖人)인 도(道)를 다 이룬 석가나 공자 또는 예수도 해인을 사용하여 백일승천 비비유 (白日昇天 比比遊)를 자신의 동족들에게 그 전지전능한 능력을 보여주며 자신이 걸어온 길을 제자들에게 인도하였으나, 후세인들은 아무도 실천하지도 못하고 이루지를 못하였던 것이다.

우리 민족은 단군의 홍익사상을 계승하는 차원에서도 신선도를 배워야 하는 것이다. 우리민족의 신선도(神仙道)가 〈음양(陰陽)궁을(弓乙)태극(太極)합일도〉 이렇게 훌륭한 것이었는데도 지금까지 재대로 전수되지 못하고 실천되지 못 하였던 것뿐이다.

이제 우리는 조상님들 가르침에 눈을 떠야 할 때이다.

또 소위 불로써 약을 달이고 단(丹)으로써 도(道)를 이룬다는 것은 신(神)으로 기(氣)를 제어하고, 기로써 형(形)이 머물도록 함으로, 반드시 서로는 따로 떠나지 않는다.

본격적인 호흡 수도에 들어가기 전에 평상시의 호흡대로 그저 고요히 앉아 모든 생각을 쉬는 연습을 약 일주일 동안 먼저 하여야 한다.

이때 쉬는 숨은 절대로 입은 다물고 혀끝은 앞니 위에 지긋이 대고 코로만 호흡을 하여야 한다. 보통 사람의 호흡이 길게 혹은 짧은 경우가 있으나, 각자의 평상시 호흡하는 시간대로 하되 가슴에 충만하도록 기(氣)를 들이마신다고 하여 너무 무리하게 초수를 늘려 빡빡한 상태로 숨을 몰아쉬지 말고 순탄하게 호흡하여야 하며 시간은 1일 2시간씩 총 정좌 시간 1개월 정도면 순조롭게 된다.

이러한 단계를 거치고 난 다음 본격적인 조식법(調息法)에 들어간다.

조식의 최초단계는 입식면면(入息綿綿) 출식미미(出息微微)하게 하라는 것이다. 서서히 호흡하되 입식·출식의 초수를 균일하게 조금도 길고 짧음이 없이 호흡하는 것이다.

마음속으로 숫자를 세어가며 처음에는 입식2초 출식2초 이렇게 1호흡에 4초하다 1초식 늘려 입식3초 출식3초 1호흡에 6초 이렇게 호흡을 늘려도 무난해지면 1호흡에 8초 이렇게 차츰 늘려 가는 방식으로 수련하되 이때 주의할 점이 있다.

1호흡이 입식10초 출식10초에 진입하게 되면 이때부터 하루 꼭 두 번 잠자기 전과 새벽에 일어나 1시간씩 하루 2시간씩 2개월간 성실하게 하여야한다.

이렇게 2개월 하고 나면 호흡을 머무르게 하는 유기(留氣)를 할 수 있다.

그럼 유기가 어떻게 되는 것인가를 알아보면, 호흡을 가늘고 고르게 면면히 입식10초 출식10초 하고 한 호흡이 20초가 되게 하여 기운을 아랫배까지 은근히 밀되 의념(意念)으로 자연스럽게 하여야지 억지로 하면 절대로 안 된다.

자신의 호흡 시간에 맞게 조식을 하되 한 호흡 한 호흡이 균일해지고 안정 되어 지거든 점점 호흡을 아주 가늘게 미미하게 해서 가슴이 충만하도록 기운을 들이마시되 그 여력(餘力)으로 배꼽 밑의 손가락 셋 정도 아래에 위치한 하복부의 단전(丹田)까지 기운을 조금씩 밀어보면 알게 모르게 호흡이 연장된다.

이때 하복부로 내려가는 기운을 절대로 무리하게 밀거나 기운이 내려가는 것을 참지 말 아야 한다.

이렇게 들이쉬고 내쉼에 있어 한조각의 기운을 여유 있게 단전(丹田)에 항상 남겨두어 기(氣)를 쌓는 것이 호흡을 멈추는 유기(留氣)이다. 즉 단전(丹田)에 기(氣)가 머문다는 뜻이다.

다시 말하면 1호흡에 20초의 조식을 할 수 있는 사람이면 입식10초 출식10초인데 유기호흡을 할 때부터는 정신을 단전에 두고 입식 7초하고 3초간 기(氣)를 단전에 모우고, 출식 7초하고 3초간 기를 단전에 모우고 하는 아주 부드럽고 여유 있는 호흡으로 기를 모으는 것이 유기의 요령 이다.

이렇게 호흡하여 몸속의 기운이 단전을 중심으로 모이게 되면 유기호흡으로 하루 2시간씩 2개월 수련하면 정신이 안정되면서 부지불식간에 정신적 유쾌감과 안정감에 빠지게 된다.

이때가 가장 중요한 시기이다.

정신적으로는 별의 별 경험을 다 하여 보는 단계에 들어선 것인데, 수도하는 사람마다 정도의 차이는 있어도 거의 도(道)를 다 이룬 신선이 댄 듯한 착각에 빠지게 된다.

아! 다 이루었다. 이렇게 좋다고 방일하지 말고 계속 수도를 하되 가능하면 믿을 만 한 선지식을 찾아서 그동안 수도한 경과를 상세히 설명 하고 충분한 조언과 지도를 받는 것이 이상적이다.

다음은 추기(推氣)의 수도 방법이다.

추기란 기(氣)가 변천(變遷) 한다. 기(氣)를 옮긴다는 뜻이다.

단전에 가득 찬 기운을 조금씩 좌측으로 의념(意念)하여 밀면 부지
불식간에 좌측으로 움직이는 형체가 있음을 느끼게 되며 점차 무난
하게 밀 수 있게 된다.

이것이 추기법(推氣法)의 시작이고 이렇게 좌추공부(左推工夫)가 성
공되어야 비로소 단전수련(丹田修練)에 입문 했다고 볼 수 있다.

즉, 단전으로 기운을 밀어 보낸 기(氣)가 충만해짐을 기다려 왼쪽
갈비뼈 아래로 다시 밀려나가기 시작하기만 한다면 이는 곳 호흡법
의 최악의 관문을 통과하게 되는 것이다.

이렇게 진척되기까지는 사람에 따라 시간이 동일하지 않지만 빨리
되는 사람은 예외로 하고 보통은 하루 2시간씩 4개월 정도가 소요
된다.

이 단계에 이르면 정신이 아주 맑아지고 더러운 오물을 다 털어낸
듯 기분이 상쾌하여지고 시원해지며 호흡이 부지중에 아주 가늘어
지고 완전한 조식이 되여 1호흡에 30초 정도 길어진다.

이때부터 좌선 시에 간간이 정신적 현상이 조금씩 나타나는데, 가
장 경계해야 할 아주 중요한 단계이다.

온갖 경개(景槪)가 다 나타난다.

금색광명이 일어나며 심신이 쾌활하여지고 마음이 광창(廣暢)하여
지고 도(道)를 다 이룬 듯 성인이 댄 듯 마음이 크게 부풀어 오른다.

즐거운 마음이 끝이 없는 경우인데, 이것이 망상이다. 좋다고 경개에 끌려가지 말고 하던 호흡에만 뜻을 두어야 한다.

거의 모든 수도자들이 이 단계에 들어서면 아만에 빠져 헤쳐 나오지를 못하고 이무기가 되어버린 꼴이 된다.

그러니 여기에서는 절대로 현상에 뜻을 두지 말고 호흡에만 전심전력 하여야 한다.

또 한 가지 주의할 점은 단전에 기가 충만하지 않은 상태에서 억지로 기를 밀어 보낸다거나 기(氣)가 팽만한 경우라도 무리하게 힘을 주어 압박한다면 기(氣)가 어느 곳으로 향 할지 알지 못하니 절대로 무리하게 하면 안 된다.

항상 여유 있는 호흡을 통하여 유기(留氣)를 해야 단전(丹田)에 기운(氣運)이 점점 쌓여져 마치 빈 그릇에 물이 가득 차 자연스럽게 넘쳐흘러 나가듯 뚫려 나가게 하여야 한다.

이렇게 충만 된 기가 우측에서 좌측 갈비뼈 아래로 밀려와 기운이 충만해지면 이 기운을 다시 가슴 끝 명치밑 부분으로 끌어 올리되 다니는 길을 분명히 하여야 한다.

명문에서 충만하게 모인 기운을 이번에는 우협으로 밀어 내려서 그 기운이 다니는 길이 점점 숙달되게 하여 호흡하는데 조금도 고통스러움이 없도록 하여야 한다.

이렇게 단전에서 좌협으로 좌협에서 명문으로 명문에서 우협으로 우협에서 단전으로 삼각을 이루며 기가 다니는 길을 확실히 하여야 한다.

이 법이 추기수련법의 원리원칙이며 완성을 이루는 비법이다. 이 추기법을 추진하고 성공시키는 원동력은 두말 할 것 없이 전적으로 조식에 있으니, 모든 수도자는 조식법이야 말로 수난을 극복하는 비결임을 한시도 잊어서는 안 될 것이다.

이상을 오행연기법(五行鍊氣法)이라 한다.

초심자가 여기까지 오려면 최소한 5~6개월은 수도하여야 제법 탄탄한 기초를 세웠다. 하고 자신 스스로를 알게 되는 것이다.

이때부터 본격적인 단전호흡(丹田呼吸)을 시작하는데, 기초습득 했던 대로 진보적 재훈련을 한다고 하는 자세로 하면 자기 자신의 실력을 양성(養成)시키는 비결인 것이다.

다음은 추인법(推引法)이다.

추인법은 지금까지 하여왔던 규칙적이며 기초적인 정규를 벗어나지 않되 호흡의 추기(推氣)가 간간히 혹 좌측으로 혹은 우측으로 또는 상하로 추기 하는 것이 제 자신의 마음대로 되지 않고 추기의 방향이 정해진 경로를 벗어나 좌우상하를 어지럽게 제멋대로 진행하나 이것은 상례(常例)이다.

이 과정은 누구나 통과해야 할 과정이지 잘못된 현상이거나 병적인 현상은 아니다. 한 점의 의심 없이 더욱 수도에 전심을 다할 것을 당부한다.

간혹 이 단계에 와서 중도에 간사한 길인 사도(邪道)의 길을 가거나 포기하는 사람이 가장 많다.

이것은 보이지 않는 신(神)의 세계에서 수도하는 자(者)의 정신세계를 성실(誠實) 하나 불성실(不誠實) 하나 일종의 실험하는 단계라고 보아야 한다.

그러하므로 더욱 정진하면 이 경계를 벗어나는 것이다.

성인들도 성도(成道)직전에 이러한 시험을 거친 것을 연상하여 보면 이해가 된다.

일찍 원효대사도 울진 선유굴(현 성유굴)에서 수도 하다가 수천대로 옮기고 다시 불영사로 가서 수도한 것이다.

이렇듯 추인법의 정도(正道)는 기초수련의 호흡법의 조식, 유기, 추기가 잘 되어 추인이 점차 정규(正規)에 이르고 혹 좌우 혹 상하 했던 기(氣)의 방향이 점진적으로 안정되어 가는 정신적 현상인 것이다.

이 경계에서 정신일치(精神一致)로 혜광(慧光)이 터져 스스로 도맥(導脈)을 찾아 깨달음의 경지를 이룰 수 있으나, 그러한 경지를 먼저 말할 필요는 없고 단지 여기서는 수도방식만을 알린다.

이렇게 어느 단계에 가면 바람이 멎고 파도가 가라 앉음과 같은 풍정파식(風定波息)이 되어 정신통일이 마음먹은 뜻대로 되는 것이다.

이때에 이르면 가늘게 이어지면서도 끊어지지 않음과 같은 면면부절(綿綿不絶)한 호흡이 조금도 비간(鼻間)에 머물러 있지 않게 됩니다. 이경지에 다다르면 정좌 시에 거의 무아(無我)가 이루어지게 되고 과거와 미래를 투시함이 언제든지 된다.

이경지에 도달한 수도자(修道者)는 지엽에 매달리지 말고 원대한 이상과 포부를 목표로 하여 더욱더 전심전력 수도에 임하여야 될 것이다.

이 경계가 가장 심적 갈등이 많고 애로가 많은 단계이다. 이제 겨우 초등학교를 졸업하는 단계이다.

추인법이 거의 완성에 가깝고 흡기(吸氣)하는 시간도 점차 길어져 초인간적 경지에 다다르게 된다.

그리고 이쯤 경계에 도달하면 정좌하고 있을 때나 마찬가지로 행주좌와 어묵동정을 막론하고 자연적으로 추인(推引)이 행해지고 좌우상하의 추인을 뜻대로 행하게 되는 것이다.

여기까지가 보통사람들의 수련도정(修鍊道程)이다.

그 다음의 소주천 대주천을 거처 격암의 탈각리(脫却理)와 백일승천비비유(白日昇天比比遊)의 신선의 경지는 각자 의 정성 여하에 따라 승과 패가 가려질 것이다.

격암은 이렇게 전 하고 있다.

"九宮加一十勝理 春滿乾坤福滿家"(南師古秘訣)
"구궁가일십승리 춘만건곤복만가"(남사고비결)

아홉의 궁이란 인체의 단전을 말하고 있는 것이며 아홉 번의 대주천이 이루어지고 난 뒤 한 번 더 이루어져야 십승의 완전한 이치를 깨닫게 된다는 것이다.

즉, 완전한 진인이 되어 해인(海印)을 사용 할 수 있고 삶이 행복하며 즉, 백일승천비비유한 낮에 종달새처럼 공중부양을 이룰 수 있는 것으로 이렇게 된 가정은 영원한 봄날이다. 하늘과 땅 사이에 복이 가득한 집안이라 한 것이다.

3

격암은 총체적 수도의 비밀은 단전호흡의 여하에 따라 신선의 경지를 이해하고 수도(修道) 할 수 있도록 그 과정까지 상세히 말하여 주고 그도 이치를 기본으로 수도하여 도인이 된 것이다.

격암의 수도생활은 끝이 없이 추진되고 실천되었다. 앉아서 좌장하는 수도보다 만물과 자연이치를 직접보고 느끼면서 사람 사는 형상을 체험하는 수도의 길을 같이 병행했다.

그래서 격암은 인편(人編)인 인간과 사람의 생활상을 연구하기 위하여 우선 울진지역 서민의 애환이 스며있는 십이령으로 전복용과 같이 길을 떠나가기로 하였다

이 길은 흥부장에서 산길을 걸어 봉화 춘양장까지 갔다가 다시 누금 집으로 돌아오려면 2박 3일은 되어야 해서 짐을 단단히 꾸리고 새벽 일찍 길을 떠나서 정명 전복용을 만나 십이령으로 갔다.

우리는 진시(辰時, 오전8시경)에 십이령 입구인 두천 흥부장 근처에 도착하였다. 울진 흥부장은 부구에서 두천으로 넘어가는 다리 아래가 흥부장이다. 울진에서 가장 규모가 컸던 장이어서 마을이 꽉 찰 정도였고, 장에서 별신도 한다. 호산 사람들도 흥부장을 보러 오기도 하는데, 호산 상인들이 흥부장을 다니는 것을 막았다고 한다. 흥부장은 우시장과 어물전 등이 유명하였다.

사고는 복용이와 우선 흥부장에 들려 간단한 간식을 챙기고 십이

령에 대하여 자세한 이야기를 듣기 위하여 선질꾼의 우두머리를 찾았다. 선질꾼들은 일행끼리 패를 지어 다녔는데, 많게는 40 · 50 여 명에 이른다. 이때 형편이 비슷하고 마음 맞는 사람끼리 한 패가 되었으며, 10~15명 정도가 한 패가 되어 다니기도 하였다. 특히 중간에 도적 등을 만날 것을 두려워하여 대부분 혼자는 안 다닌다. 이렇게 떼를 지어 다녀 산적도 못 건드렸는데, 이들에게 위해를 가하면 떼를 지어 대응을 한다.

마침 어느 선진꾼 우두머리가 흥부시장 국밥집에서 막걸리를 마시고 있었다.

사고는 가까이 가서 정중하게 인사를 올리고 "친구와 같이 십이령으로 가는 길인데 처음 가는 길이라 가는 길과 지형들을 잘 몰라 어른님들 행렬에 같이 따라가고 싶다고 말하니!"

우두머리는 "이상한 청년들을 다 봤다" 하면서 같이 가기로 허락하였다.

선질꾼 중에서 힘쓰고 말 잘하는 우두머리가 있는데, 우두머리 중심으로 나름의 규율을 갖추었다. 선질꾼 들은 우두머리를 잘 모셨는데, 주막에서는 목침을 갖다 주고 제일 윗자리에 모셨다고 한다. 그러나 우두머리가 없는 선질꾼 무리도 있지만 물물구입이나 단체 행동에 항상 힘을 쓰지 못한다.

사고와 복용이가 오늘 만난 우두머리 선질꾼 일행은 30명정도 규모의 중상위 단체로 우리와 같이 길을 떠났다. 길을 가면서 이야기를 시작하였다.

이 십이령 길은 울진에서 외부로 향하는 길 중 서민의 길로 애환이 스며있는 고개 길로 백두산에서 시작하는 백두대간이 남쪽으로 내려오다가 삼척의 매봉산에서 갈라져 나온 낙동정맥의 오른쪽으로 형성된 남북 방향의 도로와 두천리 흥부장에서 출발하여 십이령을 넘어 봉화·영주로 향하는 동서 방향의 길이 주축이 되었다. 동서 방향의 길로 낙동정맥에서 갈라져 나온 아구지맥을 두 번 넘고, 낙동정맥 상에 있는 백병산 옆을 돌아서 봉화로 향하고 있는 길이다.

한참을 가다가 1차 주막집에서 점심을 먹고 잠시쉬어서 가기로 하였다. 사고와 복용은 집에서 가지고 온 음식과 흥부시장에서 구입한 간식으로 점심을 마칠까 하였다.

우두머리가 "너희들은 아직 술을 못 배워서 잘 먹지 못하지만 일단 주막에 같이 들어가서 감주와 감자전 같은 것을 같이 먹자." 고 해서, 주막에서 짐을 내리고 점심을 먹고 쉬었다.

한 시간 정도 쉬다가 우두머리가 다시 길을 재촉하여 일행과 같이 길을 떠나면서 다시 이야기를 이어 나갔다. 이 길을 중심으로 역(驛)과 원(院)이 조선 전기부터 만들어져 운영되었으며, 역의 연결망은 삼척의 옥원역(沃原驛), 울진의 흥부역(興富驛), 덕신역(德神驛), 수산역(守山驛), 평해의 달효역(達孝驛)인데, 모두 남북 방향으로 연결되어 있다. 이에 비해 울진의 원의 연결망은 가을원(加乙院), 두천원(斗川院), 소조원(召造院), 광비원(廣庇院), 봉화의 장불원(長佛院) 인데, 모두 동쪽의 울진과 서쪽의 춘양 및 봉화 방향으로 연결되어 있고 십이령을 지나는 길에 연결되어 있다.

사고는 우두머리에게 다시 물어본다.

"원(院)이 있는 것을 보아 관원들의 교통 중심지도 되겠네요!" "그래! 우두머리는 이 십이령을 암행어사들이 길을 지나며 묶었던 장소가 두천원·소조원·광비원이며, 과거를 보거나 관리들이 한양으로 오가는 길도 이 길을 다소 이용하여 울진지역의 동서 교통로의 주축이다. 그리고 이 길은 울진에서 동서 방향을 연결하는 주 길인데, 십이령 지점이 울진·죽변·흥부에서 각각 시작된다. 출발 지점에 따라 노정에 약간의 차이를 보이나 결국 두천을 지나 바릿재와 샛재를 거쳐 춘양과 봉화로 향하는 길이다."

사고는 "십이령이 이렇게 중요하고 서민들의 애환이 스려 있는 곳인데! 선질꾼은 왜 이 길을 오고가야 합니까?"

우두머리는 "십이령 길이 발달하게 된 동기는 해변 외륙인 울진의 오곡과 뽕나무·삼·감·밤·배·닥나무이고, 토공은 꿀·밀[黃蠟]·철(鐵)·호도·석이·오배자(五倍子)·조피나무열매[川椒]·미역·칠·사슴포·여우가죽·삵괭이가죽·노루가죽·범가죽·돼지털·대구·문어·숭어·전복·홍합이며, 약재는 복령·승검초 뿌리[當歸]·바다나물 뿌리[前胡]·대왕풀[白芨]·오미자·인삼, 대와 왕대이며, 염분(鹽盆)과 자기(磁器) 등의 토산물이다."

십이령 넘어 서쪽 봉화 지역에는 춘양장·봉성장·소천장·현동장·봉화장이 있다. 선질꾼들은 내륙에서 춘양장이 가장 컸다고 인식하고 있으며, 영주까지 진출하지는 않는다. 춘양장에서 구입한 물목은 콩·쌀·각종 잡곡·메밀·팥 등이었으며, 이것을 부구시장에

서 판매하였고, 부구에서는 어물·미역·김·파래·소금 등을 구입하여 춘양장에서 판매하였다

춘양과 봉화의 특산물인 토의(土宜)는 벼·기장·조·보리·왕골이고, 토공(土貢)은 꿀·밀[黃蠟]·여우 가죽·노루 가죽·산달피(山獺皮)·돼지털·자리[席]·칠·잣이며, 약재(藥材)는 웅담(熊膽)·인삼·백복령, 토산(土産)은 신감초(辛甘草)·송이버섯·은구어 등을 물물교환하기 위하여 이 물건을 지게지고 장사를 하는 사람들이 선질꾼이다.

우두머리는 누가 시키지도 않았는데, 창(唱)을 불렀다. "울진에서 미역 소금 어물을 지고 춘양장은 언제가노/ 대마 담배 콩을 지고 울진장을 언제가노/ 반 평생을 넘던 고개 이 고개를 넘는구나/ 서울가는 선비들도 이 고개를 쉬어 넘고/ 오고 가는 원님들도 이 고개를 자고 넘네/ 꼬불꼬불 열 두 고개 조물주도 야속하다/ 가노 가노 언제 가노 열두 고개 언제 가노/ [후렴] 시그라기 우는 고개 내 고개를 언제 가노"

전용복은! 우두머리 창이 끝나자마자!
"우리 동네 어른들이 간혹 이야기를 해 주었는데, 노래 가사와 같이 흥부장이나 울진장에서 해산물과 농산물 등을 바지게에·지고 넘었던 고개이다."라고 말을 거들었다.
우두머리는 "십이령을 넘나들며 울진과 봉화 지역의 토산물을 지고 장사를 하는 나 같은 사람은 보부상이다. 그 이름은 여러 가지가

있는데, 일반적으로 선질꾼·등금쟁이·바지게꾼이라 부른다. 부르는 명칭은 원래 선질꾼이었으나, 어느 시기에 바지게를 지고 다닌다고 하여 바지게꾼으로 부르게 되었다." 그리고 바지게꾼이라 부르는 배경으로는 두 가지가 있다. 첫째는 행상꾼들이 바지게를 지고 다닌다고 하여 바지게꾼이라고 부른다.

둘째는 원래는 선질꾼인데 바지게 놀이를 만들면서 바지게꾼이라는 이름이 더 알려진 것이다.

선질꾼의 또 다른 이름이 등금쟁이 이다. 울진 십이령지역에서 선질꾼이 지나가면 마을 아이들이 '등금쟁이 간다', '날아라 등금쟁이 날아라', '날아간다 날아간다 등금쟁이 날아간다'라고 한다.

우두머리는 길옆 바위에 잠시 앉아서 담뱃대에 불을 붙이고 담배를 한 모금 피우고 나서 다시 이야기를 한다.

"우리를 등금쟁이라고 부르는 이유로는 세 가지가 있다." 첫째는, 등에 지고 다니며 물건을 판다고 하여 등금쟁이라 하였다.

둘째는, 등짐을 지고 다닌다고 하여 등금쟁이라 하였으며,

셋째는, 등금쟁이들은 가지가 없는 쪽지게를 지고 다녔기 때문이다.

사고는 우두머리 눈치를 보면서 또다시 물었다.

"왜 그렇게 이름이 많으며, 그 내용과 구분에 대하여 말씀을 듣고 싶습니다."

"그래! 피로한 느낌도 없이 한편으로 물음에 아는 것이 많은 사람

으로 신이 나서 이야기를 하였다." 지게꾼은 쪼그리고 앉아서 지게 짐을 지고, 쉴 때도 앉아서 쉬는 것이고, 선질꾼은 서서 지게 짐을 지고(負), 대개 서서 쉬기 때문에 선질꾼[立負軍] 또는 선질[立負]이라는 이름이 붙여진 것이다.

그러므로 선질꾼의 지게와 작대기는 일반 지게보다 길고 작대기 끝에 송곳 같은 쇠붙이를 박아 놓았다. 지게 받치기도 수월하며 경우에 따라서는 적으로부터 보호용 무기로도 쓸 수 있었다. 강원도 선질꾼의 경우는 이곳 외에 인제·고성·양양·정선·삼척·강릉 등에도 선질꾼들이 유명하다. 우리는 평생 이 길을 오고 가면서 먹고 살기 때문에 선질꾼들은 동고동락하며 서로 친하고 매우 다정하게 지내고 있으나, 불미스러운 행동도 있다.

주막집 주모에게 치근대는 등의 행위에는 여러 명이 해당자를 멍석말이하여 징치하고, 다음날 아침에는 같이 장사하러 떠났다. 선질꾼의 우두머리는 장사법 및 규칙과 장사 계획을 미리 작성하여 장사하였다. 이동 경로·숙박지·들릴 장을 미리 협의하여 결정하고, 장날에 맞춰 각종 물건을 구입한 후 모여서 이동하였다. 매 장날마다 다닌 것은 아니고 형편에 맞게 장날을 정해 다닌다. 우리가 판매하는 방법은 소매와 도매를 겸하나, 보통 물건을 다른 지역으로부터 가져와서 상인들에게 도매로 넘기는 경우가 많다.

선질꾼들의 장사를 '안팎 내외장사'라고도 한다. 흥부장에서 해산물을 구입하여 내륙으로 가서 팔고 다시 내륙에서 무명·모시·삼베를 구입하여 외륙에 가서 파는 형태로 상호 이동하며 물건을 판매하여 각각의 이윤을 획득하기에 안팎 내외장사라 한다.

선질꾼들은 날씨와 가격에 민감하게 반응하고, 구매한 물건의 양이 많으면 태게를 고용하여 물건을 운반하기도 한다. 사고는 선질꾼들이 사람마다 얼굴과 관상과 키와 몸집이 다 다르고 성격도 다 다르며, 같은 일을 하여도 먹고 사는 형편이 다른 것에 대하여 도무지 이해가 가지 않아, 오늘 이 길을 답사하고 집에 가서 그 이유에 대하여 연구해 보기로 작심하였다.

전복용이는 우두머리에게 "짐을 지고 가는 지게의 모양과 종류가 다르고 이름도 다른 것 같습니다."하고 물었다.

"고녀석들 장차 뭐가 되려고 너무 똑똑하고 세밀하네!"

우두머리는 지게에 대하여 이야기를 이어 나갔다.

"이 지게는 우리의 밥줄이기도 하지만 너무나 애환이 스며있어 어떤 때는 보기도 싫고 부서버리고 싶은 물건이다."

지게에는 일반 지게, 바지게[가지가 짧게 있는 것, 가지 없는 것], 오르대 지게, 쪽지게[바지게]가 있다. 오르대 지게는 바지게와 비슷하나 지게 위와 지게 뼈대도 짧고, 가지가 있는 지게이다. 즉, 지게의 위와 아래가 짧은 지게인데, 주로 나무·콩·곡식 등을 운반하는 데 사용한다. 특히 벌채한 나무를 지고 다니는 데 많이 이용하였다고 한다. 겨울에 돈벌이가 없으면, 벌채한 나무를 각목 등으로 만들어 놓으면 이를 져다가 장터나 목상이 원하는 곳으로 이동시키는 데 많이 사용한다. 산에서 나무를 나르는 일꾼을 오르대꾼이라 하는데, 이들은 밥을 싸가지고 나무를 지고 다니며, 목상(木商)이 흥부 등에서 오르대꾼이 지고 오는 나무의 양을 재어 임금을 지불한다. 보통 50세 까지

지고 다니는 예가 많다. 쪽지게는 지게 틀의 하나이다. 원래 바지게의 명칭이 쪽지게라고도 한다. 바지게는 짐을 얹는 가지가 있는 것과 없는 것으로 구분되는데, 가지가 있어도 일반 지게와는 달리 가지 길이가 짧다. 대부분의 바지게는 가지가 없이 편평하여 여기에 짐을 노끈으로 묶은 후 지고 다녔다고 한다. 다닐 때는 바지게 아래에 작은 솥단지와 소금 · 짚신을 매달고 다닌다. 바지게는 산에서 긴 작대기 2개와 몇 개의 가지를 구하여 끈으로 엮어서 쉽게 만들었는데, 짐을 안 질 때는 부담 없이 버리기도 하였다. 그리고 바를 달아서 당긴다고 바지게라고도 하며, 일반 지게와는 달리 바지게의 등판에는 나무판자를 대어 만든다. 이와 같이 만든 바지게는 장사용으로만 사용하였다. 일반 지게에 비해 바지게는 전체 길이가 길었다. 여기에 미역이나 어물을 가져갈 때는 짚으로 싸서 묶는다. 태계를 지는 사람은 일반 지게를 사용하여 짐을 나른다.

"오늘 하루 종일 해 떨어지기 전에 가면 어디까지 가서 숙소를 정하는 것입니까?" 하고 사고가 우두머리에게 물었다.

"이 십이령을 가고 오는 길에 있는 주요한 주막은 샘수골 · 시치재 · 말내 · 쟁패 · 샛재 · 저진터 등에 있다. 이들 주막은 운영 형태에 따라 술만 파는 주막과 술을 팔면서 봉놋방을 갖춘 주막으로 구분할 수 있다.

주막집에서 자는 방을 봉놋방이라 하였으며, 방 내부에는 몽치미[몽침]라 부르는 목침(木枕)만 있고 이부자리는 없다. 겨울에는 군불을 많이 지펴 주어 전혀 춥지는 아니하다."

주막에서 주의할 일은 돈을 차고 자면 도둑을 맞을 수 있기 때문에 돈을 주막집 주인에게 맡겨야 한다. 주막의 안주인이나 술을 파는 주모를 갈보라고 하였는데, 여기서 얼굴이 통통하면 호박 갈보라 한다. 선질꾼들과 마을 주민들은 친하지 않았으나, 자고 가는 나그네들과는 친하다. 주요 주막은 시치재 입구 주막, 부구주막, 주인에 성황당 앞 주막, 상당 주막, 두천 주막[말래 주막], 바릿재 주막, 장평 주막[쟁패 주막], 샛재주막, 평전 주막, 큰 넓재 주막, 적은 넓재 주막, 외광비와 내광비 주막 등이 있다.

사고가 지나는 길목에 있는 마을 제당에 들려서 절하고 가는 선질꾼들이 많았는데, 이들은 서낭당 앞에서 절하고 쉬어가고 솥단지를 걸어 밥을 해 먹고 가기도 하였다.

특히 상당 서낭당 · 하당 서낭당 · 말래 서낭당 · 샛재 서낭당에서는 반드시 절을 하고 갔다. "이는 무슨 의미이며, 어떠한 마음의 위안이 되는지 우두머리에게 물어 보았다." "그래! 우리 같이 생업이 달려 있는 이 길을 오고 가자면 산적도 있고 짐승도 있고 안전사고도 나고 길 가는 도중에 병들고 죽는 예가 있다. 이러한 불미스러운 것과 화를 면하려면 서낭당에서 절하여 도와 달라고 빌고 또 소원도 빌고 해야 마음이 편하다."

울진 흥부장과 봉화장을 연결하는 십이령 중 샛재에는 이들 지역을 오가며 장사를 한 행상단이 모신 성황사가 있다. 고갯마루 바로 아래에 중수(重修)를 하여 반듯하게 유지되고 있는데, 지붕은 기와를 얹은 맞배지붕으로 정면 1칸 측면 1칸의 제당이다. 정면 입구에는 '조령성황사(鳥嶺城隍祠)'라 쓴 편액을 걸었으며, 성황사 내부의 제단 정면에는 '조령성황신위(鳥嶺城隍神位)'라 쓴 위패를 모셔 두었다.

이 샛재 성황사는 대관령 서낭을 받아온 것이라 전해지는데, 이 이야기는 백두대간과 낙동정맥이 연결되는 고갯마루 성황당을 통해 일정한 세력권의 범위를 알려주고 있다. 이와 유사한 사례로는 삼척 천은사·영은사·신흥사와 동해 삼화사 등의 창건 설화에 범일국사가 등장하는 것을 들 수 있는데, 이는 이 지역 불교문화가 강릉의 사굴산파와 일정한 관계 속에서 형성되었다고 할 수 있다. 또한 동해 동호에서 모시는 천지신이 할머니 신이고, 이를 태백산 천제단에서 모시는 천신과 연결하려 한 것은 이 지역이 태백산 천제단 문화권임을 표현한 것이다. 샛재 성황사 당 안에는 여자 화상이 있었다. 제당의 명칭을 통하여 당시 보부상이나 이후 선질꾼들의 신앙의 처소로 기능, 그리고 보부상과 선질꾼들을 위한 재사(齋舍) 기능을 함께 하고 있다. 당의 위치는 샛재 고갯마루에 있는데, 보부상들이 다니면서 위하였던 봉화의 고치령·태백의 건의령·임계의 삽당령 등 대부분의 제당들이 고갯마루에 위치하고 있다.

신목은 제당 동쪽에 높이 20m의 아름 들이 나무가 있으며, 제당 둘레에는 돌로 나지막한 담장을 쌓았다. 제당에서 넘어가는 고갯마루 아래에 보부상이나 선질꾼들이 지나며 돌을 던져 만들어진 것으로 추정되는 돌무지가 남아 있다. 인근 안일왕 산성과 관련하여 아밀왕이 성을 쌓기 위해 돌을 나르던 곳이라는 이야기도 있다.

사고는 "복용아! 우리도 절을 하고 나름대로 하는 일과 복과 소원을 빌고 가자!"

우리는 성황사 앞에서 다른 어른들보다 더 긴 시간을 앞으로 하는 일을 도와 달라고 절을 하고 빌었다.

제사는 1년 중 봄과 가을에 지냈으며, 연장자를 제관으로 선정하였으며, 제비(祭費)는 위답(位畓)에서 부담하였다고 한다. 준비한 제수는 술·메·백설기·소고기·과실이었으며, 고사를 지낸 후 별신굿을 하였다고 한다.

두천리에 의하면 샛재 서낭당에서 3년에 1번 정도 10월경에 좋은 날을 받아 굿을 하였는데, 소요되는 경비는 위답을 경작하는 사람에게 소작료를 받아서 모으고, 보부상과 지게꾼에게 찬조도 받아서 하였는데, 하루 굿을 하였고, 무당 3~4명이 와서 진행한다. 굿을 하면 인근에 있는 빛내·장평·홈교·소광·찬물내기에 거주하는 주민들이 굿을 보러 왔으며, 선질꾼들은 여유 시간이 있으면 보고 갔고 일부는 시주를 한다.

샛재 성황사는 인근 마을인 소광에서 운영하고, 이때 장평과 찬물내기에 거주하는 주민들도 참여한다. 사고는 우두머리에게 또 다른 신을 모시는 것을 이야기 들었다. 샛재 서낭당은 대관령 서낭을 받아온 것이라 전해지는데, 선질꾼들이 이 서낭당 앞을 지나다니던 시절에는 고기 한 마리를 수지로 주며 마을 사람들에게 제사를 지낼 때 올려 달라고 부탁하는 경우도 있다.

선질꾼이 지나는 길목에 있는 마을에는 선질꾼들이 지나며 마을 서낭고사를 지낼 때 장사가 잘 되고, 건강을 기원하는 소지를 올려 달라고 부탁하면서 제수비를 조금 내고 가는 사람도 있다. 새색시가 시집을 가면서 샛재 성황사에 빨간 천을 달아주고 가는데, 이는 새색시를 따르는 귀신이 더 따라오지 못하게 하려는 의도로 행한 것이다.

울진 십이령을 넘나든 선질꾼의 삶은 울진의 흥부장 · 읍내장 · 봉화의 내성장 등 장시가 열리면서 이들 장시가 십이령길을 통해 연결되었다.

십이령의 장사를 장악하였던 보부상인 행상단의 선질꾼은 무속신앙에 의지하여 인생을 좌우하는 것으로 생각하였고, 무속신앙이 삶이며 인생살이의 전부이다! 라는 것을 깨닫게 되었다.

사고는 이번 십이령 길을 택한 이유가 사람이 살아가는 애환과 삶에 대한 연구를 하기 위함이나 오늘처럼 인생사가 이렇게 고달프고 고생하고 험하게 살아가고 있다는 사실에 대하여 너무 충격을 받았다.

다시 한 번 강조하고 다짐하는데, 이 십이령을 무대로 사람의 행복하게 살아갈 수 있는 방향을 연구하여 후세가 해인(海印)의 이치에 따라 살고 소 우는 곳에서 농사짓고 변란이 와도 사람의 목숨을 다치지 않은 승지(勝地)를 지정하여 그곳에서 편안하고 행복하게 살 수 있도록 꼭 비결을 남기고 생을 마감하겠다! 고 재삼 다짐하였다.

4

사고는 울진 십이령을 다녀와서 사람이 행복하게 살 수 있는 것이 어떤 방법인가를 공부를 하려 하였으나, 학문의 깊이가 깊지 못하여 비기와 비결 등을 이해하고 또 다른 자료 등을 검토하고 연구하는 데, 너무 많은 고생과 고통이 있었고 또한 지금은 유교사회와 선비의 사대부 시대로써 이 유학에 대하여 더 공부를 하기 위하여 준비하였다.

마침 숙부들과 마을 어른들에게 여쭈어 보니 유학에 대한학문을 하려면 풍기 소수서원(紹修書院)에 가서 선비들을 만나고 같은 시기에 태어난 퇴계선생을 예안에 가서 만나 보는 게 좋겠다고 하였다.

사고는 소수서원에 등록하기 전까지 울진에서 스스로 독학으로 학문을 깨쳤으며, 평생 소학(小學)을 옆에 두고 살았다. 소학이 유교적 경전의 실천학문이라는 점에서 도학적(道學的) 이념을 적극적으로 수용하고 실천한 것이다.

사고는 친구 전복용(田伏龍)과 함께 1555년(명종 10)에 46세로 영주의 소수서원으로 가서 원장 권응참(權應參)에게 인사를 올리고 원생으로 등록하여 본격적인 유교의 성리학 수학에 입문했다.

소수서원은 주세붕(周世鵬)이 건립하고 퇴계(退溪) 이황(李滉)이 사액(賜額)을 받은 최고의 서원이다. 소수서원은 최초로 국학의 제도를 본 딴 선현을 제사지내고 유생들을 교육한 서원이었다. 세종 때에 설립

되었다는 기록도 있으나 확실하지 않고 최초로 국학의 제도를 본따서 선현을 제사지내고 유생들을 교육한 서원으로 알려져 있다.

풍기군수 주세붕이 이곳 출신의 유학자인 안향(安珦)을 배향하는 사묘를 설립했다가 1543년(중종 38)에 유생교육을 겸비한 백운동서원을 설립한 것이 시초이다.

1544년에는 안축(安軸)과 안보(安補)를 추가 배향 했다.

이후 1546년(명종 1) 경상도 관찰사로 부임한 안현(安玹)은 유생의 정원(10명), 공양절차(供養節次), 서원재정, 경리관계를 규정한 '사문입의'(斯文立義)를 만들어 서원의 경제적 기반을 확충하고 운영방책을 보완하는 데 주력했다. 백운동서원은 약 30결의 토지 및 열여덟 명의 노비, 네명의 원직(院直) 등을 소유함으로써 경제적 기반을 마련했다.

이 시기에는 서원이 사묘의 부속적인 존재로서 유생의 독서를 위한 건물로 생각되었으며, 과거공부 위주의 학교로 인식되고 있었다. 그 후 퇴계에 의해 과거를 위한 독서보다는 수기(修己)·강명도학(講明道學) 위주로 변했다.

특히 그는 1548년 풍기군수로 부임한 뒤 을사사화로 고초를 겪은 다음 관료로서 군주를 보필하고 경륜을 펴기보다는 학문의 연구와 교화, 특히 후진의 양성을 통해 학파를 형성함으로써 향촌사회를 교화하고 나아가 장래의 정치를 지치(至治)로 이끌 인재를 확보하겠다는 생각에서 지방유생의 강학과 교화에 관심을 가지게 되었다.

그리고 당시의 붕괴된 교학을 진흥하고 사풍(士風)을 바로잡기 위해서는 서원의 보급이 시급하다고 주장하면서 백운동서원에 대해서 송나라의 예에 따라 사액(賜額)과 국가의 지원을 요청했다.

이어서 퇴계가 풍기군수 재임 시 1550년에 퇴계 교학을 진흥하고 사풍을 바로잡기 위해서 서원 보급의 중요성을 주장하면서 사액과 국가의 지원을 요청해서 소수서원이라는 사액(賜額) 현판과 사서오경과 성리대전(性理大全) 등의 서적을 하사받았다. 이는 서원이 국가의 공인 하에 발전하고 보급되는 계기가 되었다.

소수서원이 사액을 받고 국가에서 인정한 사학의 위치가 확고해지면서 영남의 안동 및 풍기지역 사림의 집결소이자 향촌의 중심기구로 위치를 굳혔다.

소수서원은 유생들이 학문을 토론하고 성리학의 진리에 대하여 문답을 벌이는 등 정성을 기울였고, 그 결과 서원의 유생들이 4~5년만에 과거에 급제하여 사람들이 '입원자편급제(入院者便及第)' 라고 부를 정도였다.

소수서원이 있는 순흥은 세조때 단종복위를 도모하다가 화를 당한 세종의 여섯째 아들인 금성대군(錦城大君)과 순흥부사 이보흠(李甫欽)과 순흥 유림들이 연루되어 순절하였다. 1457년(세조2) 금성대군이 성삼문 등과 단종복위 운동에 연루되어 순흥에서 귀양을 간 죄인을 달아나지 못 하도록 가시로 울타리를 만들고 위리안치(圍籬安置)시켜 그 안에 가두었다. 그 후 순흥부는 폐지되었다.

또한 서원 건너 냇가 암벽에는 비가 오면 붉은 색으로 변하는데,

이는 일부선비들을 이곳에서 수장과 비슷하게 처형하여 그 피가 이 냇가를 피로 붉게 만든다고 한다.

5

사고는 소수서원에서 수학을 마치고 안동 예안(禮安)의 온계(溫溪)로 가서 동양의 주자이며 성리학자이고 문신인 퇴계선생을 독대로 만났다.

사고는 소수서원의 원생으로 등록됨은 퇴계와 사숙의 의미를 지닌다. 그러나 소수서원에 등록된 것만으로 퇴계와 사고는 8살 연하지만 문인(門人)이라고 하기는 어렵다.

그 이유는 퇴계는 이(理)와 기(氣)는 다르나, 같이 통한다는 이기이원론(理氣二元論)을 주창한 영남학파(嶺南學派)의 종주(宗主)이고, 사고는 울진으로 돌아와 보여준 철학세계는 이기심성론(理氣心性論)에 바탕을 둔 이기도설(二氣圖說)임에 미루어 김시습(金時習)을 비롯하여 조광조(趙光祖), 서경덕(徐敬德), 이이(李珥)로 이어지는 이(理)와 기(氣)는 같이 통한다는 이기일원론(理氣一原論)에 더욱 근접하게 되어, 울진이 영남학파 지역에서 유일한 기호학파(畿湖學派)인 노론(老論)지역이 되었다.

퇴계는 1501년(연산군 7년) 음 11월 25일 경상도 안동 예안 온혜 노송정 종택 태실에서 태어났다. 본관은 진보(眞寶). 자는 경호(景浩), 호는 퇴계(退溪)·퇴도(退陶)·도수(陶叟)이며, 아버지는 좌찬성 이식(李

埴)이고, 어머니는 춘천 박씨이다. 8남매 중 막내이다. 1570년(선조3) 음 12월 8알 향년 70세로 생을 마감할 때까지 유학과 문신으로 활동한 우리나라의 성리학의 대표적인 인물이다.

퇴계의 어머니인 춘천 박씨는 태몽 중에 공자가 태실로 걸어들어오는 꿈을 꾸었다고 한다. 그래서 퇴계 태실의 문 이름을 성인이 들어온 문이라 하여 〈성림문(聖臨門)〉이라고 이름 지었다.

퇴계는 생후 7개월에 아버지의 상(喪)을 당했으나, 생모 박씨의 훈도 밑에서 총명한 자질을 키워 갔다.

12세에 작은 아버지 이우(李堣)로부터 논어를 배웠고, 14세경부터 혼자 독서하기를 좋아해, 특히 도잠(陶潛)의 시를 사랑하고 그 사람됨을 흠모하였다. 18세에 지은 야당(野塘) 이라는 시는 그의 가장 대표적인 글의 하나로 꼽히고 있다.

20세를 전후하여 주역공부에 몰두한 탓에 건강을 해쳐서 그 뒤부터 다병한 사람이 되었다.

1527년(중종 22) 향시(鄕試)에서 진사시와 생원시 초시에 합격하고, 어머니의 소원에 따라 과거에 응시하기 위해 성균관에 들어가 다음해에 진사 회시에 급제하였다.

1533년 재차 성균관에 들어가 김인후(金麟厚)와 교유하고, 심경부주(心經附註)를 입수하여 크게 심취하였다. 이 해에 귀향 도중 김안국(金安國)을 만나 성인군자에 관한 견문을 넓혔다.

1534년 문과에 급제하고 승문원부정자(承文院副正字)가 되면서 관직에 출사하게 되었다. 1537년 어머니 상을 당하자 향리에서 3년간 복상했고, 1539년 홍문관수찬이 되었다가 곧 임금으로부터 사가독서(賜暇讀書)의 은택을 받았다.

중종 말년에 조정이 어지러워지자 먼저 낙향하는 친우 김인후를 한양에서 떠나보냈다. 이 무렵부터 관계를 떠나 산림(山林)에 은거할 결의를 굳혔다. 1543년 10월 성균관사성으로 승진하자 성묘를 핑계 삼아 고사하고 고향으로 다시 되돌아갔다.

을사사화 후 병약함을 구실로 모든 관직을 사퇴하고, 1546년(명종 1) 고향인 낙동강 상류 토계(兎溪)의 동암(東巖)에 양진암(養眞庵)에서 산운야학(山雲野鶴)을 벗 삼아 독서에 전념하는 수도 생활에 들어갔다. 이때에 토계를 퇴계(退溪)라 개칭하고, 자신의 아호로 삼았다.

그 뒤에도 자주 출사의 명을 받아 영영 퇴거(退居)해 버릴 형편이 아님을 알고, 부패하고 문란한 중앙의 관계에서 떠나고 싶어서 외직을 지망하여, 1548년 충청도 단양군수가 되었다. 그러나 곧 형이 충청감사로 부임 되어 이를 피해, 부임 전에 청해서 경상도 풍기군수로 전임하였다.

풍기군수 재임 중 주자가 백록동서원(白鹿洞書院)을 부흥한 선례를 좇아서, 백운동서원에 편액(扁額) · 서적(書籍) · 학전(學田)을 하사할 것을 조정에 청원하여 조선조 사액서원(賜額書院)의 시초가 된 소수서원(紹修書院)이다.

1년 후 풍기군수를 퇴임하고, 어지러운 정계를 피해 토계의 서쪽에 한서암(寒棲庵)을 지어 다시금 수도 생활을 하다가, 1552년 성균관 대사성의 명을 받아 취임하였다. 1556년 홍문관부제학, 1558년 공조참판에 임명되었으나 여러 차례 고사하였다. 1543년 이후부터 이때까지 관직을 사퇴하였거나 출사에 응하지 않은 일이 수십 여 회에 이르렀다.

1560년 도산서당(陶山書堂)을 짓고 아호를 '도옹(陶翁)'이라 정했다. 이로부터 7년간 서당에 기거하면서 독서·수양·저술에 전념하는 한편, 많은 제자들을 훈도하고 양성하였다.

명종은 예(禮)를 두터이 해 자주 그에게 출사(出仕)를 종용하였으나 듣지 않았다. 이에 명종은 근신들과 함께 '초현부지탄(招賢不至嘆)'이라는 제목의 시를 짓고, 몰래 화공을 도산에 보내 그 풍경을 그리게 하였다. 그리고 그것에다 송인(宋寅)으로 하여금 도산기(陶山記) 및 도산잡영(陶山雜詠)을 써넣게 해 병풍을 만들어서, 그것을 통해 조석으로 이황을 흠모했다. 그 뒤 친정(親政)하게 되자, 퇴계를 공조판서 대제학이라는 현직(顯職)에 임명하며 자주 초빙했으나, 그는 그때마다 고사하고 고향을 떠나지 않았다.

1567년 명나라 새 황제 사절이 오게 되자, 조정에서 이황에게 도성으로 오기를 간절히 바라 어쩔 수 없이 한양으로 갔다. 명종이 돌연 죽고 선조가 즉위해 그를 부왕의 행장수찬청당상경(行狀修撰廳堂上卿) 및 예조판서에 임명하였다. 하지만 신병 때문에 부득이 귀향하고 말았다.

그러나 퇴계의 성망(聲望)은 조야에 높아, 선조는 그를 숭정대부(崇政大夫) 의정부우찬성에 임명하며 간절히 초빙하였다. 그는 사퇴했지만 여러 차례의 왕명을 물리치기 어려워 마침내 68세의 노령에 대제학의 중임을 맡고, 선조에게 무진육조소(戊辰六條疏)를 올렸다. 선조는 이 소를 친고의 격언으로 한순간도 잊지 않을 것을 맹약했다. 한다.

　그 뒤 퇴계는 선조에게 정이(程頤)의 사잠(四箴) · 논어집주 · 주역 · 장재(張載)의 서명(西銘) 등의 온오(蘊奧)를 진강하였다. 병 때문에 여러 차례 사직을 청원하면서 왕에 대한 마지막 봉사로서 심혈을 기울여 성학십도(聖學十圖)를 저술하여 어린 국왕 선조에게 바쳤다.

　1569년(선조 2) 이조판서에 임명되었으나 사양하고, 번번이 고향에 가기를 간청해 마침내 허락을 받았다. 귀향 후 학구(學究)에 전심하였으나, 다음해 11월 종가의 시제 때 무리를 해서인지 우환이 악화되었다. 한달 후 12월 8일 아침, 평소에 사랑하던 매화분에 물을 주게 하고, 침상을 정돈시킨 후, 학덕이 높은 사람의 죽음으로 단정히 앉은 자세로 역책(易簀)하였다.

　선조는 3일간 정사를 폐하여 애도하고, 대광보국숭록대부(大匡輔國崇祿大夫) 의정부영의정 겸 경연 · 홍문관 · 예문관 · 춘추관 · 관상감 영사를 추증하였다. 장사는 영의정의 예에 의하여 집행되었으나, 산소에는 유언대로 적은 단갈에 직접 지은 퇴도만은진성이공지묘(退陶晚隱眞城李公之墓)라 새긴 묘비만 세워졌다.

퇴계는 주자대전을 입수한 것은 중종 38년, 즉 43세 때였고, 이 주
자대전은 명나라 가정간본(嘉靖刊本)의 복각본(復刻本)이었다. 가정간
본의 대본(臺本)은 송나라 때 간행된 것을 명나라 때 복간한 성화간본
(成化刊本)의 수보본(修補本)이었다. 그가 주자대전을 읽기 시작한 것은
풍기군수를 사퇴한 49세 이후의 일이었다.

퇴계는 이에 앞서 이미 심경부주·태극도설·주역·논어집주 등
의 공부를 통해 주자학의 대강을 이해하고 있었으나, 주자대전을 필
독함으로써 그의 학문이 한결 심층 되었고, 마침내 주희의 서한문의
초록과 주해에 힘을 기울였다.

그의 학문이 원숙하기 시작한 것은 50세 이후부터였다고 한다. 50
세 이후의 학구 활동 가운데서 주요한 것을 열거하면 다음과 같다.

53세에 정지운(鄭之雲)의 천명도설(天命圖說)을 개정하고 후서(後敍)
를 썼으며, 연평답문(延平答問)을 교정하고 후어(後語)를 지었다. 54세
에 노수신(盧守愼)의 숙흥야매잠주(夙興夜寐箴註)에 관해 논술하였다.

56세에 향약을 기초하였고, 57세에 역학계몽전의(易學啓蒙傳疑)를
완성하였으며, 58세에 주자서절요 및 자성록을 거의 완결지어 그 서
(序)를 썼다.

59세에 황중거(黃仲擧)에게 답해 백록동규집해(白鹿洞規集解)에 관해
논의하였다. 또한 기대승(奇大升)과 더불어 사단칠정에 관한 질의응
답을 하였고, 61세에 이언적(李彦迪)의 태극문변(太極問辨)을 읽고 크게
감동하였다.

62세에 전도수언(傳道粹言)을 교정하고 발문을 썼으며, 63세에 송

원이학통록(宋元理學通錄)의 초고를 탈고해 그 서(序)를 썼다. 64세에 이구(李球)의 심무체용론(心無體用論)을 논박했고, 66세에 이언적의 유고를 정리하여 행장을 썼고 심경후론(心經後論)을 지었다. 68세에 선조에게 무진육조소를 올렸으며, 사잠·논어집주·주역·서명 등을 강의하였다. 또한, 그간 학구의 결정체인 성학십도를 저작하여 선조에게 올렸다.

무진육조소의 내용은!

제1조 계통을 중히 여겨 백부인 선제(先帝) 명종에게 인효(仁孝)를 온전히 할 것,

제2조 시신(侍臣)·궁인의 참언(讒言)·간언(間言)을 두절하게 해 명종조(明宗朝)와 선조조(宣祖朝) 사이에 친교가 이루어지게 할 것,

제3조 성학(聖學)을 돈독히 존숭해 그것으로서 정치의 근본을 정립할 것,

제4조 인군(人君) 스스로가 모범적으로 도술(道術)을 밝힘으로써 인심을 광정(匡正)할 것,

제5조 군주가 대신에게 진심을 다해 접하고 대간(臺諫)을 잘 채용해 군주의 이목을 가리지 않게 할 것,

제6조 인주(人主)는 자기의 과실을 반성하고 자기의 정치를 수정해 하늘의 인애(仁愛)를 받을 것 등으로, 시무 6개조를 상주한 풍격(風格) 높은 명문이다.

"성학십도(聖學十圖)"는

제1도 태극도(太極圖),

제2도 서명도(西銘圖),

제3도 소학도(小學圖),

제4도 대학도(大學圖),

제5도 백록동규도(白鹿洞規圖),

제6도 심통성정도(心統性情圖),

제7도 인설도(仁說圖),

제8도 심학도(心學圖),

제9도 경재잠도(敬齋箴圖),

제10도 숙흥야매잠도(夙興夜寐箴圖)와 도설(圖說)·제사(題辭)·규약
등 부수문(附隨文)으로 되어 있다.

제1도는 도와 도설이 모두 주돈이(周敦頤)의 저작이며,

제2도의 서명은 장재의 글이고, 도는 정복심(程復心)의 작 품이다.

제3도의 제사는 주희의 말이고, 도는 소학의 목록에 의한 퇴계의
작품이다.

제4도의 본문은 주희의 대학경(大學經) 1장(章)이고, 도는 권근(權近)
의 작품이다.

제5도의 규약은 주희의 글이고, 도는 퇴계의 작품이며,

제6도의 상도(上圖) 및 도설은 정복심의 저작이고, 도는 퇴계의 작
품이다.

제7도는 도 및 도설이 모두 주희의 저작이고,

제8도는 도 및 도설이 모두 정복심의 저작이며,

제9도에서 잠은 주희의 말이고, 도는 왕백(王柏)의 작품이며, 제10도의 잠은 진백(陳柏)의 말이고, 도는 퇴계의 작품이다.

이상의 작품은 혼합 또는 공동작품 형식이나, 그러나 퇴계에 의해 독창적으로 유학과 성서가 배치되어 서로 유기적으로 관련됨으로써 전체적 체계를 형성하였다.

퇴계의 학풍을 따른 직전제자는 당대의 유성룡(柳成龍) · 정구(鄭逑) · 김성일(金誠一) · 조목(趙穆) · 이덕홍(李德弘) · 기대승(奇大升) · 김부륜(金富倫) · 금응협(琴應夾) · 이산해(李山海) · 정탁(鄭琢) · 정유일(鄭惟一) · 구봉령(具鳳齡) · 조호익(曺好益) · 황준량(黃俊良) · 이정(李楨) 등을 위시한 약300여 명에 이르렀다.

또한 재전제자인 후학에는 성혼(成渾) · 정시한(丁時翰) · 이현일(李玄逸) · 이재(李栽) · 이익(李瀷) · 이상정(李象靖) · 남한조 · 유치명(柳致明) · 남고(南皐) · 이진상(李震相) · 곽종석(郭鍾錫) · 이항로(李恒老) · 유중교(柳重敎) · 기정진(奇正鎭) 등으로 잇는 영남학파 및 친 영남학파를 포괄한 주리파 철학을 형성하게 했으니, 이는 실로 한국 유학 사상의 모체가 되었다.

생을 마감한지 4년 만에 후손과 고향 사람들과 제자들이 도산서당 뒤에 서원을 짓기 시작해 이듬해 낙성하여 도산서원의 사액을 받았다. 그 이듬해 2월에 위패를 모셨고, 11월에는 문순(文純)이라는 시호가 내려졌다. 이후 문묘(文廟)에 종사(從祀)되었고, 그 뒤 그를 주사(主

祀)하거나 종사하는 서원은 전국 40여 개 처에 이르렀다.

퇴계의 학문은 한국의 역사를 통해 영남을 배경으로 한 주리적(主理的)인 퇴계학파 즉, 영남학파를 형성했다.

퇴계선생에게는 성현이라 할 만 한 풍모가 있다. 직전제자들이 말했고 퇴계선생은 우리나라에 도가 두절된 뒤에 탄생해, 스승 없이 위기지학(爲己之學)으로 도학을 통달하였다.

이 위기지학 독학정신을 사고는 본받아 철학적 정신세계로 나아가는데 그 순수한 자질, 정치(精緻)한 견해, 홍의(弘毅)한 마음, 고명한 학(學)은 성현의 도를 일신에 계승하려고, 노력하였다. 또한 퇴계의 언행과 화법은 후대에까지 영향을 끼쳤으며, 그 공적은 선성(先聖)에게 빛을 후학들에게 베풀었다. 퇴계는 동방의 우리나라에서 성현이 틀림이 없다.

우리나라뿐만 아니라 중국과 일본에서 퇴계사상이 널리 퍼졌다. 주자가 작고한 뒤, 도(道)의 정맥은 이미 중국에서 두절되어 버린 시기에 퇴계는 한결같이 성인의 학으로 나아가 순수하고 올바르게 주자의 도를 전했다. 우리나라에서 비교할 만한 사람이 없고, 중국에서도 이만한 인물을 찾아 볼 수 없다. 실로 주자 이후의 제 일인자이다.”라고 말한다.

격암이 추앙하는 인물이 있었는데, 바로 퇴계 이황 이다. 퇴계는 사고와 같은 시대의 인물이나 사고보다 8살 연상이며, 직접 독대한 인물이다.

그러나 격암은 소수서원에서 수학과 퇴계선생을 잠간 만난 후 에 안 온계로 찾아가서 직접만나서 많은 성리학에 대하여 설파를 듣고 성리학에 관심과 깊이를 알게 되어 집으로 돌아와서 인간 정신세계 에 밀접한 성리학과 주역을 더 공부하여 큰 영양을 미쳤고 영남학파 지역인 울진에서 학파가 다른 기호학파 쪽으로 가게 되었다.

격암은 이곳 소수서원에서 유생 하응림(河應臨)과 정작(鄭碏) 등과 학문을 교류하게 되었다.

6

사고는 집으로 돌아와서 소수서원의 수학과 퇴계선생을 만나서 인 간의 정신세계인 성리학을 철학에 접목하는 연구와 수도의 길로 매 진하였다. 그 외 천문 및 풍수지리분야에도 비책에서 요약하여 독서 한 경험을 기초로 삼아 이 분야의 연구에 몰두하였다.

선배나 같은 시대에 활동한 타 도인들은 천문, 지리, 역학, 주역 등의 대체로 한분야만 도통한 것에서 탈피하여 우주의 이치를 깨닫 고 별자리를 관찰하는 천문의 하늘과 지리인 땅을 사용하는 풍수지 리와 인간을 선도하는 성리학과 사주와 관상 등의 역학의 모든 분야 에 통달하기 위하여 더욱 연구하고 공부에 매진하기 위하여 선유굴 (仙留窟, 현 성유굴(聖留窟))에서 정신과 깨달음의 수도의 길을 택하기로 하였다.

사고는 선유굴(현 성유굴)에서 수도의 길은 약 100일 정도 기간을 잡았다. 굴 안이 선선하고 음식보관에 적당한 온도 이지만 어머니가 음식을 십일 분량을 준비하고 한 달에 세 번 제공하기로 했다.

이번 성유굴 수도는 정신세계의 깨달음을 찾고 얻는 수도라서 전번 세상의 주유천하와 같이 친구들과 같이 하지 못하고 오직 나 혼자 만이 가부장하고 묵언과 묵상의 자세로 매진하여야 한다.

그러나 성유굴 수도를 위하여 떠난다고 하니 어머니가 굴 입구까지 음식을 가지고 와서 배웅을 하고 국조형님의 굴 안 수도장소까지 동행하면서 굴의 유래에 대하여 조금은 알고 있었지만 더 자세하게 설명하면서 안내를 도왔다.

굴에 들어오기 전에 입구에서 국조형님이 먼저 설명하기 시작하였다.

"이 선유굴(仙留窟)은 선유산(仙遊山)자락에 성유사(聖留寺)가 위치한 산을 휘 감고 있는 왕피천 하류와 우리가 살고 있는 누금마을 입구에 있다. 또한 일명 장천굴(掌天窟)과 탱천굴이라고 부르기도 하였다. 천연석회암 동굴로서 총길이는 약 800m, 주굴의 길이는 약 470m 이며 최대너비가 18m이다. 2억 5,000만 년 전에 형성된 것으로 추정된다. 종유석과 석순이 끝없이 펼쳐져 있고, 왕피천과 통하고 있는 12개의 광장과 5개의 연못에는 많은 어류가 서식하고 있다. 성유굴은 신선이 노는 장소인 만큼 주변경관이 아름답다는 의미에서 비롯된 이름이다.

지상엔 금강산이 절경이라면, 지하엔 성유굴이 비경이란다.

사고와 국조형님은 나의 어머니인 사촌 형수님에게 인사를 마치고 굴속으로 수도장소로 들어가기 위하여 바랑 속에 준비해온 동아줄과 자루가 달린 두 개의 관솔불에 국조형님이 부싯돌을 켜서 두 개의 횃불에 불을 붙였다. 두 사람은 횃불을 든 채 좁고 어두운 굴속으로 들어가니 적막한 굴속은 두 사람의 발소리가 깊은 굴속에 메아리로 울려 퍼졌다.

　이야기를 계속하면서 국조형님은 동굴을 지나 갈 때 마다 설명을 하였다. 동굴은 직선형 수평적 형태를 이루고 있으며, 연무동석실, 은하천오작교, 용신지, 용신교 등으로 이어지는 광장은 저마다 신비경을 뽐내고 있다. 그 중에서도 부처님 세 분이 일렬로 서 있는 듯한 삼불상이 특히 유명하다.

　성류굴은 우리나라에서 가장 유서 깊은 동굴의 하나로, 이곳에서 제일 처음 수도한 도인은 〈삼국유사〉 기록에 의하면 신라의 〈원효대사〉가 이곳에 천량암을 짓고 수도를 했다는 기록이 최초인 듯하다. 그러나 원효대사는 이 굴에서 수도 중 정신이 집중이 되지 않고 깨달음을 얻지 못하고 도리어 산만해서 위 구미마을에 있는 수천대로 옮겨서 수도에 매진하였다고 한다. 신라의 화랑인 영랑·술랑·남랑·안상 등 네 화랑이 굴속에서 놀고 담력훈련을 했다는 전설이 있는 곳이다.

　또한 신라 신문왕의 아들 보천태자가 이 동굴에서 수도를 했다는 전설이 있다. 당시 보천태자가 다라니경을 읊자 이 굴 안에 살던 신이 모습을 나타내어, 자기가 굴을 지킨 지 2천년 만에 처음으로 수구다라니경을 들었다며 보살계를 받겠다고 했단다. 어쩌면 저 깊은 안쪽에는 아직 굴의 신이 살고 있는지도 모른다."

국노형님의 설명을 듣고 있던 사고는!

"이 굴은 신비하기도 하지만 수도와 담력훈련에 적합한 장소가 틀림이 없네요!"

설명을 다시 이어가는 국조 형님은!

"그리고 최초의 동굴탐사기를 쓰게 된 이곡(李穀)은 고려말 불사이군(不事二君)의 상징인 목은 이색(李穡)의 아버지이기도 하다. 일찍이 원나라 과거에 급제해 이름을 알렸고, 고려에서도 벼슬을 한 인물이다.

평소 전국의 명승지를 둘러보며 여행하기를 좋아하였고 그는 명승지가 많기로 이름난 관동지방을 유랑하는 중에 인근 영해 괴시마을에서 잠시 기거 하다가 장가를 가서 이색을 낳은 후, 성유굴을 다녀와 굴의 신비스러운 광경을 보고 관동유기(關東遊記)에 자세하게 적어 기록을 남겼다."

두 사람은 계속 안으로 들어가자 곧 천장이 높은 광장이 나왔다. 지하에 이처럼 널찍한 광장이 있으리라곤 상상도 못했던 우리는 자신도 모르게 감탄사를 흘렸다. 이어 소(沼)처럼 맑은 물이 고인 지역이 나타났다. 국조형님의 설명은 바깥의 왕피천과 서로 통하는 수로가 있어서 비가 많이 오면 굴 안의 수위도 함께 높아진다고 했다. 조금 더 안으로 들어서자 석순이 만물상처럼 다양한 형상으로 늘어선 지역이 나타났다. 우리는 동굴의 황홀하고 다양한 생김새에 마음을 빼앗겼다. 안으로 들어가면 갈수록 불빛에 비치는 굴 내부의 광경이 정말 놀랍고 신비로웠다.

사고는 생각했던 것보다 수백, 수천 배는 더 아름답고 신비로웠다. 조물주의 창조와 시간과 자연의 조화가 함께 어우러진 천하의 일품의 작품인 것 같았다.

어떻게 형용해야 할지 모를 정도로 기기묘묘하고 독특한 경관을 보여주는 지상의 세상과 전혀 다른 별천지였다. 석회암이 물에 녹으면서 만들어진 교묘한 형태의 석순과 석주, 종유석이 하늘의 주름처럼 무수히 늘어서 있고, 동굴산호와 석화, 동굴진주 등이 때론 짐승 형상으로, 때론 부처나 사람, 승천하는 용의 형상을 하고 늘어선 게 가히 인간의 상상력을 훨씬 뛰어넘는 기이한 세상을 펼치고 있다.

사고는 "형님! 이곳 삼불상 밑에 수도의 장소로 정하는 것이 좋겠습니다." 하고 국조형님과 작별인사를 하고 혼자 100일 기도와 수도를 하기 위한 준비를 하였다.

이 아름답고 신비한 성유굴은 이무기가 백만년 동안 여의주를 얻기 위하여 놓고 싸우는 형상으로 일찍이 원효대사도 이곳에서 수도하다가 정신이 산만하여 수도를 포기하고 수천대로 옮겨 갔는데, 내가 정말 끝까지 할 수 있을까 하는 불안감이 앞섰다.

그러나 나는 여의주를 얻는 것이 목적이 아니고 오직 정신세계의 깨달음을 얻기 위함 수도이니 마음과 정신만 차리면 얼마든지 할 수 있다고 자신감도 있었다.

일단 어머니가 해준 음식으로 저녁을 먹고 첫날밤을 맞이하여 정좌하고 정신을 가다듬고 묵상으로 기도를 하였으나, 영 마음이 안정이 안 되어 오늘 저녁은 그대로 푹 자고 내일부터 기도와 수도를 시작하기로 하였다.

　사고는 수도한지 한 달이 이틀 남은 날 어머니와 국조형님이 또 음식을 가지고 와서 어머니는 밖에 계시고 국조형님만 수도장으로 왔다.

　"형님 오셨어요!"

　"그래! 얼마나 고생 많으냐? 그리고 계속 할 수 있겠는가!"

　"하는데 까지 해보겠습니다." 하고 사고는 대답을 하였다.

　"사촌 형수님의 부탁인데 기도와 수도도 좋겠지만, 힘 드면 그만두고 나오라고 전해달라고 하셨다."

　"네!"

　"저도 다음 음식이 전해오는 날짜까지는 더 해 보겠습니다. 한 달을 수도 했는데 아직 마음과 정신이 산만하고 잡념만 있으니, 그때까지 정신통일과 수양이 안 되면 나가겠습니다."

　또 한 달이 지나서 형님이 음식을 가지고 왔다.

　사고는 형님에게 굴에서 나가겠다고 했다.

　"그래 도저히 안 되는 거냐! 하고 물었다."

　사고는 "아닙니다. 정신세계를 깨달은 것은 이곳이 적합한 곳이지만, 자연의 이치와 우주만물을 관찰하는 것은 거리가 멀어 차라리 전과 같이 세상을 주유천하 하는 것 보다 얻는 것이 별로 없는 것 같습니다."

　"잘 생각했다!" 하고 국조형님이 나를 안심시키면서!

　"그래! 가지고 온 짐을 챙기고 해가 넘어가기 전에 굴을 나가자!"

사고는 형님과 짐을 챙기고 굴에서 나와 집으로 돌아왔다.

집에 돌아 온 사고는 어머니에게 인사를 올리고 하루를 푹쉬고 굴 안에서 느끼고 깨달을 것을 어머니에게 말씀드렸다.

'성유굴은 아름답고 신비하지만 사람이 수도의 장으로 생활하면 그 곳에 있는 이무기는 물론 신선들이 노하여 사람이 다치게 되니 앞으로 어떠한 일이 있어도 절대로 굴속에서 생활하지 말라는 것을 깨달았습니다.

앞으로 임진년과 계사년에 왜구가 난을 일으켜 우리 조선에 쳐들어 올 것인데, 계사년에 침입하면 나라가 결단날 것이고, 임진년이면 그보다는 났지만 조선의 유린당하고 이 울진 지역도 무사하지 못할 것 같은데, 아무리 피신 할 곳이 없어도 절대로 성유굴 안으로 피신하면 들어간 사람은 살아서 나오는 사람이 한사람도 없을 것입니다. 라고 말씀을 드렸다.

격암 사후 21년 후 임진년에 왜란이 일어나서 당시 물밀듯이 쳐들어오는 일본군을 피해 주민 500여 명이 굴속으로 피신했는데, 일본군이 이를 알게 되어 굴 입구를 돌로 막아 이곳에 들어갔던 주민들은 모두 굶어 죽었다.

안으로 들어가면 초입에 임진왜란 당시 훈련장으로 쓰였다는 그리 넓지 않은 공간이 있다. 이곳으로 피신 왔던 주민 중 일부가 동굴 초입에서 자체 경비를 위한 훈련을 했다고 한다.

임진왜란 당시 주민들이 피신을 했던 동굴은 경상도 산청의 홍굴

(洪窟)·밀양의 손가굴(孫家窟)·형제굴(兄弟窟)·문경 모산굴 등이 있다.

성유굴에서 수도하고 나온 사고는 철학에 깊이를 깨닫고 통달하여 천문이나 풍수지리와 인간에 대하여 예언을 하기 시작하였다.

7

사고는 주유천하로 자연의 이치와 만물의 이치와 형상을 깨닫고 다시 수도의 길을 택하였다.

일찍이 도인이 준 비책3권과 운학스님과 해인도사에게 많은 가르침을 배웠는데, 이는 전부 불경의 이치이며, 그 후 유학자들이 만든 소수서원 등에 가서 인간의 정신세계를 엿볼 수 있는 성리학을 공부하였고, 자연이 준 장소에서 수도와 심신단련과 정신수양으로 철학에 통달하여 깊이와 깨달음을 알게 되었다.

그러나 지금까지는 자연에 있는 그대로를 체험하는 길이 었고 이제는 내가 직접 수도할 수 있는 장소를 택하고 정하여 수도를 매진하기로 했다.

울진 누금 마을은 사고가 천문과 지리를 공부하기 아주 적당한 장소인 것 같다. 자연의 이치를 아는 데는 왕피천 줄기에 성유굴과 주천대 및 불영계곡과 불영사가 있어 편리하였고, 또한 내가 살고 있는 누금마을은 우주의 천문을 관찰하는 장소로는 최적의 장소이다.

달빛에 비쳐서 흘러가는 왕피천의 장관과 누금 성화당 앞 신봉산에 걸쳐 있는 북두칠성을 관찰하노라면 만물이 변하고 움직이는 이치를 알 수 있다.

천문의 이치를 알기 위해서는 해와 달의 관찰도 중요하지만 더 세세히 관찰하려면 별자리 움직임을 관찰 하는 게 그 답을 적중하게 맞출 수 있다.

너무 넓은 지역에서 우주의 별자리를 관찰하면 우주가 너무 넓고 별이 너무 많아 그 나름대로 수많은 별들이 움직이고 있어 복잡하고 산만하고 혼란해서 관찰이 잘 안 되는데, 이곳 누금마을에서 별자리 움직임을 관찰하면 적중하게 이치를 알 수 있다.

또한 인근에 있는 관동팔경은 풍광은 물론이지만 자연의 이치를 공부하는데 적합하였으며, 또한 금강산과 성유굴 등은 앞서 선인들이 선택한 수도의 장으로 적합한 곳이다.

그러나 이곳을 이용하여 수도를 하였으나 무엇인가 격암의 마음에는 흡족하지 아니하고 부족한 것을 항상 마음에 갖고 있었다.

그러면 이번에는 내가 직접수도의 장을 정하여 그곳에서 천문과 풍수지리에 대하여 완전히 매듭을 짓고 이 분야를 완성하여야 하겠다고 마음먹었다.

5. 달팽이집의 제자

1

격암은 유유자적한 성품으로 술을 좋아하고 한양에서 벼슬길 몇 년을 제외하고는 누금마을에서 매일 술과 학문과 특히 철학에만 열중하고 그동안 과거 준비하느라 살림을 돌보지 않아 말년에 가세가 기울어 집안이 가난하고 조부와 아버지가 물려준 기와집을 청산하고 한때 초가집에서 기거한 적도 있었다.

몇 년 동안 지붕 이엉을 이지 못했고 문창호지도 제때 바르지 못하여 비바람이 스며들어 헌 자리를 창호지 대신 문에 걸어두고 쓸쓸하게 생활했다.

격암은 자신의 명운이 다 되었다는 예언처럼 울진 설두(雪竇)에서 남수산(嵐峀山) 자락에 돌단과 계단을 쌓고 일명 〈달팽이집〉을 짓고 역시 문이 없이 돗자리 조각을 달아 문으로 사용하였다.

그러나 자연을 즐기고 사랑하여 집 앞에 몇 층계의 화단에 꽃을 심고 주변 산자락에 복숭아나무와 과실나무를 심어 놓고 꽃피고 새우면 시를 지어 읊으면서, 자연에 순응하는 인간의 도를 넘어 신에 가까운 경지의 삶을 살았다.

격암은 황혼(늙어)에 물 맑고 산수 좋은 강물 남쪽 경치 좋은데 너무 늦기 전에 그곳에서 여생을 보내고 살아보리라는 심정을 담은 시를 지어 속마음을 잘 표현하였다.

'水南山色好 歸計莫樓遲 豈謂是耶然 顧爲徽官所
縛歿于旅寓 嗟乎咄哉吾 師固有驚動 天地之才矣
其不屑於科 名者可悲已
강물 남쪽에 경치가 좋은데!
너무 늦기 전에 그곳에 가서 살고 싶네
근래에 쓸모없는 늙은 농사꾼이 되어
시내물 흐르는 산간 밭고랑 속에서
헛되어 늙어 갑니다.
가득이나 병든 몸 수심이 가득한데
가을바람에 흩날리는 서리발 수염은
차마 볼 수가 없습니다.'

드디어 시와 같은 곳에 산 중턱에 수도처를 정하여 그동안 철학에 대하여 연구한 천문(天文) · 지리(地理) · 역학(易學) · 참위(讖緯) · 감여(

堪輿)·관상(觀相)·사주(四柱)·복서(卜筮) 등을 제자들을 가르치고 토론하여 유학과 철학의 기반을 공고히 하고 초석을 다지고 학문을 집대성하였다.

격암은 이곳에서 철학과 도학분야의 자료를 모아 수많은 저서를 남겼다.

예언서인 남사고비결(南師古秘決)·남격암산수십승보길지지(南格菴山水十勝保吉之地)·동상유초(東床遺草)·선택기요(選擇紀要)·임광기(林廣記)·홍수지(紅袖志)·해옥첨주부(海屋添籌賦), 그림인 완역도(玩易圖)·이기도설(理氣圖說)·태극도(太極圖), 예언서 마상록(馬上錄), 잡저 격암천자주(格菴千字註) 등을 저술하였다. 사후 격암일고(格菴逸稿)가 있다.

격암 사후 수제자인 남세영이가 저술 등을 정리하여 옥계서원(玉溪書院)에 위탁 보관하였으나, 임진왜란 때 불타고 현재는 남사고비결(南師古秘決) 일부가 서울대학교 규장각에 소장되어 있고 후세에 남사고비결에 추가하여 편찬 한 듯한 격암유록(格菴遺錄)이 국립중앙도서관에 소장하고 있으나, 그 일부가 위작되었다.

그러나 만휴(萬休) 임유휴(任有休) 등 후학들이 편찬한 남격암유전(南格菴遺傳) 및 밀암(密菴) 이재(李栽)가 편찬한 남격암유적(南格庵遺蹟)과 그 외 동학자 및 후학들의 편찬한 지봉유설(芝峯類說)·연려실기술(燃藜室記述)·신상촌집·국당비화·택리지·정감록·열하일기·석담일기·해월유록·해동이적·해동전도록 등, 후학들의 문집에 격암의 생애와 그가 남긴 비결에 대한 기록이 남아있다.

2

격암 사후 후세 사람들은 그를 동양의 프랑스 〈노스트라다무스〉 와 남송시대의 주역대가인 〈소강절(邵康節)〉에 버금가는 우리나라의 해동강절(海東康節)이라 칭하였다.

격암은 조선에서 제일가는 대철학자이며 예언가이다.

소년 시절에는 친구들과 많은 시간을 보내고 생활을 하였으며, 청장년시절부터는 제자들과 강론과 토론 및 문답하는 시간을 보냈다.

사후에는 후학들이 그의 학문을 이어 받고 전수받아 울진지역의 유학의 기틀을 잡았으며, 조선의 철학을 한층 더 높혔다.

격암의 울진지역 친구는 앞서 주유천하 시 같이 동행한 독송 주세창(獨松 朱世昌)과 전복용(田伏龍)·창주 황응징(滄州 黃應澄)이고, 한양 친구는 판서 권이서(判書 權二書)·권극례(權克禮)·8살 연하인 토정 이지함(土亭 李之菡)·북창 정렴(北窓 鄭磏) 등이 친구로 학문을 교류하였다.

제자들은 1차 수도장인 주천대에서 부터 사상을 배우고 유학과 철학을 이어 받기 위하여 모이기 시작했다.

제자들은 대체로 울진지역 선비들이다. 임천 남세영(臨川 南世英)·

충효당 주경안(忠孝堂 朱景顔)이며, 또한 십여살 연하인 학문의 벗인 대해 황응청(大海 黃應淸)이며, 한양에서 만난 취수옹 박록(醉睡翁 朴漉) · 백우당 박상의(栢友堂 朴尙義) · 홍유손(洪裕孫) 등이고, 평창군수 시절 주천대와 강릉 경포대에서 격암이 〈주역〉 강론 시 흠모하여 제자가 되겠다고 자청하고 그를 자동선생(紫洞先生)이라고 칭한 봉래 양사언(蓬萊 梁士彦) 등인데, 봉래는 격암 사후3년이 지난 1574년 강릉부사로 부임하여 이때 격암 자동선생이 계셨으면 철학과 역학을 강론하였으면 얼마나 좋겠냐고 아쉬움을 남겼다.

격암의 울진지역에서 학문의 벗인 황응청(1524년)은 격암(1509년)보다 16살 연하이고, 수제자인 남세영(1535년)은 27세 연하이며, 애제자인 주경안(1536년)은 28세 연하이다.

한양 제자인 국풍 박상의는 30살 연하이고, 박록은 34살 연하이며, 또한 양사언(1517년)은 8살 연하이다.

일명 학문의 벗과 제자 3총사는 수도의 장인 주천대와 달팽이집에 같이 생활하고 때로는 기거하면서 격암사상과 유학 및 철학을 배우고 전수 받았다.

3

격암은 성유굴과 주천대에서 아무리 수도를 하여도 철학과 도학에 도통되지 않아 설두(雪竇) 남수산(嵐峀山) 자락에 달팽이집을 짓고 유학 및 철학에 매진하였다.

직접선택한 수도의 장인 "달팽이집"이 있는 울진 남수산은 최고봉이 겨우 437.7미터로 나지막한 산이다.

낙동정맥이 태백 매봉산 어깨에서 분기하여 남하하면서 영양 수비의 검마산에서 온천으로 유명한 백암산으로 가면서 주봉(1017미터)을 지나 원을 그리면서 남진하는 지점인 북측 능선에서 정맥은 남진하고 북동쪽으로 금장산(金藏山)에서 내려가 등고선상 지점에서 대령산(大嶺山) 단맥을 떨구고 동진하여 내려서기 직전 남쪽으로 일출봉(日出峯) 단맥을 다시 떨구고 북동진 한다.

이 산맥에 있는 남수산은 울진 근남 구산리 외성산과 매화면 매화리 사이에 있는 산줄기를 말한다.

격암은 이 남수산 자락에 달팽이집을 짓고 살면서 산 8부 능선에 수도의 단(壇)을 만들어 비가 오나 눈이오나 매일같이 정신적 수도와 철학사상을 연구하여 철학과 도학에 도통하였다.

남수산은 산 전체 여러 곳에 돌구멍에서 아지랑이 운기(雲氣)가 올라와 아지랑이 남(嵐)과 산굴 수(峀)를 붙인 이름이라 한다.

북쪽 끝자락 목련봉 밑에 여름에는 차고 겨울에는 따뜻한 김이 오르는 맑은 샘이 바위틈에서 사시사철 솟아나는 한국 명수(名水)로 지정된 샘물이 있는데, 큰일이나 괴변이 있을 때마다 5일 동안 흐린 물이 솟아난다고 하며, 샘머리 돌 위에 수령 수백년의 단풍나무가 있다.

남수산 서쪽으로 왕피천이 흐르며 남쪽에는 남수산과 대령산으로 이어지는 산지를 형성하고 있으며, 동쪽으로는 매화천이 흐르고 있다.

이러한 성지(聖地)에 옛날부터 명산이라 하여 기우제(祈雨祭)를 지낸 산이다.

임진왜란 때 일본의 도요토미 히데요시가 조선을 정복하기 위해 현소(玄蘇)라는 일본 고승을 밀파하여 산자수려한 명산의 정기를 쇠진시키기 위하여 남수산에 쇠말뚝을 박았다고 한다.

격암은 이러한 성지에 자리 잡아 달팽이집을 짓고 격식에 얽매이지 않고 즐기려는 것을 자신의 낙천적인 성격 탓으로 돌리며 오히려 자유분방하게 살지 못하는 자신의 처지를 답답해하는 경우도 있었다.

그런 연유(緣由)로 그의 가세가 기울어 설두(雪竇)에서 남수산(嵐岫山) 밑으로 옮겨가 살 때도 달팽이집 같은 작은 집에서 자연에 순응하며 즐기는 삶을 자신의 운명으로 받아 들였다.

그는 일생동안 내면적 수신(修身)과 도덕성의 함양에 매진하면서도 외면적으로는 격식에 얽매이지 않고 자유분방한 삶을 추구하는 인격을 형성하였다

달팽이집은 격암의 마지막 수도장이며, 이곳에서 학문에 열중하고 도통하여 수많은 문집을 편찬한 곳이기도 하다.

이 수많은 업적에 힘을 도운 제자들이 있었기에 가능하였고 특히 초고한 문집을 정리하고 모아서 편찬한 일에 큰 도움과 힘을 보태었다.

4

격암선생에게 유학과 철학사상의 가르침을 전수 받기 위하여 제일 연장자 인 황응청이가 학습장에 먼저 나와 있었고, 그 다음은 수제자인 남세영이가, 나중에 애제자 주경안이가 나왔다.

남세영이가 인사를 했다.

"선생님 늦어져 죄송합니다. 먼저 대해 선배가 와 있었군!"인사를 마치기도 전에!

주경안이가 방문을 열면서 황급히 들어오면서 인사를 건넸다.

"저가 제일 늦었습니다. 공부 준비에 방해가 된 것 같습니다. 정말로 죄송합니다."

"격암선생은 다들 이리 와서 앉아라! 제일 멀리 평해 기성에 있는 응청이는 준비성이 있어 새벽에 집을 나서서 온 것 같고, 그 다음 거리는 울진 읍내 구만에 있는 경안이가 먼 거리이고, 세영이는 인근 동네이니 다음부터 열심히 하면 되니 너무 상심하지 말고 공부나 열심히 하자!"

제자 세 사람은!

"네! 열심히 하겠습니다." 하고 대답을 하면서 소학을 앞에 놓고 첫째 장을 폈다.

"소학 책에 있는 공부는 너희들이 스스로 하고 책을 덮어라!"

격암의 제자 가르침은 남달랐다. 타 선비나 스승들은 정해진 책으로 처음부터 차근차근 읽히고 가르치는 암기식 방식인데 비하여, 격암은 책은 제자 본인이 직접 위기지학(爲己之學) 독학으로 공부하고 학문을 할 수 있는 장소와 사상과 정신만을 잡아주고 가르치는 방법이었다.

격암이 제자를 가르치는 학습 방법은!

1. 격물치지(格物致知)하라! 이는 사서오경 중 대학의 사물의 이치를 끝까지 파고 들어가면 앎에 이른다. 마음을 바로잡으면 양지(良知)에 이른다는 뜻이다.
2. 일상사무사(日常思毋邪)하라! 이는 평소 항상 정당한 것을 생각해야지 나쁜 생각을 가져서는 안 된다.
3. 소학을 중시 하여라! 이곳에 학문과 인간의 길이 있다.
4. 학문은 근본을 없애 버린다. 학문은 먼저 주장한 사람의 글일 뿐이다. 여기에 너무 억매이지 말고 새로운 학문을 개척하라!
5. 유, 불, 도교, 기독교의 어느 쪽도 아니고 모든 철학을 공부하라!
6. 기존 종교와 철학에는 길이 없다. 새로운 것을 찾아라.
7. 항상 천(天, 하늘), 지(地, 땅), 인(人, 사람) 위주로 관찰해서 사람이 살아가는데 도움이 되는 학문을 하라!
8. 나를 죽이는 것은 누구인가? 소두무족(小頭無足)이다.
7. 나를 해치는 자는 누구인가? 윤리를 잃고 짐승의 길로 가는 자는 반드시 죽는다.
9. 구도(求道)하려 너무 깊은 산중에 들어가지 말라! 이는 수도자 혼자만이 사는 길을 찾는 것이니, 인간의 삶과 길은 만물과 자연의 이치에 다 있다.

10. 서기동래(西氣東來)와 동성서행(東成西行) 시대가 온다. 서쪽의 기운이 동쪽으로 온다. 동쪽에서 이루어진 역사를 서쪽에 가서 알린다. 즉 조선이 중심에 있다.

11. 충성하고 효도하고 공부하며 마음착한 사람은 말세가 없다.

이러한 기본적이고 정신적 및 사상적인 것만 가르쳤다.

5

수제자 남세영(南世英)은 격암과 삼종숙(三從叔, 9촌) 간의 조카뻘 되는 집안사람이다.

본관은 영양(英陽)이며, 1547년 울진 오로(五老) 마을에서 남이장군 딸 외손서(外孫婿)인 충순위(忠順衛) 남광우(南光佑)의 삼남으로 태어나서 1641년 95세로 생을 마감하였다.

호(號)는 임천일인(臨川逸人) 또는 죽림노인(竹林老人)이다. 조부 남거(南秬)는 무과에 급제하여 1506년(중종 원년) 중종반정때 공으로 정국원종훈일등(靖國原從勳一等)으로 한성참군(漢城參軍)을 지냈다.

남세영은 스승 격암의 가르침을 수천대와 성류굴, 남수산 달팽이집에서 몸소 실천하여 유학과 철학정신의 뒤를 이었으며, 울진지역에서 학문의 고귀하고 철학사상이 투철하였으나, 벼슬길에 나가지 아니하고 성류굴 근처에 임천서재(臨川書齋)를 지어 많은 문하생을 배출하면서 은거하여 바른 길로 가니 울진 학문의 금자탑을 이루었다.

대유(大儒) 만휴(萬休) 임유후(任有後)는 공(公)을 부귀공명에 구하지 않는 노백(老栢)의 가난한 자세와 추강(秋江)의 맑은 모습이 타의 귀감이 된 은군자(隱君子)라고 칭송하였다.

또한 효행이 대단하여 고을 사람들의 칭송과 격암사상으로 수양된 그 마음 때문인지 95세까지 장수하고, 그 귀감으로 자식들도 효성이 대단하였다.

전해오는 야사는 공(公)이 이가 없어 식사를 할 수 없는 처지로 음식을 먹지 못하자 둘째 며느리 곽씨가 65세에도 젖이 나와 매일 식사 때 마다 사랑채 앞마당에 멍석을 깔고 방에 계시는 시아버지 임천공에게 절을 올리고 죄송하지만 저가 도리에 어긋나는 일인지는 모르지만 아버님이 식사를 하시기 위하여 할 수 없는 행위를 하는 것을 용서를 빌고 방으로 들어가서 아버님에게 젖을 먹여 수를 더하게 한 효부이야기가 있다.

남세영이가 스승 격암스승에게 여쭈었다.

"스승님께서 초안 해 놓은 이 자료들을 모아서 서책으로 편찬하여야 되지 않겠습니까?"

"그래! 앞으로 시간 나는 대로 정리해서 후세에 물려주어야 한다."

그래! 내가 초고한 것이 대충 열 가지가 넘는 것 같다. 너희들 세 사람이 한 사람당 4권정도 초안의 책을 정리하여 필사 하여야 편찬을 마칠 것 같다. 그러나 꼭 그렇게 분담할 필요는 없고 세영이가 전담하여 정리하는 것이 좋겠다.“

남세영은 "먼저 〈남사고비결(南師古秘決)〉부터 정리 하겠습니다. 그런데 이 책은 어떠한 책입니까?"

격암이 답했다.

"이 책은 자손들이 후세에 변란과 기근과 괴질 등에도 생명을 지키고 또한 삶을 잘 살 수 있도록 예시한 것으로 하늘의 기밀인 천기(天機)에 관한 비결이다.

세상에 내놓지 말고 한권만 간행하여 비밀리에 자손 및 제자인 너희 들이 보관하여 후세에 전하도록 할 것이다."

비결의 구성은 세론시(世論視) 등 논(論) 24편이고, 궁을가 (弓乙歌)등 가사 26편, 총 50편으로 되어 있다.

그러나 격암사후에 나온 남사고비결의 위작인 듯 한 일명 격암유록(格菴遺錄)은 총 60편으로 구성 되어 있고, 각 종파마다 자기의 종파와 연계하여 교리와 같다고 주장하고 해석을 달리하고 있다.

남세영이가 "문장이나 글의 구성이 어디에서 흔히 볼 수 없는 것입니다"

"그래! 내용 중 특이한 것은 미래의 시기나 사건의 중요성 등을 은어(隱語)나 파자(破字)와 속어(俗語) 및 변환어 (變幻語)등을 사용하여 일반 사람들이 내용을 파악할 수 없도록 하여 반드시 철학에 도통한 도인만이 분명하게 알 수 있게 기록한 것이다.

도통한 도인이 아닌 일반사람들이 잘못해석하면 그 시대에 큰 혼란이 오고 잘못 해석으로 엉뚱한 결과를 가져오게 된다. 이것을 나는 걱정되고 염려되는 것이다."

"……."

격암이 다시 설명하였다.

"후세에 이 비결이 세상에 나가지 않아 이를 모방하고 왜곡한 위
작이 수없이 나올 것이다.

그래서 세영이가 다른 책과 같이 보관하지 말고 따로 잘 보관 하다
가 후손이나 다른 수제자에게 전하여야 한다."

"스승님이 지시한대로 반드시 그렇게 하겠습니다. 만 저가 걱정되
는 것은 만약 변란 등으로 그 보관이 여이치 아니할 수가 있고, 또한
마땅한 수제자가 배출되지 아니하면 어떻게 하여야 하나 하는 것이
걱정이 됩니다."

"너무 심각하게 생각하지 말고 잘 필사해서 완전한 책으로 편찬하
는 것이 우선 급선무이다."

"네! 알겠습니다. 열심히 필사부터 하겠습니다."

남세영은 격암스승이 초안한 자료를 열심히 필사하여 한 달 만에
필사를 완성하여 스승님에게 받치니 이 비결을 별도로 장속에 깊이
보관하였다.

격암이 어느 날 과거 보려고 길을 떠나면서 말씀 하셨다.

"진정 괴롭구나. 이렇게 이(利)한 것 같기도 하고, 불리(不利)한 것
같기도 한 이번 길을 가야만 하다니!" 라고 탄식하였다.

"남세영이가 스승님이 역리(易理)에 밝으신 터에 이(利)하면 가시고
불리(不利)하면 안가시면 되는 일을 가지고 어찌하여 이렇게 탄식하

십니까?" 하고 위로하였더니!

격암이 웃으면서 말하기를!

"내 운명을 점쳐보니 글귀 중에 부디 공명일랑 짓지 마라. 또 하늘을 놀라게 하고 땅을 놀라게 할 사람이 될 것이다.(不作功名客亦作警天動地人)하였으니, 우리가 오늘에 살면서 입신할 수 있는 길은 오직 과거를 통하는 길 뿐인데, 이 길을 택하지 않으면 도저히 경천동지할 일을 이룰 수 없지 않겠는가? 이것이 바로 이룰 수 없는 일인 줄 알면서 혹시 이룰 수 있지 않겠나! 하기 때문이다." 라고 하였다.

6

격암이 저서중 기본이 되는 "남사고비결"의 필사를 마친 남세영은 또다시 다른 저서 초안을 정리하여 필사하기 시작하였다.

"스승님 동상유초(東床遺草)란 책은 어떠한 의미를 갖고 있는 책입니까?"

"그래! 이 책은 내 일생을 기록한 문집에 속하는 것이다. 내 생애와 그동안 작성한 시, 부와 가장 등이 수록되어 있다."

남세영이는 열심히 필사하여 책을 완성하여 다시 스승에게 드렸다.

남세영은 초고 자료를 필사한지도 몇 개월 지나서 세 번째 초고를 정리하고 필사하기 시작하였다.

"이 책은 마상록(馬上錄)인데요! 어떠한 것이 수록되어 있습니까?"
하고 스승에게 여쭈었다.

"이것은 하늘의 뜻을 말하는 예언서이다. 주역 팔괘에서는 하늘은 말(馬), 아버지(父), 금(金)으로 표시하며, 또한 땅은 소(牛), 어머니(母), 토(土)로 표시한다.

하늘을 뜻하는 건괘(乾卦)는 말을 상징한다. 우리나라 말을 상징하는 성(姓)은 바로 당나귀 정(鄭)인 것이다. 또한 건괘는 오행(五行)으로 금(金)이며, 색으로는 백색(白色)이기 때문에 백마(白馬)가 되는 것이다. 역시 하늘을 상징하는 의미에서 같으며, 하늘에서 변하는 것을 보고 예언한 책이다.

남세영은 이어서 네 번째 초고를 정리하면서!

"홍수지(紅袖志)는 어떠한 것을 담고 있습니까?"

"역학서이다. 정역에서 극하면 변하는 이치를 말하면 목극생토(木極生土), 토극생수(土極生水), 수극생화(水極生火), 화극생금(火極生金), 금극생수(金極生水)이다.

바로 선후천교역이 선천목화(先天木火)와 후천금수(後天金水)인데, 후천인 금운이 지배하는 가을로 넘어가기 전에 여름인 화적이 극성 한다는 도리가 들어 있으며, 이러함으로서 자연히 금을 생(生)하다는 이치의 책이다.

"잘 알겠습니다."

남세영은 4권의 저서 초고를 정리하고 필사하다보니 스승님의 공부하고 연구한 분야에 어느 정도 학문의 깊이에 들어가고 그 내용을 이해가 되고 있어 이게 바로 학문을 배우는 길이구나 하고 더욱 열심히 하였다.

벌서 반년이 지나가고 있었다.

남세영은 다섯 번째 초고를 정리하고 필사하였다.

"선택기요(選擇記要) 어떠한 내용의 것입니까?"

"조선시대에 관상감 관리를 선발하기 위하여 편찬한 택일 서책이다. 관상감 천문교수로 재직 시 지은 책으로 관상감에서는 학생에게 택일을 가르치고, 또한 이에 밝은 사람을 음양과와 취재를 통해 관상감 관리로 선발하였다.

선택기요는 이러한 두 가지 목적으로 편찬되었다.

이 책은 택일하는 방법이 예로부터 여러 학파가 있었지만 그 본래의 뜻을 전하지 못하여 일으키는 방법에 착오가 많아서 지금 그중에서 이치에 가까운 것을 수집하여 정하고 해석하였다.

내용은 서언과 본문 그리고 관계류 · 가취류 · 용사류이고, 매장 · 이장에 관한 조장류 등이 수록되어 있다."

다시 말하면 하도(河圖), 낙서(洛書)를 수리의 근원처럼 보고 간지와 오행(五行)으로 우주만물의 변천을 설명한 책이다. 구체적으로 월기일(月忌日), 오행용사(五行用事), 이사(二社), 한식(寒食), 세덕(歲德), 월덕(月德), 가취주당도(嫁娶周堂圖)등 우리 일상생활시 경조사에 택일에 필요한 무수히 많은 항목이 실려 있다.

"저가 필사 해보니 살아가는 생활에 꼭 필요한 것들이 많습니다."

남세영은 여섯 번째 초고를 정리 하였다.

"책 제목이 임광기(林廣記)인데 너무 혼잡하고 내용이 방대하여 구분이 잘 안 되는 것 같습니다."

"그래! 복잡하고 체계가 없고 순서가 없이 작성된 초고 인데, 그렇게 될 수밖에 없다.

내가 그 동안 우주를 관찰 하면서 예언한 것과 점술 등을 기록한 것이니, 세영이가 좀 힘이 들더라도 분야별로 구분해서 정리하여 필사하도록 하여라!"

"네! 알겠습니다."

남세영은 일곱 번째 초고를 정리 하였다.

"남격암산수십승보길지지(南格菴山水十勝保吉之地)은 어떠한 책입니까?

그리고 어디에 있는 곳입니까?"

"그래! 우리 후손들이 변란, 기근, 괴질이 없는 잘 살 수 있는 열 곳을 지정한 것이다.

그 곳은 대체로 백두대간의 태백산 및 소백산 과 지리산 주변이며 변란, 기근, 괴질시에 이곳에 가야만 살 수 있는 10곳을 직접 가보고 선정하여 이 책속에 상세히 적어 놓은 것이다. 잘 필사해서 후세에 전할 수 있도록 하시게!

"네! 알겠습니다. 그러나 어찌하여 우리 조선 팔도에 북쪽은 없고 남쪽지역만 정하였습니까?"

후세에 가면 알 수가 있는데, 북쪽은 너무 산이 깊고 험하여 특히 겨울철에는 살아가기가 너무 불편한 곳이다.

대체로 평야가 없고 산이 깊고 땅이 메마르고, 그리고 그곳으로 갈수가 없는 상황이 와서 우리 땅이지만 우리후손 중 다수가 사용할 수 없는 곳이라서 남쪽으로만 정하였다.

"네! 알겠습니다. 만 이해가 잘되지 않습니다."

7

제일 연장자인 황응청(黃應淸)은 평해 기성인으로 본관은 평해(平海)이고, 자(字)는 청지(淸之), 호(號)는 대해(大海)로 평해 기성에서 1524에 태어나서 1605년 향년 82세로 생을 마감한 유학자이자 문신이다.

격암과 16살 연하지만 일찍이 평상시는 학문의 벗으로 지냈으나, 격암에게 학문과 철학사상을 전수 받았다. 격암의 후학인 해월(海月) 황여일(黃汝一)의 작은 아버지(仲父)이다.

1552년(명종 7)에 사마시(司馬試)에 합격한 뒤 1560년(명종 15)에 세자의 입학을 경축하는 별시문과에 응시하였다가 책제(策題)에 좋지 않은 말이 있음을 보고 과장을 뛰쳐나왔다. 그 후 격암 곁에 가서 두문불출하고 산림에 묻혀 유유자적한 삶을 살면서 행실을 더욱 바르게 하고 절조를 닦았다. 부모와 형제 사이에 효제(孝悌)의 도리를 다하여, 양친이 돌아갈 때마다 각각 3년 동안 시묘 살이를 하였다.

이 같은 지행고절(知行高節)과 효성에 감동한 고을 군수들이 관찰사에게 알리어 1578년(선조 11)에 살아 있을 때 정려가 내려졌다.

1584년(선조 17) 조정에서 학행지사(學行之士)를 수용할 때 그도 반열에 들어 예봉사 참봉(禮奉寺 參奉)에 제수되었으나 나아가지 않았다.

다시 개성 연은전(延恩殿) 참봉에 제수되었는데, 일단은 명을 받들었지만 얼마 되지 않아서 사직하고 낙향하였다.

1594년(선조 27) 조정에서 장원서 별제(掌苑署 別提)로 그를 불렀다. 당시는 왜란을 치르고 있을 때였는데, 마침 선조가 의주로 몽진하였다가 환도하였다.

이에 신하의 의리로 끝내 자신의 지조만을 지킬 수 없다고 생각하여 대궐로 나아가고 아울러 시폐(時弊) 4조를 논한 상소를 올렸다. 선조가 그의 상소문을 가납하고 그를 진보현감에 임명하였다. 진보현감으로 부임하여 포용력 있는 정사로 다스리다가 2년이 되어 평해로 돌아와 버렸다.

평해로 낙향 후 후학을 가르치며 독서와 사색으로 사상의 경지를 넓혀갔으며 월천 조목(月川 趙穆, 1524~1606)이나 대암 박성(大菴 朴惺, 1549~1606)과 서신을 주고받고, 아계 이산해(鵝溪 李山海, 1538~1609)등 당대 지성들과의 교류를 갖었다.

그 후 1671년(현종 12) 평해 정명에 후손 및 지방 유림의 공의로 대해(大海) 황응청(黃應淸)과 해월(海月) 황여일(黃如一)의 학문과 덕행을 기리기 위하여 명계서원(明溪書院)을 창건하여 배향하였다.

고종 때 흥선대원군의 서원철폐령으로 1868년(고종 5)에 훼철되었다가, 1881년(고종 18)에 서원 유지(遺址)에 강학소를 세우고 향촌의 교육을 담당했다. 1982년에 지방 유림에서 서원과 대해·해월선생을 모시는 사당인 덕유사(德裕祠)를 복설하였다.

서원은 강당과 사당으로 구성되어 있다. 사당에는 대해와 해월의 위패가 봉안되어 있으며, 강당인 상교당(尙敎堂)은 유림 회합과 학문 강론장소로 사용한다. 산을 등지고 경사면을 이용해 건축하였다. 남향으로 정명천을 끼고 넓은 평야를 마주하고 있다.

황응청은 격암에게 질문했다.

제목은 해옥첨주부(海屋添籌賦)이다.

"이 책을 설명하여 주십시요!"

"이 책은 추상적 인물인 곤륜도사(崑崙道士)와 영해진인(瀛海眞人)이 서로 만나 신선의 세계와 자연의 이치를 이야기 하는 흥미 있는 책이다.

이 책을 쓰게 된 동기는 내가 금강산과 관동팔경을 세상의 주유천하 하면서 느낀 것을 이 책에 수록하였다고 보면 된다. 책속에 시는 칠언절구 칠언율시로 대부분 아는 사람과 주고받은 것들이다.

"황응청은 두 번째 정리하여 필사할 책은 격암천자주(格菴千字註)입니다."

"그래! 천자문을 아동들이 배우기 쉽게 나온 책이 수없이 많으나, 내가 보기에도 그리 쉽지 않고 이해하기 힘 드는 데가 많아, 천자문에 주와 해석을 달아서 글을 처음배우는 아동에게 도움을 주기 위한 책이다.

"네! 알겠습니다."

8

격암의 애제자 주경안(朱景顔)은 본관은 신안(新安), 자는 여우(汝愚), 추호(追號)는 충효당(忠孝堂). 행동함이 거짓이 없고 순수하며 성실하여 충효를 몸소 실천하였다.

1536년 아버지는 참봉(參奉) 주세홍(朱世弘)과 어머니는 곽씨 사이에 태어나서 1614년 향년 79세로 생을 마감하였다.

1578년(선조 11)에 효행(孝行)으로 정문(旌門)을 받았으며, 1748년(영조 24)에 조정으로부터 사헌부지평(司憲府持平)의 벼슬과 충효당(忠孝堂)의 추호를 증직 받고 삼강록(三綱錄)에 올랐다.

효성이 지극하고 나라에 충성스러워 문정왕후(文定王后), 인순왕후(仁順王后), 명종(明宗), 의인왕후(懿仁王后), 선조(宣祖)가 죽었을 때 각각 3년 동안 상을 치르며 죽만 먹었다고 한다.

임진왜란 때에는 단을 쌓고 7년 동안 매일 국운이 회복되기를 기도하니, 사람들이 이곳을 축천대(祝天臺)라 하였다. 후세에 이곳에 유허비를 세웠다.

아버지 주세홍이 1년이 넘도록 학질을 앓고 있을 때에 자기의 손가락을 끊어 피를 종이에 묻혀서 불에 태워 그 재를 술에 타서 먹여

효험을 보았다.

또 아버지가 큰 종기를 앓자 토룡을 약으로 쓰려 했으나, 추운 겨울철이라 구할 수 없자, 향을 피우고 밤 새워 기도하여 마침내 토룡을 얻어 즙을 내어 상처에 발라 병이 나았다. 또 어머니가 같은 병을 앓자 아버지 때와 같은 방법으로 약을 써서 병이 나았다고 한다.

한식이 되었으나 제물을 얻지 못하자 말총으로 올무를 만들어 언덕 숲에 매어 두었더니 잠시 후에 큰 눈이 내려 비둘기 6마리가 걸려들어 이것을 제물로 하였다고 한다. 부모가 죽자 죽만 먹고 각각 3년 동안 시묘를 살았다.

격암의 제자로 가르침을 받다가 격암사후에 같은 동학자이나 13살 연상인 대해 황응청 문하에서 수학하였다.

1596년(선조 29) 강원감사 정구가 효행을 추천하여 정려(旌閭) 되고, 1612년 울진군에 세운 향현사(鄕賢祠)에 남사고(南師古)와 함께 배향되었다.

그 후 불천사(不遷祠)에 배향되었으며, 충효당(忠孝堂)을 세우고 신독재(慎獨齋) 김집(金集)이 당기(堂記)를 지었다.

격암이 그동안 초고한 자료를 남세영과 황응청이가 정리하는 옆에 있던 애제자 주경안이가 스승 격암에게 여쭈었다.

"저는 무엇을 하면 되겠습니까?"

"이제 남은 것 대다수가 그림이고 그림과 비슷한 것이니 손재주가 좋은 경안이가 해 보거라! 내가 대충 틀은 잡아 놓았지만 그리는 것이 쉬운 일은 아닌 것 같다."

"알겠습니다."

"내가 한양에서 관직에 있을 때 천문을 관찰하고 그려서 항시 벽에 걸어 두고 보던 완역도(玩易圖)인데, 그림이 너무 퇴색되어 주경안이가 다시 그려야 되겠다."

주경안은 원본을 보고 다시 그리기 시작 하였다.

완역도는 격암이 한양에서 관상감 천문교수 시절 그린 태극의 오묘한 이치를 탐구하여 우주의 작용 원리를 합리적인 해석과 실용적인 측면에서 분석하여 그린 그림이다.

격암은 다시 그린 완역도가 완성되자, 수남정사(水南精舍) 벽면에 걸어놓고 항시보고 나름대로 철학연구에 참고하였다.

주경안은 다시 태극도(太極圖)를 그렸다.

태극도는 동양철학은 천인합일(天人合一)을 근본에 두고 있다. 즉, 하늘의 섭리를 인간에게 가져 오는 것이다.

자연의 섭리를 통찰하여 그것을 우리인간의 생활에 접목을 시켜 발전시키는 우주의 변화를 근거로 하여 운명론을 기록하고 그린 것으로 한눈에 보기 좋게 한 것이다.

"이번은 이기도설(理氣圖設)을 정리합니다."

"이기도설은 기를 음양작용의 근원으로 설정하고 그에 따른 자연현상을 설명한 것이다."

주경안은 마지막 책의 필사가 완성되자, 격암스승과 벗과 제자 네 사람이 앉아서 의논한 결과 이 책들은 내가 죽으면 세영이가 책임지고 마땅한 서원(書院)에 보관하여야 후세 들이 영구히 볼 수 있게 하는 게 좋겠다고 하였다.

남세영은 격암사후 "남사고비결"을 제외하고 11권의 책을 옥계서원(玉溪書院)에 보관을 시켰으나, 애처롭게 임진왜란 때 화재로 불에 타서 현재는 남아 있지 않고 울진 지역 선조로부터 그 내용이 구전으로만 내려오고 있다.

격암은 "다들 고생 했다. 며칠 집에 가서 편히 푹 쉬고 열흘 후에 다시 이곳으로 와서 세영이가 정리한 '남사고비결'에 대하여 내가 너희들에게 직접 상세히 강론하고자 하니 그때 와서 토론하고 문답하자!"

제자들은!

"알겠습니다. 안녕히 계십시요!" 하고 각자 집으로 갔다.

격암이 가르친 학문의 벗과 제자들은 격암스승의 사상과 유학 및 철학을 전수받아 후세에 나라에 충성하고 부모에게 효도하고 울진 지역의 학문의 기틀을 잡아 준 사표가 된 훌륭한 걸출 인물이 되었다.

6. 주천대의 후학들

1

사고와 친구들이 수천대(水穿坮, 현 주천대酒泉臺)에 가니 마침 희익(希益)백부께서 오셔서 산책과 수도를 하고 계셨다.

"안녕하세요!" 하고 사고가 백부님께 인사를 올렸다.

"너희들도 왔구나!" 백부님도 인사에 답하였다.

사고가 "백부님께서 주천대에 대하여 전설이나 야사를 설명해주세요!"

"그래 알았다. 여기 와서 앉아라!"

사고는 친구 주세창과 전복용이와 학문의 벗인 황응청과 같이 백부를 바라보고 바위에 걸터앉았다.

희익 백부께서 주천대에 대하여 자세하게 이야기를 해주셨다.

왕피천 하류 쪽 수천대(水穿坮)와 소고산(小孤山)은 옛날에는 한줄기

산맥으로 이어져 있었고 구미(현 행곡리)마을 앞 냇물은 샘시마을 쪽으로 돌아 흘렀다고 한다.

주천대는 블영사계곡이 시작하는 곳이자, 왕피천과 광천(光川, 빛내)이 만나는 곳에 자리하고 있다. 좀더 구체적으로 말하면 울진 비월지역 구미마을에 자리 잡고 있다.

구미마을은 향인들로부터 맞춤한 주거지, 이른바 풍수지리상 명당지로 이름나 있는 곳이다. 거북이 꼬리로 불리는 구미산이 마을을 빙 둘러 감싸고 있는 곳이고, 마을 앞에는 백병산에서 발원하는 광천이 마을을 감고 흐르고 있는 전형적인 배산임수형 마을이다.

이 구미마을의 앞에 있는 주천대는 울진 정신사의 유학과 철학의 발상지로 자리 잡게 된 곳이다.

옛날 전설에 의하면 651년(선덕여왕5) 의상대사가(義湘大師)가 불영사(佛影寺)를 창건할 때 절터인 못에 살던 아홉 마리의 용중 한 마리가 바로 냇가로 따라 내려오다가 구미마을에 가로 놓인 낮은 산을 치고 동해로 날아갔다고 한다. 이때 바로 치고간 산이 두 동간으로 갈라져서 소고산이 생기고 수천대(水穿坮)가 생겼다고 한다.

굽어 내려가던 샘에는 들과 인가가 들어서고 주천대와 소고산 사이로 큰물이 흐르는 광천(光川)이 되었다.

주천대는 자연경관과 왕피천 흐르는 냇 물결은 과히 그 누가 이 풍경을 제대로 노래할 수 있을까? 주천대는 자연경관이 좋은 곳이지만 옛 부터 도승과 유학자들의 자연을 벗하며 문향(文香)을 꽃피우던 곳으로 유서 깊은 유교교육의 명소로 울진 유학의 발상지이다.

주천대에서 제일 먼저 수도한 신라시대의 선종의 효시였던 고승 원효대사(元曉大師)가 하늘이 양식을 주는 암자인 천량암(天糧庵)에서 수도한 것이 문헌상에는 최초인 것이다.

원효대사가 이곳에서 수도를 할 때 암자 뒤편에 높이 30미터 정도의 커다란 바위가 쌍봉을 이루고 그 왼쪽 바위 중턱에 바위굴이 있다. 1.5미터 높이0.8미터 폭1.2미터 정도로 옴폭하게 파여 있다. 이 구멍에서 아침, 저녁으로 2되 정도 쌀이 나오기 때문에 주천대 앞마을을 미고(米庫)라 했다.

원효대사 이후 어느 빈승(貧僧)이 왔는데 쌀이 많이 나오게 구멍을 크게 파자 쌀이 나오는 것이 끊어졌다고 한다.

사고가 다시 더 여쭈어 본다!

"그 다음은 어느 분이 이곳에서 수도를 하신 겁니까?"

희익 백부는 담배를 한 대 피우고 나서 다시 설명했다.

"그 다음은 울진 정신사의 발상지가 된 발단은 조선 초기로 거슬러 올라간다.

조선왕조 최초의 반정으로 기록되는 세조가 단종의 왕위를 찬탈하여 조선의 지식인 사대부의 사회에 커다란 충격을 던졌다.

금오신화로 잘 알려진 조선초 정치가이며 철학가로 문인인 매월당(梅月堂/ 東峯) 김시습(金時習)선생이 환료 생활을 뒤로하고 강산을 떠돌며 세상을 주유천하를 하다가 마침 동해 변방 울진 이곳 구미(龜尾) 마을에 잠시 머물면서 농사일과 해사일로 면면히 살아가는 울진인들에게 유교와 철학을 전수했다."

당시 울진의 이름 없는 유생들에게는 이 보다 더 값진 일이 없으며, 유학자들의 표상의 되었다. 이 때 부터 울진지역에 비로소 유학과 철학이 태동하기 시작하여 사고도 이에 정신적으로 감동을 받고 매월 선생을 사표로 숭배하기 시작한 계기가 되었다.

사고는 백부의 말씀을 듣고 정신적 수도처로 하겠다고 한 가닥 위안과 굳은 결심을 하게 되었다.

이날 이후부터 비가 오나 눈이오나 매일같이 주천대에 가서 자연 경관을 벗 삼고 정신을 수양하였으며, 유학에 전념함은 물론 철학에 입문하여 수많은 제자들과 후학들을 배출한 수도의 장이 되었다.

격암의 수많은 후학들을 살펴보면, 정치적으로 피신하여 이곳 인근 구미에 기거한 만휴 임유후(萬休 任有後)와 울진 현감 재직 시 서파 오도일(西波 吳道一)과 울진지역의 후학인 해월 황여일(海月 黃汝一)·이 우당 주개신(二友堂 朱介臣)·황림 윤사진(篁林 尹思進)·우와 전구원(愚 窩 田九畹)·만은 전선(晩隱 田銑)·우암 윤시형(憂庵 尹時衡)·한재 주필대(寒齋 朱必大)이며, 인근 강릉지역의 향호(香湖) 최운우(崔雲遇)와 한양에서 만난 후학들은 만전당(晩全堂) 기자헌(奇自獻)·백우당 박상의(柏 友堂 朴尙義) 등이 격암사상을 이어 받고 학문을 전수받아 발전시킨 후학들이다.

배태되었던 울진 정신사는 김시습으로부터 격암 남사고에 이르러 유학과 철학의 대계를 이루고 완성되어, 이후 세상을 멀리하고 은거한 만휴 임유후(萬休 任有後)와 울진현감으로 부임한 서파 오도일(西波

吳道一)에 이어져 완성되었다. 한편 울진지역 사람들인 독송 주세창(獨松 朱世昌)과 해월 황여일(海月 黃汝一) 등의 학문을 이어가고 집대성하였다.

이는 주천대가 울진 유학과 철학사의 큰 흐름을 완성하여 기일원론적(氣一元論的)이론으로 매월헌, 만휴, 서파 3선생을 모시는 고산서원(孤山書院)을 세우고 정세를 진단하던 강론과 사색과 모색의 장이 되었으며, 울진지방 정신사의 산실이 탄생한 것이다.

2

격암은 주천대에서 수많은 제자와 후학을 양성하였다.

격암이후 유학과 철학사상을 연구한 구미마을과 수천대에서 약 20여년간 생활한 만휴(萬休) 임유후(任有後)가 수천대(水穿坮)를 주천대(酒泉坮)로 이름을 바꾸고, 주변 자연 8경에 하나, 하나 이름을 붙인 이름은 무학암(舞鶴岩), 송풍정(松風亭), 족금계(簇錦溪), 창옥벽(蒼玉壁), 해당서(海棠嶼), 옥녀봉(玉女峰), 비선탑(飛仙榻), 앵무주(鸚鵡洲) 등이 자연경관을 더 빛내주고 있다.

이곳에서 은거생활을 하는 동안 격암의 수제자 남세영을 통하여 격암의 학문과 철학을 전수 받아 심취되어 많은 기록을 남기고 특히 유배에서 풀려나서 중앙관직을 하다가 다시 울진인근 영해부사로 재직 시 남세영과 같이 격암선생의 사상과 철학을 토론하여 〈남격암유전(南格菴遺傳)〉의 문집을 편찬했다.

임유후는 조선 중종 때의 한양 사람이다. 과거에 급제한 뒤 2년이 되던 해에 동생 지후가 인조반정에 연루되어 그 사건으로 인해 임지후는 물론 숙부인 임취정과 그 두 아들이 모두 죽었다.

임유후도 27세 젊은 나이에 그의 어머니와 함께 울진 주천대 옆 구미마을에 은거하게 되었다. 만휴는 절망하지 않고 희망의 땅으로 울진을 은거지로 선택한 것이다. 끝나지 않을 것 같은 은거의 생활이 시작되었다.

"아~ 아 누가 알겠는가? 은거의 자취를…. 주천대 위에 솔이 있고 소나무 위에 달이 있고 달 아래 왕피천이 있으니 매일 달밤이면 술을 가지고와 마시고 무엇을 체득하였는가? 생각 없이 술을 부어 마시면 가슴이 탁틔어 홀연한 가운데 즐거움이 있었을 것이다.

이 어찌 사사로이 번거로움에 매인자가 할 수 있겠는가?" 하고 은거 생활 속에 격암사상을 몸담고 수양하였다.

임유후는 다시 벼슬길에 오르기까지 통한의 20년 세월을 주천대에서 숨어서 살았다. 그는 죄인이나 다름없지만 구미 마을 사람들에게 항상 환대를 받았다. 그가 남긴 〈주천대기〉에 보면, "고을 어른들이 내가 여기에 온 것을 즐거워하면서 대 위에 술과 음료를 벌려놓고 서로 나를 부르면서 마시니 나 또한 산건(山巾)을 쓰고 야복(野服)을 입고 술이 취하도록 마셨다!"고 기록하고 있다.

당시에 그가 고을 어른들과 술을 마시던 곳은 수천대였다. 불영계곡에서 흘러내린 물이 수천년 흐르면서 바위산을 깎아 먹어서 산이 잘린 것이다.

170

그런데 임유후는 수천대에서 술을 마시면서 수천대는 주천대가 와전된 것이라고 말하였다. 임유후는 수천대가 주천대로 된 경위를 밝히고 있다.

'내가 험한 길 타향살이를 하면서 매일 이 대에 올라 흐뭇하게 즐겼다. 날이 다하도록 배고프고 목마른 것을 잊었는데, 하물며 지금 술이 샘처럼 있음에랴! 내 청컨대 산을 이름하여 작은 고산(小孤山)이라 하고 대를 주천대(酒泉臺)로 부르고자 하니 여러 마을 어른들에게 어떻게 생각하십니까?' 고 물었더니 모두가 좋다고 하더라는 것이다.

이렇게 해서 수천대가 주천대로 바뀌게 된 것이다. 당시 임유후가 본 주천대의 풍경은 세 그루의 큰 소나무가 우뚝 버티고 서 있는데 뱀처럼 꿈틀거리는 붉은 줄기와 푸른 잎이 절벽아래 소에 비치었다! 고 했다.

임유후는 주천대에서 오래동안 은거하여 살다가 1653년에 조정의 대신들로부터!

'문장이 뛰어나고 행실이 지극히 뛰어나다'는 평을 듣고서 다시 벼슬길에 오르게 되었다.

그는 병조참판, 경기감사, 호조참판, 영해부사 등을 두루 지냈고 경주부윤으로 근무 중 73세에 세상을 떠났다.

울진 주천대에서 임유후의 명성이 높은 것은 그가 술 마시며 글을 짓고 멋 드러진 풍류를 남겨서가 아니라 후진을 양성하고 그 후진들 중에 걸출인물이 많이 나왔기 때문이다. 그가 있어 궁벽한 바닷가 울진에 학문의 씨알이 심어졌고 그 씨알이 꽃을 피웠다. 죽은 뒤에 그의 공덕을 잊지 못한 후학들이 그가 살던 곳에 고산사를 지어 기리다가 고산서원(孤山書院)을 짓게 되고 그후 1715년에는 그 서원이 임금님으로부터 현판을 하사받아 사액서원을 건립하게 되었다.

그러나 고산서원은 1868년 대원군 때에 철폐되었는데, 1914년에 마을 사람들이 다시 강당을 세웠고 그곳에서 해마다 4월 초에 김시습, 임유후, 오도일의 삼선생 제사를 올리고 주천대에 추념비가 있다.

임유후는 울진에 정주하는 동안 불영사14비경, 고산15경, 주천대기, 격암선생유전 등 울진 명승과 명사들에 대한 여려편의 기록과 서책 등을 남겼다.

3

또한 주천대의 후학은 격암의 유학 및 철학정신을 연구하고 전수받기 위하여 수많은 학자들의 이곳을 찾았다.

서파(西波) 오도일(吳道一)을 뺄 수가 없다. 그는 기호학파 송시열의 수제자로써 매월 김시습을 숭모했던 것이며, 주천대를 찾아 격암의 유학과 철학사상에 고취되었다.

그의 본관은 해주(海州)이며, 오달천의 아들로 문과에 급제하여 중앙관직을 두루거쳐 대사헌(大司憲)을 지냈다.

숙종때 당쟁으로 인해 울진현령으로 와서 이곳 주천대에서 격암의 철학사상을 연구하고 시문에 능하여 당시 울진선비들의 칭송과 존경을 받아 역시 고산서원에 배향되었다.

또한 후학은 청소년 시절 주천대와 격암선생 생가에 와서 유억남 격암(有億南格菴)의 시를 짓고 선생을 칭송한 황여일(黃汝一)은 울진 평해 출신, 본관은 평해(平海). 자는 회원(會元), 호는 해월헌(海月軒)이며, 황세충(黃世忠)의 증손으로, 할아버지는 황연(黃璉)이며, 아버지는 유학(幼學) 황응징(黃應澄)이다.

1576년(선조 9)에 진사가 되고 1585년 개종계별시문과(改宗系別試文科)에 을과로 급제하였다. 1588년 검열이 되었는데, 하번사관(下番史官)임에도 불구하고 출입하였다 하여 파직되었다.

1594년 형조정랑이 되고 곧 도원수 권율(權慄)의 종사관으로 보직을 받아 갔는데, 얼마 뒤 도원수의 허락을 받고 일시 귀가하여 도원수와 함께 추고(推考)당하였다. 1598년 사서에 이어 장령이 되고, 이듬해 장악원정을 역임하였다.

1601년 예천군수가 되고 1606년 전적을 역임, 1611년(광해군 3) 길주목사, 1617년 동래진병마첨절제사가 되었다. 평해의 명계서원(明溪書院)에 제향된 인물이다.

해월(海月) 황여일(黃汝一)은 격암선생의 후학은 물론 정신적 지표로 삼았다. 일찍이 작은 아버지인(仲父) 대해 황응청(大海 黃應淸)이가 격암의 학문의 벗이기 때문에 격암사상에 대하여 많은 이야기를 듣고 그 사상을 전수 받았다.

그는 나이 열네 살 때부터 격암(格菴)선생을 숭모하고 사표로 삼아 선생을 생각하며 쓴 시가 남아있다.

有憶南格菴/海月黃汝一
유억남격암 해월 황여일

吾年十四至十八
내 나이 열넷 열여덟에 이르러서야

慣見仙鄕長者風
선향(仙鄕)에서 덕망 높은 격암을 볼 수 있었지

月窟天根探獨樂
천근월굴(天根月窟)을 혼자 탐상하고

龜圖馬易玩尤工
하도(河圖)와 낙서(洛書)를 더욱 깊이 공부했다네

皇喪謂至明朝後
명나라 황제의 죽음도 미리 알았고

壬亂知生乙卯中
임진란의 위험도 앞서 근심하였지

近者妖星興白氣
요즘에 요성(妖星)과 백기(白氣)가 난무하는데

九原安得起吾公

공을 구원(九原)에서 살려 왔으면 좋겠네

황여일은 격암 생가와 주천대를 답사하고 선생의 유학 및 철학과 정신 및 사상을 지표로 삼아 열심히 공부하여 문과에 급제한 후 훌륭한 인물이 되었다.

격암은 평소 즐겨 찾던 주천대에서 남수산 기슭으로 옮겨 오두막 집을 짓고 후학양성에 전념한다.

사고는 소년시절에 이 주천대에서 당대의 기인이고 도술인인 송도 출신 전우치를 만났다.

마침 대사헌 낙봉 신광한이 울진 불영사를 관람하고 주천대에서 땀을 식힐 때 지나가던 준수한 청년을 만났다. 그가 남사고 인데, 자신의 앞날을 〈이구후사장(二九後師長)〉 즉, 18후에 대사헌에 중용될 것을 예언하여 지나가던 전우치가 빙그래 웃으며 사고를 천자 주성(土星)인 자미성의 기운을 받은 기재(奇才)라고 했다.

7. 비결의 대결

1

아침에 일어나니 날씨가 쾌청하여 마음도 상쾌하였다.

격암은 적성에 맞지 않는 사직참봉을 사직하고 이틀 동안 집에서 푹 쉬고 고향 울진 누금으로 갈 준비를 위하여 바람도 쐴겸 바로 집 앞에 있는 육의전 한쪽에 있는 난전으로 갔다.

이틀 동안 식사도 변변하게 못하여 시장 끼가 있어 주막집에 가서 막걸리와 국밥을 주문해서 먹고 있는데, 저 쪽편 평상에서 역시 술과 국밥을 먹는 세 사람이 있었다.

그 사람들은 술을 마시면서 세상 살아가는 이야기와 역학과 풍수지리를 잘 아는 도인들의 이야기를 하고 있었다.

나그네1!
"주역과 사주는 토정 이지함이 제일이지!"

나그네2!

"역학은 봉래 양사언이가 최고여!"

나그네3!

"천문과 풍수지리는 격암 남사고지!"

나그네들은 나름대로 들은 풍월(風月)로 천문과 역학과 풍수지리에
대하여 자기가 아는 상식을 주고받고 서로의 의견을 주장하면서 상
대 의견을 무시하고 반대하고 간혹 고성도 오고 갔다.

나그네1!

"풍수하면 국풍 박상의란 분도 있지!"

서로가 이 분야를 잘 안다고 주장하다가 언쟁과 다툼까지 가기도
했다.

또다시 나그네2!

"우리 같은 사람은 배불리 먹고 편안하고 행복하게 살아가면 되
지! 뭐니 뭐니 해도 사람은 사주팔자를 잘 타고 나야지!"

나그네 들이 나누는 대화는 사람이 사주팔자를 잘 타고나서 배불
리 먹고 행복하게 사는 게 최고라는 이야기가 요점이었다.

'그래!

격암은 울진으로 바로 낙향 할 것이 아니고 나그네 들이 말하는 도
인들을 만나보고 서로가 가지고 있는 철학이나 도학의 지식을 대화
하고 문답해 보자!

그래서 낙향하는 것을 뒤로 미루고 그 이튿날 당장 마포 나루터 근처에 살고 있는 토정 이지함을 만나러 아침 일찍 집을 나섰다.

토정 집에 도착하니 낮전(오전)이다.
그러나 사주팔자와 관상을 보러 온 사람들이 마당 구석구석까지 진을 치고 있었다.
격암은 토정을 만나러 왔다고 하인에게 전하고 기다렸다. 사실 격암은 토정을 이번에 두 번째 만나는 것이다.
첫 번 만남은 토정이 화담(花潭) 서경덕(徐敬德)과 서기도사와 세 사람이 조선팔도를 주유천하를 하던 중 강원도 관동팔경 쪽으로 왔다가 울진 망양정에 왔을 때, 울진 현감의 추천으로 망양정으로 가서 만났다.
그때는 서로가 처음 만났지만 익히 들은 이름들이라 처음부터 구면인 것 같았다.

밖에서 기다리는 시간이 한 시간 만에 정오가 되어서 토정이 마당까지 나와서 격암을 맞이하였다.
"어서 오십시요!
그동안 다시 뵈옵고 싶었는데 보시는 봐와 같이 매일 몰려오는 사람들 때문에 자리를 비울수가 없어서"
"……."
"'미안합니다.' 라고 토정이 사과 섞인 인사를 하면서 한양에 왔다는 소식도 들었습니다만!"

"별 말씀 다 하십니다. 벼슬을 제수 받아 오기는 왔습니다. 만 사직참봉이 적성에 맞지 않아 몇 일전 사직하고 이렇게 한양 구경하고 다니고 있는 중입니다." 라고 격암은 다소 멋쩍은 말투로 대충 답변하였다."

방으로 들어가니 마침 전에 토정과 화담선생과 망양대에서 본 서기도사도 함께 같이 있었다.

"마침 점심시간이 되어서! 반찬은 없지만 같이 식사합시다." 하고 토정은 밥상을 격암 앞에 내놓았다.

세 사람은 밥상을 앞에 놓고 잠시 이야기를 멈추고 식사를 하였다.

여기서 토정선생을 상세하게 알아야 격암과 같이 당대의 철학자로써 비결(秘決)을 문답하고 한편으로는 대결하는 장면들을 알 수 있다.

토정(土亭) 이지함(李之菡)은 1517년(중종12)에 태어난 아산 사람이다. 본관은 한산(韓山, 현 서천)이고, 자(字)는 형백(馨伯) 형중(馨中)이다. 또다른 호는 수산(水山)이다. 격암과 같은 시대에 살았지만 8살 연하이고 7년 늦게 세상을 떠났다.

토정이란 호의 의미는 마포 강변에 흙을 쌓아 언덕을 만든 다음 아래에는 굴을 파고 위로는 집을 짓고 머리에는 무쇠 솥을 쓰고 다녀서 스스로 호를 토정(土亭)이라고 했다.

체격이 당당했고 보통사람보다 컸다. 눈은 빛나고 얼굴은 둥글고 목소리가 묵직하고 우렁찼다.

토정은 고려 말의 명현이었던 목은 이색의 7세손이었다. 아버지는 현령을 지낸 이치(李穉)이고, 어머니는 광산 김씨 집현전 학사 김맹권의 딸이다.

14세 때와 16세 때 양친부모가 세상을 떠나자 3년 상을 마치고, 형 이지번과 함께 한양으로 이사했다. 부모 생전에는 글을 멀리 했는데, 형의 권유로 글을 읽고 학문을 익히면서 각종 경전과 온갖 사서 등을 읽었으며, 특히 주역을 섭렵하여 도학에 통달했다.

토정이 민중들을 위하여 지은 책이 그 유명한 토정비결(土亭秘訣)이다.

한해의 정초가 되면 따뜻한 방안에서 가족들이 둘러앉아 저마다의 괘를 뽑아보면서 한 해의 길흉을 점쳤다. 토정비결은 사람을 한동안이나마 즐겁고 희망이 있고 앞으로 사는 길을 제시하여 밝혀주는 책으로 좋은 점괘가 나오면 함께 기뻐했고 나쁜 점괘가 나오면 서로 격려하면서 새해를 맞이한다. 토정비결은 힘겹게 살아가는 민중들에게 희망과 위안을 주던 인간의 삶에 약방에 감초와 같았다.

민중들은 토정 이지함에 대하여 격암 남사고, 봉래 양사언, 북창 정렴 등과 같은 예언가로 인식했다. 그는 화담 서경덕의 학문을 이어 받았고, 수많은 제자를 양성하였으며 후학들로부터 추앙받은 유학자이면서 철학자이다.

2

중종 때 사림들이 정계진출을 하였으나, 수구파가 기득권을 놓지 아니하려고 기묘사화를 거쳐 명종 때 을사사화로 이어지면서 많은 선비들이 정계진출을 포기하고 산림에 은거하여 학문적인 이상을 실천하고 제자들과 후학들을 양성했다. 화담학파의 적자였던 토정도 부패한 정계진출에 환멸을 느끼고 출사를 포기했지만 나름대로 피폐한 민생을 살아가는 삶의 방향을 제시하고자 그 해법으로 토정비결을 지어 삶의 지표와 갈 길을 제시하였다.

그러나 말년에 조정의 천거로 지방수령으로 나아갔을 때 토정은 백성들을 위해 농업위주에서 상업과 수공업, 해양자원 분야를 개발하고 무역 등 다양한 경제정책을 권장했으며, 자신이 일찍이 구상했던 시무책을 건의했다. 그러나 당시 조정대신들의 무관심으로 뜻을 이루지 못하자, 벼슬을 버리고 낙향한 후 민중을 위하고 민생의 갈 길과 실용적인 실학자의 길을 택했다.

토정은 당시 뭇 양반 사대부 자제들처럼 과거에 응시하려 했는데, 대 다수 선비들이 갑자기 벼슬을 얻어 잔치를 베풀고 허례 허식을 일삼는 것을 보고 비천하게 생각하여 과거를 포기했다. 23세 때 화담 서경덕의 문하에 들어가 천문 · 지리 · 역학 · 명리학 등, 도학의 각 분야에 해박한 지식을 공부하고 얻고 갖추었다.

매우 호방하고 따뜻한 성품이었다. 모산수의 딸과 혼인했을 때 그는 초례를 지낸 다음 날 밖에 나갔다가 저고리 차림으로 돌아왔다. 처가 사람들이 두루마기를 어디에 두었느냐고 묻자 길을 가다가 거지아이 세 명이 얼어 죽게 되어서 두루마기를 나누어 아이들에게 입혀주었다고 했다.

토정은 1549년 당시 풍습에 따라 충주에서 처가살이 하다가 어느 날 갑자기 가족들을 이끌고 고향 보령으로 이사했다. 연유를 묻는 형에게 처가에 길운이 없어 그곳에 머물러 있으면 화가 미칠 것이라고 대답했다. 과연 이튿 날 충주의 양반과 선비들이 대거 희생된 이홍남의 역모사건에 장인이 관여 하였다는 혐의로 참변을 당하였다.

이 사건으로 충주는 유신현으로 강등되었으며, 충청도라는 명칭이 청홍도로 바뀌었다. 토정도 이사를 아니 하고 충주 처갓집에 계속 머물러 있었다면 그 참화를 피해가지 못하고 참변을 당했을 것이다. 이때부터 벌서 토정은 앞날을 예견하는 능력으로 세인의 주목을 받는 예언자가 되었다.

토정은 승정원 사관 안명세와 매우 절친했다. 안명세가 을사사화에 대한 내용을 사초에 정확하게 기록했다는 이유로 모진 고문을 받아 목숨을 잃었다. 이에 실망하여 출사의 뜻을 접고 스승 화담선생과 주유천하를 하였다.

'배 타기를 즐겨 큰 바다를 마치 육지처럼 다녔다. 조선의 전국 산천을 가보지 않은 곳이 없었으며, 물이 있다고 건너가지 않은 곳이 없었다. 추위가 오고 더위가 와도 정처 없이 주유천하 했다.' 라는 조카 이산해가 쓴 묘갈명(비문)이 있다.

토정은 기개가 비범하고 도량이 넓었고 효성과 우애가 지극한 인물이었다. 부모가 돌아가시자 해변에 장사지냈는데, 바닷물이 무덤을 덮칠 것이라 예측하고 돌로 제방을 쌓으려 했다. 그러나 포구가 넓고 깊어 완성하지 못하고 실패했지만 그는 이렇게 말했다.

'성공하느냐 여부는 하늘에 달렸으나, 자식으로서 어버이를 위해 못할 일이 무엇이 있겠느냐! 하고 제방을 쌓는 일은 게을리 할 수 없다.'고 했다.

토정의 형 이지번 또한 백의정승이라 칭송받았을 만큼 청렴한 인물이었는데, 중종 때 김안로의 모함을 받아 섬에 유배되었다가 김안로가 죽은 뒤 석방되어 여러 벼슬을 거쳤다. 형의 아들 이산해는 어린 시절 신동으로 유명해서 당대의 실세였던 윤원형이 사위로 삼으려 했다. 이에 형은 벼슬을 버리고 단양으로 피신하여 구담(龜潭)에서 은거했다. 이 연유로 사람들은 그를 구선(龜仙)이라 불렀다.

이때 토정은 형과 함께 내려가 조카 이산해와 이산보를 가르쳤다. 나중에 한양에 살던 형 이지번이 병석에 눕자 그는 보령에서 걸어서 한양으로 상경하면서도 힘든 내색을 하지 않았고, 애닯게도 형이 죽자 3년 동안 상복을 입으면서 이렇게 말했다.

'형님이 나를 가르치셨으니 형님을 위한 복(服)이 아니고 스승을 위해 입는 복이다.'

큰 조카 이산해는 명성이 높고 북인의 영수로서 벼슬도 영의정에 오르는 등 출세가도를 달렸지만, 작은 조카 이산보는 세인의 주목을 받지 못했다. 하지만 토정은 이산보에 대하여 말하기를!

'대인은 적자(赤子)의 마음을 잃지 않는 법인데, 오직 산보만이 그에 가깝다.'고 하면서 칭찬을 아끼지 않았다.

3

토정은 산두, 산휘, 산룡, 산겸 네 명의 아들이 있었는데, 산휘는 호랑이에게 물려 죽었고 아내가 늦게 낳은 산룡은 12세 때 역질(疫疾)로 죽었다. 산겸은 임진왜란 때 의병장으로 활약한 공로가 큰 인물이다.

토정은 벼슬에 뜻을 접고 학문과 인간에 대한 애정으로 민중을 위한 그 무엇을 남겨 주고자 노력하였다. 그래서 이 분야에 연구와 학문을 위하는 도학에 높은 명사가 있다는 소문을 들으면 어디한 곳이던 아랑곳하지 않고 달려갔다.

호방한 성품으로 벗을 사귈 때 특정 당파나 학파를 가리지 않았는데, 실용적인 학풍을 지향하던 남명 조식을 찾아가 정신적인 교감을 나누었고 율곡 이이, 우계 성혼, 송강 정철과도 매우 친교가 있었다.

제자 교육과 후학양성에 전심을 다하였고 천민 출신 서기에게 학문을 가르치고 사재를 털어 적극 지원해준 결과 그 덕분에 서기는 학문에 일가를 이루었다.

또한 율곡 이이는 22살 연하이지만 가장 친해서 학문은 물론 사사로운 일도 격의 없이 의논했다. 율곡이 대사간 벼슬에 있을 때 조정에 붕당이 격화되어 모함을 받고 사임하려하자 적극 만류하기도 했다. 율곡이 토정에게 성리학을 공부하라고 권하자 나는 욕심이 많아서 할 수 없다며 거절했다. 율곡이 다시 물었다 대체 토정은 무슨 욕심이 있느냐고 묻자 그는 이렇게 대답했다.

'사람 마음의 향하는 바가 천리(天理)가 아니면 모두 인욕인데, 나

는 스스로 방심하기를 좋아하고 승묵(繩墨)으로 단속하지 못하니 어찌 욕심이 아니겠는가?'

또한 율곡은 1578년(선조 11년) 7월에 쓴 경연 일기에는 토정을 다음과 같이 평했다.

'아산 현감 이지함은 어려서부터 욕심이 적어서 외계의 사물에 인색하지 않았다. 기질을 이상하게 타고나서 춥고 더운 것은 물론 배고픈 것도 능히 견딜 수 있었다.

겨울에 벌거숭이로 매서운 바람 속에서도 앉아 견딜 수 있었으며, 열흘 동안 곡기를 끊고도 병이 나지 않고 죽지 않았다.

천성이 효성스럽고 우애가 두터워서 형제간에 재산의 소유를 따지지 않았다. 재물을 가볍게 여겨서 남에게 주기를 잘했다. 세상의 화려함이나 음악, 여색에 담담하여 아랑곳하지 않았다. 성미가 배 타기를 좋아하여 바다에 떠서 위태로운 파도를 만나도 놀라지 않았다.'

또 토정의 제자였던 조헌은 이렇게 말했다.

'이 세상에서 스승으로 섬기는 사람이 셋이 있는데 토정 이지함, 우계 성혼, 율곡 이이다. 세 사람이 성취한 학문은 다른 점이 있지만 깨끗한 마음과 욕심을 내지 않은 자세, 그리고 타의 모범적이고 귀감이 되는 행의와 행실은 똑 같은데, 신이 일찍이 만에 하나라도 닮아보려 했으나 이루지 못했습니다.'

토정은 조선시대에는 오직 농사만으로 생활의 전부임을 안타깝게 여기고 사대부들과 양반도 상업 활동을 해야 한다고 주장했을 만큼 뚜렷한 경제관을 가지고 있었다.

그는 양반 중에 도덕을 갖춘 선비가 좋은 머리로 상업 활동을 해야만 그 이윤을 높일 수 있고 그 이익을 백성들에게 골고루 나누어 줄 수 있다고 했다. 방치되고 있는 자원을 적극적으로 활용하여 민생을 향상시켜야 배고픔을 면할 수 있고 개인은 물론 사회와 국가가 부흥해 진다고 주장했다.

토정은 평소 주장하기를!

'내가 1백 리 되는 넓은 큰 고을에서 정치를 하면 가난한 백성을 부자로 만들고, 야박한 풍속을 돈독하게 하며, 어지러운 정치를 다스려 농본에서 탈피하여 폭넓은 경제활동으로 백성이 잘살고 나라가 부국 할 것이라 하였다.' 라고 자부했다.

토정은 민생들이 가난에서 헤어날 수 있는 방법에 대한 자신의 생각을 직접 실천에 옮겼다. 조선팔도를 돌아다니면서 민생들에게 장사와 기술을 가르쳤고, 그들에게 자급자족의 중요성을 설파하고 알려 주었다.

어우야담에는 그가 무인도에 들어가 박을 재배한 다음 박 바가지를 만들어 판돈으로 곡식을 사들여 빈민을 구제했다는 일화가 실려 있다.

토정이 살고 있는 마포나루는 선박을 통해 조선팔도의 물산이 유통되는 장소였다. 이는 그가 상업과 무역에 눈을 뜬 계기가 되었고 해상무역을 통한 나라가 부국하고 민중생활의 가난에서 벗어날 수 있는 계책을 제시할 수 있었다.

토정은 당대에 뛰어난 역학가나 예언가로 세인의 주목을 받았다. 기이한 행적과 예언은 같은 시기에 활동했던 스승 화담 서경덕, 격암 남사고, 봉래 양사언, 북창 정렴 등과 같이 한 시대를 수놓았다.

토정의 기이한 행동은!

솥을 머리에 쓰고 그 위에 패랭이를 얹어서 전국으로 돌아다녔다. 길가다가 잠이 오면 길가에 지팡이를 짚고 서서 잤다. 오가는 소나 짐승들이 부딪혔으나, 잠을 다 자고난 5, 6일 후에야 비로소 깼다.

배가 고프면 솥을 벗어 시냇가나 우물가에 걸어두고 밥을 지어 먹은 후 씻고 말려 다시 머리에 썼다. 십여 일이나 익힌 음식을 먹지 않고 한 여름에도 물을 마시지 않았다. 나막신을 신은 채 허름한 모습으로 다니면서 사람들이 손가락질하며 웃었으나, 그는 아무렇지 않게 태연 했다.

토정은 평소 육지로 주유천하를 즐겼으나, 한편 배를 타고 세상을 떠돌았는데, 작은 배의 양쪽 모서리에 표주박을 달고 제주도를 몇 차례나 오갔다고 한다. 한때 제주 목사가 그를 객관에 유숙하게 하고 어여쁜 기생으로 하여금 유혹하게 했지만 끝내 넘어가지 않았다. 토정은 길손 속에서도 곧은 선비로서의 체통을 굳게 지켰다.

또한 타 지역 수령들이 그를 숱하게 시험했지만 끝내 지조를 지키고 넘어가지 않았다.

1573년(선조 6년) 사화(史禍)로 인하여 얼룩진 한 시대가 지나고 선조가 등극한 뒤 사림(士林)이 본격적으로 정계에 진출하는 기회가 왔다.

탁행지사(卓行之士)를 추천하라는 선조의 명에 따라 이지함을 비롯하여 조목 · 정인홍 · 최영경 · 김천일 등 다섯 명의 인사가 발탁되었다. 이들은 생진과, 혹은 문과 과거에 급제하지 않은 유학(幼學) 신분이었는데, 그 중 조목을 제외한 네 명이 문과 급제자에 장원에 준하는 6품직을 제수 받았다.

당시 토정은 56세로 포천 현감에 제수되었다. 명망이나 나이에 걸맞지 않는 벼슬이었지만 자신의 포부를 펴보고 싶었던 그는 불만 없이 벼슬을 받아들었다. 그러나 고을 현지에 부임해 보니 사정이 실로 비참했다. 그의 표현에 따르면 '어미 없는 고아 거지가 오장이 병들어서 온몸이 초췌하고 고혈이 다했으며, 피부가 말랐으니 아침이나 저녁나절에 죽을 형국이었다.'

토정은 관할 고을의 빈민을 구제하기 위해 녹봉까지 털었고, 양반들에게는 글 못지않게 재물도 중요하다면서 경제활동을 재촉했다.

연려실 기술에 따르면 그는 관내에 떠돌아다니는 거지들이 헤진 옷을 입고 걸식하는 것을 가엾게 여겨 합숙소를 지어 그들을 수용했고, 농사나 공상 중 하나를 생업으로 정하게 하여 직접 일을 가르쳤다. 그 중에 능력이 떨어지는 자에게는 평상시에도 만들어 사용하던 미투리를 삼게 하여 하루 책임량을 만들어 시장에 내다 팔아 수익을 올렸다.

　사람들마다 각자의 자질과 능력에 따라 자립할 수 있는 일거리를 만들어 주었지만, 조정에서는 빈민구제에 대한 대안 없이 토정 한 사람의 지혜와 의욕과 노력만으로 도탄에 빠진 빈민구제와 현실을 뒤바꿀 수는 없었다.

　그는 조정에!
　'이포천시상소(莅抱川時上疏) 라는 상소를 올려 현재 비어있는 전라도의 서해안 어촌과 황해도의 염전을 임대로 포천현에서 쓰게 해달라고 간청했다.'
　전라도 만경평야에 버려져 있는 양초주와 황해도 초도정을 포천에 임대해 주면, 고기잡이와 소금 굽는 염전 일을 해서 수년 내에 백성들은 가난에서 면하고 빈민구제에 도움이 될 것이다 했다.
　평소 토정의 사고와 뜻은 덕은 본(本)이고 재물은 말(末)이지만, 본말을 상호 보완하고 견제해야 사람의 도리가 궁해지지 않습니다. 재물 생산에도 본말이 있으니, 농사가 본이고 염과 철은 말입니다. 포천의 실정은 본이 이미 부족하니 말을 취해 보충해야 합니다.'

　토정은 일찍이 천하를 주유하면서 팔도의 사정을 손바닥 보듯 알고 있었던 그만의 계책이다. 이 계책은 일시적인 대안이 아니라 농업 외에 다른 다양한 경제활동을 통해 생업의 다각화를 꾀함으로써 영구적인 민생의 생활에 보다 나은 삶을 꾀하자는 그의 경제관이 담겨 있었다. 하지만 조정에서 건의를 묵살하자, 1574년(선조 7년) 8월 즉각 벼슬을 사직하고 고향으로 돌아갔다.

벼슬을 사직한지 4년 뒤인 1578년(선조 11년) 조정에서는 토정을 병을 핑계로 사직한 아산 현감 윤춘수의 후임으로 임명했다. 그러나 사헌부에서 임금에게 이시함과 김천일 두 사람을 학문의 깊이나 명성에 비해 보잘 것 없는 외직에 임명한 것은 이조의 처사가 잘못되고 부당하니 내직에 임명되어야 한다고 아뢰었다. 하지만 선조는 어진 사람을 등용하는 원칙은 백성을 직접 다스리기 위해서인데 그게 아니라면 어디에 쓰겠느냐면서 윤허하지 않았다.

토정은 임지에 도착하자마자 걸인청(乞人廳)을 만들어 관내 걸인과 노약자 구호에 나서는 한편, 평소 구상했던 시무책을 담은 상소문을 조정에 올렸다. 그 내용은 백성들의 곤궁한 생활상을 알면서 군역에 넣는 그릇된 실태를 지적하고 시정을 요구한 것이었다. 이에 선조는 그의 뜻이 옳다고 답했을 뿐 정사에는 반영하지는 않았다.

아산 현감 재직 두 달 뒤인 1578년(선조 11년) 7월 1일 토정은 이질에 걸려 병석에 있다가 62세의 나이로 세상을 떠났다. 그의 부음이 알려지자 아산의 백성들은 노소를 막론하고 부모의 상을 당한 것처럼 슬퍼하여 울부짖으며 앞 다투어 고기와 술 등의 제수를 가져와서 제사를 올렸다.

5

토정은 격암과 서기도사와 점심식사를 마치고 미시(未時, 오후1시)부터 다시 밖에서 기다리고 있던 사람들의 사주팔자를 봐주었다.

격암은 집으로 돌아가려고 했는데!

"토정은 격암을 보고 가지 말고 내 옆에 앉아서 내가 사람들에게 사주나 관상을 볼 때 그 답이 맞는지 잘 관찰 하였다가 유시(酉時, 오후5시)경에 끝나고 주역에 대하여 토론하고 잘못 본 것이 있으면 지적해 주십시오!"

격암은 하는 수 없이 토정 옆에 앉아서 사주를 보는 방법과 태도를 유심히 관찰하면서 마침 오래 만에 만난 김에 밤이 새도록 도학분야를 토론하고 문답하고 비결에 대하여 대결할 생각이었다.

토정은 찾아온 사람들의 사주나 관상을 볼 때 학문적 이론보다 찾아온 사람의 갈구하는 것이 무엇인지를 먼저 파악하여 이 답답한 사안을 속 시원하게 대답하고 알려주는 형식으로 앞으로 갈 길을 제시해주는 마침 구세주 같은 일을 하고 있어 나는 또 다른 의미로 느끼고 생각하였다.

어느 듯 하루를 마무리하는 유시(酉時)가 다되자 오늘 사주를 보지 못하는 사람들도 다음날 오기로 하고 토정의 집을 떠나고 세 사람이 마주 앉아 있었다.

"우리 일단 저녁을 먹고 도학의 천문지리나 역학에 대하여 이야기

나누고 나도 마침 좋은 기회 인듯 하니 격암에게 한수 배울 겸" 하고 토정이 말하였다.

토정의 하인이 저녁상을 들고 들어와서 격암은 토정과 마주앉아 식사를 하였다. 식사를 마치고 세 사람은 차를 마시면서 하루의 피로를 풀고 다시 대화를 시작하였다.

마침 조선의 한 시대의 역사적인 대철학자가 비결(秘決)을 대결(對決)하는 날이 된 것이다.

먼저 토정부터 말을 했다.

"나는 지금 나를 찾아오는 사람들에 대한 사주팔자나 관상을 봐주고 지내는 형편이지만 언제 가는 격암과 철학과 역학 및 주역에 대하여 허심탄회하게 털어놓고 대화하기를 학수고대 하였는데, 마침 오늘에 기회가 온듯합니다."

격암이! "원 별 말씀을 다하십니다.

선각자(先覺者)나 성인(聖人)들이 예언서(豫言書)인 비밀스러운 기록 또는 그것을 수록한 책을 비기(秘記)라 생각하고, 비결(秘決)은 혁세사상(革世思想)을 담은 책이라고 생각하는데, 나는 여기에 미치는 인물도 못되고, 특히 향촌 울진 누금에서 누구에게도 배우지 못하고 오직 운학도사가 전해준 비책으로 위기지학 독학으로 공부를 하다가 비책을 잃어버려서 이 분야에 학문의 깊이가 깊지 못합니다."

"별말씀을 다 하십니다. 지난 관동팔경을 주유천하 했을 때, 울진 망양정에서 격암을 처음 만나본 결과 철학과 도학에 너무 깊이가 있고 물어보고 배울 점이 많다는 느낌을 받고, 나는 다시 한 번 격암을 만나기를 학수고대 했으며, 앞으로는 형편이 되면 우리 자주만나고 싶습니다."

"……."

서기도사가 입을 열었다.

"저도 전국을 주유천하 하면서, 고승이며 도인들을 만나보았습니다 만 격암 같이 고고하고 인자하고 철학에 깊이가 있는 분은 처음 봤습니다."

"……."

토정은 "오늘은 우리 세 사람이 밤이 새도록 한번 진지하게 철학의 천문, 지리, 역학, 관상 등에 대하여 이야기를 나눕시다."

격암은 정좌를 하고 "토정이 원하는 철학에 대한 강론을 그 넓은 학문을 어떻게 야사 이야기 하듯이 하룻밤에 다 말 할 수 있겠습니까?"

"……."

"그 많은 철학과 도학분야 중에서 특히 토정이 깊이 있게 연구하고 민중들을 위하여 후세에 남겨줄 삶에 대한 분야만 의견을 나누어 봅시다."

사실 격암은 풍문에 들어온 토정이 작성한 비기(祕記)가 있다는 것을 알고 그 진위를 파악하기 위하여 넌 저시 말로 짚어봤다.

토정은 "무슨 비기까지라 할 수 있겠습니까?

그동안 연구한 자료를 한곳에 모아 편찬한 책자가 있기는 합니다만, 아직 어디 세상에 내놓을만한 것이 못되어 그저 보관하고 있을 뿐입니다."

격암이 "천문, 지리, 역학, 주역 등의 총괄편입니까! 아니면 어느 한 분야 입니까?" 하고 물었다.

"딱히 한 분야 이기보다 사람이 살아가는 궁금증을 풀어주는 것으로 다시 말하면 주역의 사주 분야만 자세히 기록한 것이지요!"하고 토정이 대충 대답했다.

서기도사가 "저도 토정께서 자료를 준비하고 필사하는 것을 보기는 했습니다 만 상세히 읽어 보지는 못했는데, 오늘 보고 듣고 배울 것 같아 참 좋은 기회인 듯합니다."

세 사람은 학문의 내용 토론보다 서두 측면에서 시간을 보내고 있었다. 이것은 어디까지나 상대방의 철학의 깊이를 짚어보는 일종의 탐색전이라고 할 수 있었다.

토정은 직접 편찬하여 간직하고 있던 비기를 격암 앞에 내어 놓았다.

"여기 있습니다 만 보시고 잘 지도편달을 바랍니다." 하고 장속에 깊이 간직하고 있던 "토정비기"를 내어 보였다.

격암은 토정이 보여준 비기를 자세하게 빠른 속도로 읽어보기 시작하였다.

한 수 십장 정도 읽다가 격암은 탄복 섞인 한숨을 쉬었다. "어떻게 이러한 비기가 이 세상에 있단 말인가 이것은 사람이 작성한 것이 아니고 신이 작성하였거나 아니면 신의 계시를 상세히 기록한 것일 것이다.”

“역시 격암일세! 사실 이 비기의 책은 화담선생이 그 동안 나에게 말씀하고 모아 놓은 자료를 민중들을 위하여 편찬한 것입니다.”

“……”

“그러나 비책의 편찬이나 서술은 내 단독으로 결정하여 적어 놓은 것뿐입니다.”

한참 비기를 읽어 가다가 다시 격암이 말을 했다.

“아닙니다! 여기 읽어보니 토정의 혼이 듬뿍 들어있고 정신이 다 담겨 있고 향기와 숨결이 숨어 있는 것입니다.”

격암이 “사실 나도 비결(秘決)을 편찬하고자 자료 수집과 내용을 그때그때 모아 놓기는 했습니다만, 내가 사는 곳은 시골 향촌이라 책을 편찬하는데, 한양과는 여건이 좋지 못하여 아직까지 체계를 갖추어 편찬은 못했습니다.”

비기를 다 읽어본 격암은 격찬과 탄복은 물론 한 대목 한 구절을 토정과 문답하였는데, 특히 기본적인 독후감부터 이야기를 나누었다.

격암은 첫 번째 소감을 토정에게 넌 저시 던졌다.

“이 비기는 두 가지 단점을 가지고 있습니다. 하나는 민중들이 보기에 너무 고차원적 용어와 깊이가 깊어 읽는 것은 물론 해역과 풀이를 잘 못할 것 같습니다.”

“……”

격암은 이어서 "두 번째 단점은 이 비기를 토대로 사주를 풀어볼 경우 민중 1/3 정도는 타고난 사주팔자로 평생 일하지 않고 놀고먹어도 된다는 것인데, 이렇게 되면 일하지 않고 놀고먹는 민중이 있어 민중의 정서에 좋지 못한 악영향이 막대하게 발생하여 민중 상호간 이간이 깊어져서 사회가 혼란하고 국가의 통치에도 미치는 바가 크다고 할 수 있겠습니다."

"네 잘 보셨습니다! 바로 그 분야 때문에 지금까지 이 비기를 세상에 내놓지 아니하고 장속에 두고 있었습니다."

"네! 서기도사가 저도 그렇게 생각하고 있습니다.

저가 옆에서 두 분이 문답을 나누는 것을 듣고 또한 비기를 잠간 읽어 보았으나, 저 실력으로는 무슨 말인지 알 수가 없는 비기입니다."

격암과 토정은 이제 격의 없이 수십 년 동안 절친한 친구처럼 상호 존칭도 생략하고 마주앉아 서로의 눈빛만 보다가!

토정이 하인에게 마실 차를 가지고 오게 한 다음 말을 이어 갔다.

"그래서 격암이 지적한 것을 어떻게 풀어야 하는지 고민인데, 좋은 방도가 없습니까?"

"……."

"좋은 방도가 있으면 의견을 말씀해 주십시요!"

격암은 천장과 방문 쪽을 한참 보다가!

"내가 지금까지 말한 것은 토정이 편찬한 비기를 지적하고 비판하는 게 아닙니다.

오해는 하지 마십시오! 인간이 지었다고는 생각 할 수 없는 대작입니다.

그러나 우리 같은 철학을 공부하는 사람들도 이 책을 해역과 풀이를 하지 못하겠는데, 민중들이 보고 읽고 생활에 접목해서 편안하고 행복하게 살 수 있는 책이면 더 좋겠다는 것이지요!"

세 사람은 차를 마시면서 깊이 있는 이야기가 나와서 토정은 더 이상 주저하지 아니하고 다시 일어서더니 책장 속에서 또 다른 한권의 책을 꺼내서 격암 앞에 내 놓았다.

6

토정은 작심한 듯!

"이 비결은 후손을 위해 가장(家牒)으로 전하려고 지은 책입니다. 주역보다 간편한 괘로 민중들이 글을 읽을 줄만 알면 누구나 직접 풀어 볼 수 있게 편찬한 신수(身數) 풀이입니다."

내가 죽은 뒤 40년째 되는 을사년 무자일에 장남이 아들을 얻으면 우리 가문을 이어갈 후손이다. 내가 죽은 뒤 일일지라도 자손을 위하여 앞일을 헤아려보지 않을 것인가? 감히 천기를 누설하며 간사한 사람에게 망령되이 퍼뜨리지 말며 오로지 집안에서 보존하는 방책으로 삼아야 한다.

일찍이 굽어 살피며 오랫동안 성수(星宿)로써 운수를 헤아려보니 조선이 500년을 넘기지 못할 것이다. 병란은 신(申) · 자(子) · 진(辰)년

에 있고 형살은 인(寅) · 신(申) · 사(巳) · 해(亥)년에 있으니 이는 피난
할 시기이다.

반드시 삼척부(三陟府)의 크고 작은 궁기(弓基)를 향하고 항시 힘을
길러 훈련하고 곡식을 쌓아 대비하면 반드시 구조해줄 사람이 있을
것이다.

이를 피하기 위해서는 도읍지 한양을 10년 후에는 풍기 소백산 아
래 금계 위로 옮기고, 을미년에는 다시 공주 용홍의 서쪽 옥봉 아래
로 옮기면 이것이 바로 새롭고 1000년이 가는 도읍지가 될 것으로
생각합니다.

"……."

격암은 대답대신 토정이 준 "토정비결"을 더 빠른 속도로 보고 읽
고 풀이도 해 보았다.

"정말 토정은 사람입니까! 신이십니까? 이 책 또한 그 누가 사람이
지었다고 하겠습니까!"

'이 비결을 보니 주역의 사주 중 태어난 시간을 제외하고 년, 월,
일, 세 가지로 육십갑자(六十甲子)를 이용하여 일년 동안 총운과 열두
달로 알아보고 말운으로 마무리해 보는 방식의 신수를 보는 것 같습
니다.'

신수풀이의 비결은 〈삼한산림비기〉, 〈도선비결〉, 〈정북창비결〉,
〈서산대사비결〉, 〈옥룡자기〉 등과 내가 편찬을 준비하고 아직 세상
에 내어 놓지 못한 〈남사고비결〉이 있는데, 이 비결은 참으로 간략

하면서 민중에게 필요한 비결이 틀림이 없습니다.

토정이 "네 맞습니다.

이 비결은 태세(太歲)·월건(月建)·일진(日辰)을 숫자적으로 따져 새해의 신수(身數)를 보는 데, 〈주역〉의 음양설에 근거해 있는 반면 오행설과는 아무런 관계가 없습니다.

주역에 뿌리를 두고 있으나 여러 가지 점에서 주역과 다릅니다."

첫째, 주역은 중괘(重卦)가 64괘인 데 비하여 이 비결은 48괘만이 사용되고 16괘는 쓰이지 않았습니다.

또한, 주역에서는 한 괘에 본상(本象) 1, 변상(變象) 6, 도합 7상으로 총계 424괘의 상인 데 비하여 여기는 144괘이므로 약 3분의 2 정도가 준 괘상입니다.

둘째, 괘상을 얻는 방법이 다릅니다. 사주(四柱)의 연월일시 가운데 생시(生時)가 제외되며, 보는 법은 먼저 나이의 수를 놓고 거기에 다시 그해의 태세수(太歲數)를 놓아 8로 제하여 남은 수로 상괘(上卦)를 만든다.

다음은 생월수를 놓되 달이 크면 30이요, 달이 적으면 29를 놓고 거기에 다시 생월의 월건수(月建數)를 놓은 다음 6으로 제하고 남은 수로 중괘(中卦)를 만든다. 그 다음 생일수를 놓되 초하루면 1을 놓고 30일이면 30을 놓고 거기에 다시 생일의 일진수(日辰數)를 놓고 3으로 제하여 남은 수로 하괘(下卦)를 만든다. 위의 상중하 3괘를 합하여 한 괘상을 성립시키는데, 주역 시괘전(蓍卦傳)에 나오는 방법과는 전혀 다릅니다.

셋째, 괘사(卦辭)의 내용도 상이하게 달라서 주역이 인간의 수덕(修德)을 중심으로 하고 있는 데 비하여 이 비결은 길흉화복의 문제를 중심으로 되어 있습니다.

그리고 한 가지 주목할 만한 것은 정월부터 12월까지 12개월을 4언3구로 풀이했습니다. 주역에서도 십이벽괘(十二辟卦)라는 것이 있으나, 이것은 절후(節候)의 변화를 음·양론적으로 해석된 것이 이 비결과는 다른 내용입니다.

이 비결은 괘상·괘사 및 월별 길흉을 말한 총 6,480구를 지니고 있으며, 부귀·화복·구설·여색·가정 등 개인의 길흉을 중심으로 내용이 이루어져 있고, 주역의 원리에서 벗어나지 못하지만 144개의 괘로 분류된 유형은 주역의 원리와 상당히 다릅니다.

결국 복잡하고 학문이 깊어야 알 수 있는 주역을 근거로 하여 글을 아는 민중이면 누구나 쉽게 보고 활용하도록 편찬한 것입니다.

격암은 말문이 막혀 한참동안 멍하니 있다가!

"역시 토정의 학문과 행의는 전부가 민중을 위한 대작입니다."

"……."

"이 비결을 보는 민중이면 누구나 흐뭇하고 행복한 대목이 있다가 그러나 너무 방심하면 안 된다는 경고와 주의 대목이 겸하여 있어 참 좋은 괘입니다." 하고 격암이 의견을 제시하였다.

그 예를 들어 보면!

"앞 언구에서는 뜻밖의 귀인이 내방하여 길 한일이 있다! 하였으나, 뒤 언구는 구설수가 있으니 입을 조심하라는 경고와 주의사항을 가미해서 민중들의 삶에 희망을 주는 반면 위태롭고 안전에 예방을 강조한 것 같습니다.”

'앞 언구는 봄바람에 얼음이 녹으니 봄을 만난 나무로다. 뒤 언구는 냇가에 나가지 말라 익사 위험이 있으니 조심해라'

격암이 “주로 부귀, 화복, 구설, 가정 등의 개인의 길흉화복(吉凶禍福)에 중점을 두고 편찬한 비결 인 듯합니다.”

격암은 잠시 말을 멈추고 물을 한 모금 마시면서 “이 비결을 보니 문득 사주(四柱)의 의미가 머리에 떠올라 내가 아는 대로 이야기 해 보겠습니다.”

“인간도 자연의 일부 인 것 같습니다. 그러므로 인간이 자연의 섭리를 거역하면 반드시 하늘의 응징이 있음을 선대 선현들은 가르치고 있는 것을 보고 들었습니다.”

동양의 전통적 철학에서는 모든 자연의 현상은 음(陰)과 양(陽)과 오행(五行)의 변화 작용으로 이루어 졌다고 믿어 왔고 인간만사의 길흉화복이 음양오행의 작용이라 하는 것 같습니다. 즉 모든 만물은 역(易) 하며, 이를 역학(易學), 주역(周易)이라는 용어로 정립하였다고 생각합니다.

역의 이치는 태극(太極)이 있으니, 태극이 움직여서(動)하 양(陽)을 생(生)하고, 고요하여(靜) 음(陰)을 생하니, 이는 음양이 극(極)에 다다르면 다시 동(動)하게 된다. 일동과 일정이 서로 부딪쳐 음양으로 갈리어 하늘과 땅이 서로 맞서게 되고, 양이 변하고 음이 변하여 수·

화·목·금·토(水·火·木·金·土)를 생하니, 이에 오기(五氣)가 차례로 퍼져서 사시(四時)가 운행(運行)되고, 만물(萬物)이 화생(化生)하게 되는 것으로 보았습니다.

오행의 본질적 요소인 제 나름의 특성을 지니고 있으며, 물은 적시면서 흘러내려가는 것이고, 불은 타면서 올라가는 것이다. 나무는 굽어지거나 곧게 자라는 것이며, 쇠붙이는 열에 따라 여러 가지 모양으로 변하고, 흙은 곡식을 심거나 거두는 특성을 나타내고 있다고 봤습니다.

또한 음은 밤, 그늘, 고요함, 여자이고, 양은 낮, 태양, 밝음, 움직임, 남자로 보았습니다.

사람을 하나의 집으로 비유하고 생년·생월·생일·생시를 그 집의 네 기둥 즉 사주(四柱)라고 보아 붙여진 명칭이 변하지 않는 숙명(宿命)이라고 한다.

그리고 움직이고 변하는 또 다른 기둥을 운명(運命)이며, 각각 간지 두 글자씩 모두 여덟 자로 나타내므로 팔자(八字)라고도 한다.

그리고 사주팔자를 풀어보면 그 사람의 타고난 숙명과 살아갈 운명을 알 수 있다.

사주는 간지로 나타내는데 '간(干)'은 10가지이므로 십간(十干)이라 하고, 사주의 윗 글자에 쓰이므로 천간(天干)이라고도 한다.

'지(支)'는 12가지이므로 '십이지' 또는 사주의 아랫 글자에 쓰이므로 지지(地支)라고도 한다. 천간은 갑(甲)·을(乙)·병(丙)·정(丁)·무(

戊) · 기(己) · 경(庚) · 신(辛) · 임(壬) · 계(癸)의 10가지이며, 지지는 자(子) · 축(丑) · 인(寅) · 묘(卯) · 진(辰) · 사(巳) · 오(午) · 미(未) · 신(申) · 유(酉) · 술(戌) · 해(亥)의 12가지이다.

천간과 지지는 모두 음양(陰陽)과 오행(五行)으로 분류되고 또 방위와 계절 등을 나타낸다. 지지는 이밖에도 절후(節候) · 동물(띠) · 달[月] · 시각 등을 나타낸다. 천간과 지지가 처음 만나는 갑자부터 마지막인 계해까지 순열 조합하면 육십갑자(六十甲子, 六甲)가 되는데 사주는 이 육갑으로 표현된다.

사주를 세우는 데는 정해진 법식이 있으나, 너무 번거로우므로 흔히 만세력(萬歲曆)을 이용한다. 왜냐하면, 만세력은 약 100년에 걸쳐 태세(太歲) · 월건(月建) · 일진(日辰)이 육갑으로 적혀 있어 찾아보기에 편리하기 때문이다. 그러나 만세력에 따라 사주를 세우는 데 있어 문제가 생기는데, 그 점을 지적하면 다음과 같다.

역술(易術)에서는 입춘을 기점으로 새해가 시작된다. 따라서, 설을 쇠었더라도 입춘 전이면 묵은해의 태세로 연주(年柱)를 삼는다.

즉, 12월생이 연도가 아직 바뀌지 않은 12월에 입춘이 들어 있으면 이날부터 새해가 시작되므로 사주는 새해년도 1월생이 된다.

이와 반대로, 연도가 바뀌었더라도 입춘이 지나지 않았으면 묵은해의 태세와 월건으로 사주를 낸다. 이러한 현상은 윤달이 든 전후의 해에서 흔히 일어난다.

7

한참 동안 말없이 격암이 주역을 평하는 말을 듣고 있다가

토정이 "사주에 대하여 격암도 잘 알고 계시지만 내가 아는 사주는 이렇게 봤습니다."

"내가 알기는 무엇을 압니까!" 하고 격암이 겸손한 자세로 대답을 하였다.

토정은 이어서 사주에 대하여 자기의 생각과 연구한 자료를 토대로 설파하였다.

"사주는 사람이 태어나는 순간 고정되어 변할 수 없는 것이기 때문에 이것을 숙명(宿命)이라고 생각합니다." 하고 이 숙명이 역(易)의 이치에 의하여 세상만물이 변하듯이 변화되어 가기 때문에 일정한 운로가 있다.

크게는 삼십년(三十年)씩 분류할 수도 있는 오행의 운기와 십년씩 운이 변하는 대운(大運), 매년 바뀌는 년운(年運), 매월의 월운(月運), 매일의 일운(日運), 매시의 시운(時運)에 따라서 숙명은 변화기 때문에 이것을 종합적으로 운명이라고도 하는 것으로 보았습니다.

사주에서 대운(大運)을 정하는 법은 생월(生月)을 기준으로 하여 운이 주기적으로 변하여 닥쳐오는 대운을 설명하면 남명(男命)이 양년생(陽年生)이거나, 여명(女命)이 음년생(陰年生)인 경우 자축인묘진사(子丑寅卯辰巳)로 순행(順行)하고, 반대로 남명이 음년생(陰年生), 여명이 양

년생(陽年生)인 경우는 해술유신미오(亥戌酉申未午)로 역행(逆行)한다.

대운은 10년마다 변하며 몇 살에 변할 것인가에 대해서는 행운수(幸運數)에 의하며 이 방법은 만세력을 참고하면 쉽게 찾을 수 있고 아니면 남녀(男女) 구분하여 태어난 년(年)의 양음(陽陰)을 고려하여 태어난 생일을 기준한 다음 달이나 그 달의 절입일(節入日)까지 날짜 일수를 3으로 나눈 숫자가 대운이 된 것으로 보았습니다.

일수로 계산함에 있어 하루 남으면 버리고 이틀이 남으면 하루를 가산하는 사사오입(四捨五入)을 적용해야 된다고 생각합니다.

격암은 토정의 사주에 관하여 설파를 다 듣고!

"우리와 같은 철학을 하는 사람은 역학이나 주역이나 사주와 관상 등의 이 어려운 내용이나 용어를 이해 할 수 있지만 대다수 민중들은 접근을 엄두도 못내는 학문입니다.

그래서 토정께서 민중이 쉽게 활용 할 수 있도록 두 번째 비결을 세상에 내어 놓아 후세에 전하는 게 좋을 듯합니다."

서기도사도 "격암의 말이 맞는 것 같습니다."

토정은 "그러면 처음에 보여 준 비기는 없애 버리는 것으로 하고 나중의 비결을 세상에 내어 놓겠습니다."

"……."

"격암이 작성한 비결은 언제 이 세상에 내어 놓을 생각입니까! 지금이라도 당장 내어 놓아도 될 것 같습니다. 그래야 힘들고 고통스럽게 사는 민중들에게 우리가 주는 보답입니다."하고 토정이 격암비결을 보기위하여 말을 유도 하였다.

"오늘 토정을 만나기를 잘했습니다. 토정의 비기와 비결 두 가지를 보고 격암이 아직 마무리 하지 못한 비결을 이제는 확실하게 느낀 게 있고 이치를 깨달았고 편찬에 희망과 자신을 얻었습니다.

이제는 향촌 울진 누금으로 돌아가서 비결을 편찬하여 마무리 하겠습니다."

"……."

토정이 "나중의 비결은 글자를 아는 민중이면 누구나 읽고 풀 수 있게 되어있으나!

나는 민중들이 누구나 풀이할 수 없게 우리 같이 철학을 공부하지 않은 사람 외에는 보고 풀이할 수 없게 해서 세상을 정확히 보고 어지럽게 할 수 없도록 파자(破字)와 은유(隱喩) 등의 장치를 해서 세상에 내어 놓을까 합니다."

8

"시간이 오래된 것 같습니다." 하고 토정이 말했다.

"관상은 사람을 보는 사주 다음으로 중요한 것으로 내가 공부하여 지금까지 수많은 사람들의 상(相)을 보아온 경험을 토대로 이야기 해 보겠습니다."

우선 관상(觀相)과 인상(人相)은 다르다고 생각합니다. 보통 사람들은 같은 이치로 다루고 있으나, 관상은 크게 얼굴, 거동(행동), 목소리 등으로 세 가지로 나누어 세밀하게 보아야 하나 인상은 얼굴이 그 당시 기분과 상태에 따라 수시로 변하기 때문에 어느 누구도 짐작해보는 형상이다.

내 경험상으로 근엄한 학자나 사교성이 있는 사람과 신앙을 믿는 사람이 오면 도저히 인상을 알아 맞출 수가 없습니다.

그러나 관상은 적용하는 기준에 의거 원칙대로 본다면 정확하게 맞출 수 있는 것이 특징입니다.

관상(觀相)의 유래는 중국의 춘추시대 진(晉)나라 사람 고포자경(姑布子卿)이 공자의 상을 보고 장차 대성인이 될 것을 예언하였으며, 전국시대 위나라의 당거(唐擧)도 관상술로 이름이 높았다 한다.

그러나 이들의 상법이 기록으로 후세에 전해온 것은 없다. 그 밖에 유방(劉邦)의 상을 보고 왕이 될 것을 예언한 여공(呂公)과 삼국시대의 관로(管輅)가 관상가로서 이름을 날렸다.

인상학의 저술로 전해오는 것은 주나라 말 한신(韓信)의 상을 보아주고 권세와 재력을 누렸다는 허부(許負)의 인륜식감(人倫識鑑)이 있다. 남북조 시대에는 달마(達磨)가 인도에서 중국에 들어와 선종을 일으킨 동시에 〈달마상법(達磨相法)〉을 써서 후세에 전하였다.

종래 관상가를 일러 선가(仙家)라 하였는데, 이로부터 관상학의 용어가 자연히 선가와 불가(佛家)의 차이를 보게 되었다. 예컨대, 눈을 선가에서는 신(神) 또는 용궁(龍宮)이라 한 반면, 불가는 그것을 정함(精含) 또는 광전(光殿)이라 일러온다.

그 뒤 송나라가 일어나기 직전 화산(華山)의 마의도사(麻衣道士)가 그때까지 구전이나 비전(祕傳)으로 내려오던 여러 계통의 상법을 종합하여 〈마의상법 麻衣相法〉을 창안하였다. 이리하여 관상학은 체계화되었고, 〈마의상법〉은 〈달마상법〉과 함께 오늘날 상학의 2대상전(二大相典)을 이룬다.

우리나라의 관상학은 고대 신교(神敎)의 융성함에 따라 이미 예로부터 존재하였음을 알 수 있다. 그러나 7세기 초 중국에서부터 신라의 선덕여왕 때로 짐작된다. 당시 승려들이 달마의 상법을 받아 유명한 사람들의 상을 보고 미래의 일을 점쳤다는 이야기가 전한다. 도교를 전래하게 되면서 관상학이 이 땅에 전해지게 되었다.

그러나 중국에서 본격적으로 관상학이 전래된 것은 고려 말 혜징(惠澄)이 이성계(李成桂)의 상을 보고 장차 군왕이 될 것을 예언한 일, 세조 때 영통사(靈通寺)의 한 도승이 한명회(韓明澮)를 보고 재상이 될 것을 예측했다는 이야기 등은 우리나라 관상학이 불교적인 전통으로 스님은 수도 생활기간이 길면 관상을 잘 본다고 인식하는 예가 많았다.

수명과 관련된 상으로!
단명 하는 상은!
코가 짧은 사람, 특히 코 윗부분이 없는 사람, 눈이 붕어눈인 사람, 눈에 흰자위가 차지하는 비율이 높은 사람, 뒷 통수가 납작한 사람, 치아가 가지런하지 못하고 입 구멍이 좁은 사람, 목이 얇은 사람, 광대가 튀어나오고 볼이 움푹 파인 사람의 상으로 봅니다.

장수하는 상은!

눈썹이 길고 청수하다, 눈썹에 한 가닥 긴 털이 났다, 산근이 높고 윤택하다, 코가 단단하고 보기 좋다, 인중이 깊고 곧고 길다, 이가 고르고 튼튼하다, 턱이 크고 그윽하다, 귀가 크고 두텁다, 귓문에 긴 털이 나 있다, 거북등이다, 가슴이 넓고 두텁다, 목이 실하다, 하체가 튼튼하다, 새벽잠을 잘 잔다, 장수 집안의 유전자를 갖고 있는 사람이다.

체형의 상을 보게 되는데! 마르고 가냘픈 체격, 계란형, 여성 같은 느낌의 체형은 명석한 두뇌와 입이 가볍고 고독을 즐기는 심성질 체형이다. 뚱뚱하고 둥근 체형은 호인성격과 정에 조심하여야 하고, 체력이 부족 하는 영양질적인 체형의 상이다. 무조건 말하기 전에 행동파, 크고 우람한 육체, 경쟁심 강하고 고독한 체형의 상이다.

"관상에서 나타나는 여덟 가지 형상이 있는데요!"

하나는 위엄 있고 사나워 보이는 위맹지상(威猛之相)이며,

둘째는 후덕하고 온화해 보이는 후중지상(厚中之相)이고.

셋째는 깨끗하고 고결해 보이는 청수지상(淸秀之相)이다.

넷째는 귀신같고 짐승처럼 보이는 고괴지상(古怪之相)이며,

다섯째는 외롭고 빈한해 보이는 빈한지상(孤寒之相)이고

여섯째는 약하고 박복해 보이는 박복지상(薄弱之相)이다.

일곱째는 미련하고 우악스러워 보이는 악완지상(惡頑之相)이며,

여덟째는 속되고 흐려 보이는 속탁지상(俗濁之相)이다.

관상을 5악이라 하는 것은 얼굴을 다섯 부분으로 나누어 상을 보는 것을 말한다.

코를 중심으로 하여 이마 입의 아래와 턱 부분 그리고 양 뺨으로 얼굴을 나누게 되며 이것을 종합하여 관상을 총평하게 된다.

중악(中岳 – 코)! 코는 나에 관련된 것들을 나타내게 된다. 자신의 심리 상태 및 여러 가지 사회적인 조건이나 출세 입신양명 등의 중심을 나타나게 된다.

그 사람의 기백까지도 느껴지게 되는 중심의 기운을 보는 관상이다.

남악(南岳 – 이마)! 이마는 넓고 평평한 것이 좋다. 맑은 기운까지 보태어 진다면 더욱 좋다. 이는 인생 전반에 걸친 굴곡이나 역경 등을 드러내게 되므로 울퉁불퉁한 것 보다는 대체로 평평한 것이 좋으며 완만한 것도 그리 나쁘지는 않는 상이다.

동악(東岳–광대뼈와 뺨)!

남자와 여자는 동악과 서악을 반대로 본다. 남자의 경우 왼쪽을 동악으로 보며 오른쪽을 서악으로 보게 된다. 이위치는 주로 사람의 성격을 나타내게 되므로 너무 밋밋하게 되면 사람이 흐지부지 하고 흐릿한 사람으로 보인다. 그러나 너무 튀어나온 것도 대가 세다고 느껴지게 되니 상대가 힘들어 하게 되는 상이다.

서악(西岳 – 광대뼈와 뺨)

광대뼈가 많이 나온 여자의 경우는 과부가 되는 상이고 또한 고집이 세고 남자의 경우는 강하게 보여 인상에 도움을 주지 못한다. 뺨(

볼)은 너무 튀어나와도 좋지 못하고 너무 들어가도 나쁘고 보통 귀엽게 평형을 이루는 상이 좋다.

북악(北岳 - 턱뼈)! 턱뼈는 주로 자신의 힘으로는 할 수 없는 타고난 부분들을 보게 된다, 주로 자식 운 등을 보게 되는데, 자식의 유무와 자식의 성품 또는 부모의 운 등을 볼 수 있게 된다. 이 턱이 완만할 경우 가정이 화목하게 되며 좋은 자녀를 보게 된다.

관상의 중심은 역시 얼굴에 두는바, 얼굴에 오관(五官)·육부(六府), 삼재(三才), 삼정(三停), 오성(五星), 육요(六曜), 오악(五嶽), 사독(四瀆), 십이궁(十二宮), 사학당(四學堂), 팔학당(八學堂) 등을 잡고 그것을 관찰하여 관상을 본다.

오관은 귀·눈썹·눈·코·입을 가리키고, 육부는 얼굴을 좌우로 양분한 뒤 각기 상·중·하부로 나누어 관상한다.

삼재는 이마·코·턱을 천(天)·지(地)·인(人)으로 구분하고, 삼정은 삼재와 같은 부위를 상·중·하정으로 나눈다.

오성은 금·목·수·화·토성을 각기 왼쪽 귀·오른쪽 귀·입·이마·코에 배치한 것이다.

육요는 태양성(太陽星)·월패성(月孛星)·자기성(紫炁星)·태음성(太陰星)·나후성(羅候星)·계도성(計都星)으로 나누며, 오악은 오른쪽 광대뼈·왼쪽 광대뼈·이마·턱·코를 각기 동·서·남·북·중으로 잡아 거기에 태산(泰山)·화산(華山)·형산(衡山)·항산(恒山)·숭산(嵩山)을 배치한다.

사독은 귀·눈·코·입을 강(江)·하(河)·회(淮)·제(濟)에 비정한다.

얼굴 각 부위를 명궁(命宮)·재백(財帛)·형제·전택(田宅)·남녀·노복·처첩·질액(疾厄)·천이(遷移)·관록·복덕(福德)·상모(相貌)로 나누어 관상하는 것이 십이궁이다.

9

사학당에서는 눈·귀·이마·입을, 관학당(官學堂)·외학당(外學堂)·녹학당(祿學堂)·내학당(內學堂)으로 한다.

팔학당은 눈썹·눈·이마·입술·귀·윗이마·인당(印堂)·혀를 반순학당(班筍學堂)·명수학당(明秀學堂)·고광학당(高廣學堂)·충신학당(忠信學堂)·총명학당(聰明學堂)·고명학당(高明學堂)·광대학당(光大學堂)·광덕학당(廣德學堂)으로 나누어 부귀·복덕·관록·수명 등을 본다.

또 얼굴빛의 청탁을 보아 관상하는 법도 있다. 얼굴이 맑으면 부자이거나 벼슬하는 사람이고, 탁하면 노고(勞苦)가 많은 사람으로 본다. 청격(淸格)은 얼굴빛이 윤택하고, 선명하며, 눈에 광채가 있고, 눈썹이 청수하고, 이마의 뼈가 나와 넓고, 입과 귀와 코가 잘생긴 얼굴이다.

속담에도 얼굴의 각 부위를 두고 상의 길흉을 말한 것이 적지 않다. 예컨대, 이마가 벗어지면 공짜를 좋아한다.

사주에 없는 관을 쓰면 이마가 벗어진다 하였고, 귀가 보배다, 또는 귀 작으면 앙큼하고 담대하다, 라는 속담도 있다. '밥이 얼굴에 덕적덕적 붙었다.'는 속담은 얼굴 전체의 유복한 상을 두고 쓰인다.

얼굴 형태별로 상을 보면!

둥근형의 장점은 부지런하고, 성격이 둥글둥글 하며 시원한 성격이며, 호감도가 있으나, 단점은 쉽게 친하고 대인관계가 넓으나 관계를 복잡하게 만드는 남들보다 눈치가 빠르는 상입니다.

긴 얼굴형은 일종의 말상인데, 첫 인상과 좋은 임지가 아니고 독립성이 강하고 혼자서 일처리 하는 자신감 있는 형으로, 인내력 있고 지도자 모습이며 독단적 성격의 소유 상이다.

초생달형 일명 턱이 나온 형으로 선이 굵고 거침없는 성격소유자이며 마당발 형으로 위치를 지키는 현명함이 있고 머 리 회전이 빠르고 상황판단 능력이 있다. 수동적보다 자동적 성격이 강하여 좋은 평을 듣는 상이라고 봅니다.

모난형은 감정이 없고 메마르다. 건강상태가 나쁘다. 소수친구만 사귀고 조용한 분위기를 좋아하는 타임이며 내색하지 않아 속마음을 내비춰지 않으며, 빈틈없이 일처리를 하는 상이다.

삼각형은 극소수로 초년 운은 좋지 않으나 갈수록 운이 상승한다. 지식이던 금전이던 자기 것으로 만드는 오만한 성격의 소유자의 상이다.

역삼각형은 부모에게 물러 받은 재산이 많다. 초년부터 상승하는 운이다. 잔꾀를 안 부리고 우직한 성격이다. 정정당당하게 곁눈질하지 않고 간다. 나이가 들어 갈수록 지도자 품격의 상이다.

마른형은 일명 홀쭉이 형으로 신경과민 형이고 얼굴에 살이 없다. 물질과 이익을 많이 보지 못하고 자상하나 신경성 해소능력이 있어 자주 폭발하며, 승부욕이 강하나 뜻밖에 어지러움에 자주 봉착하는 상이다.

살찐형은 얼굴에 살이 많아 무게감이 있고 상대에게 따뜻함과 편안함을 준다. 남에게 싫은 소리 못하고 화가 나면 뒤도 돌아보지 않고 욕심이 많은 상이라 봅니다.

얼굴 균형의 대칭이 확실하면 부자 관상이며, 얼굴을 삼등분하여 비율이 똑 같으면 삼점이 균등하다는 상입니다.

하여간 사람을 보는 것이므로 더 세밀히 들어가면 얼굴의 색택(色澤), 면상(面相), 골상(骨相), 수상(手相), 미상(眉相), 비상(鼻相), 구상(口相), 이상(耳相), 흉상(胸相), 족상(足相)으로 나누어진다.

10

토정은 말을 이어 갔다.

214

"다음은 이마의 상을 보면!" 볼록한 이마는 감정과 지성의 균형을 잘 잡고 가정이나 사회에서 뛰어난 적응력을 자랑하는 상이고! 위가 좁고 밑으로 내려올수록 넓은 이마는 소위 삼각형 이마라고 하는데, 주로 이성의 유혹에 약하고. 또 이마 주위에 머리카락이 불규칙하게 난 사람은 남들의 제안을 잘 거절하지 못하는 성격일 가능성이 높다는 상이라고 봤습니다.

눈의 상을 보면!

관상학적으로 몸이 천냥이면 눈이 구백냥이라는 말이 있다. 예로부터 눈은 관상학에서 제일 중요한 신체 부위 중 하나로 보고 있습니다. 눈에는 그 사람의 모든 정기가 비치는 곳이다.

눈빛이 흐리면 인생도 흐리다는 측면에서 보석처럼 깊이 있고 반짝이는 눈이 귀한 눈으로 좋은 상입니다.

눈은 사람의 생명체와 같고 얼굴을 반 이상 차지한다고 하여 눈이 총명하고 맑고 밝아야 좋은 상입니다.

눈은 재물 운을 볼 때 가장 중요한 건 반짝이는 눈, 편안한 눈, 힘이 있는 눈이 좋은 상이다.

소처럼 크고 둥근 눈동자는 눈동자의 색이 진할수록 부의 기운이 있는 상입니다. 눈동자는 검은자위가 눈 커풀에 가려 살짝 안 보여야 좋다. 눈꼬리가 올라간 눈은 성품이 급하고 솔직한 상이다. 눈꼬리가 내려간 눈은 성품이 잔잔하고 온화한 상이다. 쌍커풀이 여러 겹인 눈은 사물을 볼 때 여러가지 방면으로 보며 관찰력이 뛰어난 상이다.

튀어나온 눈은 자기주장이 강하고 반대로 눈이 작고 들어가 있으면 생각이 깊으며 그 속내를 알 수 없다고 할 수 있는 상입니다. 그 외 눈물이 고인 눈은 도화, 눈에 점이 있으면 호색한(여색을 밝히고), 부리부리하고 큰 눈은 정의감이 있고 강직하지만 말년에 자식근심 등이 있을 수 있는 상이다. 눈썹의 상은! 눈과 눈썹이 붙어있는 경우는 운세가 좋지 않고 부부간의 금슬도 안 좋은 상이다. 눈보다 짧은 눈썹은 재물 운이 좋지 않고 고독하지만 외유내강의 성격을 지닌 경우의 상이 많다.

눈이 동그란 여자는 주변에 항상 많은 사람이 있어, 그 만큼 유혹이 많은 상입니다.

눈썹 숱이 없는 여자는 관심 받길 원하고 자신을 꾸미는 것을 좋아하여 화려하고 즐길 줄 아는 상이다.

긴 눈썹은 어른스럽고 학구적인 성격 또는 복을 타고나 인간관계가 원만하고 어떤 일이 일어나도 현명하게 대처하는 성격의 상이다. 눈썹과 눈 사이를 전택궁이라고 하는데요! 전택궁이 넓으면 재물이 들어온다는 상입니다.

코의 상은!

코는 우리 얼굴의 중심에 해당하는 부분으로 재물을 관장하는 상이기도 합니다.

매부리코는 둘로 나뉘는데, 눈이 선하면 자신의 능력을 사회에 유용하게 쓰지만 눈이 독하면 좋은 상이 아니라고 보는 것이다. 콧구멍이 보이는 코는 낭비벽이 있고 재물 운이 없고, 그러하지만 조금 들린 들창코는 선하고 좋은 인상은 아니나 순하게 보는 상이다. 긴

코는 자존심이 강하고 형식적이며 스스로의 고독을 즐기는 상이다. 짧은 코는 융통성이 좋고 결단력이 있지만 간혹 신중하지 못한 경우의 상이다.

콧구멍(비공)은 정면에서 보이지 않아야 좋다. 돈주머니에서 구멍난 격으로 보기 때문. 정면에서 콧구멍이 보이는 코를 앙로비 라는 상이다.

용코는 매우 귀한 코이고, 사자코는 극귀한 코. 다만 성공이 좀 늦고, 재복이나 인복은 용코에 비해 약간 부족하다.

마늘 코는 좋은 상이며, 재물 복이 매우 좋은 코라고 본다.

코가 작고 높은 여자는 외로움을 많이 타는 상입니다.

콧망울이 둥글고 두툼하면 재물운이 좋은 상이다.

그 외 높은 코는 사람을 잘 이끌고 자존심이 강하지만, 실속 없는 경우가 있고 낮은 코는 현실에 순응하고 자존심이 낮아, 또 타인과 잘 타협하며 모나지 않게 세상을 바라본다고 하는 상입니다. 입의 관상은!! 입 꼬리가 쳐진 입은 위장기관이 약해 과식을 하면 안 된다. 큰 입은 가족들의 덕을 많이 보는 상입니다. 작은 입은 미적 감각이 뛰어나는 상이다. 위아래 두께가 비슷한 입술은 모든 사물에 애정을 쏟아 붙는 타입이지만, 유혹에 매우 약하니 주의해야 하는 상이다.입술에 가는 주름이 많으면 자식 복이 좋은 상이다. 입술에 새로 선이 많은 남자는 정이 없고 완고한 성격의 상이다.

입술이 유난히 작고 둥근 여자는 스킨쉽을 잘하고 연애를 좋아 하는 상이다. 귀의 관상은! 보통 얼굴, 눈, 코, 입을 봐도 어정쩡한 관상일 때 귀를 많이 보는데, 귀는 얼굴을 정면에서 봤을 때 잘 보이지 않아야 좋은 귀고, 눈썹에 이를 정도로 높으면 좋은 귀의 상이다.

그리고 뾰족한 귀는 요정 귀로 얼굴 쪽으로 붙어있으면, 사람이 이성적으로 잔인한 성품일 가능성이 높고, 또 안 바퀴가 튀어나오거나 겉 바퀴가 뒤집어져 있으면 운이 약하다고 보는 상입니다.

귀 관상을 형상별로 보면!

금이(金耳)는 모양은 눈썹 위에 엄지손가락의 크기정도 높이 솟고 천륜(귓바퀴의 꼭대기)은 작고 각이 진 모양을 하면서도, 둥근 형태를 띠고 있습니다.

귀가 얼굴빛보다 희고, 구슬을 드리운 것과 같은 귀를 금이(金耳)라 합니다. 이 상은 관상에서 보면 부귀공명을 누립니다. 다만, 좋지 않은 점도 있는데 금이를 가지고 있는 자는 말년에 고독해지는 상이다.

목이(木耳)의 모양은 귀 윤곽이 뒤로 뒤집혀져 있으며 좁고 깁니다. 또한 윗 부분은 넓고, 아래는 좁은 상입니다. 목이를 가진 자는 가족 간 정이 멀고, 재물이 부족합니다. 그러나 만약 얼굴상이 좋으면 평탄하게 살아갈 수 있다고 봅니다.

그러지 못 하면, 빈곤하게 살아가며, 또한 자식 운도 좋지 않는 상이다.

수이(水耳)의 모양은 두텁고 둥급니다. 눈썹 위에 높이 붙어 있으며, 귓 볼이 두둑한 살집이 붙어 있습니다. 구슬을 드리운 형이며 대개 흑색을 띠고 있으며, 귀가 굳고 단단하다. 이러한 수이를 가진 자는 붉고 윤택해서 높직하게 세워 붙으면 부귀를 누리는 상으로 관직운이 좋으며 해외까지 이름을 떨친다고 보는 상입니다.

토이(土耳)는 두텁고, 단단하며 크고 또 살찐 모양입니다.

수이와 비슷하지만, 더 크고 살진 형상이다. 토이 모양에 빛이 누른 듯 붉은 색이고 윤택하고 모양이 바르면 부귀가 면면하고, 육친덕이 있으며 나이가 들도록 건강하고 관록 또한 높게 되는 상입니다.

수견이(垂肩耳)는 귀 뒷부분이 풍만하고 구슬은 어깨에 닿을 만큼 길게 늘어져 있으며, 눈썹 위에 높이 붙어서 살결이 윤택합니다. 또한 빛깔이 선명한 모양으로 귀한 상으로 좀처럼 보기가 힘들고, 머리 모양이 둥글고 이마가 넓으며 형용이 기이하면 천하의 일인 격이라 한다.

그 귀함이 하늘에 닿아, 부귀는 물론이고 이름을 날려서 뭇사람들로부터 추앙을 받게 되는 좋은 상이라 할 수 있다.

전우이(箭羽耳) 는 윗부분은 한 치나 높이 눈썹 위에 붙었지만, 아래는 화살 깃과 비슷하여 드리운 구슬이 없어 일찍 출세를 하지만 말년은 좋지 못한 상이다. 가산을 탕진하고, 말년이 고독하다.

또한 귀가 여려서 남의 말을 잘 듣는 상으로 이것은 장점도 되고 단점도 될 것입니다. 감수성도 예민하고, 사치가 있는 상입니다.

서이(鼠耳)는 쥐 귀라고도 한다. 귀가 마치 쥐같이 윗부분이 쫑긋하고 엷으며, 귀의 뿌리가 뾰족하고도 뒤로 젖혀진 형상이다. 눈보다 높이 솟을 지라도 현명하지는 못한 상이라 할 수 있으며, 이러한 서 이를 가진 자는 도벽성을 가지고 있고, 싸움을 좋아하는 습성을 고 치기가 힘듭니다.

말년기에 가산을 탕진합니다. 형벌의 고난이 있을 수도 있는 좋지 못한 상입니다.

귀가 작은 여자는 유혹에 약한 상으로 때로는 좋은 사람이라는 소 리도 듣기도 하지만, 남의 부탁을 거절 못해서 양다리 걸치는 확률 이 높은 상입니다.

엉덩이 상은 남자의 경우는 빈약하면 처자와의 인연이 좋지 못하 고, 여자의 경우는 엉덩이가 두둑해야 노후에 재물이 흥해 몸이 편 하다고 하는 상입니다.

탄생시기로 보는 관상은!

부자는 추운 겨울이나 늦은 가을에 태어나야 부자가 되는 상이다. 대체로 음력 10월경에 부자들이 많이 태어나는 시기의 상이다.

봄에 태어난 사람은 영웅이나 학자 등의 걸출 인물이 많다는 상입 니다.

몸 각 부위에 점이 있는 상은!

입술의 점은 먹을 복, 말 잘하는 복, 그러나 말로 망 할 수도 있는 상이다.

몸에 큰 점은 해로운 점이 없다고 관상학적으로는 중론이다. 그러나 가장 좋은 점은 옷을 입었을 때 가려지는 점이 좋은 상이다.

아무리 좋다는 위치에 있는 점도 색이 진하게 검지 않거나 파랑색, 붉은색은 복점 기능을 못하는 상이다.

눈 밑이나 눈꼬리 주위의 점은 눈물점이라고 하는데, 상대방이 이점에 시선이 가기 때문에 눈에 가까운 점은 빼는게 좋다.

남자는 오른쪽눈썹 아래에 점이 있다면 우정과 신의를 중요하게 생각하는 상이다.

여자는 왼쪽눈썹 아래에 점이 있을 때 자수성가하는 재물운이 있는 상입니다.

목소리로 보는 관상은!

목소리도 중요한 상의 하나다. 사람들은 어떤 얼굴에 호감을 느낄까? 크게 두 가지로 나눌 수 있다.

첫 번째는 시각이다. 외모에서 사람들은 호감을 느낀다.

두 번째는 청각이다. 목소리를 통해서 호감을 느낀다.

11

옆에 듣고 있던 서기도사가 한마디 거들었다.

"저도 산사에서 또는 시주차 민가에 내려가면 간혹 관상에 대하여 문의가 있어 때로는 짧은 지식이지만 관상을 봐주기도 합니다."

"관상에서도 마찬가지로 이 두 가지를 중요하게 봅니다."

그중에서도 외모보다는 목소리에 비중을 많이 둔다.

사람의 목소리가 종이나 북의 울림과 같다. 그릇이 크다면 목소리가 웅장하고, 그릇이 작다면 목소리의 울림이 짧다. 그렇다면 어떤 목소리가 좋으며 사람들에게 호감을 주는 상일까?

그릇이 크고 귀한 사람의 목소리는 단전으로부터 나오고, 작고 귀하지 않은 사람의 목소리는 목에서 나온다. 몸은 큰데 목소리가 작으면 호감도가 떨어지는 상이다.

목소리가 좋아지는 5가지 비결은 큰 호흡, 바른 자세, 정확한 발성, 정확한 발음 그리고 맑고 공명한 것이다. 이것만 잘하면 목소리는 좋아진다.

목소리는 목이 아닌 입 앞쪽에서 소리가 만들어진다고 생각해야한다. 그래야 목에 힘이 들어가지 않고 크고 힘 있는 목소리를 만들수 있다.

목소리의 다섯 가지 요소는!

첫째, 음색인데, 사람들은 부드럽고 풍부하고 따뜻함이 느껴지는 음을 선호하고 듣기도 좋은 상이다.

둘째, 운율(韻律)은 단조로움이 없어야 한다. 한 가지 음으로 말하면 지루하고 관심과 흥미를 잃게 만드니 조절을 잘하여야 한다.

셋째, 속도는 너무 느려도 안 되고 너무 빨라도 안 된다. 상황에 따라 느림과 빠름의 조율이 필요하게 하여야 한다.

넷째, 멈춤은 사람의 말에 집중시키는 효과적인 방법 중 하나가 침묵하는 것이다. 정말 중요한 말을 전달하는 부분이라면 말하기 전에 잠시 침묵해 보라. 청중의 집중을 유도할 수 있다.

다섯째, 음량을 조절해서 큰 목소리로 또는 조용히 말하면서 주의를 집중시킬 수 있는 목소리이다.

관상을 볼 때 주의할 사항은 얼굴에 나타나는 기색은 오장육부의 상태를 나타내는 것이다.

기색은 건강상태와 심리상태를 알려주며, 시간에 따라서 나타나기도 하고 숨기도 한다. 그러므로 기색은 해가 진 후에는 절대 보지 말고 일출 무렵에 보는 것이 가장 정확하게 상을 볼 수 있다.

팔 관상은!

뼈가 억새 보이거나 힘줄이 많이 보이면 가난한 상이다.

뼈가 야물고 단단하며 곧고 살의 탄력이 있어야 복과 수를 하는 상이다.

팔이 길어야 길하고 키보다 길면 손재주 있고 다리 힘도 강하는 상이다.

손 관상은!

손바닥이 두터우면 조상 덕이 있는 상이다.

손등이 두터우면 자수성가 하는 상이다.

손금이 진해야 좋은 상이다.

남자의 손!

남자가 손이 크면 진취적이고 열성적이며 능동적이고 맡은 일에 최선을 다하는 상이다.

남자가 손이 작으면 큰 재물을 못 모으고, 과묵하고 우유부단한 상이다

남자가 두툼한 손이면 온화하고 긍정적, 낙천적인 상이다.

남자가 긴 손이면 독립심, 자립심이 매우강해 의존 안하고 자신의 뜻대로 하며 포용력이 있어 편안하게 해주는 상이다.

남자가 몸은 큰데 눈에 띄게 손이 작으면 부인 덕에 사는 상이다

여자의 손!

여자 손이 크면 마음 씀씀이가 넉넉하고 대외활동에 능하다. 그러나 성급하고 가벼운 면도 있는 상이다.

여자가 긴 손이면 지식욕이 강하고 직관이 예리하고 공상가적 경향이 있는 상이다.

여자가 손이 작으면 자유스럽고 개방적이며, 활동적이며, 진취적인 상이다.

여자가 손이 두툼하면 온화하고 노력형이고 질투심이 강한 상이다.

남녀 공통으로 보는 손!

몸은 작은데 손이 크면 부귀영화를 누리는 상이다.

손금이 위로 모두 솟으면 사업이 잘되 크게 성공한 상이다.

짙고 뚜렷한 손금은 뒤 끝이 없고 마음 씀씀이가 크다.

손바닥에 잔금이 많으면 세상 보는 시야가 좁고 신경이 예민하고 사서 걱정을 하는 상이다.

세끼 손가락이 짧든가 잘리든가 심한 상처가 있으면 자식과 인연이 멀어 이별 하는 수가 있는 상이다.

손가락이 가늘고 길면 예술적 자질이 있으나 게으른 상이다.

세끼 손가락이 안으로 굽으면 외골수적 성향이고 융통성이 없고 목표 달성을 위하여 끈기와 추진력이 대단한 상이다.

손에 씪은 땀이 많은 사람은 성실하고 부지런 하지만 노력에 비해 소득이 적은 상이다.

족상을 발가락 명칭별로 보면!

엄지는 부친, 남편, 고집, 신용 등을 나타내는 상이다.

검지는 모친, 처, 조상, 지혜, 명예 등을 나타내는 상이다.

장지는 본인, 인재 등을 보는 상이며, 약지는 금전, 애정, 사업을 보는 상이고, 새끼 발가락은, 성, 자손을 보는 상입니다.

좋은 족상은 전체적인 발의 모양이 모나지 않고 발가락이 균일하며 서로 선이 짙은 것이다. 나쁜 족상은 변형이 심하며 선이 흐릿하고 재앙을 뜻하는 가로선이 뚜렷하고 변하면 삶도 변하게 되는 상이다. 발가락의 형태별로 보면! 발가락이 긴 것은 창의적이고 그 머리가 좋은 사람이다. 남의 것을 모방하여 더 창의적인 사업을 벌이거나 작품 활동 할 능력이 있는 예술적인 사람의 상이다. 검지 발가락이 유난히 긴 것은 금전적인 부분보다 명예로운 것을 더 우선시 하는 성향을 가지고 있으며 정치, 학자의 자질을 갖고 있는 상이다. 가운데 발가락이 엄지발가락보다 긴 것은 운이 강하고 개척정신이 뛰어나며 어떤 역경도 잘 헤쳐 나갈 수 있는 사람이며 지혜로운 사람의 상이다. 굵고 커다란 발가락은 무인의 기질, 호탕한 성격을 가진 사람이 많으면서 큰 사업가가 되거나 성공하기 쉬운 사람의 상이다. 발가락이 동그랗고 작은 것은 강한 의지력과 집착력, 정직함, 선함을 추구하는 강인한 인품과 지조를 가진 족상이다. 또한 한 분야의 최고 자리로 올라갈 수 있는 의미를 가진 사람의 상이기도 하다. 발가락이 너무 크지도 작지도 않은 알맞은 것은 사회적으로 명예를 얻거나 출세 운이 강한 사람의 상이다. 발꿈치가 두껍고 넓은 것은 말년에 자수성가하여 평안하거나 자식의 덕을 많이 보는 사람의 족상이다. 또한 초년의 복은 다소 약하나 말년에 편안한 노후를 즐길 수 있는 사람의 상이라고 봅니다.

12

토정이 다시 설파하기 시작했다.

"웃는 관상은 대단히 중요하다고 생각 합니다."

웃는 얼굴상은!

활짝 웃는 얼굴상은 솔직하고 진실하며 열정적인 상이다.

배를 움켜 지고 웃는 사람은 성격이 밝고 애정이 넘치며 동정심이 많은 상이다.

웃음을 멈추지 못하는 사람은 명랑하고 활발한 성격으로 자신의 감정을 감추지 않은 상이다.

눈물을 흘리며 웃는 사람은 감정이 풍부하고 동정심과 애정이 넘치는 상이다.

온몸으로 웃는 사람은 솔직하고 진실하게 남을 대하는 상이다.

웃음소리가 지나치게 큰 사람은 떠벌리기 좋아 하나 실질적으로는 냉정한 성격으로 신중하게 일을 처리하는 상이다.

웃을 때 완전히 다른 사람이 되는 사람은 이러한 사람은 진실하여 자신의 감정을 숨기지 않아 친구로서 적합한 상이다.

항상 미소를 짓는 사람은 내성적이고 부끄러움이 많고 이성적인 상이다.

이가 보이도록 웃는 여자는 전형적인 낙천자로 활발한 명랑한 성격의 상이다.

웃음소리가 끊어졌다 하는 사람은 좀 냉정한 상이다.

조심스럽게 몰래 웃는 사람은 냉정한 사람으로 자기 보호 의식이 강하고 생각이 깊은 상이다.

손으로 입을 가리고 웃는 사람은 내성적인 성격으로 부끄러움을 많이 타고 따뜻한 상이다.

남이 웃을 때 따라 웃는 사람은 삶에 대한 애정이 풍부하고 삶을 즐기는 상이다.

긴장하면서 웃는 사람은 매사에 자신감이 없고 소심하여 대범하지 못한 상이다.

웃음소리가 날카로운 사람은 감정이 풍부하고 남을 잘 따르며 믿음이 강한 상이다.

웃음소리가 낮고 느린 사람은 감상적이며 낭만적인 상이다.
웃음소리가 부드러운 사람은 침착하고 믿음이 강하여 일도 조리 있게 잘 처리 하는 상이다.
하하하 하고 크게 웃는 사람은 명랑하고 호탕한 사람으로 마음에 거리낌이 없는 인상이다.
키득키득 웃는 사람은 상상력이 풍부하고 창의적인 이다.
허허 웃는 사람은 의욕과 정열과 자신감이 부족한 상이다.
헤헤헤 하고 웃는 사람은 남을 비웃거나 멸시 혹은 비판의의미를 가진 상이다.
허허하고 웃는 사람은 다른 사람의 주위를 끌기 위한 인상이다.

콧소리로 웃는 사람은 부끄러움이 많은 사람으로 성격이 겸손하며 떠벌리지 않는 상이다.
턱을 들고 웃는 사람은 자만심이 지나치게 많은 사람으로 다른 사람은 무시하는 상이다.
입을 오무리고 웃는 사람은 자신감이 강하고 야심만만 하는 상이다.
남자가 여자처럼 웃는 사람은 극단적인 성격의 소유자로 충실하고 성실하게 규율을 지키지만 때론 대범하게 변하여 미친 것처럼 보이는 상이다.

웃음소리가 일정치 않는 사람은 환경 적응 능력이 뛰어나며 현실적인 상이다.

거동 관상은!
성큼성큼 걷는 사람은 박력과 활기가 있고 매사에 자심감과 활기가 넘쳐 일처리도 완벽하게 잘하는 상이다.
또박 또박 절도 있게 걷는 사람은 대인관계가 무난하고 처세술에 밝고 성의 즐거움도 누릴 줄 아는 상이다.
여유롭게 천천히 걷는 사람은 매사에 느긋함이 묻어나는 상이다.

자주 뒤를 돌아보는 사람은 매사에 부정적이고 불안전한 성격의 소유자의 상이다.
발을 끌면서 걷는 사람은 맺고 끊음이 부족한 상이다.
쿵쿵 발소리를 내면서 걷는 사람은 부정하고 싶은 생각이 많은 상이다.
불안정 하게 걷는 사람은 모든 일에 마무리가 불안전한 사람의 상이다.
주변을 기웃거리면서 걷는 사람은 생각이 정리되지 못해 어수선한 상으로 불안한 생활이 연속인 사람의 상이다.
힘없이 흔들거리며 걷는 사람은 나름대로 주관이 부족하고 귀가 얇아 조석으로 성격이 바뀌는 사람의 상이다.
가볍고 경쾌하게 걷는 사람은 모든 일에 솔선수범하고 긍정적인 성격의 소유자 상이다.

다리를 굽히지 않고 걷는 사람은 일처리에 추진력과 박진감이 있는 타입의 상이다.

우쭐대는 모양으로 걷는 사람은 성격의 기복이 심하고 입이 가벼워 큰일을 상의할 타입이 아닌 상이다.

팔자걸음은 발끝을 바깥쪽으로 걷는 걸음으로 왕, 대감, 사대부들의 걸음으로 교만하고 거드름을 피우는 상이다.

안짱걸음은 발끝을 안쪽으로 걷는 모양으로 소심하고 차분한 성격의 소유자로 매사를 조심스럽게 처리한다.

거북이걸음은 거북이처럼 느리게 걷는다. 일을 아주 천천히 하는 성격의 상이다.

13

하루 밤을 꼬박 새우고 이제 먼동이 떠오르는 묘시(卯時, 아침5시 경)가 되었다.

세 사람은 밖으로 나가서 잠시 바람을 쐬고 다시 방으로 들어와서 목을 축일 겸 차 한 잔을 마시고, 다시 토정이 제안한 궁합(宮合)쪽으로 이야기를 나누었다.

궁합은 사주궁합과 성명궁합, 결혼(속)궁합 등이 있는데, 시간이 조금 촉박하여 나이별 궁합과 띠별 궁합으로 한정하여 대화를 나누었다.

먼저 나이 차이별 궁합을 토정이 설파했다.

"1살, 4살, 7살, 10살 차이는 좋은 것은 부부애정과 자녀 운이며, 나쁜 것은 재물 복이 없다고 보았습니다.

2살, 5살, 8살, 11살 차이는 인연 운이나 애정복록은 좋으나 건강 운이 나쁘다고 생각하며!

3살, 6살, 9살,12살 차이는 재물복과 건강 운은 좋으나 가정 운과 집안의 화목은 나쁘다고 보았습니다."

내가 나이차이별을 본 결과 다 좋은 나이 차이는 없고 또한 다 나쁜 나이 차이도 없다고 보고, 궁합은 서로가 맞추어 살아가는 방도가 최고라고 생각합니다.

한가정의 운영은 남자(남편)가 가장이며, 가장이라고 남자가 함부로 독단적으로 일을 처리하면 안 되고 반드시 여자(아내)의 말(의견)을 잘 듣고 반영해서 결정해야 가정이 화목합니다.

또한 여자 목소리가 높아 담장 넘어 집밖까지 나가면 그 가정은 망합니다. 이 또한 여자가 가사를 독단적으로 처리해서는 안 되고 남편과 의논해서 가사를 처리 하라는 것으로 보았습니다.

격암이 눈을 감고 토정의 궁합설파를 듣고 있다가 "나도 띠별 궁합을 본대로 정리해서 말해보겠습니다."

쥐(子)띠는 이기적인 면도 있지만 충성심이 강하고 조심스러운 성향이며, 부지런 하고 지혜와 재치가 있다고 보는 띠다.

잘 맞는 띠는 안정감을 주는 소띠와 작은 쥐에 힘을 주는 범띠와 꾀를 주는 원숭이띠가 좋습니다.

어울리는 띠는 쥐띠, 범띠, 뱀띠, 개띠, 토끼띠, 닭띠 및 양띠이고, 상극인 띠는 개인주의 말띠가 쥐띠와 서로 충돌한다고 봅니다.

소(丑)띠는 개성이 별로 없고 무뚝뚝하지만 따뜻한 마음씨와 참을 성이 많고 든든함을 가지는 띠라고 봅니다.

잘 맞는 띠는 충성심이 높은 쥐띠, 독점력이 강한 뱀띠와 닭띠와 말띠는 주변이 좋고 보수적인 면이 있어 잘 맞는 궁합이다.

어울리는 띠는, 소, 호랑이, 토끼, 원숭이, 돼지, 용, 개, 양띠이고!

상극인 띠는 변덕을 참기 힘들어하는 양띠로 봅니다.

호랑(寅)이 띠는 거칠지만 독립심이 강하며 용감하고 기회포착이 빠른 띠이다.

잘 맞는 띠는 진실한 성격의 말띠와 감정적인 호랑이띠와 관심사와 생각하는 것이 잘 맞는 돼지띠가 좋습니다.

어울리는 띠는 개, 쥐, 소, 토끼, 용, 양, 뱀, 닭띠가 있습니다.

상극인 띠는 장난이 심해서 호랑이에게 거짓 충성으로 상처를 주는 원숭이띠가 안 좋다고 봅니다.

토끼(卯)띠는 기민하고 다정다감해서 상대를 편하게 해주는 유연성을 가지는 띠이며, 잘 맞는 띠는 취미도 잘 맞고 순해서 싸울 일이 없는 양띠와 착한 성향의 개띠, 꼼꼼한 돼지와 주의 깊은 토끼띠가 환상의 궁합 띠이다.

어울리는 띠는 양, 개, 소, 호랑이, 뱀, 쥐, 용, 말, 원숭이 띠이고!

상극의 띠는 허영심을 참지 못하는 닭띠가 좋지 못하다고 봅니다.

용(辰)띠는 인내심이 강하고 대범한 외형적 성격인 띠이다.

잘 맞는 띠는 작은 쥐에게 힘이 되어 주는 쥐띠, 책략이 뛰어나 성공에 일조하는 원숭이띠와 성공에 일조하는 닭띠가 좋으며!

어울리는 띠는 쥐, 호랑이, 뱀, 말, 양, 소, 토끼, 용, 돼지띠가 있다고 봅니다.

상극인 띠는 냉정함이 용에게 상처를 주는 개띠가 나쁩니다.

뱀(巳)띠는 인간관계가 좋고 치밀하고 독립적이며 머리가 좋은 띠이다.

잘 맞는 띠는 끈기 있는 뱀띠와 가정에 충실하고 위기도 잘 극복하는 소띠와 지혜롭게 상호보완이 잘 맞는 닭띠입니다.

어울리는 띠는 쥐, 토끼, 용, 말, 양, 호랑이, 원숭이 띠 이고요!

상극인 띠는 탐욕과 욕심이 서로 충돌하는 돼지띠라고 보았습니다.

말(午)띠는 덤벙대는 실수를 많이 하지만 솔직하고 순수하며 붙임성이 좋아서 인간관계가 좋은 띠라고 생각합니다.

잘 맞는 궁합의 띠는 활동적인 호랑이띠와 말의 이기적인 행동을 이해 주는 양띠, 성향이 잘 맞아 싸울 일이 없는 개띠가 궁합에 좋습니다.

어울리는 띠는 용, 뱀, 원숭이, 닭, 돼지 소, 토끼, 말띠 이고요!

상극인 띠는 불똥 튀는 인연으로 완전이 상극 관계가 되는 쥐띠라 봅니다.

양(未)띠는 유순한 친절하고 여성적인 기질에 이해심이 많은 띠이다.

잘 맞는 띠는 섬세한 양의 성격을 잘 이해 해주는 토끼, 결혼과 사업적으로 최고의 궁합은 말띠이며, 강인하고 결단력이 있는 돼지가 연약하고 순한 양과 서로 채우는 띠입니다.

어울리는 띠는 호랑이, 용, 뱀, 양, 원숭이 닭, 쥐띠이며!

상극인 띠는 현실적인 면과 양의 변덕적인 면이 충돌하는 소띠입니다.

원숭이(申) 띠는 재치가 있고 자유분만하고 말을 잘하고 리더십을 가지고 있어서 다양한 방면으로 활동하는 성격의 띠라고 봅니다.

잘 맞는 띠는 조심스러운 쥐띠, 자유 분만한 원숭이띠는 상호보완적인 관계를 유지하는 띠이며, 원숭이 지혜와 큰 힘이 되는 용띠이다.

어울리는 띠는 소, 말, 양, 닭, 개, 토끼, 뱀, 돼지띠이며!

상극인 띠는 경쟁자로 부딪칠 일이 많고 서로 이해하기 어려워 맞지 않은 띠는 호랑이 띠이다.

닭(酉)띠는 창조적이고 풍부한 상상력을 가지고 있고 꼼꼼하고 사고력이 뛰어난 통찰력을 가지고 있는 띠이다.

잘 맞는 띠는 가정적이고 소띠와 꼼꼼한 성격의 닭은 화목한 가정을 이루는 좋은 궁합이며, 대범한 용띠와 닭이 만나면 발전적인 관계를 이루고, 산만한 닭을 차분하게 잘 받 아주고 이해주는 뱀띠가 좋은 궁합이다.

어울리는 띠는 말, 양, 원숭이, 돼지, 쥐, 호랑이, 개띠이다.

상극인 띠는 현실적인 토끼와는 화려한 닭띠와는 상극으로 궁합이 좋지 못하다.

개(戌)띠는 책임감이 강하고 애정표현에 직설적인 모습이고 의리를 중요하게 여기는 띠이다.

잘 맞는 궁합은 충동적인 호랑이가 개의 충고가 도움이 되는 호랑이띠와 서로에 대한 깊은 신뢰가 이루어져서 오랜 관계가 지속가능하는 토끼띠, 결혼하기 좋고 사업적으로 환상의 궁합은 말띠다.

어울리는 띠는 쥐, 원숭이, 개, 돼지, 소, 뱀, 양, 닭띠이며, 상극띠는 자존심 강한 최악의 만남은 용띠라고 봅니다.

돼지(亥)띠는 부지런하고 강하며 욕심이 많지만 남에게 베푸는 성격이라 마음에 들면 아낌없이 주기도 하는 띠이다.

잘 맞는 궁합은 생각이나 관심이 비슷해서 최고의 궁합은 호랑이띠, 목표가 생기면 서로 잘 협력하는 토끼띠, 양의 변덕을 돼지가 잘 맞추어 주는 궁합이다.

어울리는 띠는 쥐, 소, 말, 닭, 개, 용, 원숭이, 돼지띠이다.

상극인 띠는 꾀로 돼지를 꽁꽁 싸매는 뱀띠가 좋지 못하고 상극이
다.

14

격암과 토정은 비결에 대하여 서로 토의하고 문답한 시간이 벌써
진시(辰時, 새벽 7시경)가 되었다.

"아침 사시(巳時, 아침9시경) 경에 사주를 보러오는 사람이 몰려오기
전까지는 몇 시간이 남았으니, 언제 또 만날 때가올지 모르니 격암
이 갖고 있는 비결에 대하여 이야기를 더 나누 보고 싶습니다." 하
고 토정이 제안하였다.

격암과 서기도사에게 "눈 한참 붙여야 하지 않겠습니까! 나는 원
래 몇 일을 자지 않아도 괜찮은 사람이지만 그래도 사람은 잠을 충
분히 자야 몸에도 좋고 머리가 맑은 지는 법인데!" 하면서 잠시휴식
을 취하라고 권장하였다.

격암도 "지금은 집으로 갈수도 없고 이왕 만났으니 남은 시간을
이용하여 더 이야기 해봅시다.

토정의 비결에 매료 되어서 피곤한지도 모르겠습니다. 토정만 괜
찮다면 내가 작성한 비결에 대하여 토정과 서기도사에게 의견을 나
누어 볼까합니다."

서기도사도 "이왕 도성에 들어 왔으니 끝까지 옆에 남아서 많은 것을 듣고 배우겠습니다."

"……."

"나는 울진 향촌에서 스승이 없이 혼자서 위기지학 하다 보니 자료수집과 이를 점검하는 절차에 시간이 말없이 소요되었습니다.

아직 초고는 완성 하였으나, 정리된 편찬서는 완결하지 못한 것입니다.

마침 낙향할 목적으로 짐을 꾸려서 비결은 봇짐에 가지고 다닙니다."하고 비결을 토정 앞에 내어 놓으니 토정이 손으로 받아서 역시 빠른 속도로 보고 읽어 내려갔다.

"……."

한참 시간이 지나서 토정은!

"저가 격암 앞에 문자를 쓴 것 같아 몸 둘 바를 모르겠습니다."

"무슨 말씀이지요!" 하고 격암이 다시 물었다.

토정은 "이 비결을 보니 내 지식과 상식으로는 도저히 알 수 없을 정도로 깊이가 있고 만물과 자연이치에 맞는 철학과 도학의 총괄서인 듯한 비결입니다."

"……."

저가 작성한 첫 번째 비기와는 비슷한 분야도 있습니다. 만 두 번째 편찬한 비결과는 비교도 되지 않을 뿐이며, 다른 각도에서 사물을 보고 체계를 갖춘 비결입니다.

격암은 "조금 전에 말씀한대로 스승이 없이 혼자 독학을 하다 보니 우주와 천문의 별자리 움직임과 자연 만물이 변하는 것을 관찰해서 나 나름대로 글로 옮긴 것입니다.

비결은 우리와 같이 철학을 하는 사람들만이 해역과 해독을 할 수 있게 하였으며, 앞으로 정확하게 해역하지 않으면 엉뚱한 풀이와 결과가 나와서 민중들이 혼란이 생길 것입니다. 후세에 철학에 탁월하고 통달한 학자가 많이 나와야 이 비결이 빛을 보았으면 합니다."

한참 말없이 비결을 열심히 보고 있던 토정이 격암에게 다시 질문을 하였다.

"비기의 형식이 파자(破字), 측자(側字), 은유(隱喻) 형식으로 되어있어, 해석을 잘해야 할 것 같습니다.

파자 역시 잘 구성하고 확실한 글자를 찾아야 완벽한 해석이 될 것 같습니다.

이 비결은 세상에 나가도 보는 사람과 활용하는 사람이 얼마 없을 것이 안타깝습니다."

"예! 내가 바라는 바가 바로 그것입니다. 철학은 일부사람만 참여하고 연구해야지 너무 많은 사람이 관여하고 참여하면 세상이 올바르게 가지 않고 혼란인 말세가 옵니다."

토정은 비결을 넘기면서 "이 대목에 대하여 설파를 좀 해 주시겠습니까!" 하고 격암에게 비결을 내 밀었다.

송구영신차시대 천하만물홀변화 천증세월인증수
送臼迎新此時代 天下萬物忽變化 天證歲月人增壽

"예! 이것은 열을 받으면 얼음의 형체가 녹고 증발하기도 하고 오징어 같은 딱딱한 것이 열을 받으면 물성이 변하면서 형체도 심하게 뒤틀리고 변화가 되듯이 지구 역시 온도가 높아 물성이 변하여 환경과 태양이 요동칠 수밖에 없다. 지구의 열량에 큰 변화가 생기면서 말세의 대 환란에서 살아남은 인간은 수명이 크게 연장된 생명체로 진화한다는 뜻입니다."

한고무금대천재 천변지진비화락지 삼재팔난병기시 삼년지흉이년지질 유행온역만국시

罕古無今大天災 天邊地震飛火落地 三災八亂并起時 三年至凶二年之疾 流行溫疫萬國時

"예! 이것은 고금의 기록에도 없을 대지진과 화산폭발에 수화풍(水火風) 세 종류의 자연재해와 땅에서의 온갖 난리가 한꺼번에 일어나는 시기에는 3년의 흉년과 봄철에 유행하는 급성전염병이 계절을 넘어 2년 동안 전 세계에 유행한다. 는 뜻입니다."

선관선녀천군 철마삼천자천래

仙官仙女天軍 鐵馬三千自天來

"이것은 하늘이 선택한 사람을 태울 구조선이 삼천대라는 것은 그 선이 아무리 크다 하더라도 우리 인류가 수십억이 넘는 것을 감안하면 하늘의 기준이 매우 엄격한 것 같다. 라는 뜻입니다."

소두무족비화락 천조일손극비운 괴기음독중병사

小頭無足飛火落 千祖一孫極悲運 怪氣陰毒重病死

"이것은 어휘를 쓸때 대칭적인 어법으로 문장을 배열한다. 앞부분에서 사물을 상징하는 보통명사로 어휘를 사용했다면 뒤에 나오는 문장도 그에 걸맞게 사실적으로 서술되며 앞에서 날짜를 지칭하는 명사를 쓰면 뒤에도 날짜에 해당되는 사건을 묘사하거나 같은 품사를 사용하는 것이지요!"

소두무족은 말세에 불(현, 미사일 또는 핵폭탄 등) 이나 혹은 괴질 등의 지구상에 천재지변이 일어나서, 즉 0.1% 만 살아남고 나머지는 죽는다는 비결의 뜻입니다.

파자(破字)의 형식은!

팔인만경인적멸 차호만산일남 애재천산구녀

八人萬經人跡滅 嗟呼萬山一男 哀哉千山九女

"예! 하늘에서 내려온 군대가 불(八人=火)로 모든 지역의 인간을 멸하면 구조선에 태울 사람은 극소수라는 얘기는 해석에 주의가 필요하다. 이 구절은 부처의 지혜로 만물의 이치를 깨달아 아는 해인(海印)의 개념을 이해하고 나면 좀더 명확해진다. 누구나 풀 수 없도록 파자한 것입니다."

"팔금산하(八金山下)는 부산(釜山)이고 입구유토(人口有土)는 대전(大

田)인데! 흙토(土) 아래 획을 사람인(人)에 가로하면 큰대(大)자가 되고 남은 열(十)을 입구(口)안에 넣으면 전(田)이 된다." 는 뜻입니다.

15

간지(干支)별 비결은!

경술(庚戌, 1910년)은 금구(金拘, 옥쇄)가 알을 떨구고 옥첩(玉牒, 왕실의 계보)에서 띠 끝이 생기며 흰 옷이 푸르르면 이화(梨花)가 빛이 없을 것이다. 수백년 후의 경술국치를 예언한 비결입니다.

신묘(辛卯)는 맏아들이 왕위에 오르면 치화(治化)를 볼 수 있으리라. 물고기와 소금이 지극히 천하고 호랑이가 백성을 다칠 것이다. 계사(癸巳) 년은 9년간 큰물이 날 것이다. 갑오(甲午)년은 분수(粉水)의 추풍(秋風)이요, 우산(牛山)의 낙조(落照)로다. 을미(乙未)년은 궁중의 일은 환관(宦官, 내시)이 주장하고 과부 왕비가 간여하는 도다. 삼경(三更) 촛불 아래 옥새가 왔다 갔다 하고 5월 냇가에 금어(金魚)가 나왔다 들어갔다 하는 것이다. 임진 · 정유(壬辰 · 丁酉)는 왕손이 등극하여 환란을 다스린다. 흉년이 목숨을 앗아가고 병란이 쉴 새 없으니 백성들 가운데 반은 살고 반은 죽을 것이다. 양서(兩西)에 소요가 일어나고 삼남(三南)에서 군사를 일으킬 것이다.

무술 · 기해(戊戌 · 己亥)는 매미 껍질이 궁 안에 들어오고 산새가 뜰에 오를 것이다. 경자 · 신축(庚子 · 辛丑)은 종묘(宗廟)가 세 차례 움직이고 어가(御駕)가 한 차례 옮길 것이다.

이때가 되면 몸을 보호할 땅으로 산과 물만한 데가 없으나, 먼저 움직이면 필시 죽고 중간에 움직이면 필시 살 것이다. 만약 덕을 쌓고 인(仁)을 베풀어 온 집이 아니면 남는 것이 없다고 보았습니다.

 병자 · 정묘(丙子 · 丁卯)는 남과 북이 서로 싸우고 안과 밖이 세력을 다툰다. 충신과 열사는 싸움터에서 그 뼈가 뒹굴고, 왕비와 임금의 인척은 고립 된 성에서 피 눈물을 흘릴 것이다. 갑진 · 을사(甲辰 · 乙巳)는 고월(古月)은 어양(魚羊)에 망하고 존내(奠乃)는 조산(鳥山)에 내려온다.

 병오 · 정미(丙午 · 丁未)는 아울러 가을들에 흉년이 들며, 토끼는 산에 오르고 새는 궁에 들어오니. 임금의 수명이 어쩌면 그리도 짧은가? 무신 · 기유(戊申 · 己酉)는 제갈량(諸葛亮)이 이미 죽었으니 어떤 성 한쪽에 금성(錦城)이 피폐 하구나, 경시(更始, 처음)는 자리를 긁고 범증(范增, 거푸집)은 등창이 나는구나. 경술 · 신해(庚戌 · 辛亥)는 용 한 마리가 바다를 건너니 삼군(三軍)이 눈물을 흘린다. 비좁고 외로운 성에 백발의 군왕이라. 갑인 · 을묘(甲寅 · 乙卯)는 세상일이 이미 끝이로다. 강동(江東)이 비록 작지만 역시 왕으로서 족하도다. 백 가호에 소가 한 마리요 열 계집에 한 남편이로다.

 격암은 비결에 대한 설파를 마쳤다.
 토정은 입을 다 물지 못하고 "이 비결은 차원이 다른 이 세상에 하나 밖에 없는 보물이며, 조선의 국보가 될 것입니다." 하고 평을 하였다.

격암은 "너무 나를 높이 올리고 있습니다. 아직 조금 미완성이라 이번에 낙향해서 완전한 비결이 되도록 더 정리해서 편찬하겠습니다."

서기도사도 감탄과 감탄을 연발하면서 "이 세상에 이러한 비결이 나오면 앞날을 미리보고 주의를 하고 살아가면 지상 천국이 올 것입니다." 하고 나름대로 소감을 말했다.

세 사람은 이제 아침이 밝아오니 방을 정리하고 아침식사를 마치고 격암은 집으로 돌아가고 서기도사는 산사로, 토정은 찾아오는 민중을 만나서 궁금한 앞일을 시원하게 풀어줄 생각으로 준비하고 있었다.

집 출입구 대문 밖까지 배웅을 나온 토정은 언제 다시 만나서 또 한 번 토론했으며 했다.

격암은 일단 낙향했다가 다시 한양에 올 기회가 생기면 그렇게 하겠다고 하고 서로 인사를 나누고 헤어졌다.

16

격암은 토정과 비결에 대하여 하루 밤을 꼬박 세우고 서로가 강론하고 토론하고 문답한 후 많은 것을 얻어서 울진 누금으로 낙향하였다.

집에서 천문을 관찰하고 있는데 마침 평창군수로 부임한 봉래(蓬萊

243

) 양사언(楊士彦)으로부터 인편이 와서 구미 주천대에서 만나자고 기별이 왔다.

양사언과는 이번에 만남은 첫 번째 만남이며, 양사언은 격암보다 8살 연하이고 토정과 동갑이며 친구이다.

양사언은 1517년(중종 12)~1584년(선조 17). 조선 중기의 문신이며, 서예가이고, 또한 역학가이다.

본관은 청주(淸州). 자는 응빙(應聘), 호는 봉래(蓬萊) · 완구(完邱) · 창해(滄海) · 해객(海客)이다. 주부인 양희수(楊希洙)의 아들이다. 형 양사준(楊士俊), 아우 양사기(楊士奇)와 함께 글에 뛰어나 중국의 삼소(三蘇, 소식 · 소순 · 소철)에 견주어졌다. 아들 양만고(楊萬古)도 문장과 서예로 이름이 높다고 한다.

1546년(명종 1) 문과에 급제하여 대동승(大同丞)을 거쳐 삼등(三登,현 평안남도 강동지역) · 함흥(咸興) · 평창(平昌) · 강릉(江陵) · 회양(淮陽) · 안변(安邊) · 철원(鐵原) 등의 8고을의 수령을 지냈다. 자연을 즐겨 회양의 군수로 있을 때는 금강산에 자주 가서 경치를 감상하고 즐겼다. 만폭동(萬瀑洞)의 바위에 봉래풍악원화동천(蓬萊楓岳元化洞天)이라 글씨를 새겼다.

안변의 군수로 있을 때는 백성을 잘 보살펴 통정대부(通政大夫)의 품계(品階)를 받았고, 북쪽의 병란(兵亂)을 미리 예측하고 말과 식량을 많이 비축해 위급함에 대처하기도 했다. 그러나 지릉(智陵, 이성계 증조부의 묘)에 화재가 일어나자 책임을 지고 해서(海西, 황해도의 이름)로 귀양을 갔다. 2년 뒤 유배에서 풀려나 돌아오는 길에 세상을 떠났다.

40년간이나 관직에 있으면서도 전혀 부정이 없었고 유족에게 재산을 남기지 않았다.

한편, 격암(格菴)에게서 역술(易術)을 배워 임진왜란을 정확히 예언했다는 일화가 전한다.

한시는 작위적이지 않고 표현이 자연스러워, 더 이상 고칠 데가 없이 뛰어나다는 평을 들었다. 가사(歌辭)로는 미인별곡(美人別曲)과 을묘왜란(乙卯倭亂) 때 군(軍)을 따라 전쟁에 나갔다가 지은 남정가(南征歌)가 전한다.

이밖에 시조 〈태산이 높다 하되 하늘 아래 뫼이로다 / 오르고 또 오르면 못 오를 리 없건마는 / 사람이 제 아니 오르고 뫼만 높다 하더라.〉는 시조가 후세에 널리 애송되고 있으며, 미인별곡도 있다.

해서(楷書)와 초서(草書)에 뛰어났으며, 안평대군(安平大君)·김구(金絿)·한호(韓濩)와 함께 조선 4대 서예가로 일컬어진다. 특히 큰 글자를 잘 썼다고 전한다. 문집으로 봉래집(蓬萊集)이 있다.

격암이 열다섯 나이에 운학스님에게 받은 세 권의 비서에 대하여 연구에 전심전력을 기울인 결과, 명성이 서서히 산처럼 높아졌다. 나이 마흔에 이르렀을 때 이미 그는 관동지역에선 모르는 사람이 없다할 만큼 걸출인물이 되어 있었다. 사람들은 그를 일컬어 천하에 드문 풍수가나 도인, 혹은 탁월한 대철학자라고 부르길 주저하지 않았다. 이러한 경지에 도달해 있을 때 평창군수로 부임한 양사언이 먼저 격암을 만나러 울진 비월지역 구미 주천대로 와서 처음 만났다.

양사언은 평창군수 관직에 있는 벼슬자이고 격암은 이때까지 철학에만 공부하는 향촌 보통 사람인데, 그러 함에도 양사언이 먼저 주천대에 와서 만남의 기별을 놓고 격암을 기다렸다.

양사언은 주천대 반석에 앉아서 경관을 살피고 관람하고 있었다.

"이렇게 찾아뵙게 되어서 반갑고 나 평생에 좋은 기회인 듯 합니다." 하고 양사언은 격암에게 먼저 인사를 했다.

"아닙니다. 저가 먼저 와서 기다려야 하는데 마침 천문을 관찰하고 있었기 때문에 중단하지 못해 늦어서 결례가 된 것 같습니다." 하고 격암이 양사언에게 먼저 절을 하니 양사언도 맞절을 하였다.

격암은 조금 전 천문을 관찰하니 반가운 손님이 오시는데, 이분은 평생 나에게 천문을 같이 토론하고 장래에 도움을 주고 신변을 도와줄 사람이라고 보았습니다. "……."

"이러한 분이 오시는데 약주상이나 준비해야 하는데 차 한 잔도 준비 못해서 더욱 결례입니다."

양사언은 "아닙니다. 내가 올 때 관원을 시켜 차와 점심을 준비하라 했으니 걱정 안하셔도 됩니다.

세간에 격암에 대한 이야기를 많이 들었으나 찾아뵐 기회가 없다가 오늘에야 소원을 이룬 것 같습니다.

그리고 격암께서는 저한테 계속 존칭으로 말을 하는데, 우리는 오늘부터 철학에 대하여 상호 식견과 문답을 나누는 동학자(同學者) 로서 편하게 했으면 좋겠습니다."

"그래도 대감께서는 고을 수령이신데, 어찌 저가 그렇게 하겠습니까! 마는 단 철학토론 시는 격식을 떠나서 상호 편한 말로 이야기를 나누는 것이 좋을 듯합니다." 하고 격암이 언어 예절을 간결하게 하자고 제안했다.

"좋습니다!" 양사언도 응락했다.

두 사람은 서로 마주보고 정좌해서 관원이 준비해온 차를 마시고 우선 주천대 부터 격암이 설명했다.

"이 주천대는 단지 자연경관과 산수가 좋은 유람지가 아니고 왕피천 주변에 있는 철학과 유학의 성지입니다.

일찍이 신라 때 원효대사가 이곳에 와서 수도하셨고, 조선 초기에는 매월 김시습 선생이 이곳에서 수도를 한곳입니다. 그래서 저도 이곳에 자주 오는 곳이며, 후세도 많은 철학자와 유학자가 찾을 좋은 곳입니다."

"……"

"이곳에 오면 산만하던 정신이 집중되고 머리가 맑아지고 정신통일에 아주 좋은 곳입니다."

양사언은 처음 본 주천대를 평하여 말하기를!

"우리 조선에서 유교의 성지는 퇴계의 안동 예안이고, 율곡의 파주 율곡이며, 관동해안에 있는 이 주천대는 매월과 격암공이 학문으로 유교 및 철학의 성지로 자리 매김이 된 곳이라고 봅니다."

"……"

양사언은 다른 제안을 또 하나했다.

"오늘부터 철학의 동학자로 친하게 지내는 사이가 될 것인데, 우리 조선은 동방예의지국이라 격암은 나보다 8살 연상이니, 장유유서(長幼有序) 예절에 따라 호칭도 간편하게 합시다." 하고 제안했다.

격암은 또 반대 비슷한 대답을 하였다.

"저는 민초이고 대감은 수령인데요! 그러면 학문 토론 시는 저가 대신 내가로 호칭하겠습니다."

양사언은 "예 좋습니다. 그렇게 합시다. 사실 오늘 공을 찾아오게 된 동기는 한양도성에 까지 소문이 자자합니다.

그러던 차에 인근 평창군수로 부임해보니 관동지역에서 더욱 소문이 굉장해서 정사를 대충 인수받고 빠른 시일에 시간을 내어서 왔습니다."

요즘 관동지역의 세간 소문은!

"어떤 이들은 공을 신라 문성왕 때 중국으로 건너가 신선술로 이름을 떨친 김가기(金可紀)에 비유했고, 어떤 사람들은 신라 때 점복술과 은형술(隱形術)의 대가였던 김암(金巖)과도 비유했다. 또 풍수의 대가인 도선국사의 적통을 이은 제자라는 소문까지 나돌고 있습니다."

"……."

"그런 까닭에 가문과 개인의 출세를 위하여 길(吉)한 명당에 묘(陰宅)터나 집터(陽宅)를 마련하고자 찾아오거나, 가족과 자신의 명운과 앞날의 길흉, 궁합(宮合)과 길일(吉日)을 알아보기 위해 먼 길을 걸어서 공을 찾아오는 자도 적지 않다고 들었습니다.

또한 한편으로 철학자들이 격암공의 해박한 지식과 교양, 학문적 세계를 논하고자 찾아오는 선비나 학자가 수많다고 들었습니다."

격암은 직접 주천대를 찾아온 양사언을 따뜻하게 맞아들였다. 원래 학문을 좋아하여 학자들과 교유를 즐겨하던 그였다. 그의 성품이 활달하고 원만해서 울진 향촌 고을지역에서 산림(山林)에서 지내다 보면 부족하고 좁은 사상과 학문적 깊이를 더하기 위한 손쉬운 방법이기 때문이기도 했다.

명망을 듣고 찾아온 유학자와 철학자들을 접하면서 그는 학문적 흐름과 더불어 세상사에 대한 지식은 물론, 풍류를 즐기는 법까지 접하게 되었던 것이다.

어린 시절부터 독학으로 위기지학(爲己之學)을 한 그에게 더없이 좋은 기회이다.

양사언은 격암보다 연하이고 고을 수령이었지만, 또 격암은 아직 벼슬이 없는 청의거사인 반면, 두 사람은 서로 유학과 철학자로서의 예우를 갖추고 격의 없이 교분을 나누었다.

두 사람은 함께 주천대와 불영계곡의 자연을 즐기면서 유학 및 철학과 천문지리와 특히 역학에 중점을 두고 토론하며, 때로는 술잔을 기울이면서 교분을 돈독히 쌓았다.

17

두 사람이 주천대에서 만난 지 얼마 되지 않았을 때, 양사언의 초

청으로 다시 강릉 경포대에서 만나자고 기별이 와서 경포대로 갔던 격암은 경포대 누각에 양사언과 두 번째 만남으로 마주앉아 주역(周易)에 나온 천지음양의 조화에 대하여 강론(講論)하던 중이었다.

양사언은 격암의 도통한 학식에 경탄을 금치 못하였고, 특히 역리(易理)를 강론한 천(天)과 인(人)의 관계와 귀(鬼)와 신(神)의 정상(情狀) 등에 있어서 양사언(楊士彦)은 도저히 상상도 듣지도 못한 강론을 듣고 나서 하는 말이!

"내가 지금에 와서야 비로서 선생을 신인(神人)인 줄 알게 되었다고" 하면서 부지불식간에 자리를 차고 일어나서 절을 올리고, "앞으로 스승의 예로 모실 것이니 받아주시기를 바랍니다!" 하였다.

양사언은 격암을 선생으로 모시고 상대하기를 극히 존경(尊敬)하였고, 편지로 안부를 물을 때면 혹 사씨(師氏)라고도 쓰고 혹 자동(紫洞) 선생이라고 썼을 정도로 그 예우(禮遇)함이 지극하였다고 한다.

학문은 배울 게 있다면 지위고하를 가리지 않고 스승으로 받든다는 말이 있듯 참으로 관원의 수령으로서 격식 없는 태도였다.

격암이 사양했지만 양사언은 예를 그치지 않았다. 그 후로 격암 남사고를 〈자동선생(紫洞先生)〉이라 칭하며 공경했다.

그날 이후로 두 사람은 더욱 친밀하게 학문을 교류하고 교분을 나누었다. 시간만 나면 서로 서찬(書撰)으로 학문을 토론하길 즐겨 하였다.

점차 친분이 두터워지면서 격암은 양사언에게 앞날을 예언할 수 있는 복서와 천기를 읽는 법을 전수해주었다.

격암에게 배운 역학으로 양사언은 '조정에 멀지 않아 동서분당(東西分黨)이 일어나서 국가의 근심이 막심하리라.' 는 말과 '명나라의 천자가 죽는다'는 격암의 예언을 조정에 장계(狀啓)로 올렸다. 양사언은 항시 격암의 천문과 지리, 음양학, 역학 등의 학문적 깊이에 경탄했고, 널리 쓰이지 못함을 안타깝게 생각했다. 주변 사람에게 '자동선생'은 사람의 사주와 관상과 사물의 역(易)하는 연구에 탁월하며, 철학에 극에까지 통달하여 고금에 우뚝하거늘 초야에 묻혀서 높이 쓰임에 발탁하지 못하여 못내 안타까운 일이다. 라고 수시로 이야기했다.

그래서 격암에게 벼슬길에 나갈 의향이 없는지 묻기를 자주하였다. 하지만 격암은 좀처럼 마음이 흔들리지 않았다.

'군자는 뜻을 얻지 못하여 궁하면 홀로 한 몸을 닦고, 뜻을 얻어 벼슬을 하게 되면 천하를 다스린다.

즉, 군자궁즉독선기 신달즉겸선천하(君子窮則獨善基 身達則兼善天下)라는 말처럼 언제인가 자연스레 자신의 학문이 이 세상에 펼치고 빛을 볼 날이 오리라고 믿었고, 또한 내가 철학을 한 것은 나의 영달을 꾀하기 위함이 아니고 후세 민중들이 행복하고 편하게 살 수 있고 길잡이가 될 수 있도록 그 길과 방향을 제시하는 데, 목적이 있다고 말했다.'

그러나 주위사람의 거듭되는 권유와 평창군수인 양사언이 높은 학식과 지혜로움으로 백성을 평안히 다스리는 모습을 보자니 조금씩 마음이 달라지기 시작하였다.

오랜 기간 열심이 연마하고 깨우친 천문, 역서, 풍수지리를 사사로이 나 개인을 위해 쓰느니, 나라와 백성들을 이롭게 하는 일에 널리 쓰이는 게 좋겠다고 반성적 및 자각이 일어나서 그는 결심을 내리고 과거준비를 마치고 과거장에 나갔으나, 향시는 입격하였으나, 대과(문과)는 보기 좋게 수차낙방의 고배를 마셨다.

독학으로 소학을 익히고 얼마간 경전을 읽긴 했지만 과거시험을 위한 체계적인 학문을 닦지 않아서 어쩌면 당연한 일이었다.

몇 번의 낙방이 거듭되자 격암은 자신의 공부가 부족함을 뼈저리게 깨달았다.

격암은 주역과 풍수에 도통한 토정과 밤을 세우면서 비기와 비결을 토론하고 문답으로 대결해 보았으며, 또한 유학, 역학, 서예, 시문장에 능한 양사언과 도 수차에 교류하여 절친하였으며, 그 동안 도학을 더 공부하고 실력을 다져서 조선에서 제일가는 철학에 통달한 기인이 되었다.

그 후 양사언은 격암이 1571년에 생을 마감한지 3년후인 1574년에 강릉부사로 부임하여 격암 자동선생이 살아 계신다면 이 경포대에서 또 한번 마음을 열어 놓고 밤이 새도록 역학에 대하여 이야기를 나누었으면 얼마나 좋겠느냐면서, 스승이 이 세상에 안계시니 허젓한 마음을 달랠 수 없고 안타깝다고 한탄하였다.

18

격암은 당대의 철학과 의학에 해박한 정렴(鄭磏)과도 학문을 교류
하였다.

1506(중종1)에 태어나서 격암보다 3살 연상이나 1549(명종4)에 44세
로 일찍 생을 마감하였다.

본관은 온양(溫陽), 자는 사결(士潔), 호는 북창(北窓), 내의원제조(內
醫院提調) 정순붕(鄭順鵬)의 아들이다. 1537년(중종 32) 사마시(進士試)에
합격하였다.

천문, 지리, 의학, 주역, 음악 등의 다방면에 정통했으며, 또한 조
선시대를 대표하는 단학의 유명한 인물로, 〈용호비결〉이라는 단학
수련법을 남겼고 본인인 의학을 전공하였으나 오랜 수를 하지 못하
고 일찍 죽었다.

격암보다 앞서 천문지리 전문가로 관상감(觀象監)에 근무하였고 주
역에 있어 화담 서경덕에 못지않다는 평가를 받아 세간에는 좌의정
(左議政) 서경덕(徐敬德), 우의정(右議政) 정염(鄭磏)이라고 하였다. 의술
이 탁월하여 인종과 중종이 위독할 때 명의로 천거되어 혜민서(惠民
署)에도 있었고 장악원(掌樂院) 등의 관리를 지냈다

격암이 금강산으로 주유천하 갔을 때 정렴의 아버지 정순붕이 강
원감사로 있을 때, 같이 금강산 마하연 암자에 이르자 부친이 아들
정렴을 보고 말하기를!

"사람들이 네가 휘파람을 잘 분다고 하는데 내 아직 들어보지 못

했다. 이런 절경에 왔으니 한 곡조 불어보는 게 어떻겠느냐?" 하고 휘파람을 불어보라고 하였다.

"정렴은 사람들이 이곳에 많이 와 있으니 청컨대 내일 비로봉에 올라가 불겠습니다."고 하였다.

다음날은 비가 내리는데 북창은 비를 무릅쓰고 비로봉우리로 먼저 올라갔다.

정순붕은 비가 그친 오후에 스님과 함께 올라가고 있는데, 기암절벽인 어느 골짜기에 이르니 어디선가 맑디맑은 피리소리가 울리는 것이었다.

이에 스님이 놀라며!

"이렇게 깊은 산속에 웬 피리소리 일까요? 경치가 좋으니 아마도 신선이 내려왔나 봅니다."라고 하였다.

정순붕은 아무말도 하지 않았지만 그것이 피리소리가 아니라 아들이 부는 휘파람소리라는 것을 알았다.

마침 이 휘바람 소리를 듣고 격암이 비로봉우리에 찾아가서 처음 북창을 만났다.

격암과 주세창이 먼저 인사를 건냈다.

"처음 뵙겠습니다. 저보다 연상이신 모양인데, 어디서 오신 선비이십니까?"

북창이 "한양에 사는 정렴이란 사람입니다. 마침 부친이 이곳 강원감사로 부임하여 아버지에게 문안도 여쭐 겸 관아에 들렀다가 이곳 금강산 경관이 좋다하여 아버지와 같이 왔습니다.”

“…….”

“어디서 오신 나그네 입니까!” 하고 북창이 물었다.

“예! 저는 울진 누금에서 온 남사고라 합니다.”

북창이 “울진 누금하면 왕피천이 있고 성류굴과 주천대가 있는 곳이며, 불영계곡 경관도 장관인 모양인 데요! 또한 그 유명한 사찰인 불영사가 있는 곳이 아닙니까!” 하고 물었다.

이왕 강원도로 왔으니 한양가기 전에 울진으로 갔다가 상경할까 하는데 남공의 의견은 어떠하시는지!

격암은 “저야 좋은 벗을 만나서 잘된 일인 것 같습니다. 금강산 유람을 마치고 바로 저희들과 같이 울진으로 갑시다.”

북창이 아버지에게 여쭈어 보고 그렇게 하겠다고 한 후 격암은 귀갓길에 북창과 친구 주세창과 같이 울진으로 왔다.

19

두 사람은 울진에서는 물론 또는 격암이 과거시험 차 한양으로 갔을 때 수시로 만나서 역학의 문답을 수시로 하였고 서로가 신통력과 독특한 행적으로 예언 등을 많이 남겼다.

이 두 사람은 상호 철학에 교감은 있으나, 철학은 격암이 여러 분야에 도통하였고, 북창은 역학, 의학, 음악, 중국어 및 외국어에 능통하여 타 학문에 두루 통달한 인물이다.

북창이 열네살 때, 아버지 정순붕이 중국에 사신으로 갈 때 함께 따라서 연경에 갔다. 연경에서 한 도사를 만났는데, 도사가 묻기를!

"당신의 나라에도 도사가 있소?" 하니,

정렴은 "우리 조선에는 삼신산이 있어 대낮에도 신선이 하늘로 올라가는 것을 항상 볼 수 있는데, 무엇이 그리 귀 할게 있겠소?" 라고 했다.

도사는 놀라면서 "어찌 그럴 수가 있소?" 하니, 북창은 즉시 황정경, 참동계, 도덕경, 음부경 등의 도경을 들어 신선이 되는 방법을 설명하니, 도사는 감탄하여 피하여 버렸다.

이때 유구에서 온 사신이 있었는데, 그는 자기나라에서 역수를 헤아려보니 중국에 가면 모월 모일에 진인을 만날 줄을 알고 있었다. 그래서 북경에 와서 두루 찾아다니고 있었다 한다.

그러다 정렴을 만나자 크게 놀라며 자기도 모르게 절을 하고 자초지종을 얘기하며, "이른바 진인은 선생이 아니시면 누구시겠소?" 하였다.

그리고 역학을 배우기를 청하자, 정렴은 곧 유창한 유구어로 주역을 가르쳤고, 이에 여러 나라 사신들이 다투어 와서 그 장면을 구경하였다. 북창은 각각 그 나라 말로 서슴없이 응답하니 모두 깜짝 놀라 천인(天人)이라고 칭찬을 하였다.

어떤 사신이 묻기를!

"세상에 새나 짐승의 소리를 알아듣는 사람이 있으니, 다른 나라의 말은 곧 새, 짐승의 소리와 같습니다. 그 말을 알아듣는 것은 종종 있을 수 있으나, 그 말을 입으로 하는 것은 또한 마찬가지가 아니겠습니까?" 하자!

정렴은!
"나는 듣고서 해득한 것이 아니라, 이미 알고 있은 지 오래 되었소." 라고 하였다.

정렴은 고매한 선비이면서 음양술 및 의약술 등에도 정통하였다.

어느 날 절친한 벗이 병에 걸려 죽게 되었는데, 어떠한 약도 듣지 않았다.

그 아버지가 북창의 신이함을 알고 찾아와 아들의 수명을 물으니!

"수명이 이미 다 되어 어찌할 도리가 없습니다." 라고 북창이 대답했다."

병자 아버지가 울면서 살릴 수 있는 방법을 간청하자, 북창은 그 정을 불쌍히 여겨 다음과 같이 알려주었다.

"그렇다면 내 수명에서 십년을 떼어 아드님의 수명에 붙여드리겠습니다. 어르신께서 내일 밤에 남산 꼭대기에 혼자 가보시면 그곳엔 붉은 옷과 검은 옷을 입은 두 스님이 앉아 있을 것입니다. 그들에게 가서 아드님 수명을 연장해 달라고 간곡하게 비십시오. 중이 아무리 화를 내고 신경질과 때려도 결코 물러서지 마시고 정성을 다해 애걸복걸하시면 얻는 것이 있으실 겁니다."

병자의 아버지가 북창의 말을 좇아 밤에 남산에 가니 과연 두 스님이 있었다. 그 앞에 가서 공손히 절하고 울며 사정을 말하니!

두 스님은 깜짝 놀라며 말했다.

"지나가던 산사의 빈승이 여기서 잠시 쉬고 있는 중인데, 공은 누구시기에 이런 행동을 하십니까? 공의 아들 수명이 길고 짧은 것을 우리가 어찌 알겠소? 빨리 가보시는 게 좋겠소."

그러자 그는 못들은 체하고 손을 모아 큰 절을 하면서 비니, 스님이 화를 내며!

"미친놈이로구나, 때려서 쫓아버려야 겠다." 하고는 지팡이를 들고 마구 때렸다.

그러나 그는 죽을 각오로 물러나지 않고 울며 애걸하였다.

한참 뒤 검은 옷 입은 중이 웃으며 말했다.

"이는 필시 북창이 시킨 것 이로구만, 가련하니 그자의 수명을 십년 감하여 이 사람의 아들 수명을 늘려주는게 어떻겠소?"

붉은 옷 입은 스님이 고개를 끄떡이며 좋다고 하였다. 검은 옷을 입은 중이 소매 속에서 책 한권을 꺼내 붉은 옷 중에게 주니, 그가 붓으로 무언가를 썼다.

"당신 아들이 지금부터 십년 더 살터이니 돌아가거든 정렴한테, 다시는 천기를 누설치 말라고 하시오." 라고 말하고는 홀연히 사라져 버렸다.

붉은 옷의 중은 사람의 수명을 맡은 남극육성이며, 검은 옷의 중은 북두칠성이었다.

이후 아들의 병이 점차 회복되어 십년을 더 살았고 북창은 마흔 네 살에 죽었다.

1546년(명종1)에 화담 서경덕이 서거했을 때!

북창은 "나는 세상에서 누구를 의지해야 하나?" 라는 추모시를 써서 서경덕에 대한 존경을 드러내었다.

특히 화담 서경덕의 수제자였던 수암 박지화와 절친한 사이였다.

수암 박지화는 주역에 정통하였고, 북창보다 일곱살이나 연하지만 함께 수시로 세상을 주유천하 하였다.

박지화는 정렴이 죽고나서 말하기를!

"선생은 성인답게 학문은 인륜을 중히 여기어 오묘한 곳을 말하지 않았고, 선교나 불교는 오로지 마음을 거두고 성을 깨닫는 것으로 근본을 삼으므로 위로 천리를 통하는 곳은 많으나, 아래로 인사를 배우는 일은 전혀 없으니, 이것이 세교가 다른 바이다." 라고 하였다.

북창은 태어날 때부터 신령스러워 널리 삼교에 통달하였는데, 수련은 도교와 비슷하고, 깨달음은 불교와 흡사하나, 윤리는 우리 유교를 근본으로 하였다.

북창은 유불선에 두루 통달한 인물이었으나, 기본바탕은 단학인이었다.

어려서부터 천문·지리·의서·복서(卜筮) 등에 두루 능통하였다. 그 중에서도 특히 약의 이치에 밝았는데, 1544년 중종의 병환에 약을 짓기 위하여 내의원제조들의 추천을 받아 입진(入診)하기도 하였다. 포천현감을 지내기도 하였다.

그가 일상 경험한 처방을 모아 편찬한 〈정북창방(鄭北窓方)〉이 있었다고 하나 유실되었다. 이 책은 양예수(楊禮壽)가 지은 〈의림촬요(醫林撮要)〉에 인용되었다고 한다.

"오늘 다섯 사람이 본 토정의 비결과 내가 작성한 비결에 대한 소감과 총평을 내가 하겠습니다."하고 격암이 말했다.

"모두가 바쁜데, 이렇게 와서 경청해 주시니 감개무량합니다. 그러나 봉래는 오늘 한마디도 말을 안 한 것 같아 우리가 미안합니다."

"아닙니다. 듣는 것만으로 매우 만족하였고 여러 분야에 배운 것이 많았습니다. 하고 봉래가 답했다.

격암은 "사주는 숙명은 변하지 않으나 운명이 변하나 대운에는 큰 영향을 주지 못하며, 관상은 변하지 않으나 인상은 수시로 변하지만 관상에 영향을 미치지는 못하나, 풍수는 그 자리의 생기를 잘 받는 길지인 명당을 잘 찾으면 후손이 발복하여 가문과 개인 인생의 운명이 완전히 바뀌는 것으로 보아 내가 제일 좋아하는 학문입니다."

다섯 사람은 오늘 너무 유익한 자리였다고 자부하고 유시(酉時, 저녁7시경) 경에 다음에 다시 또 만날 것을 기약하고 각자의 갈 길을 재촉하였다.

8. 풍수지리와 명당

1

다시 관상감 천문교수로 한양에 온 격암은 근무를 하다가 어느 날, 토정이 생각이 나서 바람도 쐴겸 마포 토정 집으로 갔다.

"오래간 만 입이다."

격암이 토정을 찾아가서 인사를 하였다.

토정이 마당에 들어서는 격암을 보고 방에서 마당으로 나와서 격암을 반갑게 맞이하였다. 두 사람은 방으로 들어가서 정식으로 인사를 나눈 다음!

토정이 격암에게 물었다.

"어떻게 한양에 다시 오시게 되었습니까?"

"말년에 관복이 터진 모양인지 관상감 천문교수직을 제수 받고 올라 왔습니다.

이번 직책은 내가 그동안 공부한 천문과 지리와 역학의 적성에 맞는 자리인 것 같습니다.

　오늘은 어찌 사주나 관상을 보려 찾아온 사람이 적어 다소 한가한 듯합니다."

　두 사람이 인사를 나누는 동안 마침 봉래 양사언이 찾아온 것이다. 또 조금 후 서기도사가 찾아왔다.

　토정과 봉래는 같은 나이로 대단히 절친한 사이로 둘도 없는 친구이다.

　"어서 오시게!" 주인인 토정이 먼저 인사를 했다.

　"마침 격암도 와 계셨네요! 오늘 이렇게 약속이나 한 듯 모이니 방안이 온기가 가득합니다."하고 봉래가 인사했다.

　격암이 "지난번 울진 주천대와 경포대에서 만나고 이번이 세 번째입니다. 다시 만나서 반갑습니다."

　격암이 다시 말을 이어 나갔다.

　"오늘은! 내가 젊은 시절 서당에서 글을 배우러 가다가 여자로 변신한 여우한테 입에 구슬을 빼앗아 삼키고 달아나다가 땅을 보고 넘어지고, 또한 해인도사가 준 운학스님으로부터 받은 비기 3권중 내가 제일 좋아서 탐독한 지편(地編)인 즉, 땅의 풍수지리에 관심이 많아 토정하고 풍수지리(風水地理)에 대하여 이야기를 나눌까 해서 찾아왔지만, 봉래가 좋아하고 취미가 있는 역학은 지난번 밤을 새우면서 토론해서 오늘은 이 분야를 같이 토론하지 못하여 섭섭해서 어찌하지요!"

　"저는 풍수지리도 관심이 많아 금강산 등을 여러 번 갔다 왔습니다. 오늘 재미있고 깊은 학문을 다시 듣고 배우고 가겠습니다."

서기도사도 "조선 전국을 돌아다니다 보니 자연히 풍수지리에 관심이 많았는데, 또 한수를 배우겠습니다."

네 사람은 하인이 가지고온 차를 마시고 풍수지리 토론에 들어갔다.

먼저 격암이 강론을 시작했다.

"풍수지리는 사람이 살고 죽어서 갈 곳인 좋은 땅을 찾는 것인데, 이를 길지(吉地), 낙토(樂土), 복지(福地), 명당(明堂)이라 총칭합니다.

토정은 이 땅을 백성들의 편안하게 생활하고 잘 쓸 수 있는 땅을 찾아다니지만, 나 하고는 약간 차이가 있습니다.

나는 양택(陽宅, 집터 등)에서 좋은 땅을 찾아서 건강하고 다복하게 삶을 살다가 수명을 다하여 죽으면, 음택(陰宅, 묘터)의 명당을 찾아서 후손이 발복(發福)할 수 있는 땅을 찾는 풍수지리에 대하여 공부하고 연구를 하고 있습니다."

2

옆에서 듣고만 있던 봉래가 격암에게 물어본다.

"나도 땅에 대하여 관심이 있어 금강산 등, 명산의 경관만 찾아다녀 보았지만 사실 땅에 대해서 깊이 있게 아는 게 없어 개념부터 말씀해 주시면 좋겠습니다."

격암이 답했다.

"개념부터라면 토정 앞에서 문자 쓰는 격이 되는데, 좀 그러하지만 해보는 방향으로 하겠습니다."

토정은 "저도 봉래와 같이 좋은 땅을 보는 것은 오직 민중이 집을 짓고 농사를 지으면서 잘 살 수 있는 땅을 찾아보는 것뿐입니다."

"……."

다시 봉래가 재차 부탁했다.

"토정도 개념부터 격암에게 듣는 것을 원하는 모양인 것 같으니 상세히 말씀해 주시지요!"

격암이 몸을 가다듬고 정좌를 한 다음!

"아시는 바와 같이!"

음택(陰宅)은 죽은 자의 집이고 이는 묘소를 뜻하지요!

양택(陽宅)은 산자의 집입니다. 도읍지, 고을, 마을, 도시 등의 단지를 조성하고 살집을 짓는 터입니다.

특히 풍수지리라 함은 대다수 사람은 음택인 묘터를 총칭하는 경향이 있는데, 즉 명당을 잡아 돈, 명예, 출세, 후손 발복에만 취중하고 그 자리에 들어가는 당사자는 도외시하는 경향이 있는 것이 대단히 유감스럽고 바로 잡아야 하는 분야이다.

풍수지리는 중국은 이기풍수인 이론적 풍수인데 반하여 조선은 땅의 풍수 형식을 보고 판단하는 풍수이다.

높은 쪽 산소가 있는 집안에 예전에 높은 벼슬로 잘나가던 집안의 부자 집의 터이다. 자기 조상이 높은 쪽에서 내려 다 본다.

그러나 높은 쪽은 바람이 불고 물이 멀어서 좋지 않다. 결국 좋은

거는 가고 나쁜 것은 다가지고 있어서 자손이 번성과 번창하지 못하고 몸이 허약하니 생산을 못하고 끊기므로 양지에 물이 가까운 곳이 길지이며 명당이라고 보았습니다.

산맥은 물을 만나면 멈추고, 물은 낮은 쪽에 위치한다.

부자는 물이 없으면 안 되고 농사를 거둬들여야 부자이다. 산에 가면 부자가 될 수 없고 넓은 평야에 터를 잡고 살아야 부자가 된다.

"……."

"양택인 집터의 풍수(風水)는 배산임수(背山臨水)와 남면산록(南面山麓) 땅에 살기 좋은 터를 구하는 것이다.

음택은 죽어서 생기(生氣)가 있는 곳에 묻혀 후손에게 발복(發福) 할 수 있는 곳을 명당이라 하는데, 명당은 삼대가 적선(積善) 해야 길지를 얻을 수 있고, 인간은 죽음 앞에 모두가 평등하여 묘터인 음택을 대단히 중요시 하고 있다."

봉래가 입을 열었다.

"풍수도 그렇게 학문적이고 깊이가 있습니까?"

격암이 말을 다시 이어 갔다.

"전 우주 속에서 은하계는 1,000억 개가 넘는 수많은 은하계 중, 지구(땅)는 태양계 중의 하나인데, 인간은 지구, 수성, 금성, 화성, 목성, 토성, 황성 등이 태양을 주위로 공전하며 각각 자전하여 생면체가 생장소병멸(生長消病滅) 하면서 살고 있다고 봅니다."

천문(天文)과 풍수지리(風水地理)와 사주(四柱) 및 기문둔갑(奇門遁甲)은 하늘과 사람의 기(氣)의 운행(運行)과 직결되는 철학적 원리를 담고 있다고 말씀드릴 수 있습니다.

이중 오늘은 풍수지리에 대하여 설명하는데, 풍수(風水)는 땅의 기운(氣運)이 되는 형세(形勢)나 산수(山水)나 지형(地形)을 판단하는 땅과 관련된 진리를 연구하는 학문으로 유기설(有機設) 또는 통기설(通氣設) 등이 적용됩니다.

만물은 기(氣)로 이루어졌으며 만물 중의 하나인 땅도 지기(地氣)로 이루어진 것으로 본다.

지기에 대해 음양·오행·주역의 논리로 체계화한 것이 풍수지리이다. 현존하는 최고의 풍수지리서는 중국 동진의 곽박이 지은〈금양경(金陽經)〉입니다.

풍수(風水)의 원리는 장풍득수(障風得水) 또는 장풍득수(藏風得水)의 줄인 말이며, 우리 인간은 살아가려면 동양철학에 서는 기(氣)가 잘 통하여야 한다고 하는 것인데, 이 기(氣)를 우리가 사는 곳에 잘 전달되어야 사람은 생기(生氣)를 마시고 잘 통하여 살아 갈 수 있다고 보았습니다.

풍수에서 기(氣)는 생기(生氣), 사기(邪氣), 음기(陰氣), 양기(陽氣), 토기(土氣), 지기(地氣), 승기(乘氣), 취기(聚氣), 납기(納氣), 기맥(氣脈), 기모(氣母) 등으로 분류되기도 하지만, 가장 중요한 것은 생기(生氣)를 찾는 일이다.

그러면 이 생기는 어떻게 사람이 사는 지구와 사는 곳에 운반하는 원리가 있습니다.

이 생기를 나르고 운반하는 것이 지상에는 바람(風)이 운반하고 지하에는 물(水)이 운반하는데, 운반된 바람은 잘 통하고 저장하고 막아 가두는 것을 장풍(藏風)이라 합니다.

물은 잘 들어오게 얻는 것을 득수(得水)라 하는데, 즉 바람은 잘 통하고 들어온 바람은 저장하고 막아야 하며, 물을 얻기 위해서는 바다와 강과 냇가가 있어야 한다는 이치로 보았습니다.

양택(陽宅, 집터 등)이던 음택(陰宅, 묘)이던 이러한 생기가 있는 땅이 좋은 길지인 명당(明堂)입니다.

한참 설파를 하던 격암은 잠시 물을 마시고 다시 말을 이어갔다.

"조선의 한반도 지형을 나는 호랑이가 앞발로 만주 땅을 할퀴는 형상이고, 백두산은 호랑이 코이고 호미곶은 호랑이 꼬리에 해당한다고 보았습니다.

경상도 포항의 영일만 동쪽에 있는 호미곶은 조선의 동쪽 끝 땅인데, 호미(虎尾)라 하는 것은 용맹스러운 호랑이를 보고 그 꼬리라는 뜻입니다.

그런데 혹자들은 외세에 빌붙어 살고자 하는 사람들이 다소 있어 용맹스러운 호랑이에서 가날 픈 토끼 또는 이상한 동물에 비유할 것인데, 이는 주인의식과 애국심이 없는 한심하기 짝이 없는 발상인 것입니다."

3

풍수지리(風水地理)는 상지(相地) 등으로 부르기도 하는데, 그 구분은 음택(陰宅)인 묘지를 고르고 명당을 찾는 것과 집터와 마을, 건물터를 선택하는 양택(陽宅)으로 나눈다.

풍수지리의 기본은 음양오행, 사상팔괘, 하도낙서, 10간 12지의 원리와 방향을 잡는 데, 나침반(羅針盤)으로 지형을 보고 정한다.

풍수의 기원은 풍수를 바람과 물과 땅을 모두 포함하는 자연(自然)의 이치라고 보면, 삼국사기에 기록된 현묘지도(玄妙之道), 풍류(風流)라는 말은 풍수(風水)와 연관되며, 이러한 풍수의 역사는 단군조선의 천지화랑(天指花郞), 배달나라의 천웅도(天雄道)에 맞닿게 되고, 천웅도의 원천인 환국(桓國)에 이르게 됩니다.

이미 환국시대에 삼신오제론(三神五帝論)을 적용한 삼사오가제도(三師五加制度)에서 볼 수 있듯이 풍수의 원리인 음양오행(陰陽五行), 천지인 음양중의 삼태극(三太極) 사상이 활용되었으며, 이 이전의 마고(麻姑)시대에 건곤감리(乾坤坎離) 또는 수화지풍(水火地風)에 상응하는 기화수토(氣火水土) 사상이 실생활에 적용되고 있었다고 보며, 조선의 풍수사상은 1만년 이상 거슬러 올라가게 된다고 생각합니다.

중국에서의 풍수는 음양오행 사상이나 참위설과 혼합되었고 초기에는 도교의 성립에 영향을 미쳤다.

기록상 진시황의 진(秦)나라 시대에 황석공(黃石公)이 지은 청낭경(青囊經), 청오자(青烏子)가 지은 청오경(青烏經)이라는 지서(地書)가 있으며, 한(漢)나라 시대에 주도선(朱桃仙)은 수산기(搜山記)를 저술하였고, 장자방(張子房)은 적정경(赤霆經)을 지었다.

나라의 땅을 세밀히 적어 백성들에게 알렸다고 황석공과 주도선은 모함으로 피살되었다.

동진(東晉)시대에 곽박(郭璞)은 장서(葬書)를 지었는데, 금낭경(錦囊經)이라고도 불리며, 당(唐)나라 중엽에 역학자들에 의하여 지리오결(地理五訣), 천기대요(天機大要), 팔십팔향(八十八向), 지리대전(地理大典), 열반경(涅槃經) 등의 여러 저서들을 편찬했는데, 일반에 널리 알려져 보편화함에 따라 우리나라 삼국시대에도 전파 되었습니다.

우리는 마고시대 또는 환국시대 이후로 스스로 나온 풍수와 당나라 등 중국에서 들어온 풍수가 혼합되면서 여러 원리가 체계화 되고 계통화 되었다.

풍수의 원리는 특히 집터인 양택에서는 전통적으로 배산임수(背山臨水)라는 말로 부르기도 한다.

즉 풍수는 사람이 사는 양택이나, 죽어서 가는 묘자리가 되는 음택으로서의 길지인 명당은 바람을 막아주거나 잠재우고 물을 얻는 곳으로 생기(生氣)가 있는 곳이 된다.

특히 음택은 온혈, 건혈, 습혈, 냉혈, 수혈, 화혈 중에서 온혈(溫穴) 자리만이 명당길지가 되고 나머지는 흉지가 된다.

음택과 양택에 비검살, 포창살, 배신살, 규산살, 곡살, 용호혼잡살 등의 살격이 있으면 흉지이고, 천적관계(天敵關係)에 있는 형체도 흉지에 해당한다.

혈처(穴處)는 정혈(正穴)과 비혈(非穴)로 나누는데 정혈은 물형이 갖추어진 핵심부를 말하며, 비혈은 물형이 갖추어지지 않았으나, 묘를 쓸 수 있는 곳을 말한다.

혈심(穴深)은 산체의 핵심부인 정혈의 지하광중인 온혈을 심혈(深穴)한 깊이를 말한다. 온혈은 석비레의 토질인데, 석비레는 푸석돌이 많이 섞인 흙으로 풍화된 편마암의 일종이며 석비레 토질이 아니면 정혈(正穴)이 아니다.

정혈에서 좌향을 정확히 정하고 내광을 파되 겉껍데기, 굳은 석비레, 윤기가 나는 토질로 3단계를 거쳐야 하며, 이에 미달하지 않아야 하고 더 파서 온혈을 손상하지 않도록 주의해야 한다.

4

풍수에서 길지인 명당을 찾는 이론적 체계에는 간룡법(看龍法), 장풍법(藏風法), 득수법(得水法), 좌향론(坐向論), 정혈법(定穴法) 등이 있는데, 산맥(龍)의 기세를 살펴서 길흉화복을 판단하는 것을 심룡(尋龍), 명당의 위치를 잡는 것을 정혈(定穴), 음양택의 전후좌우(前後左右)의 사신(四神) 즉, 주작(朱雀), 현무(玄武), 청룡(靑龍), 백호(白虎)에 해당하는 생기(生氣)의 흐름을 잡는 것을 안사(案砂), 명당수(明堂水)를 파악하는 것을 변수(辨水), 좌향을 잡는 것을 입향(立向), 음양택의 일정을 잡는 것을 택시(擇時)라고 한다. 그리고 풍수를 보완조절 하는 것을 비보(裨補)라 한다.

특히 음택인 묘터를 보는 학파는 두 학파로 갈린다.

한파는 용트림(능선, 간룡)을 보고, 또 한파는 능선보다 혈을 보는 학파로 나누어진다.

물론 용트림 능선과 혈을 모두 보면 더욱 좋은 길지로 최고의 명당이지만 이를 다 갖춘 길지는 없다는 것이 정설이다. 용트림은 한절(약1000미터)로 정교하고 일정하게 내려 와야지 절이 일정치 못하고 절이 없이 한참을 내려오는 능선과 절이 수없이 짧고 많은 것은 사두(巳頭) 능선으로 기운을 받지 못하는 좋지 않은 능선이다.

하여간 체백(體魄)이 묻히는 자리가 혈인데 혈이 능선보다 우선된다고 생각하기도 하는 학파가 대다수인 것 같습니다.

풍수지리의 계파는 문맥에 따라 크게 문안계(文眼系), 법안계(法眼系), 도안계(道眼系), 신안계(神眼系, 물형설)로 나눌 수 있다.

문안계와 법안계는 중국에서 전해온 학설인데, 오행설(五行說)을 따른다. 오행설은 지구상의 모든 만물의 원리가 수목화토금(水木火土金)의 5가지로 되어 있다고 한다.

그리하여 음택이나 양택을 이 오행의 원리를 적용하여 소위 길지인 명당자리를 찾는 것이 된다.

도안계는 도(道)를 통하거나 신기(神氣), 영기(靈氣) 등에 의하여 묘지 등을 선정하는 계통이다. 철학적 및 도학적 원리가 적용되는 것이라고 볼 수 있다.

역사적으로 기록된 사례는, 서기전3897년에 한웅천왕이 하늘나라인 환국(桓國)에서 땅의 태백산으로 내려와 수도 신시(神市)를 건설한 것, 서기전2333년 단군왕검이 아사달을 수도로 정하고, 마한 땅의 혈구 마리산이나 태백산 마니산 또는 번한의 수도인 탕지(湯池), 태산(泰山) 등에 제천단(祭天壇)을 설치한 것 등이다.

신안계는 산체(山體)의 모양을 물형(物形)으로 일명 형국론(形局論)이며, 형국을 식별하여 핵심부에 정혈을 묘지로 선정하는 것이다. 즉, 산체의 모양을 만물인 인간, 동물, 식물, 곤충 등의 모양으로 비교하여 어떠한 물형의 핵심부인 정형(正穴)에다 묘지를 선정하는 원리를 물형론이라고 한다.

이 신안계 물형설(物形說)은 기록상 자료가 부족하나 물형을 답사하고 관찰하고 문답으로 이론을 전수하는 계통이다. 물형설은 비전(祕傳)으로만 전해오는 학설로 자신만 알고 있는 학설을 공개하지 아니하고 특정인에게만 비밀리에 전해진 것을 말한다. 처음 창시자는 불교계의 신라말기의 도선대사가 이 신안계 물형설의 시조라고 하며, 고려시대를 지나면서 물형설을 이은 학맥은 김위제(金謂磾), 나옹선사, 무학대사를 거쳐 함허대사와 유교계의 정도전과 기화이며, 유불계 혼합으로 접목하여 체계를 세운 내가(남사고) 그 학맥을 잇고 있다고 생각하며 유불양계로 전해오는 학설이다.

5

산수(山水)의 형을 보면, 오룡쟁주형, 평사낙안형, 연화부수형, 옥녀금반형, 비룡상천형, 해복형, 비룡망수형, 영구포란형, 장군대좌형, 장군출동형, 장군검무형, 선인독서형, 옥녀단좌형, 옥녀봉반형,

와룡롱주형, 귀룡형, 사두형, 생사추와형, 복호형, 노서하전형, 매화락지형, 모란형, 금계포란형, 봉소형, 지주형, 오공형, 직금형, 금차락지형, 은병저수형, 반월형, 풍취라대형 등 물형에 비유하여 정혈을 찾는다.

그러고 보면 한국의 전국 각지에 용, 호랑이, 소 등의 짐승이나 매화, 연꽃 등의 식물 또는 사람, 기계(器械), 도구(道具), 도자기, 의류(衣類), 천체(天體) 등의 모양으로 이름 붙여진 동네나 산의 명칭은 물형론(物形論)과 연관이 많다. 물형론은 다른 말로 형국론(形局論)이라고 할 수 있다.

역대 왕조의 도읍지는 모두 풍수와 밀접한 도참설(圖讖說)과 관련이 있는 것이 된다. 또 특히 도읍지 외에 이궁이나 별궁을 둔 것도 풍수와 관련된다.

즉, 태백산 신시가 1,000년 이상 배달나라의 수도였던 것, 배달나라 말기에 태백산 신시에서 청구로 수도를 옮긴 것, 2,000년간 지속된 단군조선이 삼한(三韓)의 수도를 각각 두고 이궁(離宮)을 두었다.

특히 진한은 수도를 3번 옮기고, 번한은 5덕지(德地)라고 불리는 5경(京)을 둔 것, 북부여 시대에 해모수가 웅심산(熊心山)에 의지한 것과 단군천왕이 홀본(졸본)으로 옮긴 것, 고구려 시조 고주몽 성제가 홀본(졸본)에서 창건하고 상춘(늘봄, 눌현)으로 옮긴 것이다.

도읍지로 1,000년 이상 지속된 신라가 6촌의 중앙이 되는 서라벌을 수도로 삼고 궁궐을 반월성에 정한 것, 유리명제가 국내성으로 옮긴 것, 온조왕이 한산(漢山)을 뒤에 두고 위례성(尉禮城)을 정한 것,

대진국이 5경제도를 둔 것, 고려가 개경 외 서경(平壤), 남경(漢陽), 동경(慶州)을 둔 것 등은 풍수에 의하여 지정한 곳이 된다.

단군조선 삼한(三韓) 수도와 저울형(稱形)의 그 예를 살펴보면!

탈해왕과 현월형(弦月形)은 삼국유사의 신라 초기 탈해왕에 관한 대목에는, 탈해가 산에 올라 현월형(弦月形)의 택지를 발견하고 속임수를 써 그 택지를 빼앗아 후에 왕이 되었다는 내용이 있다.

백제와 고구려의 천도(遷都)는 백제가 후대에 반월형의 부여(扶餘)로 천도한 것과, 고구려가 후대에 평양(平壤)으로 천도한 것도 모두 풍수사상에 의한 것이 된다.

그러나 신라는 군사적 요새지가 아닌 경주 반월성(半月城)에 터를 잡고 천도 없이 1,000년 도읍지가 된 것은 세계에서도 유래가 없는 길지이다.

이 길지에서 3성(朴, 昔, 金씨)이 번갈아 가면서 왕위에 올라 나라를 다스리는 왕으로 추대하였고 또한 여왕(선덕여왕, 진덕여왕, 진성여왕) 3명이 탄생 되었고, 화랑제도로 나라를 부강하게 만들었으며, 화백제도는 후세 나라에서도 배울만한 제도이며, 이러한 곳은 어디에도 없는 길지입니다.

신라 중기 의상대사(625~702)는 칭형(稱形)에 의거 전국에 명찰(名刹)을 창건하였다. 임란 시 정유재란 때 귀화한 두사충(杜師忠)은 지경(地經)에서 의상대사를 신승으로 평가하기도 했다.

도선대사(道詵大師, 옥룡자(827~898))의 풍수는 신라 말기에 도참설(圖讖說)을 주창한 스님으로 구산선문(九山禪門) 중 동외산선문(桐畏山禪門)에 속하였던 당시 풍수대가였으며, 중국에서 발달한 참위설을 참조하여 지리쇠왕설, 산천순역설, 비보설(神補說) 등을 주장하였으며 일종의 비기도참서인 도선비기(道詵秘記)를 남겼다.

도선대사는 고려태조 왕건의 출현을 예언하였으며, 고려 충신 신숭겸의 묘를 잡아주기도 하였다. 고려태조가 도선대사의 풍수를 믿은 것이 분명하며, 훈요십조(訓要十條)의 내용에는 절(寺)을 세울 때 산수(山水)의 순역(順逆)을 점쳐서 지덕을 손박(損薄)하지 말도록 하는 등 풍수와 관련된 부분이 있다.

고려의 도읍지(수도) 개경(松嶽)은 도선대사가 정하였다고도 하며, 개경의 위치를 풍수적으로 장풍득수의 형국으로서 내기불설(內氣不洩)의 명당이라 찬양하고 있다.

한편으로는 첩첩산중으로 국면이 넓지 못하고 물이 중앙으로 모여들어 수덕(水德)이 순조롭지 못하여 이를 보완하기 위한 방법으로 많은 사탑(寺塔)을 세우기도 하였다.

고려시대의 남경(南京)인 한양(漢陽)은 도선대사의 풍수를 근거로 내세워 오덕지(五德地)를 거론하며 한양을 남경으로 정해야 한다고 강론하여 결국 실행되었다

고려 말 나옹대사(懶翁大師, 1320~1376)는 황희 정승의 조부 황균비의 묘터를 전북 전라도 남원 대강에 점지하였다. 이후 황희는 조선시대에 3대에 걸쳐 정승을 지낸 길지인 명당을 잡아주었다.

격암의 강론에 방안이 너무 적막하여 분위기를 바꾸는 의미에서 토정이 말했다.

"격암이 너무 긴 시간 풍수지리에 통달한 학문을 자세하게 말씀을 해주셨는데, 잠간 쉬고 휴식시간을 이용하여 한양 도읍지를 정한 풍수에 대한 이야기는 저가 설명하면 어떠하시겠습니까!"

격암이 대답을 했다.

"내가 조금 힘은 들지만 풍수지리는 비책 3편중 내가 제일 좋아하고 많이 공부하고 연구한 분야로서 풍수 이야기가 끝나면 마무리 하는 차원에서 토정이나 서기도사께서 관상에 대하여 말씀해 주시는 것이 어떠할 지요!"

토정이 "예! 좋습니다. 그렇게 하겠습니다."

격암은 다시 말을 이어 나갔다.

"태조 이성계가 조선을 개국하고 도참설(圖讖說)에 의거 개경 송악 (松嶽)은 지기가 쇠하였다고 판단하고 도읍지 도감을 설치하여 도감(都監)에 경기도 관찰사인 호정(浩亭) 하륜(河崙)을 임명한 후 지관(地官) 네 명을 지명하여 동서남북으로 각각 조선 전국으로 보냈다.

송악 이북에는 산지가 험악하고 평양은 고구려가 도읍하여 지기가 쇠하였고, 조선은 농본(農本)을 제일주의로 삼았는데, 평야가 없고 농지가 부족하므로 4명 전원을 송악 이남 쪽으로 내 보낸 후 각기 풍수지리를 본 결과가 나왔다.

첫 번째 대상지역으로 태조가 도참설을 믿고 권중화(權仲和)를 시켜 계룡산을 돌아보고 올린 〈계룡산도읍도〉를 태조는 권중화에게 조목 조목 다시 물었다.

권중화가 태조에게 다시 구두로 보고 하기를 계룡산(鷄龍山)은 뛰어 난 형국으로 특히 남쪽의 신도안지역의 명당으로 꼽히는 특징이 있 습니다.

첫째, 산태극(山太極), 수태극(水太極)의 지세(地勢)입니다. 이는 중국 의 자금성(紫金城)의 산태극의 형세와 일본 천황이 살고 있는 황거(皇 居)의 수태극 형세인 신도안 지역 음양조화(陰陽調和)의 대 길지와 같 습니다.

덕유산에서 발원한 능선(용)이 운장산과 대둔산을 거쳐 금강과 마 주치는 지점에 우뚝 솟아 있고, 형은 구부려져 남쪽으로 뻗어 나가 는 모양의 형세지로 계룡산은 태극형(太極形)이며, 산은 산과 물이 태 극도형(太極圖形)으로 되어 있는 산태극수태극(山太極水太極) 형세로 길 지인 명당입지다.

둘째, 조산(祖山)인 덕유산을 돌아보는 회룡고조(回龍顧祖)의 지세로 용(龍)이 승천하며 마지막으로 조산(祖山, 祖上)을 바라보는 형국으로 길지로 보았습니다.

셋째, 금계가 알을 품고 있는 금계포란형(金鷄抱卵形)으로 사신사(四 神砂), 즉 좌청룡(左靑龍, 용), 우백호(右白虎, 호랑이), 북현무(北玄武, 거북 이), 남주작(南朱雀, 공작)의 풍수의 수호신이 보호하는 명당으로서 조 건을 다 갖추고 있다고 보았습니다.

두 번째 대상 지역은 왕십리(往十里)를 둘러본 무학대사(無學大師)는 이 자리가 길지이며, 조정의 정치와 백성들의 살아가는 데는 좋은 명당이라고 생각하고 수십 번 다시 보고 관찰하였는데, 하루는 이곳을 지나가다가 노인이 소로 밭을 갈면서 이 미련한 놈아 왜 무학을 닮아서 바로 가지아니하고 옆으로 비틀게 가는 냐! 하면서 소를 보고 호통을 치는 소리를 듣고 무학이름을 거명하는 소리에 놀라 돌아 보니 노인과 소는 간대가 없어, 이상히 여기고 십리를 더 가서 한양(漢陽)으로 도읍지로 정하기로 마음 먹었다.

세 번째 대상지역을 담당한 지관은 모악(母岳, 현 신촌 쪽)을 돌아보고 이곳은 아리수(한강) 근접으로 물이 풍부하고 평지가 넓으나, 한 가지 부족한 것은 안산과 좌청룡과 우백호가 상호 균형을 이루지 못하고 특히 청룡이 낮고 뚜렷하지 않는 것이 흠이라고 보고 했다.

네 번째 대상지역으로 교하(交河)는 옛 도읍지인 개성 송악과 가깝고 아리수와 임진강이 합류하여 물길이 바꾸어지는 교하(交河)는 평야도 넓고 지세가 온화하여 도읍지에 적합하다고 보았으나, 고려 도읍지인 개경과는 너무 가까워서 새롭지 못하다고 보고했다.

마지막으로 한양(漢陽)은 풍수지리 논리상 최적지라고 정도전과 무학대사가 적극 태조에게 추천한 곳이다.

그러나 태조 이성계는 종합보고를 받고 도참설에 의거 계룡산으로 마음이 크게 동요하여 즉위 2년 1월 19일, 추운 동절기인데도 불구하고 현지답사 길에 올랐다.

동년 2월8일, 현지 계룡산에 도착한 태조는 신도안 산수 형국을 살펴보고 수행한 신하에게 궁궐배치, 성곽축조, 교통, 종묘(宗廟), 사직(社稷),조시(朝市) 등에 세밀히 보고 관찰한 소감과 의견을 상세보고 하도록 하였다.

무학대사는 속으로는 물이 너무 멀리 있고 부족하며 교통도 다소 불편하다고 생각하였는데, 태조가 묻자 여러 신하들의 의견을 따르소서! 하고 답변을 보류하는 쪽으로 하였다.

태조는 5일간 머무르면서 형국을 살핀 후 대단히 만족하여 신도감영(新都監營)을 설치하고 공사를 진행하다가, 그해 12월1일 경기도 관찰사 겸 도읍지 도감인 하륜의 상소에 의하여 중지하고 말았다.

하륜의 상소 요지는 도읍지는 한나라의 중앙에 있어야 하나 계룡산은 동서북과 거리가 멀고 신도안은 지형이 넓지 못하여 서울의 삼각산에 비하여 경관이 수려하지 못하고 조수(潮水)가 적어 공물을 실은 배가 드나들기 불편하여 교통에 문제가 있고, 조정과 백성이 먹고 사용할 물이 부족하여 농사를 짓는데 적합하지 아니하다고 보고 하였다.

그러나 태조는 계룡산에 마음을 정하고 벌써 궁궐공사를 하고 있는 곳으로 쉽게 취소를 못하고 심사숙고를 하고 있었다.

그러던 중, 어느 날 태조의 꿈에 떡장수 할머니가 나타나서 말을 하였다.

'이 땅은 정씨네 땅이니 여기에 도읍을 하면 천벌을 받고 100년도 못가서 나라가 망한다'고 말한 후 사라지자 태조는 예사롭지 않아 무학대사에게 꿈 풀이를 물어보니, 그 떡 장수는 신(神)의 화신(化身)임을 해몽하자, 도읍지와 궁궐공사를 중지하고 감사하는 마음에서 신원사(新元寺)절을 지어 보답하였다 한다.

격암은 얼마 전 조선 전국 십승지를 돌아보는 과정에서 계룡산에 가보니 지금도 그 자리에 궁궐 공사를 하던 주춧돌이 그대로 남아있었다.

그러나 도읍지 궁궐 공사를 중지는 하였지만, 아무리 보아도 후세 어느 때에는 이곳이 수도로 될 땅임을 보았다.

그 다음은 교하도 검토 대상에서 제외되고 한양과 모악 두 곳이 찬성과 반대가 상호 팽팽하였다.

도감인 하륜은 모악을 찬성하고 이 자리는 군주가 탄생하는 지기가 있어 도읍지로 지정할 경우 향후 수많은 군주가 등극하는 땅이라고 하고, 한양은 왕조가 500년 정도 밖에 안가고 조정의 당파로 정치가 순탄치 못하다는 이유로 반대했다.

격암이 강론을 중지하고 한참 숨을 몰아쉬고는!

"토정과 봉래는 어떻게 보았습니까?"

"나는 조선이 개국한지 약200년이 지났지만 지금이라도 도읍지를 도감 하륜이가 정한 모악으로 옮기던가 아니면 교하로 이궁해야 장차 일어날 4대 왜란을 면하고 당파정치와 사화가 일어남을 막는 길입니다."

토정도 "나는 거기 까지는 못 미치는 것 같습니다 만 지금 한양의 도읍지는 개국과 동시에 왕자의 난과 조카를 몰아내고 왕위를 쟁탈

한 사건과 반정이 일어난 것 등을 보아 길지는 아닌 것 같습니다."

봉래도 의견을 제시했다. "풍수에 짧은 나도 그렇게 생각합니다. 그러나 도읍지를 이궁 한다는 것은 백성들이 정서와 마음을 혼란스럽게 만드는 일이라서 심사숙고 할 사안이라 생각합니다."

결국은 한양으로 도읍지를 정한 것은 태조와 사이가 좋은 무학 대사가 하루는 아침에 일어나서 삼각산에 올라가보니 마침 눈이 와서 능선에 눈이 쌓여 있어 이 땅이 우리가 찾는 새 도읍지이고 눈이 띠를 친 곳에 성벽을 쌓으면 군사적 요새지가 되고, 이 안에 도읍지를 정하면 된다고 믿었다.

조선개국 총괄 책임자인 정도전(鄭道傳)은 한양이 산세와 아리수 물이 바로 앞에 있고 풍부하여 길지라고 했다.

단 하나의 문제는 아리수 물이 오른쪽에서 좌측으로 흘러야 하는데 반대로 좌측에서 오른쪽으로 역수가 되어 모든 정사가 역으로 가는 일이 많겠고, 물이 나가는 수구가 눈에 보이지 않게 나가야 하는데 수구가 눈에 훤히 보이는 것이 마음에 들지 않는 면은 있었다.

또한 궁궐을 놓는 좌향(坐向)을 남쪽으로 하여야 하는데, 안산 능선이 너무 짧아 조정이 길게 가지 못할 것이고, 화산(火山, 불의 산)이라서 궁궐 및 도성 가옥이 자주화재가 발생할 것이며, 좌청룡인 낙산이 우백호인 인왕산보다 너무 낮아 조정이 여자득세와 무관들이 사용하는 칼로 피를 흘리는 행위인 사화가 자주 일어날 것이 고민거리로 생각되었다.

그러자 도감인 하륜은 만약 한양으로 정하면 산 지세를 보아 남쪽으로 궁궐을 놓지 못하니 동쪽으로 짓자고 했다.

이 또한 정도전과 무학대사가 동쪽으로 놓으면 차선책의 좌향이기는 하나, 인왕산이 주산이고 삼각산이 좌청룡이 되며 남산이 우백호가 되고 주산이 응봉과 낙산 두 곳이며, 산이 너무 작고 낮아 안산의 역할에 문제가 많다고 두 사람은 반대했다.

7

조선개국 실세인 정도전과 도읍지 도감인 하륜과 태조와 친근한 무학대사가 서로 풍수의 기본논리와 원칙을 두고 격론하게 되었다.

다시 풍수지리에 의하여 길지의 조건을 살펴본다. 명당주변의 산세가 포근하게 사람을 받아들일 자세가 되어 있는지를 중점적으로 살펴보았다.

무정하게 돌아앉았거나 외면하는 산세는 좋지 못하다. 가장 전형적인 장풍법은 사신사(四神砂)의 구조를 살피는 것이다.

좌청룡(左靑龍) · 우백호(右白虎) · 남주작(南朱雀) · 북현무(北玄武)로 이러한 형태는 한양을 예로 들면 이해하기 쉽다.

한양의 명당을 주재하는 것이 북현무인 북악산이 주산이며, 북악산은 다시 조산인 북한산에서 맥을 이어받았다.

주산은 혈장 뒤에 우뚝 솟아 위엄을 갖추고 명당의 얼굴이 된다. 좌청룡 · 우백호는 주산의 좌우에서 주산을 호위하면서 명당을 감싸는 모양을 갖추어야 좋다.

한양에서의 좌청룡은 낙산, 우백호는 인왕산이다. 남주작은 조산(朝山)인데 말 그대로 임금인 주산에 대해서는 신하와 같은 산으로서 공손히 머리를 조아리듯 한 모양이어야 한다. 한양에서는 관악산이 이에 해당하는데 조산으로서는 다소 기가 센 것이 흠이다.

그리고 주산과 조산 사이에 책상 또는 밥상과 같은 산이라 하여 나지막한 안산(案山)이 있는데, 한양의 남산이 이와 같은 산이다.

안산으로 제일 좋은 산은 책상과 밥상과 같이 일찍선으로 그 길이가 길면 길수록 1,000년 간다고 하는데, 남산은 길이가 짧아 약500년 수준이다.

그 다음이 붓같이 생긴 필봉인데, 필봉은 공부하는 선비가 많아 관직에 출사하는 후손이 많이 배출되는 것이다.

다음으로는 노적봉 같이 생기면 부자가 되며, 안산 양쪽에 우뚝 솟아 있으면 후손이 무관 장군이 많이 배출되는 형국으로 보고 있습니다.

풍수는 음양론(陰陽論)과 오행설(五行說)을 기반으로 땅에 관한 이치, 즉 지리(地理)를 체계화한 전통적 논리구조이며, 주역(周易)을 주요한 준거로 삼아 추길피흉(追吉避凶)을 목적으로 삼는 상지기술학(相地技術學) 으로 구성은 산(山)·수(水)·방위(方位)·사람 등 네 가지의 조합으로 성립되며, 구체적으로는 간룡법(看龍法)·장풍법(藏風法)·득수법(得水法)·정혈법(定穴法)·좌향론(坐向論)·형국론(形局論)·소주

길흉론(所主吉凶論) 등의 형식논리를 갖는다.

 '풍수라는 용어는 중국 동진(東晉)의 곽박(郭璞)이 쓴 장서(葬書)에 죽
은 사람은 생기에 의지하여야 하는데, 그 기는 바람을 타면 흩어져
버리고 물에 닿으면 머문다. 그래서 바람과 물을 이용하여 기를 얻
는 것을 풍수라 일컫게 되었다. 장자승생기야경일기승풍칙산계수칙
지고위지풍수(葬者乘生氣也經日氣乘風則散界水則止故謂之風水)라는 기록에
서 시작 되었다는 것이 정설이다. 그러나 이미 그 이전부터 풍수라
는 말이 쓰였다는 것은 분명하다.

 풍수의 본래적 의미는 지극히 일상적이고 평범한 생활환경을 대변
해 주고 있는데, 풍(風)은 기후와 풍토를 지칭하며, 수(水)는 물과 관
계된 모든 것을 가리키고 있다. 따라서 풍수의 대상은 땅을 보는 지
리학이라 할 수 있다.
 풍수의 기본논리는 일정한 경로를 따라 땅 속을 돌아다니는 생기(
生氣)를 사람이 접함으로써 복을 얻고 화를 피하자는 것이다.
 눈으로 확인되지 않는 땅 속 생기의 존재 자체는 아직 증명되어 있
지 않으나, 그 존재가 전제되어야 설명되는 현상들이 많이 있으며,
이를 증명하는 것이 풍수지리학이다.

 산 사람은 터를 잡고 집을 지어 땅의 생기 위에 삶을 영위하면서 무병장수 하고 부귀영화(富貴榮華)롭게 그 기운을 얻는 것으로 산사람의 개인적 삶의 축복에 해당되는 땅이며 이를 길지라 한다.

 반면, 죽은 자는 묘터를 잡아서 땅 속에서 직접 생기를 받아들이기 때문에 산 사람보다는 죽은 자가 얻는 생기가 더 크고 확실하다. 죽은 자가 얻는 생기는 본인보다 후손에게 발복(發福)하는 것을 바라는 땅을 명당이라 한다.

 격암은 달리 보고 있습니다.

 특히 음택인 묘터는 후손이 발복도 중요하지만 그 터에 생기를 받아 살고 있는 죽은자가 더 중요하다고 생각하고, 그 자리에 들어가는 본인이 후손보다 우선되어야 합니다.

 옛 풍수에 관한 서책과 이 시대에 사는 지관이 터를 정하는 것을 보면 대체로 낮에 만 보고 밤의 별자리는 보지 않아 오직 후손이 발복 측면으로 보고 있는데, 나는 그 터가 반쪽짜리 길지라고 생각합니다.

 물론 우주를 보는 천편과 땅을 보는 지편과 사람을 보는 인편이 따로 학문이 있지만, 지편과 인편을 볼 시는 반드시 천편인 우주와 연계하여야지 그렇게 하지 않으면 반쪽짜리 학문에 그치게 된다고 생각합니다.

 만약 내가 사후에 들어갈 묘터는 밤하늘 별자리 움직임까지 보고,

후손보다 나를 위주로 터를 잡아 후손과 제자들에게 점지하여 둘 것입니다.

사후 나의 풍수학을 시기하는 사람과 또한 밤의 별자리의 움직임을 보지 아니하고 터에 대하여 왈가불가 하는 일이 발생할 것입니다. 예언대로 부친 구천십장(九遷十葬) 풍설로 격암의 풍수지리 능력을 폄하하는 일이 발생 하였는데, 정확히 구천십장이 아니고 장남 응진(應震)이 일찍 죽자 한번이장하고 다시 차남 귀진(貴辰)도 일찍 죽자 다시 이장하여 이천삼장(二遷三葬)하였다. 딸에게 내가 죽고 나면 너 또는 너 후손이 외손봉사(外孫奉祀)하라고 부탁을 하였다.

묘터를 정확하게 보려면 지정한 터에서 밤하늘의 별자리 움직임까지 보고 평을 해야 내가 점지한 터를 확실하게 알 것입니다.

옆에 있던 봉래가 물었다.

"앞으로 누가 음택을 밤에 가보고 우주의 별자리까지 관찰해서 보는 지관이 어디 있겠습니까!"

"그게 문제입니다. 하루 12시간(현 24시) 중 밤이 절반을 차지하는데, 양택인 마을과 집터도 밤하늘 별자리 움직임에 따라 그 마을과 집터가 무병장수하고 행복하게 사는 것을 갈음 하는데, 죽어서 첩첩산중에 홀로 누워 천만년 사는 묘터를 그리 대수롭게 봐서야 되겠습니까.

그래서 지관이 낮에만 보고 잡은 명당 묘터가 후손이 끊이고 발복이 되지 못하고 무후 훼철된 묘소가 80%가 넘는 것입니다."

풍수지리에 내포되어 있는 모든 원리는 산에 가시적으로 나타나는데, 용(龍)은 바로 산 능선을 지칭한다.

그리고 용맥의 좋고 나쁨을 조산(祖山)으로부터 혈장(穴場)에 이르기까지 살피는 방법을 간룡법(看龍法)이라 한다.

용 속에는 감추어진 산의 정기, 즉 지기가 유행하는 맥이 있어서 간룡할 때에는 용을 체(體)로, 맥을 용(用)으로 하여 찾는다.

맥(脈)이란 사람의 몸에서 혈(血)의 이치가 나누어져 흐르는 것과 같이 땅 속의 용의 생기가 그 이치를 나누어 지표면 부근에서 흐르는 것이며, 사람이 맥을 보아 건강상태를 진단하는 것처럼 용의 맥도 그 형체를 보아 길흉을 판단하여 길지를 찾는 것이다.

간룡법과 장풍법을 살핌으로써 명당의 크기를 볼 수 있는데, 사신사의 구조가 만드는 넓이가 크면 도읍이나 고을 및 마을이 입지할 수 있는 명당이 된다.

한양의 경우는 사신사 안의 국면의 규모가 커서 도읍지로는 충분하고 길지에 해당된다.

반면 국면이 협소하면 음택인 묘자리로 입지하는 땅이 된다. 즉 풍수지리에서 양택과 음택을 총칭하여 풍수지리의 구분은 오직 명당의 크기에 좌우되기 때문이다.

대략적인 명당의 범위가 확정되면 어느 부분이 생기가 모이는 혈처(穴處)냐 하는 점이 문제가 된다. 혈을 정하는 것이 정혈법이다.

땅에도 몸과 같이 경락(經絡)의 체계가 있고 혈이 있다. 이 혈기는 경락을 타고 흐르던 기가 잠시 멈추는 기의 정거장과 같은 장소이며 이곳이 길지 명당이다.

명당을 이루는 중요한 요소로서 물길을 보는 것이 득수법(得水法)이다.

자연에 직선의 날카로움이 드물 듯이 풍수지리에서도 조화와 부드러움을 좋아한다. 산의 흐름도 부드러우면서 힘 있는 모습으로 꿈틀꿈틀 흘러야 하지만 물도 마찬가지로 직선으로 빠르게 흘러서는 안 되며 용이 날아다니고 승천하는 모습처럼 구불구불 유장하게 흘러야 한다.

그리고 그 흐름은 산의 흐름과 조화되어야 한다. 자연의 운행은 일정한 방향성을 지닌다. 봄 · 여름 · 가을 · 겨울의 변화가 그러하고, 해가 동쪽에서 떠서 서쪽으로 지는 것도 방향성을 보여준다.

그러므로 명당에 배치하는 기능들의 방향에 따라서 기의 영향도 상당히 차이가 생기게 된다.

입지하는 존재의 성격에 따라 적절한 방향으로 결정되어야 하는데 이러한 문제를 다루는 것이 좌향론이다.

좌(坐)란 혈의 뒤쪽 방향을 말하며, 향(向)이란 혈에서 앞을 본 방향을 가리키는 것이다. 좌향은 지기(地氣)와 천기(天氣)의 조화라는 측면에서도 중요하다.

9

결국 정도전은 풍수의 기본 논리와 같이 도읍지를 한양으로 정하고 궁궐을 남쪽으로 대칭(일직선)으로 짓기로 결정하자, 하륜은 궁궐을 이렇게 놓으면 주산이 북악산이 되고 주작이 관악산이 되면 화기의 산으로 궁궐과 도성에는 화재가 빈발할 것이며, 안산인 남산은 책상도 아니고 필봉도 아니고 노적도 아니고 장군봉도 아니라서 뚜렷한 형상이 없어 조정 또한 바른 정치가 되지 않는다.

또한 좌청룡인 낙산이 낮고 우백호인 인왕이 높아 풍수지리설에 의하면 좌측은 남자, 문관, 장자, 적손을 칭하고 우측은 여자, 기차, 무관, 외손 등을 칭하여 우측 백호가 높고 웅장하여 조선은 장차 장자보다 기차와 양자가 왕좌에 많이 등극 할 것이다.

여자(대왕대비 및 대비 등)가 수렵청청 등으로 통치하고 무관을 뜻하는 칼의 사화와 변란이 많이 일어나서 피비린내가 도성을 꽉 차는 형국이라 저는 이를 찬성하지 못하겠습니다 하고 도감자리를 사직하고 산림으로 숨었다.

무학대사 역시 한양을 도읍지로 찬성은 하였으나, 궁궐 배치에 정도전과 생각이 상이 하여 의견충돌로 결국 도성을 떠나 충청도 간월도에 가서 칩거 하였다.

그 후, 경복궁의 대칭에서 벗어나서 창덕궁을 배치할 때 비대칭으로 자연 그대로 살리면서 건물을 지었다.

또한 개국 초기에 하륜이 본대로 왕자난이 일어나서 하륜의 의견과 같이 창경궁을 동쪽으로 배치하여 건축하였으나, 이 역시 규모나 터가 풍수지리에는 부족한 것이 많았다.

하륜은 도읍지를 정하는데 의견차이로 정도전과 충돌한 이후 방원과 손잡고 태왕으로 등극하는데 1등 공신이 되었다.

10

시간이 한참 흘러간 무렵 우리보다 한참 연하인 국풍(國風)인 박상의(朴尙義, 1538~1621))가 왔다. 자는 의보(宜甫), 호는 백우당(栢友堂)이다.

아직 삼십대이지만 조선에서 풍수에 손꼽히는 안에 들어가는 사람으로 수시로 토정을 찾아오는 모양이다.

다섯 사람은 서로가 인사를 나누었는데, 박상의가 격암을 보고 약간 놀라면서 이렇게 만나 뵈옵게 된 것을 무한한 영광으로 생각 합니다, 했고 다시 봉래를 보면서 역시 이렇게 모셔서 평생 잊지 못하겠습니다, 하였다.

격암과 봉래 두 사람은!

"원 별 말을 다하는구먼! 학문에 나이와 고관대작이 어디 있습니까!" 하고 반문성 대답을 하였다.

박상의는 격암이 관직에 있을 때 여러 번 찾아와서 학문을 배워서 후에 관상감 교수를 지냈으며, 정유재란 시에 조선 땅에 주둔하던 명나라 장수가 관우의 사당인 관왕묘를 세우게 되는데, 이때 박상의가 동대문 밖 수구를 막기 위해 만들어 놓은 조산 옆에 비보(裨補) 차원에서, 해좌사향(亥坐巳向)을 써서 안정굴점을 안산으로 삼고 수파(水破)는 을지(乙地)에 사록파(四綠破)로써 서울 동묘자리를 정하였던 것이다.

박상의는 백사 이항복의 묘를 포천에 점지하였다. 이러한 능력으로 국풍이 되었다.

옆에서 듣고만 있던 박상의가 '저도 한번 말해 보겠습니다.'

"저는 먼저 득수(得水)에 대하여 말씀 올리면 중국의 풍수지리에서는 산보다도 오히려 물길을 중시하는 경향이 있습니다.

저도 같은 생각이고요! 이것은 풍수지리설이 흥성하였던 중국 북부지방의 적은 강수량 상황이 반영된 것으로, 그러나 물이 풍부한 조선의 풍수지리설에는 큰 영향을 미치지 못했습니다.

그러나 산·수를 음·양에 비기는 전통적 사고방식에 따라 득수법을 무시하였던 것은 결코 아니라고 보았습니다.

크게 보아 물은 반드시 길한 방위 인 오른쪽에서로부터 흘러들어와 흉한 방위인 좌측으로 나가야 하며, 물에서 탁취가 나거나 물이 혼탁하면 안 되고 혈전(穴前)에 공손히 절을 올리듯 유장하게 지나가야 한다. 직·급류하여 혈을 향하여 쏘는 듯 내지르는 것은 좋지 않다.

이때 산은 산대로 물은 물대로 따로 있는 것처럼 보이면 불길한 것

291

이며, 남녀상배(男女相配)하고 음양상보(陰陽相補)하는 원리에 따라 산수가 상생하여야 하는 것이 좋은 길지이며 명당이라고 생각합니다."

듣고 있던 격암이!
"젊은 나이에 벌서 풍수지리학에 도통한 것 같습니다."
"……."
토정이 다시 입을 열었다.
"땅의 풍수는 그 사용하는 용도에 따라 다르다고 생각합니다. 농사를 짓는 땅은 평지와 물이 풍부하여야하고, 집터는 배산임수(背山臨水)와 남면산록(南面山麓)의 기준에 의하여 남쪽으로 향을 잡아야 햇볕이 잘 들어 집터 안에 습기가 없고 서늘하여 사는 사람이 무병장수하고 또한 겨울철에 따뜻하고 난방비가 적게 들어 좋은 길지가 됩니다."

박상의가 "저의 생각은 거기 까지는 세밀하게 보지 못했습니다. 역시 토정이십니다."
이어서 박상의가 정혈에 대하여 설명했다.
"혈이란 풍수지리에서 생기가 집중하는 지점이다.
혈(穴)과 경혈(經穴)은 서로 대응될 수 있는데, 주자(朱子)는 산릉의 장(山陵議狀)에서 이른바 정혈의 법이란 침구(針灸)에 비유할 수 있는 것으로, 스스로 일정한 혈의 위치를 가지는 것이기 때문에 추호의 차이도 있어서는 안 된다 고 지적하였다 하였는데 저도 똑 같은 생각입니다."

경혈은 사람의 경락에 존재하는 공혈(孔穴)을 뜻하며, 생리적·병리적 반응이 현저하게 나타나는 곳이다. 침구는 이 경혈의 부위에 실시하게 되므로 이위치를 잘 알아 장부(臟腑)의 병을 치료한다.

풍수지리에서도 혈을 제대로 잡아야 생기를 빨리 받게 되며, 진혈(眞穴)을 잡지 못하였을 경우 생룡(生龍)은 사룡(死龍)이 되며, 길국(吉局)은 흉국(凶局)이 되므로 혈법(穴法)을 정하는 풍수에 있어 중대한 기법이라 할 수 있다고 보았습니다.

"어른 선배님들을 모시고 저가 너무 주제넘게 이야기 하는 감이 있습니다 만 이왕 이야기 하는 김에 좌향(坐向)에 대하여 말씀드리면 산·수·방위에 관계된 술법입니다 라고 배웠습니다."

원래 좌향이란 혈의 위치에서 본 방위 즉, 혈의 뒤쪽 방위를 좌(坐)로, 혈의 정면을 향(向)으로 한다는 의미이다.

예를 들면, 북쪽에 내룡(來龍)을 등지고 남쪽에 안산과 조산을 바라보는 혈처의 좌향은 북좌에 남향이지만 풍수에서는 24방위명(方位名)을 따라 자좌오향(子坐午向)이라 부른다. 하지만 보다 넓게는 혈처의 좌향뿐만 아니라 산과 수의 방위문제 전반에 관련이 된다.

좌향은 방향의 개념과는 다른 것으로 한 지점이나 장소는 무수한 방향을 가질 수 있으나, 선호성에 의하여 결정되는 좌향은 단 하나뿐이다.

양택의 집터는 4방위가 전부인데, 대체로 남쪽으로 향하고 그다음이 동쪽으로, 그리고 서쪽으로 하는 경우도 있지만 북쪽향은 사용하지 않는 것이 상례라고 생각합니다.

음택의 묘지의 경우는 24방위를 다 사용 할 수 있지만 역시 남쪽이나 동쪽으로 향을 하고 간혹 북쪽도 사용하는데 이 북향은 후손이 큰 인물이 안 나오면 망하는 향이며, 주의 할 사항은 아무리 좋은 길지인 명당이라도 들어가는 사람에 따라 향이 다르고 같은 사람이라도 하관 일자와 시간에 따라 다르니 풍수를 보는 지관이 할 책무라고 생각이 됩니다.

격암이 다시 탄복성 말을 했다.

"역시 학문은 경륜과 깊이가 있어야 하지만 백우당같이 젊은 나이에 우리들 보다 더 경지에 올라 있는 것 같습니다."

"별 말씀을 다 하십니다." 하고 박상의가 난처 하는 기색으로 대답하면서 "저는 아직 이 풍수지리를 배우는 처지로 선배 어른님들께 한수 배우려 왔습니다." 하고 겸손을 내 비추었다.

박상의는 다시 말을 이어 갔다.

"풍수에서 사람이 직접 눈으로 볼 수 있는 것이 형국인데, 형국은 실제로 직접 답산(踏山)하여 길지를 파악하는 과정에서 눈으로 직접 길흉을 판별할 수 있는 유형분류의 필요성이 생깁니다. 이때 산천의 형세를 인물금수(人物禽獸)의 형상과 유추하여 판단함으로써 비교적 쉽게 지세와 길흉을 알 수 있다고 생각하나 저는 아직까지 잘 알 수가 없는 분야입니다.

우주만물은 유리유기(有理有氣)하여 유형유상(有形有像)하기 때문에,

외형물체는 그 형상에 상응한 기상과 기운이 내재되어 있다고 본다. 그래서 풍수지리설에서는 산혈형체(山穴形體)와 보국형세(保局形勢)에 따라 이에 대응되는 정기가 땅에 응취(凝聚)되는 것으로 생각한다.

만물에 차이가 나는 것은 각각이 지니고 있는 기(氣)의 차이 때문이고, 이 기의 상(象)이 형(形)으로 나타나는 만큼 형으로 물(物)의 원기를 알아내야 한다고 봅니다."

격암이 평을 했다.

"나도 이 분야를 처음에는 보는 대로 알 수 있을 것 같아서 쉽게 생각했으나, 하면 할수록 복잡하고 잘 못 보는 예가 많아 더 공부를 하고 직접 실무를 많이 하는 방도 밖에 없다고 생각하고 있습니다."

박상의가 "소주길흉론은 주로 땅을 쓸 사람에게 관계되는 논리체계라고 생각합니다. 즉, 적선과 적덕을 행한 사람에게 길지가 돌아간다거나, 땅에는 임자가 따로 있다는 지각유주(地各有主)설입니다."

땅을 쓸 사람의 사주팔자(四柱八字)가 땅의 오행과 서로 상생관계이어야 한다거나 하는 주장이 그것으로 택일(擇日)의 문제도 포함된다고 보았습니다.

앞에서 저가 말씀드린 것에 대한 종합적 저의 의견과 생각의 논리체계는 편의상의 분류일 뿐 실제로 산을 보는 모두 일체가 되어 판단에 사용된다고 봅니다.

전체의 국세(局勢)는 상극 · 궁핍 · 산발 · 고단함 · 무정함 · 날카롭고 험준한 곳은 안 되고, 상생 · 상보 · 생기 · 변화 · 둘러싸임 · 유정함·순조로움 등의 종합적 조화와 균형의 분위기를 지녀야 좋다고 결론지을까 합니다.

그러나 길지인 명당을 얻느냐 얻지 못하느냐의 여부는 여전히 하늘에 달려 있어 억지로 되지 않는다고 생각되며, 음택은 대체로 죽은 자의 자기보다 후손에게 발복을 원하는 경우가 대다수이며, 명당과 길지는 인자(仁子)와 효자에게만 주어진다는 이치를 저는 깨달았습니다.

11

토정이 점심식사를 하자고 했다.

"풍수에 대한 높은 식견과 통달한 격암의 설파와 박상의가 추가 말로 풍수지리학 이야기를 하다 보니 시간 가는 줄 몰라 벌서 미시(未時, 오후 3시경)가 다 되어서 점심식사 때가 지났습니다. 일단 점심을 먹고 다시 토론 해 봅시다.

점심식사는 시간상으로 간단한 면밀(국수)로 했으니, 반찬이 없어도 시장 끼가 반찬으로 생각하고 많이 잡수세요!"

식사를 마친 다섯 사람은 상을 물리고 격암이 다시 이야기를 시작했다.

"오늘 마지막 이야기가 될 것 같습니다. 내가 풍수학 중 제일 관심있고 열심히 공부하였던 조선의 길지인 명당에 대하여 말씀드릴까

합니다.

먼저 정혈(頂穴)로 조선의 명당의 갑지(甲地)는 금강산으로 보았습니다."

조선의 일등지 9대혈(九大穴)은!

1. 묘향산 정혈

2. 황해도 구월산 정혈

3. 태백산 정혈

4. 덕유산 정혈

5. 계룡산 정혈

6. 지리산 천왕봉 정혈

7. 지리산 반야봉 정혈

8. 광양의 백운산 정혈

9. 한라산 정혈이 꼽히고 있습니다.

조선의 2등지 팔대혈(八大穴)은!

1. 동래 정씨 시조묘(재상17, 대제학2, 판서20, 공신7, 급제자198명)

2. 하회 류씨 도선산(정승 다수 배출)

3. 합천 가야산 주사로결형(蛛絲露結形)

4. 남원 보절 뇌룡귀소형(雷龍歸巢形 / 군왕28대지지)

5. 안동 김씨 중시조묘, 옥곤저수형(玉壺貯水形 /왕비2, 정승판서20명
   배출)

6. 청풍 김씨 시조묘, 금계포란형(金鷄抱卵形 / 5대정승 배출)

7. 조선 태조 고황제의 건원릉, 일월상포형(日月上浦形)

8. 세조대왕의 광릉(光陵, 세조 혈손으로 후왕승계)

또한 조선의 3대 연주패옥혈 명당은!

1. 경상도 문경 동로 적성리 갈밭골은 연주패옥혈 천하 명당이고.

2. 충청도 중원 동량 조동리 뒷산이 연주패옥혈 역시 명당이고.

3. 충청도 예산 덕산 상가리가 연주패옥혈 명당이다.

역대 3대 명당 왕릉은!

1. 김해 김수로 왕릉

2. 여주 세종대왕 영릉

3. 포천(소월) 세조 광릉

듣고 있던 토정이 의견을 제시했다.

"참으로 정하기 힘든 명당과 정혈이지요! 보는 지관마다 다른 의견으로 말하지요!"

다시 박상의가 물었다.

"명당과 정혈의 기준은 어떠한 풍수논리로 봐야 합니까!"

격암이 대답했다.

"주로 음택을 말하는데, 용트림 능선과 혈을 모두 다 보고 산세가 온화하고 깨끗해야하며 물이 너무 많아서 넘쳐도 안 되며 적어도 안 되고 물이 아주 없어서는 안 되는 득수(得水)를 잘 봐야합니다."

그리고 풍수논리에 조건을 갖춘 산록(山麓)이라 할지라도 혈 주변에 쑥대밭과 대나무밭 및 칡덩굴 등은 시신을 애워싸기 때문이고 아카시아 나무도 혈의 옆에 자생하면 길지가 못된다.

"……"

토정이 풍수에 대하여 마무리 하는 차원에서 마지막 총평을 하였다.

"풍수지리 사상의 측면에서 우리 민족의 마음에서 보는 자연관은 다음과 같다"

첫째, 내룡의 맥세(脈勢)는 북룡(北龍)의 시조인 곤륜산으로부터 수려 장엄하고, 광채나고 둥글며, 맑은 생기에 찬 산으로 연면히 이어져, 길지인 혈장 뒤쪽의 주산에까지 뻗어내려야 한다. 이 연맥(連脈)은 주위 산들의 공손한 호위를 많이 받을수록 좋으며, 생동과 변화하면서도 조화와 안정감을 잃지 말아야 한다.

둘째, 혈을 중심으로 형국을 구성하고 있는 길지 주변의 산세는 사신사의 원칙, 즉 현무수두(玄武垂頭)·주작상무(朱雀翔舞)·청룡완연(靑龍蜿蜒)·백호순부(白虎馴頫)의 형세를 갖추어야 한다. 즉, 주산은 주인이나 임금답게 위엄을 갖추어야 하나 험악하거나 지나치게 위압적이면 좋지 않고, 안산·조산(朝山)은 신하나 아내처럼 결코 주산을 압도해서는 안 되며 내리 눌러서도 안 된다고 봅니다.

실제로 마을은 북쪽의 높은 주산에 포근하게 안김으로써 추운 북풍도 막고 심리적 안정감도 얻을 수 있으며, 남쪽으로는 가까이 안산이 아담하고 멀리는 조산이 뒤를 받쳐주어 안온함을 형성하게 되어야 길지이며,

좌우의 청룡·백호는 명당의 국면을 전체적으로 감싸 안은 듯 하여야 하고, 거역의 자세를 취하여서는 안 되나 그렇다고 너무 핍착하여 답답한 감을 주어서도 안 된다. 산의 모양은 단정하고, 밝고, 맑고, 유연하고, 중첩되고, 아름답고, 유정하여야 한다.

셋째, 물은 반드시 길한 오른쪽 방위로부터 슬며시 흘러들어와 흉한 왼쪽 방위로 나가는 수구가 눈에 보이지 않고 꼬리를 감추듯 빠져나가야 한다.

물에서 탁취가 나거나 흐리면 안 되고, 혈전(穴前)에 공손히 절을 올리듯 유장하게 지나가야 한다. 급류나 직류하여 혈을 향하여 쏘는 듯 흐르면 안 된다.

넷째, 혈자리는 음양의 조화가 집중적으로 표출된 곳이기 때문에 음으로 오면 양으로 맞아들이는 음래양수(陰來陽受)하고 양으로 오면 음으로 맞아들이는 양래음수(陽來陰受)하여야 생기 집중의 혈을 잡아야한다.

이는 속의 자리에서 성소를 정하는 것으로 국면의 지고지선의 장소를 뜻하며, 경관상 중심이 되는 곳이다. 그러나 산세가 높으면 혈도 높은 곳에 있고, 낮으면 혈 역시 낮은 곳에 있게 되는 만큼, 국면 구성의 면에서는 역시 조화가 바탕이 되나 반드시 5부 능선이하에 길지가 있다.

다섯째, 좌향은 산수로 대표되는 국면의 전반이 일정한 형국으로 된 혈의 앞쪽은 트이고 뒤쪽은 기댈 수 있는 선호성 방위인 전개후폐(前開後閉) 지를 선택하여야 한다.

끝으로 풍수의 윤리성으로 길지인 명당에는 주인이 따로 있다고 생각하는 점이다.

'연장칠십(年將七十) 늙은 몸이 감천지성(感天至誠) 효자이고, 적덕수선(積德修善)한 후에 혈을 얻어야한다. 천장지비(天藏地祕)하니 허욕을 내지마라. 민중들은 길지를 얻을진대 아는 것도 쓸데없고 순천적덕(順天積德)하여야 한다.

그르친 것 물욕이고 해로운 것 혈기이다. 스승이 나를 가르칠 때 조선산수(朝鮮山水) 길흉지(吉凶地)와 선악인심취택(善惡人心取擇)의 혈은 주인을 저절로 찾아 주지 않는다.

무엇보다 중요한 것이 인간의 심성이 좋아야. 조화와 균형을 이룬 따뜻한 땅, 즉 길지인 명당을 자연과 어우러진 천지인상관적(天地人相關的)인, 그대로의 존재하는 풍수적 자연관이 있는 우리 민족이다.

격암은 오늘 마무리 말을 하였다.

"그래서 의보(宜甫, 박상의)와 같이 조선팔도를 찾아다니면서 명당중에서 변란, 기근, 질병이 없는 열 곳을 정하여 후손들이 행복한 삶을 살 수 있게 하고자 합니다. 오늘은 아쉽지만 이만 헤어지고 저가 조선 십승지를 정하여 다시 만나서 토론합시다."

격암은 마지막 인사를 하고 토정과 헤어져서 박상의와 같이 도성 안으로 가면서 조선의 명당 중 열 곳을 정하기 위하여 길을 떠날 준비에 대한 이야기를 하면서 길을 걸었다.

"이보게 의보!"

십승지를 정하는 것은 날씨가 따뜻하고 낮이 긴 내년 봄에 한 달 포간 기간을 정하여 직접 가보고 정하는 것이 좋겠다.

지금과 같은 겨울은 길 떠나기에 추위에 몸이 상하고 산자락과 길을 걸어가기가 위험하고 불편하며 눈이 덮히고 초목과 수목이 잎이 없어 삭막하여 보는 이가 마음이 메마른 기분으로 관찰하는데 영향이 있는 계절이며, 여름은 너무 더워서 장기간 길을 가기가 역시 부담이 되고 수목이 너무 우거져서 지형을 한눈에 제대로 보기가 힘들고. 가을은 날씨가 봄보다 좋은데 농촌에 추수 등의 일로 농부들 보기에 좋지 않아 날씨가 따뜻하고 만물이 생기가 있고 수목에 잎이 돋아나는 봄으로 정하는게 어떠하겠나!?

의보 박상의가 말했다.

"선생님께서 자상하고 세밀한 성격에 정하신 봄철이 좋을 것 같습니다. 내년 3월 초일에 떠나기로 합시다."

격암이 다시 말했다.

"일정은 그렇게 하고 만나는 장소는 경상도 풍기에서 만나고 한 달간 신을 짚신과 옷 등을 준비하여 단봇짐을 지고 떠나세!

다시 말하면 길 떠날 준비를 철저히 해서 내년 3월 초일 오시(午時, 현 12시경)에 풍기관아 앞에서 만나는 걸로 합세! 짚신은 내가 누금으로 낙향하여 삼는 법을 배워서 그때 그때 삼아서 신고, 긴급약초와 간식 등도 준비하여 오겠네!"

두 사람은 길 떠날 약속을 단단히 하고 헤어졌다.

9. 삶의 터전 십승지

1

격암은 조선에서 대 철학자인 반면 풍수지리에도 도통하고 조선팔도를 주유천하 하여 수차에 걸쳐 답사한 경험을 통하여, 앞으로 후손들에게 닥아 올 변란과 질병과 기근시 살 수 있는 삶의 터전 열 곳을 정한 곳이 십승지(十勝地)이다.

십승지를 언급하고 예언한 기록은 격암이 저작한 남격암산수십승보길지지(南格菴山水十勝保吉之地)와 정감록(鄭鑑錄)에 제일 많이 언급되어 오고 있다. 그러나 정감록은 저자도 불명확하고 임진왜란과 병자호란이후 완성되었다고 본다. 그 이유는 정감록에 등장하는 지명(地名)이 조선 중기의 명칭이고 역성혁명을 예언한 정감록은 세조때와 성종때 분서목(焚書目) 즉, 불태운 책 명단에 나와야 하는데 정감록은 등재되어 있지 않다.

또한 그 외 기록은 감결(鑑訣), 징비록(懲毖錄), 유산록(遊山錄), 운기 귀책(運奇龜策), 삼한산림비기(三韓山林秘紀), 토정가장결(土亭家藏訣) 등에 언급되고 있다.

격암은 조선의 산맥은 모두 백두산에서 발원된 백두대간의 정맥이 금강산, 오대산, 태백산, 소백산, 지리산으로 이루어지는 〈백두산맥설〉을 주장 했다.

이러한 여러 산중에 소백산(小白山)이 으뜸이고 지리산(智異山)이 다음이라고 보았다.

길지는 주로 소백산에서 지리산에 이르는 백두산맥의 백두대간의 큰 마디에 몰려있다.

격암이 정한 십승지(十勝地)를 지역별로 나누어 보면 경상도가 4(5), 전라도가 3, 충청도 2, 강원도 1개이다.

또한 격암이 편찬한 십승지론(十勝地論)에 나오는 곳의 횟수는 경상도 풍기와 경상도 가야산, 충청도 공주가 각10회로 으뜸이고. 그 다음이 경상도 안동9회, 예천과 전라도 운봉이 7회, 태백산 및 충청도 보은 6회, 경상도 개령, 봉화, 강원도 영월, 충청도 단양, 전라도 무주 및 부안이 각각 5회로 꼽히며, 그 외 충청도 진천도 4회가 된다.

변란과 질병과 기근 시 사람을 살리는 곳인 십승지는 해안선이나 큰길 및 마을이나 큰 부락에서 떨어진 벽촌에 있는 것이 특징이다.

그런데 예외로 부안은 미륵보살로부터 간자(簡子)을 받았다 하기 때문인 곳이다.

또한 공주는 충청감영이 있는 곳의 대로변에 위치한 곳이고 계룡산은 풍수상의 일대명산을 거느리고 있어 가장 길지 중에 길지인데, 조선개국 시 1차 도읍지로 꼽혀 궁궐을 짓다가 향후 물 부족으로 판단되어 중단한 곳입니다. 먼 후세에 언제 가는 다시 도읍지(수도)로 거론 될 것이다.

격암은 전국명산 중 유독 소백산을 중시 한 이유는 이 산은 사람을 살리는 산 즉, 활인산(活人山)이다 라고 보았기 때문이다. 그래서 소백산 주변에는 십승지가 상당수가 있다.

2

일기 화창한 춘삼월!

격암은 풍기주막 앞에서 서성거리면서 의보 박상의가 오기로 기다리고 있었으나, 벌써 오시가 한 시간이나 지났는데 의보는 나타나지 않았다.

잠시 후 박상의가 숨을 몰라 쉬면서 왔다.

"선생님 죄송합니다. 삼일 전 한양에서 떠났으나, 죽령고개를 넘으려면 산 짐승과 산적에 대처하기 위하여 최소 길손 열 명 이상이 되어야 고개를 넘을 수 있으나, 인원이 적어 하루 더 기다리다 늦었습니다."

격암은 박상의와 인사를 나누고, 말을 이어 나갔다.

"십승지를 정하기 위하여 오늘 이곳 풍기에서 만나자고 한 것은 조선팔도 중에서 산세와 평야와 강을 다 구비한 백두대간 줄기의 중심지인 소백산 줄기인 이곳을 택했네!"

"내가 직접 조선팔도를 1차로 주유천하 하면서 살피고 관찰해서 본 십승지의 기준이다.

십승지(十勝地) 기준은 삼재앙(三災殃) 시 인간이 살아남을 열 곳을 말한다.

십승지는 풍수논리의 명당과 길지와는 차원이 다른 곳으로 여기에 삼재불입지지(三災不入之地)로써 변란, 질병, 기근이 없는 땅이다."

내가 이 땅을 정하기 위하여 조선팔도 땅을 살펴본 결과 한양 위쪽인 북쪽은 산악이 험하고 평야가 적어 사람이 먹을 식량과 물이 부족하기 때문에 기근이 자주오고 겨울철이 너무 혹한으로 생활하기에 불편하며 특히 오랑캐 침입으로 변란이 자주 있는 곳으로 부적합하다고 생각하였다.

호남지방은 평야는 넓고 옥토이나 일부지역을 제외하고는 산악이 평야를 보호하여 주지 못하여 기가 산만해지고 남쪽은 왜적 침입이 많아 변란 시 난을 피할 수 없고, 또한 언제 던지 왜란이 일어날 수 있는 곳으로 부적합한 땅이다.

그러나 이곳 백두대간의 정기를 받고 내려온 소백산 지역인 풍기와 봉화는 산세와 평야와 강 등을 잘 갖추고 있고 날씨도 춥지도 덥지도 않는 길지가 많은 곳으로 봤다.

'여보게 의보!

오늘부터 한 달간 내가 지난번 주유천하 시 본 길지 30여 곳을 기준으로 하여 2차 유람 시 13곳을 단축 정리하였으나, 이중 열 곳을 정하여 이를 십승지라 하고자 하는데, 그 특징을 자세히 살펴서 후손에게 문헌으로 남기고자 한다.

박상의는!

"선생님은 땅에 대하여 단지 명당을 찾아 양택과 음택을 정하여 집터와 묘터를 정하는 수준을 넘어 한 차원 더 높은 경지에서 우리 후손이 잘 살 수 있는 땅을 찾는 다는 마음을 가지고 조선팔도를 다니시고, 오늘도 또 다시 고생길로 가시고자 합니까?"

"그래 내가 연구한 풍수지리는 지금까지 선배들이 해온 단순한 땅을 보고 명당과 길지를 정하는 학문과 이치에 머무르지 아니하고 어떻게 하면 후손들이 변란과 질병과 기근이 없는 소 우는 땅에서 행복하게 살 수 곳을 찾는 것에 이 몸을 다 바치고자 한다."

"선생님! 십승지를 정하는 기준은 무엇입니까?"

격암은 십승지를 정하는데 그 기준을 설명하였다.

"조선팔도를 3등분하여 한양을 중심으로 이를 중앙으로 정하고, 그 북쪽으로 나누고 다시 남쪽으로 나누어 살피는 십승지지의 기준과 위치는 모두 그 특징이 있다.

첫째! 십승지의 선정기준은 풍수지리 학문이 기본과 근거이며, 동양철학의 기본인 기(氣)가 잘 통하고 바람을 잘 가두는 곳이다. 바람을 갈무리하는 장풍(藏風)이 잘 되는 형세를 이룬 곳이며, 물을 쉽게 얻는(得水) 곳이다. 즉 명당 터를 찾는 논리인데, 이 논리에 더 추가하는 것이 겨울철에 거센 서북풍 바람을 피할 수 있으며 지기(地氣)가 빠져 나가지 못하게 작동하는 물을 만나는 곳이며, 죽은 자의 개인 터가 아니고 산자의 집단 주거지 양택이다.

둘째! 사방이 산으로 둘러싼 협곡이다. 주위는 급사면으로 둘러싸여 있고, V자 모양의 지형으로 협곡 안에 일부에는 퇴적 평탄면에 양택을 짓는다.

셋째! 대산맥의 중앙부에 위치하여 다른 지역과의 교통이 매우 불편하여, 사람과 마차 및 소나 말 등의 동물들도 다니기 힘든 위치에 있다.

넷째! 반드시 한쪽 면은 좀 더 넓은 부락에 연결되어 있으나, 연결된 협곡의 폭은 병목과 같이 입구가 좁고 대체로 석문이 있으면 더욱 좋다.

다섯째! 협곡 내에는 반드시 하천이 있는데 이 하천은 병목 같은 협곡 입구를 지나면 그대로 대 하천에 연결이 된다.

대체로 분지상 협곡이기 때문에 요풍을 가장 두려워 하라는 최파요풍(最怕凹風)의 풍수 금기를 어기고 있어서 겨울나기가 몹시 어려운 곳도 있다."

"그러면 선생님이 정하신 13곳 중 오늘부터 몇 곳을 다니고자 합니까?"

"그래! 내가 마지막으로 정한 13곳 중 내 마음속에 정한 열 곳을 오늘부터 한 달간 답사하여 이곳을 십승지로 정할까 한다."

그 곳이 풍기 금계촌, 봉화 춘양, 예천 금당실, 보은 속리산 시루목, 공주 유구 양수지간, 남원 운봉, 무주 무풍, 부안 호암, 영월 정동 상류 그리고 만수인데, 이곳은 성주 만수와 가야산 만수 두 곳으로 내가 보기에는 두 곳 다 십승지에 손색이 없으나, 가야산 만수는 왜란 시 변란을 겪을 땅이라서 나는 성주 만수를 우선한다.

십승지를 답사하는 순서는 소백산 줄기인 풍기 금계촌부터 시작해서 충청도와 전라도를 거쳐 마지막으로 올라오다가 강원도 영월 쪽으로 가서 마무리를 할까 한다.

3

첫 번째 십승지는 경상도 영주 풍기의 소백산 아래 금계촌이다. 즉, 〈풍기차암금계촌동쪽협곡소백산 두 물길의 사이(豊基車巖金鷄東峽小白山兩水之間)〉이다.

격암과 박상의는 풍기 금계촌에 저녁때쯤에 도착하였다.

격암이!

"의보 여보게!

이 지형이 소백산이 병풍처럼 막아 있고 좌우로 야트막한 산들이 마을을 감싸고 있는 '금계포란형(錦鷄抱卵形)'이고 출입구가 협소 하여 일방통행 형식의 지역이다."

네! 저도 그렇게 보았습니다만!

격암과 박상의는 풍기 금계촌 답사를 마치고 마을로 내려와 주막에 쉬려고 했으나, 순흥관아 에서 통문이 와서 관아에 도착하여 저녁상을 대접받고, 순흥 현감과 풍수지리와 주역 및 역학에 대하여 밤이 새도록 이야기를 나누고 이튿날 봉화 춘양으로 가기 위하여 길을 재촉하였다.

격암사후 풍기는 임진왜란과 거란과 몽골의 외침과 6.25때도 피해를 안본 곳이며, 현 지명은 경상북도 영주시 풍기읍 금계리 일대이며, 현 거주자들을 십승지 예언을 믿고 6.25동란 후 이북 사람들이 한때는 70%가 정착하여 인삼과 인견의 고장이 되었다.

격암이 말했다.

"오늘은 두 번째 십승지 예정지인 춘양으로 가세!"

두 번째 십승지는 경상도 봉화 화산(花山, 현 안동)소령의 소라국 옛터 태백산 아래 춘양으로 즉, 〈화산 소령의 옛터 청양현에 있는데, 봉화 동촌으로 넘어 들어가는 곳 (花山召嶺古基在靑陽縣越入奉化東村)〉이다.

지형이 아늑하고 산수가 수려하나 오지중에 오지인 것이 단점이지만 십승지에 손색이 없다.

격암사후 춘양마을 도심촌은 임진왜란 때 십승지 예언을 믿은 "징

빙록" 저자인 서애 류성룡선생의 형인 겸암 류운용선생이 안동 하회 마을에서 가솔을 이끌고 이곳으로 피난와서 아무피해도 받지 않았다는 곳으로 지금도 그 유적이 남아있다.

"선생님!

저가 보기에는 유곡(酉谷, 닭실) 마을이 더 명당이고 길지인데, 어찌하여 이곳을 십승지에서 제외했습니까?"

"그래 풍수지리 학문에 의하면 유곡마을이 으뜸이지만 그 곳은 단지 변란 시 피하지 못하는 단점이 있고 지형으로 볼 때 약간 협소하기도 하여 고심 끝에 제외하기로 했다.

두 사람은 춘양장 주막에서 1박하고 다시 예천으로 가기 위하여 순흥으로 와서 숙박을 하고 하루 쉬고 난후에 다시 길을 재촉하기로 하였다.

격암사후 춘양은 현 애당2리 참새골로 경상북도 봉화군 춘양면 석현리 일대이다.

선생님!

"예천 지역 근처에는 화산(花山, 安東)도 있고 풍산(豊山)도 있는데 어찌하여 이 두 곳을 십승지에서 제외 하였습니까?"

격암이 답을 하였다.

"사실 화산은 인물이 많이 나오는 큰 고을로 당연히 십승지에 들어 갈만한 곳이나, 지형이 아늑하지 않고 너무 협곡처럼 생겨서 변란 시 피할 수 없고 낙동강 상류나 평야가 없어 쌀농사 흉작으로 기근 시 생활이 불편한 곳으로 제외 하였고, 풍산은 평야가 너무 넓어 변란 시 피할 수 있는 곳이 없어 제외 시켰으나, 아쉬운 곳은 문경인데 이곳은 변란 시 항상 적과 대치하는 전쟁터와 같은 곳으로 십승지에 들어가지 못한 곳이다."

다음은 세 번째인 예천으로 가기로 하자!

이곳은 경상도 예천 금당실(醴泉 金堂室) 마을이다.

여보게!

"이 마을 오미봉(五美峰)의 산세를 안고 북쪽에는 나지막한 산이 있는 분지형이며, 산들이 마을을 빙 둘러싼 형상이다. 마침 다섯 가지 맛이 나는 산과 마을로 정감이 가고 포근한 지세를 형성하고 있지 않는가!"

네! 참 좋은 곳인 것 같습니다.

격암사후 조선시대에는 허리골이며, 현 경상북도 예천군 용궁면 일대이다. 임진왜란 때 명나라 장수 이여송이 마을 지형을 보고 깜짝 놀란 뒤 오미봉에 쇠말뚝을 박아 맥을 끄으라고 지시했다는 일화가 있는 지역이며, 조선시대에 대과에 급제한 사람만 수십 명이 되고 지금도 금융계에 수많은 인물을 배출하고 있는 곳이다.

의보!

지금가는 곳은 만수동인데 이 만수동은 두 곳이 있어 내가 십승지를 정하는데 고심이 제일 많았던 곳이다.

네 번째 십승지는 경상도 성주 만수(星州 萬壽) 주위이다. 십승지로 지정에 무난한 또 한곳은 가야산 만수동인데, 두 만수동 중 그래도 십승지 요건에 점수를 더 줄 수 있는 곳이 성주만수이다. 가야산 만수는 명당이고 길지이나 십승지 요건인 변란 시 왜적 침입 때 난을 피할 수 없는 곳이다.

박상의가!

"선생님 저가 보기에는 그래도 합천 가야산은 명찰(名刹)인 해인사가 자리 잡고 있어 국내에서 가장 안정된 곳으로 팔만대장경을 보관하는 곳인데, 왜적 침입 변란 시 피할 곳이 염려는 되는 곳이나 산세나 평야를 보면 길지이고 명당으로 보입니다."

격암이!

"나도 그렇게 생각하고 명당 중에 명당으로 보았으나, 단지 십승지 요건인 변란 시 그 피할 곳인데, 이곳은 왜적침입이 수시로 있어 피할 곳이 염려가 되는 곳이다."

"하여간 선생님은 풍수지리에 대가이시며, 저가 배울 것이 너무나도 많습니다. 이번 기회에 이 분야를 확실하게 전수 받도록 하겠습니다."

격암사후 성주 만수동은 현 경상북도 성주군 가천면 만수동 일대이고, 가야산 만수동은 경상남도 합천군 가야면 일대이다.

두 사람은 다음 십승지인 속리산 시루목으로 가기위하여 이곳에서 하루 더 쉬고 다시 짚신과 봇짐을 점검하고 정돈하여 내일 길 떠날 준비를 하였다.

다섯째 십승지는 충청도 보은 속리산 중항 근처 시루목이 이어진 곳 즉, 〈보은 속리산사증항연지(報恩 俗離山四甑項延地)〉이다. 시루목은 구병산(九屛山, 해발 876미터)이 북쪽을 병풍처럼 둘러싸고 있는 곳이다. 구병산 자락 적암리 마을 한복판에 솟아 있는 시루봉은 마치 떡 시루와 같은 형상인데, 놀랍게도 이 주변에는 시루봉이라는 이름의 산이 최소 5개가 있는 범상치 않은 곳이다.

이곳은 고려시대 홍건적이 침입했을 때 안동으로 몽진 왔던 공민왕이 개경으로 가던 중 넉 달이나 머물렀으며, 조선중기 명장 임경업 장군이 경업대와 입석대에서 무예를 익혔다는 전설도 서려 있는 곳이다. 공민왕이 머물렀다는 관기리는 사실 속리산과는 거리가 있으며, 관기리 옆에 적암리가 있는데, 이곳에 거주하는 촌로로부터 "여기는 옛 부터 피난처"라는 말을 하는 곳이기도 하다.

격암사후 6.25 동란 때 이북사람들이 몰려오기도 했던 곳이기도 하다.

현재 충청북도 보은군 내소리면과 경상북도 상주군 화북면 화남리 일대를 말하는 곳이다.

박상의가!

"선생님 이곳도 지역 명칭 때문에 보은 지역 주민과 상주지역 주민이 서로 자기 지역 명칭을 사용하기 위하여 시시비비가 있을 수 있는 곳입니다."

격암은!

"그러나 나는 산맥을 근본으로 보은 속리산 지역으로 명명 하였다."

두 사람은 다음 십승지인 공주 유구로 떠나야 하나 봄비가 여름철 장맛비 같이 쏟아져서 이틀간 숙소에서 비를 피한 후 다시 길을 재촉하였다.

의보!

이제 장마 같은 비가 멈추고 하늘이 쾌청하니 길을 떠나기로 재촉하세!

네! 알겠습니다.

여섯 번째 십승지는 충청도 공주 유구, 마곡 물길 사이 백리다. 즉, 〈공주 계룡산 유구 마곡 양수지간(公州 鷄龍山 維鳩 麻谷 兩水之 間)〉이다.

"선생님 이곳의 지형과 형세는 오룡쟁주형인 것 같습니다."

"그래! 잘 본 것 같다. 명지중에 길지인 곳이다."

격암사후 현 지명은 충청남도 공주시 유구읍 사곡면 일대이며, 백범 김구선생이 일제와 항거하다가 공주 마곡사로 피신한 곳이기도 하다.

일곱 번째 십승지는 전라도 남원 운봉 두류산(지리산)아래 동첨백리 안 즉, 〈운봉 행촌(雲峰 杏村)〉이다.

두 사람은 운봉쪽으로 길을 가다가 관원들이 길을 막고 길손을 제지하고 있었다.

격암이!

"나리들 우리는 조선팔도를 주유천하 하는 사람인데 무슨 일로 길을 막는 것이요!"

관원1!

"지금 이 지역은 역질(疫疾)로 사람이 죽어나가는 형편인데, 오직 운봉쪽은 병마가 전염되지 않아서 전염을 차단하기 위하여 길손들의 통행을 차단하는 것이요!"

박상의!

"얼마 후 통행이 재개 될 것 같습니까?"

관원2!

"지금은 역질이 다소 완치 시기가 된 것 같습니다. 그러나 5일 정도는 지나야 관아에서 지시가 있을 것 같습니다."

격암이!

"여보게! 의보 하는 수 없네! 통행이 재개 될 때까지 주막에서 며칠 쉬어야 하겠네!"

"네! 알겠습니다. 그렇지 않아도 수십일 길을 걸어서 발도 아프고 몸도 피곤하고 지쳐 있던 차에 잘 된 것 같습니다."

두 사람은 인근 주막에 봇짐을 풀고 한적한 방을 정하여 휴식을 취하고 그동안 자료를 대충 정리하여 초안한 후 숙박하였다.

숙박한지 3일 되던 날 관아에서 통보가 와서 운봉쪽으로 길을 열었다고 해서 갈 길을 재촉하였다.

격암사후 현 지명은 전라북도 남원시 운봉면 일대이다.

"선생님!

여덟 번째는 어디입니까?"

여덟 번째 십승지는 전라도 무주 무풍 북쪽 덕유산 근처 즉, 〈무주무봉산북동방상동(茂朱舞鳳山北銅傍相洞)〉이다.

격암 사후 현 지명은 전라북도 무주군 무풍면 일대이다.

격암이 말했다.

아홉 번째 십승지는 전라도 부안 호암아래 변산의 동쪽이다. 즉, 〈부안 호암하(扶安 壺巖下)〉이다.

이곳의 지형은 평지돌출형으로 가장 기이한 곳이다.

격암사후 전라북도 부안군 변산면 일대이다.

격암이!

"여보게! 의보 우리가 길을 떠 난지 달포가 넘었네!

도중에 역질과 장마를 만나서 다소 일정이 길어졌으나 다행 한 것은 두 사람이 다치고 병들지 않고 무사히 십승지 중 한곳만 남았네!

이제 귀성길에 강원도 영월 쪽 한곳만 남아 있는데, 이곳은 내가 수차 답사한 곳이니, 의보는 한양으로 상경하다가 적당한 곳에서 나와 헤어져서 귀가하기로 하자!"

"네! 알겠습니다."

두 사람은 한양 쪽으로 상경하다가 중원(현 충주)에서 서로 헤어지고 격암 혼자서 다음 십승지인 강원도 영월쪽으로 길을 재촉하였다.

열 번째 십승지는 강원도 〈영월 정동상류(寧越 正東上流)〉이다. 이곳은 수염이 없는 자가 먼저 들어가면 안 되는 곳이며, 변란 시 피난할 수 있는 최적의 곳이다.

격암 사후 지명은 강원도 영월군 상동읍 연하리 일대이다.

격암은 울진 누금으로 돌아와서 십승지로 정한 그 내용을 상세히 초안하여 수제자 남세영으로 하여금 정리하고 필사하여 남격암산수십승보길지지(南格菴山水十勝保吉之地)를 저작하여 후세에 남겼다.

격암 사후 18세기 조선 숙종때(1751년) 실학자 이중환(李重煥)이 택리지(擇里志)란 책을 썼는데, 원 제목은 사대부가거처(士大夫可居處)이다. 이 책은 조선팔도 지형과 산수, 기후, 인심, 물자, 교통 등을 기록하여 사대부가 살 수 있는 곳과 살수 없는 곳을 연구한 책으로 최대의 지리 걸작서이며 경제와 경영 실용서이다.

이 책은 십승지와 달리 경남합천, 전남구례, 충청유성, 경상도 하회 등을 길지로 정한 점이 특이한 대목이다.

318

10. 한양 벼슬길

1

격암의 가문은 원래는 무관 가문이었으나, 조부 때부터 문신(文臣)의 문중(門中)으로 자리 잡았다.

울진은 고려가 망하고 조선개국에 협조를 하지 않았고 공양왕 복위 운동지역으로 낙인 되어 벼슬길을 차단하고 조정시책에 푸대접을 받아오던 지역에서 유학의 학문을 태동시키고 과거에 급제하여 중앙관직에 출사(出仕)한 가문이었다.

격암은 일찍이 소수서원과 퇴계선생을 만나서 성리학에 대하여 관심이 있어 열심히 공부 하였고, 철학에 폭 넓게 연구와 깨달음이 깊어 울진지역의 유림들과 교류가 많았으며, 특히 시조와 명필인 봉래 양사언이 평창군수로 와 있어 더욱 친하게 지냈다.

한 시대의 기인이었으나, 출사를 위하여 향시(鄕試)에는 입격하였으나 대과(大科, 文科) 과거시험에는 떨어져 큰 뜻과 달리 벼슬길은 열리지 않았다.

양사언은 평소 격암은 천문과 지리, 역학 등의 학문적 깊이에 경탄하였으나, 널리 쓰이지 못함을 안타까워했다.

그러다가 선조 조에서 1564년경 각 지역의 효성이 지극한 인재들을 발굴하는 효렴(孝廉)에 추천하여 천거되어 비로소 미관말직인 종9품인 사직(社稷) 참봉(參奉)직을 제수 받아 결국 과거에 의한 벼슬은 하지 못하고 음서직(현 특채)으로 한양으로 벼슬길에 나셨으나, 이때 나이가 55세 였다.

격암은 한양으로 가서 조부와 아버지(先親)가 관직에 있을 때 거주하던 인달방(현 사직동부근) 집에서 거주하기로 했다. 이 집은 선친이 벼슬을 그만두고 낙향할 때 타인에게 넘겨주었으나, 대과 과거시험으로 한양에 올라올 때 마다 거주하여 집주인과는 구면이었다.

"안녕하세요! 잘 지냈습니까?"

그래!

"남생원 어떻게 한양에 왔는가!"

이 집주인은 관직에 근무하는 원로 대감이시다.

"예! 이번에 효렴으로 사직참봉을 제수 받고 올라 왔습니다. 그래서 이곳에서 저가 거주할 수 있겠습니까?"

그래!

"얼마든지 편하게 있거라!"

격암은 우리 집과 같이 마음 놓고 있을 수 있었다.

우리 역사에서 사직에 제사를 지낸 기원은 삼국 시대부터다. 고려 시대는 성종이 사직에 제사 지내는 것을 제도화 한 이후 고려 전 시기를 통해 각종 제의와 기우제, 기곡제 등을 여기에서 거행했다.

조선 개국 후 1394년 11월 경복궁의 서쪽 인달방(仁達坊, 현 사직동)으로 사직의 위치가 결정됐고 다음 해 1월부터 사직단 축조에 착수해 1407년 5월에 완성됐다. 1426년에는 당나라의 옛 제도에 따라 사직단을 사직서로 승격시키고, 사직서의 직제는 태종대에 단지기(壇直)를 녹사(錄事)로 삼는 등 확대 개편했다. 세종대에 다시 고쳐 종5품의 령(令) 1인, 종9품의 참봉(參奉) 2인을 됐다.

사직단에는 중춘(仲春 · 2월), 중추(仲秋 · 8월), 납일(臘日)에 제사를 지내 국가와 민생의 안정을 기원했다. 1월에는 풍년을 기원하는 기곡제(祈穀祭), 가뭄과 홍수가 일어날 때마다 기우제(祈雨祭)와 기청제(祈晴祭)를 지냈다.

사직은 토지의 신인 사(社)와 곡식의 신인 직(稷)을 합해 지칭하는 말이다. 조선 시대 사직을 제사 지내던 곳으로 사직단이 있다. 이 사직단을 관장하는 관청이 사직서(社稷署)다. 국왕이 제사를 주관하는 의식인 친제의(親祭儀), 국왕 대신에 왕세자가 참석해 제사를 주관한 의식인 섭사의(攝祀儀) 이다.

참봉은 조선시대 여러 관서에 두었던 종9품직의 벼슬로서 관상감 · 군기시 · 자감 · 내의원 · 돈년부 · 봉상시 · 사역원 · 사옹원 · 사재감 · 사직서 · 선공감 · 소격서 · 예빈시 · 오부 · 전생서 · 전연사 · 전옥서 · 전의감 · 제용감 · 종친부 · 혜민서 · 활인서 · 각릉(各陵) · 각원(各園) · 각전(各殿) 등의 소속되어 있었다. 초기에는 9품관을 두지 않았다가 1466년 (세조12)1월 관제개정 때 9품관을 모두 참봉이라 했다.

조선 초기 사직단을 종5품 아문(衙門)이 해당직으로 두었다가 1426년(세종 8)사직서로 개칭하고 승(丞, 종7품) 1인, 녹사(錄事, 종9품) 2인을 두었다.

1451년(문종 1) 실안제조(實案提調, 좌의정이 겸임)와 제조 각각 1인씩을 설치하였다. 1466년(세조 12) 승 대신에 영(令, 종5품)을 두었다가 경국대전에는 도제조(都提調, 시원임대신이 겸임) 1인, 제조(정2품 관원이 겸임) 1인, 영 1인, 참봉(參奉, 종9품) 2인을 두도록 개편되었다.

사직서의 입직 관원(入直官員)은 매 5일마다 사직단과 토담을 봉심(奉審 : 왕명을 받들어 능이나 묘를 살피는 일)해야 하며, 매월 삭망 때는 신실(神室)을 봉심해야 하였다. 그리고 만일 개수한 곳이 있으면 예조에 보고해야 하였다.

호 · 예 · 공조의 낭관(郎官)은 매년 춘추 맹월(孟月), 즉 정월과 7월에 사직단 및 토담과 신실을 살펴봐야 하였다. 만일, 사직단의 대석(臺石)이 무너졌거나 신실이 샐 경우는 제조가 살펴본 다음, 예조에 보고한 뒤 길일(吉日)을 택해 예 · 호 · 공조의 삼판서와 제조가 함께 감독해 바로 잡도록 되어 있었다.

사직에 행하는 중요한 제향(祭享)으로는 정월 상순 신일(辛日)에 행하는 기곡(祈穀), 2월과 8월의 상순 무일(戊日)에 행하는 중삭(中朔), 납일(臘日)에 행하는 납향(臘享)의 4대향(四大享)이 있었다. 아울러 수(水)·한(旱)·질역(疾疫)·황충(蝗虫)·전벌(戰伐) 때에 행하는 기제(祈祭)와 책봉(冊封)·관례(冠禮)·혼례(婚禮) 때 행하는 고제(告祭)의 소사(小祀)가 있었다.

격암은 사직서 미관말단 사직서 종9품 참봉직을 맡아 첫 벼슬길에 나갔으나, 그동안 공부하고 연구하여 깨달음이 있는 철학과는 다른 분야로 취미와 적성에 맞지 않아 사직하고 한양에서 천문지리와 역학에 대한 동학(同學)자를 만나고 교류 하다가 울진 누금마을로 낙향하였다.

2

격암은 낙향하여 천문과 역학을 공무하던 중 울진현령의 추천으로 다시 벼슬길로 한양으로 갔다.

말년에는 종6품 관상감(觀象監) 천문교수(天文敎授)직을 제수 받았다.

이 또한 과거에 급제한 벼슬이 아니고 울진 유생들과 울진현령(縣令)의 추천에 의거 두 번째 벼슬을 제수 받았다.

관상감은 천체의 운행, 역계산(曆計算)과 시보(時報), 기상 현상의 관측과 지도 제작이라는 과학적 업무 외에 길흉과 관련된 점성(占星)과 택일(擇日), 풍수지리 등의 업무를 관장하던 조선시대 천문관서이다.

국조역상고(國朝曆象考)에 따르면 관상감은 수시제정(授時齊政)은 성인지사(聖人之事)라 인식된 전통시대 천문학을 관장한 기관으로 정3품 아문이었다. 그러나 성변(星變)을 관장하는 중요 관서였으므로 영의정이 관상감(觀象監) 영사(領事)를 겸임하여 다른 정3품 아문과는 다른 위상을 가지고 있었다.

또한 국가 의례와 관련하여 일월식일(日月食日)의 천제(天祭), 기우제(祈雨祭), 국가 의례일의 택일(擇日) 등의 업무를 담당했으므로 예조(禮曹)에 속했다. 관상감은 이와 같은 일 외에도 관상감관원(觀象監官員)들을 관리하고 양성하는 교육 기관이기도 했다.

과거 동양의 역대 왕조는 천문을 관측하여 적절한 때를 백성에게 알려 주는 관상수시(觀象授時)를 유교 정치의 중요한 덕목 가운데 하나로 생각하여 천문 업무를 담당하는 기관을 설립하였다. 그에 관한 직제(職制)의 편성은 일찍이 삼국시대때 부터이다. 삼국시대 때 천문박사(天文博士)·역박사(曆博士)가 이러한 일을 관장했고, 천문학의 발달과 함께 고려시대에는 태사국(太史局)·사천대(司天臺)·서운관(書雲觀)으로 성장했다.

조선은 1392년 건국하자마자 문무백관의 관제를 정할 때, 천문의 재상(災祥)과 역일(曆日)을 택하는 등의 일을 관장하는 관서로 서운관을 설치하였다. 1년에 7월 28일 서운관은 정3품 아문인 사역원(司譯院)·전의감(典醫監)·내의원(內醫院) 등과 함께 부분적으로 변동을 겪다가, 1466년(세조 12)에 마침내 정비되었다. 이때 서운관의 명칭이 관상감으로 바뀌었다.

관상감은 역서(曆書)를 발간하였을 뿐만 아니라 천문 관측대를 짓고 천문 관측 기기로 천체를 관측하였다. 천문 시계나 물시계를 이용하여 국가의 표준시간을 알려 주는 역할도 담당하였다.

동국여지승람 경도(京都)편에 따르면 조선전기에 관상감의 청사는 상의원(尙衣院) 남쪽, 즉 경복궁에 하나가 있었고 또 다른 하나가 북부 광화방(廣化坊, 현 서울원서동)에 있었다.

조직 및 역할은 전통시대 천문학은 농사 절기에 대한 예보 기능 외에도 천인합일적(天人合一的) 성격도 아울러 지니고 있었다. 그러므로 일식(日食)이나 월식(月食), 오행성 등 천문 현상에 대한 정확한 예측과 예보가 중요했다. 조선은 1392년 건국과 동시에 천문의 재상과 역일을 택하는 등의 일을 관장하는 관서로 서운관을 설치하였다.

관상감은 정3품 판사(判事) 2명, 종3품 정(正) 2명, 종4품 부정(副正) 2명, 종5품 승(丞) 2명, 겸승(兼丞) 2명, 종6품 주부(注簿) 2명, 겸주부(兼注簿) 2명, 종7품 장루(掌漏) 4명, 정8품 시일(視日) 4명, 종8품 사력(司曆) 4명, 정9품 감후(監候) 4명, 종9품 사신(司辰) 4명을 두었다.

1466년(세조 12)에 관제가 재정비되면서 관상감으로 개칭되었고 조직도 약간 변하였다. 장루가 직장(直長), 시일이 봉사(奉事), 감후가 부봉사(副奉事), 사신은 참봉(參奉)으로 개명되었으며, 사력이 없어지고 대신 판관(判官), 부봉사, 참봉 각 1명으로 개편되었다.

관상감의 직장은 누각을 관장하며 시보 업무를 담당했던 장루직의 후신이고, 참봉은 장루와 더불어 금루방에 소속된 직책인 사신의 후신이다. 봉사는 길일과 흉일을 관장하는 시일의 후신이다.

풍수학(風水學)을 지리학(地理學)으로 개칭하고 제수한 직책이며, 음양학(陰陽學)은 명과학(命課學)으로 개칭하고 교수직을 두어 2명을 정원으로 하였다.

격암이 제수 받은 종6품인 천문교수는 천문학이 지리학과 마찬가지로 교수와 훈도직을 두어 각각 1명을 정원으로 하였다. 〈세조실록〉 12년 1월 15일, 중앙 관청인 관상감의 지방 관청 혹은 분소 격에 해당하는, 시간을 알려 주는 일을 담당했던 장루서(掌漏署)가 함흥부와 평양부에 있었으며 〈세종실록〉 16년 4월 21일, 각각 종8품의 직장 1명과 종9품의 녹사 1명이 배치되어 있었다.

관상감은 기본적으로 천거(薦擧)를 통한 음양학 과시(科試)로 관원을 선발하였고, 승진이나 직책의 결원을 보충하기 위해 취재(取才)를 치렀다. 경국대전 예전(禮典) 편에 따르면, 음양과는 천문학, 지리학, 명과학의 삼학으로 나누어져 있었다. 식년시(式年試)와 대증광시(大增廣試) 전해 가을에 관상감에 이름을 등록하여 초시를 치르고, 그해 초봄에 예조에서 관상감의 제조와 함께 이름을 등록한 후 복시를 치렀다. 복시에서는 천문학 5명, 지리학 2명, 그리고 명과학 2명을 선발하였고, 이 외 부정기적으로 시행되는 별취재(특채)를 통해 결원을 보충하기도 하는데 격암이 여기에 해당되어 벼슬길에 나가게 되었다.

326

조선 건국 후에도 고려시대 서운관은 천문 기관으로서 계승되었으나, 세종대 천체 관측소가 설치되고 천문학이 발달하면서 보다 조직화된 기구로 발전했다. 서운관의 명칭은 계속되는 기구 개편에도 불구하고 조선 초기까지 존속하다가 1466년(세조 12) 관상감으로 개칭되었다. 그 뒤 관상감은 천문학을 억압한 연산군에 의해서 1506년(중종 1)에 잠시 사력서로 격하된 적이 있으나, 곧 회복되어 천문을 관측하고 역서를 편찬하는 기관으로서 존속했다.

3

격암은 관상감 천문교수로 재직하면서 그 동안 배우고 연구한 천문과 지리에 대하여 과학적으로 기기를 이용할 수 있는 기회로 적성에 맞는 관직이었다.

관상감에 있는 과학기기는 조선초 세종대왕 때 장영실(蔣英實)이가 이천(李蕆)과 함께 철물을 이용한 기기 들이다.

장영실은 1390년에 태어나서 1450년에 고인이 되어서 재직시 직접보지는 못하였지만 천문기기를 발명한 과학자이지만 천문 철학자인 격암은 장영실을 숭모하고 발명한 과학기기와 관련서적을 탐독하였으나, 부족한 부분이 있어 직상관인 관상감정 이번신이가 장영실에 대하여 자세하게 생애를 설명해주었다.

조선왕조실록에 의하면 장영실의 조상은 원나라 소주, 항주 출신으로 기록하고 있다. 고려에 귀화하여 아산군(牙山君)에 봉해졌던 장서(蔣壻)의 9대손이며 그의 집안은 고려 때부터 대대로 과학자 가문이며, 그의 부친은 고려 말 전서라는 직책을 지낸 장성휘이라고 하나 동래현 관노였고 모친도 동래현 기녀였다고 기록하고 있다.

동래현(東萊縣)의 관노(官奴) 신분이었으나 과학적 재능으로 태종 때 이미 발탁되어 궁중기술자 업무에 종사하였다. 제련(製鍊)·축성(築城)·농기구·무기 등의 수리에 뛰어났으며 1421년(세종 3) 세종의 명으로 윤사웅, 최천구와 함께 중국으로 유학하여 각종 천문기구를 익히고 돌아왔다. 1423년(세종 5) 왕의 특명으로 면천(免賤)되어 정5품 상의원(尙衣院) 별좌가 되면서 관노(官奴)의 신분을 벗었고 궁정기술자로 역할을 하였다.

그 후 행사직(行司直)이 되고 1432년 중추원사 이천(李狀)을 도와 간의대(簡儀臺) 제작에 착수하고 각종 천문의(天文儀) 제작을 감독하였다. 1433년(세종 15) 정4품 호군(護軍)에 오르고 혼천의(渾天儀) 제작에 착수하여 1년 만에 완성하고 이듬해 동활자(銅活字)인 경자자(庚子字)의 결함을 보완한 금속활자 갑인자(甲寅字)의 주조를 지휘감독 하였으며, 한국 최초의 물시계인 보루각(報漏閣)의 자격루(自擊漏)를 만들었다.

1437년부터 6년 동안 천체관측용 대·소간의(大小簡儀), 휴대용 해시계 현주일구(懸珠日晷)와 천평(天平)일구·고정된 정남(定南)일구·앙부(仰釜)일구·주야(晝夜) 겸용의 일성정시의(日星定時儀), 태양의 고도와 출몰을 측정하는 규표(圭表), 자격루의 일종인 흠경각(欽敬閣)의 옥루(玉漏)를 제작 완성하고 경상도 채방(採訪)별감이 되어 구리[銅]·철(鐵)의 채광·제련을 감독하였다.

1441년 세계 최초의 우량계인 측우기와 수표(水標)를 발명하여 하천의 범람을 미리 알 수 있게 했다. 그 공으로 상호군(上護軍)에 특진되었다.

그러나 이듬해 세종이 신병치료차 이천으로 온천욕을 떠나는 길에 그가 감독 제작한 왕의 수레가 부서져 그 책임으로 곤장 80대를 맞고 파직 당하였다. 세종은 곤장 100대의 형을 80대로 감해주었을 뿐이었다. 그 뒤 장영실의 행적에 대한 기록은 전혀 남아있지 않다.

이번신은 다시 말을 이어 갔다.

우리 같은 과학자이자 철학자는 유학과 문신의 시대인 조선에서는 그 신분이 보장되지 않는 것이 안타까울 뿐이다 했다.

비록 인생의 최정상에서 갑자기 허무하게 추락하고 말았지만, 장영실이 우리에게 던지는 의미는 참으로 크다. 그는 천한 노비 출신이었지만, 자신이 할 수 있는 일을 찾아 끊임없이 노력했다. 그리하여 누구도 넘보기 어려운 정상까지 오를 수 있었다.

장영실이 동래현 소년 관노로 있던 시절의 일화는 그의 진면목을 잘 보여준다. 그는 일을 마치고 나면 누가 시키지 않아도 틈틈이 병기 창고에 들어가 녹슬고 망가진 병장기와 공구들을 말끔히 정비하여 현감의 신임을 얻었다. 누구라도 고달픈 노비생활을 하다보면 틈이 날 때마다 편히 쉬고 싶게 마련이다. 그러나 장영실은 스스로 일을 찾아 그것마저도 완벽하게 해냈던 것이다.

세종 때 이루어진 놀라운 과학발전의 한 기둥을 차지하고 있는 이가 바로 장영실이다. 비천한 신분에도 타고난 재능과 기술로 조선전기의 과학기술 수준을 비약적으로 끌어올리는 데 큰 공적을 남겼다. 한편으로는 당시의 엄격한 신분 제도의 벽을 넘어선 입지전적인 인물이기도 하다.

농본을 국가 이념으로 삼던 조선 시대에는 백성들의 생활을 안정시키기 위해 농업의 발달이 요구되었고, 이를 위해서는 과학적인 지식과 기술 발전이 반드시 필요했다. 장영실은 조선 초기의 과학 기술을 비약적으로 발전시킴으로써 세종의 치적에 큰 방점을 찍었지만 단 한 번의 실수로 역사의 무대에서 쓸쓸히 사라지고 말았다.

장영실에 관한 기록은 태종 때부터 등장한다. 이것으로 보아 태종 때부터 궁에서 기술자로 일했을 것으로 추정된다. 세종이 왕위에 오른 후 장영실은 천문기구 제작법을 배우러 중국으로 떠났다. 천민 출신인 그가 중국까지 갈 수 있었다는 것은 그가 꽤 전문적인 실력을 가진 과학자이고 기술자였음을 말해 준다. 하지만 중국의 철저한 통제로 설계도나 실제 제작에 필요한 것들을 얻어오는 데에는 실패했다.

하지만 세종은 그의 공로를 인정하고 상의원별좌에 임명하려 했으나 대신들의 반대로 뜻을 접어야만 했다. 그러나 얼마 지나지 않아 수동 물시계인 경점기(更點器)를 고친 공로로 노비 신분을 벗고 결국

상의원별좌에 임명되었다. 당시의 신분 제도에서는 매우 파격적인 인사였다.

1432년 가을부터 세종은 예문관 제학 정인지를 중심으로 천문대와 각종 천문기구를 제작하는 의표창제(儀表創製) 사업에 착수했다. 대규모 천문 관측대인 대간의대를 경복궁 안에 세우고 소규모 관측대인 소간의대는 광화문 근처에 짓도록 했다. 실무 집행은 공조 참판을 역임한 이천에게 맡겨졌는데, 이때 장영실은 이천을 도와 큰 역할을 했다.

작업을 시작한 지 거의 1년 만에 장영실은 천체의 위치와 운행을 측정하는 일종의 천문 시계인 혼천의를 만들었다. 여기에다 김빈과 함께 자동으로 시간을 알려 주는 물시계인 자격루를 만드는 데에도 성공했다. 세종은 그 공을 치하하면서 장영실을 정4품 무관 벼슬인 호군으로 임명했다.

4

천문교수인 격암은 관상감정(觀象監正) 이번신(李蕃身)에게 물었다.

"그러면 장영실이가 발명한 과학기기는 무엇들이며, 대다수가 농사에 필요 측우기와 시계 등인데, 천문을 연구하는 철학자가 직접 활용할 수 있는 발명기기는 어떠한 것이 있습니까?"

"그래! 잘 질문 했다."

이번신은 장영실이가 발명한 과학기기 등을 설명했다.

우선 첫 번째로 천문과 지리를 연구하는 철학자인 우리에게 직접적으로 필요한 혼천의와 간의부터 설명하겠다.

혼천의(渾天儀)와 간의(簡儀)는 장영실이가 발명한 천체의 운행과 위치, 그리고 적도 좌표를 관찰하는 데 쓰이던 천체 관측 기구이다. 세종은 간의대를 설치하고 기구들을 두어 세자들에게 해와 달, 별 등의 움직이는 이치를 배우게 했다고 하였다.

이 정교한 혼천의는 지평선 · 자오선 · 적도 · 회귀선 · 극권 · 황도 등이 포함되어 있다. 프톨레마이오스는 알마게스트에서 최소한 3개 이상의 혼천의를 언급하고 있다. 17~18세기에는 프톨레마이오스의 천동설과 코페르니쿠스 지동설 사이의 차이점을 보여주기 위해서 사용했다.

중국에서는 고대 우주관인 혼천설에 기초하여 관측기구로 혼천의를 만들었는데 일명 선기옥형 · 혼의기 · 혼의 등으로도 부른다. BC 104년에 역법의 개량이 있었는데, 이 개력에 참가한 천문학자들이 혼천의 등의 관측기구로 관측했었다고 기록에 전한다.

또한 천문을 관측하는 기기인 간의(簡儀)가 있다.

간의(簡儀)는 조선 세종때 제작된 천문 관측기구이다.

중국에서 원(元)의 곽수경(郭守敬)이 전부터 사용해오던 혼천의의 결함을 보충하기 위해 아라비아의 천문기구 등을 참고하여 새로 고안해 낸 것이다. 종전의 기구에 비해 크고 간략하여 관측 값의 정밀

도를 높였기 때문에 그 후 동양에서는 주관측 기기로 사용되었다.

우리나라에서는 1432년(세종 14)에 이천(李蕆)·장영실(蔣英實) 등에게 명하여 나무로 이를 만들어 보게 한 다음 이를 근거로 구리로 간의를 주조해서 사용하기 시작했다. 이것이 흔히 대간의라고 불리는 것인데, 이것 이외에도 여러 차례 작은 규모의 소간의도 제작하여 사용했다.

세종은 1438년 경복궁의 경회루 북쪽에 간의대를 크게 만들어 그 위에 지름 2m 가량의 대간의를 설치했다. 이 대간의는 높이 31자, 너비 32자, 길이 47자의 큰 규모로 되어 있었는데, 돌로 쌓은 단 위에 대간의를 설치했고 그 방향을 바로잡기 위한 정방안도 함께 만들어놓았다.

그리고 이를 사용하여 매일 밤 5명의 천문관이 하늘을 지키고, 특별히 이상한 하늘의 조짐이 발견되면 즉시 임금에게 보고하게 했다. 또 급하지 않은 관측 결과는 기록해서 다음날 왕에게 보고하도록 규정하고 있었다.

경복궁 이외 다른 궁궐에도 간의가 있고, 특히 조선초부터 관상감 자리였던 한양 북부 광화방(현, 서울 계동)에도 언제부터인지 작은 간의가 설치되어 있다. 또한 창경궁에도 간의가 있다.

우리나라는 삼국시대 후기에 만들어져 사용되었을 것이라고 추정되고 있다. 조선조에 세종 명으로 이천과 장영실이 1438년에 혼상·혼의 등을 만들어, 이러한 과학기기 발명으로 조선의 천문학은 당시

세계 최고수준의 중국과 이슬람의 천문학과 대등한 위치에 올려놓
는 역할을 한 것이다.

관상감정 이번신은 잠시 차를 마시고 휴식을 취한 다음 설명을 이
어 갔다.

이번 발명기기는 조선은 농본시대이므로 농사짓는 백성들에게 유
리한 수리(水利)에 관한 것과 농사시기에 적용할 수 있는 시계기기 발
명에 대하여 알려 주겠다.

두 번째 발명기기는! 이번신은 다시 설명을 했다.

자격루(自擊漏) 에 대하여 설명을 하겠다.

장영실은 천문학자 김조와 함께 1434년 6월에 자격루를 완성했
다. 자격루는 경복궁에 세워진 보루각에 설치되어 그해 7월 1일 공
식적으로 사용되기 시작했다. 자격루는 당시 야루법인 부정시제에
맞게 경점을 자동적으로 알려주도록 정밀하게 설계되었다.

장영실이 죽은 후, 창설된 지 21년 만인 1455년에 자동시보장치
의 사용이 중지되고 보루각도 폐지되었다. 1469년에 복설되었다가
1505년 창덕궁으로 이전되었다. 그 뒤 새 자격루가 중종 때인 1536
년 6월에 제조되었다.

세종은 경복궁 경회루 남쪽에 전각을 짓고 자격루를 설치해 조선
의 표준 시계로 사용하도록 했다. 자격루에서 시간을 알려 주면 궁
궐 밖 종루에서 낮 12시와 밤 10시에 북이나 종을 쳐서 일반 백성에
게 시각을 알렸다. 이 외에도 해시계인 현주일구와 앙부일구, 태양

시와 항성시를 측정하여 주야 겸용 시계로 쓴 일성정시의, 태양의
고도와 출몰을 측정하는 규표 등을 완성했다.

격암은 다시 이번신에게 문의 했다.
"앙부일구는 어떠한 것입니까?"
이번신이 대답했다.
이것도 시계인데 자격루 보다 더 발전된 해시계이다.
이번신은 지칠줄도 모르고 자기가 가지고 있는 식견으로 장영실이
가 발명한 기기에 대하여 알고있는 지식을 열변식으로 설명을 계속
하였다.

"세 번째 발명기기는 앙부일구(仰釜日晷)이다."
앙부일영이라고도 한다. 네 발 달린 반구형의 솥처럼 생겼기 때문
에 앙부라는 이름이 붙었다. 세종의 명으로 정초·정인지 등이 고전
을 연구하고, 이천과 장영실이 공역을 감독하여 1434년에 만들었다
고 하는, 대표적인 해시계이다.
앙부일구는 하루 동안의 시각과 절기를 알 수 있었다. 하루 동안
그림자의 위치 변화를 이용하여 시각을 알 수 있고, 계절에 따라 그
림자의 길이가 달라지는 원리를 이용하여 절기를 알 수 있다. 세종
은 앙부일구에 시각마다 십이지 동물 그림을 넣어 글을 모르는 사람
도 시각을 알 수 있도록 하였다.
공중용 앙부일구는 30~40cm 정도의 크기로 2개를 만들어 종묘
남쪽 거리와 혜정교에 돌로 대를 쌓고 그 위에 설치하여 일반 백성

들이 이용할 수 있게 했다. 재료는 보통 청동이지만, 자기나 돌을 깎아 만든 것도 있다. 휴대용 앙부일구도 있다.

"네번째는 옥루(玉漏)란 발명기기이다."

이번신과 격암은 잠시 휴식을 취하고 밖으로 나가서 우주를 관찰하고 돌아 와서 당분간 날씨도 좋겠고 세월이 평온하여 백성들의 마음이 안정된 시기로 조정도 아무런 변고 없이 정상적인 업무를 수행할 수 있겠다고 두 사람은 천문에 관하여 관찰한 의견을 교환하고 다시 발명기기에 대하여 문답을 나누었다.

장영실은 자격루를 만든 지 5년 후에 더욱 정교한 시계인 옥루를 만들었다. 옥루는 시간을 알려 주는 자격루와 천체의 운행을 관측하는 혼천의의 기능을 더한 것으로 시간은 물론 계절의 변화와 절기에 따라 해야 할 농사일까지 알려 주는 다목적 시계였다. 세종은 크게 기뻐하며 자신의 집무실 옆에 흠경각을 지어 옥루를 설치하게 하고 자주 드나들었다. 이 공으로 그는 경상도 채방별감이 되어 동(銅)과 철(鐵)을 채광하고 제련하는 일을 감독했다.

"다섯째 발명기기는 측우기(測雨器) 이다."

측우기는 조선 세종 23년(1441년)에 발명된 비가 내린 양을 재는 기구이다. 세종 23년에 만든 기구의 단점을 보완하여 고친 것을 세종 24년(1442년)에 측우기라고 이름 지었다. 외국보다 약200년 빠르다.

측우기는 무쇠를 둥근 통 모양으로 만들었다. 비가 오고 난 후에 그 둥근 통에 담긴 빗물의 깊이를 재었던 것이다. 측우기는 그릇의

넓이가 달라도 일정 시간 동안 비가 고인 깊이는 일정한 점을 이용하여 강우량을 측정하고, 빗물이 고이는 부분으로, 고인 빗물의 깊이를 재어 강우량을 측정할 수 있다. 측우대는 측우기를 일정한 높이로 올려놓기 위해 받치던 돌로, 바닥에 튄 빗물이 들어가 오차가 발생하지 않도록 하는 역할을 한다.

조선 시대에는 측우기를 통해 강우량을 알 수 있어 농사를 지을 시기를 예측할 수 있었고, 또 홍수와 가뭄으로 인한 피해를 예방하고 나라의 중요한 행사 때 하늘의 상태를 예측하는 역할도 했다.

1441년에는 강우량 측정기인 측우기와 하천 수위 측정기인 수표(水標) 제작을 감독했다. 강우량 측정은 농업 국가인 조선에는 매우 중대한 문제였다. 수표는 청계천의 마전교 서쪽과 한강변에 설치되었는데 세계 각국에서 사용하고 있는 양수표(量水標)와 같은 방식이다.

격암은 다시 물어 본다!

"이것 외에 더 발명한 것은 없습니까?"

이번신은 이 분야는 나도 잘 모르는 분야지만 이곳 관상감에서 근무 하면서 얻은 지식으로 이야기 해 보겠다.

장영실이 만든 것은 이런 관측기구뿐만이 아니다. 1434년에는 김돈, 김빈 등과 함께 금속활자인 갑인자를 만드는 데 참여했다. 태종 때 만들어진 계미자는 활자가 고르지 못하고 활자를 고정시키기 위해 밀랍을 사용해야 했기 때문에 많은 양을 인쇄할 수 없었다.

이를 개량한 것이 갑인자로 20여 만 자를 만드는 데 2개월이 걸렸으나 글자의 모양도 아름답고 선명했으며 전보다 2배는 빨리 인쇄할 수 있었다. 이 갑인자로 수많은 책들을 출판할 수 있게 되면서 세종 시대는 문화의 풍요로움을 누릴 수 있었다.

격암은 이번신에게서 장영실이가 발명한 관측기기에 대하여 이야 기와 설명을 다 듣고 다시 한 번 장영실을 존경하고 숭모하게 되었 으며, 지금까지 얻은 지식을 내가 연구하고 있는 천문과 지리 등에 접목하여 백성들에게 보탬이 되는 방책들을 책으로 정리하여 남겨 둘 생각을 하였다.

5

격암은 천문교수직에서 얻은 지식으로 천문을 관찰하여 예언도 자 주하였다. 재직 시 그 유명한 예언은 요승(妖僧) 보우(普雨)의 몰락과 문정왕후(文定王后) 죽음과 선조의 즉위를 예언하고 선조가 즉위하면 동서 붕당싸움이 일어나 혼란기를 맞이하여 왜란이 일어나서 나라 가 초토화 된다고 했는데, 이 예언은 격암의 사후 21년 임진년에 왜 란이 발생하였으나, 이순신장군과 권률 도원수와 세계역사상에 그 전례가 없는 유일한 의병들의 활약으로 7년 전쟁을 하였으나, 나라 는 망하지 않았다.

격암은 천문교수직이 너무 마음에 들고 그동안 배우고 공부하고 연구한 분야로서 퇴청도 하지 아니 하고 매일 밤을 세우고 천문관측 과 다른 관측기에 관심이 있어 배우고 관찰하였다. 관상감은 밤에 별들을 관측하기 위하여 조를 짜서 숙직을 하는데, 격암은 숙직이 아닌 날에도 궐내서 밤을 세웠다.

"여보게!"
관상감정 이번신이 옆에서 보다 못해 딱해서 불렀다.
"네!"하고,
격암은 대답하고 다시 관측에 열중하였다. 밤에는 천문을 관측하고 낮에는 관측한 자료를 정리하고 중요한 것은 임금에게 보고 하는 일로 잠시도 쉴 날이 없었다.
"그렇게 밤과 낮이 없이 일하면 어디 몸이 상하여 병이 나지 않겠나!" 이번신은 너무 걱정이 되어서 쉬라고 하였다.
사실은 매일같이 퇴청도 하지 않고 궐내에서 근무하다보니 몸이 상하고 속에 병이 난 것 같았지만 이 직책은 내 성격과 배운 전공이며 적성에 맞아 몸이 아프고 세월 가는 줄도 모르고 근무하였다.

격암이 숙직을 하는 밤에 관상감정 이번신과 함께 천문을 관찰하다가 관상감에 해당하는 태사성(太史星/金星)에 살(殺/妖氣)이 끼어 있음을 보고, 이번신이 저것은 나에게 해당되는 불길한 징조인 것 같다고 말하자, 격암은 웃으면서!
"거기에 해당하는 사람은 따로 있습니다."라고 말한 후 격암이 바로 태사성 정기를 받고 태어났던 것을 알고 그 다음날 관직을 버리고 급히 누금 고향으로 돌아가려고 준비를 하다가, 1571년(선조 4)에 세상을 마감했으니 향년 63세였다. 부음이 전해지자 한양에 사는 많은 사우들과 그를 아는 사람들은 슬퍼하고 문상하는 인파가 줄을 섰다.

시신을 수습하여 울진 누금까지 운구하여 달팽이집이 있던 건너편 현 근남면 구산리 내성산동 뒷산 산록에 남향해 있는 산자락에 장사지냈으며, 당시의 대문장가 손곡 이달(李達)선생이 유명한 만시(輓詩)를 지어 조상하였고 묘갈명(墓碣銘/비문)은 시암 남고(時菴 南皐)가 지었다.

사후 1574년(선조7)에 울진 현령 정구수와 제자 및 후학과 향인들에 의해 옥계서원(玉溪書院)에 배향되었다.

그의 부인은 강릉최씨 최침(崔琛)의 딸이며 아들 남응진(南應震)과 남귀진(南貴辰) 2명과 딸을 두었으나, 아들 대에서 후손이 끊겼으며, 딸은 영양남씨 목사공(牧師公) 후손 남백년(南百年)에게 출가하여 외손 남기생(南起生)이가 봉사(奉祀)하다가 빈한하여 관찰사 만전당(晚全堂) 기자헌(奇自獻)이 성산마을 한 민가를 지정하여 부역과 세금을 면해 주고 대신 격암 묘를 관리해 오다가 영양남씨 문중과 울진 사림(士林)이 공의(公議)하여 격암중부(仲父) 희익(希益) 후손 명옥(命玉)이가 10대 손으로 사승(嗣承)되어 그 대가 이어지고 있다.

故南參奉師古外孫南起生
관찰사 만전당 기자헌이 남기생에게
少小嘗拜朴守菴

어릴 때 박수암을 자주 찾아뵈었는데

守菴每說南公名

수암께서 매번마다 격암을 이르기를

稱其所言今盡符

공이 말이 지금 와서 모두 영험하니

力學天文皆極精

천문지리 여타 학문 극정이라 칭하네

後來繡衣過蔚珍

내 오늘 관찰사로 울진에 당도하니

鄕人猶敬如神明

고을사람아직까지 그를 신명처럼 존경하네

慕德曾建鄕賢祠

충효탁행 잊지 못해 향현사 세운 것은

一方千載流芳聲

높은 덕 길이길이 전하고저 하네

격암 사후에 별묘는 원암면 매화리 기촌에 있었으나, 세구유락(歲久頹落)하여 사승(嗣承) 명옥이가 북평에 이건하였으나, 풍마우세(風磨雨洗)로 또 유락되어 사손(嗣孫) 우현(禹鉉) 씨가 행곡리 구미동 율곡(栗谷)에 이건 봉사하고 있다.

11. 족집게 예언

격암은 평상시 일상생활 속에서 천문과 만물과 자연의 변화 움직임을 보고 족집게 예언을 하여 주변사람들을 놀라게 하였다.

격암이 족집게 예언을 하는 것은 매일 천문을 관찰하고 앞으로 다가올 일에 대하여 미리 하는 말이 예언이다.

격암의 예언은 생전과 생후로 구분하여야 하고, 생전은 대체로 제자와 동학자(同學者)들과 또는 주변사람들에게 즉석에서 문답으로 나눈 예언이 이었고, 생후는 비결을 정리하여 서책으로 편찬하여 후세에 남긴 것과 또한 후학들이 그 행적을 모아서 문집으로 편찬한 만휴(萬休) 임유휴(任有休)의 남격암유전(南格菴遺傳), 밀암(密菴) 이재(李栽)의 남격암유적(南格菴遺蹟), 해월(海月) 황여일(黃汝一)의 유억남격암(有憶南格菴) 등으로 전해 내려오는 것 들이 있다.

그러나 격암사후 약400년 후 1977년경에 나온 격암유록(格庵遺錄)은 그 기법과 글자가 현대에 가깝고 또한 가사가 한글서식으로 되어 있고 특정종교에 한하여 기술된 것이 허다하여, 격암 후손과 제자 및 후학문중에서는 부분적으로 위작된 것 같아 진본이라고 할 수가 없다고 한다.

1

격암은 생전에 족집게 예언을 수시로 하였다.

선조 등극 예언!

격암은!

"1567년(명종22) 이산해와 송정(松亭)에서 만나서, 하늘에서 해성의 움직임을 보고 사직동을 들러보니 왕기(王氣)가 서려 있어 이곳에 사는 분이 임금이 나온다고 선조의 등극을 예언하였다."

또한 어느 날 제실에서 근무자와 마주 앉아 "저길 좀 보십시요! 오색이 영롱하고 상서로운 기운이 맴돌지 않습니까? 그래서 저기가 덕흥군 저택인데 앞으로 성상이 날 징조입니다."

그때 명종은 아들 순화세자가 동궁으로 책봉되어 있어 도무지 이해가 되지 않는 역적에 해당되는 말을 하였다. 그 후 순화세자는 병사하여 명종이 후사가 없어 아우인 덕흥군의 셋째 아들이 조선 제14대 선조임금이 되어 선조등극을 예언했다.

문정왕후 사망 예언!

격암이 관상감 천문교수 시절 명종의 어머니 문정왕후가 실권을 잡고 요승(妖僧) 보우(普雨)가 실세로 횡포가 심해지자 조정의 대감들과 사대부 선비들이 나라의 앞날을 걱정하고 염려하였다.

이때! 격암은 "염려 마십시요! 내년에 그 두 사람은 죽을 것입니다." 했는데 과연 그대로 예언이 되었다.

문정왕후는 중종의 계비(繼妃)로 중종의 정릉(靖陵)인 봉은사(奉恩寺) 곁에 옮기고 자신도 후일 이곳에 묻히려 하였으나 지대가 낮아 장마철에 물이 들어오자, 지대를 높이는 데 큰 비용만 들이고 결국 사망하여 그 곳에 장지를 정하지 못하자, 격암이 문정왕후의 장지 터를 태릉(泰陵)으로 보고 풍수지리에 길지에 해당하다고 하여 왕에게 건의한 후 조정에서 정하여 장지가 되었다.

당쟁 예언!

격암은 1567년 어느날 천문교수 근무 시절 이조판서 권이서(權利書)를 찾아가서!

"장차 큰 병이 날 것 같습니다." 예언하니!

권판서는 "대체 어떤 병인데요?" 하고 물으니!

"예! 그 병세가 안으로 썩는 것은 내종(內腫) 같고 밖으로 썩는 것은 당창(唐瘡) 같으며, 전신에 퍼지는 것은 연주나력(連珠瘰癧) 같고 아픈 것은 치통 같고 더러운 것은 치질 같고, 남자들이 아파서는 아니 될 임질 같습니다." 라고 말하였다.

권판서가!

"대체 그 병이 무슨 병이요?"

"예! 당병(黨病)이란 것인데, 구할 도리가 없습니다."

"그것을 어떻게 미리 아시요! 하고 권판서가 물었다."

"동쪽에 낙봉(駱峰)이 있고 서쪽에 안현(鞍峴)이 있는데, 이 두 산이 다투는 형세 이므로 반드시 동인 서인으로 붕당되어 당파가 생길 것입니다. 낙(駱)자를 파자(破字)하면 각마(各馬) 이므로 동인은 반드시 분열하여 각립할 것입니다. 안(鞍)이란 혁이안(革而安)이니 반드시 개혁한 뒤에야 편할 것이다." 라고 풀이했는데, 과연 선조 즉위8년에 동인과 서인의 분당이 일어난 예언을 하였다.

왕릉 후보지 예언!

격암이 관상감 천문교수 재직 시 그의 풍부한 지리에 도통하여 제왕지지(帝王之地)터를 선별하여 원주에서 동남쪽으로 1사(舍) 되는 지역인 덕흥대원군의 사당을 모셨던 곳으로 도정궁(都正宮)이 있었던 곳이었으나, 묘산이 장지로는 정궁(正宮)이 큰 길 가에서 보이기 때문에 채택되지 않았다.

결국 의인왕후 장지는 동구릉의 차혈(次穴)과 혜릉의 위쪽에 장지로 하였다. 그 후 국풍 박상의와 풍수의 달인 일이승(一耳僧)은 묘산이 이 보다 더 좋은 왕기는 없다고 했다.

남명 조식선생의 죽음 예언!

격암은 근무지에서 하늘을 유심히 관찰하다가 어진 사람의 운명을 관장하는 별인 자미성(紫微星)이 빛을 잃어 버리는 것을 보고 남명(南冥) 조식(曺植) 선생의 죽음을 예언하고 조식선생이 죽자 다시 자미성을 보니 차차 빛을 회복하였다'고 예언했다.

정승대감 죽는 날 예언!

당시 세도가인 정승대감이 이 좋은 세월을 더 살아야 하는데 과연 얼마나 더 살고 죽을지 궁금하여 문득 천하에 둘도 없는 대 예언가인 격암을 불러서 물어 보기로 하였다.

정승대감이 하인을 불러서 격암에게 가서 보자고 기별을 전해라 하였다.

하인은 격암 집에 가서!

"나리!"

"우리 대감님이 보자고 하시는데 빨리 오시라고 합니다."

"그래 알았다."

격암은 의관을 챙기고 정승대감 댁으로 갔다.

정승대감이!

"격암 어서 오시게!"

"무슨 하명이 계십니까?"

"성질도 급하네! 우선 차나 한잔 하면서 내가 물어볼 말이 있네!"

"어서 차나 드시게!"

"네! 알겠습니다."

"다름이 아니라 내가 요사이 꿈자리가 뒤숭숭하고 몸도 전과 같지 않아 앞으로 얼마나 더 살겠나!"

"대감님도 별 말씀을 다하십니다. 아직 수를 더 하셔야지요. 그러나 이왕 하문하시니 잠시만 계십시오!"

"……."

격암은 눈을 지그시 감고 있다가!

"대감님!

아무래도 한 백일 후에는 모든 것을 정리하여야 될 것 같습니다."

"그게 무슨 말이냐?

내가 백일 후면 죽는다 말인가!"

"저가 어찌 대감님 수명을 입에다 올릴 수 있겠습니까!"

격암은 대감 집에서 대접을 잘 받고 집으로 왔다.

한편 정승 대감은 죽는 날이 다가 오니 모든 것을 정리하고 준비하였으나, 백일이 되어도 죽지 않고 몇 달은 더 살고 있어 다시 하인을 시켜 격암을 불렀다.

"여보게 격암!

천하 예언가가 내 죽는 날이 이렇게도 틀린다 말인가!"

"아니 틀림이 없습니다.

혹시 생전에 죽을 사람을 구해준 일이 있습니까?"

"아니 그것은 또 무슨 말이며 내 수명과 무슨 연관이 있는 것인가!"

"네 직접 연관이 있어서 여쭙는 것입니다."

"있기는 있지!"

지난번 격암이 왔다 가고 하루는 등청하는데, 궁궐 밖에 궁에서 쓰는 물건이 있어 이를 조사하여 처벌을 하면 그 당사자는 죽음을 면치 못하는 사건이 있어 알아본 결과 궁녀가 궁 밖으로 심부름을 갔다가 실수로 물건을 잃어버렸다는 실토를 받아서 처벌을 하려다가 너무 솔직하게 고변하고 성품이 정직하는 것 같아 불문에 붙여서 죽음을 피하게 한 사건이 있지!

"네! 그러시면 대감님께서는 앞으로 십년은 더 사시다가 돌아가실 것입니다."

그 후 정승대감은 격암이 예언 한데로 오래 살다가 세상을 떠나서 대감의 가족과 주변사람들을 격암선생의 족집게 예언에 다시 한 번 놀라게 하였다.

2

격암은 생후에 일어날 족집게 예언을 하였다.

격암 자신의 죽는 날 예언!

1571년 11월말 격암이 숙직을 하던 어느 날 밤에 관상감정 이번신과 함께 천문을 관찰하다가 관삼감에 해당하는 태사성(太史星/金星)에 살(殺/妖氣)이 끼어 있음을 보고!

이번신은 자기가 죽을 날이 몇일 남지 않았다고 친지들을 찾아다니며 하직인사를 드리는데, 격암이 이번신에게 말하기를 걱정하지 마시오!

"거기에 해당하는 사람은 따로 있습니다."라고 말한 후

격암이 바로 태사성 정기를 받고 태어났던 것을 알고 죽음을 예언하고 관직에서 사퇴하고 모든 것을 정리하고 준비한 후 그해 12월 3

일 63세로 생을 마감하였다.

임진왜란 예언!

격암은 어느 날 밤에 토정과 봉래와 한자리에 앉아서 하늘의 별을 관찰하다가 땅이 꺼져라 탄식하므로 곁에 있던 두 사람이 연유를 묻자!

"오늘 밤, 이 시각에 일본에서 영웅이 태어났는데, 그 아이가 장성하여 백말을 타고 와서 난을 일으켜 우리나라에 쳐들어와 나라와 무수한 민중을 괴롭힐 운세니, 그것이 걱정된다고 대답했다. 그러나 용(辰)의 해에 전쟁이 나면 전국토가 폐허되고 인명이 수많게 생명을 잃으나 나라를 구 할 수 있고, 만약 뱀(巳) 해에 전란이 생기면 나라가 영영 망하고만다! 고 예언했다."

격암의 사후 21년 1592년 임진년(壬辰年)에 왜란이 일어나서 1598년 정유년까지 7년간 전쟁이었으나, 나라는 망하지 않고 지키게 되었다.

풍신수길(豊臣秀吉)의 태어난 날 격암이 별을 보고 예언한 그날인데, 격암은 1509년생이고 풍신수길은 1536년생이니 격암의 나이 27세 때 일이다.

또 하루는 취수옹 박록(醉睡翁 朴漉)이란 제자와 소백산에 올라갔다가 동남쪽을 살피다가 깜짝 놀라!

격암이!

"저기 동남향을 보게 이상한 기운이 감돌고 있지 않은가 왜구가 쳐들어와 크게 난리를 일으킬 징조일세!"하고 염려 했다.

　그때 옆에 있던 박록이 여쭈기를!

　"그렇다면 그때 어디로 가야 살겠습니까?" 하고 물으니!

　"소백산 즐기인 풍기와 영주가 피난처이지만, 나나 자네는 그 전에 이미 죽을 것이다." 라고 하였는데 후세에 모두 맞춘 예언을 하였다.

3

　격암은 천문에 의한 진리의 예언을 하였다.

　하늘에서 성인이 내려오시는 때 예언!

　이때는 천지가 뒤집어 지는 시대(天地反覆此時代)이니, 하늘 성인으로 내려오는 때인데(天降在人此時代) 어찌 영원한 생명이 있음을 모르는가? 가지와 잎같이 뻗어나간 도를 합하는 운이다.

　모든 종교가 하나의 도로써 통일되니 모든 사람들이 화합하고, 덕이 있는 마음이 화합을 낳으니, 도가 없으면 멸망하게 되느니라.

　무극대도에 의해 세계에 무성하게 번성한 모든 종교진리가 통일되어, 인류는 한 마음으로 화합하게 되며, 꿈과 소망이 현실세계 속에 이루어지는 이상세계가 열리게 된다고 예언했다.

　인류구원의 대도는 조선(한국)에서 출현한다.

천하의 문명이 간방(艮方, 동북방)에서 시작하니(天下文明始於艮) 동방 예의지국인 조선 땅에서도 천지의 도가 통하니 무극의 도라. 도를 찾는 군자, 그리고 수도인 들아, 계룡산을 찾는다는 말인가. 세상사가 한심하구나!

프랑스 철학자 노스트라다무스는 구원의 거룩한 무리들이 동방으로부터 출현한다고 하였다.

격암은 이에 대한 해답을 우주의 원리로서 동북방의 간방이라고 예언하였다. 이 동북방에서도 조선 땅에서 인류역사 초유의 대통일 진리(無極大道)가 출현한다는 것이다. 격암은 여러 예언을 통해, 지구촌의 대변혁을 마무리 짓는 세계사의 새로운 역사가 조선에서 첫 출발한다는 경이적인 예언을 하였다.

6.25사변과 판문점 휴전선 예언!

격암비결의 삼팔가(三八歌)를 보면!

十線反八三八이요 兩戶亦是三八이며 無酒酒店三八이니 三字各字 三八이라.

이는 파자법(破字法)으로 쓰여진 예언으로 깨어진 글자를 조립하여 그 뜻을 풀게 되어 있다.

十 + 反 + 八 = 板(판), 戶가 양쪽에 있으니 문(門)이요, 酒店에서 술이 없으니(無酒) 店(점)만 남아 이를 전부 합하면 판문점(板門店)이 된다. 또 삼팔(三八)이란 단어는 판(板)자(字)가 8劃이 되며 또한 삼팔선(三八線)이란 내용도 포함하고 있으니 약400년전에 기가 막힌 예언(預言)을 했다.

격암은 그 주인공(主人公)인 성인이 나타나야 모든 내용들이 풀리게 되어 있으며, 정확하고 확실하게 누가 성인인 하늘의 신인인 정도령(鄭道令, 하늘의사람)이란 사실까지도 밝히는 예언을 하였다.

남북분단을 예언!
격암은 반드시 음양 태극선을 정확히 사용하지 아니하면 태극선 모양대로 남북으로 분단된다고 예언하였다.

우연의 일치라고 하기 에는 참으로 희한한 우리 선조들이 썼던 태극기의 원래 모양은 지금 것과 같이 음양이 위·아래로 누워 있지 않고 좌·우로 세워져 있었다. 묘하게도 한반도가 오늘날 위(붉은색/공산국가)·아래(청색/민주국가)의 음양 태극선 모양대로 분단된 것은 좌·우로 세워져 있던 태극기가 위·아래로 누운 모양으로 바뀐 다음부터라는 사실이다.

태극기의 역사를 간단히 살펴보면, 태극기를 우리나라 국기로 처음 사용한 것은 1882년 박영효가 일본 수신사로 갔을 때의 일로 알려지고 있다. 그 이듬해인 1883년에 고종 임금이 왕명으로 태극 4괘가 그려진 기를 국기로 사용한다고 공포함으로써 태극이 우리나라 국기로 확정지어졌다.

그러나 그 당시에는 태극의 음양이나 4괘의 위치가 통일되지 않았다. 이후 태극의 음양이 좌우로 세워진 태극기가 공식적으로 널리 사용됐다. 임시정부 내부에 걸려 있는 태극기는 음양이 좌·우로 서 있다. 뿐만 아니라, 1948년 8월15일, 대한민국 정부수립 기념행사

당시 중앙청에 내건 태극기도 음양이 좌·우로 서 있었다.

어찌된 영문인지 1949년 10월15일 제작 공표한 현행 태극기는 임시정부 당시나 대한민국 정부수립 당시 쓰던 태극기와 다르게 태극선이 아니고 음양이 위·아래로 누워 있게 된 것이다. 태극기가 바로 이렇게 바뀐 다음해인 1950년에 6·25전쟁이 터졌고 이후 완전분단이 돼버렸다. 지금이라도 격암이 지적한 예언대로 태극선과 같은 좌·우로 선 태극기를 사용하여야 남북이 통일된다.

간지별(년도별) 객관적으로 한 예언!

〈남사고비결〉은 세론시(世論視), 계룡론(鷄龍論), 궁을가(弓乙歌), 은비가(隱秘歌), 출장론(出將論), 승지론(勝地論) 등 50여 장의 논(論)과 가(歌)로 구성되어 있다.

천문·지리·역학·주역, 복서 등의 원리를 이용해 한반도의 미래를 기록하였다. 동학농민운동, 한일병합 조약과 한반도의 해방과 분단, 6·25사변, 4·19 혁명과 5·16 군사정변 등 역사적 사건뿐 아니라 박정희 등 한국의 역사적 인물의 행적을 정확히 예언하였다. 약450년 만에 "신비의 베일을 벗는 민족의 경전"이라는 평가를 받는 예언을 하였다.

통일을 예언하였다.

격암비결 말운론(末運論)에 통합지년하시 용사적구희월야 백의민족 생지년(統合之年何時 龍蛇赤狗喜月也 白衣民族 生之年) 이라 하여 우리나라가 남북통일 되는 해는 언제인가, 용사(龍蛇)년 적구(赤狗)월이다.

그때는 백의민족이 살아나는 해라고 예언되어 있는데, 여기서 용사(龍蛇)는 진사년(辰巳)을 뜻하며, 적구(赤狗)는 병술월(丙戌月) 음력 9월을 뜻하므로, 병술월이 들어있는 진사년 이라면 갑진년(甲辰年)인 2024년과 을사년(乙巳年)인 2025년에 해당된다.

이를 뒷받침하는 또 다른 예언서인 정유결(鄭楡訣)이란 예언서는 우리나라 도참서중에 을사년(乙巳年)인 2025년 음9월 30일에 통일이 된다고 예언되어 있다.

이는 격암의 말운론과 정유결이 일치하는 것으로 즉 우리나라가 통일되는 첫 번째 시기가 2024년 음 9월에 해당되나, 이때에 이루어지지 않으면 2025년 음 9월 30일에 통일이 된다는 예언이다.

십승지를 예언!

십승지는 삼재불입지지(三災不入之地)로 전쟁(변란), 질병(괴질), 기근(흉년) 등이 들어오지 못하는 살기 좋은 열 곳의 땅을 예언하였다.

경상도 봉화춘양, 영주 풍기, 예천 용문, 성주만수(일부는 경남 합천이라고도 함), 충청도 공주, 보은 속리, 전라도 무주, 부안 변산, 남원 운봉, 강원도 영월 등을 인간의 삶의 터전으로 살기 좋은 곳으로 손꼽았다.

하늘의 기운이 조선에 온다는 예언!

격암은 하늘의 기운이 동방인 조선에 온다고 예언하였으며, 이남(以南)·이북(以北), 중국·러시아와 미국이 서로 다툼으로써 자손들이 원수가 된다는 것으로 공산주의가 발동한다는 것, 파당을 해체해야 동방의 성천이 나올 것 등을 예언하였다.

성인의 나타남은 분명하니 의심할 바 없으니, 전심으로 합심해서 수도해야 하고 진정한 마음으로 하늘(天主)을 믿지 않으면 지옥의 심판을 면치 못할 것이라고 하는 등 서학적인 의식과 연계되고 일치된 예언을 하였다.

그 외에도 조선은 세계의 십승지라고 하는 등 우리나라에 대한 자긍심의 면모도 나타내었다.

우리나라에서 전해오는 여러 예언서 가운데서 실존인물이 저작한 가장 대표적인 책으로 격암선생의 〈남사고비결〉, 즉 〈격암비결〉을 통해서 우리 민족 가운데서 대 성인(聖人)이신 정도령(하늘의 사람)이 출현해서 죽지 않고 영생하는 지상선국(地上仙國)을 건설한다는 예언을 하여 우리 후손(後孫) 들에게 자부심과 긍지를 전하는 예언을 하였다.

사후에 나를 비방한 사건을 예언!

격암은 제자들에게 내가 죽고 나면 일부 어리석은 철학자들과 풍수지관들이 나를 비방할 것이다. 라는 예언을 하였다.

그 첫 번째가 〈남사고비결〉을 위작한 비결서가 나와서 혼돈과 혼란을 야기하여 한 시대를 어지럽게 할 것이다. 라고 예언 했는데, 사후 약 400년인 1977년에 〈격암유록〉이란 위작이 수많은 위작서가 나와서 이를 해석과 해역을 한 각 종파는 서로가 해당종파 교리와 같다고 하고 또한 격암유록과 관련한 서책이 약40종류가 출간되어 원작자 격암선생이 편찬한 〈남사고비결/격암비결〉을 왜곡한 위작이 난무하여 나(격암) 철학사상을 혼동할 것이라는 예언을 하였다.

　두 번째는 일부 풍수지관들이 나의 선친의 묘소를 천문지리에 근거를 두지 않고 확실한 근거도 없이 야간에 별자리 움직임을 관찰 없이 구천장이라 평하고 나의 묘소에 대하여 여러 비평을 하여 풍수지리 평가를 절하하고 폄하하는 예가 발생할 것이다.

　또한 내가 음택을 택한 조건인 길지인 명당에 들어가는 그 당사자 위주를 보지 못하고 후손 발복만 보는 경향으로 반쪽 풍수만 할 것이라고 예언하였다.

12. 예언에 답하다

"그래! 다들 잘 쉬고 왔느냐?"

격암은 열흘 전 내가 초안한 저작 등을 필사하고 정리한 후 각자 집에 가서 쉬고 다시 수남정사(水南精舍)에 나온 학문의 벗 황응청과 제자 남세영과 주경안에게 먼저 안부를 물었다.

"네! 스승님! 선생님도 잘 계셨어요!"

"오늘은 지난번 헤어질 때 말한 내가 저작한 〈남사고비결(南師古秘決)〉예언서에 대하여 같이 강론하고 문답형식으로 공부할까 한다."

'비결서(秘決書)에 나오는 예언(豫言)이란 천문과 만물의 자연이치의 변화를 관찰하여 인류의 미래에 대하여 운명을 예고하는 것이다.

우주와 인간이 지금까지 걸어오면서 남긴 숱한 발자취는 시간의 흐름과 함께 모두 소멸 하는 듯 보이지만, 과거는 지금의 한순간 속에 미래를 창조하는 엄청난 힘으로 잠재되어 있다.'

격암(格菴)은 조선의 대철학자이고 제일의 예언가이다.

남사고비결(南師古秘決)은 단순한 비결(秘決)이 아니고 진리의 경전이며 동양의 성서라고 할 수 있다.

각 종파별 성인(聖人)들의 예언서는 불교의 불경(佛經)인 대장경(大藏經), 유교의 유경(儒經)인 사서오경(四書五經), 기독교의 성경(聖經) 등은 각 종파에 대한 예언서이지만, 남사고비결은 종파를 넘어, 불교, 유교, 도교, 기독교 등의 교리와 취지가 포함된 총망라한 동양의 경전이라 할 수 있다.

인류의 미래의 소식을 전해주는 예지자의 4가지 유형은!

첫째, 자연의 변화원리(天文)를 관찰하고 연구한 철인이고.

둘째, 도통(道通)의 깊은 경지에서 미래를 그림같이 꿰뚫어 보는 도통군자와 성자이며.

셋째, 종교적 계시를 받아 미래를 내다보는 종교인 이고.

넷째, 순수한 영적 감수성을 바탕으로 계시를 받아 미래를 투시하는 영능력자 들이다.

그러나 핵심은 만물의 자연과 인류의 일을 미리 예언하는 것이 일치하다.

예언을 정리하여 후세에 남긴 것이 예언서(豫言書)인데, 예언서란 사람들에게 드러내어 놓고 밝히는 글이 아니고, 오직 후세에 인연이 있는 사람만이 그 뜻을 알라고 전하는 비결(秘決)이다.

대체로 예지자인 선각자(先覺者) 또는 성인(聖人)들이 예언하여 전하는 예언서(豫言書)가 비결로 전해온다.

우리나라에서는 옛 부터 전해오는 예언서가 많이 있는데, 지금까지 전해오는 예언서는 기록상에 가장 오래된 것으로는 신라시대 원효대사, 의상대사, 고운 최치원선생 등의 그 기록이 있고 또한 신라 말 고려 초의 도선국사가 남긴 기록인 도선비결(導善秘決)이 있다.

조선시대에는 태조 이성계의 왕사인 무학대사, 북창 정렴, 토정 이지함, 서산대사, 퇴계 이황, 율곡 이이, 경암 류운룡과 내가 적어 놓은 〈남사고비결〉이 있다. 격암사후 정감록과 송하일기가 조선시대의 3대 예언서이다.

이를 시대별로 나누면 삼국시대와 고려시대는 저자가 대체로 큰 스님인 반면, 조선시대에는 주로 유학자가 많았으며, 조선 중기 이후에는 실학자들이고 그 후는 종교의 지도자들이다.

사람들의 관심과 현존하는 예언서 중 그 주류를 이루는 것이 〈남사고비결〉과 〈정감록〉이 대표적이다.

그러나 남사고비결은 저자와 시대가 확실한 반면, 정감록은 저자인 이씨조선의 조상인 이심(李心)과 정씨의 조상인 정감(鄭鑑)이 조선 팔도 산맥을 현지 답사하여 운이(運移)의 현상을 풍수적으로 토론한 것이라고 하지만 실존인물이라고 단정하기 어렵고, 시대도 격암의 십승지가 포함되어있고 후세에 인물 비결까지 총망라하여 시대가 불확실하며 남사고비결 보다 나중에 나온 비결이라 할 수 있으며, 또한 송하일기도 저자가 실존인물인지 불확실하다.

또한 남사고비결은 우주의 움직임을 보고 천문과 만물의 이치를 통하여 국가의 장래와 사람이 살아 갈 곳과 장래의 운명에 대하여 총망라한 비결인데 비해, 정감록은 국가의 운명을 점치는 도참설을

359

위주로 한 비결이며, 토정비결은 사람의 신수에 국한한 비결이다라고 볼 수 있다.

격암은 생전에 근무지에서 관직자 들과 한 예언과 제자들에게 문답으로 남긴 예언이 있으며, 또는 같은 철학을 하는 동학 및 후학들에게 남긴 예언으로 구분된다.

격암은 후손들에게 살기 좋은 곳과 말세에 생명을 지킬 수 있는 방도를 예언한 것이다.

〈남사고비결〉은 천기(天機)에 관한 책이라 하여 간행되지 아니하고 자손들과 제자에게 잘 보관하도록 한 비결이다.

내용 중 특이한 것은 미래의 시기나 사건의 중요성 등을 파자(破字)·측자(側字)·은유(隱喻)·변환어·속어(俗語)등을 사용하여 철학자가 아니면 해석할 수 없고 볼 수 없도록 하였다. 일반 민중들은 내용을 분명하게 파악할 수 없도록 기록한 비결이다.

그러나 격암이 편찬한 수많은 책을 수제자 임천(臨川) 남세영(南世英)에게 지시해서 잘 정리하여 옥계서원(玉溪書院)에 보관하도록 하였으나, 임진왜란 때 불타 없어졌다.

이때 〈남사고비결〉은 세상에 노출을 제한할 생각으로 같이 서원에 보관할 성격의 책이 아니라서 남세영에게 따로 보관을 부탁하여 후세에 전하도록 하였다.

격암은 저작한 남사고비결(南師古秘決)을 근거로 제자들과 같이 앞날의 후세에 전할 예언을 강론하고 문답하였다.

수많은 제자중 수제자(首弟子) 임천 남세영(臨川 南世英)·친구와 같은 대해 황응청(大海 黃應淸)·애제자(愛弟子) 충효당 주경안(忠孝堂 朱景顔) 등은 격암사상과 학문을 이어 받은 학우 또는 제자들이다.

오늘 너희들과 문답으로 공부할 것은 내가 저작한 〈남사고비결〉 예언서를 설파하기 전에 반드시 지켜야 할 주의와 당부할 사항부터 먼저 말 하겠다.

1. 내가 저작한 비결은 주역을 공부하여 도통하지 아니하면 해석을 하거나 풀 수가 없다.
2. 가장 중요한 것은 용어를 확실히 해석하고 어떠한 경우도 유추해석이나 왜곡해서는 아니 된다는 것이다.
3. 그리고 나는 어느 종파를 찬양하고 그 교리를 이곳에 기술한 것이 아니니 종파의 교리와는 구분된 나만의 예언 비결이다. 그래서 〈격암비결〉은 종파적인 것을 배제하고 50여 비결을 예언하였다.
4. 다음은 내가 예언한 비결은 함부로 자기 입맛대로 해석하고 왜곡된 뜻으로 풀이하지 말라는 것이다.
5. 정도령(鄭道令)은 성씨가 정(鄭)이 아니고, 주역팔괘에서는 하늘을 말(馬)이라 표시하므로 우리나라에서 말을 상징하는 성(姓)씨는 당나귀 정(鄭)인 것이니 즉, 정(鄭)은 하늘이라는 뜻이다.
6. 박(朴) 또한 성(姓)씨 박이 아니고 하늘에서 내린 "알"이라는 뜻이다. 일찍이 신라 시조 박혁거세와 알지가 "알"에서 나왔다고 하고 역사적으로 걸출한 선인에 가까운 인물은 알에서 나온 야

사와 같이 박(朴)은 "알"이 라는 뜻이다.

7. 십승(十勝)은 숫자에서 마지막 숫자인 십(十)이다. 이를 십승지, 십승지지, 십처, 계룡 모두 같은 뜻이다. 또한 진인, 궁궁을을, 십승도령, 정도령, 상제, 아미타불, 미륵불, 천신 등도 같은 의미이다.

8. 궁궁(弓弓)은 하늘을 의미하며 궁(弓)은 산의 용맥이 굽이치는 형상과 을을(乙乙)은 땅을 상징하며 물이 흐르는 형상(乙)을 상징한 음양기운을 의미한다.

9. 우명(牛鳴)은 소 울음소리는 주역의 팔괘에서는 땅을 소(牛), 어머니(母), 토(土)로 표시한다. 즉, 소 울음소리는 십승지에서 어머니 같은 땅이라는 뜻이다.

10. 소두무족(小頭無足)은 머리가 적고 다리가 없는 형체를 말하는데. 이 형체는 하늘에서 떨어지는 불 형체와 사람이 만든 불같은 형체를 의미하는 것으로 우리 인류에 막대한 피해를 주는 불의 무기인 것 들이다.

11. 계룡(鷄龍)은 계룡산(鷄龍山)이 아니고 종말에 온전하게 살길의 진리이며, 계(鷄)는 집안의 날짐승이며, 정확하게 울음으로 때를 알리고, 용(龍)은 제왕(帝王)을 의미하며 거기에 알맞은 살길을 제시하는 십승지와 성인(聖人)이다.

12. 양백(兩白)은 십승지를 논할 때는 태백(太白)과 소백(小白)을 말하고, 그 외는 선선(神仙)을 말한다. 백(白) 자를 옆으로 눕혀 놓고 읽으면 두 신선이 된다. 白=人+山=仙이므로 양백은 두 신선(神仙)이다. 또한 양백은 목운(木運)과 금운(金運)을 말하며 하도

낙서(河圖洛書)이다.

13. 하도낙서(河圖洛書)란 태극의 뜻은 이(理)의 극치를 말한다. 하도
와 낙서는 인류문화의 뿌리이다. 하도는 1에서 10까지 수로써
그려진 팔괘도 그림이다. 천지자연과 인간사회를 두루 관통할
만한 이치를 담고 있다.

14. 삼풍(三豊)은 하늘에서 내려오는 기(氣), 깨끗한 땅에서 스며 나
오는 윤(潤), 신선이 주는 약(藥)을 말하며 풍(豊)은 곡(曲)과 두(
豆)을 합한 글자로 즉 콩밭(豆田) 이라는 뜻이다.

15. 해인(海印)은 우주의 일체를 깨달아 아는 부처의 지혜, 모든 법
을 비추어 보는 것이 바다에 만상(萬像)이 나타나는 것과 같다
는 데에 비유하여 이르는 말이다. 즉, 사람의 과거 행실을 바
다에 비추게 하여 인과응보로 다스리는 것이다.

16. 전전(田田)은 밭 전(田)자는 입구(口)를 4개를 합한 것으로 '사람
의 마음에 들어가는 밭이다!' 라는 뜻이다.

1

"그러면 남세영부터 질문하여 보아라!"
수제자 남세영이 스승 격암에게 여쭈었다.
"세론시(世論視)란 무엇입니까?"
격암이 답했다.
"이는 세상을 살펴서 후세 인간에게 살기 좋고 잘살 수 있는 것을

알려주는 것이다."

西學大熾天運也 天道者生 無道者死 量者誰 聽者誰 世人何知 智
서학대치천운야 천도자생 무도자사 양자수 청자수 세인하지 지

者能知矣 積德之人 活人如此 自生正道 不願積穀 嗟我後生 不忘
자능지의 적덕지인 활인여차 자생정도 불원적곡 차아후생 불망

血遺 智墨天運 朝暮變化 信外剌文 國外法官 假夷賣官 小人能大
혈유 지묵천운 조모변화 신외랄문 국외법관 가이매관 소인능대

無量旺運 有量來運 勿念儒書 意外出盡 伯夷採微 由父洗耳 莫貪
무량왕운 유량내운 물념유서 의외출진 백이채미 유부세이 막탐

富貴 非命橫死 久陰不晴 下必謀上 誰爲父母 竭孝誰作 生死判斷
부귀 비명횡사 구음불청 하필모상 수위부모 갈효수작 생사판단

飛龍弄珠 世有其人 公察萬物 其姓爲誰不知也 橫二爲柱 左右雙三
비룡농주 세유기인 공찰만물 기성위수부지야 횡이위주 좌우쌍삼

勿恨其數 勿上追衣 又爲其誰 如短如長 種德半百 久粧弓揣磨大
물한기수 물상추의 우위기수 여단여장 종덕반백 구장궁췌마대

小白之石 大小白何爲 河洛之數 白字彎山工字之出 兩山之間十字
소백지석 대소백하위 하락지수 백자만산공자지출 양산지간십자

無瑕出於兩白 人種求於兩白 白木雙絲門月寸土 白木靈木雙絲人
무하출어양백 인종구어양백 백목쌍사문월촌토 백목영목쌍사인

姓負合之弓弓人 辰巳之生 統一天下 復何在洲江 兩合一如亡
성부합지궁궁인 진사지생 통일천하 복하재주강 양합백일여망

一人日匕 世事何然 不變仙源 活萬非衣活天弓長 此我後生 勿慮徐
일인일비 세사하연 불변선원 활만비의활천궁장 차아후생 물려서

曺呂金 非運愛國 天運違逆必亡當害 守從聖設 所願成就 此書不信
조여김 비운애국 천운위역필망당해 수종성설 소원성취 차서불신

英雄自亡 二十九日走者之人 頭尾出田 亂世英雄 不免項事 天運奈何
영웅자망 이십구일주자지인 두미출전 난세영웅 불면항사 천운내하

若不解得 無量肉眼 俗離之世 不離俗離 積德之人 不失俗離 不尋
약불해득 무량육안 속리지세 불리속리 적덕지인 불실속리 불심

俗離 難免塗炭 黃金之世 遇者何辨 入於俗離 尋於智異 尋山鷄龍
속리 난면도탄 황금지세 우자하변 입어속리 심어지리 심산계룡

遇哉 深量白轉必死 盡力追人追人 其誰弓弓之朴也 朴固之鄕 村村
우재 심량백전필사 진력추인추인 기수궁궁지박야 박고지향 촌촌

瑞色 未逢其人 難求生門 生門何在 白石泉井 白石何在 尋於鷄龍
서색 미봉기인 난구생문 생문하재 백석천정 백석하재 심어계룡

鷄龍何在 非山非野 非山非野何在 二人橫三十二月綠 小石之生枝
계룡하재 비산비야 비산비야하재 이인횡삼십이월록 소석지생지

朴堯日大亭之下 是亦石井 欲飮者促生 所願成就 上慕劍旗 下察
박요일대정지하 시역석정 욕음자촉생 소원성취 상모검기 하찰

走馬 吉運不離 深探其地 天旺之近 水唐之廣野 鷄龍創業 曉星照臨
주마 길운불리 심탐기지 천왕지근 수당지광야 계룡창업 효성조림

草魚禾來之山 天下名山 老姑相望 三神役活 非山十勝 牛聲弓弓
초어화래지산 천하명산 노고상망 삼신역활 비산십승 우성궁궁

三豊白兩有人處 人字勝人 勝人神人 別天是亦武陵之處 世願十勝
삼풍백양유인처 인자승인 승인신인 별천시역무능지처 세원십승

聖山聖地 嗟我後生 勿離此間 弓弓之間 天香得數 三神山下牛
성산성지 차아후생 물리차간 궁궁지간 천향득수 삼신산하우

鳴地 牛聲浪藉 始出天民 人皆成就 弓弓矢口 入於極樂 乙乙矢口
명지 우성낭자 시출천민 인개성취 궁궁시구 입어극락 을을시구

無文道通 仁人得地 近水不參 其庫何處 紫霞南之朝鮮 秘藏之文
무문도통 인인득지 근수불참 기고하처 자하남지조선 비장지문

出於鄭氏 自出於南 秘文曰 海島眞人 自出紫霞島 眞主赤黃之馬
출어정씨 자출어남 비문왈 해도진인 자출자하도 진주적황지마

龍蛇之人 柿木扶人 皆之柿木之林 何得高立 多人往來之邊 一水二
용사지인 시목부인 개지시목지림 하득고립 다인왕래지변 일수이

水鶯廻地 鷄龍創業始此地 愚人不尋 不入此地之 人怨無心 嗚呼後人
수앵회지 계룡창업시차지 우인불심 불입차지지 인원무심 오호후인

勿持世事 蜉蝣乾坤 勿離此間 祈天禱神 活方何處 非東非西 不
물지세사 부유건곤 물리차간 기천도신 활방하처 비동비서 불

離南鮮 南北相望 可憐寒心 地卽十處吉地 誰福謂地 未卜定穴 各
리남선 남북상망 가련한심 지즉십처길지 수복위지 미복정혈 각

處不利 勿思十勝 只尋木人新幕 肉眼不開 不覺此句 若不解得 不
처불리 물사십승 지심목인신막 육안불개 불각차구 약불해득 불

辨時勢 鷄龍開國 達於此日 辰巳聖人 儀兵十年 當此世 苦盡甘來

변시세 계룡개국 달어차일 진사성인 의병십년 당차세 고진감래

天降救主 馬頭牛角 眞主之幻 柿榮字意何 世人解寃 天受大福 永

천강구주 마두우각 진주지환 시영자의하 세인해원 천수대복 영

遠無窮矣 訪道君子 不失中入哉 辰巳落地 辰巳出世 辰巳堯之受禪

원무궁의 방도군자 불실중입재 진사낙지 진사출세 진사요지수선

上辰巳自手成家 中辰巳求婚 仲婚十年 下辰巳成德握手 華燭東方

상진사자수성가 중진사구혼 중혼십년 하진사성덕악수 화촉동방

琴瑟之樂 天地配合 山澤通氣 木火通明 坤上乾下 地天泰卦 知易

금슬지락 천지배합 산택통기 목화통명 곤상건하 지천태괘 지역

理恩 三變成道 義用正大 木人飛去後待人 山鳥飛來後待人 逆天者亡

리은 삼변성도 의용정대 목인비거후대인 산조비래후대인 역천자망

順天者興 不違天命矣

순천자흥 불위천명의

이는 서양학문이 크게 일어나는 것은 하늘의 뜻이며, 참인간 종자 씨의 출현은 양백에서다라는 뜻이다.

계룡국은 창업되어 삼신이 진리의 빛으로 십승산이 우뚝선다 이긴 자는 산인이고 신선이며, 별천지에 산다.

이곳이 무릉도원이다. 세상 사람들이 원하는 십승지는 성산이고 성지이다. 삼신산 아래 소 울음소리 나는 땅, 이곳에서 하늘백성(天民)이 출현하기 시작한다! 는 말이다.

격암이 다시 알기 쉽게 부연 설명했다. "이때에 하늘의 길을 따르는 사람은 살고, 세속의 길을 따르는 사람은 죽는다. 그러므로 지혜

가 있는 자는 세상의 명리를 따르지 않고 덕을 쌓으며, 자생하는 활인처럼 곡식을 곳간에 쌓아두지 않는다.

후손들아, 애타노라! 모든 것은 기와 피로 유전되며 세상의 이치는 조석으로 변하는 것이니 서양의 물질문명이나 지식을 지나치게 탐하지 말고 묵묵히 천운만 따르며 때를 기다려라!

아랫사람이 윗사람을 섬기는 것이 도리이거늘, 혼탁한 세상에서는 누가 부모를 위한 효를 다 하겠는가? 생사를 판단할 때는 그 분의 능력이 미치지 않는 곳이 없으니 반드시 악을 심판하고 선을 선양한다.

운수나 신세를 한탄하지 말고 높은 자리를 탐욕하거나 사치를 따르고 낭비하지 말라. 인생은 짧고도 긴 것이니 오랫동안 잘못 살아온 삶을 채찍하여 이성에서 남은 생을 몸과 마음을 갈고 닦아 덕의 종자를 심고 살아야 한다. 생명은 어디에 존재하는가? 하늘인가? 땅인가? 생명은 태양으로부터 나오는 빛과 같은 것이다. 마음의 샘은 만명을 살리는 옷과 재물이 아니라 천명의 생명을 살리는 진리의 샘이다. 그러므로 이 격암비결을 비방하는 사람은 비록 영웅이라고 할지라도 스스로 망한다.

그래서 덕을 베풀며 살고자 하는 사람은 세속을 떠나지 말라. 어리석은 자들은 지리산을 찾아라, 속리산을 찾아라, 하는데 모두가 허망한 말들이다. 헤아려서 깊이 생각하라! 입산하면 반드시 죽으니 전심 진력을 다하여 생명의 이치를 따르라.

십승지는 삼풍과 양백이 사람의 생각을 이긴 자가 신인(神人)이라, 생명과 생명사이에 있는 십승지는 생명의 이치를 알면 극락에 들어가고 몸의 이치를 깨달으면 글을 알지 못해도 도(道)를 통한다. '어진 사람은 그 경지에 이를 수 있으나 사악한 사람은 참여할 수 없다!' 라는 뜻이다.

2

다시 남세영이가 여쭈었다.

"계룡론(鷄龍論)은 어떠한 예언입니까?"

격암은 뜻을 풀이했다.

天下列邦回運 槿化朝鮮鷄龍地 天縱之聖合德宮 背弓之間兩白仙 血遺島中四海通 無后裔之何來鄭

천하열방회운 근화조선계룡지 천종지성합덕궁 배궁지간양백선 혈유도중사해통 무후예지하래정

鄭本天上雲中王 再來今日鄭氏王 不知何姓鄭道令 鷄龍石白鄭運王 鄭趙千年鄭鑑說 世不知而神人知

정본천상운중왕 재래금일정씨왕 부지하성정도령 계룡석백정운왕 정조천년정감설 세부지이신인지

好事多魔不免獄 不忍出世百祖一孫 終忍之出三年間 不死永生出於十勝 不入死又次運出現

호사다마불면옥 불인출세백조일손 종인지출삼년간 불사영생출어

십승 불입사우차운출현

四面如是十勝 百祖十孫好運矣 南來鄭氏 誰可知 弓乙合德眞人來
南渡蛇龍今安在 須從白鳩走靑林

사면여시십승 백조십손호운의 남래정씨 수가지 궁을합덕진인래
남도사룡금안재 수종백구주청림

一鷄四 角邦無手 鄭趙之變一人鄭矣 無父子正道令 天地合運出柿木
弓乙兩白十勝出 十八姓人鄭眞人

일계사 각방무수 정조지변일인정의 무부자정도령 천지합운출시목
궁을양백십승출 십팔성인정진인

天地震動花朝夕 江山熱蕩鬼不知 鷄龍石白鄭道令 牛天馬伯時事知
美哉此運神明界 長安大道正道令

천지진동화조석 강산열탕귀부지 계룡석백정도령 우천마백시사지
미재차운신명계 장안대도정도령

投鞭四海滅魔田 四海太平樂樂哉

투편사해멸마전 사해태평락락재

'이 뜻은 모든 나라의 운이 조선으로 돌아온다. 무궁화 조선 땅에
계룡국이 선다. 다음은 정씨 왕이다. 이 정씨는 하늘에서 내려온 바
르고 정직한 왕이라는 뜻이며, 마귀 신을 채찍으로 멸망시킨다!' 는
뜻이다.

다시 말하면, 천하 열방은 조선에 운이 돌아온다. 근화조선의 국
토를 계룡(鷄龍)이라고 부른다. 풍수에서 계룡은 오행(五行)에서 화수(

火水)의 이론을 말한다.

계(鷄)가 화(火)이고 용(龍)이 수(水)가 되는 것이다. 화수의 이론은 목금(木金)의 이론과 함께 쌍벽을 이룬다. 목금의 이론을 인(人)의 이론으로 활용하고 화수의 이론을 천지(天地)의 이론으로 활용한다. 천지인(天地人)의 조화를 맞추는 것이 풍수이론(風水理論)이다.

근화와 천지화는 목의 이론으로 인의 이론이다. 계룡은 화수의 이론으로 천지의 이론이다.

유적으로 남아 있는 혈구가 있는 섬이 사해로 통한다. 조선을 계승한 새로운 나라가 다시 온다고 한다.

새로 세우는 제국의 본은 하늘에서 정한 왕이(선인) 와서 다스리는 나라이다.

왕은 어찌 성을 정씨도령이라고 하겠는가. 계룡지인 근화조선의 백석 땅에 새 나라를 세우겠다고 말하는 이다.

강화도는 혈유도이다. 혈은 혈구산, 유는 강화도에 남아 있는 유적인 참성단(塹星壇)이다. 사해는 황해를 통하여 뻗어나가는 바닷길을 말한다.

정(鄭)은 제국, 정본(鄭本)은 제국의 본이다. 천상운은 하늘, 천신(天神)들이 계신 하늘이다. 운(雲)은 우(雨)+운(云) 즉 구름과 같이 많은 논의를 한다는 뜻이다. 제국의 본은 천상에서 많은 논의를 하여 나라를 건국하고 왕을 정한다.

재래(再來)는 다시 온다는 뜻이다. 한번은 이 땅에 왔던 그 분은 다시 오시는 단군왕검 밖에 없다.

유(酉)자에 사방에 뿔을 더하고 一자를 더하고, 방(邦)자에서 수(手)자를 지워 더하면 정(鄭)자가 되는데, 정은 새로 출현할 제국을 의미한다. 제국이 조선에 변난을 일으켜 큰 제국 즉, 대정(大鄭)을 만든다.

때는 달이 작아지니(肖=小+月) 조선의 역할도 끝이 나고 대제국만이 우뚝이 건국된다.

한반도에 하늘의 양과 땅의 음이 조화를 이룰 때를 알고 아름답다고 제국이 열리는 날이 온다는 것이다.

3

남세영이가 여쭈었다.

"래패예언육십재(來貝預言六十才)의 뜻을 알고 싶습니다."

격암이 풀이 하였다.

列邦之中高立鮮 列邦蝴蝶歌舞來 海中豊富貨歸來 六大九月海運開
送舊迎新好時節 如雲如雨鶴飛來

열방지중고립선 열방호접가무래 해중풍부화귀래 육대구월해운개
송구영신호시절 여운여우학비래

諸邦島嶼屈伏鮮 無論大小邦船艦 聖山聖地望遠來 引率歸來列邦民
鷄龍都城尋壁民 金石尋牆眞珠門

제방도서굴복선 무론대소방선함 성산성지망원래 인솔귀래열방민
계룡도성심벽민 금석심장진주문

無罪人生永居宮 有罪人生不入城 背天之國永破滅 富貴貧賤反覆日 弓乙聖山無祈不通 金銀寶貨用剩餘

무죄인생영거궁 유죄인생불입성 배천지국영파멸 부귀빈천반복일 궁을성산무기불통 금은보화용잉여

和平用官正義立爲鑑督 更無强日光晝更無月光之極 七日色寶石照 列邦望色福之來 更無月虧

화평용관정의립위감독 갱무강일광주갱무월광지극 칠일색보석조 열방망색복지래 갱무월휴

不夜光明 當代千年人人覺 柿謀人生世謀人死 一當千千當萬人弱當 强 一喜一悲 興盡悲來苦盡甘來

불야광명 당대천년인인각 시모인생세모인사 일당천천당만인약당 강 일희일비 흥진비래고진감래

人人解冤好時節 永春無窮福樂 出死 入生朴活人 不知歲月何甲子 年月日時甲子運 陰陽合日三十定

인인해원호시절 영춘무궁복락 출사입생박활인 부지세월하갑자 연 월일시갑자운 음양합일삼십정

不耕田而食之 不拜祭而祭之 不麻皮而衣之 不埋葬而葬之 有形無形 神化日 求人兩白求穀三豊

불경전이식지 불배제이제지 불마피이의지 불매장이장지 유형무형 신화일 구인양백구곡삼풍

世人不知可哀可哀 心覺知心覺知 愼之愼之哉

세인부지가애가애 심각지심각지 신지신지재

이 것은 열방[列邦] 가운데 조선이 가장 높은 위치에 놓이게 된다. 나비가 꽃을 찾아오듯이 세계 각국의 백성들이 노래하고 춤추며 온다. 바다를 통해 많은 재물을 싣고 찾아오고, 육대구월[六大九月]의 운수로 해운이 열리고 옛 것은 가고 새로운 것을 맞이하는 좋은 때가 온다. 학[鶴]이 훨훨 날아서 온다. 모든 나라들이 조선에 굴복하고 크고 작은 것을 막론하고 각국의 배들이 성산[聖山]과 성지[聖地]를 바라보며 먼 곳에서 찾아온다.

여러 나라 사람들을 인솔하여 계룡에 있는 본토 백성들을 찾아온다.

죄가 없는 사람은 금석[金石]으로 된 담장과 진주 문이 영롱한 궁전에 영원히 살 수 있다.

죄 많은 사람은 성에 들어가지 못한다. 하늘을 배반하는 나라는 영원히 파멸하고 부귀와 빈천이 뒤바뀌게 되는 날이다.

궁을[弓乙] 신선이 머무는 성산[聖山]은 죄 지은 사람은 통할 수 없다. 금·은 보화가 쓰고 남을 정도로 풍성하며, 낮에 햇빛과 밤에 달빛이 없어도 그 밝음이 빛을 발한다.

일곱 개의 태양빛과 같은 보석이 비추니 열방이 그 빛을 바라보고 복이 넘치는 땅을 찾아온다. 다시는 달이 기우지 않고 밤이 없는 광명한 세계가 천 년간 펼쳐지니 사람들은 깨달아 삶의 길을 선택한다.

세상의 부귀영화를 도모하는 자는 죽게 된다. 약한 사람도 강건함을 감당하고, 한 번의 기쁨과 한 번의 슬픔이 있으니, 흥함이 다하면 슬픔이 오고 고생이 다하면 즐거움이 온다.

모든 사람들이 해원하는 좋은 곳에 들어가는 자는 살고 떠나는 자는 죽게 되는 박활인이 있는 곳이다. 좋은 세월은 연월일시가 갑자[甲子]의 운이며, 음양이 합치 되는 날이다.

논밭을 갈고 농사를 짓지 않고도 먹고 살 수 있으며, 절하지 않고도 제사를 지내며, 베를 짜지 않고도 옷을 입고, 매장하지 않고 장례를 치르며, 유형이 무형으로 신으로 변화되는 날이다.

'사람을 구하는 것은 양백[兩白]에 있고, 곡식은 삼풍[三豊]에서 구해야 되는 것을 세인[世人]들이 알지 못하니 슬픈 일이니 마음속으로 깊이 깨닫고, 삼가고 깊이 생각 한다!' 는 뜻이다.

4

남세영이가 스승에게 질문했다.

"말운론(末運論) 예언을 말씀해 주십시요!"

"이 말운론은 나 보다 일찍 타 종파에서 대체로 말하는 예언인데, 특히 불교나 기독교는 말운 또는 말세를 교리로 하고 있으나 성리학인 유교는 교리에 없다."

"나는 그 종교적 측면에서 논하는 것보다 사람의 살아가는데 꼭 필요한 대목과 살길을 인도하는 것이다."

嗚呼悲哉聖壽何短 林出之人怨無心 小頭無足飛火落地 混沌之世
오호비재성수하단 림출지인원무심 소두무족비화락지 혼돈지세
天下聚合此世界 千祖一孫哀嗟呼 柿謀者生衆謀者死 隱居密室生活計
천하취합차세계 천조일손애차호 시모자생중모자사 은거밀실생활계
弓弓乙乙避亂國 隨時大變 彼枝此枝鳥不離枝 龍蛇魔動
궁궁을을피란국 수시대변 피지차지조불리지 룡사마동

三八相隔黑霧漲天 秋風如落彼克此負 十室混沌四年何生 兵火往來
何日休
삼팔상격흑무창천 추풍여락피극차부 십실혼돈사년하생 병화왕래
하일휴
劫人來詳解知 祭堂彼奪此散隱居 四街路上 聖壽何短可憐人生
겁인래상해지 제당피탈차산은거 사가로상 성수하단가련인생

末世聖君湧天朴 獸衆出人變心化 獄苦不忍逆天時 善生惡死審判日
말세성군용천박 수중출인변심화 옥고불인역천시 선생악사심판일
死中求生有福子 是亦何運林將軍出運也 天定此運亦悲運 十二神人
各率神兵
사중구생유복자 시역하운림장군출운야 천장차운역비운 십이신인
각솔신병
當數一二先定 此數一四四之全田之數 新天新地別天地 先擇之人不
受皆福
당수일이선정 차수일사사지전전지수 신천신지별천지 선택지인불

수개복

中擇之人受福之人 後入之人不福亡 用中生涯抱琴聲 淸歌一曲灑精神

중택지인수복지인 후입지인불복망 용중생애포금성 청가일곡쇄정신

勿思十處十勝地 獨利在弓弓間 申酉兵四起 戌亥人多死 寅卯事可知

물사십처십승지 독리재궁궁간 신유병사기 술해인다사 인묘사가지

辰巳聖人出 午未樂堂堂 小頭無足飛火落地 隱居密室 依天兵掀天勢魔

진사성인출 오미락당당 소두무족비화락지 은거밀실 의천병흔천세마

自躊躇欲死欲走 永無得不知三聖無福歎 此運西之心彼賊之勢 哀悽
然山岩隱之身掩

자주적욕사욕주 영무득부지삼성무복탄 차운서지심피적지세 애처
연산암은지신엄

衆日光眼不閉目 四九之運百祖一孫 龍蛇發動雙年間 無罪之定三數
不忍出獄

중일광안불폐목 사구지운백조일손 룡사발동쌍년간 무죄지정삼수
불인출옥

悲運一四數 不足之投火滅之後 生之集合合之運 滿數之飮鄭氏

비운일사수 부족지투화멸지후 생지집합합지운 만수지음정씨

黎民多小不計 受福之世一六好世 壬三之運或悲或喜 仁富之間夜泊
千艘

려민다소불계 수복지세일륙호세 임삼지운혹비혹희 인부지간야박
천소

和氣東風萬邦和 百祖十孫壬三運 山崩海枯金石出 列邦蝴蝶見光來
화기동풍만방화 백조십손임삼운 산붕해고금석출 렬방호접견광래

天下萬邦日射時 天地反覆此時代 天降在人此時代 豈何不知三人日
천하만방일사시 천지반복차시대 천강재인차시대 기하부지삼인일

東西合運枝葉道 此運得受女子人 一祖十孫人人活 道道敎敎合十勝
동서합운지엽도 차운득수여자인 일조십손인인활 도도교교합십승

列邦各國指導人 三公大夫指指揮世 上中之下異運時 一道合而人人
合德
렬방각국지도인 삼공대부지지휘세 상중지하이운시 일도합이인인
합덕

心生合無道滅 人生出死弓乙村 天定人心還定歌 魑魅發不奪人心
심생합무도멸 인생출사궁을촌 천정인심환정가 이매발불탈인심

信天人獲罪於天 無所禱空虛事無人間 夜鬼發動不入勝 天生天殺道
道理
신천인획죄어천 무소도공허사무인간 야귀발동불입승 천생천살도
도리

化於千萬理有 海印一人擇之化 敏過自責吸海印 無不通知天意理
화어천만리유 해인일인택지화 민과자책흡해인 무불통지천의리

奚如天遠返低 古人鄭氏牛性夭夭死 人作孽自取禍 無可歎奈何
해여천원반저 고인정씨우성요요사 인작얼자취화 무가탄내하

易曰先天天不違 後天奉時牛性農夫石井崑 我邦之人君知否 欲識蒼
生桃源境
역왈선천천불위 후천봉시우성농부석정곤 아방지인군지부 욕식창
생도원경

역왈선천천불위 후천봉시우성농부석정곤 아방지인군지부 욕식창
생도원경

曉星平川照臨 非山非野十勝論 忽伯千艘何處地 牛性在野豫定地
효성평천조림 비산비야십승론 홀백천소하처지 우성재야예정지
人心變化十勝論村 人言一大尺八寸 非山非野非山牛腹洞 背弓不知
雙山和
인심변화십승론촌 인언일대척팔촌 비산비야비산우복동 배궁부지
쌍산화
先後天地不亞兩白間 背山十勝兩白圖 腹山工夫道通世 不知種桃人
선후천지불아량백간 배산십승량백도 복산공부도통세 부지종도인
仙源種桃弓弓裡 十處十勝十字處 上中下異運中晴一二三 聖壽何短
十勝說
선원종도궁궁리 십처십승십자처 상중하이운중청일이삼 성수하단
십승설

入於三時無用 忠則盡命悲極運 穴下弓身一二九 日月無光五九論
입어삼시무용 충즉진명비극운 혈하궁신일이구 일월무광오구론
一二三五豫定運 列邦混亂人不勝 四年逃命後日明 小頭無足天火世
일이삼오예정운 렬방혼란인불승 사년도명후일명 소두무족천화세
生者幾何一四四半死之人 兩雙空六送舊迎新 數千呼萬世神天民 白
馬神將出世時
생자기하일사사반사지인 량쌍공륙송구영신 수천호만세신천민 백

마신장출세시

赤火蛇龍林出運 十處十勝非別地 吉莫吉於弓弓村 勝者出人人人從
적화사룡림출운 십처십승비별지 길막길어궁궁촌 승자출인인인종

有智者世思勿慮 中入生中入何時 午未申酉先入何時 辰巳午未末入
何時
유지자세사물려 중입생중입하시 오미신유선입하시 진사오미말입
하시

此運之後末入者死 吉運十勝何地 南朝鮮四面如是 如是三年工夫無
文道通
차운지후말입자사 길운십승하지 남조선사면여시 여시삼년공부무
문도통

肇乙矢口氣和慈慈 二七龍蛇是眞人 三八木人十五眞主 兩人相對馬
頭角
조을시구기화자자 이칠룡사시진인 삼팔목인십오진주 량인상대마
두각

榮字之人變化君 乘柿之人弓乙鄭 前路松松不遠開 儒佛柿人是何人
영자지인변화군 승시지인궁을정 전로송송불원개 유불시인시하인

東西末世豫言書 神人豫言世不覺 此運之論十處十勝 無用十勝不現出
동서말세예언서 신인예언세불각 차운지론십처십승 무용십승불현출

但在弓弓乙乙間 世人尋覺落盤四乳 四口之田利用時 田退四面十字出
단재궁궁을을간 세인심각락반사유 사구지전리용시 전퇴사면십자출

380

甚難甚難弓弓地 悲哉悲運何日時 靑槐滿庭之月 白楊無芽之日
심란심란궁궁지 비재비운하일시 청괴만정지월 백양무아지일

此時變運之世柿獨出世 人心卽天心規於十勝 弓弓之間生旺勝地 非
山非野仁富之間
차시변운지세시독출세 인심즉천심규어십승 궁궁지간생왕승지 비
산비야인부지간

人山人海萬姓聚合 小木多積之中 三神山人出生地 女古老人艸魚禾
인산인해만성취합 소목다적지중 삼신산인출생지 여고로인초어화

艸來相望對坐地 三神帝王如出時 善者多生惡者死 可笑可歎奈何嗟
乎 三災不遠日
초래상망대좌지 삼신제왕여출시 선자다생악자사 가소가탄내하차
호 삼재불원일

覺者其間幾何人 竹車身地十八卜重土 十人延壽處 堯之日月聖歲月
각자기간기하인 죽차신지십팔복중토 십인연수처 요지일월성세월

世間人生解冤地 人心天心今日是 天地人心中天降 大道四海通人生
세간인생해원지 인심천심금일시 천지인심중천강 대도사해통인생

萬物更新日上時 東西大道合運時 人心和而無戰化 惡者不通不知
만물갱신일상시 동서대도합운시 인심화이무전화 악자불통불지

卽無道之皆病死 毒疾不犯世棄人 春氣長生永遠藥 無疑海印天授得
즉무도지개병사 독질불범세기인 춘기장생영원약 무의해인천수득

高官大爵無覺智 英雄文章非能士 自下達上下愚不已 先知海印出人才

고관대작무각지 영웅문장비능사 자하달상하우불이 선지해인출인재

幾千年間豫定運 運回朝鮮中原化 山川日月逢此運 君出始祖回運來

기천년간예정운 운회조선중원화 산천일월봉차운 군출시조회운래

訪道君子解寃日 柿謀者生弓乙裏 釋迦之運三千年 彌勒出世鄭氏運

방도군자해원일 시모자생궁을리 석가지운삼천년 미륵출세정씨운

斥儒尙佛西運來 天地海印誰何說 佛道大師保惠印 天地人三火印雨
印露印三豊三印

척유상불서운래 천지해인수하설 불도대사보혜인 천지인삼화인우
인로인삼풍삼인

天民擇地三豊之穀 穀種求於三豊也 龍蛇之人不免獄 不忍碎獄出時

천민택지삼풍지곡 곡종구어삼풍야 룡사지인불면옥 불인쇄옥출시

天地混沌飛火落地 鼠女隱日三床後臥 先擇失散此運時 鄭堪豫言十
處地

천지혼돈비화락지 서여은일삼상후와 선택실산차운시 정감예언십
처지

理之上大吉地 十處以外小吉 方方谷谷結定地 不入正穴者死

리지상대길지 십처이외소길 방방곡곡결정지 불입정혈자사

有福之人或希生 血下弓身巽門 弓乙圖用必要矣 天擇弓弓十勝地

유복지인혹희생 혈하궁신손문 궁을도용필요의 천택궁궁십승지

利在弓弓十勝村 不利山不近 聽天民十勝地 赤運蔽日火烟蔽月

리재궁궁십승촌 불리산불근 청청민십승지 적운폐일화연폐월

盜賊不入安心之地 出死入生 自古豫言秘藏之文 隱頭藏尾不覺書

도적불입안심지지 출사입생 자고예언비장지문 은두장미불각서

自古十勝弓乙理 由道下止從從金說 無物不食人人知 何物食生命

자고십승궁을리 유도하지종종금설 무물불식인인지 하물식생명

何物食死物艸早三鷄 愛好者不失本心皆寃死 陰陽果豚鼠食雖 訪道
君子怨無心

하물식사물초조삼계 애호자불실본심개원사 음양과돈서식수 방도
군자원무심

利在田田十勝化 上帝豫言眞經說 毫理不差生命 一二三松家田上中
下松家道

리재전전십승화 상제예언진경설 호리불차생명 일이삼송가전상중
하송가도

奄阜曲阜聖山地 飛火不入道人尋 日月無光星落雹 山萬岩萬掩身甲

엄부곡부성산지 비화불입도인심 일월무광성락박 산만암만엄신갑

似人不人天神降 六角八人知者生 陰鬼發動從者死 無道病鬼不知亡

사인불인천신강 륙각팔인지자생 음귀발동종자사 무도병귀부지망

莫如忍忍海印覺 桑田碧海地出 鷄龍山下定都地 白石之化日中君

막여인인해인각 상전벽해지출 계룡산하정도지 백석지화일중군

能知三神救世主 牛鳴在人弓乙仙 地斥山川不避居 天崩混沌素沙立

능지삼신구세주 우명재인궁을선 지척산천불피거 천붕혼돈소사립

弓乙仙境種桃地 蒼生何事轉悽然 初樂大道天降時 前無後之中原和

궁을선경종도지 창생하사전처연 초락대도천강시 전무후지중원화

淸陽宮殿大和門 日無光珠玉粧 鷄龍石白盤理 扶桑金鳥槿花國
청양궁전대화문 일무광주옥장 계룡석백반리 부상금조근화국
白髮君王石白理 非道覺而無知死 道之人解冤世 甘露如雨海印說
백발군왕석백리 비도각이무지사 도지인해원세 감로여우해인설
天印地印人印三豊 海印雨下三發化字發 火印地印露印化印合一理
非雲眞雨不老草
천인지인인인삼풍 해인우하삼발화자발 화인지인로인화인합일리
비운진우불노초
有雲眞露不死藥 八人登天火字印 甘露如雨雙弓印 雙弓何事十勝出
유운진로불사약 팔인등천화자인 감로여우쌍궁인 쌍궁하사십승출

乙乙何亦無文通 先後兩白眞人出 三豊吸者不老死 石井何意延飮水
을을하역무문통 선후량백진인출 삼풍흡자불로사 석정하의연음수

鷄龍何意變天地 海印何能利山海 石白何意日中君 生旺勝地弓白豊
계룡하의변천지 해인하능리산해 석백하의일중군 생왕승지궁백풍
十五眞主擇現出 末世聖君容天朴 鷄有四角邦無手 玄武靑龍朱雀時
십오진주택현출 말세성군용천박 계유사각방무수 현무청룡주작시
而開東日出火龍赤蛇 白馬乘呼喚兮 始終艮野素沙地 毛童所望怨無心
이개동일출화룡적사 백마승호환혜 시종간야소사지 모동소망원무심
三南第一吉星地 月下彈琴牛鳴聲 脫劫重生變化處 執衡按生靈合
삼남제일길성지 월하탄금우명성 탈겁중생변화처 집형안생령합

忍不耐而先入運 愚者貪利目前禍 世人何勝事己厭 天意拒逆狼狽事

인불내이선입운 우자탐리목전화 세인하승사기염 천의거역낭패사

見人出去打膏哀冤 不吉兆天定計投不足 日飛火落地人生滅 未常天
心無怨恨

견인출거타고애원 불길조천정계투부족 일비화락지인생멸 미상천
심무원한

人心不還自取禍 三人合日春心生 道不覺而怨無心 太神歲壬申乙巳運

인심불환자취화 삼인합일춘심생 도불각이원무심 태신세임신을사운

五百而七四始末 當末運絕倫者 必先一小生 盜賊者必先凶半死匕交
保命

오백이칠사시말 당말운절륜자 필선일소생 도적자필선흉반사비교
보명

在於三角山下 半月形保身者在於 四口體合在官者不水 靑直勤怨無
心也

재어삼각산하 반월형보신자재어 사구체합재관자불수 청직근원무
심야

害國者陰轉陽强亡 柔存染色者誰 無色者誰存亡興敗 必見此色難黑
易白

해국자음전양강망 유존염색자수 무색자수존망흥패 필견차색란흑
역백

心滿危謙滿安惡 滿天必賜死 活我者誰三人一夕 殺我者誰小頭無足

심만위겸만안악 만천필사사 활아자수삼인일석 살아자수소두무족

害我者似獸非獸 亂國之奴隷 速脫獸群者牛之加一 遲脫獸群者危之
加厄
해아자사수비수 란국지노예 속탈수군자우지가일 지탈수군자위지
가액

萬物之靈失倫獸從者 必死人衣夕卜 背面必死玄妙精通 誰可知七要
一曰天心
만물지령실륜수종자 필사인의석복 배면필사현묘정통 수가지칠요
일왈천심

二曰石皮之衣 三曰石皮巾 四曰艸日十花 五曰力勤農 六曰匕之人
이왈석피지의 삼왈석피건 사왈초일십화 오왈력근농 륙왈비지인

七曰一小重力 是皆不妄矣 又有十忌 一立曰心 二曰一牛兩尾心 三
曰賣心
칠왈일소중력 시개불망의 우유십기 일립왈심 이왈일우량미심 삼
왈매심

四過欲 五曰貪利 六曰爭鬪 七曰怠惰 八曰輕妄 九曰密居
사과욕 오왈탐리 륙왈쟁투 칠왈태타 팔왈경망 구왈밀거

十曰錢禾刀也 死殺不生 豈確實乎有志君子 深覺深覺慎之察之 暗暗
不知世事也
십왈전화도야 사살불생 기확실호유지군자 심각심각신지찰지 암암
부지세사야

末世災初問其何時 午未申三 東國回生四方立礎 問其何時
말세재초문기하시 오미신삼 동국회생사방립초 문기하시
鼠牛虎三 李朝之亡何代四七君王 李花更發何之年 黃鼠之攝政也
서우호삼 이조지망하대사칠군왕 이화갱발하지년 황서지섭정야

患亂初發問於何時 玄蛇前三 再發何時 牛虎兩端雪冑長安 燕鴻去來
之月也
환란초발문어하시 현사전삼 재발하시 우호량단설위장안 연홍거래
지월야
三發天下何之年 未羊不說 又曰眞人世界何之年 和陽嘉春也
삼발천하하지년 미양불설 우왈진인세계하지년 화양가춘야
出地何處耶鷄鳴龍叫 溟沙十里之上 龍山之下天受丹書
출지하처야계명룡규 명사십리지상 룡산지하천수단서
下之年神妙無弓造化難測 鷄龍基楚何之年 病身之人多出之時
하지년신묘무궁조화란측 계룡기초하지년 병신지인다출지시

一國分列何年時 三鳥吹鳴靑鷄之年也 又分何之年虎兎相爭 水火相
交時也
일국분열하년시 삼조취명청계지년야 우분하지년호토상쟁 수화상
교시야
停戰何時龍蛇相論 黃羊用事之月 統合之年何時 龍蛇赤狗喜月也 白
衣民族生之年
정전하시룡사상론 황양용사지월 통합지년하시 룡사적구희월야 백

의민족생지년

猪狗分爭心一通 先動之時何時 白虎射殺之 前無神之發大謂也 中動
何意虛中有實

저구분쟁심일통 선동지시하시 백호사살지 전무신지발대위야 중동
하의허중유실

無無有中有神論者 大發之時末動又何 夜鬼發動勝己之中 鬼不知大
發天下

무무유중유신론자 대발지시말동우하 야귀발동승기지중 귀불지대
발천하

避亂指示謂也 十勝何處耶虛中有實 牛性和氣有人處謂也 兩白三豊
何乎

피란지시위야 십승하처야허중유실 우성화기유인처위야 량백삼풍
하호

一勝白豊三合一處也 不老不死長仙之藥 水昇降之村 有處謂之兩白
三豊也

일승백풍삼합일처야 불로불사장선지약 수승강지촌 유처위지량백
삼풍야

有智君子何不愼 難察難察也 嗟嗟衆必生愼謹篤行 自古國家興亡

유지군자하불신 난찰난찰야 차차중필생신근독행 고고국가흥망

莫座天神顧獲 槿花朝鮮瑞光濟蒼生 英雄君子自西自東 集合仙中矣
塗炭百姓

막좌천신고획 근화조선서광제창생 영웅군자자서자동 집합선중의

도탄백성

急覺大夢不遠將來 目前之禍矣 可哀可哀矣

급각대몽불원장래 목전지화의 가애가애의

이 말운론은 두 편이 갈라서 척사대회(윷놀이)를 하는 것과 같은 이치인데, 이기는 편은 합심과 단결하여 윷말을 잘 써서 4모 한윷 걸로 나는 이치이나, 지는 편은 파벌과 분열로 윷말을 잘 못 쓰는 것과 같다.

성인의 말씀을 쓰는 동방의 생명나무 성인의 궁전에 이르는 토대이다.

소두무족(小頭無足)의 불이 땅에 떨어지는 혼돈의 세상이 된다. 천(千)의 조상에 한 자손이 슬프게 탄식하며 부르는 난세이다. 감나무를 꾀하는 사람은 살고, 무리를 꾀하는 사람은 죽는다.

궁궁을을(弓弓乙乙)은 피난 국이며, 큰 변화의 때에 따라야 한다. 새가 떠나지 않는 저 가지 용사(龍蛇)(1953) 년에 마귀가 발동하여 3.8을 서로 막는다.

착한 사람은 살고, 악한 사람은 죽는 심판의 날이다. 죽음 중에 생(生)을 구하는 자는 복(福)이 있는 자다.

하늘이 정한 운으로 악〈惡〉의 슬픈 운이다. 十二 신인은 각각 신의 병사를 거느리는 우두머리다.

복을 받는 사람은 중간에 택해 가는 사람이다.

생(生)의 헤아림을 않는 거문고 소리, 맑은 노래 한 곡은 신(神)이 정한다. 많은 생각 십처(十處), 십승지 홀로서 이로움이 있는 궁궁(弓

389

弓)의 사이다.

인묘(寅卯)에, 일의 옳음을 안다.〈2010~2011〉
진사(辰巳)에 성인이 낳다. 〈2012~2013〉
오미(午未)에 집집마다 즐거움이. 〈2014~2015〉
신유(申酉)에, 민중이 일어난다.〈2016~2017〉
술해(戌亥)에 많은 사람이 벌을 받는다.〈2018~2019〉

소두무족에 의해 불이 날라 땅에 떨어진다.
49세에 움직여 가는 것은 백조 일(一)손의 운이며, 용사(龍蛇) 발동
양 년간(2012~2013은) 손 없이 지정된 삼수(三數)다.
이내하지 않으면 옥에 낳는 슬픈 운, 일(一)침에 사(四) 하는 수이다
한발도 가지 못하고 던지는 불에 멸한다.
후생으로 가는 길은 합하여 가는 운이다.
수가 차서 마(魔) 마음으로 가면 정(鄭)씨의 검은 백성이 많고 적음
을 기릴 수 없다.
백(百) 조상에 열 자손 맡는 3.8 운이다. 산이 무너지고 바다가 마
르는 금석이 낳다.
열방(列邦)의 나비들이 빛과 꽃을 보고 온다. 3.8에 인간의 날에 동
서(東西) 합 운이 나무 가지와 잎의 길운을 얻는 수는 여성성의 아들
사람이다.
덕(德)의 마음을 생(生)으로 합하면 멸하지 않는다. 들면 살고, 나가
면 죽는 궁을(弓乙)의 땅이다.

소 우는(牛聲) 농부 돌우물 산에 나의 삶의 터전으로 간다.

산도 아닌 들도 아닌 십승(十勝)으론 갑자기 천척의 배가 어찌 그곳 땅에 소의 성품이 있는 들판에 사람의 마음 변화되는 십승을 논하는 마을사람의 하나의 큰 잣대가 될 3.8의 마을에 비산비야는 산이 아닌 소의 배 품 안에 있다.

상중하(上中下)가 다른 운(運)이다. 일이삼(一二三) 가운데가 갠 날이다. 성인(聖人)의 수명이 짧다는 십승(十勝) 설은 없는 것이다.

혈하(血下)의 궁(弓)의 몸은, 초운(初運) 중운(中運)의 田이고 해와 달의 빛 없는 田의 卍론으로 초운 중운 말운의 田은 예정된 론이다. 열방의 혼란기엔 사람이 승리할 수 없다.

소두무족에 의한 하늘이 내린 불에 생자(生者)의 기미가 어찌 一四四에 반이 죽어가는 사람 144,000명이 차고 나면 두 쌍의 비어 있는 육각 옛 것을 보내고 새것을 맞이한다.

길함의 궁궁(弓弓)의 3.8선 자하도 마을에 승자의 사람 낳으면 사람과 사람들이 쫓는다.

지혜가 있는 자와 세상을 생각하고 만물을 생각하는 중간에 드는 자는 산다.

중입(中入)은 어떤 땐가! 오.미.신.유〈2014~2017〉 말입(末入)은 어떤 때인가! 임금이 가는 운(運)에 이른다.

길한 운의 십승은 어떤 땅인가! 남조선의 사면이 같고 바른 곳. 田 = 卍 같고, 바른 곳을 3년 공부해라! 글월이 없이 길로 통해야 한다.

착한 자 많이 살고, 악한 자 죽는 탄식 어찌하랴! 삼재(三災)가 멀지 않은 날이다.

사람의 마음이 화(和)하니, 싸움이 없게 된다.

악(惡)한 자는 통하지 않고 알지 못한다. 즉, 길과 목표 없이 가는 사람은 모두 다 병(病)들어 죽는다. 괴질이 범하지 않는 세상, 장생(長生)의 영원한 약, 해인(海印)은 의심이 없어야 하늘을 얻는다.

하늘이 정한 운이 돌아오는 때이다. 조선으로 중심이 되어 산천이 해와 달을 맞이하는 운이 때가 온다.

처음의 조상이 돌아오는 운이 온다. 길을 찾는 군자는 원통함을 해결하는 날이다.

궁을(弓乙)속에서 정(鄭)씨 운인 선비가 나타나니 서(西)쪽 운이 온다.

하늘 땅 사람 3.8 불(火)도장, 비(雨)도장, 이슬(露)도장, 풍년 3.8의 도장, 하늘 백성을 가리는 땅이다. 3.8의 풍년으로 가는 곡식의 종자를 구하는 삼풍(三豊)이다.

하늘이 택한 궁궁(弓弓)은 십승(十勝)의 땅이다.

도적은 들어올 수 없는 안심의 땅으로 가니 죽음이 나가고, 삶이 들어온다.

나(격암)의 예언은 비(雨)아래 3.8을 생각하니, 해결할 글자가 되어 일어난다.

화인(火印), 지인(地印), 로인(露印)이 하나로 합한 다스림은 구름 아닌 참 비인 불로초(不老草)가 있다. 불사약이, 3.8의 사람은 하늘에 오른다.

을을(乙乙)은 어찌 글월이 없어도 통하는가! 먼저 임금 양백(兩白)의

참 사람이 난다. 삼풍(三豊)을 마시지 않는 자 늙어서 죽는다.

석정(石井)이 뜻이 어찌 늘려 먹는 물인가? 계용(鷄龍)은 어찌 뜻이 변한 하늘의 땅인가?

날 으는 불이 땅에 떨어져 인생이 멸(滅)한다.

나를 살리는 것은 누구인가! 말세에, 3.8에 한 사람이다.

나를 죽이는 것은 무엇인가? 나를 해하는 자는 짐승을 닮았으나 짐승이 아니다. 어지러운 나라로 가는 것은 노예가 되는 것이다. 말세에 복(卜)을 배면(背面)하며, 반드시 죽는다. 현묘(玄妙)에 정통하면 누가 옳은지 않다.

일곱 가지 중요 한 것!

하나, 천심(天心)이요.

둘, 명상을 통한 호르몬 분비의 옷을 입고 건강을 지켜라.

셋, 명상으로 두건을 두르라(의식적 사고하라).

넷, 매일 새롭게 의식을 꽃피워라(의식의 개화).

다섯, 힘써 감각명상을 하라(오감을 발달시켜라).

여섯, 사람됨을 비수로 다듬듯 하라(각성하라).

일곱, 작고 하찮은 것이라도 신중하게 하라(세심하라!).

이 모든 것을 다 바르게 하면 망령되지 않을 것이다.

또 열 가지 꺼려야 할 것이 있다.

혁심 하는 것!

몸 따로 마음 따로!

양심에 어긋나는 행동!

과욕!

이로움을 탐한다!

다투고 싸우는 것 가볍고 망령된 마음!

재물을 빼앗는 것!

살인하지 말라!

'확실 하다!' 하는 마음!

뜻이 있는 군자, 깊이 깨닫고, 깊이 깨달아!

살피어 삼가 해서 가라 어둡고 어두운 곳을!

동국(東國)으로 삶이 돌아와 사방(四方)에 주춧돌을 세운다. 그 때가 언제인가?

쥐 소 범이 있다.(2020 · 2021 · 2022년)

오얏(木子)은 망해간다.

어찌 대신 하겠는가! 전(田)의 군왕(君王)이 꽃이 다시 핀다.

삼조(三鳥)가 버금 우니, 푸른 닭이 가는 해이다. 소두무족이란 머리가 작고 다리가 없는 물체는 불을 뜻하는 이 불은 날려 사단칠두에 떨어진다.

삼팔선 사이에 진년, 사년에 마귀가 발동한다. 앞으로 이에 해당하는 해는 갑진년인 2024년과 을사년인 2025년이 상황으로 볼 때 고비인 것 같다.

이때는 검은 연기가 하늘을 치솟고 태풍에 낙엽이 떨어지는 것과 같다. 저들이 지고 이쪽이 이기니 십승지가 혼란하다. 4년간의 전쟁(2024~2027년)속에 어떻게 생명을 보존하나, 난리 통에 성인이 와서 살길을 인도한다.

말세의 성인(지도자)은 하늘에서 내린 알에서 나온 사람(鄭道令)이다. 그가 선한 사람은 살고 악한 자는 죽는 심판을 한다.

이는 하늘이 정한 운수이다. 열 두 명의 신인이 각기 병사들을 통솔한다. 12를 정하였으니 이 수는 144(12x12)는 완전한 십승의 수이다.

새로 오는 세상은 하늘과 땅은 신 별천지이다. 먼저 선택한 사람들은 이 모든 복을 다 받지 못한다. 중간에 선택한 사람들은 이 복을 받는다. 뒤에 선택한 사람들은 복이 아니라 망한다.

'십승지라는 열 곳은 기준 일뿐 이로움은 오직 궁궁(弓弓) 사이에 있다' 라는 뜻이다.

5

애제자 주경안이 여쭈었다.

"성산심로(聖山尋路)는 어떠한 뜻입니까?"

"성산심로란 성스러운 산을 찾는 길인데, 이는 즉 십승지를 말하며 길은 도(道)를 의미한다."

絕倫者怨無心 盜賊者必先凶 保身者乙乙 保命者弓弓人去處
절윤자원무심 도적자필선흉 보신자을을 보명자궁궁인거처

四口交人留處 害國者陰邪 輔國者陽正 强亡柔存革心從心
사구교인유처 해국자음사 보국자양정 강망유존혁심종심

旧染者死從新者生 殺我誰小頭無足 活我誰三人一夕
구염자사종신자생 살아수소두무족 활아수삼인일석

助我誰似人不人 害我者誰似獸非獸
조아수사인불인 해아자수사수비수

世人難知兩白之人 天擇之人三豊之穀 善人食料 世人不見
세인난지양백지인 천택지인삼풍지곡 선인식료 세인불견

俗人不食 一日三食飢餓死 三旬九食不飢長生 弓弓勝地求民方舟
속인불식 일일삼식기아사 삼순구식불기장생 궁궁승지구민방주

牛性在野 牛鳴聲 無文道通咏歌舞 血脈貫通侍眞人 衆人嘲笑跪坐誦經
우성재야 우명성 무문도통영가무 혈맥관통시진인 중인조소궤좌송경

肉身滅魔誦經不絕 人個得生絕之誦經 萬無一生
육신멸마송경불절 인개득생절지송경 만무일생

生死判端都之在心 死末生初機何得生 不失中入所願成就
생사판단도지재심 사말생초기하득생 불실중입소원성취

不入中動 永出世人人居處 各者異異念念唯行 必有大慶
불입중동 영출세인인거처 각자이이념념유행 필유대경

速脫獸群罪人得生 遲脫獸群善人不生 萬物靈長

속탈수군죄인득생 지탈수군선인불생 만물영장

從鬼何望鬼不知覺 勿犯世俗 夜鬼發動罪惡滿天 善者得生惡者永滅

종귀하망귀부지각 물범세속 야귀발동죄악만천 선자득생악자영멸

當于末世善人幾何 世人不覺 嗚呼悲哉 依外背內一怨無心

당우말세선인기하 세인불각 오호비재 의외배내일원무심. 이라

玄妙精通誰可知 誤求兩白負薪入火 求弓三豊不飢長生 求地三豊食
者不生

현묘정통수가지 오구양백부신입화 구궁삼풍불기장생 구지삼풍식
자불생

求鄭地者平生不得 求鄭於天三七滿足 一心祈禱天有應答

구정지자평생부득 구정어천삼칠만족 일심기도천유응답

無誠無智不得勝地 地不逢鄭王 求世海人不見之影

무성무지부득승지 지불봉정왕 구세해인불견지영

求天海印皆入極樂 求地田田平生難得 求道田田無難易得

구천해인개입극락 구지전전평생난득 구도전전무난이득

求地十勝異端之說 求地弓弓一人不得 求靈弓弓人如反掌

구지십승이단지설 구지궁궁일인부득 구령궁궁인여반장

十勝覺理一字縱橫 求十弓乙延年益壽 十勝居人入於永樂

십승각리일자종횡 구십궁을연년익수 십승거인입어영락

萬無一失 心覺心覺 貧者得生富者不得 虛中有實

만무일실 심각심각 빈자득생부자부득 허중유실

聖山水泉藥之又藥 一飮延壽之又飮不死永生

성산수천약지우약 일음연수지우음불사영생

聖泉何在南鮮平川 紫霞島中萬姓有處 福地桃源仁富尋

성천하재남선평천 자하도중만성유처 복지도원인부심

入山雖好不如西湖 東山誰良不如路邊 多人往來大之邊

입산수호불여서호 동산수량불여로변 다인왕래대지변

天藏地秘吉星照 桂範朴樹之上 蘇萊老姑兩山相望稀坐山

천장지비길성조 계범박수지상 소래노고양산상망희좌산

石白石光輝 天下列光見而夜到千艘 百萬旗頃刻岸到

석백석광휘 천하열광견이야도천소 백만기경각안도

三都用庫安閑之日 天日月再生人 人人得地不死永生

삼도용고안한지일 천일월재생인 인인득지불사영생

鄭堪豫言有智者生 無智者死 貧者生富者死 是亦眞理矣

정감예언유지자생 무지자사 빈자생부자사 시역진리의

이는 윤리를 잃어버린 자는 죽게 되며 도둑질하는 자는 반드시 먼저 흥 한다. 몸을 보호하는 것이 을을(乙乙)이요, 생명을 보호하는 것이 궁궁(弓弓)인이 거처하는 사람들이 머무는 곳이다.

강한 자는 망하고 부드러운 자가 사는 이치이니 마음을 새롭게 하여야 한다. 나라를 어지럽게 하는 자는 음으로 그릇되고 나라를 구하는 자는 양으로 바르고, 옛 것에 물든 보수와 수구자는 죽게 되고 새로운 것을 따르는 진보와 혁신자는 살게 된다.

나를 죽이는 것이 누구인가? 소두무족이고 나를 살리는 것은 도를 닦은 수도자이다.

세상 사람들은 양백인을 알기가 어렵다. 하늘이 택한 사람으로 삼풍곡으로 착한 사람들이 먹을 수 있지만 세상 사람들은 볼 수도 없고 먹을 수도 없다.

지상의 곡식은 하루에 세 끼씩 먹어도 굶어 죽지만 이 삼풍곡은 한 달에 아홉 번 먹어도 굶주리지 않고 오래 살 수 있다.

궁궁승지로 구할 수 있는 방주가 이것이다.

생사판단이 모두 마음에 달려 있고, 종말에 살아남는 사람이 그 얼마나 있겠는가?

중입 시기를 놓치지 않으면 소원이 이루어진다. 중동할 때 들어가지 않으면 영원히 세상 사람들이 사는 곳에 살게 되고 사람들은 각기 다르게 생각하고 행동하나 반드시 경사스러운 일이 있다.

선한 자는 살 수 있지만 죄를 지은 자는 말세에 영원히 멸망을 하게 되고, 살아남는 선한 사람들이 그 얼마나 되겠는가!

오호라 슬프도다. 세상 사람들은 깨닫지 못한다. 남에게만 의지하고 자신을 배반하면 죽게 된다.

양백을 잘못 구하면 장작을 지고 불 속에 들어가는 것과 같으니, 구궁에서 삼풍을 구하면 굶주리지 않고 장생하고 영원히 살 수 있다.

땅에서 십승을 구하는 것은 이단의 말이고 땅에서 궁궁을 구하면 한 사람도 얻을 수 없지만, 궁궁에서 심령을 구하면 영원하다.

만에 하나도 잃을 수가 없고 가난한 자들도 생을 얻을 수 있고 허한 중에 진실다움이 있다. 부자들은 살기가 있어 얻을 수 없는 것이다.

성산의 샘물은 약수가운데 약수이다. 한 모금만 마셔도 수명을 늘일 수 있으며, 또 마시면 죽지 않고 영생할 수가 있다.

내가(격암) 예언하노니! '지혜 있는 자는 살고 무지한 자는 죽으며, 가난한 자는 살고 부자는 죽으리니 이 또한 진리이다!' 라는 뜻이다.

6

격암스승이 말했다.

"오시(午時/현12시경)가 되는 듯하니, 점심을 먹고 다시 토론하자!"

"네! 알겠습니다." 하고 세 제자는 대답하고 부엌으로 가서 간단한 식사를 준비하여 스승과 네 사람이 둘러 앉아 점심식사를 마쳤다.

"오후는 조금 휴식을 취하고 1시간 후 다시하기로 하자!"

휴식 후 다시 스승과 제자는 한자리에 앉아서 강론을 준비하였다.

황응청이가 물었다.

"사답칠두(寺畓七斗)는 어떠한 뜻을 담고 있습니까?"

"우선 원문부터 보자!"

寺畓七斗斗中之星 曲土辰寸眞寶之農 文武星名地民何知 天牛耕田
사답칠두두중지성 곡토진촌진보지농 문무성명지민하지 천우경전

水源長遠 無凶之豊食者永生 三豊之穀虛妄之説 世人難知 有智者

수원장원 무흉지풍식자영생 삼풍지곡허망지설 세인난지 유지자

飽無智飢 人人心覺天上之穀 晝夜不息勤農作業 一日三食飢餓死

포무지기 인인심각천상지곡 주야불식근농작업 일일삼식기아사

三旬九食不飢生 天下萬物呼吸之者 行住坐臥天呼萬歲

삼순구식불기생 천하만물호흡지자 행주좌와천호만세

이 칠두(七斗)는 북두칠성(北斗七星)을 가리킨다.

북두칠성은 북극성(北極星), 곧 북신(北辰)을 중심으로 하루 한 바퀴씩 도는 일곱 별들이다.

하늘의 모든 별들은 북극성(北極星)을 중심으로 하루 한 바퀴 돈다. 두중지성(斗中之星)에서 두(斗)는 열 십(十)에 점이 둘 있는 한자로 불을 밝히는 심지 주(炷) 자(字)이다.

십(十)은 주역(周易)의 하도(河圖)에서 완전수(完全數)를 뜻하므로 두(斗)는 무지무명(無知無明)의 어두움 속에 진리(眞理)의 불을 밝히고 길을 잃지 않도록 정도(正道)로 인도(引導)해 주는 두 존재(存在)를 표상(表象)한 것이다.

곡토진촌(曲土辰寸)은 파자(破字)로 '농(農) 사(寺)'가 되는데 '절 농사'란 뜻으로 진리(眞理)의 도량에서 수행(修行)하는 것이 진실(眞實)의 농사(農事), '진실지농(眞實之農)'이란 뜻이다.

문무성명(文武星名)은 문곡성(文曲星), 무곡성(武曲星)으로 양백(兩白)을 상징(象徵)한다.

흉년 없는 풍년, 무흉지농(無凶之農)은 진리(眞理)의 농사를 짓는 사

람에게는 식자영생(食者永生)으로 흉년이 없다는 뜻으로 먹는 자는 영원히 산다는 이라는 뜻이다.

하늘의 곡식 농사를 짓는 수행자(修行者)는 마음으로 깨달아 밤낮 쉬지 않고 부지런히 정진해야 한다.

하루 삼식(三食) 해도 굶주려 죽는 기아사(飢餓死) 한다는 것은 육신은 보양되어도 영혼이 굶주려 죽는 것을 뜻한다.

삼순구식(三旬九食)은 삼십 일에 아홉 끼를 먹는다는 뜻으로 삼(三)은 유(儒) 불(佛) 선(仙)의 가르침을 뜻하며, 순(旬)은 열흘 순(旬) 자(字)로 파자(破字)로 보면 안을 포(抱)에 태양 일(日)이 들어 있고 태양 일(日)은 두 개의 입 구(口)로 이루어져 있다.

유(儒) 불(佛) 선(仙)의 진리(眞理)를 합일(合一)한 가르침을 펴는 두 성인(聖人)의 입을 상징(象徵)한다.

삼순구식은 삼(三)은 삼팔 목(三八木)으로 동방 목(東方木)에 해당하는 성인(聖人)을 뜻하며 구(九)는 사구금(四九金)으로 서방금(西方金)에 해당하는 성인(聖人)을 뜻하는 양백성인(兩白聖人)을 상징(象徵)한다.

수행을 통해 이를 호흡하는 자는 행(行), 주(住), 좌(坐), 와(臥), 가운데 하늘을 부르며 세세무궁(世世無窮)토록 살게 된다! 는 뜻이다.

7

남세영이가 다시 스승에게 물었다.

"석정수(石井水)는 어떠한 뜻입니까?"
"석정수는 하늘 우물의 생명수이다."

日出山天井之水 掃之腥塵天神劒 一揮光線滅魔藏 暗追天氣光彩電
일출산천정지수 소지성진천신검 일휘광선멸마장 암추천기광채전
天命歸眞能何將 利在石井生命線 四肢內裏心泉水 世人何事轉悽然
천명귀진능하장 이재석정생명선 사지내이심천수 세인하사전처연
祈天禱神開心門 水源長源天農田 農土曲辰寸七斗落 牛性在野牛鳴聲
기천도신개심문 수원장원천농전 농토곡진촌칠두락 우성재야우명성
人生秋收審判日 海印役事能不無 脫劫重生變化身 天生有姓鄭道令
인생추수심판일 해인역사능불무 탈겁중생변화신 천생유성정도령
世間再生鄭氏王 一字縱橫木人姓 世人心閉永不覺
세간재생정씨왕 일자종횡목인성 세인심폐영불각

이는 해가 산봉우리에 빛을 비추듯이 우리의 몸 안에 천기가 들어
오면 환하게 밝아지고 하늘 우물에서는 생명수가 나온다.

몸 안에서 빛과 생명수를 만나는 것은 천신을 보는 것이며, 더러
운 것을 깨끗이 청소해 버린다.

하늘에서 내려온 성인이 마음의 때를 벗고 참 인간으로 돌아오는
길을 알려주는데, 성인 이외에 다른 사람은 하늘의 변화는 때를 인
간이 올바르게 되는 법을 알려 주지 않는다.

몸 안에 천기가 들어와 오장오부(地, 陰)와 만나면 이로움을 주는
석정수가 나오며, 물을 마시면 생명이 영생한다.

석정수는 우리의 몸 안에서 만들어지고 이것이 심장을 통해서 입 안에서 밖으로 흘러나오는 생명수이다.

하늘 농사에 물의 근원은 무한한 것이고 영원히 끊어질 염려가 없으며 하늘 농사의 밭은 삼단전이다.

천기가 우리 몸 안에 들어오면 몸은 천기의 성품을 지닌 신성한 몸이 되고 몸 안에서는 천기가 오장오부와 만나서 우는 소리가 나는 것이다.

해인은 삶이 힘들고 위협을 하던 탐욕과 두려움 자들만 같은 마음들을 벗어나게 천기의 성품을 만들어주며 하늘 사람으로 변화시킨다.

정씨는 하늘 사람을 말하고 천기를 받아들여 하늘 사람이 되면 또한 하늘 사람이 되는 길을 알려주기 위해서 세상에 내려오는 사람이 정도령이다.

정도령은 완전한 인간으로 세상에 오는 것이 아니라 자신이 체험한 것을 알려주기 위해 평범한 인간인데, 하늘 사람으로 다시 태어나며 하늘 세상인 십천에 들어가서는 하늘 사람들의 대표가 된다.

一자가 가로로 한 번 세로로 한 번 지나가면 十자가 되고 十은 인간의 완성을 말하며, 木은 十 + 人으로 완성된 사람인 하늘 사람 정씨가 되었다는 것을 말한다.

"세상 사람들은 천기의 성품을 지닌 사람 마음이 자신인 줄 알고 살기 때문에 마음을 열지 않고 천기를 받아들이지 않으며 하늘이 '참나' 라는 것을 영원히 깨닫지 못한다!" 라는 뜻이다.

8

이번에는 황응청이가 물었다.

"생초지락(生初之樂)은 어떠한 예언 입니까?"

"그래! 이 예언은 원문이 길다. 그 이유는 중요하고 세밀하게 예언한 것이기 때문이다."

三鳥類鳴急來聲 渾迷精神惶忽覺 數數出聲朱雀之鳥 無時鳴之開東
삼조류명급래성 혼미정신황홀각 삭삭출성주작지조 무시명지개동

夜去日來促春光 中入此時人人覺 仙源種桃何處地 多會仙中弓乙間
야거일래촉춘광 중입차시인인각 선원종도하처지 다회선중궁을간

寶血伸冤四海流 心覺訪道皆生時 罪惡爭土相害門 上帝之子科牛星
보혈신원사해류 심각방도개생시 죄악쟁토상해문 상제지자두우성

西洋結冤離去后 登高望遠察世間 二十世後今時當 東方出現結冤解
서양결원리거후 등고망원찰세간 이십세후금시당 동방출현결원해

腥塵捽地世冤恨 一点無濁無病 永無惡神世界 佛亞宗佛彌勒王
성진졸지세원한 일점무탁무병 영무악신세계 불아종불미륵왕

人間解冤此今日 憂愁思慮雪氷寒 無愁春風積雪消 涌出心泉功德水
인간해원차금일 우수사려설빙한 무수춘풍적설소 용출심천공덕수

一飮延壽石井崑 毒氣除去不懼病 大慈大悲弓弓人 博愛萬物夜獸將
일음연수석정곤 독기제거불구병 대자대비궁궁인 박애만물야수장

世上惡毒腐病人 世上獸爭種滅時 殺人哀惜死地生 殺人無處處死

세상악독부병인 세상수쟁종멸시 살인애석사지생 살인무처처사

桃花流水武陵村 仙會忠孝種桃地 海上萬里輪糧來 萬國忠信歌舞來
도화류수무릉촌 선회충효종도지 해상만리수량래 만국충신가무래

淨潔淨土別天地 金築寶城四千理 天長高臺空四珠 十二門開晝夜通
정결정토별천지 금축보성사천리 천장고대공사주 십이문개주야통

仙官仙女案內入 金童玉女天君士 彈琴一聲淸雅曲 不澈晝宵雲高
선관선녀안내입 금동옥녀천군사 탄금일성청아곡 불철주소운고

如雪白蝶雙去來 細柳之間黃鳥聲 溫谷白鳥作作聲 桂樹天上月中宮
여설백접쌍거래 세류지간황조성 온곡백조작작성 계수천상월중궁

憐然榮光無比界 淸陽宮殿日中君 水晶造制琉璃國 金街路上歌人
연연영광무비계 청양궁전일중군 수정조제유리국 금가로상가인

無窮世月彈琴聲 不知歲月何甲子 延年益壽初生法 當上父母千壽
무궁세월탄금성 부지세월하갑자 연년익수초생법 당상부모천수

膝下子孫萬歲榮 天增歲月人增壽 春滿乾滿家 元得三山不老草
슬하자손만세영 천증세월인증수 춘만건만가 원득삼산불로초

拜獻高堂鶴髮親 祈天禱神甘露飛 永生福樂不死藥 立春大吉建陽多慶
배헌고당학발친 기천도신감로비 영생복락불사약 입춘대길건양다경

天地反復此今日 寶城光輝空天射 人身通秀琉璃界 日光無落月無虧
천지반복차금일 보성광휘공천사 인신통수유리계 일광무락월무휴

不分晝夜恒日月 直曲交線相交射 窟曲之穴光明穴 無極無陰無影世
불분주야항일월 직곡교선상교사 굴곡지혈광명혈 무극무음무영세

淚愁隔精無手苦 日日連食不老草 無腸服不死藥 此居人民無愁慮
누수격정무수고 일일연식불로초 무장복불사약 차거인민무수려

누수격정무수고 일일연식불로초 무장복불사약 차거인민무수려

不老不死永春節 三十六宮都是春 天根月窟寒往來
불로불사영춘절 삼십육궁도시춘 천근월굴한왕래
平和文云 天性人心人性天心 性和心和天人和 三變成道天人乎九
평화문운 천성인심인성천심 성화심화천인화 삼변성도천인호구
變九復天人乎 成男成女其本 乎人本乎天 人本人陰道局 聚氣還生
변구복천인호 성남성녀기본 호인본호천 인본인음도국 취기환생
陽道局 聚合生必和而人必和 天時地時人時 和氣同樂一夜新 平和
양도국 취합생필화이인필화 천시지시인시 화기동락일야신 평화
相和同日皆平和 不平和難生心 難生心裡去何其得 知讀卽能知世
상화동일개평화 불평화난생심 난생심리거하기득 지독즉능지세

別免愚人 天意人心如未覺士者 爲人同道何人道 平和從萬世 天道
별면우인 천의인심여미각사자 위인동도하인도 평화종만세 천도
不絕來 和氣自得於心 聞平和仰天祈禱 觀聖世保存深源盤 初始天
부절래 화기자득어심 문평화앙천기도 관성세보존심원반 초시천
下一氣共歸元 靈水神火明還定 大新天下吾耶心 皆自一心從舜來
하일기공귀원 영수신화명환정 대신천하오야심 개자일심종순래
日月明 天下合歸元元來 春定好四方均和明
일월명 천하합귀원원래 춘정호사방균화명
訣云 虎性無變化單性之獸 狗性亦無變化舊性之獸 牛性有變化難測
결운 호성무변화단성지수 구성역무변화구성지수 우성유변화난측

曉星天君天使民合稱者 牛性也 豈如虎狗之性也 然則精脫其右落
효성천군천사민합칭자 우성야 기여호구지성야 연즉정탈기우낙

盤四乳 利在十勝預訣傳世 世人不知可歎奈何 東北五臺十二賊
반사유 이재십승예결전세 세인부지가탄내하 동북오대십이적

三南五被靑衣賊 種骨種仁又種芒 萬人傷落幾人陽 桑田碧海混沌世
삼남오피청의적 종골종인우종망 만인상락기인양 상전벽해혼돈세

白豊勝三安心處 靑雀龜龍化出地 須從走靑林人 穀出種聖山地
백풍승삼안심처 청작귀룡화출지 수종주청림인 곡출종성산지

三灾八難不入處 二十八宿共同回 紫霞仙中南朝鮮 南來鄭氏陰陽合德
삼재팔난불입처 이십팔숙공동회 자하선중남조선 남래정씨음양합덕

眞人來 鄭氏鷄龍千年定 趙氏伽倻亦千年 范氏完山七百年 王氏松
진인래 정씨계룡천년정 조씨가야역천년 범씨완산칠백년 왕씨송

嶽五百年 非鄭爲鄭非范 非趙爲趙非王氏 是故 先天太白數 再定小
악오백년 비정위정비범 비조위조비왕씨 시고 선천태백수 재정소

白后天數 是故 弓乙兩白間 圖書分明造化定 堯舜以后孔孟書 字字
백후천수 시고 궁을양백간 도서분명조화정 요순이후공맹서 자자

權善蒼生活 傳來消息妄眞者 自作之孼誰誰家 江山熱湯鬼不知鷄
권선창생활 전래소식망진자 자작지얼수수가 강산열탕귀부지계

山石白三山中 靈兮神兮聖人出 美哉 山下大運回 長安大道正道令
산석백삼산중 영혜신혜성인출 미재 산하대운회 장안대도정도령

土價如糞是何設 穀鬼錢奈且何 落盤四乳弓乙理 葉錢世界紙貨運

토가여분시하설 곡귀전내차하 낙반사유궁을리 엽전세계지화운

小頭無足殺我理 弓弓矢口誰知守 世人自稱金錢云 天下壯士未能覺

소두무족살아리 궁궁시구수지수 세인자칭금전운 천하장사미능각

投鞭四海滅魔爭 至氣順還萬事知 秋雨靑山六花飛 春風好時陽照

투편사해멸마쟁 지기순환만사지 추우청산육화비 춘풍호시양조

萬古風霜過去客 天下萬事應和仙 春夏秋冬四時 松栢凌雪君子節

만고풍상과거객 천하만사응화선 춘하추동사시 송백능설군자절

萬壑千峯弓弓士 天地都來一掌中 四方賢士多歸處 聖山聖地日月明

만학천봉궁궁사 천지도래일장중 사방현사다귀처 성산성지일월명

靈風潤化見天根 神心容忽看月窟 戊己分合一氣還 甲乙火龍多吉生

영풍윤화견천근 신심용홀간월굴 무기분합일기환 갑을화룡다길생

中靈十一才摠靈臺 丙丁神鳥正大水土 父母氣還定 庚辛大號衆濟生

중령십일재총령대 병정신조정대수토 부모기환정 경신대호중제생

天地大道氣還定 年年益壽江南仙 永寧通書玉甲記 天道大降一氣道

천지대도기환정 연년익수강남선 영령통서옥갑기 천도대강일기도

坊坊曲曲惟物處 世人不知天上仙 日月何山不照處 高出雲宵照最先

방방곡곡유물처 세인부지천상선 일월하산부조처 고출운소조최선

明處處谷谷天道還 水水山山前路立

명처처곡곡천도환 수수산산전로립

天高地卑有誰知 二十四位八方回 春秋筆法由來跡 三皇五帝億億花

천고지비유수지 이십사위팔방회 춘추필법유래적 삼황오제억억화

三綱五倫永絕世 明明至德八條目 神道觀之重重生 十萬大兵號令

삼강오륜영절세 명명지덕팔조목 신도관지중중생 십만대병호령

天空空虛虛無無裡 東方花燭更明輝 信天村深紫霞中 秋天執弓白馬還
천공공허허무무리 동방화촉갱명휘 신천촌심자하중 추천집궁백마환

深盟信誠明道還 三十六宮都春 萬樹春光鳥飛來 衝天和氣三陽春
심맹신성명도환 삼십육궁도춘 만수춘광조비래 충천화기삼양춘

九宮妙妙好好理 三陰三陽一盤氣 千千萬萬何何理 吹來長風幾萬里)
구궁묘묘호호리 삼음삼양일반기 천천만만하하리 취래장풍기만리

九重桃李誰可知 河東江山一点紅 雪山何在鳥飛絕 更明大道天地德
구중도리수가지 하동강산일점홍 설산하재조비절 갱명대도천지덕

方夫大壯后綠人 十雷風火先天合 面面村村牛鳴聲 道道郡郡萬年風
방부대장후록인 십뢰풍화선천합 면면촌촌우명성 도도군군만년풍

九馬當路無首吉 履霜堅氷皆言順 此時何時運來時 時時忙忙急急傳
구마당로무수길 이상견빙개언순 차시하시운래시 시시망망급급전

上南七月西南明 相生相克待對法 水火旣濟相望好 木火通明春風長
상남칠월서남명 상생상극대대법 수화기제상망호 목화통명춘풍장

水火未濟混沌世 東西分明大亂年 運回周流西域道 一筐春心萬邦和
수화미제혼돈세 동서분명대란년 운회주류서역도 일광춘심만방화

雲開萬里同看日 陰陽混雜難判世 天地定位永平仙 鳥頭白兮黑亦白
운개만리동간일 음양혼잡난판세 천지정위영평선 조두백혜흑역백

家家門前日月明 二十九日立刀削 兌上絕兮艮上連 一盛一敗弱强理
가가문전일월명 이십구일입도삭 태상절혜간상련 일성일패약강리

人亦奈何循還天 自然之道不可違 陰陽推之變化理 國家大興吾家興
인역내하순환천 자연지도불가위 음양추지변화리 국가대흥오가흥

人命在天天增壽 三台應星天上仙 五福具備飛人間 於美山下好運機
인명재천천증수 삼태응성천상선 오복구비비인간 어미산하호운기

自然仁義更人化 聲可轉天雷震動 瞬能飜電光輝 含水口噴風雨作霑
자연인의갱인화 성가전천뢰진동 순능번전광휘 함수구분풍우작점

波指霧雲射飛 時好丈夫令歲月 一將神劍萬邦揮 狂夫由理豈狂名
파지무운사비 시호장부령세월 일장신검만방휘 광부유리기광명

天自然降欲亨 拔拳逐擊千魔鬼 擧踵屈跖萬地明 舞裡神衫神化劍
천자연강욕형 발권축격천마귀 거종굴도만지명 무리신삼신화검

淸歌音律樂成笙 瑞滿心仁儀 大更明來也 定安平 聖山奄宅始開扉
청가음률낙성생 서만심인의 대갱명래야 정안평 성산엄택시개비

天助簡神入助歸 道化神屋春榮貴 德滿修身潤月肥 四海水淸龍大飮
천조수신입조귀 도화신옥춘영귀 덕만수신윤월비 사해수청룡대음

九天雲瑞鶴高飛 不人見聖眞孰謂 南來鄭氏更明輝 吉星還聚中興國
구천운서학고비 불인견성진숙위 남래정씨갱명휘 길성환취중흥국

凶蛇逆從滅亡方 萬鳥有聲知主曲 百花無語向陽香 逐魔試舞劍輝電
흉사역종멸망방 만조유성지주곡 백화무어향양향 축마시무검휘전

此世號歌聲振雷 幾千年之今始定 大和通路吉門開 此言不中非天語
차세호가성진뢰 기천년지금시정 대화통로길문개 차언부중비천어

時不開否道令 如今未覺弓弓去 何時更待又逢春 萬神護面此男女
시불개부도령 여금미각궁궁거 하시갱대우봉춘 만신호면차남녀

未覺誰稱大道德 世之起言幾國會 朝鮮萬世中興國 大和門開晝夜通
미각수칭대도덕 세지기언기국회 조선만세중흥국 대화문개주야통

始起始起萬邦來 春三月之花正好 天人當時皆春舞 天降飛火 世間
시기시기만방래 춘삼월지화정호 천인당시개춘무 천강비화 세간

上桑田碧海 撲滅魔沒 世人間夢外事 丹扇指示通世奇 拯世蒼生問
상상전벽해 박멸마몰 세인간몽외사 단선지시통세기 증세창생문

主人 自立心主定世主 箇箇人心自定主 天一人之萬萬世 天皇大道
주인 자립심주정세주 개개인심자정주 천일인지만만세 천황대도

嚴可出 大鞭劍下驅妖鬼 無聲無臭震天降 殺魔無種毒火滅 符三千
엄가출 대편검하구요귀 무성무취진천강 살마무종독화멸 부삼천

秋應萬經 萬合同歸人一人符 三人同七十二 五老仙靈一三仙 吾人
추응만경 만합동귀인일인부 삼인동칠십이 오로선령일삼선 오인

忽覺神化經 周易陰符其性然也 斗牛星其則不遠伐柯君 源流長而分
홀각신화경 주역음부기성연야 두우성기칙불원벌가군 원류장이분

連合 然合而遠流源長 天耶人耶不知神 神耶人耶不知天 神亦人耶
연합 연합이원류원장 천야인야부지신 신야인야부지천 신역인야

天亦人 人亦神耶人亦天 人之神兮知其天 神知人兮知其地 日月有
천역인 인역신야인역천 인지신혜지기천 신지인혜지기지 일월유

數大小定 聖切生焉神明出 逢別幾年書家傳 更逢今日修源旅 誰知
수대소정 성절생언신명출 봉별기년서가전 갱봉금일수원려 수지

412

수대소정 성절생언신명출 봉별기년서가전 갱봉금일수원려 수지
今日修源旅 善人英雄喜逢年 英雄何事從盤角 月明萬里天皇來春
금일수원려 선인영웅희봉년 영웅하사종반각 월명만리천황래춘

香消息問英雄 昨見山城今宮闕 知解此書有福家 未解此書無福家
향소식문영웅 작견산성금궁궐 지해차서유복가 미해차서무복가
此言不中非天語 是誰敢作此書傳 三尺金琴萬國朝鮮化 利刃重劍
차언부중비천어 시수감작차서전 삼척금금만국조선화 이인중검
四海裂蕩 神化經云 河圖洛書易明理 太初之世牛性人 牛性牛性斗
사해열탕 신화경운 하도낙서역명리 태초지세우성인 우성우성두
牛上帝子 乾性牛兮牛性 乾逢坤而爲馬牛 坤逢乾而爲牛馬 牛聲在野
우상제자 건성우혜우성 건봉곤이위마우 곤봉건이위우마 우성재야

九馬世德厚道牛馬聲 何者能知出此人 此人是非是眞人 仙藥伐
구마세덕후도우마성 하자능지출차인 차인시비시진인 선약벌
病葬埋 葬埋滅夷神奇法 誰可覺而見不笑 人得是非 而然後能成人
병장매 장매멸이신기법 수가각이견불소 인득시비 이연후능성인
能得雲雨而後成變化 今世士者無識人 何可人物 誤貪利欲人去弓弓
능득운우이후성변화 금세사자무식인 하가인물 오탐리욕인거궁궁
我來矢矢 出判天 有勢弓弓去 屈無勢矢矢來 空中和言心中化 道通
아래시시 출판천 유세궁궁거 굴무세시시래 공중화언심중화 도통
天地無形外
천지무형외

이를 풀이하면 세 마리 새가 자주 우니 급하게 소리가 들려온다. 혼미한 정신 갑자기 두려움에 깨달으니, 잦은 소리가 나는 붉은 참새에 새들이 간다.

때 없이 울며 동(東)으로 열어 간다. 긴 밤이 가고 낮이 오는 것을 재촉하는 중간에 들어오는 사람들이 깨달은 사람들이다.

신선의 근원 보병궁의 도솔천이 어찌 땅에 어느 곳에 있냐! 신선들의 많은 회합이 있는 곳, 궁을(弓乙) 사이에 보배로운 혈을 펼치니, 원통함이 사해(四海)로 흐른다.

깨닫는 마음은 길을 찾는 것이며 대개가 사는 때이다.

땅을 가지고 서로가 다투는 것은 서로를 해하는 죄악의 문으로 드는 것이다.

사람으로 태어나서 십승(十勝)에 살면 처음으로 느끼는 완전하고 확실한 즐거움이라는 뜻이다.

세상의 모든 것이 즐거움 뒤에는 고통이 뒤따르는 법이라 고통을 당하고 나서 즐거움은 진정한 것이 아니니 이러한 것을 어찌 즐거움이라 하겠으며 오히려 불안한 걱정, 근심만 싹트는 번뇌인 것이다.

그래서 '부자 몸조심' 이라는 '웃고 자만할 때 알아보았다' 느니, 천석꾼은 천 가지, 만석꾼은 만 가지, 걱정 이라는 말이 잘 증명해 준다는 이치이다.

그러나 성인의 진정한 진리대로 산다면 비로소 그때부터 느끼는 넉넉하고 포근한 진정한 기쁨이라는 뜻이다.

9

황응청은 잠시 쉬고, 남세영이가 여쭈었다.

"궁을론(弓乙論)은 어떠한 예언입니까?"

"궁을은 내가 저작한 비결에 여러 번 나오는 것으로 이 궁을도를 알아야 비결을 이해하기 쉽다."

弓弓不和 向面東西 背弓之間 出於十勝 人覺從之 所願成就
궁궁불화 향면동서 배궁지간 출어십승 인각종지 소원성취

弓弓相和 向面對坐 灣弓之間 出於神工 人人讀習 無文道通
궁궁상화 향면대좌 만궁지간 출어신공 인인독습 무문도통

右乙雙爭 一勝一敗 縱橫之間 出於十字 人覺得智 永保妻子
우을쌍쟁 일승일패 종횡지간 출어십자 인각득지 영보처자

左乙相交 一立一臥 雙乙之間 出於十勝 性理之覺 無願不通
좌을상교 일립일와 쌍을지간 출어십승 성리지각 무원불통

四口合體 入禮之田 四口之間 出於十字 骸垢洗淨 沐浴湯田
사구합체 입례지전 사구지간 출어십자 해구세정 목욕탕전

五口達交 達成之田 五口之間 出於十勝 脫劫重生 變化之田
오구달교 달성지전 오구지간 출어십승 탈겁중생 변화지전

精脫其右 未盤之圖 落盤高四 出於十字 先師此云 覺者得福
정탈기우 미반지도 낙반고사 출어십자 선사차운 각자득복

一鮮成胎 四方連交 士角虛虧 出於十字 奧妙遠理 世人難知

일선성태 사방연교 사각허휴 출어십자 오묘원리 세인난지
龍馬太白 靈龜小白 背山之間 出於十字 求人兩白避亂之本
용마태백 영귀소백 배산지간 출어십자 구인양백피란지본

黃字入腹再生之身 脫衣冠履出於十字 命哲保身天坡祈禱 須縱白虎
황자입복재생지신 탈의관리출어십자 명철보신천파기도 수종백호
靑林走東 西氣東來再生神人 木變爲馬何姓不知 乙乙合身向
청림주동 서기동래재생신인 목변위마하성부지 을을합신향
面左右 背乙之間出於工字 世人覺之科學超工 雙乙相和向面相顧
면좌우 배을지간출어공자 세인각지과학초공 쌍을상화향면상고

乙乙之合 出於凡字 理氣之中大元之數 天地應火諸惡消滅
을을지합 출어범자 이기지중대원지수 천지응화제악소멸
心裂門開死後極樂 三印之中之火 如雨遍濟心靈變化
심렬문개사후극락 삼인지중지화 여우편제심령변화
恒常喜盤不老長春 三印之中海印之水 甘露霧臨重生之理
항상희반불로장춘 삼인지중해인지수 감로무림중생지리
心發白花不死永生 無穀豊登三印糧露 石井妙理水昇火降
심발백화불사영생 무곡풍등삼인양로 석정묘리수승화강
湧泉心中毒氣不喪 天牛耕田利在石井 彌勒出世萬法敎主
용천심중독기불상 천우경전이재석정 미륵출세만법교주
濡佛仙合一氣再生 紫霞南鮮葡隱后裔 柿木出聖東西敎主
유불선합일기재생 자하남선포은후예 시목출성동서교주

龍蛇渡南辰巳之間 桃源仙地海島眞人 鷄有四角邦無手入
용사도남진사지간 도원선지해도진인 계유사각방무수입

人間超道奠弥▨神 馬頭生角十五眞主 午未樂堂靑龍之后
인간초도정미소신 마두생각십오진주 오미낙당청룡지후
女上加一地邊去土 狗驚羊喜五十八年 擲栖消目檀東致基
여상가일지변거토 구경양희오십팔년 척사소목단동치기
五卯一乞檀東伏出 末判之圖午未樂堂堂 仙李一枝誰保命
오묘일걸단동불출 말판지도오미낙당당 선리일지수보명
柿林扶李守從持生 不顧聖人無福可歎 李鄭黑猴 申望綠蛇
시림부이수종지생 불고성인무복가탄 이정흑후 신망록사
頭尾鄭初 飛鳥鳩月五七四年 天受禪堯鷄龍 太祖登位飛上
두미정초 비조구월오칠사년 천수선요계룡 태조등위비상

玉燈秋夜 戊己之日 海印金尺 天呼萬歲 三分鼎峙 龍兎之論
옥등추야 무기지일 해인금척 천호만세 삼분정치 용토지론
李鄭爭鬪 各守一鎭 無罪蒼生 萬無一生 長弓射矢 萬人求活
이정쟁투 각수일진 무죄창생 만무일생 장궁사시 만인구활
山鳥騎豚 渡野溪邊 鼠女隱日 三床後臥 走肖神將 葛羌勇士
산조기돈 도야계변 서여은일 삼상후와 주초신장 갈강용사
白眉將軍 渴川之魚 八鄭之中 三傑一人 靑眉大將 異陵非依
백미장군 갈천지어 팔정지중 삼걸일인 청미대장 이릉비의

人王四維 千人得生 分國爭雄 三傑之人 南步老將 白首君王
인왕사유 천인득생 분국쟁웅 삼걸지인 남보노장 백수군왕

七李相爭 勝利一人 三分天下 假鄭三年 道下止人 天破修身
칠이상쟁 승리일인 삼분천하 가정삼년 도하지인 천파수신

口出刃劍 奮打滅摩 跪坐誦眞 萬無一傷 鬼不矢口 六千歲龍
구출인검 분타멸마 궤좌송진 만무일상 귀불시구 육천세용

權炳之世 坐居龍床 妖鬼猖獗 火滅其中
권병지세 좌거용상 요귀창궐 화멸기중

이것을 해석하면 궁(弓)자와 궁(弓)자가 서로 화(和)합하는 것처럼 서로 얼굴을 마주하여 앉아, 그 궁(弓)자들 둘이 구부러진 사이로 공부 공(工)자의 형상이 나오는데, 이는 세상의 공부(工夫)를 의미 하는 것이 아니고 하늘(神)의 공(工)부를 의미하는 것이며, 하늘 궁전의 신의 불로서 공부하는 것으로서 사람들이 배우고 배워서 하늘 궁(宮)전의 불(火)로서 도를 통하는 것이다.

두 개의 을(乙)자가 오른쪽으로 이긴 듯 세워져서 서로 다투는 형상이고 또 을(乙)자의 하나는 진 듯 드러누운 형상에서 그 두 개의 을(乙)자 사이로 종횡(縱橫) 하듯 나오는 열십(十)자의 형상이다.

네 개의 구(口)자가 합(合)한 몸체의 형상은 밭전(田)자의 형상처럼 되는데 이는 십(十) 천상의 성전의 상징임과 십(十)자를 상징하는 것이다. 성전에서 나오는 십(十)자가 인간들을 구(求)하고 추수(秋收)하여 영적(靈的)으로 사람들이 영혼의 때를 깨끗이 씻는 성전이라는 것이다.

다섯 개의 구(口)자가 서로 도달(到達)하고 교(交)차하여 달(達)성되어 이루어진 밭 전(田)자의 형상이라. 그 다섯 개의 구(口)자 사이로 나오는 열 십(十)자는 하늘의 성전(聖殿)인 십(十) 천상의 성전과 승리자의 상징이다.

황(黃)자의 속을 들여다보면 밭전(田)자의 형상이 나오는데, 그 전(田)자의 형상은 하늘의 생명(生命)의 신(神)의 성전(聖殿)을 숨긴 형상의 글자라다.

범(凡)자는 이(理)와 기(氣)가운데에 크게 으뜸인 수(數)인데, 이는 성령들이 서로 화합과 합심하여 천지를 떨치는 불로서 여러 악들을 소멸시키며 사람들의 죽은 후에 간다는 마음의 문을 열어서 천국의 문을 열라는 것이다.

세상의 곡식은 없어도 생명나무 성인의 인(印)인 양식(糧食)이 풍성함으로 천국에 올라 우물에 등불을 밝혀주는 묘한 이치인 것이다.

진사년에 불(火)로 건너오신다. 진리(眞理)이신 사람이시며, 인간을 초월한 도(道)이시며 진리(眞理)의 말씀이신 두 동방 천국성전의 신(神)이시다.

갑진년(2024년)이후의 병오년, 정미년(2026년, 2027년)에는 천국성전이 성인이 당당(堂堂)하다.

경술(庚戌, 1970)년에서 58년째인 정미(丁未, 2027)년에는 미친개 같은 짐승들이 무리들을 놀라게 할 것이며, 어린 양(羊), 선(善)한 사람들은 기쁨이 되는 때가 된다.

생명수의 천국, 동방의 목자의 징후가 병신년(2016년)에서 소망(所望)하여 을사(乙巳:2025)년에 녹음(綠陰) 같이 우거지게 형상이 된다.

을사년(2025) 구월에 불로 인간들은 추수(秋收)하는 해가 된다.

세상의 어둠의 밤을 왕이 등불로 인간들을 추수하는 갑진, 을사(2024, 2025)년의 가을 구월밤에 생명의 바다의 해인(海印)의 성스런 불, 비, 이슬인 사람들의 심령의 척도로 성인의 생명나무와 생명수를 구하는 자로 이때에 하늘을 부르며 만세를 부르게 된다.

그러나 삼발이 솥의 발같이 세 갈래로 갈리어 마치 겨루듯이 정치(政治)하는 진년, 사년(2023, 2024)에 목(木)자와 정도령의 다툼으로 각각 천국의 성전을 일진(一陣)씩 따로 갈리어 지키게 되면 죄(罪) 없는 인간들은 만에 한사람도 살수 없게 된다.

입에서 나오는 진리의 말씀의 칼이 격렬하게 떨치는 불로 마귀들을 멸하게 된다.

마귀인지 알 수 없는 육천세(六千歲)나 되는 용(龍), 마귀의 왕(王), 세상(世上)의 권세(權勢)에 앉아 있는 용상에 요사스런 마귀들이 창궐하니 그 속을 불로 멸하게 된다! 는 것이다.

10

남세영이가 여쭈었다.

"도하지(道下止) 무슨 예언입니까?"

스승 격암이 다시 강론했다.

道者弓弓之道 無文之通也 行惡之人 不覺之意 尋道之人
도자궁궁지도 무문지통야 행악지인 불각지의 심도지인

覺之得也生也 訣云 人惠無心 村十八退 丁目雙角 三卜人也
각지득야생야 결운 인혜무심 촌십팔퇴 정목쌍각 삼복인야

千口人間 以着冠也 破字妙理 出於道下止也 不閣此意 平生修身
천구인간 이착관야 파자묘리 출어도하지야 불각차의 평생수신

不免怨無心矣 愼覺之哉 弓弓之道 儒佛仙合一之道
불면원무심의 신각지재 궁궁지도 유불선합일지도

天下之倧也 訣云 利在弓弓 乙乙田田 是天坡之 三人一夕
천하지종야 결운 이재궁궁 을을전전 시천파지 삼인일석

柿從者生矣 一云人合千口以着冠 此言不中非天語
시종자생의 일운인합천구이착관 차언부중비천어

時運不開否道令
시운불개부도령

이것은 완전한 인간인, 하늘 사람이 되는 길을 가는 사람은 천기
가 몸 안에 들어오고 순환하는 길을 만들어야 한다는 것이다.

이 길을 만드는 것에는 주문이나 경전의 문구가 필요하지 않으며
무형의 천기를 받아들여서 오장오부와 상, 중, 하 단전을 통하게 하
면 된다.

몸 안에 천기가 들어오는 낙서와 하도의 길을 여는 사람이 깨달음
을 얻고 죽지 않는 삶을 살 수가 있다.

하늘의 뜻이 들어있는 비결에 이르는 사람이 하늘의 은혜를 받는

곳은 무심의 마음이 머무는 몸이며, 그런 마음을 만들기 위해서는 신장에서 간장(木 = 十 + 八으로 움직이는 하도의 길을 가야 한다.

뜻을 깨닫지 아니하고 평생 몸을 다스린다 하여도 원(怨) 자에서 心이 없어지면 一(하늘, 생명)이 사라진 사(死)가 되듯이 죽음을 면할 수 없다는 것이다.

이 길은 유 · 불 · 선도가 합쳐져서 하나가 되어 하늘 사람에 이르는 길이며 태고시대 신의 성품을 지닌 사람으로 되돌아가는 것이다.

내가 비결에 이르기를 이로움을 가져다주는 천기를 받아들여서 마음의 밭인 상, 중, 하 단전을 경작해야 한다.

이것이 후천에서 중천으로 변화를 할 때에 찾아오는 하늘 의 길을 무사히 넘어가는 수행(三 + 人 + 一 + 夕 = 수[修])이다.

하늘의 천기가 신장에서 간장으로 움직이는 하도의 길을 여는 사람은 하늘 길을 무사히 넘어가서 살게 된다.

'말이 근본과 중심을 잡지 못하면 하늘의 말씀이 아니다. 중천으로 가는 때가 되어 운이 열리는 것을 알려주어도 마음을 열고 천기를 받아들이지 않으면 하늘 사람이 되는 길을 전하는 사람이 아니다!' 라는 뜻이다.

11

남세영은 다시 여쭈었다.

"은비가(隱秘歌) 란 어떠한 예언 입니까?"

격암은 다시 강론하기 시작하였다.

兩白三豊名勝地 望遠耳廳心不安 時來運到細推究 從橫一字分日月
弓不在山弓不水 牛性在野四乙中 武陵挑源仙境地

양백삼풍명승지 망원이청심불안 시래운도세추구 종횡일자분일월
궁불재산궁불수 우성재야사을중 무릉도원선경지

一片福州聖山地 鷄龍白石平砂間 三十理局天藏處 三神聖山何處地
東海三神亦此地 甘露如雨海印理 小弓武弓生殺權

일편복주성산지 계룡백석평사간 삼십리국천장처 삼신성산하처지
동해삼신역차지 감로여우해인리 소궁무궁생살권

天下一氣弓乙化 東走者死西入生 靑春男女老小間 虛火亂動節不知
天地震動舞哭聲 生死判端仰天祝 山魔海鬼隱藏世

천하일기궁을화 동주자사서입생 청춘남녀노소간 허화난동절부지
천지진동무곡성 생사판단앙천축 산마해귀은장세

陽來陰退肇乙知 六角八人天火降 善惡分別仔細知 苦待春風訪道者
肇乙矢口天乙來 山水前路預言中 四乙之中三聖出

양래음퇴조을지 육각팔인천화강 선악분별자세지 고대춘풍방도자
조을시구천을래 산수전로예언중 사을지중삼성출

西方結寃東方解 願日見之修源旅 須從白兎走靑林 世上四覽誰可知
祈天禱神天神指 西氣東來獨覺士 一鷄四角邦無手

서방결원동방해 원일견지수원려 수종백토주청림 세상사람수가지

기천도신천신지 서기동래독각사 일계사각방무수

萬人苦待直八人 西方庚辛四九金 聖神降臨金鳩鳥 東方甲乙三八木
木兎再生保惠士 奄宅曲阜牛性野 多人往來牛鳴地

만인고대직팔인 서방경신사구금 성신강림금구조 동방갑을삼팔목
목토재생보혜사 엄택곡부우성야 다인왕래우명지

鷄鳴龍叫道下止 淸水山下定都處 小頭無足飛火理 化在其中從鬼死
雙弓天坡乙乙地 三人一夕修道生 夜鬼發動鬼不知

계명룡규도하지 청수산하정도처 소두무족비화리 화재기중종귀사
쌍궁천파을을지 삼인일석수도생 야귀발동귀부지

鬼殺神活銘心覺 眞人出世朴活人 弓弓合德末世聖 三豊妙理人不信
一日三食飢餓死 眞理三豊人人覺 天下萬民永不飢

귀살신활명심각 진인출세박활인 궁궁합덕말세성 삼풍묘리인불신
일일삼식기아사 진리삼풍인인각 천하만민영불기

兩白隱理人不尋 千祖一孫亞合心 十勝兩白世人覺 一祖十孫女子運
畵牛顧係仙源川 心火發白心泉水 寺畓七斗石井崑

양백은리인불심 천조일손아합심 십승양백세인각 일조십손여자운
화우고계선원천 심화발백심천수 사답칠두석정곤

天縱之聖盤石井 一飮延壽永生水 飮之又飮紫霞酒 浮金冷金從金理
似人不人天神鄭 不利山水聖島山 蟄蛇秋月降明世

천종지성반석정 일음연수영생수 음지우음자하주 부금냉금종금리
사인불인천신정 불리산수성도산 얼사추월강명세

小頭無頭何運當 兎丈水火能殺我 三人一夕自下上 斥儒尙佛是從金
寺畓七斗文武星 農土辰丹寸田農 水田長源小豊理

소두무두하운당 토장수화능살아 삼인일석자하상 척유상불시종금
사답칠두문무성 농토진단촌전농 수전장원소풍리

二人太田水田穀 利在田田陰陽田 田中十勝我生者 田中又田又田圖
當代千年訓諫田 弓弓乙乙我中入 隱然十勝安心處

이인태전수전곡 이재전전음양전 전중십승아생자 전중우전우전도
당대천년훈간전 궁궁을을아중입 은연십승안심처

精脫其右昔盤理 落盤四乳十勝出 先入者還心不覺 馬羊二七洪烟數
中入者生何時定 猴牛六畜當運時 末入者死虎兎爭

정탈기우석반리 낙반사유십승출 선입자환심불각 마양이칠홍연수
중입자생하시정 후우육축당운시 말입자사호토쟁

天下紛紛大亂世 入者動理同一理 訪道君子尋牛活 死人失依出世世
先動反還不入時 長弓出世當時運 中動自生道覺人

천하분분대란세 입자동리동일리 방도군자심우활 사인실의출세세
선동반환불입시 장궁출세당시운 중동자생도각인

二十九日土人卜 重山急逝次出時 末入者死預定論 先覺者末世定論
申酉兵事起何時 八人登天役事時 戌亥人多死何意

이십구일토인복 중산급서차출시 말입자사예정론 선각자말세정론
신유병사기하시 팔인등천역사시 술해인다사하의

林中出聖不利時 子丑猶未定何事 金運發動混沌世 寅卯事可知人覺

三灾八難竝起時 辰巳聖人出三時 火中綠水産出降

임중출성불리시 자축유미정하사 금운발동혼돈세 인묘사가지인각
삼재팔난병기시 진사성인출삼시 화중록수산출강

午未樂當當運世 死生末初新天地 自戌至羊欲知間 一喜一悲善惡分
兵事兵事眞人兵 世人不知接戰時 多死多死鬼多死

오미낙당당운세 사생말초신천지 자술지양욕지간 일희일비선악분
병사병사진인병 세인부지접전시 다사다사귀다사

魂去人生悵心事 未定未定疑心未 半信半疑有志士 可知可知四海知
新天運到化戰時 人出人出眞人出 天時三運三時出

혼거인생창심사 미정미정의심미 반신반의유지사 가지가지사해지
신천운도화전시 인출인출진인출 천시삼운삼시출

初出預定人間出 火中初産龍蛇時 次出眞人東出世 水中龍蛇天使出
三聖奠乃降島山 三辰巳出三聖出 地上出人世不知

초출예정인간출 화중초산용사시 차출진인동출세 수중용사천사출
삼성전내강도산 삼진사출삼성출 지상출인세부지

父子神中三人出 世上眞人誰可知 三眞神中一人出 島山降人亦誰人
三聖一體一人出 三辰巳出三聖合 末復合理一人出

부자신중삼인출 세상진인수가지 삼진신중일인출 도산강인역수인
삼성일체일인출 삼진사출삼성합 말복합리일인출

八萬念佛藏經中 彌勒世尊海印出 五車時書易經中 海中道全紫霞出

斥儒尙佛道德經 上帝降臨東半島 彌勒上帝鄭道令

팔만염불장경중 미륵세존해인출 오거시서역경중 해중도전자하출
척유상불도덕경 상제강림동반도 미륵상제정도령

末復三合一人定 三家三道末運一 仙之造化蓮花世 自古由來預言中
革舊從新訪道覺 末世聖君容天朴 弓乙之外誰知人

말복삼합일인정 삼가삼도말운일 선지조화연화세 자고유래예언중
혁구종신방도각 말세성군용천박 궁을지외수지인

瀛州蓬萊三神山 十勝中知朴活處 養生工夫人不離 脫劫重生更無變
若求不死願永生 須問靈神木將君 天地牛馬世不知

영주봉래삼신산 십승중지박활처 양생공부인불리 탈겁중생갱무변
약구불사원영생 수문영신목장군 천지우마세부지

鄭氏天姓誰可知 容天朴人容天伯 何姓不知鄭道令 無后裔之血孫出
無父之子天縱聖 西讐東逢解寃世 長安大道正道令

정씨천성수가지 용천박인용천백 하성부지정도령 무후예지혈손출
무부지자천종성 서수동봉해원세 장안대도정도령

鄭本天上雲中王 再來春日鄭氏王 馬妨兒只誰可知 馬姓何姓世人察
眞人出世分明知 愼之愼之僉君子 銘心不忘弓乙歌

정본천상운중왕 재래춘일정씨왕 마방아지수가지 마성하성세인찰
진인출세분명지 신지신지첨군자 명심불망궁을가

運來前路松松開 蘇城白鰕殺氣滿 四面百里人影絶 浴求人生安心處
訪道君子拯濟蒼 二加一橫二人立 八十一俱富饒地

운래전로송송개 소성백하살기만 사면백리인영절 욕구인생안심처
방도군자증제창 이가일횡이인립 팔십일구부요지

兩白三豊有人處 彌勒出世亦此地 金鳩班鳥聖神鳥 紅鸞異蹟降雨露
木兎再生鄭姓運 三時重生鄭本人 儒佛仙三各人出

양백삼풍유인처 미륵출세역차지 금구반조성신조 홍란이적강우로
목토재생정성운 삼시중생정본인 유불선삼각인출

末復合一聖一出 武弓白石三豊理 移山倒海變化運 乾上坤下天地否
羲易之理先天運 離上坎下火水未 周易之理後天運

말복합일성일출 무궁백석삼풍리 이산도해변화운 건상곤하천지부
희역지리선천운 이상감하화수미 주역지리후천운

春氣度數發芽期 九十八土中用年 夏期度數長成期 五十八土中用事
天根月窟寒來地 三十六宮都是春 甲子年月日時定

춘기도수발아기 구십팔토중용년 하기도수장성기 오십팔토중용사
천근월굴한래지 삼십육궁도시춘 갑자년월일시정

日餘不足定日數 萬物苦待新天運 不老不死人永春 不耕田而食之 不
織麻而衣之 不埋地而葬之 不拜祀而祭之

일여부족정일수 만물고대신천운 불로불사인영춘 불경전이식지 불
직마이의지 불매지이장지 불배사이제지

不乘馬而行之 不食穀而飽之 不流淚而生之 不飮藥而壽之 不交媾而
産之 不四時而農之 不花發而實之

불승마이행지 불식곡이포지 불유루이생지 불음약이수지 불교구이

산지 불사시이농지 불화발이실지

死末生初末運 雲王眞人降島 逆天者亡順天者興 三人日而春字定 殺
我者誰 女人戴禾 人不知 兵在其中 殺我者誰 雨下橫山

사말생초말운 운왕진인강도 역천자망순천자흥 삼인일이춘자정 살
아자수 여인대화 인부지 병재기중 살아자수 우하횡산

天不知 裏在其中 殺我者誰 小頭無足 鬼不知 化在其中 話我者誰
十八加公 宋下止 深谷 話我者誰 豕上加冠 哥下止 欚底

천부지 이재기중 살아자수 소두무족 귀부지 화재기중 화아자수
십팔가공 송하지 심곡 화아자수 시상가관 가하지 양저

話我者誰 三人一夕 都下止 天坡 虎性在山 如松之盛 見人猖獗 見松
卽止 拘性在家 家給千兵 見雪猖獗 見家卽止 牛性在野

화아자수 삼인일석 도하지 천파 호성재산 여송지성 견인창궐 견송
즉지 구성재가 가급천병 견설창궐 견가즉지 우성재야

奄宅曲阜 見鬼猖獗 見野卽止 利在宋宋 畫虎顧名 物名卽犢 音卽松
下止 利在哥哥 畫狗顧簷 物名卽犬 音卽家下止

엄택곡부 견귀창궐 견야즉지 이재송송 화호고명 물명즉독 음즉송
하지 이재가가 화구고첨 물명즉견 음즉가하지

利在全全 畫牛顧溪 物名卽牝 音卽道下止 似草非草 二才前後 浮木
節木 從木在生 似野非野 兩上左右 浮土溫土 從土在生

이재전전 화우고계 물명즉빈 음즉도하지 사초비초 이재전후 부목

절목 종목재생 이야비야 양상좌우 부토온토 종토재생

似人非人 人玉非玉 浮金冷金 從金從金在生 死運 人口有土 虎龍相
鬪 八年間 方夫觀 死運 重山不利 狗鼠鬪食 一夜間

사인비인 인옥비옥 부금냉금 종금종금재생 사운 인구유토 호룡상
투 팔년간 방부관 사운 중산불리 구서투식 일야간

由倒觀 死運 六角八人 牛兎相爭 十日間 立十觀 宋字 十八加公 木
公間生 不如松人澤 深谷 地名可字 豕着冠 火口間生

유도관 사운 육각팔인 우토상쟁 십일간 입십관 송자 십팔가공 목
공간생 불여송인택 심곡 지명가자 시착관 화구간생

不如臥眠臥身 巡簽 簽名全字 十口入 兩弓間生 不如修道 正己 田名
三數之理 弓乙田一理貫通 三妙之十勝

불여와면와신 순첨 첨명전자 십구입 양궁간생 불여수도 정기 전명
삼수지리 궁을전일리관통 삼묘지십승

全全田田 陰陽兩田之間 弓弓雙弓 左右背弓之間 乙乙四乙 轉背四
方之間 單弓武弓 天上靈物 甘露如雨 心火發白 永生之物

전전전전 음양양전지간 궁궁쌍궁 좌우배궁지간 을을사을 전배사
방지간 단궁무궁 천상영물 감로여우 심화발백 영생지물

卽三豊之穀也 白石卽武弓 夜鬼發東鬼不知 項鎖足鎖下獄之物 一名
曰海印 善者 生獲之物 惡者死獄之物 卽三物也

즉삼풍지곡야 백석즉무궁 야귀발동귀부지 항쇄족쇄하옥지물 일명

430

왈해인 선자 생획지물 악자사옥지물 즉삼물야

三物卽一物 生死特權之物也 單乙謂不死處 牛吟滿地 惡人多生之地
見不牛而牛聲出處 卽非山非 野兩白之間 卽弓乙三豊之間

삼물즉일물 생사특권지물야 단을위불사처 우음만지 악인다생지지
견불우이우성출처 즉비산비 야양백지간 즉궁을삼풍지간

海印用事者 天權鄭氏也 故曰弓乙合 德眞人也 兩白三豊之間 得生
之人 卽謂黎首之民矣 此意何意名勝 末世矣

해인용사자 천권정씨야 고왈궁을합 덕진인야 양백삼풍지간 득생
지인 즉위여수지민의 차의하의명승 말세의

眞人居住之地也 故曰十勝也 世人心覺知哉 柿謀者生 衆謀者死矣
世末聖君木人 何木上句謀見字 欲知生命處心覺 金鳩木兎

진인거주지지야 고왈십승야 세인심각지재 시모자생 중모자사의
세말성군목인 하목상구모견자 욕지생명처심각 금구목토

邊木木村 人禁人棄之地 獨居可也 朴固鄕處處 瑞色也 是亦十勝地
矣 兩雄相爭長弓一射 二十九日疾走者 仰天通哭怨無心矣

변목목촌 인금인기지지 독거가야 박고향처처 서색야 시역십승지
의 양웅상쟁장궁일사 이십구일질주자 앙천통곡원무심의

又曰末世之運 張姓趙哥出馬 自衆之亂庚炎辛秋 怪變層生逆獄延蔓
矣 壬三癸 四子丑寅卯 鼠候相爭千祖一孫

우왈말세지운 장성조가출마 자중지란경염신추 괴변층생역옥연만
의 임삼계 사자축인묘 서후상쟁천조일손

雙牛相鬪百祖一孫 虎龍相克百祖三孫 兎蛇噴火百祖十孫 龍馬有事
一祖十孫 觀覺此書 心不覺者下愚不移

쌍우상투백조일손 호룡상극백조삼손 토사분화백조십손 용마유사
일조십손 관각차서 심불각자하우불이

上下分滅矣 上字之意 貪官誤吏富貴客 富不謀身沒貨泉 孔孟時書舊
染班 下字之意 牛往馬往一字無識 高人望見亦失時 出入從

상하분멸의 상자지의 탐관오리부귀객 부불모신몰화천 공맹시서구
염반 하자지의 우왕마왕일자무식 고인망견역실시 출입종

事不覺 上下兩人亦下愚不移 末動之事怨無心矣 嗟乎哀哉人人覺 五
運之中 一運論則 赤血千里 四年間

사불각 상하양인역하우불이 말동지사원무심의 차호애재인인각 오
운지중 일운론즉 적혈천리 사년간

二運論則 赤血天里 二年間 三運論則 赤血天里 一年間 四運論則 赤
血天里 月間 五運論則 赤血天里 日間

이운론즉 적혈천리 이년간 삼운론즉 적혈천리 일년간 사운록즉 적
혈천리 월간 오운로즉 적혈천리 일간

二字空面無空里 漢都中央指揮線 東走者死西入生 上二字面下二里
吉星指示面里明 南東面臥牛長壽地 素砂範朴天旺地

이자공면무공리 한도중앙지휘선 동주자사서입생 상이자면하이리
길성지시면리명 남동면와우장수지 소사범박천왕지

富內曉星延壽地 東春新垈住地 蘇萊白桂樹地 桂陽朴村仙住地 此地

通合星照臨 海印龍宮閑日月 木人新幕別乾坤

　부내효성연수지 동춘신대주지 소래백계수지 계양박촌선주지 차지
통합성조림 해인용궁한일월 목인신막별건곤

　風驅惡疾雲中去 雨洗寃魂海外消 別有天地非人間 武陵桃源弓弓地
聖山聖地吉星地 兩白三豊有人處

　풍구악질운중거 우세원혼해외소 별유천지비인간 무릉도원궁궁지
성산성지길성지 양백삼풍유인처

　非山非野何處地 瀛州方丈蓬萊山 紫霞島中亦此地 聖住蘇萊老故地
人生造物三神主 東海三神易此山

　비산비야하처지 영주방장봉래산 자하도중역차지 성주소래노고지
인생조물삼신주 동해삼신역차산

　이 은비가(隱祕歌)란 감춰 둔 비밀을 노래한다는 의미인데 즉, 말씀
을 의미하는 것이다.

　내가(격암) 우리가 당하게 될 세 가지 환란과 구원의 방안을 구분해
서 여러 번 되풀이 강론했다.

　"나를 죽이는 자는 누구인가. '소두무족(小頭無足)'인데 '귀(鬼)'인 줄
을 알지 못한다. 그 안에 조화가 있다.

　나를 살리는 자는 누구인가. '삼인일석(三人一夕)'이니 하늘에 기댈
언덕이요 밝힘이다."

　더 세밀히 풀이를 보면 "천 마리의 닭 중에서 한 마리의 봉황이 있
으니, 어느 성인이 진정한 성인인가. 진짜 성인 한 사람을 알려거든

소 울음소리가 있는 곳을 찾아가라"고 설파하였다.

대체 해인(海印)이 있는 소 울음소리가 나는 곳이 어디를 말하는가 하면, 피난하기 좋은 땅 열 곳인 십승지(十勝地)를 찾아가라는 것이다.

금수강산인 우리나라는 천하의 氣가 모여서 새 운수를 돌리게 되는 땅이다.

역사가 시작된 이래 처음으로 하늘의 대도(大道)가 무궁화 강산에서 펼쳐지니 세계만방의 사람들이 우리나라를 부모국이요, 신생국인 선생국으로 받들 것이다.

하늘의 신이 무궁화 조선 우리나라를 돌보시고 상서로운 빛이 창생을 구한다.

'세계 각처의 영웅과 군자들이 신선의 땅인 조선(우리나라)에 모여든다!' 라는 예언이다.

12

다시 남세영이가 스승에게 여쭈었다.
"농궁가(弄弓歌) 란 어떠한 뜻입니까?"
"우선 원문을 읽어보자!"

許多衆生만은四覽 弄弓歌을불러보소 句中有意弄弓家를

허다중생많은사람 農弓歌를불러보소 九重有意農弓歌를
男女老少 心覺하소 貴여웁다우리아기 壽命福祿祈禧하자
남녀노소 심각하소 귀여웁다우리아기 수명복록기도하자
불亞불亞불불요 兩弓之弓불불亞세 達穹達穹이요
불아불아불불요 양궁지궁불불아세 달궁달궁이요
三人一夕達穹일세 唵嘛唵嘛아부 唵嘛天下第一 우리唵嘛
삼인일석달궁일세 엄마엄마아부 엄마 천하제일 우리엄마

道乳充腸이내몸이 唵嘛 업시어이살가 道理道理眞道理요
도유충장이내몸이 엄마 없이어이살가 도리도리진도리요
邪不犯正正道라 主仰主仰主仰時에 向天向地向主 仰을
사불범정정도라 주앙주앙주앙시에 향천향지향주 앙을
指路指路直界指路 不赦晝夜指掌指路 作掌作掌作作弓
지로지로직계지로 불철주야지장지로 작장작장작작궁
血貫通作作弓에 섬마섬마道路섬마 道路道路道路섬마
혈관통작작궁에 섬마섬마도로섬마 도로도로도로섬마
道飛道飛活道飛 길나라비活活道飛 自長自長遠理自長 深理奧理遠
理自長 꿈나라月南宮에 天上榮華暫보고 先祖先榮相逢하야
도비도비활도비 길나라비활활도비 자장자장원리자장 심리오리원
리자장 꿈나라월남궁에 천상영화잠보고 선조선영상봉하야
萬端情話못이뤄 靈鷄之聲놀라깨니 日竿三이 되엇구나
만단정화못이뤄 영계지성놀라깨니 일간삼이 되었구나
魂迷精神가다듬어 極濟萬民救活코저 一燭光明손에들고

혼미정신가다듬어 극제만민구활코져 일촉광명손에들고

塵海業障突破할제 孝當竭力忠則盡命 우리阿只榮貴하다
진해업장돌파할제 효당갈력충즉진명 우리아지영귀하다
立春大吉建陽多慶 陽來陰退肇乙矢口 天增歲月人增壽는
입춘대길건양다경 양래음퇴조을시구 천증세월인증수는
東方朔의延壽이요 春滿乾坤福滿家는 石崇公의富貴로다
동방삭의연수이요 춘만건곤복만가는 석숭공의부귀로다
堂上父母千年壽는 先後天地合運時오 膝下子孫萬世榮은
당상부모천년수는 선후천지합운시요 슬하자손만세영은
永無惡臭 末世界라 願得三山不老草는 有雲眞雨變化世요
영무악취 말세계라 원득삼산불로초는 유운진우변화세요
拜獻高堂白髮親은 紫霞島中弓乙仙 三八雨辰十二月에
배헌고당백발친은 자하도중궁을선 삼팔우진십이월에
一于從行東運柱요 四九八兄一 去西中 始數橫行西運樑을
일우종행동운주요 사구팔형일 거유중 시수횡행서운량을

西氣東來此運回에 山澤通氣配合하야 陰陽相親하고보니
서기동래차운회에 산택통기배합하야 음양상친하고보니
十五眞主鳥乙矢口 불亞倧불十數之人 萬人苦待 眞人이라
십오진주조을시구 불아종불십수지인 만인고대 진인이라
無後裔之鄭道令은 何姓不知正道來 無極天上雲中王이 太極再來鄭
氏王은 四住八字天受生이 修身濟家혼然後에 遠理遠理 자던잠을

무후예지정도령은 하성부지정도래 무극천상운중왕이 태극재래정
씨왕은 사주팔자천수생이 수신제가한연후에 원리원리 자던잠을

深理奧理깨고난後 石崇公의大福家로 萬人救濟먼저하고
심리오리깨고난후 석숭공의대복가로 만인구제먼저하고
東方朔의延年益壽 千年萬年살고지고 天地兩神更出東
동방삭의연년익수 천년만년사고지고 천지양신갱출동
九變之使立大道 弓乙山水十勝坮 千萬星辰一時會 四象八卦白十勝
十極世界蓮花坮 似人不人金鳩鳥 見而不知木兎人
구변지사립대도 궁을산수십승대 천만성신일시회 사상팔괘백십승
십극세계연화대 사인불인금구조 견이부지목토인

七十二氣造化理 地上仙國朝鮮化 千年大運鷄龍國 四時不變永春世
開闢以來初逢運 三八木運始皇出 改過遷善增壽運
칠십이기조화리 지상선국조선화 천년대운계룡국 사시불변영춘세
개벽이래초봉운 삼팔목운시황출 개과천선증수운
世人不知寒心事 鷄龍都邑非山名 誕生靑林正道士 末世聖君視不知
其聖天地合其德 雲中靈神正道令 遍踏天下朝鮮來
세인부지한심사 계룡도읍비산명 탄생청림정도사 말세성군시부지
기성천지합기덕 운중영신정도령 편답천하조선래

弓乙大道天下明 不老長生化仙國 天降弓符天意在 拯濟蒼生誰可知
舊染儒者不覺理 孔孟以后混精神 水流不息當末世

궁을대도천하명 불로장생화선국 천강궁부천의재 증제창생수가지
구염유자불각리 공맹이후혼정신 수류불식당말세

搖頭轉目人不見 千變萬化弓乙道 불亞倧불天下通 鷄酉四角邦無手
十八卜術出世知 外有八卦九宮裡 內有十勝兩白理

요두전목인불견 천변만화궁을도 불아종불천하통 계유사각방무수
십팔복술출세지 외유팔괘구궁리 내유십승양백리

天地都來一掌中 執衡按察心靈化 眞人用事海印法 九變九復變易法
天之運乘但當人 弓乙合德朴活人 修道先出容天朴

천지도래일장중 집형안찰심령화 진인용사해인법 구변구복변역법
천지운승단당인 궁을합덕박활인 수도선출용천박

龍天伯人亦一理 天崩地坼素沙立 火雨露三三豊理 天主大堂築高山
萬事一理成道時 聖神拒逆嘲笑時 天災地變竝至時

용천백인역일리 천붕지탁소사립 화우로삼삼풍리 천주대당축고산
만사일리성도시 성신거역조소시 천재지변병지시

生死門之生死路 萬一生門不入時 死門之中突入時 魔王之前從鬼滅
凡觀無味不知人 天地開闢何能免

생사문지생사로 만일생문불입시 사문지중돌입시 마왕지전종귀멸
범관무미부지인 천지개벽하능면

聖山聖地牛鳴地 萬世不變安心處 末世二柿或一人 萬世春光一樹花
성산성지우명지 만세불변안심처 말세이시혹일인 만세춘광일수화

438

이것은 허다 중생 많은 사람 농궁가를 불러보소!

노래가운데 뜻을 우리아기 수명복록 기도하자.

궁에 이르라하고 아기에게 말하니 궁궁(弓弓)을 합하면 아(亞)자 즉, 하늘을 상징하니 그곳에서 삼인일석(三人一夕) 글자를 합하면 닦을 수(修)자가 된다. 아리랑(亞裡嶺) 즉, 하늘의 성인에게 가서 도를 닦으라는 예언이다. 하늘이 인간의 부모임을 전하는 것이다.

마지막 선인으로 오시는 사람이 가장 먼저 부르는 이름이 바로 실은 성인 이름 인 것이다.

머리를 돌리며 도리를 하니 지혜의 신이 머리에 계시며 바로 마음의 지혜의 신으로 인간에 계심을 깨우치란 뜻이다.

열손가락은! 열은 열 명의 신인을 붙잡으란 소리이며 곧 하늘과 땅을 바로 보는 것이 인간이 하늘이요 사람이 진정한 땅이다.

지로(指路)는 길을 가르킨다 는 말로 내 몸을 가르킴이니 하늘이 나의 몸이란 뜻이다. 이것이 바르게 가르킨다 하여 직계(直界) 지로(指路) 한 것이다.

짝자꿍 손뼉을 치니 소리가 나듯이 엄마의 말씀을 열 분이 전함을 이야기하고 그것이 궁(弓)이 되어 마음과 혈맥을 관통하여 도를 통하게 하신다 하였다.

자장이란 아기(亞基)가 잘 자란 말이 아니요 스스로 자(自)자에 클 장(長) 즉, 아기(亞基)에게 하늘의 지혜를 스스로 키워야 함을 당부하는 것이다.

보름달처럼 완전한 도를 이룬 열 명의 사람이, 만인이 그토록 고

대하던 선인이 되시는 것이다.

13

황응청이가!

"가사요(歌辭謠) 는 어떠한 의미입니까?"

"그래!"

魚羊之末에 愚昧之人 先祖之德 學習文字 儒道精神 心不離於 四書
三經 誤讀誤習 弓乙道德 不覺之人 出死入生永不覺

어양지말에 우매지인 선조지덕 학습문자 유도정신 심불리어 사서
삼경 오독오습 궁을도덕 불각지인 출사입생영불각

道其遠而迷於道 何時知時道成立德 末復合而一理 東西道教合一理
混迷精神永不覺 道教統率保惠大師 時至降道節不知

도기원이미어도 하시지시도성입덕 말복합이일리 동서도교합일리
혼미정신영불각 도교통솔보혜대사 시지강도절부지

自下達上千萬外 凡夫士女人人覺 中入此時十勝和 預言有書世不知
晩時自歎弓乙覺 念念知十勝不忘時 惶惚心思更精出

자하달상천만외 범부사녀인인각 중입차시십승화 예언유서세부지
만시자탄궁을각 염념지십승불망시 황홀심사갱정출

開聽耳目香風吸 神出鬼沒幻像出 變花一氣再生人 苦海衆生精路時

蛇奪人心失道病 保惠師聖海印出 上帝道德降仙人

개청이목향풍흡 신출귀몰환상출 변화일기재생인 고해중생정로시
사탈인심실도병 보혜사성해인출 상제도덕강선인

至氣今至願爲大降 西氣東來牛鳴聲 上帝雨露四月天 春不覺而歛君
子 春末夏初心不覺 時至不知節不知 哆哪都來知時日

지기금지원위대강 서기동래우명성 상제우로사월천 춘불각이첨군
자 춘말하초심불각 시지부지절부지 치나도래지시일

萬邦聚合忠孝烈 多會仙中公事處 當務事之人不聽 忽然心事禁不禁
龍蛇馬羊戊己宮 白馬乘雲喜消息 家家長世日月明

만방취합충효열 다회선중공사처 당무사지인불청 홀연심사금불금
용사마양무기궁 백마승운희소식 가가장세일월명

上降臨彈琴聲道通 天地無形外 山魔海鬼躊躇躊躇 錦繡江山金街路
西氣東來金運回 太古以後初仙境 前無後無之中原鮮

상강림탄금성도통 천지무형외 산마해귀주저주저 금수강산금가로
서기동래금운회 태고이후초선경 전무후무지중원선

從鬼魔嘲笑盡 耳目聽見偶自然 遠邦千里運粮日 寶貨萬物自然來 預
言不遠朝鮮矣

종귀마조소진 이목청견우자연 원방천리운량일 보화만물자연래 예
언불원조선의

이를 논하면! 조선의 우매한 사람들이 조상의 얼을 학습하나 마음

은 유교의 정신을 벗어나지 못하고 사서삼경을 잘 못 읽고 잘 못 학습하는 현상이 나타난다.

도(道)라는 것은 멀기만 하고 혼미한 길이다. 하늘과 땅의 도덕을 깨닫지 못하는 이 사람들은 나가면 죽고 들어오면 산다는 것을 영원히 깨닫지 못한다는 이치이다.

그 때를 알아서 도(道)를 이루고 덕(德)을 세워서 말세가 오면 하나의 이치로 합쳐야만 되는 것이다.

동, 서양의 도와 교가 하나로 합치는 이치이다.

중입이 되는 이때에는 십승으로 화합하는 때가 되면 어리석고 용렬한 백성이나 선비, 또는 부녀자인 사람들이 깨닫게 되는 것이다.

내(격암)비결에 나와 있으나 세상 사람들은 이를 깨닫지 못하고 늦었다고 하는 때에 스스로 한탄하면서 궁을 깨닫게 되니 정말로 한탄스러운 일이다.

항상 마음속으로 깨닫고 십승을 잊지 않을 때에 마음의 문이 열리고 눈과 귀가 열려서 보니 향기가 코끝을 스친다.

성인이 출현하고 마귀가 멸망하는 현상이 일어나고 1의 기운(1.6수)이 변화하여 사람의 몸으로 환생하여 태어난다.

성인이 해인을 가지고 출현한다. 서방의 기운은 동방으로 와서 소울음소리가 되어 울려 퍼지고 상제께서는 비와 이슬 같이 사월의 하늘인 사(巳)방에서 오신다.

세계만방의 효자, 충신, 열녀들이 한곳에 모인 자리에서 모든 일이 공정하게 처리된다.

진년, 사년, 오년, 미년에 감춰져 있던 중앙의 무기궁(戊己宮)이 세상에 드러난다.

백마가 구름을 탔다는 희소식이 들린다. 집집마다 긴 세월 흘러 이제 해와 달이 밝게 빛나고 성인이 출현하여 가야금 타는 소리가 들리는구나!

서방의 기운이 동방으로 와서 조선이 중원(中原) 즉, 세계의 중앙지가 된다. 태고 이후에 처음으로 동방에 신선의 세계가 세워지니 이것은 전에도 없었고 후에도 없는 일이다.

마귀와 귀신을 따르는 자들이 지금까지 비웃기를 그치지 않았으나 이제 비웃고 조롱하는 것도 끝이 났다.

금은보화와 모든 만물들을 가지고 스스로 옳다고 시인하면서 달려오게 되는데, 이 예언은 멀지 않아 조선에서 반드시 이루어진다는 의미와 뜻이다.

14

"조소가(嘲笑歌) 에 대하여 강론해 주십시요!"하고 역시 황응청이가 물었다.

"이는 성인이 비웃고 조롱한다는 뜻이다."

七星依側彼人 天佑神助 人我嘲笑而稱受福萬 嘲笑而不俱虛妄修道
人 勿慮世俗何望生 天通地通糞通 所經不謁盲朗

칠성의측피인 천우신조 인아조소이칭수복만 조소이불구허망수도
인 물려세속하망생 천통지통분통 소경불알맹랑

道通知覺我人 糞通知覺道人也 無聲無臭 無現跡何理 見而狂信徒愚
者 信去天堂人今 時滿員不入矣 終身愚人地獄

도통지각아인 분통지각도인야 무성무취 무현적하리 견이광신도우
자 신거천당인금 시만원불입의 종신우인지옥

不信智人飛上天 絕嗜禁欲无慈味 草露人生可憐 自古歷代詳見 人間
七十古來稀 好遊歲月此今世 酒肆廳樓不離

불신지인비상천 절기금욕무자미 초로인생가련 자고력대상견 인간
칠십고래희 호유세월차금세 주사청루불리

昨日人生今日死 今日人生來日死 場出入智人便所出入 道人不顧家
事狂夫女 一日三食何處生 彼笑俄我彼笑 終結勝利誰人言고

작일인생금일사 금일인생래일사 장출입지인변소출입 도인불고가
사광부녀 일일삼식하처생 피소아아피소 종결승리수인언고

恒時發言天堂 我知覺知地獄 一平之修道人 北邙山川不免時來 心靈
我人運去 智短端彼人 乙矢口節矢口 不遊好日何望生

항시발언천당 아지각지지옥 일평지수도인 북망산천불면시래 심령
아인운거 지단단피인 을시구절시구 불유호일하망생

이를 자세히 설명하면! 천기를 몸 안에 받아들이는 수행은 하지 않

으면서 칠성신을 곁에 두고서 의지하는 저 사람과 하늘의 신이 도와준다면서 비는 인간을 성인은 비웃는다.

왜냐하면 스스로 마음을 열고 천기를 받아들여 변화해 가는 것이지 누가 도와주거나 의지해서 하늘 사람이 되지 않기 때문이다.

수행을 하면서 물질의 풍요를 바라며 복을 많이 받을 수 있게 해달라고 하는 것을 비웃는다.

이런 사람들은 천기를 받아들이는 수행의 기본을 갖추지 못해서 헛되고 망령된 수도인 이다.

물질의 풍요를 성공의 척도로 삼는 세상, 성공하기 위해 탐욕을 부려야 하는 세상 그런 세상을 염두에 두고 근심하지 말아야 생명이 소모되지 않는 것이다. 이는 생명을 소모시키면 죽는다.

하늘과 땅을 안다고 말하는 사람들은 눈이 안 보이는 무지한 사람들이 도를 통했다고 말하는 것이나 마찬가지다.

천기를 눈으로 보았다고 말하는 사람들은 미친 무리들이다.

어리석은 자들이 믿으면 간다고 하는 곳이 천당, 극락 등인데, 지금은 인원이 가득 들어차서 들어갈 수가 없다. 어리석은 사람은 죽는 순간까지 물질과 탐욕이 지배하는 땅이 지옥이라는 것을 믿지 않고 느끼지 못한다.

지혜로운 사람은 탐욕과 쾌락을 끊고 맛있는 음식을 찾지 않으며 욕심을 부리지 않고 천기를 받아들여서 하늘에 올라가는 하늘사람이 된다.

해가 나오면 말라서 없어질 풀잎에 맺힌 이슬처럼 사람들은 살다가 죽으니 가련한 일이다.

물질의 풍요로운 이때 놀기 위한 유흥업소 등에 들락날락하는 사람들을 지혜가 있는 사람이 볼 때에 변소와 시궁창에 출입하는 사람으로 보인다. 그런 사람들은 집안일을 돌보지 않는 미친 사람들이다.

후천에서 중천으로 하늘의 변화가 시작되면 가뭄이 들어서 땅의 농사를 짓지 못하게 되고 먹을 곡식이 없어지며 그때를 대비하여 천기를 받아들이는 수행을 미리 해 놓아야 하는데, 하루에 입으로 세 번 먹는 습관을 변화시키지 않고서는 어떤 곳에서도 살 수가 없다.

내가 항상 말하기를 죽으면 천당 간다고 하는데, 내가 깨달아 알고 보니 죽어서 가는 곳은 천당이 아니라 지옥이다.

한 평생 하늘나라에 가기 위해 수행을 한 사람들은 죽어서 북망산천에 가게 되고 죽음을 면할 수가 없다.

하늘의 변화가 얼마 남지 않은 지금은 게으름과 놀기를 좋아할 때가 아니다. 천기를 먹는 수행을 해 놓아야 하는데, 그런 준비가 없이 어찌 하늘나라에 가기를 바라는가? 하는 뜻이다.

15

이번에는 주경안이가 스승님께 여쭈었다.

"말운가(末運歌)의 뜻은 무엇입니까?"

446

"말운이 왔을 때 조선이 그 중심에 서 있다는 것이다."

回來朝鮮大運數 東西南北違來 妖鬼敵人是非障 錦繡江山我東方 天下聚氣運回鮮 太古以後初樂道 始發中原槿花鮮

회래조선대운수 동서남북위래 요귀적인시비장 금수강산아동방 천하취기운회선 태고이후초락도 시발중원근화선

列邦諸民父母國 萬乘天子王之王 天地昨罪妖魔人 坐井觀天是非判 無福之人可笑哉 偶然自然前路運 耳目聽開海運數

열방제민부모국 만승천자왕지왕 천지작죄요마인 좌정관천시비판 무복지인가소재 우연자연전로운 이목청개해운수

遠助輸荷物緞帛 金銀穀歸來鷄龍 天國建設運千里 萬里遠邦諸人勢 折捕擄奉事者 苦盡甘來嘲笑盡 好去悲來異方人

원조수하물단백 금은곡귀래계룡 천국건설운천리 만리원방제인세 절포로봉사자 고진감래조소진 호거비래이방인

鳥霆車運車神飛機 天使往來瑞氣滿 我邦雲宵高出世 折長報短天恩德 無價大福配給日 晝眠夕寐不受福 家家滿福人

조정차운차신비기 천사왕래서기만 아방운소고출세 절장보단천은덕 무가대복배급일 주면석매불수복 가가만복인

人溢 先苦克己受嘲人 是亦可笑之運也

인일 선고극기수조인 시역가소지운야!

"말운가는 가사로 예언한 것이다."

조선에 대운수가 돌아오면 동서남북에서 머지않아 온갖 요사스런 마귀(妖鬼)가 들이 와서 시비하여도, 천하의 기운이 조선에 돌아와 태고(太古)이후 광명의 세상이 펼쳐진다.

중원에서 인류문명을 시작한 조선이 세계 모든 나라의 부모국이 되어 모든 나라의 왕 중의 왕이 될 때, 복 없는 자들이 죄를 지은 요사한 마귀와 같은 자들이 우물안에서 하늘을 보는 것 같은 좁은 견해로 시비 비판하지만 가소로울 뿐이다.

우리나라는 앞으로 대운수가 열려 세계 각국 사람들의 이목이 집중 될 것이다. 세계 각국에서 금은보화와 곡물을 가득 싣고 계룡에 와서 조선을 돕는다.

천리만리 머나먼 세계 각국의 사람들이 와서 지상천국 건설에 마치 자기 일처럼 봉사하고 희생한다.

수많은 고생 끝에 행복과 즐거움이 오며 비웃던 이방인들에게는 비운이 온다. 천둥 번개를 치며 새와 같이 날아가는 신비기(神飛機)를 타고 천사가 왕래하니 서기가 비친다.

조선은 구름이 있는 높은 곳에 진인께서 세상에 오실 때 심판하여 하늘의 은덕을 베푼다.

"큰 복을 주실 때 밤낮 잠만 자는 자들은 복을 받을 수 없다. 집집마다 복을 가득히 받아 사람들마다 복이 넘쳐나고, 고통을 참고 극

기(克己)하면 비웃음을 받던 사람이 웃고 즐거운 운이 돌아온다!" 는
것이다.

16

주경안이 다시 여쭈었다.

"극락가(極樂歌) 란 어떠한 의미 입니까?"

"극락이 가까이 다가온다는 것으로!"

近來近來極樂勝國 近來極樂消息 坐聽遠見苦待 極樂消息忽然來 遠
理自長奧理國 極樂向遠發程時 一字縱橫出帆

근래근래극락승국 근래극락소식 좌청원견고대 극락소식홀연래 원
리자장오리국 극락향원발정시 일자종횡출범

一個信仰指針 元亨利貞救援船 烈女忠孝乘만 無邊大海泛流時 風浪
波濤妖魔發 信天篤工不俱退 敗道德雜揉世

일개신앙지침 원형리정구원선 열녀충효승만 무변대해범류시 풍랑
파도요마발 신천독공불구퇴 패도덕잡유세

風打之竹浪打竹 克己又世忍耐去 新天日月更見 山水前松松開 九宮
加一不亞人 銘心不忘守從 末世聖君容天朴

풍타지죽랑타죽 극기우세인내거 신천일월갱견 산수전송송개 구궁
가일불아인 명심불망수종 말세성군용천박

我邦人生不顧 信天者生知覺人 地天者死無智覺 信天者從木 信地者像拜再生滅死 此在中大和門往來者 心白眼白白花開

아방인생불고 신천자생지각인 지천자사무지각 신천자종목 신지자상배재생멸사 차재중대화문왕래자 심백안백백화개

心生湧泉敷列敷列 宮商角치羽琴聲 淸雅一曲雲宵高 憂愁思慮閉門心 和氣東風閉門開 心和璃流天國界 天主侍衛金石屋

심생용천부열부열 궁상각치우금성 청아일곡운소고 우수사려폐문심 화기동풍폐문개 심화리류천국계 천주시위금석옥

東方延壽石崇富 兩人壽福豈比耶 天降雨露三豊 眞人居住兩白白 三豊何理意 無穀大豊 不聽轉白之意 不覺訪道君子心覺

동방연수석숭부 양인수복기비야 천강우로삼풍 진인거주양백백 삼풍하리의 무곡대풍 불청전백지의 불각방도군자심각

이것을 해석하면 가까운 미래에 극락이 온다. 마음을 이기고 십승을 이룬 나라에 즐거움을 주는 극락이 가까이 다가와 있다.

후천은 물질이 지배하는 세상이고 하늘이 후천에서 중천으로 변화하는 때가 되면서 극락이 찾아온다. 탐욕과 두려움 자만 고통과 혼란 속에서 사는데 착한사람은 고대하고 기다리던 극락 소식이 온다.

하늘에 충성과 효도를 다하는 사람과 열녀들이 십천의 구원선에 타게 된다. 경계가 없는 생명의 하늘은 넓게 흐르므로 착한사람은 마음을 열고 천기를 받아들이면 된다.

하늘(天機)이 몸 안으로 들어오는 길이 도 이고 그 길을 세상에 알려주는 것이 덕인데, 도와 덕이 두려운 마음은 천기를 받아들이는

수행을 하지 못하게 되고, 그렇다고 수행을 하지 않으면 탐욕과 두려움, 자만, 들로만 가득하여 혼란스러운 세상이 된다.

궁궁도는 오장오부를 괘로 그려놓은 것이고 오장육부에 하늘이 들어와 악한 마음을 물리치고 착하고 순환된 마음을 만들면 완성된다. 깨달음도 없고 지혜도 없는 사람은 땅에서 하늘을 찾는 사람이며 죽게 된다.

탐욕과 욕망과 두려움 자는 근심과 걱정과 고뇌에서 벗어날 수가 없어서 마음의 문은 닫혀 버린다.

닫혀있던 마음은 천기가 몸 안에 들어와 심장의 화(火)가 신장으로 내려오고 신장의 수(水)와 어울리면 조화된 기운이 간장으로 움직이며 문이 열린다.

하늘의 천기와 조화를 이루면 심장과 마음은 유리처럼 투명하고 깨끗해지며 하늘나라에 들어갈 수가 있는 사람이다.

진인은 하늘이 몸 안에 내려와 오장육부와의 조화로 화, 우, 로(火, 雨, 露) 세 가지가 풍년이 들면 진인의 몸 안에는 하늘이 들어오는 양백인 소백인 낙서, 태백인 하도의 길이 열리고 생명수 감로와 풍년이 들어서 살게 된다.

땅에서 짓는 곡식이 없어도 크게 풍년이 드는데 어떤 이치와 뜻이 들어있는가? 양백의 길을 열어 삼풍곡을 만들어 먹는 이치이다.

도를 찾는 사람들이여 마음을 열고 하늘을 받아들여서 화, 우, 로 삼풍곡을 만들어 먹고사는 행복한 삶을 깨달아야 한다 는 의미이다.

17

남세영이가 다시 여쭈었다.

"정각가(精覺歌)는 어떠한 뜻입니까?"

"정신을 차리고 자세히 깨달지 못하면 죽는다는 것이다."

不覺精神怨無心 還回今時心和日 天說道德忘失世 東西道教會仙境
末世汨染儒佛仙 無道文章無用世 孔孟讀書稱士子

불각정신원무심 환회금시심화일 천설도덕망실세 동서도교회선경
말세율렴유불선 무도문장무용세 공맹독서칭사자

見不覺無用人 阿彌陀佛道僧任 末世汨染失眞道 念佛多誦無用日 彌
勒出世何人覺 河上公之道德經 異端主唱將亡兆

견불각무용인 아미타불도승임 말세골염실진도 염불다송무용일 미
륵출세하인각 하상공지도덕경 이단주창장망조

自稱仙道呪文者 時至不知恨歎 西學立道讚美人 海內東學守道人 舊
染失道無用人 枝枝葉葉東西學 不知正道何修生

자칭선도주문자 시지부지한탄 서학립도찬미인 해내동학수도인 구
염실도무용인 지지엽엽동서학 부지정도하수생

再生消息春風來 八萬經內極樂說 八十一載道德經 河上公長生不死
死而復生一氣道德 上帝豫言聖眞經 生死其理明言判

재생소식춘풍래 팔만경내극락설 팔십일재도덕경 하상공장생불사
사이부생일기도덕 상제예언성진경 생사기리명언판

452

無聲無臭別無味 大慈大悲博愛萬物 一人生命貴宇宙 有智先覺各之
合 人人還本道成德立 人人不覺寒心 孔孟士子坐井觀天

무성무취별무미 대자대비박애만물 일인생명귀우주 유지선각각지
합 인인환본도성덕립 인인불각한심 공맹사자좌정관천

念佛僧任 不染塵世 如言將談 各信生死從道不知 虛送歲月恨歎 海
外信天先定人 唯我獨尊信天任 降大福不受

염불승님 불염진세 여언장담 각신생사종도부지 허송세월한탄 해
외신천선정인 유아독존신천임 강대복불수

我方東道呪文者 無文道通主唱 生死之里不覺 不知解冤無用 道道敎
敎獨主張 信仰革命不知 何不覺而亂世生 天降大道此時代

아방동도주문자 무문도통주창 생사지리불각 부지해원무용 도도교
교독주장 신앙혁명부지 하불각이난세생 천강대도차시대

從道合一解冤知 天藏地秘十勝地 出死入生弓乙村 種桃仙境紫霞島
日日研究今不覺 欲知弓弓乙乙處 只在金鳩木兎邊

종도합일해원지 천장지비십승지 출사입생궁을촌 종도선경자하도
일일연구금불각 욕지궁궁을을처 지재금구목토변

庚辛金鳩四九理 甲乙木兎三八理 一勝一敗縱橫 四九之間十勝處 欲
知金鳩木兎理 世謠流行心覺 乙矢口何理 節矢

경신금구사구리 갑을목토삼팔리 일승일패종횡 사구지간십승처 욕
지금구목토리 세요유행심각 을시구하리 절시

口何意 氣和者肇乙矢口 日中有鳥月中玉獸 何獸 鳩兎相合眞人 世

人苦待鄭道令 何意事永不覺

구하의 기화자조을시구 일중유조월중옥수 하수 구토상합진인 세
인고대정도령 하의사영불각!

이것을 풀이하면 정신을 차리고 자세히 깨닫지 못하면 원무심(怨無
心)한다고 했는데, 원무심이란 원(怨)에서 마음 심(心)자를 없애면 죽
을 사(死)자가 되어 즉, 정신을 차리고 깨닫지 못하면 죽는다는 뜻이
다.

도가 없는 것은 세상에 아무런 쓸모가 없다. 동서의 도와 가르침
이 신선의 경지에서 나오고 모인다. 유불선은 말세가 되면 타락한
다.

사서삼경을 공부하는 사람을 선비라고 칭하지만 보고도 깨닫지 못
하니 아무런 소용이 없는 사람이다.

아미타불 도를 닦는 승려도 말세에는 옛 관념에 빠져 진실한 도를
잃으니 아무리 염불을 많이 해도 소용이 없는 것이 된다.

서학의 도를 공부하는 사람과 동학을 공부하고 도를 지키는 사람
들도 옛 것에 빠져 도를 잃으니 아무른 쓸모가 없는 사람이다.

동서학은 나무의 가지와 잎 같은 것인데 정도를 알지 못하니, 몸
과 마음을 닦아서 다시 영생한다는 봄기운의 소식이 온다.

한사람의 생명이 우주만큼 고귀하다. 사람들은 인간의 근본으로
돌아가 도를 이루고 덕을 세워야 한다.

조선은 동양철학과 도를 따르며 주문을 하는 사람은 무문도통(無文

道通)을 주장하나 생사의 이치는 깨닫지 못하고 해원을 모르니 쓸모가 없다.

모든 도와 교가 자신의 것만을 주장하지만 도의 혁명을 알지 못하고 또 난세에 영생하는 법을 깨닫지 못한다.

십승지는 하늘이 감추고 땅이 숨긴 곳으로 죽음에서 나와 영생으로 부활하는 곳을 말한다.

궁궁을을의 곳을 알고자 하면 진리와 평화를 사랑하고 자연의 생명과 죽음을 열고 듣는 가운데 있다.

십승지가 펼쳐지는 곳은 한번 지고 한 번이기는 열(十)자와 口자(田), 즉 마음과 마음간에 무릉도원이다.

얼시구와 절시구는 어떤 뜻인가? 기로서 조화를 이루고 화기애애한 사람을 뜻한다.

해 가운데 있는 금시조와 달 가운에 있는 옥토끼가 어찌 짐승이겠는가? 금시조와 옥토기가 서로 조화를 이루어야 참된 세상이 탄생한다. 말세에 세상 사람이 고대하는 구원자 정도령은 어떤 뜻과 언동인지 세속의 사람들은 영원히 깨닫지 못한다! 는 뜻이다.

18

남세영이가 여쭈었다.

"길지가(吉地歌) 는 어떠한 예언입니까?"

"4300년 말세에 조선이 중심에 서 있다는 예언이다."

四三雙空近來로다 一九六八當致헨네 苦海衆生다오너라 救援枋舟
놉히떳네 風浪波濤洶洶하나 山岳波濤두려마라
사삼쌍공근래로다 일구육팔당치했네 고해중생다오너라 구원방주
높이떳네 풍랑파도흉흉하나 산악파도두려마라
神幕別乾坤海印造 化낫타난다 平沙三里十勝吉地 牛性在野牛鳴聲
에 一尺八寸天人言을 不知中動可憐구나
신막별건곤해인조 화나타난다 평사삼리십승길지 우성재야우명성
에 일척팔촌천인언을 부지중동가련구나

桃花流水武陵村이 南海朝鮮夜鬼發動作伴구하니 不知生路滅亡入
을 桂村宮曉星照에 紫霞之中三位聖을 聖山聖地平川間에
도화유수무릉촌이 남해조선야귀발동작반구하니 부지생로멸망입
을 계촌궁효성조에 자하지중삼위성을 성산성지평천간에
甘露如雨心花發을 馬而嗁嗁不知此岸 鳥而叫叫不知 南之北之 牛而
鳴鳴不知牛往馬往
감로여우심화발을 마이제제부지차안 조이규규부지 남지북지 우이
명명부지우왕마왕

이 길지라는 말은 길한 땅이라는 것으로서 원래 풍수지리에서는
살아있는 사람에게는 양택을, 죽은 사람에게는 음택을 쓰듯이 길한
땅이 있다는 것은 틀림없는 사실이지만, 여기서 말하고자 하는 길

456

지는 수도인이 수도하고 수양하는 곳과 이런 사람이 있는 곳이 길한 기운이 있다는 것이며, 소 우는 곳은 바로 수도인이 찾는 천성이자 성품을 말하는 것이다.

또는 건곤의 차례가 바뀌어서 지천태로 되고 삼한사온의 기후 변화가 실제로 이 지구상에 오면서 이는 바로 십승의 이치가 있다는 것이다. 중도는 결국 흔히 쓰는 십오진주(十五眞主)가 취하는 이긴 자이며, 이기는 자의 말씀과 행동이 바로 구원방주가 될 수 있다는 것이며, 구원방주는 멀리 있는 것이 아니라 주변 가까이에서 찾을 수 있다는 것이다.

이미 구원방주는 홀로 높이 떠 있으며 누구나 찾아서 탈 수 있게 준비돼 있다는 것을 알아야 된다! 는 것이다.

19

남세영이가 다시 여쭈었다.

"궁궁가(弓弓歌) 는 어떠한 뜻입니까?"

"궁궁은 하늘인데, 십승지를 공부하라는 뜻이다."

世人難知弓弓인가 弓弓矢口生이라네 兩弓不和背弓이요 雙弓相和彎弓이라 利在弓弓秘文인가 四弓之間神工夫라

세인난지궁궁인가 궁궁시구생이라네 양궁불화배궁이요 쌍궁상화만궁이라 이재궁궁비문인가 사궁지간신공부라

老少男女有無識間 無文道通世不知라
노소남녀유무식간 무문도통세부지라

풀이하면 세상 사람들은 알기 어려운 궁궁(弓弓)인가! 弓弓을 알아
야 살 수 있다네! 弓弓의 모습은 배궁하여 화목하지 못하고 쌍궁인
弓弓이 서로 화하면 만궁이라고 표현했는데 나란이가 아닌 하나를
뒤집으면 열십자로 십승이 된다.

이렇게 이로움을 궁궁이라 하니 역시 비결이며, 이 십승지를 아는
공부가 사궁지간에 있으니, 이 이치를 깨닫는다면 공부와 상관없이
도통 하는데 사람들은 알지 못한다.

그러나 그 이치를 알기 위해서 공부하지 않고서는 알 수 없다는 뜻
이다.

여기서 글공부란 우리의 근본을 공부하는 것으로 문자 공부와는
다르다는 것이다! 라는 뜻이다.

20

남세영이가 여쭈었다.
"을을가(乙乙歌) 는 어떠한 의미입니까!"
"을을은 땅인데, 십승지를 말하는 것이다."

大小上下勿論階級 萬無一失十工夫라 乙乙縱橫十字은

대소상하물론계급 만무일실십공부라 을을종횡십자은

乙乙相和跪 元之數 背乙之間工夫工字 利在乙乙道通之理

을을상화궤 원지수 배을지간공부공자 이재을을도통지리

自下達上世不知라

자하달상세부지라

이것은 크고 작고 높고 낮은 계급을 막론하고 실패하거나 실수할 일이 전혀 없는 것이 열심히 공부하라. 을을(乙乙)을 종횡한 열십자는 乙乙을 서로 화목하게 기댄 모습이다. 배열을 하면 역시 위아래를 잇는 공부공자가 나오는데, 이로움이 乙乙에 있고 도통을 하는 이치가 여기에 있다.

하늘을 공부하는 이치를 乙乙로 설명을 하고 있다. 乙乙 역시 십승지로서 도통하는 이치가 여기에 있다.

궁을가를 보면 천지는 부모님을 뜻하고 있으니 궁이 하늘의 이치라면 을은 땅의 인 것이다.

ㄹㄹ이나 乙乙은 모두 십승지를 말하는 것으로 하늘과 땅의 이치를 알 때 도통한다.

工에 비유한 것은 석가모니가 하늘과 땅을 가르키고 있는 모습이나 천자문의 시작인 天과 地를 배우면서 천하를 다 알게 되었다는 내용과 같은 이치이다.

아래로 부터 위로 통하는 이치란 땅의 이치와 하늘의 이치를 말하는 것이니 사람들이 이 이치를 알지 못한다.

그래서 우리의 도는 근본을 바르게 세우는 것에서 시작이 되는 것이며, 이것이 삼신일체의 비결이라는 것을 알기가 매우 어렵다는 뜻이다.

'삼신일체(三神一體)를 이루면서 사위성도(四位成道)가 되는 이치를 깨달음으로써 弓弓乙乙에 대한 의문과 이치는 자연히 해석되고 아는 이가 곧 하늘사람일 것이다!' 라는 뜻이다.

21

주경안이가 격암 스승에게 여쭈었다.

"전전가(田田歌)는 어떠한 의미입니까?"

"거문고 소리 나는 성전이라는 뜻이다."

四口合體入禮之田 五口合體極樂之田 田田之理分明하나 世人不覺恨歎이라

사구합체입례지전 오구합체극락지전 전전지리분명하나 세인불각한탄이라

大亂全世人心洶洶하니 入田卷엇기極難구나 利在田田心田인가

대란전세인심흉흉하니 입전권엇기극난구나 이재전전심전인가

跪坐誦經丹田이라 田中之田彈琴田 淸雅一曲雲宵高라

궤좌송경단전이라 전중지전탄금전 청아일곡운소고라

이는 입구(口)가 네 개가 합하여 한 몸이 되니 밭 전(田)자이다. 전(

田)는 다섯 개의 입구가 있으니 성전이 있는 극락가는 길이다.

전자에 사획을 떼면 십승의 이치가 된다. 마귀 집단은 극락세계를 방해하는 것이다.

마귀로 인하여 큰 대란이 일어나니 전 세계의 사람들의 민심이 흉흉해 진다.

마귀의 유혹으로 사람들의 마음이 흔들린다. 그러나 생사를 가르는 것이 자신의 마음이다. 열심히 독경해도 허사이다.

거문고 소리 같은 진리가 퍼져 나오는 곳이 성전이다. 청아한 이 소리는 진리가 하늘 높이 올라 세계로 울려 퍼진다! 라는 뜻이다.

22

주경안이가 다시 여쭈었다.

"반사유가(盤四乳歌) 란 무슨 뜻입니까?"

"소반아래 십승지가 피난처이다."

落盤中乳弓弓乙乙 解知下避亂處요 落盤四乳十字이요 四乙中이 十勝이라

낙반중유궁궁을을 해지하피란처요 낙반사유십자이요 사을중이 십승이라

米字之形背盤之理 四角虛虧亦十字요 米形四点落盤下야 世人苦待十勝이라

미자지형배반지리 사각허휴역십자요 미형사점낙반하야 세인고대
십승이라

이는 소반에 떨어지는 가운데 궁궁을을(弓弓乙乙) 해결함을 아는 아
래 피난처다. 낙반사유(落盤四乳)는 십승(十勝)의 이치이다.
四의 중간에 십승이 쌀(米)의 글자를 형상화해서 가는 것은 등에
지고 날아서 전하는 깨달음으로 가는 것이다.
네 뿔이 비어있고, 일그러져 있다. 이것 또 十자다.
쌀의 형상 사점(四点)이 떨어지다. '소반(小盤)아래, 세상 사람들이
고대하던 십승이다!' 라는 뜻이다.

23

주경안이가 여쭈었다.
"십승가(十勝歌) 는 어떠한 뜻입니까?"
"말세에는 모든 종교가 하나가 된다는 것이다."

八萬經內普惠大師 彌勒不之十勝이요 義相祖師三昧海印 鄭道令之
十勝이요
팔만경내보혜대사 미륵불지십승이요 의상조사삼매해인 정도령지
십승이요

海外道德保惠之師 上帝再臨十勝이니 儒佛仙異言之說 末復合理十
勝이라

해외도덕보혜지사 상제재림십승이니 유불선이언지설 말복합리십
승이라

이것은 팔만대장경내에 기록된 보혜지사가 바로 불교에서 예언한
미륵부처이다. 또 미륵부처가 곧 십승이다. 의상조사 삼매해인의 정
도령도 십승이다. 해외 보혜지사인 상제님이 재림한다 하니 십승자
에게 영이 임함을 나타낸다.

유교, 불교, 선교가 다른 말로 기록하여 두었지만 말세에는 하나
로 합하여 강림하는 십승이다.

십승자는 인류의 모든 사람을 성령의 사람으로 만드는 인류의 구
원자이다. 말세에는 모든 사람들이 십승자에게 가르침을 받아야 구
원을 받을 수가 있다! 라는 뜻이다.

24

다시 주경안이가 여쭈었다.

"해인가(海印歌)의 뜻과 의미는 무엇입니까?"

"불로초가 행인의 진리인 것이다."

秦皇漢武求下 不老草不死藥이 어데잇소 虹寶七色雲霧中에 甘露如

雨海印이라

진황한무구하 불로불초사약이 어데있소 홍보칠색운무중에 감로여
우해인이라

火雨露三豊海印이니 極樂入券發行下니 化字化字化字印에 無所不
能海印이라

화우로삼풍해인이니 극락입권발행하니 화자화자화자인에 무소불
능해인이라

이는 진시황제와 한나라 무제가 구하던 불로초가 어디 있겠나! 불
로초란 말세에 이 땅에 성전이 세워지고 거기서 탄생하는 십승자가
불로초이다.

십승자에게 나오는 말이 곧 사람을 살리는 불로초이다.

이것이 생명체를 살리는 비와 같은 해인의 열쇠이다. 해인의 진리
를 깨달은 자가 극락에 가게 된다. 해인은 '사람을 불사신으로 변하
게 하는 전능한 진리이다!' 라는 뜻이다.

25

황응청이가 물었다.

"양백가(兩白歌)는 무슨 이치입니까?"

"하도와 낙서의 주역의 이치에서 양대 도를 의미한다."

夜鬼發動雜糅世上 訪道君子誰何人인가 河圖洛書周易理致 兩山之
圖詳見하소
야귀발동잡유세상 방도군자수하인인가 하도낙서주역이치 양산지
도상견하소

利在兩白救人生은 璃琉心水湧泉이요 香風觸鼻心花發에 衣白心白
亦兩白을 兩下三信天人을 心花開白敷列敷列
이재양백구인생은 이류심수용천이요 향풍촉비심화발에 의백심백
역양백을 양하삼신천인을 심화개백부열부열

이 또한 밤에 귀신의 나타나서 어지럽고 부정한 세상에 도를 찾는
군자는 누구이며, 어떤 사람인가? 주역의 이치에서 양백의 도면을
상서로움이 양백(兩白)에 있어서 인생을 구원하는 것이 마음을 수정
같이 맑게 해주는 감로가 용솟음치는 코끝에 향기가 머물고 마음이
꽃처럼 활짝 핀다. '육체가 깨끗해지고 마음이 밝아지니 역시 양백이
다!' 라는 의미다.

26

황응청이가!

"삼풍가(三豊歌) 는 또한 어떠한 뜻입니까?"

"일반 곡식은 하루 세 번 먹어도 죽지만 하늘의 삼풍곡은 영생하

는 양식이다."

淚水血遺播種下 爲義嘲笑陪養下 祈天禱神秋收下 火雨露印三豊이라
누수혈견파종하 위의조소배양하 기천도신추수하 화우로인삼풍이라

一年之農腐穀인가 一日三食飢餓死요 十年之農生穀인가 三旬九食
不飢生을
일년지농부곡인가 일일삼식기아사요 십년지농생곡인가 삼순구식
불기생을

이 뜻을 풀이하면 눈물과 땀을 흘리며 곡식 씨앗을 파종하고 의를
위하여 일을 하지만 비웃고 조롱함이 많다. 하늘에 계신 성인에 기
도하고 추수를 하니 화우로 삼풍이다.

'지상의 일 년 동안 곡식은 썩은 곡식인가 지상의 곡식은 하루 세
번 먹어도 굶어 죽고, 십년동안 지은 살아 있는 하늘의 삼풍곡은 한
달에 아홉 번을 먹으면 굶어 죽지 않고 사는 영생의 곡식이다!' 라는
뜻이다.

27

황응청이가 물었다.
"칠두가(七斗歌) 의 의미를 알고 싶습니다."

"하늘의 농사는 천만년의 영생의 농사란 의미이다."

天牛耕田밧을갈아 永生之穀심어놋코 牛鳴聲中除鵜하야 甘露如雨
呼吸時에 日就月長自長下 寺畓七斗此農事는
천우경전밭을갈아 영생지곡심어놓고 우명성중제래하야 감로여우
호흡시에 일취월장자장하 사답칠두차농사는
無田庄이獲得이요 不久世月十年之農 萬年食之又天萬年
무전장이획득이요 불구세월십년지농 만년식지우천만년

해석하면 하늘소가 밭을 갈아, 영생(永生)으로 가는 곡식을 심어 놓
고 소 울음소리 중에 감로수 같은 비, 호흡할 때에 일취월장 달을 스
스로 자란다.

사단칠두 농사는 열심히 획득 하여, 오래지 않은 세월 10년의 농
사해서 만년(萬年) 동안 먹을 수 있고 또 '천만년(千萬年)농사, 영생의
농사가 된다!' 라는 의미이다.

28

남세영이가 스승에게 여쭈었다.

"석정가(石井歌)는 석정론과 어떠한 차이가 있습니까?"

"뜻은 같으나 론은 말하는 것이고 가사는 노래의 말이다."

生命水셈물이 出瀧出瀧 왼天下萬國에 다通下 毒惡砂氣運吸受下者라도 此셈에 오면不喪이요

생명수셈물이 출롱출롱 온천하만국에 다통하 독악사기운흡수하자라도 차셈에 오면불상이요

利在石井天井水는 一次飮之延壽이요 飮之又飮連飮者는 不死永生 此泉일세

이재석정천정수는 일차음지연수이요 음지우음연음자는 불사영생 차천일세

석정수(石井水)는 생초지락 앞에 나오는 아주 짧은 글이지만 비결을 푸는 매우 중요한 글이다. 석정수는 지혜와 깨달음을 주는 샘물이다.

석정수를 마시면 몸과 마음에 있는 모든 악을 제거하고 거듭나는 사람이 된다. 또한 질병을 치유하고 생명을 연장할 수 있다. 석정수를 마시면 영원히 죽지 않는다고 해서 영생수(永生水)라고 들 한다.

이 석정수는 지상의 물이 아니라 사람의 마음에서 흐르는 샘물 즉, '생명수이다!' 라는 뜻이다.

29

남세영이가 다시 여쭈었다.

"십성가(十姓歌) 는 어떠한 의미를 가지고 있습니까?"

十姓之理如何意야오 十處十勝十姓也니 四方中央乙字이요 右乙之
間 十字이요

십성지리여하의야오 십처십승십성야니 사방중앙을자이요 우을지
간 십자이요

左乙中央十勝이라 四角虛虧十字理에 滿七加三十姓이요

좌을중앙십승이라 사각허휴십자리에 만칠가삼십성이요

地理十處十姓이요 千里弓弓十勝이니 訪道君子愼之下 誤入十勝부
대마소 後悔莫及通嘆下오

지리십처십성이요 천리궁궁십승이니 방도군자신지하 오입십승부
대마소 후회막급통탄하오

이 이치는 십처와 십승이 십성(十姓)이다. 사방에 을(乙)자요 왼쪽
중앙이 십승이다. 칠(七)과 삼(三)을 더하면 십성이고 지상에 생기는
것이 십승이다. 일곱 천사와 삼위성신이 합하여 십승을 이룬다. 하
늘의 이치가 땅의 궁궁에 내려와 마귀를 이겨서 십승이 된다. '십승
지라고 잘못 찾아 들어가면 후회막급하고 통탄할 일이 생긴다!' 라는
뜻이다.

30

남세영이가 스승에게 풀이를 여쭈었다.

"삼팔가(三八歌)에 대하여 의미를 알고 싶습니다."

"그래! 이 또한!"

十線反八三八이요 兩戶亦是三八이며 無酒酒店三八이니 三字各
八三八이라 一鮮成胎三八隔에 左右相望寒心事요

십선반팔삼팔이요 양호역시삼팔이며 무주주점삼팔이니 삼자각
팔삼팔이라 일선성태삼팔격에 좌우상망한심사요

兩虎牛人奮發下 破碎三八役事時에 龍蛇相鬪敗龍下 명龍一起無
三八에 玉燈秋夜三八日을

양호우인분발하 파쇄삼팔역사시에 용사상투패룡하 명용일기무
삼팔에 옥등추야삼팔일을

十 + 反 + 八 = 板(판), 戶가 양쪽에 있으니 門(문)이요, 酒店에서
술이 없으니 점(店)만 남아 이를 전부 합하면 판문점(板門店)이 된다.
또 삼팔(三八)이란 단어는 삼팔선(三八線)이란 내용도 포함하고 있는
예언(預言)이다.

비결의 근본 목적은 우리나라 민족인 후손들 가운데서 정도령이
나타나서 불로불사의 지상천국을 건설하는 이러한 분이 나타나면
의심하지 말고 불로불사(不老不死)의 신선(神仙)으로 다시 태어난다는
예언을 담아 놓았다.

'이때가 우리에게 얼마나 귀중한 순간이며 엄청난 사실들이 우리
나라를 중심으로 성인에 의해 전개되고 있다는 사실을 참 도인은 알
것이다!' 라는 의미이다.

31

황응청이가 다시!

"해운개가(海運開歌)의 뜻을 이해하고자 합니다."

"조선이 세계의 중심에 선다는 예언이다."

漸近海運苦盡甘來 海洋豊富近來로다 千里萬里遠邦船이 夜泊千艘
仁富來라

점근해운고진감래 해양풍부근래로다 천리만리원방선이 야박천소
인부래라

青白相隔狗蛇間에 推度五六分明하고 戊己蛇鼠其然하니 六大九月
海運開를 世人不知三六運을

청백상격구사간에 추도오육분명하고 무기사서기연하니 육대구월
해운개를 세인부지삼육운을

이것은 괴로움은 다하고 즐거운 것이 점점 가까이 다가오는 생명
의 바다의 운이 온다는 것이다.

넓고 큰 생명이 바다의 풍부(豊富)함이 가까이 다가온다는 것이다.

머나먼 천만리의 나라의 배들이 밤에 배를 정박하듯이 천국의 구
원선으로 수많은 나라의 사람들의 인자함이 풍부한 조선으로 온다.

하늘의 생명의 물로 크게 사람들을 구(求)하여 생명의 바다의 운이
열릴 때 잘 모르는 조선 땅에 성인이 탄생되고 구원의 나팔소리가
조선에서 울려 펴지는 때가 와서 세계 만민들이 구원 받기 위하여

몰려든다는 뜻이다.

32

주경안이가 여쭈었다.

"백석가(白石歌)는 무슨 의미를 가지고 있습니까?"

"흰돌은 진리를 가지고 오는 정도령이다."

鷄山白石黑石皓 何年何時鷄石皓냐 黑石皓意何意야며 黑石白을

계산백석흑석호 하년하시계석호냐 흑석호의하의야며 흑석백을

何時望고 惑世誣民白石也니 白石은 老石也요 老石匠人棄石隅石也

하시망고 혹세무민백석야니 백석은 노석야요 노석장인기석우석야

이 뜻은 백석은 흰 돌이다. 흰 돌은 진리를 가지고 오는 성인을 의
미한다.

이 백석가는 검은 돌(黑石)들이 언제 흰 돌(白石)이 될 것인가를 노
래하고 있는 예언이다.

오늘날의 도인들은 계룡산 경전(經典)에 있는 흰 돌(白石)과 검은 돌(
黑石)들을 구별하지 못하고 모두 하늘(皓)이라 하고 또한 희고 깨끗한(
皓) 진리라고 하면서 우리에게 알려 주고 있다.

어느 때나 계룡산의 흑석(黑石)들을 희고 깨끗한 하늘의 백석(白石)
이라고 부를 수 있을 것인가?

우리가 바라고 있는 검은 돌들이 흰 돌이 되는 것을 어느 때 인지!

사이비(似而非) 종교들과 사악한 자들은 검은 돌을 흰 돌이라고 하면서 세상의 사람들을 유혹하여 속이면서 진리를 왜곡하고 자기들을 흰 돌이라고 하고 있다.

흰 돌은 아주 오래된 돌이다. '오래된 돌들을 다루고 계신 장인인 진인은 세상 사람들이 버린 돌(棄石)이요! 새 하늘과 새 땅을 건설하는 흰 돌이라는 것이다!' 라는 뜻이다.

33

남세영이가 스승에게 여쭈었다.

"격암가사(格菴歌辭)란 선생님의 가사라는 뜻인데, 더 자세하게 알고 싶습니다."

"이는 하늘에서 내려온 정도령이 조선을 구하고 조선이 그 중심에 있다는 것을 예언한 것이다."

語話世上四覽들아 生命預言들어보소 世上萬事虛無中의 깨다을일만엇서라

어화세상사람들아 생명예언들어보소 세상만사허무중에 깨달을일많았어라

文章豪傑英雄之才 不遇歲月잠깰때요 入山訪道 저 君子들山門열일何歲月고 阿彌陀佛念佛僧道 避凶推吉下山時라

문장호걸영웅지재 불우세월잠깰때요 입산방도 저 군자들산문열일
하세월고 아미타불염불승도 피흉추길하산시라

時物文理잘살펴서 生死보아 去來하소 疑心없는 快知事를 四月天
中일럿다네
　시물문리잘살펴서 생사보아 거래하소 의심없는 쾌지사를 사월천
중일렀다네
　人神變化無窮無窮 上天時何時이며 下降時代何時인가 出入無窮世
世人不知 仔細알기難測 一氣再生出世하니 四海一氣萬國助요
　인신변화무궁무궁 상천시하시이며 하강시대하시인가 출입무궁세
계인부지 자세알기난측 일기재생출세하니 사해일기만국조요

　山水精氣處處助요 日月精神星辰 라갈가올가망사리면 仔細하계보
여주네
　산수정기처처조요 일월정신성신 나갈까올까망설이면 자세하게보
여주네
　和氣들소一廳一見生覺하소 極濟蒼生十勝일세 忘置勿驚逗▨生覺
忽然靑天多雲事라 道合天地天道降生 合德今日大道出을
　화기들소일청일견생각하소 극제창생십승일세 망치물경두류생각
홀연청천다운사라 도합천지천도강생 합덕금일대도출을

　有名學識英雄으로 科學의열인丈夫 機械發達되단말 天文地理達士
덜도 時言不知非達士요 各國遊覽博識哲人 時至不知非哲이요

유명학식영웅으로 과학이열린장부 기계발달된단말 천문지리달사
덜도 시언부지비달사요 각국유람박식철인 시지부지비철이요

英雄豪傑 제藉浪도 方農時를 不知하면 農事力이 不足이라 愚夫愚
女氓蠢人도 知時來이 英雄이요 高官大爵豪傑들도

영웅호걸 제적랑도 방농시를 부지하면 농사력이 부족이라 우부우
녀맹충인도 지시래이 영웅이요 고관대작호걸들도

知時來이 傑士라네 春情에 잠을들어 一夢을 깨들이니 牛鳴聲이 낭
자로다 自古及今살핀마음 道道聖人一字이네

지시래이 걸사라네 춘정에 잠을들어 일몽을 깨달으니 우명성이 낭
자로다 자고급금살핀마음 도도성인일자이네

無疑하니자세듯소 自初其時피는법이 自靜出이震動이요 無靜出이
妄動이네 隨時變易以從道를 誰是不知不從道요

무의하니자세듣소 자초기시피는법이 자정출이진동이요 무정출이
망동이네 수시변이이종도를 수시부지부종도요

一字일이 變易言이 隨時言이 아니던가 時至無疑일러주니 時言明
을듯고보소 大道出明되는法이 時來運數時定이네

일자일이 변이언이 수시언이 아니던가 시지무의일러주니 시언명
을듣고보소 대도출명되는법이 시래운수시정이네

大道春風부는氣勢 大一壯觀아니러냐 時言天運命仔細하니 忽覺精
神不忘하고 時至運開때를보아 中入十勝차자들소

대도춘풍부는기세 대일장관아니러냐 시언천운명자세하니 홀각정

신불망하고 시지운개때를보아 중입십승찾아들소

順天順天찾아오소 知知白이 上白이네 天下第一中原國이 不一和而
된단말가 無知하다

순천순천찾아오소 지지백이 상백이네 천하제일중원국이 불일화이
된단말가 무지하다

嘲笑者야 멋안다고 조소이냐 至공무사 하나님은 厚薄간에다오라
네 成就根本알고보면 從虛實이出一이라

조소자야 멋안다고 조소이냐 지공무사 하나님은 후박간에다오라
네 성취근본알고보면 종허실이출일이라

以南以北是何言고 露米相爭必有欣을 四海萬姓 우리兄弟 同考祖之
子孫으로 그럭헤도怨讐런고

이남이북시하언고 로미상쟁필유흔은 사해만성 우리형제 동고조지
자손으로 그렇게도원수런고

우리朝鮮 禮儀東方 父母國을 어이그리몰라보고 節不知 而共産發
東 하나님前大罪로다 精神망각하야갓고 兄弟不知하엿스니

우리조선 예의동방 부모국을 어이그리몰라보고 절부지 이공산발
동 하나님전대죄로다 정신망각하여갓고 형제부지하였으니

이런寃痛또잇던가 울어봐도 못다울일 昻天痛哭罪이네 通合하소
通合하소 好時不違通合하소 원수악수짓지말라

이런원통또있던가 울어봐도 못다울일 앙천통곡죄이네 통합하소

통합하소 호시불위통합하소 원수악수짖지말라

알고보면 사람하나 죽인죄가 참크구나 운다운다鬼神운다 蛇奪人心 저鬼神이 원수따라 마鬼우네 사람인들 안슬을가

알고보면 사람하나 죽인죄가 참크구나 운다운다귀신운다 사탈인심 저귀신이 원수따라 마귀우네 사람인들 안슬플까

悔改하소悔改하소 人心마鬼물러가면 雪氷寒水解結되고 人心大道天助來라 此堂彼堂急破하소

회개하소회개하소 인심마귀물러가면 설빙한수해결되고 인심대도천조래라 차당피당급파하소

無疑東方天聖出이라 若是東方無知聖커든 英米西人이 更解聖하소 若是東西不知聖이면 更且蒼生奈且何오

무의동방천성출이라 약시동방무지성커든 영미서인이 갱해성하소 약시동서부지성이면 갱차창생나차하오

天然仙中無疑言하니 何不東西解聖知 時言時言不差言하니 廣濟蒼生活人符라 一心同力合할 合字 銘心不忘깨다르쇼

천연선중무의언하니 하불동서해성지 시언시언불차언하니 광제창생활인부라 일심동력합할 합자 명심불망깨다르소

冤痛이도 죽은영혼 今日不明解冤世라 西氣東來上帝再臨 分明無疑되오리라 道神天主이러하니 英雄國서 다오리라

원통이도 죽은영혼 금일불명해원세라 서기동래상제재림 분명무의되오리라 도신천주이러하니 영웅국서 다오리라

東西一氣再生身 何人善心不和生고 印度佛國英米露國 特別朝鮮報
라 眞僧下山急破하소 佛道大昌何時望고 都是仙中人間事라

동서일기재생신 하인선심불화생고 인도불국영미로국 특별조선보
라 진승하산급파하소 불도대창하시망고 도시선중인간사라

自古及今初樂大道 우리朝鮮大昌人이 私心부디 두지말고 面面村村
合할合字 和氣春風時來事를 無疑君子大覺年을

자고급금초락대도 우리조선대창인이 사심부디 두지말고 면면촌촌
합할합자 화기춘풍시래사를 무의군자대각년을

家家面面郡郡道道 時來自知다알리라 天罰嚴命나릴世上 家家人人
다사려라 富貴文章才士더라

가가면면군군도도 시래자지다알리라 천벌엄명내릴세상 가가인인
다살려라 부귀문장재사들아

時來運數不通인가 自下達上모르고서 貧賤示知奴隷로다 福音傳道
急急時라 악전고투이기어서 不遠千里急傳하소

시래운수불통인가 자하달상모르고서 빈천시지노예로다 복음전도
급급시라 악전고투이기어서 불원천리급전하소

저의先塋父母靈魂 다시사라相逢하리 貧賤困窮無勢者야 精神차려
海印알소 무궁조화한량업네 너의先영신명덜은

저의선영부모영혼 다시살아상봉하리 빈천곤궁무세자야 정신차려
해인알소 무궁조화한량없네 너의선령신명들은

不知일가탄식이라 영웅호걸헌인군자 대관대작부귀자야 도매금에

너머가리 自下달上理치로서 우맹자가先來로다

　부지일가탄식이라 영웅호걸현인군자 대관대작부귀자야 도매금에
넘어가리 자하달상이치로서 우맹자가선래로다

　布德天下大急時를 엄동설한긴긴밤이 하도안새더니 鷄鳴無時날이
새여 日出東方발가왓네 億兆창생걱
　포덕천하대급시를 엄동설한긴긴밤이 하도안새더니 계명무시날이
새여 일출동방발가왔네 억조창생걱
　정근심 무서웁다날이새니 夜鬼發동주저주저 마귀야어디갈니 회개
自責사람되라 至公무사하나님은 不고죄악다오라네
　정근심 무서웁다날이새니 야귀발동주저주저 마귀야어디갈래 회개
자책사람되라 지공무사하나님은 불고죄악다로라네

　七七絶糧飢死境에 穀種三豊仙境일세 三年不雨不耕地에 無穀大豊
十勝일세 마鬼야어디갈니 간곳마다凶年凶字
　칠칠절량기사경에 곡종삼풍선경일세 삼년불우불경지에 무곡대풍
십승일세 마귀야어디갈니 간곳마다흉년흉자
　무곡天地아표로다 人言二人十八寸에 生春和氣아니던가 自心天主
므른고로 不免심판지獄이라
　무곡천지아표로다 인언이인십팔촌에 생춘화기아니던가 자심천주
모른고로 불면심판지옥이라

　白衣人心朝鮮인들 不顧左右急히가자 世界十勝조선인데 조선人이

왜못가노 하나므른조선인아 알라보자平安方이 朝鮮인데

백의인심조선인들 불고좌우급히가자 세계십승조선인데 조선인이
왜못가노 하나모른조선인아 알아보자평안방이 조선인데

어서가자어서가 生命線이끗어질나 어서가세밧비가세 서로서로손
자바라 이消息이何消息고 앞헤가자뒤에서라

어서가자어서가 생명선이끊어질라 어서가세바삐가세 서로서로손
잡아라 이소식이하소식고 앞에가자뒤에서라

때가잇서오라는가 天國大宴버려젓나 天下萬民다請하나 參預者드
물구나 人心卽天오라하네 勝己厭之네마러라

때가있어오라는가 천국대안벌려젔나 천하만민다청하나 참예자드
믈구나 인심즉천오라하네 승기염지네말어라

朝鮮人心 악化되면 너의前程 말아니네 원수업던 大怨恨이 生死中
의 매첫던가 올케가면 正路인데 글케가서 凶路일세

조선인심 악화되면 너의전정 말아니네 원수없던 대원한이 생사중
에 미첫던가 옳게가면 정로인데 글케가서 흉로일세

凶路길을 가지말라 붓드는者 엇덧타고 是非是非 是非이냐 天命婦
人 엄마말삼 不知者야 嘲笑마라 內室계신 阿父말삼

흉로길을 가지말라 붇드는자 어떻다고 시비시비 시비이냐 천명부
인 엄마말삼 부지자야 조소마라 내실계신 아부말삼

外堂계신 엄마말삼 內外合言 通世이라 잘죽어라 네이놈들 不孝莫
大 無道者야 父母마음 不安하다 神道傳人 天道國을

480

외당계신 엄마말삼 내외합언 통세이라 잘죽어라 네이놈들 불효막
대 무도자야 부모마음 불안하다 신도전인 천도국을

男女合體 음양道다 三位一體 天道大降 萬化生 朝鮮이라 出陽生陰
浸潛온 道成德立 알것느냐
남녀합체 음양도다 삼위일체 천도대강 만화생 조선이라 출양생음
침잠은 도성덕립 알것느냐
肉死神生 道成人身 不死永生 不老道라 죽어가는 險道길을 사라가
기 경영이라 中入十勝 急히가자 多會仙中 때가온다
육사신생 도성인신 불사영생 불로도라 죽어가는 험도길을 사라가
기 경영이라 중입십승 급히가자 다회선중 때가온다

上帝降임 不遠하니 全心合力修道時 民心裏和 되계되면 왼天下가
太平歌라 失時末動 부디마라 欲入兩白 不得已라
상제강림 불원하니 전심합력수도시 민심이화 되게되면 온천하가
태평가라 실시말동 부디마라 욕입량백 부득이라
紫霞潢霧 둘너스니 道路咫尺 不知로다 八人登天 火燃中에 路道不
通 엇지갈가 鐵桶갓치 잠긴十勝 無數神明
자하황무 둘렀으니 도로지척 부지로다 팔인등천 화연중에 노도불
통 어찌갈가 철통같이 잠긴십승 무수신명

防禦하니 敢不生心 엇지들가 雲霧屛風 가리우고 雲梯玉京 往來하
니 是日仙境 十勝인가 先天秘訣 獨信마쇼

방어하니 감불생심 어찌들가 운무병풍 가리우고 운제옥경 왕래하
니 시왈선경 십승인가 선천비결 독신마쇼

天藏地秘 鄭道令은 世人마다 다알소냐 通和四方 박는날의 네賤生
이 이름이냐 要欣人心 四覽들아 이길저길 분주말고

천장지비 정도령은 세인마다 다알소냐 통화사방 밝는날의 네천생
이 이름이냐 요흔인심 사람들아 이길저길 분주말고

良心眞理 찾아보소 天人同道 十人將을 世人不知 而人不知라 不信
天命 誰可生고 逆天者亡이로다 自此以後 人不知면

양심진리 찾아보소 천인동도 십인장을 세인부지 이인부지라 불신
천명 수가생고 역천자망이로다 자차이후 인부지면

混沌天地 火光人間 電火劫術 人不見也니 衆生을 何以濟 何以濟오
定福此時 不定福이면 來年月日 何以生고

혼돈천지 화광인간 전화겁술 인불견야니 중생을 하이제 하이제오
정복차시 부정복이면 래년월일 하이생고

河圖洛書 無弓理에 大聖君 子나시도다 紫霞仙中南朝鮮에 人生於
寅나온다네 天下一氣再生身 仙佛胞胎幾年間에

하도낙서 무궁리에 대성군 자나시도다 자하선중남조선에 인생어
인나온다네 천하일기재생신 선불포태기년간에

天道門이 열려오고 어화세상 사람덜아 아러보고 아러봐서 남의농
사 고만짓고 내집農事 지여보세 福바더라 부는노래

천도문이 열려오고 어화세상 사람들아 알아보고 알아봐서 남의농

사 그만짖고 내집농사 지여보세 복받으라 부는노래

四海가 진동커늘 不顧父母 가는四람 답답하고 不祥터라 天地合德
父母님이 無知人間 살니자고 天語傳이른말을
사해가 진동커늘 불고부모 가는사람 답답하고 불상터라 천지합덕
부모님이 무지인간 살리자고 천어전일른말을
사람不知 辱을하니 네죄상이 더럽고나 天地가 合力하니 愚夫女知
道德이요 時來運數 此時하니 生死是非 吉凶이라
사람부지 욕을하니 네죄상이 더럽고나 천지가 합력하니 우부녀지
도덕이요 시래운수 차시하니 생사시비 길흉이라

路柳墻花 꺽거들고 淸風明月 그만놀고 極樂世界 기운임을 世上人
間 노라보세 天無窮而 人心이요
노류장화 꺽어들고 청풍명월 그만놀고 극락세계 기운임을 세상인
간 노라보세 천무궁이 인심이요
人無窮而 天心이라 天心人心 明明하니 明天地 날과달이 日月天道
德이네 无窮세월 지내가니 死末生初 보단말가
인무궁이 천심이라 천심인심 명명하니 명천지 날과달이 일월천도
덕이네 무궁세월 지내가니 사말생초 보단말가

운수있는 저사람은 生初보와 歸一치만 운수없는 저사람은 生初믈
라 歸凶하네
운수있는 저사람은 생초보아 귀일치만 운수없는 저사람은 생초몰

라 귀흉하네

이를 풀이하면 세상 사람들아 생명예언을 들어 보소. 허무한 세상 만사 가운데 깨달음 일이 많이 있구나. 불우한 세월에 영웅호걸의 재자들은 잠을 깰 때다.

입산하여 도를 닦는 저 군자들아! 진리의 문이 어느 세월에 열릴 런고. 염불하는 스님들이여, 흉함을 피하고 길함을 얻으려면 하산을 해야 할 때이다.

인신의 변화가 무궁무진하니 하늘로 올라가는 시기는 언제이고 하강할 시기는 언제인가?

천도(天道)가 내려와서 천지의 도가 합하는 구나 진리와 덕을 합하여 현세의 큰 도가 출현하는 것이다.

어리석은 부녀자나 모자라는 사람도 때가 온 것을 아니 이 것이 영웅(英雄)이다.

진리의 도(道)를 따르지 못하였구나, 일(一)자가 일(一)이 변화된 말이니 때를 따라서 하시는 말씀이 아니던가?

때를 따라 하시는 말씀이 하늘에 순종하여 때를 보아 중입(中入)하여 십승(十勝)에 찾아 들어가소. 양백(兩白)을 아는 것이 최고의 상백(上白)이다.

천하제일의 중원국이 하나로 화합하지 않는다 말인가? 사사로움이 없는 선인은 지극히 공평하고 부자나 가난한 자나 다 오라고 하네!

미국이 대국(중국, 러시아)서로 싸우고 반드시 상처를 남기고, 이남 이북이 어찌된 말인가? 사해의 만민이 우리 형제고 같은 조상의 자손인데도 그렇게도 원수인가 우리조선 예의동방 부모국을 어이 그리 몰라보고 그렇게도 원수이런가?

공산주의는 인권을 말살하고 전쟁을 발동하여 하늘에 대죄를 짓는 것인가? 정신을 잃어 버려 형제를 알지 못하였으니 이런 원통할 일이 또 있던가? 하늘을 우러러 보고 통곡해야 할 죄로다. 좋은 때를 어기지 말고 통합하고 통합하소.

빌고 뉘우치고 회개하소. 사람의 마음속에 마귀가 물러가면 설빙 한수가 해결되고 큰길이 있으면 천신이 도우러 오네.

이당(此堂) 저당(彼堂) 파벌을 급히 깨뜨리소! 성인이 동방의 하늘에 성인이 나오는 것이 틀림없으니 의심하지마소.

만약에 동방인 우리나라 사람들이, 이 성인(聖人)을 알아보지 못하거든, 미국 등의 서방(西方)사람들이 이 성인을 깨닫게 해주오. 만약에 동서양에서 이 성인을 알아보지 못한다면 이 창생들은 어찌 하겠는가?

서쪽의 기운이 동쪽으로 와서 성인이 다시 내려온다는 것은 분명하고 의심하지 말게나. 도와 신인 천주(天主) 성인이 조선국에서 전부 다 오리라. 어찌 인간들이 착한 마음으로 화합치 못하겠는가?

인도, 미국, 영국, 불란서, 러시아에서 특별히 조선에 보은을 하네. 도가 바로 신선들 중에 일어나는 인간사이네!

가가(家家), 도도(道道)마다 때가 온 것을 다 알리시오. 천벌 엄벌이 내리는 세상에 집집마다 사람들을 다 살려라. 엄동설한 긴긴 밤이 어느 새 닭이 울어 날이 새니 일출동방이 밝아왔다네.

세계의 십승지인 백의민족 조선인들아! 좌우를 돌아보지 말고 급히 가자. 조선인이 왜못가노 조선인아 평안한 곳이 조선인데. 어서 가자 어서 가. 생명선이 끊어질라. 서로서로 손잡고 어서 가세 바삐 가세!

사람의 마음이 곧 하늘이므로 오라고 하네. 옳게 가면 바른 길이지만 잘못 가면 흉한 길이 된다. 흉한 길을 가지 마라.

때를 잃고 말동(末動)하지 말라. 말동에는 양백에 들어가고자 하나 얻을 수 없구나!

내가(격암) 당부하는 내용은 자하도에 누런 안개가 둘러싸여서 도로의 지척도 분간하기가 어렵구나. 시기를 잘 판단하라!

천지간 사람들아 거역하는 자는 망(亡)하리로다. 그 후에도 사람들이 천명을 깨닫지 못한다면, 하늘이 벼락치고 땅이 갈라지고 무너지는 혼돈한 불 속에 휩싸이고, 역천자(劫術人)들은 천둥, 벼락에 볼 수 없게 된다네. 조선에 하도낙서의 무궁한 이치에 대성군자가 나시는 도다.

"사람은 인(寅)에서 생각한다"라는 말을 어떻게 풀어야 할까? 이에 대해서 다음과 같은 두 가지로 해석해 본다.

수많은 사람들은 당연히 寅이 12지지 중 오행으로 木에 해당하니 진인이 木運으로 출현하게 된다는 말이라 한다. 그러나 이 대목에 왠 木? 寅을 호랑이띠로 보는 견해이다.

인간의 무궁함이 하늘의 마음이라네. 천심과 인심이 명백하니 무궁한 세월이 지나가니 사말생초를 보게 된다는 말이다.

운수가 있는 저 사람은 사말 생초(生初)보아 흥하지만 운수 없는 저 사람은 생초(生初)를 몰라 흥하게 된다는 뜻과 의미가 있다는 예언이다.

34

남세영이가 다시 스승에게 여쭈었다.

"궁을도가(弓乙圖歌)에 대하여 자세하게 알고 싶습니다."

"궁을도 그림에 대하여 자세하게 설명한 것이다."

此時 訪道僉君子들 弓弓乙乙何不知 左弓右弓 弓弓이요 臥立從橫 乙乙이라 泛濫無味弓乙인가 深索有理弓乙이라

차시 방도첨군자들 궁궁을을하부지 좌궁우궁 궁궁이요 와립종횡 을을이라 범람무미궁을인가 심색유리궁을이라

弓弓理致알람이면 兩白之理心覺하소 先後天地通合時에 何洛圖書 兩白이라 兩白之意알랴거든 兩白心衣仔細知라

궁궁이치알량이면 양백지리심각하소 선후천지통합시에 하락도서

양백이라 양백지의알랴거든 양백심의자세지라

衣白心白奧妙理 心如琉璃行端正을 大小白之兩白山은 天牛地馬兩
白이요 弓弓之圖詳見이면 左山右山兩山이니

의백심백오묘리 심여유리행단정을 대소백지양백산은 천우지마양
백이요 궁궁지도상견이면 좌산우산양산이니

所謂兩山兩白이요 亦謂兩山雙弓이라 東西多敎來合하소 弓乙外는
不通일세 어소오소피난차로 不老不死仙境일세

소위양산양백이요 역위양산쌍궁이라 동서다교내합하소 궁을외는
불통일세 어서오소피난처로 불로불사선경일세

南海東半 紫霞島는 世界萬民安心地요 保惠大師계신곳이 弓乙之間
仙境일세 失時中動부디마소 末動而死可憐하다

남해동반 자하도는 세계만민안심지요 보혜대사계신곳이 궁을지간
선경일세 실시중동부디마소 말동이사가련하다

白鼠中心前後三을 心覺者가누구런고 三豊兩白찾지마소 無誠知者
헌手苦라 三豊之意알랴거든 三神山을 먼저찾소

백서중심전후삼을 심각자가누구런가 삼풍양백찾지마소 무성지자
헛수고라 삼풍지의알려거든 삼신산을 먼저찾소

三神山을 찾으려면 祈天禱神안코될가 一家春風분 然後에 甘露如
雨 나린다네 一心合力 왼家族이 行住坐臥向天呼을

삼신산을 찾으려면 기천도신안고될가 일가춘풍분 연후에 감로여

우 내린다네 일심합력 왼가족이 행주좌와향천호을

　至誠感天되올째에 弓乙世界들어가니 三豊兩白이곳이요 非山非野
十勝일세 天장地비十勝地를 道人外는 못찿으리

　지성감천되올때에 궁을세계들어가니 삼풍양백이곳이요 비산비야
십승일세 천장지비십승지를 도인외는 못찾아리

　三神山을 찿으려면 心審黙坐端正後에 一釣三餌뜻을 알어 三峯山
下半月船을 于先먼저차자보소 都沙工이 十勝일세

　삼신산을 찾으려면 심심묵좌단정후에 일조삼이뜻을 알아 삼봉산
하반월선을 우선먼저찾아보소 도사공이 십승일세

　十勝地를 알랴거든 一字從橫찿자보소 億兆창생건지랴고 十勝枋舟
預備하여 萬頃蒼波風浪속에 救援船을 띠어시니

　십승지를 알려거든 일자종횡찾아보소 억조창생건지려고 십승방주
예비하여 만경창파풍랑속에 구원선을 뛰었으니

　疑心말고 속히타소 波濤上에 놉이섯네 生死獄門大開하고 功德水
로 解渴식커 天使警報號甲聲에 苦海衆生빨리오소

　의심말고 속히타소 파도상에 높이섯네 생사옥문대개하고 공덕수
로 해갈시켜 천사경보호갑성에 고해중생빨리오소

　無聲無臭 上帝님은 厚薄間에 다오라네 부를적에 속히오소 晩時後
悔 痛嘆하리 一家親戚父母兄弟 손목잡고갓치오소

　무성무취 상제님은 후박간에 다오라네 부를적에 속히오소 만시후
회 통탄하리 일가친척부모형제 손목잡고같이오소

우리주님 강님할제 영접해야 안이되나 虛空蒼穹바라보소 甘露如
雨윈말인가 太古始皇꿈을꾸던 不老草와 不死藥이 無道

우리주님 강림할제 영접해야 아니되나 허공창궁바라보소 감로여
우윈말인가 태고시황꿈을꾸던 불로초와 불사약이 무도

大病걸인者들 萬病回春시키랴고 편만조야내릴때도 弓乙外는 不求
로세 東海三神不死藥은 三代積德之家外는 人力으로

대병걸린자들 만병회춘시킬려고 편만조야내릴때도 궁을외는 불구
로세 동해삼신불사약은 삼대적덕지가외는 인력으로

不求라네 至誠感天求한다네 山魔海鬼은장된다 掀天勢魔베히려고
數千年前 定히둔칼 天皇利刀仔細알고 利刀歌를 먼저불러

불구라네 지성감천구한다네 산마해귀은장된다 흔천세마베히려고
수천년전 정해둔칼 천황리도자세알고 이도가를 먼저불러

肉身滅魔먼저하고 塵海業障破兮越兮 晨淸跪坐誦眞經을 不赦晝夜
잇지말고 洞洞 燭燭銘心하소 三鳥類鳴數數聲에

육신멸마먼저하고 진해업장파혜월혜 신청궤좌송진경을 불철주야
잇지말고 동동 촉촉명심하소 삼조류명삭삭성에

昏衢長夜밝어오니 容天劍높이들고 멸마경을 외우면서 勝利大將後
軍되여 不顧左右前進하자 佛道大昌此時에

혼구장야밝아오니 용천검높이들고 멸마경을 외우면서 승리대장후
군되여 불고좌우전진하자 불도대창차시에

雙弓之理覺心하소 斥儒尙亞오넌時代 人曰稱弟僧曰稱師 佛道佛道

490

何佛道오 弓弓之間眞仙佛을 左右弓間彌勒佛이

쌍궁지리각심하소 척유상아오는시대 인왈칭제승왈칭사 불도불도
하불도오 궁궁지간진선불을 좌우궁간미륵불이

龍華三界出世에 三位三聖 合力하니 四海之內 登兄弟라 人人合力
一心合이면 原子不如 海印이라 天恩之聽 感格하니

용화삼계출세에 삼위삼성 합력하니 사해지내 등형제라 인인합력
일심합이면 원자불여 해인이라 천은지청 감격하니

萬歲三唱 부르리라 七十二才 海印金尺 无窮造化 天呼萬歲

만세삼창 부르리라 칠십이재 해인금척 무궁조화 천호만세

이 것은 현세에 도(道)를 찾는 군자들아! 어찌 궁궁을을(弓弓乙乙)을
모르는고? 좌궁(左弓) 우궁(右弓)이 궁궁(弓弓)이다.

눕고 서고 세로와 가로가 을을(乙乙)이다.

궁궁의 이치를 알려면 양백(兩百)의 이치를 마음으로 깨달아라. 천
지가 선천(先天)과 후천(後天)으로 통합할 때에 하도낙서(河圖洛書)가 양
백이다.

양백(兩百)의 뜻을 알려거든 옷이 희어지고 마음이 희어지는 오묘
한 이치이니! 마음이 깨끗한 수정의 세계와 같고 행동이 단정하다.

양백은 태백(太白)과 소백(小白)이요, 양산(兩山)이네. 천지의 우마(牛
馬)가 양백이다.

궁궁의 그림을 자세히 보면 왼쪽 산과 오른쪽 산이 양산(兩山)이니
이른바 양산(兩山) 양백(兩百)이요, 또한 양산(兩山)이며 쌍궁(雙弓)이다.

동서양의 수많은 종교여! 궁을(弓乙)의 도(道)에 합하소. 궁을(弓乙) 이외에는 통할 수 없다. 피난처로 어서 오소. 불로불사(不老不死)의 십 승지이다.

동반도의 자하도(紫霞島)는 세계 만민이 안심하고 살 수 있는 땅이 니. 보혜대사(保惠大師)가 계신 곳이 궁을(弓乙) 사이의 십승지이다.

경자(庚子)년 전후로 삼 년간의 마음에 깨닫는 자가 누구인가? 중 동(中動)하는 때를 잃지 말라. 말동(末動)하면 죽게 되니 불쌍하네!

십승지는 삼풍(三豊)과 양백(兩百)이 그곳이요, 비산비야(非山非野)이 니. 하늘이 숨기고 땅이 감추어 도인(道人) 이외에는 못 찾는 곳이다.

그 곳은 상제님이 소리 없고 냄새 없는 가난한 자나 부자나 다 오 라 하네. 부를 때에 속히 오소. 시기가 늦으면 후회하게 된다.

진리와 도는 옛날 진시황(秦始皇)이 꿈을 꾸던 불로초(不老草)와 불사 약(不死藥)이네. 도(道)가 없어 큰 병에 걸린 사람들의 모든 병을 고쳐 주고 회복시켜주네. 그와 같은 은혜는 궁을(弓乙) 이외는 가득하게 내 릴 때도 구하지 못한다.

삼대(三代)에 걸쳐 지극 정성을 다하고 덕(德)을 쌓은 집만이 동해 삼신산(三神山)의 불사약(不死藥)을 구할 수 있다.

계유(癸酉)? 을유(乙酉)? 정유(丁酉)년의 자주 우는 닭소리에 암흑의 긴긴 밤이 물러가네. 경전을 외우면서, 승리대장 후군(後軍)되어 좌우 를 돌아보지 말고 천신의 용천검(容天劍)을 높이 들고 마귀를 멸하고 전진해야 된다.

사람마다 힘을 합치고 마음을 하나로 하면 천신(天神)의 은혜로운 말씀을 듣고 감격하여 만세 삼창을 부른다.

'천신(天神)의 칠십이궁(七十二宮)의 목운(木運)이 하늘 권세인 해인금척(海印金尺)의 무궁한 조화와 능력을 일으키니! 사람들이 천신을 향해 만세를 부른다!' 라는 뜻이다.

35

황응청이가!

"계룡가(鷄龍歌) 는 어떠한 뜻입니까?"

"계룡론을 알고 외우기 쉽게 가사로 한 것이다."

鷄龍石白非公州요 平沙之間眞公州라 靈鷄之鳥知時鳥요 火龍變化無雙龍을 鷄石白聖山地니

계룡석백비공주요 평사지간진공주라 영계지조지시조요 화룡변화무쌍용을 계석백성산지니

非山非野白沙間 弓弓十勝眞人處라

비산비야백사간 궁궁십승진인처라

公州鷄龍不避處니此時는 何時야요 山不近에 轉白死니 入山修道下山時라

공주계룡불피처니차시는 하시야요 산불근에 전백사니 입산수도하산시라

이를 해역하면 공주 계룡은 피난처가 아니니 이때는 어떠한 때인가? 산[山]을 가까이 해서는 아니 되네. 입산[入山]하는 자는 죽게 되니, 산에 들어가 도[道]를 닦는 자는 산에서 내려올 때이다! 라는 뜻이다.

36

주경안이가 격암스승에게 여쭈었다.

"사답가(寺畓歌)란 무엇입니까?"

"하늘의 진리를 농사짓는 수도의 장소를 말한 것이다."

寺畓七斗天農이니 是呼農夫 때만난네 水源長遠 天田農에 天牛耕田田田일세 文武星名이요 天上水源 靈田이라

사답칠두천농이니 시호농부 때만났네 수원장원 천전농에 천우경전전전일세 문무성명이요 천상수원 영전이라

理氣妙理 心覺하니 寺畓七斗 이안닌가 天牛不知 靈田農이면 永生之路 又不知라

이기묘리 심각하니 사답칠두 이아닌가 천우부지 영전농이면 영생지로 우부지라

이는 천기가 몸 안에 들어오면 우리의 몸은 신령스러운 하늘을 품은 사원이 되고 사원의 논인 심장에는 대우주의 중심에 있는 북두

칠성과 통하는 일곱 개의 구멍이 있으며 수행자는 일곱 개의 통로를 다 열어 하늘과 소통하면서 사는 것이 하늘 사람이 되는 하늘 농사이다.

하늘 농사를 짓는데 쓰이는 물(천기) 줄기는 그 근원이 대우주이어서 높고도 멀어 무한하고 끝이 없으며 몸의 삼단전에 짓는 농사이다.

하늘 농사를 짓는 물의 근원은 대우주에 있고 천기가 들어와서 머무는 밭인 단전은 신령스러운 곳이다.

천기의 이치가 미묘하여서 혼신의 힘과 체험으로 깨달아야 하며, 몸의 단전에 하늘의 북두칠성 기운으로 농사를 짓는 것이 바로 이것이다.

신령스러운 단전의 농사를 짓는 것은 하늘소(천기, 曰)를 알아야 영원히 죽지 않고 살 수 있는 길이며, 또한 이를 알 수가 없을 것이다! 라는 뜻이다.

37

주경안이가 다시 여쭈었다.

"계명성(鷄鳴聲) 에 대하여 알고 싶습니다."

"세 마리의 닭 우는 소리는 우리 동방의 조선에 희망이 밝아오니 일어나서 영접하자는 것이다."

三鳥之聲 들려온다 잠깨여서 役事하세 鳥鳴聲數數聲에 일할生覺 걱정이라 玄武鳥初聲時에 鳥頭白이 未容髮이요

삼조지성 들려온다 잠깨여서 역사하세 조명성삭삭성에 일할생각 걱정이라 현무조초성시에 조두백이 미용발이요

靑龍鳥再鳴하니 江山留支 壯觀이요 朱雀之鳥三次鳴 昏衢長夜 開東來라 鷄鳴無時 未久開東 日竿三이 다되엿네 夢覺時라

청룡조재명하니 강산유지 장관이요 주작지조삼차명 혼구장야 개동래라 계명무시 미구개동 일간삼이 다되였네 몽각시라

人民들아 農事을 不失日語저저 田耕하고 英學하계 播種하고 支學하계 除草하야 霜雪時에 秋收하소 馬枋兒只 나오신다

인민들아 농사를 불실일어저저 전경하고 영학하게 파종하고 지학하게 제초하여 상설시에 추수하소 마방아지 나오신다

蔑視말고 잘모시어라 大聖紀元 二九時에 走靑林에 寸土落을 運有其運 時有其時 不失此時 섬마섬마 衆人寶金 守保財物

멸시말고 잘모시어라 대성기원 이구시에 주청림에 촌토락을 운유기운 시유기시 부실차시 섬마섬마 중인보금 수보재물

運霧中天 一脫世로 活人積德 하려하나 主人몰라 불亞불亞 余四正이 餘三數로 彼此一般 合意事을 時至不知 할터인가

운무중천 일탈세로 활인적덕 하려하나 주인몰라 불아불아 여사정이 여삼수로 피차일반 합의사를 시지부지 할터인가

天眞爛漫 道理道理 嗟呼時運 늦어간다 蛇奪人心 彌勒佛을 不覺인

가 頂上血汗 崑指崑指 蛇龍當運 하시던고 支難歲月

천진난만 도리도리 차호시운 늦어간다 사탈인심 미륵불을 불각인
가 정상혈한 곤지곤지 사룡당운 하시던고 지난세월

길다마소 貴여웁다 우리阿只 十八抱子 達穹達穹 六十一才 白髮이
냐 知覺事理 靑春일세 容天劍을 갓엇으면 均一平和

길다마소 귀여웁다 우리아지 십팔포자 달궁달궁 육십일재 백발이
냐 지각사리 청춘일세 용천검을 갖었으면 균일평화

主仰主仰 三共和合 何時던고 通合通合 天下通合 可憐時事 慘酷하
다 作掌作掌 作掌作穹 人王四維 왼말이냐 光明世界

주앙주앙 삼공화합 하시던고 통합통합 천하통합 가련시사 참혹하
다 작장작장 작장작궁 인왕사유 왠말이냐 광명세계

明朗하다 孝當竭力 忠則盡命 表彰門立 直界直界 攔柶大會 하고보
니 無才能이 分明하야 五卯一乞 단東불出 길나라비

명랑하다 효당갈력 충즉진명 표창문립 직계직계 척사대회 하고보
니 무재능이 분명하여 오묘일걸 단동불출 길나라비

活活道飛 堯舜亦有 不肖子息 末聖豈無 放蕩兒只 世人莫睹 浮荒流
說 改過修道 不入地獄 欲明其理先知根 末世二樹或一人

활활도비 요순역유 불초자식 말성기무 방탕아지 세인막도 부황유
설 개과수도 불입지옥 욕명기리선지근 말세이수혹일인

이는 세 마리 닭 우는 소리가 들리니 잠 깨어서 역사(役事)하라는

뜻이다.

현무조(玄武鳥)의 첫 번째 울음소리는 1873년 계유년(癸酉年)을 말하며, 삭발령을 말함이다.

청룡조(靑龍鳥)의 두 번째 울음소리는 1945년 을유년(乙酉年)을 말함이요, 조국 광복을 말함이다.

주작조(朱雀鳥)의 세 번째 울음소리는 2017년 정유년(丁酉年)을 말함이네. 촛불 혁명으로 어둡고 두려운 긴긴 밤이 물러가고 동쪽 하늘이 밝아오네. 어두운 마귀 세상이 밝은 광명의 세계로 변화되는 것이다! 라는 것이다.

닭 우는 소리에 어느 새 동쪽에 해가 중천에 떠올랐네!

백성들아! 잠을 깰 때이다. 새로운 나라 개국의 농사짓는 때를 잃지 마라. 일제강점기에 밭을 갈고, 군정시대에 씨를 뿌리고, 남북분단 시대에 김을 매고, 서리와 눈이 내리는 통일시대에 추수한다는 것이다! 라는 뜻이다.

38

황응청이가 격암에게 여쭈었다.

"가사총론(歌辭總論) 이란 무엇입니까?"

"말세를 논한 것으로 누구나 알 수 없고 도인만 알 수 있게 파자법 등으로 한 예언이다."

東方甲乙三八木 靑帝將軍 靑龍之神 南方丙丁二七火 赤帝將軍 朱雀之神 西方庚辛四九金 白帝將軍 白虎之神

동방갑을삼팔목 청제장군 청룡지신 남방병정이칠화 적제장군 주작지신 서방경신사구금 백제장군 백호지신

北方壬癸一六水 黑帝將軍 玄武之神 中央戊己五十土 黃帝將軍 句陣騰蛇 鼠牛子丑 虎兎寅卯 龍蛇辰巳 馬羊午未

북방임계일육수 흑제장군 현무지신 중앙무기오십토 황제장군 구진등사 서우자축 호토인묘 용사진사 마양오미

猴鷄申酉 狗猪戌亥 天干地支變數中의 年月日時四象으로 推算之中破字法을 三秘論의 理氣化로 如合符節되오리라

후계신유 구저술해 천간지지변수중에 연월일시사상으로 추산지중 파자법을 삼비론의 이기화로 여합부절되오리라

黑龍壬辰初運으로 松松之生마쳤으며 赤鼠丙子中運으로 家家之生마쳐있고 玄兎癸卯末運으로 弓弓之生傳햇다네 松松

흑룡임진초운으로 송송지생맞췄으며 적서병자중운으로 가가지생 맞춰있고 현토계묘말운으로 궁궁지생전했다네 송송

家家以後에는 弓弓乙乙田田으로 河田洛田天地兩白 弓圖乙書兩白人을 三秘中出十勝之理 易理八卦推算하면

가가이후에는 궁궁을을전전으로 하전낙전천지양백 궁도을서양백 인을 삼비중출십승지리 역리팔괘추산하면

雙弓四乙隱秘中에 避亂處發見하야 天波弓弓道下處가 十勝福地아니든가 此外十勝찾지말고 雙弓之間차질세라

499

쌍궁사을은비중에 피란처발견하여 천파궁궁도하처가 십승복지아
니든가 차외십승찾지말고 쌍궁지간찾을세라

九宮八卦十勝之理 河洛靈人生子女을 前無後之末運妙法 地天泰卦
八卦라 邪說熾盛東西之學 正道浸微行亦難을
구궁팔괘십승지리 하락영인생자녀를 전무후지말운묘법 지천태괘
팔괘라 사설치성동서지학 정도침미행역난을
槿花朝鮮名勝地에 天神加護異跡으로 牛聲在野엄마聲中 非雲眞雨
喜消息에 八人登天昇降하야 賤反貴人新性으로 有雲眞露
근화조선명승지에 천신가호이적으로 우성재야엄마성중 비운진우
희소식에 팔인등천승강하야 천반귀인신성으로 유운진로
首垂立에 心靈變化되단말가 牛性在野十勝處엔 牛鳴聲이 浪藉하고
十口之家五口一心 陰陽田位一家和라
수수립에 심령변화된단말가 우성재야십승처엔 우명성이 낭자하고
십구지가오구일심 음양전위일가화라

河圖天弓甘露雨로 雨下三貫三豐理요 洛書地乙報答理로 牛吟滿地
牛聲出을 生我弓弓無處外니 雨下三迎者生일세
하도천궁감로우로 우하삼관삼풍리요 낙서지을보답리로 우음만지
우성출을 생아궁궁무처외니 우하삼영자생일세
弓弓猫閣藏穀之處 牛聲出現見不牛라 六坎水之一坎水로 河洛易數
마치연네 利在石井靈泉之水 寺畓七斗作農으로
궁궁묘각장곡지처 우성출현견불우라 육감수지일감수로 하락역수

맞추었네 이재석정영천지수 사답칠두작농으로

天上北斗文武之星 曲土辰寸水源田에 一六中出生命水로 日就月將
自羅오니 一日三食飢餓時에 三旬九食不飢穀을 水火昇降

천상북두문무지성 곡토진촌수원전에 일육중출생명수로 일취월장
자라오니 일일삼식기아시에 삼순구식불기곡을 수화승강

變化數로 以小成大 海印化라 盤石湧出生命水는 萬國心靈다通하니
不老不死陰陽道理 雙弓雙乙造化로다 四八四乙雙弓之中

변화수로 이소성대 해인화라 반석용출생명수는 만국심령다통하니
불로불사음양도리 쌍궁쌍을조화로다 사팔사을쌍궁지중

白十勝之 出現하고 落盤四乳 黃入服而 雙乙之中 黑十勝을 天理弓
弓 地理十處 皆曰十勝 傳했으니

백십승지 출현하고 낙반사유 황입복이 쌍을지중 흑십승을 천리궁
궁 지리십처 개왈십승 전했으니

궁을天地 陰陽之理 書數通達 乾牛道라 紫霞島中 궁을村을 有無識
間 말은하나 曲口羊角 하고보니 山上之鳥 아니로세

궁을천지 음양지리 서수통달 건우도라 자하도중 궁을촌을 유무식
간 말은하나 곡구양각 하고보니 산상지조 아니로세

非山非野 仁富之間 奄宅曲阜 玉山邊에 鷄龍白石 平沙福處 武陵桃
源 此勝地가 一片福州 安淨潔處 誰是不知 種桃人고

비산비야 인부지간 엄택곡부 옥산변에 계룡백석 평사복처 무릉도
원 차승지가 일편복주 안정결처 수시부지 종도인고

不利山水 紫霞道를 平沙福地三十里로 南門復起南朝鮮에 紅鸞赤霞
避亂處를 自古只今此世까지 儒佛仙出名哲들이

불리산수 자하도를 평사복지삼십리로 남문부기남조선에 홍란적하
피란처를 자고지금차세까지 유불선출명철들이

參禪性覺道通으로 肉死神生重生法과 河洛運去來世事를 先覺無疑
知之故로 中天弓符先天回復 四時長春新世界라

참선성각도통으로 육사신생중생법과 하락운거내세사를 선각무의
지지고로 중천궁부선천회복 사시장춘신세계라

自古及今預言中에 多數秘文만치마는 孔孟詩書儒士들이 西瓜외시
不味內라 儒佛運去儒佛來니 何佛去而何佛來오

자고급금예언중에 다수비문만치마는 공맹시서유사들이 서과외시
불미내라 유불운거유불래니 하불거이하불래오

兎丈水火能殺我요 斥儒尙佛是從金牛 似人不人從金之理 東西合運
十勝出을 無無中有有中無無 無而爲化天運으로

토장수화능살아요 척유상불시종금우 사인불인종금지리 동서합운
십승출을 무무중유유중무무 무이위화천운으로

雪氷寒水解結되고 萬國江山春化來라 尙佛來運運數조타 三聖合運
一人出을 末世愚盲蠢瞽朦朧 視國興亡如草芥로

설빙한수해결되고 만국강산춘화래라 상불내운운수좋다 삼성합운
일인출을 말세우맹준고몽롱 시국흥망여초개로

父子爭財夫妻離婚 情夫視射寡婦生産 淫風大行有夫之妻 背夫라니

502

末世로다 君弱臣强民嬌吏에 吏殺太守無所忌憚

　부자쟁재부처이혼 정부시사과부생산 음풍대행유부지처 배부라니
말세로다 군약신강민교리에 이살태수무소기탄

　日月無光塵霧漲天 罕古無今大天災로 天邊地震飛火落地 三災八亂
并起時에 時를 아노 世人들아 三年之凶二年之疾

　일월무광진무창천 한고무금대천재로 천변지진비화락지 삼재팔란
병기시에 시를 아노 세인들아 삼년지흉이년지질

　流行溫疫萬國時에 吐瀉之病喘息之疾 黑死枯血無名天疾 朝生暮死
十戶餘一 山嵐海瘴萬人多死 大方局手할길업서

　유행온역만국시에 토사지병천식지질 흑사고혈무명천질 조생모사
십호여일 산람해장만인다사 대방국수할길없어

　五運六氣虛事되니 無名惡疾免할소냐 當服奄麻常誦呪로 萬怪皆消
海印일세 狂風淫雨 激浪怒濤 地震火災不虞之患

　오운육기허사되니 무명악질면할소냐 당복엄마상송주로 만괴개소
해인일세 광풍음우 격랑노도 지진화재불우지환

　毒瘡惡疾殺人强盜 飢饉餓死여기저기 戰爭大風忽起하야 自相踐踏
昊哭聲에 安心못할世上일세

　독창악질살인강도 기근아사여기저기 전쟁대풍홀기하야 자상천답
호곡성에 안심못할세상일세

　三人一石雙弓알소 訪道君子修道人아 十勝福地弓乙일세 無道大病
걸인者들 不死海印나왓다네 和氣東風舊盡悲에

삼인일석쌍궁알소 방도군자수도인아 십승복지궁을일세 무도대병
걸린자들 불사해인나왔다네 화기동풍구진비에

七年大旱비나리듯 萬國勝地江山下에 甘露喜雨民蘇生을 惡疾多死
免하랴고 全世騷動海運開로 一夜千艘出航時에

칠년대한비나리듯 만국승지강산하에 감로희우민소생을 악질다사
면하려고 전세소동해운개로 일야천소출항시에

漢江水를시러가며 十勝物品海外出을 六大九月아오리라 十勝云日
일넛으되 人衆則時物盛이요 物勝則時地闢이요

한강수를실어가며 십승물품해외출을 육대구월아로리라 십승운왈
일렀으되 인중즉시물성이요 물승즉시지벽이요

地闢則時苦盡甘來 地運退去天運來로 天下靈氣皆入勝을 南海島中
八靈山이 海島之中아니로세 萬頃蒼波大海邊에

지벽즉시고진감래 지운퇴거천운래로 천하영기개입승을 남해도중
팔령산이 해도지중아니로세 만경창파대해변에

小産魚鹽富饒하나 他國兵船往來하니 弓不在水分明하다 不利山水
非野處를 仁富平沙桃源地로 東半島中牛腹洞이

소산어염부요하나 타국병선왕래하니 궁불재수분명하나 불리산수
비야처를 인부평사도원지로 동반도중우복동이

靑鶴神靈出入하니 人王四維智異山이 十勝으로暗示일세 十勝之地
出現하면 死末生初當運이라 入山修道念佛님네

청학신령출입하니 인왕사유지리산이 십승으로암시일세 십승지지
출현하면 사말생초당운이라 입산수도염불님네

504

彌勒世尊苦待치만 釋迦之運去不來로 한번가고아니오니 三千之運
釋迦預言 當末下生彌勒佛을 萬疊山中仙人들아

미륵세존고대치만 석가지운거불래로 한번가고아니오니 삼천지운
석가예언 당말하생미륵불을 만첩산중선인들아

山中滋味閒寂하나 魑魅魍魎虎狼盜賊 是亦弓不在山일세 斗牛在野
勝地處엔 彌勒佛이出現컨만 儒佛仙이腐敗하야

산중자미한적하나 이매망량호랑도적 시역궁부재산일세 두우재야
승지처엔 미륵불이출현컨만 유불선이부패하야

아는君子누구누구 削髮爲僧侍主님네 世音菩薩게누군고 侍主菩薩
不覺하고 彌勒佛을 제알손가

아는군자누구누구 삭발위승시주님네 세음보살게누군고 시주보살
불각하고 미륵불을 제알손가

阿彌陀佛佛道人들 八萬經卷工夫하야 極樂간단말은하나 가난길이
希微하고 西學入道天堂人들 天堂말은참조으나

아미타불불도인들 팔만경권공부하야 극락간단말은하나 가는길이
희미하고 서학입도천당인들 천당말은참좋으나

九萬長天멀고머니 一平生엔다못가고 咏歌時調儒士들은 五倫三綱
正人道나 倨慢放恣猜忌疾妬 陰邪情欲일너라

구만장천멀고머니 일평생엔다못가고 영가시조유사들은 오륜삼강
정인도나 거만방자시기질투 음사정욕시일러라

人道儒와 地道佛이 日落之運맡은故로 洛書夜運昏衢中에 彷徨霧中

失路로서 儒佛仙이 各分派로 相勝相利말하지만

　인도유와 지도불이 일락지운맡은고로 락서야운혼구중에 방황무중
실로로서 유불선이 각분파로 상승상리말하지만

　天堂인지極樂인지 彼此一般다못하고 平生修道十年工夫 南無阿彌
陀佛일세 春末夏初四月天을 당코보니 다虛事라

　천당인지극락인지 피차일반다못하고 평생수도십년공부 남무아미
타불일세 춘말하초사월천을 당코보니 다허사라

　儒曰知識平生人道 名傳千秋死後論과 佛曰知識越一步로 極樂入國
死後論과 仙曰知識又越步로 不死永生入國論을

　유왈지식평생인도 명전천추사후론과 불왈지식월일보로 극락입국
사후론과 선왈지식우월보로 불사영생입국론을

　三聖各異主張하나 儒佛乘運되옴으로 河上公의 永生論을 眞理不覺
儒士들이 異端主張猖認하야 儒生들을가라치니

　삼성각리주장하나 유불승운되옴으로 하상공의 영생론을 진리불각
유사들이 이단주장창인하야 유생들을가르치니

　坐井觀天彼此之間 脫劫重生제알소냐 富死貧生末運에는 上下滅無
智者일세 一知不二無知者야 黑石皓를 말하지만

　좌정관천피차지간 탈겁중생제알소냐 부사신생말운에는 상하분멸
무지자세 일지불이무지자야 흑석호를 말하지만

　海印造化不覺하고 鷄龍白石되단말가 先天秘訣篤信마소 鄭鑑只는
虛鑑只세 天下理氣變運法이 海印造化다잇다네

506

해인조화불각하고 계룡백석된단말가 선천비결독신마소 정첨지는
허첨지세 천하이기변운법이 해인조화다있다네

地理諸山十處에도 天理十勝될수잇고 天理弓弓元勝地도 人心惡化
無用으로 弓乙福地一處인가 好運이면 多勝地라

지리제산십처에도 천리십승될수있고 천리궁궁원승지도 인심악화
무용으로 궁을복지일처인가 호운이면 다승지라

日中之變及於世界 大中小魚具亡으로 全世大亂蚌鷸之勢 尙黑者는
生하나니 愛憐如己天心和로 人人相對하엿에라

일중지변급어세계 대중소어구망으로 전세대란방휼지세 상흑자는
생하나니 애련여기천심화로 인인상대하였어라

이를 풀이하면 동방(東方)의 천간은 '갑을'에 해당하고 숫자로는 '삼(三)'과 '팔(八)'이고 오행으로 말하면 '나무목'이다. 신장으로 하면 '청제장군'이고, 방위 신은 '청룡'에 해당된다! 라는 뜻이다.

남방(南方)은 천간으로 병정이고 숫자는 이(二)와 칠(七)이고, 오행으로는 '불'이고, 신장으로는 '적제장군'이고 방위 신은 '주작'이며, 서방(西方)은 천간은 '경신'이고, 숫자는 '사(四)'와 '구(九)'이고, 오행으로는 '쇠'이고, 신장은 '백제장군'이고 방위 신은 '백호'이다.

북방(北方)은 천간으로는 '임계'이고, 숫자로는 '일(一)'과 '육(六)'이고 오행은 '물'이고, 신장은 '흑백장군'이고 방위 신은 '현무'이다.

중간(中間)의 천간은 무기이고 숫자는 '오(五)'와 십(十)이고, 오행으로는 '흙'이고 신장으로는 '황제장군'이고 방위 신은 '구진등사'이다.

우주의 원리는 하늘의 정한 이치에 의하여 순행됨을 알아야 되며, 천간과 지지가 변화되는 운수 가운데 연, 월, 시, 사상으로는 이치를 추산하는 파자법을 사용하고, 천지인의 세 가지 비밀 론의 이치로 천기를 논하였으니 부와 절이 합하여 된 것이다.

임진왜란이 일어난 1592년 임진년(壬辰年)은 송하지(松下止) 운세로 소나무 아래인 산속의 피한 사람들이 살아남는다.

병자호란은 가하지(家下止) 운세로 집안에 잘 숨으면 살아남는 다는 것이다.

그러면 말세에는 어디로 피해야 살아남을 수 있을까! 궁궁지로 피하여야 살 수 있다. 궁궁을을은 곧 선천 장막이 지상에 세워져 하도 낙서에서 말하는 양백진이니 십승처이다.

양백이 삼에 대한 비밀을 안고 출현하고 이 자를 십승자라 한다. 이곳은 하늘 높은 곳이며, 궁궁 도하처이며, 십승 복자이다.

말세의 대운은 영벌과 영생을 가르는 최대의 인류 심판의운이다. 그 난을 피하는 곳이 바로 도하지(道下止)이고 그곳이 궁궁지이고 십승지이다.

낙서는 땅의 이치를 말하는 을을이고, 하늘에 응답하는 곳이다. 소가 보이지 않은데, 소 울음소리가 충만히 나는 곳이 나를 살리는 궁궁 십승지이고 그곳에서 삼풍 진리를 맞이하는 자들은 살게 된다.

삼풍의 진리가 출현하면 수승화강의 변화의 시절을 맞이한다. 작은 것으로 큰 것을 이루는 해인의 열쇠가 열린다.

자하도는 평사 복지 삼십리 내에 있고 조선남쪽에서 일어난다. 남쪽 조선에 붉은 안개가 있는 피난처가 세워질 것을 예나 지금 현세까지 몰랐다.

유교, 불교, 기독교 등의 성직자이나 유명한 철학자들이 참선하고 기도하여 각성하여 각 경전의 도를 통하여 육체는 죽고 영은 사는 부활하는 법을 가르쳤다.

입산수도하여 염불하는 도인들아 미륵세존이 오시기를 고대하지만 석가가 예언 하시기를 석가 사후 삼천년이 말세이고 말세를 당하여 미륵부터가 하생한다 했다.

동방에 이런 일이 일어나기 전에 미, 중, 러, 일 등의 국지전이 변화여 세계대전이 일어나서 세계의 대중소의 나라는 망하는데 조선의 유일한 새로운 창궐이 된다.

전 세계 대란은 조개와 도요새가 싸우는 격이다. 그러나 착한 자는 살아남을 수 있으니, 내 몸과 같이 남을 사랑하고 불쌍히 여겨라는 예언이다.

39

황응청이가 다시!

"출장론(出將論)은 어떠한 예언입니까?"

"우선 원문부터 잘 살펴보고 문답하자!"

運去運來天運來 一次二次三次大亂 楚漢時節天下將帥 力拔山兮氣蓋世로 天下大將羽項類가 東西南北蜂起로서

운거운래천운래 일차이차삼차대란 초한시절천하장수 역발산혜기개세로 천하대장우항류가 동서남북봉기로서

奪財人命殺害主張 無罪蒼生可憐쿠나 湖西白華蘇伐地에 口吐火將白眉로서 殺害人命主奪財로 富貴家中屠戮時에

탈재인명살해주장 무죄창생가련구나 호서백화소벌지에 구토화장백미로서 살해인명주탈재로 부귀가중도륙시에

蘇城白里人影永絕 血流成川僧血로서 忠淸分野八門卦가 非吉地로定했으니 好運이면僥倖이요 非運이면狼狽로다

소성백리인영영절 혈류성천승혈로서 충청분야팔문괘가 비길지로정했으니 호운이면요행이요 비운이면낭패로다

白華八峰劫殺龍勢 第一尤甚瑞泰로다 湖南智離靑眉將軍 呼風喚雨異跡으로 氓蠢人民統率하야 湖南一帶蜂起時에

백화팔봉겁살용세 제일우심서태로다 호남지리청미장군 호풍환우이적으로 맹충인민통솔하야 호남일대봉기시에

嗚呼哀哉可憐하다 未成兒童何罪런고 男女十歲以上으로 晝被刀鋸悲慘쿠나 南靑西白假鄭들이 掀天一世揚揚으로

오호애재가련하다 미성아동하죄런고 남녀십세이상으로 주피도거비참구나 남청서백가정들이 흔천일세양양으로

八門金사 六花陣에 生死門이開閉로다 古月遼東犯郭將軍 尋萬大兵

510

統率하야 不義者를 嚴伐할제 頭上報角愛護하며

　팔문금사 육화진에 생사문이개폐로다 고월요동범곽장군 심만대병 통솔하야 불의자를 엄벌할제 두상보각애호하며

　絶長保短善者扶支 積惡之家無不殘滅 身不離之頭流化로 積善者는 生이로다 土室石枕正道人들 多誦眞經不休하소

　절장보단선자부지 적악지가무불잔멸 신불리지두류화로 적선자는 생이로다 토실석침정도인들 다송진경불휴하소

　魑魅魍魎鴨병무경 邪不犯正眞經이라 北海出世走肖神將 風雲造化 任意用之 義兵用事善惡判斷 高山流水물밀듯이

　이매망량압병무경 사불범정진경이라 북해출세주초신장 풍운조화 임의용지 의병용사선악판단 고산유수물밀듯이

　南伐梳踏하올적에 哀悽롭다 人生이여 逢則殺之하고보니 何處圖命 岩穴인가 北海島中馬頭人身 氣體靑色八尺長身

　남벌소답하올적에 애처롭다 인생이여 봉즉살지하고보니 하처도명 암혈인가 북해도중마두인신 기체청색팔척장신

　口吐火噴怪術로서 惑世誣民賣人心에 天下紛紛이러나니 無道者가 엇지살며 風浪劫海當到하니 道德船을 急히타소

　구토화분괴술로서 혹세무민매인심에 천하분분일어나니 무도자가 어찌살며 풍랑겁해당도하니 도덕선을 급히타소

　嶺北喬洞蝸身人首 遁甲藏身奇事로서 自相踐踏混沌起로 終亡其國 妖物일세 可憐하다 無道者들 幻劫濫心虛榮으로

영북교동와신인수 둔갑장신기사로서 자상천답혼돈기로 종망기국
요물일세 가련하다무도자들 환겁람심허영으로

妖物諸去天神이라 入生出死哀妻롭다 西湖出世眞人으로 神聖諸仙
神明들이 各率神將統合하야 天降諸仙風雲化로 惡化爲善

요물제거천신이라 입생출사애처롭다 서호출세진인으로 신성제선
신명들이 각솔신장통합하야 천강제선풍운화로 악화위선

하고보니 永無惡臭神化世라 衰病死葬退去하니 地上仙國基礎地세
天文術數從何處고 黃房杜禹出沒時라 雷震電閃海印造化

하고보니 영무악취신화세라 쇠병사장퇴거하니 지상선국기초지세
천문술수종하처고 황방두우출몰시라 뇌진전섬해인조화

天地混沌 무서워라 忍耐者는勝世로서 天地之理反復化에 富貴貧賤
後臥하니 拒逆者들어이할고 너의行함報應으로

천지혼돈 무서워라 인내자는승세로서 천지지리반복화에 부귀빈천
후와하니 거역자들어이할고 너의행함보응으로

公正無邪밧고보니 天堂地獄兩端間이 不再行來時好運이라 以上出
將何時인고 알고보니九鄭八李 千祖一孫아니되면

공정무사받고보니 천당지옥양단간이 부재행래시호운이라 이상출
장하시인고 알고보니구정팔이 천조일손아니되면

百祖一孫갈데 업서 誰知烏之雌雄으로 皆曰預聖誰可知오 妄動마라
저日兵들 何得코저再出인가 最後勝利알고보니

백조일손갈데 없어 수지오지자웅으로 개왈예성수가지오 망동마라
저일병들 하득코저재출인가 최후승리알고보니

所得함이死亡일세 大亂之中避亂民들 男負女戴가지말고 一心合力
家族이 弓乙村을 차자보소 牛聲之村見不牛로
소득함이사망일세 대란지중피란민들 남부여대가지말고 일심합력
가족이 궁을촌을 찾아보소 우성지촌견불우로
人言一大尺八寸을 恨心하다草露人生 弓乙村을 모르거든 呼天村을
先尋後에 呼母村을更問하소 父母村을모르거든
인언일대척팔촌을 한심하다초로인생 궁을촌을 모르거든 호천촌을
선심후에 호모촌을갱문하소 부모촌을모르거든
三人一夕雙弓道에 至誠感天天神化로 武陵桃源차자보자 修道先出
容天朴에 天崩地坼素砂立을 靑鶴福處牛腹洞이
삼인일석쌍궁도에 지성감천천신화로 무릉도원찾아보자 수도선출
용천박에 천붕지탁소사립을 청학복처우복동이

三峯山下半月有로 深藏窟曲囊中世界 靈泉水가恒流로다 靑▓古里
碧山新村 非山非野十勝處라 海印龍宮閑日月이요
삼봉산하반월유로 심장굴곡낭중세계 영천수가항류로다 청사고리
벽산신촌 비산비야십승처라 해인용궁한일월이요

木人神幕別乾坤을 風驅惡疾雲中去요 雨洗冤魂消外消라 別有天地
非人間이요 武陵桃源紫霞島를 畵牛顧鷄活命水는

목인신막별건곤을 풍구악질운중거요 우세원혼소외소라 별유천지
비인간이요 무릉도원자하도를 화우고계활명수는

牛姓村에隱潛하니 水昇火降隱妙法을 無智者가엇지알고 天牛耕田
田田理로 寺畓七斗作農일세 巨彌하다牛姓村의

우성촌에은잠하니 수승화강은묘법을 무지자가어찌알고 천우경전
전전리로 사답칠두작농일세 거미하다우성촌의

一心修道심엇던이 甘露如雨循環裏에 日就月將結實하니 盤石湧出
生命水로 天下人民解渴하니 弓乙十勝易經法이

일심수도심었더니 감로여우순환리에 일취월장결실하니 반석용출
생명수로 천하인민해갈하니 궁을십승역경법이

死中救生天恩일세 畵牛顧溪十勝法이 巽震鷄龍青林일세 自古由來
儒士들이 通理者가

사중구생천은일세 화우고계십승법이 손진계룡청림일세 자고유래
유사들이 통리자가

누구누구 鷄龍鄭氏海島眞人 易數不通모르오니 十年工夫修道者들
前功可惜哀悽롭다

누구누구 계룡정씨해도진인 역수불통모르오니 십년공부수도자들
전공가석애처롭다.

이를 풀이하면 운이 가고 오는 것처럼 천운이 돌아와 1차, 2차, 3
차의 큰 난리가 일어난다.

초한 시절의 천하장수들이 산을 들어 올릴만한 기세로 항우와 같은 천하대장들이 동서남북 사방에서 벌떼처럼 일어나서 호서에 백화소벌지에서 입으로 불을 토해 내고 하얀 눈썹을 가진 장군이 인명을 살해하고 재물을 빼앗으며 소성 백리에 사람의 그림자조차도 볼 수가 없고 피가 흘러 내를 이루구나.

충청에 있는 팔문괘가 길지가 아니라고 정했으니 호운이면 요행이요, 비운이면 낭패로다. 백화 팔봉에 겁살용세가 제일 심한 것이 서태이다.

호남의 지리에 청미장군이 바람을 부르고 비를 내리게 하여 군중들을 통솔하여 호남일대에서 봉기할 때에 슬프고도 가련하다.

어린아이 남녀노소 저들에게 비참하게 죽게 되네, 가짜 정씨들이 하늘 높이 우뚝 서서 한 세상을 높이 흔들어 살고 죽는 문이 열리고 닫힌다.

굴에서 돌베개를 베고 자는 정도인들아! 진경 외기를 쉬지 마소. 도깨비와 허깨비들이 침범하지 못하는 진경이다.

북해에 출세한 조씨 장군이 풍운조화를 마음대로 부려 의병을 일으켜 선악을 판단하고 높은 산에서 물밀듯이 남쪽으로 쳐내려올 때 애처롭고 가련하다.

늙고 병들고 죽고 장례 지내는 것이 없고 지상선국의 기초가 되는 땅이네. 천문술수는 어느 곳을 따라야 할 것인지!

참는 자가 이기는 자로서 천지의 이치가 거꾸로 뒤집어짐에 부귀한 자들이 빈천해지고 뒤에는 죽게 되네. 어이할고? 거역한 자들아!

천조일손이 아니 되면 백조일손이 갈 데가 없네. 누가 까마귀의 암·수컷을 구별할 수 있겠는가? 하늘에서 내려오는 성인을 누가 알겠는가?

큰 난리 가운데 피난민들, 남자는 지고 여자는 이고 피난가지 말고 한 마음으로 힘을 합쳐 전 가족이 궁을촌인 삼신산을 찾아라. 소 울음소리가 나지만 소는 보이지 않는 신천촌을 모르니 한심하네. 인생들이여! 궁을촌을 모르면 호천촌을 먼저 찾은 뒤에 호모촌을 다시 물어보라.

부모촌을 모르거든 쌍궁에서 도를 닦고 정성을 다하면 하늘이 감동하네. 천신이 변화되는 곳 무릉도원을 찾아라!

해인이 있고 용궁이 한가한 일월이고 푸른 산에 새로운 마을이 산도들도 아닌 십승처이다. 이곳이 목인의 신명이 모셔진 곳이 별천지이다.

후천세계는 바람을 몰아 악한 질병을 구름 속으로 보내고, 비로원한 맺힌 영혼을 날려 버리는 곳이 별난 천지이고 무릉도원이 자하도이다.

한마음으로 정성을 다하여 우성촌에서 도를 닦았더니, 보이지 않은 소가 시냇물을 돌아보는 십승의 법이 계룡의 청림이다.

옛 부터 현세까지 선비들 가운데 이 이치를 통한 자가 누구누구인가?

계룡정씨이고 해도진인을 역수를 통하지 못하여 알지 못하니 십년 도를 닦은 수도자들의 정성이 아깝고 애처롭다는 것이다.

40

남세영이가 다시 여쭈었다.

"십승론(十勝論) 은 무슨 예언입니까?"

"이것은 하늘의 깨달음으로 삶의 터전이다."

兩百三豊十勝論을 更解하야이르리라 黃入腹이在生也니 天理十勝
차자볼가 天文地理鄭堪先師 天理論을푸러보세

양백삼풍십승론을 갱해하여이르리라 황입복이재생야니 천리십승
찾아볼가 천문지리정감선사 천리론을풀어보세

十勝之人箇箇得生 天理十勝傳혔으니 九宮八卦十勝大王 靈神人士
眞人으로 弓字海印降魔之道 弓乙之間十勝地를

십승지인개개득생 천리십승전혔으니 구궁팔괘십승대왕 영신인사
진인으로 궁자해인항마지도 궁을지간십승지를

諸山之中넘나들며 不求山中찾지말고 三峯山下半月船坮 極求心中
차저보소 地理十處不入하라 殺我者가 十勝일세

제산지중넘나들며 불구산중찾지말고 삼봉산하반월선대 극구심중
찾아보소 지리십처불입하라 살아자가 십승일세

白轉身이必死언만 諸山中에찾단말가 山不近이丁寧으로 山嵐毒霧
多死로다 天驅萬姓暴殺地요 生靈蕩除劫氣地라

백전신이필사언만 제산중에찾단말가 산불근이정녕으로 산람독무
다사로다 천구만성폭살지요 생령탕제겁기지라

百萬鳩衆財貨로서 以援后生之理로다 漢都之末蒙昧之輩 若入于此
十勝이면 一無保命之地라 編覽論에傳했다네

백만구중재화로서 이수후생지리로다 한도지말몽매지배 약입우차
십승이면 일무보명지지라 편람론에전했다네

陽來陰退天來地去 黃極仙道明朗世에 地運退去天運來니 不顧地理
天顧生을

양래음퇴천래지거 황극선도명랑세에 지운퇴거천운래니 불고지리
천고생을

이것은 양백(兩白) 농사가 현세를 이기는 론이다. 다시 해결하기 위
해 누런 소배에 다시 들어간다.

십승은 하늘의 깨달음이 있는 곳이다. 천문지리를 도통한 선사는
하늘을 깨닫는 십승으로 가는 사람 개개의 생명을 얻는다.

하늘을 깨닫는 십승을 전한다. 卍 궁(弓) 3,8의 괘. 十을 이기는 대
왕은 영묘(靈妙)한 신의 진인이다.

궁(弓)의 글자는 해인이며 마귀가 멸망하고 항복한 곳을 가는 길이
다. 궁을로 가는 사이 십승의 땅이 있다.

궁(弓)은 우주의 무한성을 뜻하며 이는 깨달음인 해인이며 모든
신비주의를 밝혀 주는 것이다.

백(白)으로 구르는 몸은 반드시 죽는다. 모든 산중에, 산이 가깝지
않은데 추축컨대 산 아지랑이 독 안개가 다 죽일 것이다.

하늘이 모는 만성(萬姓)에 망할 땅이다. 생의 영묘함으로 쓸어버리

고 위급하게 하는 기운의 땅이다.

재화를 임금에게 반납하고 살아가는 깨달음. 말세에 어린 새벽으로 가는 배가 한수(漢水)의 도읍으로 들어가 이르는 곳이 십승이다.

음(陰)이 가고 양(陽)이 오는 것은 땅이 가고 하늘이 오는 것이다. 소 울음소리의 곳에 신선의 도를 다하는 밝고 밝은 세상. 땅 운이 물러나 가고 천운이 온다. 땅을 돌아보지 않는 깨달음이 하늘을 돌아보는 생명이다! 라는 예언이다.

41

남세영이가 격암스승에게 여쭈었다.

"양백론(兩白論)은 어떠한 예언인지 여쭙니다."

"조선이 환란을 당할 때 양백의 도움을 받는다는 이치의 예언이다."

人種求於兩白也니 兩白理를仔細알소 兩白之間避居之人 箇箇得生傳했으니 天兩白을 모르고서 地兩白을 찾단말가

인종구어양백야니 양백리를자세알소 양백지간피거지인 개개득생전했으니 천양백을 모르고서 지양백을 찾단말가

先後天之兩白數를 先後中天易理數로 河洛聖人誕生하니 人間超越靈人이라 生子女를 養育하야 仙國世界天民化를

선후천지양백수를 선후중천역리수로 하락성인탄생하니 인간초월

영인이라 생자녀를 양육하야 선국세계천민화를

天國神民되자하면 心淨手淨行動淨에 人托長生扶人救命 人間積德
하올세라 衣白心白天心化로 이도亦是兩白일세
천국신민되자하면 심정수정행동정에 인탁장생부인구명 인간적덕
하올세라 의백심백천심화로 이도역시양백일세
朝鮮民族患難時에 天佑神助白衣人을 河洛天地六一水로 兩白聖人
出世하야 十勝大船지여놓고 苦海衆生拯濟로세
조선민족환난시에 천우신조백의인을 하락천지육일수로 양백성인
출세하야 십승대선지어놓고 고해중생증제로세

先天河圖右太白과 後天洛書左小白數 左右山圖弓弓之間 白十勝이
隱潛하니 山弓田弓田弓山弓 兩白之間十勝일세
선천하도우태백과 후천낙서좌소백수 좌우산도궁궁지간 백십승이
은잠하니 산궁전궁전궁산궁 양백지간십승일세
河圖洛書理氣靈山 世上四覽몰랐으니 本文之中七十二圖 仔細窮究
하여보소 先後天地兩白星을 易理出聖靈王으로
하도낙서이기영산 세상사람몰랐으니 본문지중칠십이도 자세궁구
하여보소 선후천지양백성을 역리출성령왕으로

兩白十勝傳했으니 人種求於兩白일세 天兩白을알렸으니 地兩白을
다시알소 太白聚起餓死鬼요
양백십승전했으니 인종구어양백일세 천양백을알렸으니 지양백을

520

다시알소 태백취기아사귀요

小白橫行斷頭魂을 先師分明傳했으니 白兮白兮白而不生 地理兩白 無用으로 天理兩白生이라네 天地合德兩白聖人

소백횡행단두혼을 선사분명전했으니 백혜백혜백이불생 지리양백 무용으로 천리양백생이라네 천지합덕양백성인

禮法更定先聖道로 敎化萬方廣濟時에 三豊道師風飛來라

예법갱정선성도로 교화만방광제시에 삼풍도사풍비래라

이것을 풀이하면 사람은 양백에서 구함이니 양백의 이치를 알아야 한다, 양백사이에 피난하여 사는 사람은 개개인 모두 삶을 얻는 것 이니 하늘의 양백을 모르고서 어찌 땅의 양백을 찾을 수 있을가?

양백의 수를 선천, 후천, 중천의 역리수로 하도낙서의 인간을 초 월하는 성인이 탄생하니 이분이 영인이다. 천국 백성이 되려면 마음 과 행동을 깨끗이 하여야한다.

사람을 도와 생명을 구하는 것은 옷과 심령 모두가 하얗게 되는 것 은 천심으로 화하는 것이니, 이것도 양백의 이치다.

조선민족이 환란을 당할 때에 천신이 백의인이 돕는다.

천인생수의 원리는 하도낙서의 원리와 하늘과 땅의 원리로 성인이 이 세상에 출현하여 중생을 구제하기 위하여 십승의 큰 배를 지어, 선천하도의 오른쪽 태백과 후천낙서의 왼쪽 소백이 좌산, 우산으로 弓弓 사이에는 백십승이 숨어 있는 궁궁과 양산이다.

산궁전궁 전궁산궁이 양백으로 십승이다. 하늘의 양백을 알렸으

니 땅의 양백을 다시 알아야 한다. 태백은 굶어 죽는 귀신이 모인 곳이고, 소백은 머리 잘린 혼백이 횡행하는 곳임을 분명하게 옛 스승이 전했으니, 태백 소백은 땅의 산을 말하는 것이 아니다. 땅의 양백은 쓸모없고 하늘의 양백이라야 살 수 있다. 천지의 덕을 합하여 나온 양백 성인이 천성의 예법을 다시 고치고, 널리 만방으로 백성을 교화하고 구제할 때에 삼풍도사가 바람을 타고 온다는 예언이다.

42

남세영이가 여쭈었다.

"삼풍론(三豊論)은 어떠한 뜻입니까?"

"삼풍은 말세에 심령의 양식이란 뜻이다."

穀種求於三豊也니 三豊論을또들으시오 先天河圖後天洛書 中天海印理氣三豊 三天極樂傳한法이 兩白弓乙十勝理로

곡종구어삼풍야니 삼풍론을또들으시요 선천하도후천낙서 중천해인이기삼풍 삼천극락전한법이 양백궁을십승리로

少男中男兩白中에 人白長男出世하니 三曰化이 三豊으로 乾全甲子成道로다 天地兩白우리先生 人道三豊化했나니

소남중남양백중에 인백장남출세하니 삼왈화이 삼풍으로 건전갑자성도로다 천지양백우리선생 인도삼풍화했나니

十皇兩白弓乙中에 三極三豊火雨露로 兩白道中十坤이요 三豊道師
十乾일세 坤三絶과 乾三蓮을 兩白三豊傳했으니

십황양백궁을중에 삼극삼풍화우로로 양백도중십곤이요 삼풍도사
십건일세 곤삼절과 건삼련을 양백삼풍전했으니

無穀大豊豊年豊字 甘露如雨三豊이라 三旬九食三豊穀을 宮乙之中
차자보세 第一豊에 八人登天 惡化爲善一穀이요

무곡대풍풍년풍자 감로여우삼풍이라 삼순구식삼풍곡을 궁을지중
찾아보세 제일풍에 팔인등천 악화위선일곡이요

第二豊에 非雲眞雨 心靈變化二穀이요 第三豊에 有露眞露 脫劫重
生三穀이라 三豊三穀世無穀之 十勝中에 出現하니

제이풍에 비운진우 심령변화이곡이요 제삼풍에 유로진로 탈겁중
생삼곡이라 삼풍삼곡세무곡지 십승중에 출현하니

鄭氏黎首之民으로 兩白三豊일넛다네 世末大█死境에 拯濟萬民天
穀으로 和氣東風久盡悲에 天下蜂蝶呼來하니

정씨여수지민으로 양백삼풍일렀다네 세말대겹사경에 증제만민천
곡으로 화기동풍구진비에 천하봉접호래하니

不死消息永春節에 廣濟蒼生하여보세 天理三豊알았거든 地理三豊
알을세라 三豊之理豊基延豊을 地理三豊傳했으니

불사소식영춘절에 광제창생하여보세 천리삼풍알았거든 지리삼풍
알을세라 삼풍지리풍기연풍을 지리삼풍전했으니

三豊論에 一日豊基 最高福地三豊인가 耕者不獲獲者不食 엇지하여
福地이며 食者不生塵霧漲天 穀種三豊엇지될고

삼풍론에 일왈풍기 최고복지삼풍인가 경자불획획자불식 어찌하여
복지이며 식자불생진무창천 곡종삼풍어찌될고

豊基茂豊延豊으로 地理三豊傳했으나 天理三豊出世로서 地理 三豊
不利로다 豊兮豊兮無情之豊 非三豊이아니던가
풍기무풍연풍으로 지리삼풍전했으나 천리삼풍출세로서 지리삼풍
불리로다 풍혜풍혜무정지풍 비삼풍이아니던가
秘文隱理推算法을 式모르고 엇지알리 兩白三豊非吉地를 浪仙子의
明示로서 三豊海印亦一理니 海印造化無爲化라
비문은리추산법을 식모르고 어찌알리 양백삼풍비길지를 낭선자의
명시로서 삼풍해인역일리니 해인조화무위화라

四覽四覽天心化로 不入中邊일치마소 七年大旱水垠境에 三豊農事
지어보세 十皇兩白弓乙中에 三極三乾三豊道師
사람사람천심화로 불입중변일치마소 칠년대한수은경에 삼풍농사
지어보세 십황양백궁을중에 삼극삼건삼풍도사

坤三絕化乾三蓮卦 兩白三豊아올세라
곤삼절화건삼련괘 양백삼풍아올세라

이 예언의 삼풍론(三豊論)은 말세에 사람의 심령으로 거듭나게 하는
곡식의 종자는 삼풍에서 구하여야 하니, 선천 하도와 후천의 낙서가
합하여 중천에 내려 모든 비밀을 풀어주는 것이 해인이다. 성인의

생명의 양식인 불과 비와 이슬이 풍성함을 예언한 것이다.

지상의 불과 비와 이슬로는 되지 아니하고 하늘의 선인이 진리의 양식인 불과 비와 이슬로 생명의 진리인 양식의 풍성함으로 사람들이 깨달음과 생명을 얻음을 논한 예언으로 세상의 불과 비와 이슬로는 사람이 죽게 되나 하늘의 진리의 양식으로는 영생을 얻게 된다는 예언이다.

43

남세영이가 스승에게 여쭈었다.

"계룡론(鷄龍論) 은 어떠한 예언입니까?"

"계룡은 계룡산이 아니고 하늘이라는 뜻이다."

鷄龍俗離之間에는 村村旺氣傳했으며 智異德裕之間에는 谷谷吉運
아니던가 智異聰明慧睿者로 德裕之人四覽四覽
계룡속리지간에는 촌촌왕기전했으며 지리덕유지간에는 곡곡길운
아니던가 지리청명혜예자로 덕유지인사람사람

坊坊曲曲吉運으로 死中救生되어나리 日明仙運巽震으로 巽鷄震龍
雙木運에 理氣和合하고보니 靑林道士鷄龍鄭氏
방방곡곡길운으로 사중구생되어나리 일명선운손진으로 손계진룡
쌍목운에 이기화합하고보니 청림도사계룡정씨

利涉大川木道乃行 天運仙道長男女라 勿思世俗離脫하고 不顧左右
前進하자 俗離者生鷄龍入에 仙官仙女作配處로

이섭대천목도내행 천운선도장남녀라 물사세속이탈하고 불고좌우
전진하자 속리자생계룡입에 선관선녀작배처로

鷄龍白石武器故로 田末弓者田鎌이라 平沙三里福地로서 非山非野
傳했으며 人民避兵之方이라 三災不入仙境故로

계룡백석무기고로 전말궁자전겸이라 평사삼리복지로서 비산비야
전했으며 인민피병지방이라 삼재불입선경고로

入壬亂於朴이라고 十勝之人傳했으니 武陵桃源種桃處가 淨土福地
아니던가 仙道昌運時來故로 鷄龍鄭氏傳했다네

입임란어박이라고 십승지인전했으니 무릉도원종도처가 정토복지
아니던가 선도창운시래고로 계룡정씨전했다네

人間滋味幸樂으로 世脫俗離不入死를 理氣靈山十勝運에 地理諸山
合當할고 智異德裕非吉地라 智者豈入傳해었고

인간자미행락으로 세탈속리불입사를 이기영산십승운에 지리제산
합당할고 지리덕유비길지라 지자기입전해었고

鷄龍俗離非吉地라 切忌公州鷄龍일세 李氏將末 理氣靈理 移入鷄龍
何者인고 靑鶴抱卵入于鷄龍 豈有世上之理乎아

계룡속리비길지라 절기공주계룡일세 이씨장말 이기영리 이입계룡
하자인고 청학포란입우계룡 기유세상지리호야

이 예언을 풀이하면 계룡과 속리 사이에는 촌촌마다 왕성하게 전

하였으며, 지리산과 덕유산 사이에는 곡곡이 세상의 지혜와는 다른 지혜와 길운이 아니던가! 지혜와 예지로 분명하게 들어서 깨달아야 한다.

덕유산의 사람마다 방방곡곡 길운으로 죽음에서 생명으로 구원된다.

계룡(鷄龍)은 풍속을 떠나가는 사이에 마을과 마을의 성하는 기운을 전한다. 지혜가 아닌, 덕의 넉넉함으로 가는 골. 곡이 길(吉)한 운이다. 방방곡곡이 길운이 오면 어면 죽음 중에 삶을 구하는 것이다.

닭의 손괘, 용(龍)의 벼락은 쌍목(雙木)의 깨닫는 기운의 화합청림의 길로 가는 성인이 계용의 정(鄭)씨이다

천운 신선의 길은 장남 장녀가 세상의 모든 풍속을 벗고 떠나보내는 것이니 좌우 돌아보지 말고 앞으로 가라!

전(田)의 말(末) 궁(弓)의 사람은 전(田)의 낫 검이다. 평평한 모래땅에 복지, 산(山)도 물도 아님을 전한다.

백성이 병사를 피해 가는 방(方). 삼(三) 재앙이 들지 않는 십승으로 가는 사람이 오로지 사람이다.

세속의 탈을 벗고 풍속을 떠나지 않으면 죽어서도 들어올 수 없다. 깨달음의 기운 영묘한 산은 십승의 운이다.

땅을 깨달은 모두는 산(山)에 합하는 것이 마땅하다. 3.8부지는 지혜와 다른 넉넉한 큰 땅은 길지가 아닌 땅이다.

계룡은 풍속을 떠나는 것이며 길지가 아니다. 끊고 꺼리는 공변된 고을이 계룡이다.

청학이 알을 품고 계룡으로 들어가는 이치를 어찌 세상의 이치로
알 수 있겠는가! 하는 예언이다.

44

남세영이가 격암스승에게 여쭈었다.

"송가전(松家田) 은 어떠한 뜻입니까?"

"3대 변란인 임진왜란과 병자호란, 불(핵)전쟁 시 살 수 있는 방법
세 가지 비결을 문답한 것을 문장으로 푼 것이다."

鄭李問答三秘文을 大綱푸러 이르리라 自古至今末世까지 三數秘로
마치었네 浮木節木虎運에도 似草不草傳했으며

정이문답삼비문을 대강풀어 이르리라 자고지금말세까지 삼수비로
맞추었네 부목절목호운에도 사초불초전했으며

女人戴禾殺我者로 兵在其中人不矢口 畵虎顧松如松之盛 二才前後
從木生을 虎性在山十八加公 水龍一數當運이라

여인대화살아자로 병재기중인불시구 화호고송여송지성 이재전후
종목생을 호성재산십팔가공 수룡일수당운이라

人口有土殺我理로 重山深谷依松生을 見人猖獗見木卽止 ▓犢卽音
松下止라

인구유토살아리로 중산심곡의송생을 견인창궐견목즉지 화독즉음

송하지라

初亂已去再胡亂에 人心幻劫暫間일세 浮土溫土狗運에도 似野不野
傳했으며 雨下橫山殺我者로 裏在其中天不矢口

초란이거재호란에 인심환겁잠간일세 부토온토구운에도 사야부야
전했으며 우하횡산살아자로 이재기중천불시구

畵狗顧簷家給千兵 兩上左右從土生을 狗性在家家上加冠 火鼠再數
當運이라 重山不利殺我理로 人口有土樑底生을

화구고첨가급천병 양상좌우종토생을 구성재가가상가관 화서재수
당운이라 중산불리살아리로 인구유토양저생을

見雪猖獗見家卽止 畵犬卽音家下止라 雜著世上當末運에 不毛地獸
丁寧하다 浮金冷金牛運에도 似人不人傳했으며

견설창궐견가즉지 화견즉음가하지라 잡저세상당말운에 불모지수
정녕하다 부금냉금우운에도 사인불인전했으며

小頭無足殺我者로 化在其中鬼不知라 化牛顧溪奄宅曲阜 一八于八
從金生을 牛性在野三人一夕 水兎三數終末일세

소두무족살아자로 화재기중귀부지라 화우고계엄택곡부 일팔우팔
종금생을 우성재야삼인일석 수토삼수종말일세

六角八人殺我理로 弓弓十勝天波生을 見鬼猖獗見野卽止 畵豕卽音
道下止라 風紀紊亂雜柔世上 十勝大道알아보소

육각팔인살아리로 궁궁십승천파생을 견귀창궐견야즉지 화시즉음
도하지라 풍기문란잡유세상 십승대도알아보소

易理乾坤循環之中 三變九復도라오네 儒佛仙三理奇妙法 易理로서
出現하니 少男少女先天河圖 羲易理氣造化法에
　　역리건곤순환지중 삼변구복돌아오네 유불선삼이기묘법 역리로서
출현하니 소남소녀선천하도 의역이기조화법에
　　儒道正明人屬하야 七十二賢咏歌時調 乾南坤北天八卦로 天地비卦
春生之氣 八卦陰陽相配故로 相生之理禮義로다
　　유도정명인속하야 칠십이현영가시조 건남곤북천팔괘로 천지비괘
춘생지기 팔괘음양상배고로 상생지리예의로다

　　八卦磨鍊羲易法이 四時循環되오므로 胞胎養生春生發芽 衰病死葬
不免이요 喜怒哀樂四時循環 一去一來躔次로다
　　팔괘마련희역법이 사시순환되옴으로 포태양생춘생발아 쇠병사장
불면이요 희노애락사시순환 일거일래전차로다
　　先天河圖已去하고 後天洛書到來하니 中男中女後天洛書 周易理氣
變化法이 佛道正明地屬하야 五百羅漢阿彌陀佛
　　선천하도이거하고 후천낙서도래하니 중남중녀후천낙서 주역이기
변화법이 불도정명지속하야 오백라한아미타불

　　離南坎北地八卦로 火水未濟夏長之氣 八卦陰陽錯亂하야 相生變爲
相克이라 八卦魔鍊周易法이 四時動作一般으로
　　이남감북지팔괘로 화수미제하장지기 팔괘음양착란하야 상생변위
상극이라 팔괘마련주역법이 사시동작일반으로

欲帶冠旺夏長之理 衰病死葬如前으로 溫熱凉寒四時到來 晝夜長短
躔次로다

욕대관왕하장지리 쇠병사장여전으로 온열양한사시도래 주야장단
전차로다

後天洛書牛已去로 中天印符更來하니 長男長女印符중에 天正易理
奇造化法이 仙道正明天屬하야 一萬二千十二派로

후천낙서우이거로 중천인부갱래하니 장남장녀인부중에 천정역리
기조화법이 선도정명천속하야 일만이천십이파로

坤南乾北人之八卦 地天泰卦人秋期로 八卦陰陽更配合에 相剋變爲
相生일세 八卦變天正易法이 四時循環永無故로

곤남건북인지팔괘 지천태괘인추기로 팔괘음양갱배합에 상극변위
상생일세 팔괘변천정역법이 사시순환영무고로

浴帶冠旺人生秋收 衰病死葬退却이라 不寒不熱陽春節에 夜變爲晝
晝不變을 長女長男仙道法을 四時循環無轉故로

욕대관왕인생추수 쇠병사장퇴각이라 불한불열양춘절에 야변위주
주불변을 장녀장남선도법을 사시순환무전고로

胞胎養生올수없고 衰病死葬갈수없네 浴帶冠旺永春節에 不死消息
반가워라 儒佛仙合皇極仙運 手苦悲淚업섯으며

포태양생올수없고 쇠병사장갈수없네 욕대관왕영춘절에 불사소식
반가워라 유불선합황극선운 수고비루없었으며

衰病死葬一坏黃土 此世上에잇단말가 女上男下鷄龍之運 男女造化
一般이라
　상병사장일배황토 차세상에있단말가 여상남하계룡지운 남녀조화
일반이라

海印三豊亞米打불 佛道昌盛이아닌가 新運新運更新運에 先後過去
中天來라 萬病回春海印大師 病入骨髓無道者를
　해인삼풍아미타불 불도창성이아닌가 신운신운갱신운에 선후과거
중천래라 만병회춘해인대사 병입골수무도자를

不死永生시키려고 河洛理奇海印妙法 萬世先定隱藏터니 東西各國
除外하고 禮儀東方槿花國에 紫霞島로 건너와서
　불사영생시키려고 하락이기해인묘법 만세선정은장터니 동서각국
제외하고 예의동방근화국에 자하도로 건너와서
南之朝鮮先定하야 朴活에게 傳位하사 無價之寶傳컨마는 氓虫不識
不覺하야 倨慢誇恣猜忌嬌心 坐井觀天知識으로
　남지조선선정하야 박활에게 전위하사 무가지보전컨마는 맹충불식
불각하야 거만방자시기교심 좌정관천지식으로

不顧左右自欺로서 眞理不通彷徨霧中 天地循環往來하야 運去運來
終末日에 不入中動無福者로 未及以死可憐쿠나
　불고좌우자기로서 진리불통방황무중 천지순환왕래하야 운거운래
종말일에 불입중동무복자로 미급이사가련쿠나

海印三豊不覺하고　十勝弓乙獲得하야　須從白兎走靑林은　西氣東來
仙運바더　滿七加三避亂處로　鷄龍白石傳햇으나

해인삼풍불각하고　십승궁을획득하야　수종백토주청림은　서기동래
선운받아　만칠가삼피란처로　계룡백석전했으나

先後到着秘文法이　隱頭藏尾混難하야　迭序判端不覺故로　日去月諸
不顧로다　泛濫者는　無味하고　深索者는　有味故로

선후도착비문법이　은두장미혼란하야　질서판단불각고로　일거월제
불고로다　범람자는　무미하고　심색자는　유미고로

天藏地秘文秘法이　日月量解되고보니　靈坮中에　有十勝을　捨近就遠
하였구나

천장지비문비법이　일월양해되고보니　영대중에　유십승을　사근취원
하였구나

龍魔河圖先天儒와　金龜洛書後天佛이　神仙世界도라오니　相剋陰陽
猜忌嫉妬　天鷄聲에　除去하고　相生之理無爲化로

용마하도선천유와　금귀낙서후천불이　신선세계도라오니　상극음양
시기질투　천계성에　제거하고　상생지리무위화로

奇事異跡出現하니　日光東方光明世라　발가온다　발가온다　鷄龍無時
未久開東　仙運日月摧捉하니　槿花江山발가온다

기사이적출현하니　일광동방광명세라　발가온다　발가온다　계룡무시
미구개동　선운일월최착하니　근화강산발가온다

비쳐오네　비쳐오네　昏衢長夜朝鮮땅에　人增壽와　福滿家로　仙國瑞

光비쳐온다 萬邦父母 槿花江山擇名조타 無窮者라

　비쳐오네 비쳐오네 혼구장야조선땅에 인증수와 복만가로 선국서
광비쳐온다 만방부모 근화강산택명좋다 무궁자라

　可憐하다 百姓들아 八鄭七李蜂起時에 預日皆聖出名將에 誰知烏之
雌雄으로 千鷄之中有一鳳에 어느聖이 眞聖인고

　가련하다 백성들아 팔정칠이봉기시에 예왈개성출명장에 수지오지
자웅으로 천계지중유일봉에 어느성이 진성인고

　眞聖一人알랴거든 牛聲入中차자들소 陷之死地嘲笑中의 是非만흔
眞人일세 三人一夕雙弓十勝 人口有土안잣서라

　진성일인알려거든 우성입중찾아들소 함지사지조소중의 시비많은
진인일세 삼인일석쌍궁십승 인구유토앉았어라

　鷄龍白石勝武器로 山魔海鬼隱藏일세 一心修道眞正者는 海印仙藥
바더살소 無所不能海印化로 利出渡海變天地를

　계룡백석승무기로 산마해귀은장일세 일심수도진정자는 해인선약
받아살소 무소불능해인화로 이출도해변천지를

　先後中天海印仙法 長男長女마튼故로 震巽兩木末世聖이 風雷益卦
鷄龍으로 利涉大川木道乃行 天道仙法出現하니

　선후중천해인선법 장남장녀맡은고로 진손양목말세성이 풍뢰익괘
계룡으로 이섭대천목도내행 천도선법출현하니

　女上男下地天泰로 兩白三豊傳했다네 辰巳聖君正道令이 金剛山精
運氣바다 北海道에 孕胎하야 東海道에 暫沈터니

여상남하지천태로 양백삼풍전했다네 진사성군정도령이 금강산정
운기받아 북해도에 잉태하야 동해도에 잠침터니

日出東方鷄鳴聲에 南海島로 건너와서 天授大命指揮故로 紫霞島에
定座하사 盡心竭力修道中에 寅卯時에 心轉하야

일출동방계명성에 남해도로 건너와서 천수대명지휘고로 자하도에
정좌하사 진심갈력수도중에 인묘시에 심전하야

日月山上높이올라 焚香再拜一心으로 天井水에 祝福하고 聖神劍을
獲得守之 丹書用法天符經에 無窮造化出現하니

일월산상높이올라 분향재배일심으로 천정수에 축복하고 성신검을
획득수지 단서용법천부경에 무궁조화출현하니

天井名은 生命水요 天符經은 眞經也며 聖神劍名掃腥塵에 無戰爭
이 天下和라 在家無日手苦로서 諄諄敎化가라치니

천정명은 생명수요 천부경은 진경야며 성신검명소성진에 무전쟁
이 천하화라 재가무일수고로서 순순교화가르치니

天下萬方撓動하야 是是非非 相爭論에 訪道君子先入者들 日可日否
顧後로다 十年義兵天受大命逆天者는 亡하나니

천하만방요동하야 시시비비 상쟁론에 방도군자선입자들 왈가왈부
고후로다 십년의병천수대명역천자는 망하나니

是是非非모르거든 衆口鉗制有福者라

시시비비모르거든 중구겸제유복자라

이 예언은 내(격암) 사후에 정감(鄭鑑)과 이심(李沁)이 예언하게 될 글은 세 가지 비법으로 표시한다.

천간 지지의 변화하는 운수와 오행(五行)의 변화 운수를 파자법(破字法)으로 기록하였다.

이를 풀이하면!

예로부터 예언은 대체로 말세(末世)에 이르기까지 세 가지 운수의 비결로 마친다. 부목절목 호운(虎運)의 임진왜란 때에도 풀과 비슷하나 풀이 아닌 송(松)자가 피난처임을 전한다.

나를 죽이는 것이 왜놈(倭)이며 그 왜놈이 전쟁을 일으키는 사람인 줄 몰랐네!

소나무 같이 번창하는 것이니 목(木)을 따라야 산다는 말이네. 호랑이의 성질은 산에 있으니 십팔가공(十八加公)은 송(松)자요, 수룡일수(水龍一水)는 임진(壬辰)년이다.

임진(壬辰)년에 전란이 일어나면 소나무 아래 머물러 있으란 말이다. 앉아 있는 것은 나를 죽이는 이치이니, 깊은 골짜기로 나아가 소나무에 의지하면 살게 된다. 그림 속의 송아지는 소리로는 송하지(松下止)이다.

첫째 임진왜란은 지나가고, 두 번째 호란(胡亂)이 일어나 사람들이 마음에 겁을 먹으나 잠깐이다. 부토온토 구운(狗運)의 병자호란(丙子胡亂)에는 들과 비슷하나 들이 아닌 따뜻한 집의 온돌방이 피난처가 되며, 나를 죽이는 것이 설(雪)자로 방안에만 있으면 산다.

개의 성질은 집에 있으니, 병자년에 일어나는 환란은 집에서 맞이하는 운수이다. 나가면 나를 죽이는 불리한 운수로 대들보 아래 앉아 있으면 산다는 것이다.

눈(雪)이 미쳐 날뛰는 것을 보거든 집을 보고 그 곳에 멈추소. 그림속의 개는 소리로는 가하지(家下止)이다.

난잡한 말세(末世)에 나를 죽이는 것은 털 없는 짐승이 분명하네. 부금냉금(浮金冷金)의 우운(牛運)인 말세에는 사람과 비슷하나 사람이 아닌 사람을 피난처가 된다.

소두무족이 나를 죽이는 것으로 그 속에 있는 귀(鬼)를 몰랐네. 그림 속의 소가 시내를 돌아보네. 금은 인생 추수기의 주인공을 말한다. 우성(牛性)이 거하는 들에서 수도[修道]하여야한다.

계묘(癸卯)년이 종말일세. 천화(天火)가 나를 죽이는 이치이네, 弓弓의 십승이 거하는 언덕에 마귀가 미쳐 날뛰는 것을 보거든 머무소. 그림속의 돼지는 소리로는 도하지(道下止)이다.

욕대관왕(浴帶冠旺)의 시기로 늙고 병들어 죽어서 묻히는 것이 없어지고 춥지도 덥지도 않고 따뜻한 봄철만이 있으며, 밤은 변하여 낮이 되나, 낮은 그대로 낮이니, 밤이 없는 세상이 된다.

장남장녀 선도(仙道)법을 사시순환무전고로 아이를 낳아 기를 수 없고, 늙고, 병들고, 죽고, 장례함이 없네. 욕대관왕의 영원한 봄의 계절에 불사소식(不死消息)은 참으로 반가운 일이다. 모든 종교는 하나로 통합하는 황극선운(皇極仙運)이라고 한다.

여자가 위에 남자가 아래인 계룡정씨(鷄龍鄭氏)의 운에는 남녀의 조화(造化)가 같아 완전히 남녀평등 시대이다.

모든 나라가 예의가 바른 동방의 무궁화나라인 자하도에 건너와서 천지가 순환하고 왕래하여, 나쁜 운수가 가고 좋은 운수가 오는 종말일이 다가온다.

중동(中動)할 때에 들어가지 못하는 자는 죽게 되네. 가련한 일이다.

해인과 삼풍을 깨닫지 못하네. 十勝과 弓乙을 획득하려면 모름지기 백토(白兎)를 따라 청림靑林)으로 달려가야 한다.

선천팔괘인 용마하도(龍馬河圖)는 유교운(儒敎運)이었으며, 후천팔괘인 금귀낙서(金龜洛書)는 불교운(佛敎運)인데, 다음에는 신선세계 시대가 온다는 것이다.

계룡의 동방에 곧 밝은 해가 솟아오르며, 신선의 운수가 일월을 재촉하니 무궁화강산이 밝아온다.

그러나 무궁화강산 이러한 세상의 바로 직전에, 팔정(八鄭)과 칠이(七李) 즉, 가짜 정도령들이 봉기한다네! 그러니까 서로가 진인이요 정도령이라고 싸움을 한다는 것이다.

누가 까마귀의 암. 수컷을 구별하겠는가? 천 마리의 닭 가운데 봉(鳳)이 한 마리 있으니 어느 분이 거룩한 성인이며 진실한 성인이라고 구분하겠는가?

금강산의 맑은 정기와 운을 받아서 잉태는 북해도에서 동해도에 잠시 있다가 동방의 태양이 떠오르고 닭이 우는 소리에 남해도로 건너와서 하늘로부터 대명을 받아 지휘하게 되네. 자하도(紫霞島)에 진심으로 정좌(定座)하여 수도 중에 인묘년(寅卯年)에 마음을 정리하여 복음을 한다네. 하늘을 거역하는 자는 망하고 복 있는 자는 옳고 그름을 모르거든 입에 자갈을 물고 말하지 않는 사람이다! 라는 뜻이다.

45

남세영이가 여쭈었다.

"승운론(勝運論)은 무슨 뜻입니까?"

"새 시대가 오기 위한 영적 전쟁이다."

兵事起는 申酉當運 無兵接戰兵事起요 人多死之戌亥當運 魂魄多死人多死 猶未定은 子丑當運 世人不覺猶未定이요

병사기는 신유당운 무병접전병사기요 인다사지술해당운 혼백다사인다사 유미정은 자축당운 세인불각유미정이요

事可知는 寅卯當運 四海覺知事可知요 聖人出은 辰巳當運 似人不人聖人出이요

사가지는 인묘당운 사해각지사가지요 성인출은 진사당운 사인불인성인출이요

樂堂堂은 午未當運 十人皆勝樂堂堂이요 白虎當亂六年起로 朴活將
運出世하야 死之權勢破碎코자 天下是非일어나니

낙당당은 오미당운 십인개승낙당당이요 백호당란육년기로 박활장
운출세하야 사지권세파쇄코자 천하시비일어나니

克己又世忍耐勝은 永遠無窮大福일세 皇城錦城王宮城에 四十里로
退保定에 塗炭白姓極濟코자 血流落地手苦로다

극기우세인내승은 영원무궁대복일세 황성금성왕궁성에 사십리로
퇴보정에 도탄백성극제코자 혈류낙지수고로다

龍山三月震天罡에 超道士의獨覺士로 須從白兎西白金運 成于東方
靑林일세 欲識靑林道士어든

용산삼월진천강에 초도사의독각사로 수종백토서백금운 성우동방
청림일세 욕식청림도사어든

鷄有四角邦無手라 西中有一鷄一首요 無手邦이都邑하니 世人苦待
救世眞主 鄭氏出現不知런가 一鮮成胎四角携에

계유사각방무수라 서중유일계일수요 무수방이도읍하니 세인고대
구세진주 정씨출현부지런가 일선성태사각휴에

三八運氣眞人으로 辰巳午生三運바더 三聖一人神明化의 四夷屈服
萬邦和요 撫萬邦의帝業昌을 生而學而不知故로

삼팔운기진인으로 진사오생삼운받아 삼성일인신명화의 사이굴복
만방화요 무만방의제업창을 생이학이부지고로

困而知之仙運일세 儒佛道通難得커든 儒佛仙合三運通을 有無知者
莫論하고 不勞自得될가보냐 四月天의 오는

540

곤이지지선운일세 유불도통난득커든 유불선합삼운통을 유무지자
막론하고 불로자득될가보냐 사월천의 오는

聖君春末夏初分明하다 罪惡打破是非中의 紅桃花를苦待하네 海島
眞人鄭道人과 紫霞眞主鄭紅挑는 金木合運東西로서

성군춘말하초분명하다 죄악타파시비중의 홍도화를고대하네 해도
진인정도인과 자하진주정홍도는 금목합운동서로서

地上仙國創建이라 先出其人後降主로 無事彈琴千年歲라 紅鸞赤霞
紫雲江과 武陵仙坮桃源境을 八卦六十四爻數로

지상선국창건이라 선출기인후강주로 무사탄금천년세라 홍란적하
자운강과 무릉선대도원경을 팔괘육십사효수로

易理出現紅桃花요 易經靈花 變易妙理 鄭道仁을 알을세라 天上姓
名隱秘之文 人之行路正道也요

역리출현홍도화요 역경영화 변이묘리 정도인을 알을세라 천상성
명은비지문 인지행로정도야요

五行中의 首上仁을 易理속의 秕藏文句 不勞自得彼此之間 無知者
가알게되면 勝己厭之此世上에 眞人出世못한다네

오행중의 수상인을 역리속의 비장문구 불로자득피차지간 무지자
가알게되면 승기염지차세상에 진인출세못한다네

是故古訣預言論에 隱頭藏尾着亂하야 上下疾序紊亂키로 有智者게
傳했으니 無智者는愼之하라 識者憂患되오리라

시고고결예언론에 은두장미착란하야 상하질서문란키로 유지자게
전했으니 무지자는신지하라 식자우환되오리라

天生有姓人間無名 정씨로만볼수있나 鄭本天上雲中王 再來春日鄭
氏王을 無後裔之子孫으로 血流島中天朝하네

천생유성인간무명 정씨로만볼수있나 정본천상운중왕 재래춘일정
씨왕을 무후예지자손으로 혈류도중천조하네

天縱之聖鄭道令은 子子單身無配偶라 何姓不知天生子로 無父之子
傳했으니 鄭氏道令알랴거든 馬妨兒只問姓하소

천종지성정도령은 혈혈단신무배우라 하성부지천생자로 무부지자
전했으니 정씨도령알려거든 마방아지문성하소

鷄龍都邑海島千年 上帝之子無疑하네 雙弓雙乙矢口者生 訪道君子
不知人가 弓弓之間背弓理로 불亞倧佛傳했으니

계룡도읍해도천년 상제지자무의하네 쌍궁쌍을시구자생 방도군자
부지인가 궁궁지간배궁리로 불아종불전했으니

蕆忽佳基背占數에 項占出現彌勒化라 落淚血流四海和로 死之征服
解冤世라

홍총가기배점수에 항점출현미륵화라 낙루혈류사해화로 사지정복
해원세라

이 예언은 신유녀(申酉年)에 병사(兵事)가 일어나니 병사들이 직접
싸우지 않는 전쟁이다, 이 전쟁으로 사람이 많이 죽는 것은 술해년(
戌亥年)에 일어나니 혼백(魂魄)과 사람들이 많이 죽어 가는데, 아직도

사는 혈 자리를 못 정하고 미정인 때는 세인들이 깨닫지 못하는 자축년(子丑年)이 일이다.

세상사가 돌아가는 때를 아는 때는 인묘년(寅卯年)이니 모든 사람들이 하늘의 일을 알게 될 것이며, 성인(聖人)이 나타나는 때는 진사년(辰巳年)이다.

모습이 사람과 비슷한 성인이 세상에 모습을 나타내는구나. 기쁨이 오는 때는 오미년(午未年)이니 십승은 사람마다 다 이겨 기쁨으로 넘쳐난다.

백호(白虎)년의 전쟁이 있은 뒤 6년 후 박활장군의 운수로 출세하여 죽음의 권세를 깨뜨려 부순다.

황성금성 왕궁성에서 40리를 물러나서 정하고 도탄에 빠진 백성들을 구제코자 피가 흐르는 곳에서 수고가 많다.

용산에 하늘의 북두칠성(北斗七星)이 초도사의 독각사(獨覺士)로 이 세상에 와서 수종백토(須從白兎), 서백금운(西白金運)에 동방(東方)으로 와서 이루는 청림이다.

이 청림도사가 계유사각방무수(鷄有四角邦無手)다. 유(酉)자에 뿔이 4개이니 위 아래로 붙이면 전(奠)자가되며, 방무수(邦無手)라 하는 것은 즉, 방(邦)자에 수(手)자를 없애면, 남는 것은 읍(邑)자가 남는다. 그래서 전(奠)자에다가 읍(邑)자를 붙이면 정(鄭)자가 된다.

세상을 구하는 진짜 주인인 정(鄭)씨가 출현해도 사람들은 알지 못하네. 십(十)에 삼팔(三八)운을 받은 진인으로 진사오생 삼운을 받아 삼성일인(三聖一人)이요! 즉 인간으로 오신 성자가 오랑캐(四夷)를 굴

복시켜서 세계를 통일하고 전 세계를 통치하는 나라를 세운다.

사람은 태어나서 공부하지 않으면 알 수가 없는 것인데, 그 중에서도 가장 알기 어려운 것이 선운(仙運)이다. 유교, 불교도 도통하기 어려운데 하물며 죽지 않고 신선이 되는 선운(仙運)이야 어찌 말 하겠는가?

사월(四月)에 오는 성군이 춘말하초(春末夏初)라고 하네. 춘말(春末)은 진(辰)이 되고, 하초(夏初)는 사(巳)를 이름이다. 즉 진사(辰巳)년에 진인(眞人)이 나온다는 말이며 죄악타파(罪惡打破) 시비 속에 처음부터 신으로 오는 것이 아니고 먼저 인간인 사람으로 태어났다가 후에 성인이 된다는 것이다.

정도인(鄭道仁)이란 말의 정도(正道)란 하늘의 이름을 말하는데, 알지 못하니 숨겨둔 문자(文字)로, 인간이 가야 할 길인 정도(正道)즉 바른 길을 의미한다.

정도인(鄭道仁)의 인(仁)이란 오상(五常) 즉, 인간이 지켜야 할 다섯 가지 도리로 인의예지신(仁義禮智信)의 으뜸인 인(仁)즉 사랑을 뜻하는 말이다. 이 모든 것이 역리속에 들어있는 숨겨져 있는 문구인데 누구나가 힘들이지 않고 공부하지 않고 알 수 있는 내용이 아니라는 것이다.

하늘의 정(鄭)씨가 인간으로 태어나 이름을 갖게 되는데, 정씨는 본래 천상의 구름속의 왕(王)이 시다네! 봄날에 다시 오시는 정씨 왕은 후예가 없는 자손으로 태어나시며, 하늘의 명을 받드는 배우자가 없는 혈혈단신한 분으로 하늘의 천부지자(天父之子)라 한다.

궁궁이 등을 맞댄 사이에서 十勝의 이치로 신인이 출현함을 전했는데 좋은 기운으로 성령을 입은 정도령은 고립무원 홀홀단신으로 천국을 만들어 간다 는 이치이다.

46

남세영이가 격암스승에게 여쭈었다.

"도부신인(桃符神人) 은 어떠한 뜻입니까?"

"십승도령인 정도령이 이 세상에 출현한다는 뜻이다."

十勝道靈出世하니 天下是非紛紛이라 克己魔로 十勝變이 不俱者年
赤猴로다 松柏之化一人으로 列位萬邦玉無瑕를

십승도령출세하니 천하시비분분이라 극기마로 십승변이 불구자년
적후로다 송백지화일인으로 열위만방옥무하를

世上罪惡擔當코자 雙犬言中空城人이 晝夜跪坐望問天의 一心祈禱
血淚和라 冤讐惡讐救援코저 紛骨碎身忍耐中의

세상죄악담당코자 쌍견언중공성인이 주야궤좌망문천의 일심기도
혈루화라 원수악수구원코저 분골쇄신인내중의

一天下之登兄弟로 一統和가 되단말가 末世死運 當한者들 疑心말
고 修道하소 乾牛坤馬雙弓理로 地上天使出現하니

일천하지등형제로 일통화가 되단말가 말세사운 당한자들 의심말

고 수도하소 건우곤마쌍궁리로 지상천사출현하니

　見而不識誰可知오 弓弓隱法十勝和라 非山非野不利水에 天神加護
吉星照로 東西運行往來하니 大白金星曉星照라

　견이불식수가지요 궁궁은법십승화라 비산비야불리수에 천신가호
길성조로 동서운행왕래하니 대백금성효성조라

　伽倻靈室挑源境은 地上仙國稱號로서 最好兩弓木人으로 十八卜術
誕生하니 三聖水源三人之水 羊一口의 又八일세

　가야영실도원경은 지상선국칭호로서 최호양궁목인으로 십팔복술
탄생하니 삼성수원삼인지수 양일구의 우팔일세

　修道先出容天朴을 世人不知모르거든 天崩地坼素砂立을 十勝人게
問疑하소 萬邦之中避亂處를 萬歲先定하여두고

　수도선출용천박을 세인부지모르거든 천붕지탁소사립을 십승인게
문의하소 만방지중피란처를 만세선정하여두고

　白面天使黑鼻公子嶺上出人大將으로 三聖一合神人動作으로 任意
出入一天下에 石白海印天權으로 天下消蕩降魔世를

　백면천사흑비공자영상출인대장으로 삼성일합신인동작으로 임의
출입일천하에 석백해인천권으로 천하소탕강마세를

　世人嘲笑譏弄이나 最後勝利弓弓일세 彌勒世尊無量之意 宇宙之尊
彌天이요 着金冠의 馬首丹粧飛龍馬의 勒馬로써

　세인조소기롱이나 최후승리궁궁일세 미륵세존무량지의 우주지존
미천이요 착금관의 마수단장비룡마의 늑마로서

　儒佛仙運三合一의 天降神馬彌勒이라네 馬姓鄭氏天馬오니 彌勒世
尊稱號로다 天綜大聖鷄龍으로 蓮花世界鄭氏王을

유불선운삼합일의 천강신마미륵이라네 마성정씨천마오니 미륵세
존칭호로다 천종대성계룡으로 연화세계정씨왕을

平和相徵橄柿字로 柿謀者生傳했다네 暮春三月龍山으로 四時不變
長春世라 鄭氏國都何處地가 鷄鳴龍叫新都處오

평화상징감시자로 시모자생전했다네 모춘삼월용산으로 사시불변
장춘세라 정씨국도하처지가 계명용규신도처오

李末之後鄭都地는 淸水山下千年都라 物欲交蔽訪道君子 井中之蛙
智識으로 天鷄龍은 不覺하고 地鷄龍만 찾단말가

이말지후정도지지 청수산하천년도라 물욕교폐방도군자 정중지와
지식으로 천계룡은 불각하고 지계룡만 찾단말가

弓弓乙乙修道人이 運去運來循還야니 天鷄龍을 先覺後에 地鷄龍은
再尋處라 天十勝을 先覺後에 地十勝은 再尋地,

궁궁을을수도인이 운거운래순환야니 천계룡을 선각후에 지계룡은
재심처라 천십승을 선각후에 지십승은 재심지,

天兩白을 先覺後에 地兩白은 後尋處, 天三豊을 先覺後에 地三豊은
後尋處天弓弓을 先覺後에 地弓弓은 後尋處,

천양백을 선각후에 지양백은 후심처, 천삼풍을 선각후에 지삼풍은
후심처천궁궁을 선각후에 지궁궁은 후심처,

天理田田 先覺後에 地田田은 後尋處, 天石井을 先覺後에 地石井은
後尋處, 天耕農을 先作後에 地耕農은 後作하라,

천리전전 선각후에 지전전은 후심처. 천석정을 선각후에 지석정은

후심처. 천경농을 선작후에 지경농은 후작하라.

　天農穀은 不飢穀이요 地農穀은 餓死穀을 天陽地陰丁寧커늘 鬼神
陰陽不判할가 天金剛과 地金剛이 陰陽兩端갈라있고
　천농곡은 불기곡이요 지농곡은 아사곡을 천양지음정녕커늘 귀신
음양불판할가 천금강과 지금강이 음양양단갈라있고

　山金剛과 海金剛이 鬼神兩端갈라거든 一心修道弓弓人들 十字陰陽
判端하소 天神地鬼分明하고 男尊餘卑分明커든
　산금강과 해금강이 귀신양단갈랐거든 일심수도궁궁인들 십자음양
판단하소 천신지귀분명하고 남존여비분명커든

　天地理氣엇지하여 反覆稱號뜻을아노 神鬼라고 아니하고 鬼神이라
稱號이요 外內라고 아니하고 內外라고 엇지하노
　천지이기었지하여 반복칭호뜻을아노 신귀라고 아니하고 귀신이라
칭호이요 외내라고 아니하고 내외라고 어찌하노
　天地相爭混沌時에 天神負이 地鬼勝을 此然由로 因하야서 勝利者
의 노름으로 天地反覆할일업서 地上勸을 일엇다네
　천지상쟁혼돈시에 천신부이 지귀승을 차연유로 인하야서 승리자
의 노름으로 천지반복할일없어 지상권을 잃었다네

　鬼神世上되었으니 神鬼라고 할수업고 男陽女陰分明치만 陰鬼發動
此世故로 男負女勝奪權으로 鬼勝神負할일없어

548

귀신세상되었으니 신귀라고 할수없고 남양여음분명치만 음귀발동 차세고로 남부여승탈권으로 귀승신부할일없어

陽陰이라 못하고서 陰陽으로 되었으며 男外女內分明치만 內外라고 稱號로세 陰盛陽衰되옴으로 掀天魔勢死之權을

양음이라 못하고서 음양으로 되었으며 남외여내분명치만 내외라고 칭호로세 음성양쇠되옴으로 흔천마세사지권을

이러므로 因하야서 先奪十字鬼勢오니 先入者는 陰氣바다 從鬼者가 될것이요 中入者는 陽氣바다 從神者가 될것이니

이러므로 인하야서 선탈십자귀세오니 선입자는 음기받아 종귀자가 될것이요 중입자는 양기받아 종신자가 될것이니

八陰先動愼之하고 三陽中動찾아들소 三陽神은 三神이요 八陰鬼는 八魔라 先動修道陰十字요 中動修道陽十勝을 陰鬼十은

팔음선동신지하고 삼양중동찾아들소 삼양신은 삼신이요 팔음귀는 팔마라 선동수도음십자요 중동수도양십승을 음귀십은

黑十字요 陽神十은 白十勝을 陰陽分解모르고서 十勝仙道찾을소냐 淸水名山蓮花坮의 十二穴脈蓮穴로써 十二神人先定後에

흑십자요 양신십은 백십승을 음양분해모르고서 십승선도찾을소냐 청수명산연화대의 십이혈맥연혈로써 십이신인선정후에

各率一萬二千數를 七寶之中玉蓮發이 大聖君子二尊士로 靑雲東風久盡悲에 兩木合一靑林일세 奇岩怪石雲消峯에

각솔일만이천수를 칠보지중옥련발이 대성군자이존사로 청운동풍

구진비에 양목합일청림일세 기암괴석운소봉에

峯峯에 燈燭달고 昏衢長夜밝혀주니 日月無光不夜城에 十二神人蓮
花坮上 空中樓閣寶玉殿에 雲霧屛風靈理化의

봉봉에 등촉달고 혼구장야밝겨주니 일월무광불야성에 십이신인연
화대상 공중누각보옥전에 운무병풍영리화의

雲梯乘天白玉樓를 倒山移海海印用事 任意用之往來하며 無爲理化
自然으로 白髮老軀無用者가 仙風道骨更少年에

운제승천백옥루를 도산이해해인용사 임의용지왕래하며 무위이화
자연으로 백발노구무용자가 선풍도골갱소년에

二八靑春妙한態度 不老不衰永春化로 極樂長春一夢인가 病入骨髓
不具者가 北邙山川閑臥人도 死者回春甦生하니

이팔청춘묘한태도 불로불쇠영춘화로 극락장춘일몽인가 병입골수
불구자가 북망산천한와인도 사자회춘소생하니

不可思議海印일세 六年修道通理說로 來世分明傳했으니 極樂論에
琉璃世界 蓮花坮上일렀으니

불가사의해인일세 육년수도통리설로 내세분명전했으니 극락론에
유리세계 연화대상일렀으니

三百修道通理說로 克己死亡傳했으니 逆天逆理脫劫重生 永生論을
전했으나 上古先知預言論을 어느누가 信任했노

삼백수도통리설로 극기사망전했으니 역천역리탈겁중생 영생론을
전했으나 상고선지예언론을 어느누가 신임했노

中興國의 大和門은 始自子丑至戌亥로 十二玉門大開하고 十二帝國
朝貢일세 華城漢陽松京까지 寶物倉庫쌓였으니

중흥국의 대화문은 시자자축지술해로 십이옥문대개하고 십이제국
조공일세 화성한양송경까지 보물창고쌓였으니

造築金剛石彫城은 夜光珠로 端粧하니 鷄龍金城燦爛하야 日無光이
無晝夜를 城內中央大十勝에 四維十勝列位하니

조축금강석조성은 야광주로 단장하니 계룡금성찬란하야 일무광이
무주야를 성내중앙대십승에 사유십승열위하니

利在田田秘文으로 田之又田田田일세 一百四十四時高城 忠信義士
入金城에 彈琴聲이 藉藉하니 不知歲月何甲子고

이재전전비문으로 전지우전전전일세 일백사십사시고성 충신의사
입금성에 탄금성이 자자하니 부지세월하갑자고

東西金木相合之運 地上仙國福地로서 開闢以後初有之時 前無後之
長春世라 天上玉京弩弓火를 橄樹油에 불을켜서

동서금목상합지운 지상선국복지로서 개벽이후초유지시 전무후지
장춘세라 천상옥경노궁화를 감수유에 불을켜서

弓乙仙人上逢하야 不死消 息다시듯고 風浪波濤빠진百姓 生命線路
건질적에 紛骨碎身되지라도

궁을선인상봉하야 불사소 식다시듣고 풍랑파도빠진백성 생명선로
건질적에 분골쇄신될지라도

不遠千里멀다마소 亞宮裏를 先察하야 仙源宮을 急히차자 三峯山

下半月船을 銘心不忘 急히타소

불원천리멀다마소 아궁리를 선찰하야 선원궁을 급히찾아 삼봉산
하반월선을 명심불망 급히타소

이것을 풀이하면 십승(十勝)도령이 세상에 나오니 천하에 시비(是非
)가 분분하다. 자기의 마귀를 이긴 십승이 변한 그 해에 함께 하는 자
가 없는 붉은 원숭이다.

말세에 죽는 당연한 운(運)의 자는 의심 하지 말고 수도 하소. 하늘
은 소. 땅은 말. 쌍궁(雙弓)의 깨달음으로 지상에 천사가 출현한다.

쌍궁(雙弓)에서 가장 좋은 재목(材木)의 사람인 십승(十勝)은 3.8의
에서 탄생한다. 3.8의 성스러운 근원의 물은 3.8의 사람은 착함의
물로 간다. 또 먼저 3.8의 길을 닦아 얼굴을 나타내는 하늘이 정한
재목(材木)이다.

아들은 아리랑고개 위에 낳는 사람 대장으로 3.8을 성스럽게 하나
로 합한다. 세인(世人)들은 비웃고 조롱한다. 최후의 승리는 궁궁(弓弓
)이다.

하늘에서 내린 미륵 마성(馬姓) 鄭씨는 하늘의 말이다. 미륵세존 칭
호(稱號)이다.

정(鄭)씨 나라의 도읍이 어찌 이 땅 이곳에 닭이 울고 용이 부르짖
는 새로운 도읍(都邑) 처인 목자(木子)가 끝말(未)로 간 후 정(鄭)의 도읍
지 산(山) 아래 맑은 물이 흐르고 천년의 도읍지이며 만물에 대한 욕
심을 덮고 버린다.

하늘의 십승(十勝)을 먼저 찾고 땅 십승(十勝)의 곳은 나중에 찾아라!

하늘의 양백(兩白)을 먼저 깨닫고 땅의 양백은 후에 찾는 곳으로 하라! 하늘의 삼풍(三豊)을 먼저 찾은 후에 땅의 삼풍(三豊)은 후에 찾는 곳으로 하라!

하늘의 궁궁(弓弓)을 먼저 찾은 후에 땅의 궁궁(弓弓)은 후(後)에 찾는 곳으로 하라!

하늘 다스림 전전(田田)을 먼저 깨달은 후에 땅의 전전(田田)은 후에 찾아라!

하늘의 석정(石井)을 먼저 깨달은 후에 땅의 석정(石井)은 후(後)에 찾아라!

하늘의 농사를 먼저 지은 후에 땅의 농사는 후에 지어라!

하늘의 풍곡(豊穀)은 줄지 않는 곡식이요 땅의 풍곡(豊穀)은 굶어죽는 곡식이다.

하늘은 양(陽). 땅은 음(陰)이 이치이거늘 귀신이 음양(陰陽)을 잘못 판단해 하늘의 금(金) 굳세게, 땅의 금(金) 굳세게 음양(陰陽)을 둘로 단정하고 산금(山金)과 해금(海金)도 굳세게 라고 하였다.

남자는 양(陽)이요, 여자는 음(陰)이 분명한데 음기(陰氣)의 발동이 옛 세상에 이르니 남자의 지고 여자의 승리가 되니 귀신이 승(勝)하고 신(神)을 지는 형상이네! 양음(陽陰) 음양(陰陽) 남외(男外) 여내(女內)분명하지만 음(陰)이 성하고 양이 쇠하네. 하늘은 번쩍 손들고 마귀는 죽어가는 형세이다.

먼저 빼앗은 십자(十) 귀신의 권세요. 중간(中入)에 들어간 자는 양기(陽氣)를 좇는 신자(神者) 팔음(八陰)은 먼저 움직임을 삼가 해야 한다.

삼양(三陽)의 중간(中入)에 움직여야 한다.

삼양신(三陽神)은 삼신(三神)이고 팔음(八陰) 귀는 팔마귀(八魔鬼)이다. 중간(中間)에 움직여 닦는 길은 광명이 오는 십승(十勝)이다!

음귀(陰鬼) 십(十)은 흑십자(黑十字)이고 별드는 신(神)의 십(十)은 백십승(白十勝) 이다.

십이(十二) 신인 선정 후, (12지파) 각솔(各率) 일만 이천 수를 (12 x 12,000 = 144,000명) 七(卍)의 보배가 가는 중에 옥연이 만발하다!

오는 세상은 6년 수도하면 통함을 깨닫는 다는 말씀이 분명하다, 극락(極樂)은 유리처럼 맑고 투명한 세계다.

먼저 알고 위 것을 미리 말씀하는 것은 맡기는 중에 흥(興)함의 나라가 될 것이다.

대화합의 문은 처음으로 인류 스스로 개. 돼지가 소에 이르는 길이다.

재성(在城) 안에 중앙 큰 십승(十勝) 열립하니 이로움이 있는 전전(田田)의 비문(秘文)이 밭에 가니 또 밭이 앞에 70m 높이의 높은 성(城)과 충신(忠信) 의사(義士) 입금성(入金城) 가야금소리 자자하나 이를 알지 못하는 사이 어느새 60년이 동서(東西)로 서로 화합(和合)해 가는 운이다 지상의 신선의 나라는 복 받는 땅이다.

47

남세영이가 다시 여쭈었다.

"성운론(聖運論) 은 어떠한 예언입니까?"

"천상의 모든 신명이 지상에 출현해서 나무 기운을 받는다 는 이치이다."

때되었네 仙運와서 天上諸仙出世하니 三之諸葛八韓信이 三八靑林運氣바더 十勝大王 우리聖主 兩白聖人나오시고

때되었네 선운와서 천상제선출세하니 삼지제갈팔한신이 삼팔청림운기바더 십승대왕 우리성주 양백성인나오시고

彌勒世尊三神대왕 三豊道師出現하고 西氣東來白虎運에 靑林道社나오시고 木兎再生鄭姓으로 血流道中 우리聖師

미륵세존삼신대왕 삼풍도사출현하고 서기동래백호운에 청림도사나오시고 목토재생정성으로 혈류도중 우리성사

鷄龍三月震天罡에 三碧眞人나오시고 金鳩木兎雙弓理로 三八之木仙運바다 四綠徵破四月天의 東方一人出世하고

계룡삼월진천강에 삼벽진인나오시고 금구목토쌍궁리로 삼팔지목선운바다 사록징파사월천의 동방일인출세하고

小木多積萬姓處에 市場木이 得運하야 白面天使黑鼻將軍 執衡按察人心和로 心中善惡判端하니 毫釐不差隱諱할가

소목다적만성처에 시장목이 득운하야 백면천사흑비장군 집형안찰

인심화로 심중선악판단하니 호리불차은휘할가

甘露如雨寶惠大師 正道靈이 飛出하야 雷聲霹靂電閃迅에 一次二次
再三次로 紫霞黃霧火然中에 救世主가 降臨하니

감로여우보혜대사 정도령이 비출하야 뇌성벽력전섬신에 일차이차
재삼차로 자하황무화연중에 구세주가 강림하니

三八數定諸神明이 各率神兵총合하야 儒道更正仙儒佛로 天下文明
始於艮에 禮義東方湖南으로 人王四維全羅道를

삼팔수정제신명이 각솔신병총합하야 유도갱정선유불로 천하문명
시어간에 예의동방호남으로 인왕사유전라도를

道通天地無形外라 三人一夕脫劫일세 天文術數從何處고 黃房杜禹
出沒時라 一心和合是非眞人 末復合一眞人일세

도통천지무형외라 삼인일석탈겁일세 천문술수종하처고 황방두우
출몰시라 일심화합시비진인 말복합일진인일세

訪道君子修道人아 地鷄龍만 찾단말가 寒心하다 世上事여 死末生
初此時로다 陽來陰退仙運에는 白寶座의 神判이라

방도군자수도인아 지계룡만 찾단말가 한심하다 세상사여 사말생
초차시로다 양래음퇴선운에는 백보좌의 신판이라

非禮勿是非禮勿聽 行住坐臥端正하소 先聖預言明示하라 逆天者는
亡하리라 陰陽木田鷄水邊의 脫退冠家二十日草

비례물시비례물청 행주좌와단정하소 선성예언명시하라 역천자는
망하라라 음양목전계수변의 탈퇴관가이십일초

愛好者는 亡하나니 末世君子銘心하소 無勿不食過去事요 食不食의
來運事라 從鬼者는 負戌水火 眞逆者는 禾千里라

애호자는 망하나니 말세군자명심하소 무물불식과거사요 식불식의
내운사라 종귀자는 부술수화 진역자는 화천리라

送舊迎新此時代에 天下萬物忽變化로 天證歲月人增壽요 春滿乾坤
福滿家에 願得三山不老草와 拜獻高堂鶴髮親에

송구영신차시대에 천하만물홀변화로 천증세월인증수요 춘만건곤
복만가에 원득삼산불로초와 배헌고당학발친에

堂上父母千年壽요 膝下子孫萬歲榮을 立春大吉傳했으나 建陽多慶
모르리라 惡化爲善 되는日에 天受大命 立春일세

당상부모천년수요 슬하자손만세영을 입춘대길전했으나 건양다경
모르리라 악화위선 되는일에 천수대명 입춘일세

老少男女上下階級 有無識을 莫論하고 生命路에 喜消息을 不遠千
里傳하올제 自一傳十十傳百과 百傳千에 千傳萬을

노소남녀상하계급 유무식을 막론하고 생명로에 희소식을 불원천
리전하올제 자일전십십전백과 백전천에 천전만을

天下人民 다傳하면 永遠無窮榮光일세 肇乙矢口十方勝地 擧手頭足
天呼萬歲

천하인민 다전하면 영원무궁영광일세 조을시구십방승지 거수두족
천호만세

이 예언은 인생추수의 때가 되었는데. 선도(仙道)의 운수가 와서 천상의 신선들이 출세하고 십승대왕이 우리의 거룩한 양백성인이 나오신다.

삼풍의 곡식을 먹여주는 삼풍도사(三豊道士)이네. 서양의 기운이 동쪽으로 건너와 금목(金木)이 하나로 합치는 백호(白虎)의 운수이다. 정(鄭)씨의 성씨로 재생한 것이네. 피눈물을 흘리며 도를 전파하는 스승이 계룡의 삼월(三月)에 삼벽진인(三碧眞人)으로 나오시고 금구(金鳩)와 목토(木兎)가 쌍궁(雙弓)의 이치이다.

말세에 전쟁에서 정도령을 돕는 장수들의 출몰하는 때이네. 일심(一心)으로 화합하니 그렇게도 시비(是非)많던 진인(眞人)이 한사람의 진인으로 나타나게 된다.

한심한 일이다. 계룡(鷄龍)이란 것이 지명(地名)이 아니다.

죽고 사는 갈림길이 되는 때는 음(陰)이 물러가고 양(陽)이 돌아오는 신선의 운에는 백보좌(白寶座)의 신의 심판이 있는 것이다.

하늘을 거역하는 자는 망하고 주색과 돼지고기(豕)와 담배를 좋아하는 자도 망하며 말세의 군자(君子)들은 명심하소. 먹지 못할 것이 없는 것은 과거의 일이고, 먹을 것과 먹지 못할 것이 있는 것이 앞으로 오는 운이다.

불로초를 백발의 부모님에게 절을 하고 당상(堂上)에 드리니 부모님의 수명은 천년수이요, 슬하자손의 영화는 만년이 되는 것을 입춘대길로 전했으나 건양(建陽)에 경사가 많이 있음을 모른다는 이치다.

곧 하늘의 크신 명령이 성취되는 날이 입춘[立春]이네!

성현이 출현하여 죽음의 혼탁한 세계가 물러가고, 영원한 봄의 세계가 펼쳐짐을 의미한다. 노인과 소년, 남자와 여자, 지위가 높고 낮은 사람, 유식하고 무식한 사람 모두가 생명의 기쁜 소식을 천리에다 전한다.

하나가 열이 되고 열이 백(百)이 되고 백(百)이 천(千)이 되고 천(千)이 만(萬)이 되어, 세상 만민에게 다 전하면 영원무궁한 영광을 누릴 때 십방승지(十方勝地)가 조을시구(肇乙矢口) 하구나!

기쁨에 넘쳐 두 손을 하늘 높이 들어 천신[天神]에게 만세를 부른다는 뜻이다.

48

남세영이가 여쭈었다.

"말초가(末初歌)의 뜻은 무엇입니까?"

"조선이 망하고 대한민국 탄생과정을 논한 것이다."

隆四七月李花落에 白狗身이 蟬鳴時요 尺山度地三角天에 分州合郡處處로다 非僧非俗哀此物이 無君無父何處生고

융사칠월이화락에 백구신이 선명시요 척산도지삼각천에 분주합군처처로다 비승비속애차물이 무군무부하처생고

燭坮바지短衫으로 似人不人볼수없내 頹敗倫常하고보니 舊學撤廢新樹立을 無面相語萬國語는 金絲千里人言來요

촉대바지단삼으로 사인불인볼수없네 퇴패윤상하고보니 구학철폐
신수립을 무면상어만국어는 금사천리인언래요

東北千里鐵馬行은 三層畵閣人座去라 空中行船風雲睫은 赤旗如雨
白鶴飛라 三十六年無主民이 皆爲僧孫不知佛을
동북천리철마행은 삼층화각인좌거라 공중행선풍운첩은 적기여우
백학비라 삼십육년무주민이 개위승손부지불을

日本東出西山沒에 日中之變及於世界 午未生光申酉移로 日色發光
日暮昏을 靑鷄一聲半田落이 委人歸根落望故로
일본동출서산몰에 일중지변급어세계 오미생광신유이로 일색발광
일모혼을 청계일성반전락이 위인귀근락망고로

兩人相對河橋泣에 牽牛織女相別일세 女人戴禾帿兎歸로 六六運去
乾坤定에 乙矢口나槿花江山 留支함이天運일세
양인상대하교읍에 견우직녀상별일세 여인대화후토귀로 육육운거
건곤정에 을시구나근화강산 유지함이천운일세
朝蘇民族生日로서 天呼萬歲處處起세 正當之事人道연만 人人相伴
暗殺陰謀 上下反覆不法盛에 足反居上非運으로
조선민족생일로서 천호만세처처기세 정당지사인도연만 인인상반
암살음모 상하반복불법성에 주반거상비운으로

智將勇退登畔閣에 富不謀身沒貨泉을 當世欲知生話計댄 速圖

二十八分前을 白虎三望世混沌에 三月三時何知人고

  지장용퇴등반각에 부불모신몰화천을 당세욕지생화계댄 속도
이십팔분전을 백호삼망세혼돈에 삼월삼시하지인고

八金山下安心地는 虎患不犯傳했다네 人心洶洶患亂中에 米穀大豊

  여기저기 驚惶人心安定하소 虛榮心에 精神가면

  팔금산하안심지는 호환불범전했다네 인심흉흉환란중에 미곡대풍
여기저기 경황인심안정하소 허영심에 정신가면

日去月諸길을수록 本心찾기 어렵도다 白梳猶留餘生虱에 莫作群中

最大名을 白狗六六靑鷄喜聲 鷄三三後黑蛇運에

  일거월제길을수록 본심찾기 어렵도다 백소유류여생슬에 막작군중
최대명을 백구육육청계희성 계삼삼후흑사운에

朝輝光을 모르거든 日月明을 알을세라 白羊依水未越卯止 子商孫

讀運이왔네 靑鷄一聲喜消息에 南渡困龍無政治事

  조휘광을 모르거든 일월명을 알을세라 백양의수미월묘지 자상손
독운이왔네 청계일성희소식에 남도곤룡무정치사

新增李氏十二年에 流水聲中人何生가 天地運數定理法이 暫時暫間

循環故로 分列三方朝得暮失貪祿구臣從幾人고

  신증이씨십이년에 유수성중인하생가 천지운수정리법이 잠시잠간
순환고로 분열삼방조득모실탐록구신종기인고

可憐今日王孫子는 困龍之後代續으로 花開二十又二春을 法모르고

解得할고 二十二春모르거든 卄二眞人覺知하소

　가련금일왕손자는 곤룡지후대속으로 화개이십우이춘을 법모르고
해득할고 이십이춘모르거든 공이진인각지하소

　老鼠爭龍木子退로 隱然自出牛尾入을 張趙二姓自中亂에 庚辰辛巳
傳했으니 此後之事逆獄蔓延 慶全蹶起先發되어

　노서쟁론목자퇴로 은연자출우미입을 장조이성자중란에 경진신사
전했으니 차후지사역옥만연 경전궐기선발되어

　馬山風雨自南來로 熊澤魚龍從此去라 坊坊曲曲能坊曲 是是非非足
是非라 合해보세 天干地支 四九子丑아니던가

　마산풍우자남래로 웅택어룡종차거라 방방곡곡능방곡 시시비비족
시비라 합해보세 천간지지 사구자축아니던가

　四九辰巳革新으로 三軍烽火城遇賊을 軍政錯難衆口鉗制 口是禍門
滅身斧라 善法이면 好運時오 不法이면 惡運時라

　사구진사혁신으로 삼군봉화성우적을 군정착란중구겸제 구시화문
멸신부라 선법이면 호운시오 불법이면 악운시라

　末世出人 攝政君들 當當正正일치마소 阿差한번 失法하면 自身滅
亡敗家로서 全世大亂飛相火로 天下人民滅亡일세

　말세출인 섭정군들 당당정정일치마소 아차한번 실법하면 자신멸
망패가로서 전세대란비상화로 천하인민멸망일세

　이는 융희(隆熙) 4년 7월에 오양(李氏) 꽃이 떨어지네. 백구(白狗)는

562

1910년 경술년(庚戌年)이요, 때는 매미가 우는 음력 7월이다.

조선의 이(李)씨 왕조가 몰락하는 1910년 경술국치(庚戌國恥)를 말한 것이다. 왜인들이 침범하여 산과 땅, 주와 부(州와 府)를 나눠 행정구역을 군(郡)으로 정하네. 어느 곳에서 생겨 임금도 없고 애비도 없는가?

구학문이 철폐되고 신학문이 들어와서 전화기로 외국어를 얼굴을 서로 맞대지 않고 서로 말함이다.

일본이 동쪽에서 일어나 서양에게 망하나 중국과 일본의 전쟁으로 인하여 세계대전이 일어난다.

1942년 오미년(午未年)에 승리하여 빛이 나고 1944년 신유년(申酉年), 1945년 을유년(乙酉年)이 되면서 일본의 빛이 저무는 황혼과 같이 되었구나!

일본이 망하여 일본 본토로 되돌아가게 되나 우리나라는 미국과 소련과 중국을 상대하여 남북으로 갈리니 견우(牽牛)와 직녀(織女)가 이별하는 것과 같다.

일본이 을유년(乙酉年) 칠월에 돌아감으로서 6×6=36(일제강점 36년)간 통치하는 운이 지나감은 하늘이 정함이다.

무궁화 삼천리강산을 유지함이 하늘이 도와준 운수이구나!

조선민족의 생일을 맞이했으나 서로 짝하여 암살음모를 벌여 상하가 서로 뒤집혀 불법이 번성함에 발이 상에 오르는 슬픈 운수이다.

백호(白虎)는 1950년 경인년(庚寅年) 6.25동란을 당하여 1. 2. 3차 혼돈되는 침략이 있을 때 삼월삼시 세 달을 누가 알겠는가?

피난처는 팔금산(八金山)의 부산(釜山)으로 호환(虎患)이 침범하지 않는 곳이라고 내가(격암) 예언한다. 인심이 흉흉하고 어지러운 가운데 쌀농사가 여기저기 대풍이다.

그러나 해방 후 9년간은 흑사운(黑蛇運)이다. 잠시 무정부 시대가 전개된다.

이(李)씨가 새로 이조(李朝) 왕운을 이어서 12년간 독재를 하니 국민들이 어떻게 살아간단 말인가? 천지(天地) 운수가 정한 이치에 따라서 잠시 잠깐 순환하는 까닭에 세 방향으로 분열되어 아침에 얻었다가 저녁에 다시 잃어버렸다.

윤(尹)씨에게 왕운이 열려 꽃이 핌을 법 모르고 깨달을 수 없네. 이십이(二十二)로 봄을 맞이함을 모르면, 곧 윤[尹=廾二]씨가 이승만을 이어받는 사람이라는 것을 깨달아라.

1960년 늙은 쥐 경자년(庚子年)에 용월(辰月/양력4월)과 싸우는 해에 이씨 정권이 물러나네! 은연중에 스스로 나온 축(丑)자에 꼬리가 들어가면 윤[尹]씨가 된다.

1960년 경진년(庚辰年)에 장조(張.趙 / 장면과 조병옥) 두 다른 성이 자중지란에 1961년 신사년(辛巳年)을 전했다네. 그 후에 감옥(獄)에 들어가는 사람들이 많아진다.

경상도와 전라도에서 먼저 국민들의 궐기가 일어나 남쪽 마산에서 폭발한 난리가 일어나 웅택어룡(熊澤魚龍)들이 이 난리에 따라가 버린다.

경자년(庚子年)의 4월 혁명과 신축년(辛丑年) 5월 군사변란이 아니던 가? 군정(軍政)이 혹 잘못하는 일이 있더라도 입을 자물쇠로 채운 듯 이 말하지 마소. 입은 화를 부르며 몸을 망치는 도끼이다.

선법이면 호운이요, 불법이면 악운이다. 말세에 나오는 섭정(攝政) 군 들이여! 아차 한번 바른 법을 잃으면 자신과 나라가 멸망하며 전 세계에 전쟁이 일어나네! 하늘에서 불이 날아와 하늘 아래 인간이 멸망한다는 예언이다.

49

남세영이가 스승에게 여쭈었다.

"말중론(末中論)은 어떠한 예언입니까?"

"말세의 중간에 두 사람이 싸워서 결국 복된 후손이 된다는 것이 다."

欲識推算末世事댄 兩人相爭長弓射요 二十九日疾走者는 仰天痛哭 怨無心을 失路彷徨人民들아 趙張낫다 絕斷일세

욕식추산말세사댄 양인상쟁장궁사요 이십구일질주자는 앙천통곡 원무심을 실로방황인민들아 조장낫다 절단일세

訪道君子修道人들 高張낫네 避亂가자 不知時勢蒼生들아 時運不幸 疾亂일세 處處蜂起假鄭들아 節不知而發動이라

방도군자수도인들 고장낫네 피란가자 부지시세창생들아 시운불행

질란일세 처처봉기가정들아 절부지이발동이라

白面天使不覺故로 所不如意絶望일세 黑鼻將軍扶李事로 刈棘反復
開運이라 伐李之斧天運으로 逆天者는 갈길없다

백면천사불각고로 소불여의절망일세 흑비장군부이사로 예극반복
개운이라 벌리지부천운으로 역천자는 갈길없다

死人失衣暗暗理로 怨無心을 所望이요 惡善者亡增聖者滅 害聖者는
不生이라 長弓勝敗白金鼠牛 中入正當되오리니

사인실의암암리로 원무심을 소망이요 악선자망증성자멸 해성자는
불생이라 장궁승패백금서우 중입정당되오리니

失路彷徨不去하고 不失中動차자들소 辛臘壬三退却하면 幸之幸運
僥倖일세 呼來逐出眞人用法 海印造化任意라네

실로방황불거하고 불실중동찾아들소 신랍임삼퇴각하면 행지행운
요행일세 호래축출진인용법 해인조화임의라네

先天秘訣篤信마소 鄭僉知는 虛僉知라 從風已去사라지고 天下諸聖
靈神合에 蓮花坮上神明世界 正道靈이 오신다네

선천비결독신마소 정첨지는 허첨지라 종풍이거사라지고 천하제성
영신합에 연화대상신명세계 정도령이 오신다네

都是天運不避오니 生命路를 찾을세라 鄭堪預言元文中에 利在田田
弓弓乙乙 落盤四乳알았던가 可解하니 十勝道靈

도시천운불피오니 생명로를 찾을세라 정감예언원문중에 이재전전

궁궁을을 낙반사유알았던가 가해하니 십승도령

畵牛顧溪 道下止를 奄宅曲阜傳했지만 自古前來儒士들이 可解者가
幾人인고 道下知를 解文하니 覺者들은 銘心하소

화우고계 도하지를 엄택곡부전했지만 자고전래유사들이 가해자가
기인인고 도하지를 해문하니 각자들은 명심하소

先知人蕙無心村에 有十人이 全消하고 次知丁目雙頭角에 三人卜術
知識으로 三知人間千人口로 以着冠을 自覺하면

선지인혜무심촌에 유십인이 전소하고 차지정목쌍두각에 삼인복술
지식으로 삼지인간천인구로 이착관을 자각하면

弓乙田田道下知가 分明無疑十勝일세 吉星所照入居生活 綜爲公卿
子孫으로 無病長壽安心處를 아니찾고 어디갈고

궁을전전도하지가 분명무의십승일세 길성소조입거생활 종위공경
자손으로 무병장수안심처를 아니찾고 어디갈고

無誠無知難得處로 百無一人 保生者라 非山非野仁富之間 弓弓吉地
傳했지만 小木多積萬姓處를 無德之人獲得하랴

무성무지난득처로 백무일인 보생자라 비산비야인부지간 궁궁길지
전했지만 소목다적만성처를 무덕지인획득하랴

天路一托天鼓再鳴 呼甲聲이들려온다 時運時運時運이라 中入時末
分明쿠나 黑虎以前中入之運 訪道者게 傳했으나

천로일탁천고재명 호갑성이들려온다 시운시운시운이라 중입시말
분명쿠나 흑호이전중입지운 방도자게 전했으나

분명쿠나 흑호이전중입지운 방도자게 전했으나

不散其財富饒人과 不退其地高貴들이 時勢不覺不入으로 下愚不已
後從하니 氓虫人民殺我者는 富饒貴權아니든가
불산기재부요인과 불퇴기지고귀들이 시세불각불입으로 하우불이
후종하니 맹충인민살아자는 부요귀권아니든가
富貴財産掀天勢로 活人積德못하고서 自己自欺不覺하야 人命殺害
네로구나 來日모레두고봐라 天地反覆運來하면
부귀재산흔천세로 활인적덕못하고서 자기자기불각하야 인명살해
네로구나 내일모레두고봐라 천지반복운래하면

善惡兩端되는날에 河意謨로 堪當할고 天神下降終末日에 岩隙彷徨
네로구나 張氏唱義北先變에 白眉作亂三國鼎峙
선악양단되는날에 하의모로 감당할고 천신하강종말일에 암극방황
네로구나 장씨창의북선변에 백미작란삼국정치
五卯一乞末版運에 卯辰之年運發하리 漢陽之末 張氏亂後 金水火之
三姓國을 太白山下三姓後에 鄭氏奪合鷄龍일세
오묘일걸말판운에 묘진지년운발하리 한양지말 장씨난후 금수화지
삼성국을 태백산하삼성후에 정씨탈합계룡일세

靑龍黃道大開年이 王氣浮來太乙船을 靑槐萬庭之月이요 白楊無芽
之日이라 靑龍之歲利在弓弓 白馬之月利在乙乙
청룡황도대개년이 왕기부래태을선을 청괴만정지월이요 백양무아

지일이라 청룡지세이재궁궁 백마지월이재을을

黑虎證河圖立이면 靑龍濟和元年이라 無窮辰巳好運으로 三日兵火
萬國統合 四十五宮 春秋壽는 億萬年之經過로서

흑호증하도립이면 청룡제화원년이라 무궁진사호운으로 삼일병화
만국통합 사십오궁 춘추수는 억만년지경과로서

死之征服永生者는 脫劫重生修道者라 忠信義士入金城에 眞珠門이
玲瓏일세 蓬萊水溢吉地라고 長沙之谷淸水山下

사지정복영생자는 탈겁중생수도자라 충신의사입금성에 진주문이
영롱일세 봉래수일길지라고 장사지곡청수산하

蓮花坮上千年歲에 穀種三豊알리로다 好運이면 適合이요 非運이면
不幸이라 隨時多變되오리니 絶對預定될수없네

연화대상천년세에 곡종삼풍알리로다 호운이면 적합이요 비운이면
불행이라 수시다변되오리니 절대예정될수없네

兩虎三八大開之運 淸兵三萬再入亂에 黑雲滿天呼哭聲中 自相踐踏
可憐하다 先渡洛東初入之亂 八金山下避亂地로

양호삼팔대개지운 청병삼만재입란에 흑운만천호곡성중 자상천답
가련하다 선도낙동초입지란 팔금산하피란지로

無渡錦江再入之亂 人口有土安心處요 無渡漢水三入之亂 十勝之地
避亂處로 三數論을 磨練하니 好運所謂이름이라

무도금강재입지란 인구유토안심처요 무도한수삼입지란 십승지지
피란처로 삼수론을 마련하니 호운소위이름이라

悲運이면 狼狽오니 修道先入天民들아 不撤晝夜哀痛하며 一心祈禱
퇴각하소 肇判以後初有大亂 無古今의 大天災나

비운이면 낭패오니 수도선입천민들아 불철주야애통하며 일심기도
퇴각하소 조판이후초유대란 무고금의 대천재나

擇善者를 위하여서 大患亂이 減除되지 好運受人 人心和면 百祖一
孫退去로써 鼠女隱日隱藏하니 三床後臥사라지고

택선자를 위하여서 대환란이 감제되지 호운수인 인심화면 백조일
손퇴거로서 서여은일은장하니 삼상후와사라지고

修道天民一心和면 三豊之穀豊滿故로 辛랍壬三虛事되니 百祖三孫
虛送하고 壬랍癸三運이오면 百祖十孫好運으로

수도천민일심화면 삼풍지곡풍만고로 신랍임삼허사되니 백조삼손
허송하고 임랍계삼운이오면 백조십손호운으로

見不牛이 奄麻牛聲 天下萬方遍萬하야 勝利凱歌雲宵高에 오는 風
波十日之亂 一天下之天心和로 十日之亂不俱로서

견불우이 엄마우성 천하만방편만하야 승리개가운소고에 오는 풍
파십일지란 일천하지천심화로 십일지란불구로서

世上征服하고보니 靑龍白馬三日亂에 龍蛇交爭好運으로 十祖一孫
되올 것을 彼此之間不利로써 聖壽何短不幸으로

세상정복하고보니 청룡백마삼일란에 용사교쟁호운으로 십조일손
되올 것을 피차지간불리로써 성수하단불행으로

天火飛落燒人間에 十里一人難不見이라 十室之內無一人에 一境之

內亦無一人 二尊士로 得運하니 鄭氏再生알리로다

천화비락소인간에 십리일인난불견이라 십실지내무일인에 일경지
내역무일인 이존사로 득운하니 정씨재생알리로다

白馬公子得運으로 白馬場이 이름인고 白馬乘人後從者는 仙官仙女
天軍이라 鐵馬三千自天來는 鳥衣鳥冠走東西를

백마공자득운으로 백마장이 이름인고 백마승인후종자는 선관선녀
천군이라 철마삼천자천래는 조의조관주동서를

六角千山鳥飛絶에 八萬經內人跡滅을 嗟呼萬山一男이요 哀哉千山
九女로다

육각천산조비절에 팔만경내인적멸을 차호만산일남이요 애재천산
구녀로다

小頭無足飛火落에 千祖一孫極悲運을 怪氣陰독重病死로 哭聲相接
末世로다 無名急疾天降灾에 水昇火降모르오니

소두무족비화락에 천조일손극비운을 괴기음독중병사로 곡성상접
말세로다 무명급질천강재에 수승화강모르오니

積尸如山毒疾死로 塡於構壑無道理에 努鼓喊聲混沌中에 修道者도
할일업서 五運六氣虛事되니 平生修道所望없네

적시여산독질사로 전어구학무도리에 노고함성혼돈중에 수도자도
할일없어 오운육기허사되니 평생수도소망없네

水昇火降不覺者는 修道者가 아니로세 多誦眞經念佛하며 水昇火降

알아보소 無所不通水昇火降 兵凶疾에 다通하니

수승화강불각자는 수도자가 아니로세 다송진경염불하며 수승화강
알아보소 무소불통수승화강 병흉질에 다통하니

石井崐를 모르므로 靈泉水를 不尋이요 心泉顧溪모르므로 地上顧
溪찾단말가 水昇火降不覺하니 石井坤을 엇지알며

석정외를 모르므로 영천수를 불심이요 심천고계모르므로 지상고
계찾단말가 수승화강불각하니 석정곤을 어찌알며

石井崐를 不覺하니 寺畓七斗엇지알며 寺畓七斗不覺하니 一馬上下
엇지알며 馬上下路不覺하니 弓弓乙乙엇지알며

석정외를 불각하니 사답칠두어찌알며 사답칠두불각하니 일마상하
어찌알며 마상하로불각하니 궁궁을을어찌알며

弓弓乙乙不覺하니 白十勝을 엇지알며 白十勝을 不覺하니 불亞宗
佛엇지알며 불亞倧佛不覺하니 鷄龍鄭氏엇지알며

궁궁을을불각하니 백십승을 어찌알며 백십승을 불각하니 불아종
불어찌알며 불아종불불각하니 계룡정씨어찌알며

鷄龍鄭氏不覺하니 白石妙理엇지알며 白石妙理不覺하니 穀種三豊
엇지알며 穀種三豊不覺하니 兩白聖人엇지알며

계룡정씨불각하니 백석묘리어찌알며 백석묘리불각하니 곡종삼풍
어찌알며 곡종삼풍불각하니 양백성인어찌알며

兩白聖人不覺하니 儒佛仙合엇지알며 儒佛仙合不覺하니 脫劫重生
엇지알며 脫劫重生不覺이면 鄭道令을 알었으랴

양백성인불각하니 유불선합어찌알며 유불선합불각하니 탈겁중생
어찌알며 탈겁중생불각이면 정도령을 알았으랴

非鄭爲鄭非犯氏요 非趙爲趙非王氏라 鄭趙犯王易理王을 易數推算
알아보소 河洛圖書九宮加一 仙原十勝아오리라
비정위정비범씨요 비조위조비왕씨라 정조범왕역리왕을 역수추산
알아보소 하락도서구궁가일 선원십승아오리라
一沈正道修身하면 水昇火降四覽四覽 耳目口卑身手淨에 毫釐不差
無欠으로 天賊之性好生之德 多誦眞經活人設에
일심정도수신하면 수승화강사람사람 이목구비신수정에 호리불차
무흠으로 천적지성호생지덕 다송진경활인설에

博愛萬物慈悲之心 愛憐如己내몸같이 天眞스런 婦女子가 너도나도
되자구나
박애만물자비지심 애련여기내몸같이 천진스런 부녀자가 너도나도
되자구나

이 예언은 말세의 일을 추산하여 알아 본건데! 두 사람이 서로 싸
우며 큰 활[長弓]을 쏘네! 조(趙=二十九日疾走者 파자)씨를 따르는 자는
하늘을 우러러 통곡한다.
원무심(怨無心) 원자에서 심(心)자를 빼면 죽을 사(死)자가 된다. 백
성들아! 조(趙)씨와 장(張)씨가 세상에 나오니 절단 났다는 말이다.
도를 찾는 수도인 들아! 큰일 났네 피난가소 세월의 흐름을 모르는

창생들이 시운의 불행함은 괴질 난리이네! 곳곳에서 가짜 정(鄭)씨들이 철부지 발동함이라.

장(張)씨가 이겼다가 패하여 기울고 백금(白金/庚子 2020년) 자축(子丑/庚子 2020,辛丑 2021)으로 시작되는 경자(庚子 2020)년과 신축(辛丑 2021)년은 중입운이 있다.

길을 잃고 방황하며 딴 길로 가지 말고 중입의 운수를 놓치지 말고 찾아 들어가라!

선천(先天) 비결을 믿지 말라 정감록은 헛것이라. 정감록은 바람 따라 이미 사라지고 천하의 모든 신령이 합하여 연화대(蓮花臺) 위에 하늘의 명을 받아 세계를 만드는 정도령이 오신다.

정감(鄭堪) 선사가 예언한 가운데 이로운 것은 전전(田田) 궁궁을을(弓弓乙乙)과 낙반사유에 있다는 뜻을 알아봐라! 그 뜻을 풀어보니 십승(十勝) 도령이다.

그림 속의 소(牛)가 시냇물을 돌아보는 도하지가 바로 엄택곡부(奄宅曲阜)이네! 옛 부터 현세까지 도인들 중에 극소수만이 그 뜻을 풀었네! 도하지(道下止)를 문장으로 풀어서 그 뜻을 깨달아 명심하라는 예언이다.

50

남세영이가 예언의 마무리로 격암스승에게 여쭈었다.
"마지막 비결인 갑을가(甲乙歌) 는 어떠한 예언입니까?"

"원문이 길고 내용이 복잡하니 잘 읽어보고 문답하자!"

枷伽伽伽趙氏伽伽 鷄龍伽伽聖室伽伽 靈室伽伽困困立에 困而知之
女子運을 女子女子非女子 男子男子非男子라

가야가야조씨가야 계룡가야성실가야 영실가야곤곤립에 곤이지지
여자운을 여자여자비여자 남자남자비남자라

弓矢弓矢竹矢來 九死一生女子佛 何年何月何日運 是非風波處處時
避亂之方何意謀 黙黙不答不休事 甲乙相隔龍蛇爭

궁시궁시죽시래 구사일생여자불 하년하월하일운 시비풍파처처시
피란지방하의모 묵묵부답불휴사 갑을상격용사쟁

雲中茅屋雲 高宵時乎時乎不再來 忍耐忍耐又忍耐 甲乙龍蛇二過後
時乎時乎男子時 百祖一孫男子運 百祖十孫女子運

운중모옥운 고소시호시호부재래 인내인내우인내 갑을용사이과후
시호시호남자시 백조일손남자운 백조십손여자운

天崩地坼白沙立 靈室伽伽女子時 不然不然非女子 女子中出男子運
女子出世矢口知 女子運數鳥乙矢口 當運出世謀謀人

천붕지탁백사립 영실가야여자시 불연불연비여자 여자중출남자운
여자출세시구지 여자운수조을시구 당운출세모모인

運數時來善事業 甲乙已過前事業 不然以後狼狽時 一字縱橫十勝運
鷄龍出世伽伽知 一字縱橫六一出 自身滿滿不成事

운수시래선사업 갑을이과전사업 불연이후낭패시 일자종횡십승운

계룡출세가야지 일자종횡육일출 자신만만불성사

衆人寶金一脫世 非善事業可憐好 暗暗成事大事業 時至不知無所望
風風雨雨紛紛雪 甲乙當運勝敗時 八陰先動失情心

중인보금일탈세 비선사업가련호 암암성사대사업 시지부지무소망
풍풍우우분분설 갑을당운승패시 팔음선동실정심

三陽中動還本心 好事多魔同療輩 遲速箏鬪是是非 速人謀事非女子
遲人謀事非男子 彼此之間聖事業 遲速關係各意思

삼양중동환본심 호사다마동료배 지속쟁투시시비 속인모사비여자
지인모사비남자 피차지간성사업 지속관계각의사

遲謨者生百祖十孫 速謀者生百祖一孫 遲謀事業鷄龍閣 速謀事業倻
山屋 一字縱橫鷄龍殿 鷄龍山上伽倻閣 甲乙當運矢口知

지모자생백조십손 속모자생백조일손 지모사업계룡각 속모사업순
산옥 일자종횡계룡전 계룡산상가야각 갑을당운시구지

倻山牛腹此後論 俗離山上倻山城 龍蛇當運不失時 智異靑鶴誰可知
俗離牛腹不失時 遲速兩端生死判 遲速生死時不知

순산우복차후론 속리산상순산성 용사당운불실시 지리청학수가지
속리우복불실시 지속양단생사판 지속생사시부지

欲速不達男子運 遲遲徐行女子運 女子受運多人和 男子受運小人和
遲人成事鷄龍立 速人成事倻山仆 鷄龍建立非紫霞

욕속부달남자운 지지서행여자운 여자수운다인화 남자수운소인화
지인성사계룡립 속인성사순산부 계룡건립비자하

576

俗離建立紫霞島　平沙鷄龍再建屋　夜泊千艘仁富間　三都併立積倉庫
世世人人得生運　靈魂革命再建朴　漢水灘露三處朴

속리건립자하도　평사계룡재건옥　야박천소인부간　삼도병립적창고
세세인인득생운　영혼혁명재건박　한수탄로삼처박

森林出世天數朴　三處朴運誰可知　柿從者生次出朴　天子乃嘉鷄龍朴
世人不知鄭變朴　鄭道令之降島山　迅速降出俗離山

삼림출세천수박　삼처박운수가지　시종자생차출박　천자내가계룡박
세인부지정변박　정도령지강도산　신속강출속리산

先入者死速降運　遲速徐行降鄭山　先中末運三生運　好事多魔忍不耐
三生得運誰可知　孼離矢口節矢口　孼蛇登登迺思嶺

선입자사속강운　지속서행강정산　선중말운삼생운　호사다마인불내
삼생득운수가지　얼리시구절시구　얼사등등내사령

先入十勝行事權勢　不得已墮落者　先入者反男子運　中入者生女子運
先入者還混亂時　後入者死分明知　中入者生忍耐勝

선입십승행사권세　부득이타락자　선입자반남자운　중입자생여자운
선입자환혼란시　후입자사분명지　중입자생인내승

先人者落耐忍勝　矢矢不顧忍耐勝　衆口不答克己世　甲乙當運回來時
先入脫權墮落生　有口無言人人啞　先動者反中入運

선인자락내인승　시시불고인내승　중구부답극기세　갑을당운회래시
선입탈권타락생　유구무언인인아　선동자반중입운

時至不知無知者　後悔莫及可憐生　節不知而先入者　世界萬民殺害者

殺海人生先入者 所望斷望何望入 物欲交蔽目死者

시지부지무지자 후회막급가련생 절부지이선입자 세계만민살해자
살해인생선입자 소망단망하망입 물욕교폐목사자

非先入者可憐誰 庚子閣蔽甲乙立 亞리嶺有停車場 苦待苦待多情任
亞亞裡嶺何何嶺 極難極難車難嶺 亞裡亞裡亞裡嶺

비선입자가련수 경자각폐갑을립 아리령유정거장 고대고대다정임
아아리령하하령 극나극난거난령 아리아리아리령

亞裡嶺閣停居場 鷄龍山上甲乙閣 俗離山上鷄龍閣 乙矢口耶 所望所
望 人間生死甲乙耶 生死結定龍蛇知 甲乙當運出世人

아리령각정거장 계룡산상갑을각 속리산상계룡각 을시구야 소망소
망 인간생사갑을야 생사결정용사지 갑을당운출세인

敍者亡而屈者生 自己嬌慢滅身斧 危險千萬十字立 人人敍敍自身亡
去嬌慢心揚立身 屈之屈之人人屈 名振四海十字立

서자망이굴자생 자기교만멸신부 위험천만십자립 인인서서자신망
거교만심양입신 굴지굴지인인굴 명진사해십자립

甲乙當運不失時 愼之愼之又愼之 再建再建又再建 四海八方人人活
十字立而重大事 衆人寶金相議成 暗暗謀事再建人

갑을당운불실시 신지신지우신지 재전재건우재건 사해팔방인인활
십자립이중대사 중인보금상의성 암암모사재건인

十八卜術立耶傳 兩人謀事勝敗知 四九金風庚辛運 三八木人甲乙起

時乎時乎不再來 時來甲乙出世者 銘心不忘愼愼事

십팔복술입야전 양인모사승패지 사구금풍경신운 삼팔목인갑을기
시호시호부재래 시래갑을출세자 명심불망신신사

高山漸白甲乙運 寅卯始形計劃一 死者廻生此事業 無碍是非先進耶
刈刺刈刺忍耐中 右角事業完成就 世事熊熊思

고산점백갑을운 인묘시형계획일 사자회생차사업 무애시비선진야
예자예자인내중 우각사업완성취 세사웅웅사

我心蜂蜂戰 修道先入墮落者 國家興亡如草芥 倒一正一六一數 易數
不通我不知 世上事業有先後 先覺虛榮虛榮歸

아심봉봉전 수도선입타락자 국가흥망여초개 도일정일육일수 역수
불통아부지 세상사업유선후 선각허영허영귀

足前之火甲乙運 寸陰是競邁流世 一思狼狽三深思 意先覺事甲乙閣
暗暗謀事思數年 人人成事養成立 哲學科學研究者

족전지화갑을운 촌음시경매류세 일사낭패삼심사 의선각사갑을각
암암모사사수년 인인성사양성립 철학과학연구자

一朝一夕退去日 疑問解決落心思 如狂如醉虛榮心 世上萬事細細察
眞虛夢事去無跡 高坮廣室前玉畓 空手來世空手去

일조일석퇴거일 의문해결낙심사 여광여취허영심 세상만사세세찰
진허몽사거무적 고대광실전옥답 공수래세공수거

人生一死不歸客 一坏黃土歸可憐 此事彼事亡世事 前進前進新建玉
心慾花花守 言何草草爲 鷄龍山上甲乙閣

인생일사불귀객 일배황토귀가련 차사피사망세사 전진전진신건옥
심욕화화수 언하초초위 계룡산상갑을각

重大責任六十一 六十一歲三五運 名振四海誰可地 鷄龍山上甲乙閣
紫霞貫日火虹天 六十一歲始作立 走肖杜牛自癸來

중대책임육십일 육십일세삼오운 명진사해수가지 계룡산상갑을각
자하관일화홍천 육십일세시작립 주초두우자계래

左衝右突輔眞主 所向無敵東西伐 沙中紛賊今安在 落落天賜劍頭風
天門開戶進奠邑 地闢草出退李亡 人皆弓弓去

좌충우돌보진주 소향무적동서벌 사중분적금안재 낙락천사검두풍
천문개호진전읍 지벽초출퇴이망 인개궁궁거

我亦矢矢來 先天次覺甲乙閣 時乎時乎不再來 木子論榮三聖安 走肖
伏儉四禍收 非衣元功配太廟 人王孤忠哀後世

아역시시래 선천차각갑을각 시호시호부재래 목자론영삼성안 주초
복검사화수 비의원공배태묘 인왕고충애후세

非上非下亦非外 依仁依智莫依勢 先進有淚後進歌 白榜馬角紅榜牛
坐三立三玉璽移 去一來一金佛頭 俗離安坐有像人

비상비하역비외 의인의지막의세 선진유루후진가 백방마각홍방우
좌삼입삼옥새이 거일내일금불두 속리안좌유상인

德裕喚起無鬚賊 山北應被古月患 山南必有人委變 誰知江南第一人
潛伏山頭震世間 其竹其竹去前路 前路前路松松開

덕유환기무수적 산북응피고월환 산남필유인위변 수지강남제일인
잠복산두진세간 기죽기죽거전로 전로전로송송개

名振四海六十一歲 立身揚名亦後臥 非三五運雲소閣 六十一歲貿前
程 可憐可憐六十一歲 反目木人可笑可笑
명진사해육십일세 입신양명역후와 비삼오운운소 각 육십일세무전
정 가련가련육십일세 반목목인가소가소
六十一歲成功時 大廈千門建立匠 自子至亥具成時 原子化變爲食物
육십일세성공시 대하천문건립장 자자지해구성시 원자화변위식물

이를 풀이하면, 비결의 마지막 예언은 지상의 가야국은 조(趙)씨의
가야이고, 어렵게 건국되는 영실가야국인 계룡국(鷄龍國)이 건국 된
다.

어렵지만 좋은 운수인 것을 알라! 여자는 좋은 조건의 운수요, 남
자는 반대 조건인 악(惡)조건의 운수이다.

갑을(甲乙)년에 남과 북이 서로 싸울 때, 초가집이 구름 가운데 하
늘높이 있네! 다시 오지 않는 때가 온다.

인내하고, 또 인내하라. 갑진(甲辰) 을사(乙巳)년이 지나면 남자는
좋지 않은 운인 때가 오네! 이때의 운세는 백 명의 조상 가운데 한
명의 자손이 살아남는 악조건의 운수이고, 백 명의 조상 가운데 열
명의 자손이 살아남는 호조건의 운수가 있다.

운수가 갑을(甲乙)이 지나가기 전에 착한사업을 하라. 그렇지 않으

면 그 이후에는 낭패하게 된다.

한 일(一)자를 종과 횡으로 하니 십승(十勝)의 운수이네. 계룡에 성인이 출현하여 신선 세계인 가야가 건설됨을 알라.

일자를 종횡(縱橫)으로 하면 육일(61)이 나온다.

때가 이르러도 모르니 소망과 희망이 없네! 바람과 비와 눈이 휘날리니 세월이 분분하네! 2024년 갑년[甲乙/甲辰 2024]과 2025년 을사년(乙巳年) 운수를 당하여 이기고 지는 때이다.

팔음귀(八陰鬼)가 먼저 움직여, 사람의 바른 마음을 잃게 만드네. 삼양신(三陽神)이 중간에 움직일 때 올바른 마음으로 돌아오게 한다. 좋은 일에도 마귀가 많으니 동료 배들이 지속적으로 시비하고 싸움을 걸어온다.

천천히 하는 사업은 백 명의 조상 가운데 열 명이 자손을 살릴 수 있는 운세지만, 빠르게 사업을 도모하는 것은 백 명의 조상 가운데 한 명의 자손을 살릴 수 있는 방도이네. 따라서 천천히 사업을 도모하는 것은 계룡에 대궐을 지을 수 있는 운수가 되지만, 빨리 사업을 도모하는 것은 순산옥(郇山屋)에 작은 집을 짓게 되는 운수이다.

순산에 우복(牛腹) 차후에 논하여, 속리산위에 순산성(郇山城)이 있는데, 용사(龍巳 / 甲辰, 乙巳)의 운수를 당하여 때를 잃지 말라.

속리산의 우복동(牛腹洞)에 들어가는 때를 놓치지 말라. 늦거나 빠르게 일을 진행하는 양단간에 생사가 판단된다.

좋은 운수를 받으면 많은 사람이 화평하게 되는데 느리게 일을 이루는 사람은 계룡(鷄龍)에 천국을 세우게 되고 급하게 일을 이루는 사람은 순산[郇山]에 눕게 되네! 계룡이 건립되는 곳이 자하도가 아니요, 세상을 이별한 곳에 건립되는 곳이 자하도이다.

먼저 들어간 선입자는 죽게 되고 빨리 강림하는 운이네! 느리고도 빠르며 천천히 정(鄭)씨가 나타난다.

선입, 중입, 말입의 운수인 삼생(三生)의 운수이네! 좋은 일에는 마귀의 장난이 많지만 참지 못하네! 누가 삼생(三生)의 운수를 얻어 살게 됨을 알겠는가?

중간에 들어간 중입자는 호조건의 운수를 받아 영생한다.

2020년 경자(庚子年)에 궁전을 폐하고 갑을(甲乙)을 세운다. 아리령에 정거장이 있고 몹시 고대하던 임이요!

아리령에 무슨 고개인가? 매우 어렵고 어려운 고개이네! 아리아리 아리령 고개이다.

얼시구의 십승(十勝)을 아는 것이 소망이다. 인간의 생사가 갑을이냐? 생사를 결정하는 것이 용사(龍蛇, 辰巳)년 임을 알아라!

겸손해라! 누구에게나 겸손하라!

인묘년[2022=寅卯/壬寅, 2023癸卯]에 비로소 천국의 역사가 시작한다.

중대한 책임이 육십일(61세)에 맡겨지고 61세 삼오운이네! 사해에 이름을 떨치는 운수임을 누가 어찌 알겠는가?

육십일 세에 시작하여 세우고 정도령을 도우려 조씨, 두씨, 우씨

의 장군들이 하늘에서 내려온다,

좌충우돌하며 성인을 보필하네! 발 가는 곳마다 동서의 적을 쳐서 없애네. 모래 돌 바람 속에 어디에 도적은 있는가?

천신(天神)이 검을 휘두르니 천문(天門)이 열리며 성인인 정(鄭)씨가 나오고 땅이 열리며 죽은 자가 부활하고 이(李)씨는 망하여 퇴각한다.

모든 사람은 궁궁(弓弓=정도령)을 따라가고 나도 역시 화살(矢矢)이 날아오네! 선천 다음에 갑을(甲乙)의 궁전을 깨달게 된다.

두번 다시 오지 않는 때가 오네! 배씨의 원공(元功)은 태묘(太廟)에 배향된다.

왕의 고충을 후세 사람들이 애처롭게 생각하는구나. 위도 아니고 아래도 아니고 또한 안과 바깥도 아니네! 덕유가 부르니 수염 없는 도적이 일어난다.

북쪽(山北)은 반듯이 오랑케(胡)의 피해를 당하고 남쪽(山南)은 반듯이 왜(倭/일본)의 변란을 당하는구나!

누가 동방의 산머리에 숨어 있는 강남(江南)의 제 일인자를 알겠는가? 이 성인이 세상을 후천개벽 시킨다.

앞길이 솔솔(松松) 열리네! 사해(四海)에 이름을 떨치는 때가 육십일 세네! 몸을 세워 이름을 떨치다가 그 후(後)에 몸을 눕게 된다.

자(子)년으로부터 해(亥)년에 이르기까지 성공하게 되면 원자(原子)가 변화되어 식물이 된다는 예언이다.

13. 격암 사후

격암 남사고(格菴 南師古)는 조선의 대철학자이며 예언가이다. 천문, 지리, 역학, 복서, 사주, 관상 등에 도통하여 인류의 미래는 천지가 개벽하여 후천 세계의 하늘이 위대한 도를 내려주는 시대가 온다고 생전에 족집게 예언과 후세를 위하여 〈남사고비결(南師古秘訣)〉이란 예언서를 남겼다.

격암 사후, 프랑스의 〈노스트라다무스〉와 중국의 〈소강절(邵康節)〉과 같아 동양의 〈해동강절(海東康節)〉이라는 별칭을 받았다.

우리나라의 역대 비결(秘訣)은 신라시대의 〈삼한산림비기(三韓山林祕記)〉, 신라고승 〈원효결서(元曉決書)〉, 의상(義相)의 〈산수비결(山水秘決)〉, 고려 고승 도선의 〈도선비결(道詵秘訣)〉, 조선 무학대사의 〈무학비결(無學秘決)〉, 〈정감록(鄭鑑錄)〉, 북창의 〈북창비결(北窓秘決)〉, 토정의 〈토정비결(土亭秘訣)〉, 〈송하비결(松下秘決)〉 등이 있으나, 역시 〈남사고비결(南師古秘決)〉이 그 중에서도 으뜸이라고 할 수 있다.

예언한 것 중 왜란이 일어나는데 진(辰)년에 일어나면 전국이 초토화는 되는데 나라는 망하지 않으나, 사(巳)년에 일어나면 나라가 망한다 고 하였는데, 격암사후 21년에 역시 진년인 임진년(壬辰年)에 임진왜란이 일어나 왕(선조)이 신의주까지 몽진하고 전 국토가 피폐당하고 수많은 인명이 죽음과 고통과 기아에 시달렸으나, 평소 붓과 책으로 유유자작 하던 선비와 사대부들이 의병으로 일어나 나라는 망하지 않고 구하게 되었으나, 사후 약340년 사(巳)년에 일어난 을사늑약(乙巳勒約)으로 나라가 일본에게 빼기고 강압되는 격암선생의 예언대로 비극적인 역사를 맞이하게 되었다.

그 외 6 · 25변란, 3 · 8선으로 분단되고 판문점이 생기는 역사, 4 · 19혁명, 5 · 16정변 등을 하나도 빠짐없이 예언한 대로 역사가 흘러왔다.

앞으로는 또한 진사〈辰巳=갑진(2024년)/ 을사(2025년)〉년에 또 한 번 대 변란이나 아니면 남북통일이 온다고 예언하였는데, 통일의 기본적인 힘은 군사적과 경제적인 힘이 아니고 전 국민이 윷놀이 하듯이 대동단결 하여야 통일이 된다고 예언하였다.

격암선생은 반드시 말세가 온다고 예언하였는데, 조상이 천이 있어도 자손은 겨우 하나 사는 천저일손(千祖一孫) 비참한 운수가 온다. 괴상한 기운으로 중한 괴질 병에 걸려 죽으니 울부짖는 소리가 연이어 그치지 않아 과연 말세이다. 이름 없는 괴질병은 하늘에 서 내려준 재난인 것을, 그 병으로 앓아 죽는 시체가 산과 같이 쌓여 계곡을 메우니 이 운세가 말세이다. 머리는 작고 다리가 없는 〈소두무족(小頭無足)〉이란 물체가 하늘에서 또는 인류가 만든 불이 날아와서 지구를 폐망시키고 말세가 온다고 예언하였다.

그러나 오직 살길은 평소 착한 마음과 나라에 충성하고 부모에게 효도한 사람만이 소 우는 십승지(十勝地)에 가야 살수 있다고 예언하였다.

우리나라 운세는 서양의 기운과 전 세계의 기운이 동방으로 모여서 하늘에서 성인이 내려와서 세계의 모든 종교를 통일시켜 우리나라가 세계의 중심국가가 된다고 예언하여 우리 국민에게 무한한 희망과 용기를 복 돋아 주었다.

격암선생은 풍수지리에 도통하였는데, 그의 선친(부친) 묘소를 명당을 찾기 위하여 아홉 번 이장을 하였다고 세간의 풍수지관들에게서 나온 말인데, 이것은 완전히 잘못된 험담으로 어설픈 풍수지리 학문을 한 지관들의 주장일 뿐이다.

격암선생의 묘소에 대하여도 여러 지관들이 평가를 하고 있으나, 이것은 오직 그의 자신을 위한 터로 보지 못하기 때문이며, 후손 10대가 절손된 것도 오직 자신을 위한 터를 잡았기 때문이다.

격암사후 수제자 남세영은 스승의 자료를 정리하며 〈남사고비결〉은 세상에 알리지 말라는 스승의 말씀대로 후손이나 제자에게 전하라하여 이를 제외하고 모든 문집을 옥계서원(玉溪書院)에 보관 하였으나, 임진왜란 때 화마로 불타서 대다수가 없어지고, 후손에게 전할 〈南師古秘決〉은 후손이 끊어져서 전하지 못하고 제자에게 전해오다가 그 보관처가 불확실하여 현재까지 원본을 찾지 못하고 울진지역 제자들 문중에 구전으로 내려오는 것과 후학들의 문집 등에 약 30여 종이 기록되어 전해 내려오고 있어 다행으로 생각한다.

나는 문학가적 분야보다 경상도 북부 향토사 연구가로써 〈격암비결(格菴秘決)〉을 쓰게 되었다.

보통 글이나 소설을 쓴다는 것은 너무나 힘이 드는 일인데, 더욱이 조선시대의 대철학자이고 예언가인 격암 남사고선생(格菴 南師古先生)의 생애와 예언서 등의 저작(著作)을 옥계서원에 소장하였으나 임진왜란때 소실되어 자료가 희귀하다.

다행히 예언서인 남격암비결(南格菴秘決)이 서울대학교에 소장되어 있고 또한 격암일고(格菴逸稿)와 만휴 임유휴(任有休)가 편찬한 〈남격암유전(南格菴遺傳)〉과 밀암 이재(李栽)가 편찬한 〈남격암유적(南格菴遺跡)〉과 지봉유설 및 연려실기술등이 수많은 후학들의 문집에서 약30여종이 편찬되어 전해오고 있어 다행이다.

그 후 1977년도에 나온 격암유록(格庵遺錄) 해역서가 약 40여종이 난무하여 실존으로 내려오던 진위와 후세에 나온 수많은 위작이 혼재되어 있는 예언서가 혼돈되어 그 고증하기가 쉽지 않고 잘못하면 다른 사람이 쓴 글을 도용하는 결과를 초래하기 때문에 그 해석과 해역상 어려움이 대단한 고초이고 고민이었다.

조선시대에서는 〈남사고비결(南師古秘決)〉, 〈정감록(鄭鑑錄)〉, 〈송하비결(松下秘決)〉 등 3대 예언서가 있는데, 그중 유일한 실존인물은 〈격암 남사고(格菴 南師古)〉 뿐이다. 〈남씨대동보(南氏大同譜)〉 1권 7페이지에 영양군(英陽君) 남홍보(南洪輔)로 부터 11세손이다. 정감록은 그

연대는 물론 편찬자 실존확인이 되지 않으며, 송하비결 또한 조선말 송하노인을 작성자로 하고 있으나 실존여부는 불명확하다.

나는 경상도 북부지방 향토사 연구 경험으로 격암(格菴) 남사고(南師古) 선생에 대하여 그 깊이를 알고자 격암종손과 울진지역 제자 및 후학 문중과 특히 격암선생 유적지와 묘소를 수차례에 걸쳐 답사하여 본 결과 현재 시중에 난무하고 있는 격암유록에 대한 그 해역본의 수많은 부분이 위작이 심하여 종손과 제자문중 후손들과 공의하여 〈남사고비결〉 예언서를 정확히 알리고자 이 〈격암비결(格菴秘決)〉을 쓰기 시작한지 어언 수년이란 세월이 흘렀다.

여기에서 재삼 강조하고 밝히는 것은 격암유록(格菴遺錄)이 마치 남사고비결(南師古秘決)인 것처럼 수많은 부분을 위작하여 이를 해석과 해역하고 평가하는 것은 격암 철학사상과 예언을 왜곡하는 것이니 더 이상 근거와 고증 없이 평가하고 거론(擧論)하지 말고, 전해오는 격암사상과 학문 및 철학을 토대로 평가해주었으면 한다.

또한 일부 어리석은 사람들은 격암선생을 이상한 도술을 부리는 사람으로 평가하고 그 철학사상을 왜곡하는 예가 허다함을 심히 유감스럽게 생각한다.

격암비결(格菴秘決)을 쓰는 역사적 인물은 도사와 스님 일부를 제외하고는 대다수가 실존인물이다.

또한 격암 남사고(格菴 南師古) 선생에 대한 호칭은, 소년시절부터 청장년까지는 "사고(師古)"라 하였고 벼슬에 나간 관직 시 및 대외활동 시 생애는 "격암(格菴)"이라 구분하여 칭하였다.

끝으로 소설 〈격암비결(格菴秘決)〉을 저술하는데 많은 자료와, 구전으로 내려오는 생애 및 사적을 감수하여준 격암 종손 남도원, 격암 수제자 임천공 남세영의 후손인 남종열, 격암사상선양회장 남문열, 울진문화원 제위들과 격암제자 및 후학 후손 문중에게 심심한 감사의 말씀을 드리는 바입니다.

2019년 6월

향토연구사 원파(元坡) 남훈(南渾)

591

소설 격암비결

2019년 8월 10일 **초판 1쇄 인쇄**
2019년 8월 20일 **초판 1쇄 발행**

편저자 • 남 훈
펴낸이 • 남병덕
펴낸곳 • 전원문화사

주소 • 07689 서울시 강서구 화곡로 43가길 30. 2층
전화 • 02)6735-2100
팩스 • 02)6735-2103
이메일 • jwonbook@naver.com
등록일자 • 1999년 11월 16일
등록번호 • 제 1999-053호

ISBN 978-89-333-1148-6 03810
© 2019, 남훈